湘潭市美术家协会、湘潭市文艺评论家协会主办

周宗岱研究

王志坚 吴广平 主编
毛娟 统筹组稿

湘潭大学出版社

图书在版编目（CIP）数据

周宗岱研究 / 王志坚，吴广平主编．-- 湘潭 ：湘潭大学出版社，2019.11
ISBN 978-7-5687-0372-7

Ⅰ．①周… Ⅱ．①王… ②吴… Ⅲ．①周宗岱一文艺评论一文集 Ⅳ．① I206.7-53

中国版本图书馆 CIP 数据核字（2019）第 273331 号

周宗岱研究

ZHOU ZONGDAI YANJIU

王志坚 吴广平 主编

责任编辑：李志红
封面设计：李　平
出版发行：湘潭大学出版社
社　　址：湖南省湘潭大学工程训练大楼
电　　话：0731-58298960 0731-58298966（传真）
邮　　编：411105
网　　址：http://press.xtu.edu.cn/
印　　刷：长沙印通印刷有限公司
经　　销：湖南省新华书店
开　　本：710 mm×1000 mm 1/16
印　　张：27.5
字　　数：554 千字
版　　次：2019 年 11 月第 1 版
印　　次：2019 年 11 月第 1 次印刷
书　　号：ISBN 978-7-5687-0372-7
定　　价：78.00 元

书名汉印　涂道清　篆刻

前　言

陈志光

湘潭是全国文明城市，是山灵水秀、物华天宝的丰饶沃土，是文化灿烂、底蕴深厚的人文圣地。自古以来文脉兴旺、人才辈出。近代以来，以韶山为中心的40平方公里范围内走出了140多位历史文化名人。湘潭是生长艺术的地方。新时期以来，湘潭的许多艺术家继承了前辈艺术家的光荣传统，勤奋学习，勇于创新，深入生活，扎根人民，讴歌祖国，礼赞英雄，创作出了一批思想性和艺术性俱佳的文艺作品，涌现出了一批有影响的艺术家，周宗岱先生就是其中的突出代表。

周宗岱先生是“湘潭市首届文化名人”，是著名的画家和美学家，是建设湘潭市齐白石纪念馆的主要倡导者和执行者，是“蕉荫画友”中国画创作团队的创办人和授课导师。他酷爱艺术，视艺术为生命；他以友为师，虚怀若谷，可亲可敬。他是一位成就突出、德艺双馨的老艺术家。为了树立标杆、宣传典型，促进湘潭市文学艺术的繁荣发展，由湘潭市美术家协会倡议，湘潭市美术家协会和湘潭市文艺评论家协会牵头组织，湘潭市美协主席王志坚先生和湘潭市评协主席吴广平先生联袂主编了这部55万多字的《周宗岱研究》。此书汇聚了许多一流艺术家、一流评论家研究周宗岱先生的成果，全面地介绍了周宗岱先生的艺术和学术成就，系统地总结了周宗岱先生的艺术创作和学术研究经验。这部著作由湘潭大学出版社公开出版，是湘潭市文学艺术界的一件大喜事，值得热情点赞与热烈祝贺！

文艺事业的繁荣发展需要一代又一代文艺工作者的接续努力。老一辈文艺家的优良传统和作风值得年轻一代的文艺家传承和发扬。希望湘潭市的青年文艺家认真向以周宗岱先生为代表的老艺术家们学习，努力攀登艺术高峰，为建设“伟人故里、大美湘潭”，为创建国家历史文化名城、打造文化强市贡献智慧和力量！

（编者注：作者系湘潭市文学艺术界联合会党组书记、主席）

目　录

序　论

气象万千　掷地有声
——周宗岱其人其画　王志坚 / 003
德艺双馨　硕果满枝
——周宗岱的成就及其成功经验引论　吴广平 / 013

自　述

自我简介　周宗岱 / 025
学画自述　周宗岱 / 028
《美辨》自序　周宗岱 / 031
我的写作流水账
——《画馀信笔》代后记　周宗岱 / 033

通　信

“像你这样水平的人并不多。希你提高信心。”
——与周宗岱书　丁井文 / 041
“我为您最近扩充《篆刻美学》一题而十分庆幸”
——与周宗岱书　陈少丰 / 042
“我像是饿牛闯进了菜园”
——与周宗岱书　樊家伦 / 044

评　说

综合研究

老友新知——周宗岱　练肖河 / 049
大道多歧　焦成根 / 052

我读周宗岱　王鲁湘 / 055
画如其人　文如其人　龚旭东 / 070
周宗岱先生小像　李　毅 / 072
益友良师话宗岱　李季琨 / 076
热爱艺术　创造人生　郑书飞 / 079
周宗岱与山　李忠初 / 081
踏平坎坷成大道　张楚务 / 083
染楮张雄力　弘艺著妙文　雁　沙 / 085
周宗岱，潮流之外的独行者　许仁龙 / 087
学者·蛮子·画家
——我所认识的周宗岱　曾景祥 / 090
再识周宗岱　曾景祥 / 093
说宗岱　刘剑桦 / 096
我眼中的宗岱先生　刘剑桦 / 098
有蛰而皆惊
——我看宗岱先生　皮祖政 / 102
亦师亦友
——我与宗岱兄　陈自烈 / 105

美术专题

"周宗岱中国画展"在京开幕　中央电视台书画频道记者 / 113
厚积薄发　大器晚成
——中国国家画院周宗岱中国画展座谈会纪要
解永全　胡宝利　刘曦林 等 / 117
在虚静中表现生命的苦与乐
——周宗岱绘画创作的文化内涵　邵大箴 / 125
思深艺妙的奇才
——周宗岱的中国画　薛永年 / 128
独具个性　独放异彩
——《周宗岱写意花鸟》推介　贾德江 / 132
苍润之间　前人之外
——周宗岱的山水、花鸟画艺术　贾德江 / 133
自有醇香苦中来
——读周宗岱山水画　钟增亚 / 136

形与灵的统一：宗岱的自觉 周小愚 / 138
本色
——看周宗岱画展 刘二刚 / 140
观“周宗岱画展”有感 吴同椿 / 141
宝剑锋从磨砺出　梅花香自苦寒来
——谈周宗岱老师的笔墨功夫 许仁龙 / 143
读《周宗岱写意花鸟》 蔡德林 / 145
彰显个性　特立独行
——品读周宗岱及其中国画 曾景祥 / 147
宗岱先生的画 聂鑫森 / 156
浑厚华滋孕生机
——读周宗岱先生的画 叶　梦 / 157
周宗岱艺术符号的心理学阐释 黎　青　左迎颖 / 160
解析苍浑与抽象艺术背后的终极思考
——试析周宗岱先生艺术 萧建明 / 165
岁月如流　人生如画
——周宗岱山水长卷《岁月如流图卷》浅酌 胡大虎 / 169
浓墨重彩的生命礼赞
——论周宗岱先生的花鸟画艺术 宋　扬　萧红亮 / 174
逸笔写梅魂 萧红亮　宋　扬 / 179
读周宗岱《墨梅册》 朱起煦 / 187
寥落寒山对虚牖 唐思源 / 189
写意周宗岱 彭代英 / 191
一花一鸟一世界　一笔一墨总关情
——评周宗岱写意花鸟画 徐诗丝 / 193
小画面具有大气象
——谈周宗岱的写意小品画 宋　卉 / 198
感动 韩章淑 / 205

书法专题

周宗岱的家世与书风传承 何歌劲 / 207

美学专题

从《美辨》中读懂周宗岱 严子琪 / 213

才学胆识兼备
——读周宗岱先生的《美辨》 彭建明 / 219
艺术创作实践与艺术美学探讨相结合的典范
——读周宗岱艺术美学研究专著《美辨》 李　霖 / 221

文学专题

惟楚有材
——周宗岱散文一瞥 李元洛 / 230
生命底色映衬的审美世界
——悦读周宗岱先生散文集《画馀信笔》 周小娅 / 231
读周宗岱《画馀信笔》 刘二刚 / 236
书画背后是文学
——读周宗岱的“书斋小品” 宋德发 / 239
返璞归真
——论周宗岱《画馀信笔》的艺术境界 史乔依 / 247
朴实幽默　学理思辨
——论周宗岱的散文艺术 庞美凤 / 255

教育专题

宗岱学友成大器，一师求学现端倪
——回忆在湖南第一师范生活中的周宗岱 郑兆安 / 261
大器者能容乃成
——周宗岱师从漫谈 文　鸣 / 264
至今心折宗岱师 陈芳桂 / 271
听周宗岱老师美术课日记两则 毛　娟 / 275
剪取湄江一片云
——随周宗岱先生夫妇写生小记 杜洪建 / 279
跟随周宗岱老师学艺散记 萧红亮 / 281
周宗岱老师的作业 萧红亮 / 283
自言自语 王金华 / 285
周宗岱老师与蕉荫画友 王金华 / 286
“小灶”情深 杜洪建 / 291
“要懂得享受和感悟生活”
——记我的老师周宗岱先生 尹　红 / 294

周宗岱先生山水画教学体系谈 罗　雄 / 298

访　谈

和名人面对面·周宗岱专辑 侯　蓉　曾　瀚 / 309
走出去，摆脱隔绝
——与画家周宗岱关于“北漂”的对话 彭代英 / 320
“我喜欢享受过程中的乐趣”
——画家周宗岱访谈录 刘剑桦 / 322
我搞学术纯粹是兴趣
——周宗岱先生访谈 周　平　文　鸣　徐文科　刘美君 / 327

逸　事

雪末松更绿 王友仁 / 345
记宗岱老师几件事 贺仁寰 / 347
喂麻雀
——记周宗岱画馀闲情 徐秋良 / 348
老周冒险揭骗术 李立平 / 350
陪宗岱先生聊天 李　毅 / 351
与宗岱先生交往的几件事 朱起煦 / 353
岁月如流　往事悠悠 何瑞钦 / 355
从画展上那个最忙碌的背影所想到的 黄欧平 / 357
未名 刘冀湘 / 361
周宗岱的穷讲究 刘冀湘 / 388

《周宗岱研究》组稿札记 毛　娟 / 407
《周宗岱研究》作者简介 / 422

后　记 王志坚　吴广平 / 428

序论

气象万千　掷地有声

——周宗岱其人其画

王志坚

太阳每天都是新的。

万物沿袭着时空在不变中渐变，催一代代生灵循环往复，沉淀、积累、取代、更替，甚至遗忘，然而，那些生命力强盛者却能与日月同辉。地球辽远，宇宙无涯，能持久发光的，却寥若晨星。

湘潭是块神奇的土地，人才辈出，至近代尤为突出。受湖湘文化的浸润，这片温暖的土地异样肥沃、生灵异样茂盛。

周宗岱就是在这片土地上成长起来的艺术家。阳光虽一样浇灌他，他却倍加繁茂，即便特殊历史时期对他不公，他却坦然待之，对阳光依然心怀敬畏。

一

文化人历来就是靠的那种自觉，就像死不了的草，你浇水它活，不浇水它也活。周宗岱的人生历经了许多的风雨，改变他的却只是年龄，不变的还是他的倔强和初心。正因为他这股倔强转换成一股勇气，一股文气，一股雅气，一股土气，使得他在穿越时空的同时出入传统，又凭借他的胆识在这古法里打井，且坚持到打出水来。他把宋以降的中国画法理梳理出自取的一套头绪，始终坚守骨法用笔，笔笔见精神，长驱直入，直抒胸臆，以致在宣纸上重重叠叠地垒建起周氏的笔墨与周氏的精神。其艺术如同他那秉性：耿直，明澈，既而又幻化出人与画的“孪生兄弟”，彼此不可分离。在我们眼中，周宗岱是位厚重敦实，充满阳光，又极富思想的画家。他与他的画相融相承，读人如读画，读画也如读人。

艺术是由人的主观精神筑就的，故在他的精神世界里有不一样的格局，其艺术也将如其形影一般地呈现着。我将周宗岱比作书来供人赏读，虽然大众同样地读，往往得出的结论不一，见仁见智。然而，其共同点是很显然的，那就是创造者表现的精神和心灵中的内在美是一致。

20 世纪 30 年代，时值新旧文化转折的节点，周宗岱由长沙入居湘潭。从此，就这样一直在湘潭生活到如今。他吃得苦，吃得亏，守得住寂寞，守得住本分，又心无旁骛，吸纳、吐露、承接、叛逆，树起了自己想要的艺术旗帜，获得了社会的广泛认同。

艺术创作全在于艺术家的修养，有什么样的修养就会有什么样的高度和成就，水涨船才高。作为一个画家，他的修养要求更加全面，诸如画外所要具备的文学、书法、音乐、社会实践以及美学、历史、宗教、哲学等素养，都是绘画创作不可或缺的肥料和营养。周宗岱是传统文化滋养的当代文人画家。他兼收并蓄，有磨刀不误砍柴工的远见。中国历代凡具有成就的画家都能做到这一点，故而其艺术能永葆青春，不断释放出璀璨的光彩。年逾 80 的周宗岱有着使不完的劲，用不尽的源泉，愈老愈青春焕发。他才思敏捷，笔墨浑厚，气韵生动，有“尽精微，致广大”的审美情怀。他的治学态度谨勤博厚，从不浮华。很显然，湖湘蛮性在他的艺术创造中有着完美的融合。他师古能化，尚传统而又极力主张现代，坚持传统与当代艺术相结合，走出了一条属于周宗岱的中国画道路：文、厚、刚并蓄的艺术风格。

一个画家能有个人面貌和风格，才能称之为“家”。何谓画家？即画中有“自己”才能成“家”。周宗岱自小追慕文艺，且厚积薄发，化古出新，终得其中国画之精髓，后学难望其项背。在由周宗岱创立的“蕉荫画友”中国画创作团队的学子中亦不乏贤能之辈，他们承接着他的中国画家学，影响可谓深远。周宗岱所著的《美辨》获得学术界的广泛认同与推崇。《篆刻美学十题》编入全国“八五”重点图书。他一方面坚持理论研究，另一方面不断创作实践，两者均起到传授中国画学的教育作用，为后人展示了其严谨过人的学术风范。中国画学需要有不怕难题，敢于破译画学中疑难密码的勇气，敢于担当传承画学责任，并坚持走自己的治学道路，这在周宗岱身上体现得较为典型与完美。

一个地区、一个城市需要有这样的文化人：对艺术孜孜以求，不作虚，不高调，一步一步攀登，使自己的艺术有一个铁定的目标，最终其成就能获得社会的肯定。这样正能量的文化人无疑会给该地区的文化发展起到无声的推动作用。周宗岱是湘潭美术界的一面旗帜，为湘潭美术界立下了不变的艺术攻克规律，即抱持一种“困而知己”的学术态度，一以贯之。他的过人之处，就在“心安勿躁”之温润的推进方式。搞艺术原本就不能有燥热的心态，更需要耐得住寂寞，经得起诱惑，用平和心态从事艺术创作。湘潭当下美术风气可嘉，大多数画家能秉持着自我学风，与时俱进，不步后尘，且有着较和谐的氛围。在湘潭美术界中，各个学术领域均有学术领头人，为湘潭在全省乃至全国获得了较好的荣誉，而周宗岱在其中起了学术带头和推波助澜的作用。

二

往往注重文学修养的画家，其画的书卷气定是溢满于纸间，即所谓文气也。

观周宗岱的画吸引观者的首先是文气，画面洋溢着一股温柔敦厚的气息。画面的用笔轻松，笔墨雅致沉厚，墨色和谐，墨不碍色，色不碍墨，此法在他的作品中体现得淋漓尽致。他所作山水无论是早期还是晚年的作品，都能体现慢、稳、雅的气味。从他的绘画风格分析，他对传统吃得很透，对近现代的黄宾虹、齐白石、黄秋园、陈子庄、陆俨少等的山水画研究得颇深。这些画家都重文学修养，精诗文，周宗岱对他们都极为推崇。

周宗岱无意于专事文学，可他能以文学这把钥匙打开绘画之门。文能使人明理，使人通晓事物，高扬情怀。他将文学放在艺术的第一位，经年地不断努力，其功底非同一般，因此成就了他的艺术。

文学是社会意识形态之一，是表达思想感情的艺术。情感是绘画中不可缺少的重要基因。历代大画家均有较高文学修养，唐代的王维，宋代的苏东坡、米芾，明代的沈周、文征明、唐寅在文学上都颇有造诣。近现代的吴昌硕、齐白石、黄宾虹、潘天寿、傅抱石等无不在文学上下足了功夫。周宗岱走的是文人画道路，若他不在文学上筑就牢固的基础，就意味着艺术难以常青。他所积淀的文学是用来滋养艺术的，用来表达思想的，用来为学术研究服务的。他的文学素养和情怀，起到了统领艺术的作用，也起到了与古人、与今人、与社会沟通的作用。周宗岱的学术观点很明确，他的艺术方向同样明确，那就是朝着中国画的方向进取，达到中国画艺术的审美彼岸。

中国画艺术专业也可说是各艺术门类的综合，需要有大的容器，将所学统统往里面装。中国画的表现虽说是去文字式的文学，但比文学更具体、更形象，具备了文学所表达不出的功能与审美取向。观众同样能在绘画艺术里获得文学所具备的素质。书法是审美的，有着纯粹的文化功能，但比中国画有所局限，装不进复杂社会的各种形象；而中国画里必有书法。音乐、舞蹈、戏剧、诗歌的节奏、律动、虚实、浪漫均能在中国画中体现，中国画能将各艺术门类的手法熔于一炉。文学包罗万象，唯独不能将中国画的笔墨形质呈现出来，这就是中国画与它们的区别。当然明智的中国画画家会知道怎样摆正自己的位置，怎样将文学这门艺术看重，但又不是以文学的叙述性来绘画，而是始终坚持绘画艺术的视觉表达。中国画注重诗文题跋的艺术性表现手法，对文学素养要求很高。画中有较高意境，即便在画中不题跋，也能体现浓浓的诗意，这在古代中国画中就有八大山人等许多优秀的画家可以见证，今人就有吴冠中等。周宗岱也强调画面要有诗意性，故在其作品中充分表现出中国画所要表达的意境与诗意性。他明确指出，他不会去跟古人一样做，非得要诗文题跋不可。在他的观点中，不题诗文实则是强化了绘画性，同时又保持了固有的诗文的意境美，也就不会将文学功力献媚于完整的画面当中，那样必将冲淡画面的形式与格局。可以说周宗岱开辟了一个属于自己的文人艺术画领域。他的风格直面人生，特别是大开大合的花鸟画经营得很现代，又诗意盎然，这是他在中国画的修养中与他人心性之区别所在。

中国画讲求书画同源，翻开中国的美术史，历代大家无不是将书法作为中国画的敲门砖。我有幸于 2017 年 12 月中旬入台北故宫博物院，品读到了大量的古代名家书画作品，从中窥探出一些道道。从赵佶、文征明、倪瓒以及现代艺术家张大千等创作的一大批中国画精品当中不难发现，他们在书法上下过很大的功夫，他们的艺术灵魂与艺术气质是如此的感人。这一点想必周宗岱极早就悟到了，故他能极早地进入书法艺术的堂奥。因为书法对于中国画而言如同飞行器的两翼，缺一不可。他在碑学与贴学之间交叉、重叠地进行着，又在篆刻上大作文章，著书立说，其观点、思想、经验与主张在《美辨》一书中均已着重体现。由此我们就能理解周宗岱为什么要在书法上下如此大的功夫，包括他对书法的临习研究创作，并深入到理论的研究，并列地摆到一个与他的绘画高度上来做文章，这样做无疑是具有远见卓识的表现。尽管他的书法理论与书法功底扎实，却从不在书法上显露，更没有江湖气息。我在湘乡龙洞乡文化站工作时就恳切地请他题写过“龙洞文化宫”五个大字，将其制作后悬挂在龙洞乡影剧院三层楼顶上，字迹稳健丰满。其时他 50 岁不到，是他的《美辨》出版前后。我自 1996 年调湘潭市齐白石纪念馆工作，于是有更多的机会接触他。这时他已从文化局副局长调任湘潭市文联副主席。我一方面从其思想意识上去感受他的学养，另一方面从他的专业上去探究他的艺术方向。当然，他的学识与胆魄，足以让我们既能全面而又能立体地了解到一个活脱脱的周宗岱。他一直认为书法是一个画家必需的修养，决不是作为第二职业来显身，否则他没有太多必要为书法立论，为书法学术担忧。虽然他的书法水平高，但他的书法从未大量出现在艺术市场上。他无意于张扬书法，这就是一位学者型画家的风度与气节。然后他合理地将书法艺术揉入了他的中国画中，增加了画面的统一与和谐，实现了书法与绘画的一致性。书法与绘画之间的定位，高人出高招，各有手段，而且高人又往往能做到显云不显山之妙，周宗岱就是这样的高人。

学养的积累对于周宗岱而言，是做艺术的首要大事，所谓厚积薄发在他身上体现得淋漓尽致。

用大器晚成来加冕于周宗岱亦不为过。翻开他的画册，那打动读者心扉的作品随即就会映入眼帘，拨动心弦，并产生共鸣。他创作的山水画《山沟沟》为 6 尺整宣的大写意作品，是不可多得之佳作。整幅为满构图，画面流溢出画家之大气象、大气魄和大手笔。不仅用笔恣肆，而且画面驾驭又是那样的收放有余，大处信马由缰，让笔墨自由碰撞；细处精微淡定，做到心中存丘壑，笔墨有大道。此番气象有如酒后立图一气呵成，乃周宗岱的自信之写照，潇洒大气也。同时与其花鸟画的抒情之笔调同出一辙。染、积、皴、擦、泼、破、勾、写揉于一炉，重重叠叠，疏疏落落，留白处合乎法理，又融于自然之间，能感受画家唰唰的行笔之气，似笔走龙蛇；能听到画内那淙淙潺潺的流水声，画面一静一动，起伏跌宕，相得益彰。上款落有："前人谈论在笔墨功力也，今人谈论在赋色技巧耳。宗岱识此莞尔一笑。"此帧赋笔墨技巧于思想情感之中，不故弄玄虚，也不一味霸悍。此作个性强烈，又有传统，有自我，有创新。这是何等的胆识！周宗岱对整个作品驾驭得轻松自如又自信，权当其代表之作。

他这一时期创作的一批大写意山水如《拟黄宾虹笔意》，同样突破了画家窠臼，是将黄宾虹化了的周宗岱之山水作品。世人皆学黄宾虹，有几人真学进去了，又有几人能走出来？周宗岱的《恣笔纵横图》将南方郁郁葱葱的浓密植被表现得生动概括。同样满实的构图，却使读者有着愉悦和轻快的感受。1980 年年初，他在山水画中徘徊；2000 年前后，他在山水画里徜徉。这两个时段是周宗岱创作山水画的最重要的时期。萌发期的周宗岱山水以师古、师自然为主要踪迹。这在他临龚贤山水中可溯到其脉络。同时，当代的大画家赖少其对他的影响较大，从艺之路子也有些相似。周宗岱也只是在古人中找寻些思想与灵魂，并没有过多地迷恋于古人的技法、技巧。他很快就跳出来了，面向自然，纵横祖国南北，从家山出发，只身前往山西、四川、安徽、浙江、河南、广西、江西、甘肃等地的名山大川，寻找寄寓山川自然的个我语汇，且一发不可收拾。从水墨到青绿，从写实到写心，从工笔到写意，周宗岱累到衣带渐宽，无不耗尽心血，不顾一切地要冲出山水重围。他心里暗暗立下过誓言，即有不冲出一条血路决不罢休之架势。在传统、现代、自然与主观中徘徊的时期内，他内心是痛苦的，这恰恰是有抱负者的心态，不甘与俗为伍，想做坦荡之君子。

地域文化深厚的积淀，给他造成了巨大的压力，那就是齐白石及湖湘文化给他带来的压力。齐白石这个高度怎么逾越？怎么绕过前人？又怎样才能突显自己？此题他比别人考虑得更多。周宗岱是位极具智慧的君子，众口一词的事他不会去附庸，而"我"的艺术不能不彰显。他那性格是不会为五斗米折腰的，哪怕饿死于山水，"个我"也决不能少。

他与湘潭很多同时代画家的身世不一样，虽然出道早，却也过早地在那段特定的历史中搁浅。1957 年，他就在湖南省第一届美展中入选了四件作品。他为之庆幸，也从中窥探出自己创作的潜力。正值青春年少、壮志凌云之时的周宗岱，梦想与劫难同集于一身，居然被划为右派，只得万般无奈地告别艺术舞台。尔后，中华大地返暖回春，他重操旧业，依然是好汉。人生的大起大落他泰然处之，那是一种何等的豁达与大度！他出入墨海，能做到心如古井者又有几人能及？包括他创作的画里也未表露心中的苦楚与怨愤，相反，他尽情地用自己的心血去表达对家国的爱。当重新回到久违的艺术中，周宗岱如放虎归山，如饥似渴地投入到艺术中，潜入砚田刻苦耕耘，有步骤地进行着艺术创作。他于20世纪80年代初创作那批自然派的山水后，越画越深入。到90年代进入了一个旺盛期，或称驾驭期，在这一时期，他对山水画有着较强的把握能力，创作了许多令人满意的作品。既而跋涉于山水中，先后到了南岳、阳朔、连云港、峨眉山、河曲、云冈石窟、黄土高原、张家界、湄江一带，以学院派画风作写实山水，借以素描与版画元素相融合的艺术手法来处理写生与创作的关系。看得出，他几乎被对象所束缚，被物象所牵制，摆脱不了那根客观的缰绳。2000年前后，他就像从大梦中醒来，意识到这不是“周宗岱”，是“李宗岱”“张宗岱”“陈宗岱”。莫非我周宗岱的梦想与追求就是这派图像？他不能善罢甘休。但又怎么走？往前走山峦叠嶂，往回走穷途末路。经休整，以置之死地而后生的决绝，他毅然选择了黄宾虹、黄秋园。黄宾虹的山水是可赏不可碰的，作为山水画家的周宗岱尤为清楚。明知山有虎，偏向虎山行，天分高的他居然能在黄宾虹、黄秋园中走出来，又做到了风筝不断线，带着“二黄”之意，进入了当代，这是一个脱胎换骨的周宗岱。美术界都为他捏了一把汗。冬去春来，他的长卷《湘山情意图卷》署上周宗岱的名款已是稳妥得很。包括将山水融于一横幅中的《岁月如流图》和《清凉境界图卷》沿袭传统的展观式构图，很显然摆脱了纯客观，也摆脱了前人的影子，进入了一种既古又新、主客观并存的唯美表现手法，岂不快哉！

三

变法，突围。他把自己推到风口浪尖上，想必是为再来一个活脱脱的周宗岱。

该舍弃的就痛快地舍弃。得失对于每个人都是公平的，怎样做到得失有度，这得重新思考。就如当年社会改革的“破”与“立”，是何等的激烈。其时的保守派留恋、哭泣，认为改不得；而弄潮儿却顾不了那么多，坚决地破。现在看来当年要摆脱旧制是对的。周宗岱的艺术就是同改革的步伐同步，将自身的艺术一改再改。中国的改革开放到深化改革，循序渐进，周宗岱的画同样经历了由浅入深的变革。

智者超前。2010年前后，壮年的周宗岱再一次刷新了自己的中国画，是所谓有胆有识也。此一时期，他带着闲庭信步的心，于自由与自信中创作了一批《家园颂系列》《旧游册系列》以及《湘江多情系列》，以小见大的精湛山水作品相继问世。这一系列作品有感恩心态，很惬意，具形神兼备之意态，是充满诗化的上乘之作。更值得一提的是《遣兴册页系列》，其作品大小如巴掌，其神情、意态真让人醉心！构图别出心裁，给人以出其不意之感。或简括、或淡雅、或险峻、或孤傲，横空出世，就那样地得心应手，从心海中转换到笔端，信手拈来，如淙淙涓水，自然流淌。

山水画若食古不化，便容易板结，而周宗岱笔下的山水，经他一变再变，却是生机盎然。

我之所以将其花鸟画独述，是因为花鸟画与他的山水有着相同又不相同的情缘。相同的是构图饱满，笔墨浓重而奔放，不同的是山水着色淡雅，用笔基于娟秀雄浑。花鸟用笔刚健雄强，色彩浓重强烈，且构成更具当代性。很显然，他的花鸟画是从现代绘画语境中寻找自我，主张个性，又真切地释放心迹，犹如闲情写花鸟、抒情吟大山。他的花鸟画与传统有着完全不同的格局，更趋向于写心，更直抒心意。这种气概、气质彰显泼辣、霸悍，是典型的湖湘之气概所沉淀的文化符号。周宗岱领悟到了湖湘文化的精髓，就能独立江湖外，又敢当革新者，其艺术做到内敛不张扬，才气与霸气相制约。花鸟的用墨用色做到两极，墨重、色重也。古人不曾用过的，却在他的笔端呈现、建构、彰显、独立。全新面貌的花鸟画面活脱脱地出来了，与古人拉得远，与今人又拉得开，与时代靠得近，又趋于超前。

走进周宗岱的花鸟画世界，分明能看到他的山水画的另一个境界。他的山水与花鸟迥异，形成较大的反差，却又能做到彼此有依傍，互为观照，又互不牵制。

泼彩花卉在他笔下的诞生，较之山水的跨越与嬗变超乎想象。周宗岱的花鸟画比山水画更开放、更爽朗些。读他的《炎夏》《秋色》《野卉》《菊影》《山花烂漫》《篱菊》《秋艳》《路边记趣》及《岩菊》均为四尺斗方，大都为穷款，但又较之西画多了些诗意，多了些书写，多了些哲理，多了些禅意，多了些逸韵。尤其是去西方式的时空限制，摆脱了空间、环境与焦点透视上的干扰，使画面更为文雅、明丽而脱俗。画面浓重而不呆板，繁而不堵，简括而不空泛；语言单纯而不单调、浓烈且不浮华，将画面经营得浓重、浓情、浓意，恰是当代人所吁求的画面，体现了一种力量感、厚重感、沧桑感与壮烈感。画面表现的那种气度，既不是北方人的手法，也不染浙、沪的秀娟气息，它是湖湘文化哺育之后的强悍精神，也正是周宗岱所要表达的心语。

观周宗岱的花鸟画，犹如欣赏交响乐曲般，画面一张一弛，响亮而和谐，其中有重奏，有悠扬，有停顿，有休止，有强音，有弥音，聚聚散散，疏疏落落，极显现代感。这一系列作品的构图有的疏能跑马，有的密不透风，有的空灵隽永，有的大音稀声，有的如大风起鹏，均为画家的个性写照，为人生的心曲，壮哉、伟哉！在《花开花落》《悲歌》的竖式花鸟构图中感受到画家情感的控制。在《奔雉》《雪中》《鹧鸪》中又是信笔由之式的孤独、冷峻与空蒙。

翻开他的花鸟画集，无论是浓烈的色彩，还是重墨、焦墨的施笔，均是经画家深思熟虑、千锤百炼而成的熨帖。

1980年年初，我观过其花鸟画，大都以传统笔墨施以雅致的色彩，没有自己的语言，那时还不是周宗岱自己。可时隔30年来看周宗岱的花鸟画，简直判若两人，让人由衷地佩服。他后来出入传统后的花鸟作品，去了媚俗，去了前人的影子，去了今人的干扰，已然成为全新的周宗岱花鸟画风范。

四

近水知鱼性，近山知鸟音。

画家周宗岱的艺术特接地气，直面生活，这跟他常上高山多采撷丘壑纳于心中，常下水渊探究鱼鸟之灵性是分不开的。他之所以痴迷于探山水神韵、捕花鸟灵性，实乃为其传神立传所需，更是为创新中国画写意的传统而矢志不渝的探索。

周宗岱有着极为沧桑和多难的人生经历，而又愈挫弥坚，锐意进取，大器晚成。周宗岱曾受过的打击，反倒将他锤打成了一块好钢。右派帽子的扣压没使他倒下，反而历练了他自己的另一面——沉着、乐观、豁达与自信，以及对光明和希望的渴求。

周宗岱的孤傲、敢闯、敢写、敢说、敢做的秉性成就了他。他生性就是一副知识分子性格，不屑阿谀奉承，溜须拍马，讨好别人，而是处处彰显知识分子的那种清高。不苟同、不附和的刚性子，转移到其艺术中，故能具备独立人格，做到不重复古人，不重复今人，也不重复自己。

艺术家有大义、有担当，在周宗岱身上就弥漫着这种气息。1983年政府筹建齐白石纪念馆，他热心参与，跑项目，集资金，增编制，纳藏品，为早日落成纪念馆苦心孤诣。齐白石纪念馆的建设与发展，没少他一份心血。跑上跑下，多方呼吁，终究还是得不到想要的效果，他常常为之摇头叹息。他是一位领导，一位画家，于齐白石而言他是一位同乡，一位白石精神的追逐者。他懂得齐白石纪念馆坐落在湘潭的深远意义，尤其齐白石那批原作的调拨，那是经国家文化部许可才有的机缘。他退休后，仍以艺术家的身份心系纪念馆的发展，仍然呼吁社会要将纪念馆建成市内的文化品牌和文化交流的平台，并做大做强。为此，他始终做到身体力行地从学术上支持纪念馆的发展。

有学养、有姿态，重传统、有敬畏之心的周宗岱对文化的情感与常人完全不一样。齐白石纪念馆的建成是群众的愿望，更是他的愿望。每每与其交谈齐白石纪念馆的建馆，他就会为之一振，当然也会淡然地一笑了之，说："应该的。"

集体、团队对他而言也是极为偏重，是其情感方面的另像。20世纪90年代末，湘潭市美术家协会改革。他极力主张推陈出新，为美术的革新鼓与呼，湘潭的美术有了长足的发展。同时他以作品和经费支持湘潭美术事业的发展。2014年，他把获得湘潭市首批文化名人的奖金2万元如数捐给湘潭市美协，又有几人能达到这个境界？如今他作为年迈的老人，依然热情支持公益活动，只要是湘潭市美协的学术性展览和主题性的展览，他都会拿出精湛的作品参展。这些无声的行动无不感人，也无不激励后学。

五

伟大出自平凡。一辈子干一行，精一行，以平常心作平凡之事，铸就一番宏大的艺术事业，且能独领风骚，当学术领头羊。在湘潭美术界，“周宗岱”三个字是绕不过的，是他刻苦自励的精神，博采广纳的学养集于一身所致。

《周宗岱研究》的编辑出版，无疑是湘潭学术界对宗岱先生认知度日渐提高之举措，也是推介名家激励后学所展开的一项个案研究。此举，有益于当代，更有益于后学。

一个艺术家在一个区域能引起广泛关注，足以表明，被研究的艺术家一定是德艺双馨者。周宗岱终其一生铁定于艺术之路且不拐弯，这是他的秉性使然。他毕生的心思就在砚田上、在他的学术研究中、在他的中国画创造里。深居简出，守住属于他的那份寂寞，守住他倔强与豁达的天性。平时他不太愿意多话，可文心灿烂，谈吐起来，语言犀利且幽默风趣。他做人真诚，忌虚伪，讳空谈，不妄言，大家对他怀以敬畏心。他做人低调又极具个性，宁可被人负，从不负人，尤其步入晚年更显其倔强。他更可敬的是没有架子，甘为人梯，心地仁慈、宽厚，能容得人，尊重知识和贤能，为此，他也能忘记辈分，与晚辈称兄道弟。

重礼节，讲道义，这在中国传统文化中是尤为注重的。坚守文化规范是道德礼仪的基本底线，故礼仪一直在文化阶层最被推崇，是潜移默化的文化符号，是社会和谐的需要。在周宗岱的人文圈内、圈外有着和谐环境，能彼此交流、畅谈，甚至争论。他认为是为学术而争论，即使偏点急点，很正常。周宗岱人缘好，又好交友，学术界朋友愿意与他交往。比他年长的学界人士，他会以敬慕心待之。湖南学术界的长辈在他心里占有很重要的位置，如邵一萍、杨应修、易图境、李立、陈白一、王憨山、欧阳笃材等。若与他谈及这些老人时，他脸上会显露出谦卑之表情，这就是周宗岱一个文化人的境界。

好的艺术风向标，往往能引发一种好的学术风气。周宗岱刻苦自励，并永无止境地攀登学术高度，不断进取，不断超越自己，以致达到“有我”的艺术彼岸。他在艺术上单刀直入，走险棋、不偏不倚，不迎合、不张扬，将个我的中国画硬是从生到熟，又从熟到生地反复磨砺，冬去春来，循环往复地抱着“自种葫芦自炼丹”的心态。到如今，他每迈出一步，似乎就是给出一个学术性的信号。作为风向标式的艺术家，他总能引起周围的关注。这无疑是湘楚文化养育的结晶，也是湘潭美术界的骄傲。

自20世纪80年代中期始，周宗岱对今人的一些现代派手法有着自我审美的判断与否定批判。他认为抛弃笔墨，而鼓吹革新，纯属空中楼阁式的虚无之风，是不接地气的伪艺术。没有自圆其说的资本，只能作无知待之。他对2000年后新水墨“运动员”们几近失望。他们为新而“新”，误人子弟。真正治学严谨的艺术家，或者不跟风的艺术家必定是有我见的。曾一度被奉为理论先觉的李小山，公然提出中国画自吴、齐、黄、潘后已是穷途末路了。现在看来，李小山是为中国画坛担忧或呼吁，企图唤起中国画之民族自信心的觉醒。当时来论也许结论为时过早，其时还有健在的一批大家，如李可染、张仃、赖少其、王憨山等将中国画的接力棒往下传。周宗岱就是在此时期后最为活跃的画家之一，是位师古又知变化，革新又接地气的画家。他深知画家要掌握几大要素，要着眼于哪里，要崇尚什么，摒弃什么，这在他的画论里有明确的指向，也就是与古人拉开距离：“浓墨重彩，使画面响亮有扩张力。画花鸟，我愿意以浓墨重彩为旗号。”这就是区别于古人的学术主张。“说不出什么理由，我弄了几十年中国画，就是喜欢莫奈、梵高、席勒、巴巴、莫迪阿尼，胜于喜欢徐谓、石涛、金农，也喜欢现代绘画中种种构成、强化的手法。”之所以不压古又不妄论今，个中自有他的理由。他的方向是发展的，是多变的；眼光是观照大世界的，是放眼于未来的。

莫等闲，耽误自我前程。他在70岁后发起了对自我的进攻。他认为最大的敌人就是自己，很多道理大家都懂，只有到了自治的学术关头就难于下手，难于直面。老乡齐白石衰年变法，我周宗岱就没勇气，就甘作等闲之辈不成？事实上他走过的路如同沙漠之丘上的旅行者，留下的一个个脚印是那样的清晰可鉴，是掩盖不了的履痕。“路漫漫其修远兮，吾将上下而求索。”他居然在老年后走出荆天棘地的艺术之路，创造出阔笔大写、浓墨重彩、刚健峻峭、文雅奔放的中国画，我们应为他高呼！

“宥翁”是周宗岱晚年所取之号，引起笔者的兴趣。宥，意为宽容、饶恕、原谅。难道还要“你”“我”“他”对其人其艺的宽容？对其艺术探索变革的饶恕？对其不顾一切追求个我的原谅？这就是周宗岱，一个赋予气象万千，掷地有声地不断向前迈进的虔诚的艺术家。于是，我们有理由更有必要研究周宗岱，一个值得由衷尊敬的艺术家。

德艺双馨　硕果满枝

——周宗岱的成就及其成功经验引论

吴广平

他人如其名，艺如其名，学如其名，如山伟岸，如山厚重，如山大气。

他既是一位在美术、书法、篆刻、文学诸多艺术门类都取得了突出成就的艺术家，也是一位在美学理论研究、美术研究、书法研究、篆刻研究诸多学术领域都有自己独到见解的学者，同时还是一位热心培养艺术人才、积极投身公共文化艺术事业的美术教育家和文化艺术界老领导。

他就是已入耄耋之年的德艺双馨、硕果满枝的著名艺术家、美学家周宗岱。

一、周宗岱的多方面突出成就

周宗岱兴趣广泛，涉猎广博，既精于形象思维，又擅长抽象思维，在艺术创作和学术研究中取得了多方面的突出成就。同时，周宗岱还积极投身地方文化建设、艺术人才培养，均取得了突出的成就。

（一）艺术创作

周宗岱是著名的山水画家、花鸟画家，其绘画追求浑厚华滋的艺术境界；书法融汇了碑学与帖学，但更多地吸收了黄山谷、潘天寿的笔意；篆刻好秦汉古玺，多用吴昌硕、钱松意趣；文学创作以随笔居多，抒发性灵，活脱清新。

1. 美术

在学美术的路上，周宗岱得到过湖湘画坛张一尊、周达、王正德、段千湖、李昆泉、陈白一、钟以勤、陈子云、张举毅、云时霖等众多名家的指点和帮助，其中，对其影响最大的是钟以勤、周达、杨应修、李立和曾晓浒几位。周宗岱说：“‘画画’，简直是个顽皮的精灵，捉弄了我整整一生。我的苦难、欢愉、爱情、生计，件件大事，无一不是‘画’出来的。”（《学画自述》）由此可见，周宗岱视为终生事业的是画画。周宗岱迄今已从事文化工作63年，20世纪80年代末以来他将主要精力转向了山水画、花鸟画创作实践。现为中国书法家协会会员，中国美术家协会会员，中国美协河山画会会员，湖南省花鸟画协会、湘潭市美协顾问。1994年9月，代表湘潭市中日友好协会赴日本彦根展出绘画作品，任团长。

2007年10月23日，曾在中国国家画院美术馆举办了由中国国家画院、湖南省文联共同主办的个人画展。出版了《周宗岱写意花鸟》（中国工人出版社2005年）、《周宗岱·漫写家山图卷》（北京工艺美术出版社2005年）、《当代中国山水画坛10名家·周宗岱作品》（北京工艺美术出版社2007年）、《周宗岱作品集》（湖南美术出版社2015年）等美术作品集。

（1）山水画

周宗岱的山水画深受龚贤、黄宾虹、李可染、黄秋园、赖少其的影响。周宗岱曾撰写发表过《雄浑——黄宾虹画品》一文，对黄宾虹极为推崇，也追求雄浑的艺术境界。庄子散文的汪洋恣肆、屈原辞赋的弘博丽雅、司马迁传记的雄深雅健、李太白诗歌的豪放飘逸，欣赏周宗岱的山水画，我脑海中也不时想到这些文学艺术的境界。孟子说："充实之谓美，充实而有光辉之谓大，大而化之之谓圣，圣而不可知之之谓神。"周宗岱画山水追求美、大、圣、神四重境界。他的山水画，泼墨如注、浓墨重彩、重峦叠嶂、气象万千，呈现的是气势、力量、胸襟、格局。他不断积墨，采用多层、多种笔墨的反复皴擦染，又施以石色，融汇西方的油画和水彩的技法，雄浑厚重。他喜欢画大幅山水，大气磅礴，具有极强的震撼力。周宗岱哪怕是画写意小品，也和一般画家格局不同，仍然尺幅千里，具有大气象。

周宗岱从来不愿意按照写生稿和资料来作画，也从不打草稿，总是随心所欲、信笔画来，让孕育于心中的形象自然奔涌而出。他作画崇尚苏轼写文章的状态："大略如行云流水，初无定质，但常行于所当行，常止于不可不止"，自自然然，妙手天成。他主张美术作品是视觉的艺术，着重关注的应当是那些点、线与墨色的韵味和那些造型、构图、色彩。

（2）花鸟画

王鲁湘说："在花鸟画领域，湖南的齐白石、王憨山、易图境、周宗岱，就是很有典型性的四位画家。"可见周宗岱在花鸟画领域的地位和影响。他在一首题花鸟画的诗中这样写道："我有色盲，色墨荒唐。花花叶叶，雷贺倪汤。""雷贺倪汤"是俗语，意为稀里糊涂混在一起。这首诗当然是作者的自嘲之词，但表明他钟情"花花叶叶"，醉心浑然天成的写意花鸟画创作。他画花鸟，以浓墨重彩为旗号，吸收了很多西画的色彩甚至现代派手法，使画面响亮有扩张力，形成独特的风格。

看周宗岱的花鸟画，最好与其所创作的吟咏花卉的咏物诗合观，更见其个人怀抱与情趣。如《丙申题画》："佝偻瘦骨折馀枝，几朵残花瑟缩姿。窃叹老梅衰似我，熬寒抗雪太多时。"《题菊花》："悄悄蹲篱畔，春花不与争。秋深开烂漫，笑送世人春。"这些咏物诗都辞气壮盛、笔力遒劲、个性鲜明。诗中的梅与菊正是具有纯粹耿介、俊洁孤高品质与情怀的诗人自况。多读读他的这些咏物诗，我们才能真正体会他特别爱画梅、菊这些题材的原因。

2. 书法

中国画是笔墨功夫，离不开书法的功底。潘天寿《听天阁画谈随笔》曾言："知画者，必知书。"诚哉斯言！周宗岱知道画中国画必练书法，书法的高度决定画家笔墨的高度，因此他在书法上下了功夫。他在一首题画诗中这样写道："胸中弯弯扭扭意，纸上盘盘曲曲枝。非隶非行非蝌扁，宥翁梦呓亦成词。""宥翁"是周宗岱晚年所取之号。"蝌扁"，亦作"蝌匾"，即古大篆。周宗岱认为自己书法没有幼功，加之用心不专，只是将书法视作画画练笔的途径，因此一直说他的书法过不得关，不多示人，成果多是书法理论的研究。周宗岱是中国书法家协会会员，曾任湖南省书法家协会常务理事，其书法作品铭刻于韶山毛泽东纪念园正门、南岳大庙碑廊、常德诗墙、芦沟桥纪念馆、湘潭市芙蓉路"古今名人咏湘潭诗词书法作品刻石"等处。

3. 篆刻

"汉字乃世间最优秀之文字，其造型之美尤为他种文字不可及，国人爱重之。书法之兴，久而弥盛，而深究字形于点画波磔之间，入精入微者，惟篆刻一途。观夫撝叔、缶庐、白石，其初皆以篆刻名世，复以金石之意入于书画，遂为宗师，被覆一代，篆刻之为书画家所必修，其理昭然矣。"这是《宗岱治印》一书"后记"所言，由此可知篆刻在周宗岱心目中的地位与价值。1952 年春，周宗岱就读于湖南第一师范学校，获赠《王王孙印集》，常常翻阅、欣赏，由此对篆刻产生了浓厚的兴趣。1973 年，周宗岱与老篆刻家刘子其一同供职于湘潭市轻工研究所。刘子其精于刻碑、刻瓷、刻印，他见周宗岱嗜好篆刻，就将其珍藏原印精拓的《缶庐印存》《二金蝶堂印存》《古泥印存》《十钟山房印举》一一借给周宗岱阅读、欣赏。后来，篆刻名家李立又将白石老人印拓、印谱借给周宗岱欣赏，并传授篆刻真经。1994 年前后，周宗岱自感画画笔意偏弱，难具沉厚之质，故留意于金石之学，玩摩碑拓古印，曾选取汉印及各流派名家之作临摩仿刻，且钤于书画。2018 年暮春，周宗岱将其旧时所刻拓印汇编成《宗岱治印》。

国画家的印要多。齐白石尝自称"三百石印富翁"。周宗岱的印也很多，至少有两百多颗，有自己刻的，也有别人刻的；有大的，也有小的；有朱文的，也有白文的；有姓名章、别号章，也有各式各样的闲章。周宗岱自认为没有前辈篆刻大家白石老人和李立翁那种气质，他刻印从秦汉印入手，以后多从缶庐和钱松下功夫，更着重追求印的凝重苍古。他常常自叹：刻少了，如果多下点功夫，会刻得好一点！他刻了很多印，许多印还被内行叫好，但他从不敢以篆刻家自命。印章是书画的重要组成部分。周宗岱认为一个全面的、成熟的国画家，应该具有书法、绘画、篆刻的娴熟技法和理论修养。他不仅自己会治印，而且是篆刻美学的奠基人。他使用印章特别讲究与绘画的和谐、统一，追求整体的完美。

4. 文学

“不写文章，算什么文人？不是文人，怎能画出真正的文人画？”这是周宗岱在《我的写作流水帐——〈画馀信笔〉代后记》中说的。他的文学创作，体裁、题材、语言形式丰富多彩。如《漫写家山图卷跋》《山行漫记长卷题跋》《湘山情意图卷跋》《雪景长卷跋》《陈芳桂赠朱起煦山水长卷题后》《题陈芳桂赠曹毅山水巨幛》《涂道清行书长卷吴均〈与朱元思书〉题后》《题周平草书长卷》《〈宗岱治印〉后记》《刘振涛书展序》《潭宁周氏六修谱序》等文是地地道道的文言文，铺采摛文，语言典丽精工。他谦称自己创作的“旧体诗”为“假古董”，事实上出色当行，《题梅》《题画》《无题》等旧体诗，或学唐诗，重意境，重抒情，或学宋诗，重议论，重说理，皆饶有诗味。他爱读张岱、袁枚、鲁迅、梁实秋、林语堂等人的随笔小品，喜通过随笔小品表现自己的高情雅趣，在上海的《艺术世界》和《湖南日报》《三湘都市报》《湘潭日报》《惠州日报》《文坛艺苑》《社区风采》等报刊发表了许多清新别致的文章。2007 年 9 月还内部刊印了散文集《画馀信笔》，此书增订本即将由北京荣宝斋公开出版。猫、狗、小鸭、小鸡、鹌鹑、小鸟、兔子、荷兰猪，这些小动物，周宗岱都喜欢喂养，对它们关怀备至，观察细致，既画它们，描写它们形象的可爱，也写它们，表现它们的行为与人的情感交流。《麻雀》《蝌蚪》《公鸡》《母鸡》《斗鸡》《吃肉》《说狗》《养猪》《训狗词》《小鸭哩哩》《鸭的单恋》《咪咪小姐》《燕子的哲学》，这一篇篇描写小动物的随笔小品均语言活脱、形象传神，一经发表，即广为传诵。周宗岱还爱养花、赏花，不仅画花，而且写花，《咏梅》《兰》《菊》《荷》等散文均是以花卉为题材，不仅栩栩如生地表现了梅、兰、菊、荷的外形美，而且突显了梅、兰、菊、荷的精神品格。周宗岱描写花鸟虫鱼、飞禽走兽，留连低处的生命，展现动物世界和自然世界的高洁美好、宁静和谐，又常常揉进了自己的切身经历，咏物抒怀，达到了自由、恣肆的境地。描写小动物，周宗岱往往寄予了深深的关爱、怜悯，是他创作的“底层文学”，是十分有温度的文字，有的地方还间接表现了他的坎坷经历。而周宗岱笔下的梅、兰、菊、荷，则是俊洁孤高的自我的艺术象征，是他道德追求、精神砥砺的符号呈现。

周宗岱的记人散文，或追怀父母，如《父亲钓鱼》《母亲琐忆》；或缅怀恩人，如《怀念向日医生》《怀蔺常德同志》；或回忆恩师，如《刘子其，湘潭篆刻的铺路者》《看李立翁刻印》《李立翁数事》《白一老师几件事》《张一尊先生画马》《怀念段千湖先生》；或描写同道，如《憨山二题》《记王憨山》《朱辉的水彩画》《钟增亚画展驰想》《王集的篆刻》《蔡德林先生》《王奇志》；或叙写名人逸事，如《李可染数事》《傅抱石琐事》《朱屺瞻三事》。作者描写刻划人物，篇幅大多不长，善于剪裁与布局，常常抓住最能体现人物个性与精神风貌的二三事稍事钩勒，人物形象就鲜活传神，给读者留下浮雕般的印象。另外，周宗岱记人笔端饱蘸深情，老师的培养、朋友的帮助，他都铭记在心、形诸文字，“念旧”与“感恩”是他记人散文常有的主题。2000 年 5 月，他的散文《闲话刘剑桦》在“99 年度湖南省报纸副刊作品年赛评选”中荣获二等奖。

（二）学术研究

20 世纪 80 年代，周宗岱曾将主要精力用于文艺理论和美学研究，亦取得显著成就。

1. 美学研究

美的本质是什么？美到底是主观的，还是客观的，抑或是主客观统一的？20 世纪 80 年代，美学界曾进行了一场关于“美的本质”的大讨论，但言人人殊，莫衷一是。蔡仪认为美是典型，高尔泰认为美是自由，周来祥认为美是和谐，李泽厚认为美是积淀，刘晓波认为美是突破；朱光潜认为美是主观的，蔡仪认为美是客观的，李泽厚认为美是主观客观统一的。周宗岱经过三年深入研究，撰写出《美辨——客观论美学观的终结》这篇长篇论文，对客观论美学观公开宣战，极力主张美是主体对客体的评价，因其论据充足、逻辑严密、观点鲜明、文笔犀利，在美学界引发了热议。其后周宗岱又用了几年时间，将这篇论文和其他美学论文一起，结集成《美辨》这部美学论文集，在 1998 年 1 月由湖南美术出版社出版。湘潭师范学院中文系彭建明教授发表在《湘潭师范学院学报》1998 年第 5 期的《才学胆识兼备——读周宗岱先生的〈美辨〉》、曾任长沙电力学院（即今长沙理工大学）院长的严子琪教授发表在《湖南科技大学学报》2004 年第 5 期的《从〈美辨〉中读懂周宗岱》，这两篇书评都对周宗岱的美学研究和美学观点作了高度评价。《美辨》出版后，被中国图书网列入全国重要美学论著，被台北“国家图书馆”列入博士参考书目。

2. 美术研究

为了充分借鉴、消化、吸收、融汇古今杰出山水画家、花鸟画家的作品以开新局，周宗岱不仅认真学习吴昌硕、黄宾虹、李可染等的作品全集，而且对当代大家易图境等的作品集也不放过。他不是泛泛地浏览，而是一页页、一张张地反复细看、深思，每一种笔法、每一种构图、每一种色彩，他都要深入揣摩研究，作详细的笔记，写深入的体会，还撰写发表过《黄宾虹山水画释读》《雄浑——黄宾虹画品》《读张志安小品画》等极有见地的画家个案研究分析论文。同时，他还撰写发表了《艺术美与自然美——中国画独特的美学观》，从宏观上对中国画的独特审美属性进行揭示，彰显了深厚的美学理论功底和深邃的绘画理论洞见。他对齐白石、潘天寿、赖少其和八大山人都曾细细研究，写了论文和大量的读书笔记。

3．书法研究

在书法研究方面，周宗岱论文两次发表在书法研究顶级权威学术刊物《书法研究》。《论书意——兼与韩玉涛先生商榷》，发表于《书法研究》1982 年第 3 期；《书法美探源》发表于《书法研究》1983 年第 3 期。周宗岱研究书法，既有总结书法理论的，也有探索书法史的。总结书法理论的代表作有《论书意》《书法美探源》《主体心理描述与书法美》《书法杂议》；探索书法史的代表作有《怀素之狂与病》《何绍基——碑派书法的开拓者》《论南北朝碑刻书法》《古今书体嬗变时期的卫门书法》《草书典范〈十七帖〉》。他的书法论文多次入选全国书学理论研讨会，他很早就成为全国书协会员。周宗岱研究书法，成果既多，见解亦新，有的论文甚至产生了重大的影响与广泛的争论。比如，为了破解怀素“颠狂”之谜，周宗岱研究了怀素《论书帖》《食鱼帖》《律公帖》，古代医学著作《黄帝内经》《千金翼方》《备急千金要方》和现代医学著作《简明中医辞典》《实用中医内科学》，请教了当代名老中医张振钦，联系怀素所处唐代社会文化环境及个人际遇，在掌握了大量确凿证据基础上，写成了《怀素之狂与病》。作者通过周详考证，认定怀素之所以“颠狂”，其根本原因是性饥渴导致酗酒和过量吃鱼、吃肉而引起的痹证——痛风。周宗岱携此文参加 1993 年召开的“全国怀素研讨会”交流，引起轰动，有人说这是怪论，但拿不出证据反驳他。

4．篆刻研究

二十世纪八十年代，周宗岱在《书法报》发表了十来篇谈篆刻美学的小文章，开篆刻美学研究之先河，引起学术界与艺术界的关注。1994 年，北京大学金开诚教授和王岳川教授主编国家“八五”重点图书《中国书法文化大观》（北京大学出版社 1995 年 1 月出版），遂邀请周宗岱担任编委兼撰稿人，为该书撰写第五编“印里乾坤”的第二部分“印章艺术的审美境界”，包括如下九篇文章：（一）方寸之石，意味无穷——印章是中国文人的宠物；（二）抽象之象，美在其形——篆刻艺术的本质属性；（三）阳刚阴柔，济以古雅——篆刻美的各种形态；（四）神驰八极，物我两忘——篆刻审美的心理机制；（五）识篆习篆，专精博涉——篆法是篆刻的基础；（六）立意为象，形著意彰——章法是篆刻的设计过程；（七）形态丰神，见诸刀法——刀法是完成篆刻作品的手段；（八）不假雕饰，必赋新声——自然与独创之要义；（九）抒情悦目，跨越时空——印章的多重审美属性。这组文章后收入《美辨》一书，加了“（十）方寸之间，寻丈之势——篆刻艺术生命意味的表现形式”，改为《篆刻美学十题》，洋洋洒洒八万余字，首次从美学的视阈，深入探讨了篆刻艺术的本质属性、美的各种形态、审美心理机制、篆法、章法、刀法、要义、多重审美属性、表现形式等方面的内在规律，论据丰赡扎实，观点贴切新颖，成为后来研究篆刻美学的学者轻易绕不过去的厚重成果。他还应邀为《严子琪篆刻集》（作家出版社2003年9月出版）作了题为“文蒐要义　印赋闲情”的序，亦深得业界好评。

（三）人才培养

周宗岱不仅是一位有多方面成就的艺术家、学者，而且是一位乐于培养艺术人才的人。2009年8月6日，他创办“蕉荫画友”中国画创作团队，团队成员由湘潭、株洲、长沙三地的书画艺术家组成。周宗岱担任导师，亲自授课、示范创作技法、点评作业，率众多画友外出写生、参观画展。在他的引领下，蕉荫画友学习探索中国优秀的传统文化，研究诗书画印，迄今已走过11个年头。画友们多次参加国家及省市书画艺术展览，弘扬中国传统文化。周宗岱亲切地称年少于自己的画友为“朋友们”，他一直鼓励朋友们要师造化、走出去。前些年，周宗岱和画友们多次去湄江、南岳、道吾山、雁荡山、太行山写生。近几年，画友们仍未负导师所嘱，大江南北都有蕉荫画友的身影。2019年8月在蕉荫画友的雅集上，周宗岱曾语重心长地叮嘱画友：“朋友们一定要不负时代、不负人民，多读书，多写生，多创作，创作出好的作品出来。”在导师周宗岱的精心指导、培养下，蕉荫画友承接中国画传统技法，师古人、师造化，绘画技艺迅速提高，创作出许多优秀作品，推出了《蕉荫画友山水画集》（2013年卷和2016年卷）、《春之韵——2014蕉荫画友春季雅集》，出版了系列丛书《蕉荫画友作品集》一套15册，并在齐白石纪念馆成功举办了蕉荫画友作品展。团队成员萧红亮、尹红、姜令纺、张勇等已经成为湘潭乃至湖南画界的中坚力量，作品在国家、省、市的展览中频频亮相。2010年5月4日，“蕉荫画友新浪博客”正式注册开通，现已发表大量谈论艺术的文章，访问量将近20万。

周宗岱和“蕉荫画友”团队，倡导“愉快、非功利”的学习理念。愉快地学习，不当苦行僧。周宗岱一直提倡“非功利”。他认为画画的目的不是为了出名、赚钱。为功利而学习，画不出好画，也不能带来愉快，还不能持久。画画是陶冶性灵，愉悦身心，是养生，是以美的作品奉献社会。为了让团队健康发展，他立下了一些好制度，如活动费用采用AA制，即活动费用各人平均分担，导师周宗岱本人也分担一份，这就消除了活动组织者的顾虑，团队得以长久运转。蕉荫画友遵循着这种理念，成为有影响的团队，被人称为“蕉荫画友现象”。

（四）公共文化事业

周宗岱20岁任湘潭县文化馆美术干部，21岁参加湖南省第一届美展筹备工作。后来担任过湘潭市河西区文化科副科长、湘潭市文化局副局长、湘潭市文联副主席，为文化事业做出了贡献。

湘潭是世界文化名人、人民艺术家齐白石的故乡。1983 年秋，湘潭市各界人士倡议举办齐白石诞生 120 周年纪念会，建齐白石纪念馆。其时，周宗岱任湘潭市文化局副局长不久，主管群众文化。他深知齐白石纪念馆、美术馆的建设，对于发展湘潭美术事业的重大作用，他当作自己的事来办。齐白石纪念馆筹建委员会成立，湘潭市副市长郑曾铨任主任，周宗岱任副主任兼筹建办公室主任，湘潭市文化局群众文化科科长罗尊柱任筹建办公室副主任。周宗岱理所当然地承担了筹建齐白石纪念馆的全部具体工作。他积极呼吁，多方奔走，终于上级批准了湘潭市齐白石纪念馆建设项目，落实了建设纪念馆的地基、资金、木材、钢材，也落实了纪念馆的人员编制。齐白石纪念馆终于建成了，为纪念齐白石老人、弘扬中国传统文化，为湘潭市开展美术活动，发挥了巨大的作用。

二、周宗岱的成功经验

周宗岱涉猎既广，钻研又深，因而在许多方面取得了骄人的成就，这当然离不开老师的培养、朋友的帮助、环境的影响、时代的造就，而就其个人来说，则与其具有坚韧的精神、开阔的视野、创新的意识有关，与其进德与修业相结合、广博与精深相结合、理论与实践相结合、天分与勤奋相结合有关。

（一）进德与修业相结合

历尽艰辛，养育儿女。1968 年，周宗岱与制模工杨民宪恋爱结婚，这是他的原配夫人。四年后夫人患胃癌，丢下一子一女，撒手人寰。周宗岱拖着两个孩子，大的三岁半，小的两岁零七天，又没有固定工作，将他们拉扯长大成人。

奋不顾身，舍己救人。1985 年 8 月 1 日，周宗岱赴省文化厅办事，途中进板石路口加油站加油，恰逢地下油库漏油气，两位工人中毒窒息，倒在油库里，去救人的人又昏倒在油库门口，被人拖出。周宗岱在油库门口透过白白的油雾，看见那工人就倒在台阶上，冲下去拖他上来。在门口的文化局司机李玉成也冲下来，一起将那人抬了出来。但下面还有一个。周宗岱又找来绳索，一个年轻人冲下去，用绳索套住倒下的人，几个人一齐使力，将他拖了上来。这样，不仅两位中毒的工人都得救了，而且疏散了围观的人，制止了外面的人吸烟。但周宗岱自己却中了毒，在急救室打了一天吊针。周宗岱受到记大功表彰。

见义勇为，制止诈骗。1989 年 11 月 1 日，在从湘潭开往湘乡的长途汽车上，面对一个诈骗团伙，周宗岱毫不畏惧，大胆揭露骗术。

热心公益，乐于捐赠。2014 年，周宗岱被评为“湘潭市首届文化名人”，政府奖励他 2 万元奖金，他全部捐给湘潭市美协。为感谢母校湖南第一师范的培育之恩，周宗岱花了三个月时间精心创作了巨幅山水赠给母校。

严于律己，宽以待人。1958 年 3 月，21 岁的周宗岱在省文艺干校美术班，作为“白专”的典型被划为右派。同年 9 月，又因画展品不妥以“反革命”罪被判刑 3 年，劳动改造。释放后，颠沛 20 年，直到 1979 年才摘帽平反。周宗岱历经磨难，但没有改变他对人类、对祖国、对生活、对艺术的赤诚热爱。60 岁后，他自称宥翁，以宽恕自勉，这是多么超脱、大度的人生境界呀！

（二）广博与精深相结合

刘剑桦在《我眼中的宗岱先生》一文中说：“与宗岱先生相交 20 多年了，时间说长亦短，说短亦长，因为心气相契，已然模糊了岁月流逝。以我的了解，他是湘潭画家中读书最多、见识最广、文采最好的一位，给我留下了一个文化底蕴深厚的艺术家的印象。”看周宗岱的文学作品和学术论著，和周宗岱交流，你会吃惊地发现，除了对绘画、书法、篆刻、文学有深入的研究和丰硕的成果外，他对哲学、宗教、戏剧、音乐、语言、民俗等众多学科也有广博的知识、独到的见解。世上知识广博的人很多，很多只是浅尝辄止，周宗岱不一样，他不仅涉猎广博，而且造诣精深，尤其是在山水画、花鸟画、散文随笔、艺术美学等方面取得了为艺术界、学术界公认的成就。

（三）理论与实践相结合

周宗岱从事任何一项艺术创作都坚持理论与实践相结合。他从事美术创作，就研究美术；他从事书法创作，就研究书法；他从事篆刻创作，就研究篆刻；他从事文学创作，就研究文学。而美术、书法、篆刻、文学都属于艺术，都是美的存在，因此，他进而研究艺术理论、研究美学理论。他的艺术理论探讨源于其艺术创作实践，同时又反过来作用于其艺术实践，从而形成了他关于书法、绘画、篆刻、文学的美学观念。周宗岱是当代十分罕见的艺术创作实践与艺术理论探讨相结合的典范。

（四）天分与勤奋相结合

周宗岱幼年丧父，家境困难，只是一位中师毕业生，却成长为艺术家、学者，这除了他天赋异禀之外，也与他一直以来的刻苦勤奋、顽强拼搏是分不开的。据其湖南第一师范学校当年的同班同学郑兆安回忆，周宗岱家里只有一位老母亲，经济条件极差。他考取一师后，是和同班同学刘盛明一起光着脚、背着行李步行来上学的。三年中他仅回家一次。同学们问他假期为何不回去？他讲学校里有饭吃，他要是回去就会吃掉他娘的一份口粮。他在校期间，一年四季多数时间是打赤脚，晚上睡觉前就先到池塘边洗脚，然后端一杯水回到寝室，坐在床边淋干净脚底就躺下；半夜起来上厕所时就穿别人的鞋子。当时文化生活也少，周末学校组织同学们到附近的中南矿冶学院（即今中南大学本部）或湖南大学去看电影，电影票只三分钱一张。周宗岱没有钱买票，也从来没有买过票，不知道是哪个同学帮他买的。中师三年周宗岱除了热天穿背心短裤外，总是穿着一套黑色粗布衣服。当时同班同学家境富裕的很少，但如周宗岱这样艰苦的也没有。最可贵的是他从不挂在嘴上叫苦，甚至他很满足于有饱饭吃，不以为苦，所以他一天到晚还是乐呵呵地与同学们有说有笑。由此可知，周宗岱从小就养成了吃苦耐劳、乐观向上的品质。现在已经八十多岁的周宗岱，仍然深居简出，不喜应酬，每天按自己的作息时间画画、读书。他曾在自己的大门上贴一张谢客的纸条："上午干活正忙，中午倦卧在床，无心陪客。聊天谈艺，请在下午四点以后，谢谢支持。本室主人启。"一直以来，周宗岱惜时如金，即使年过八旬以后，每天仍然坚持工作、学习达五六个小时。

余论

"戏剧文化学"博士、时任云南艺术学院院长的吴卫民教授为2015年于昆明举办的《感性的风景——中德艺术交流展》所写的序言中曾说过这样一段话："我始终认为，艺术批评写作是一件十分危险的事情，因为，批评家总想要理性地梳理出艺术家们的思想情感、美学追求、风格变化、流派归依，诸如此类，条分缕析，分门别类。有时候，艺术家可以勉强追认那些研究文字，很多时候，艺术家们并不领情，既不看、也不评价批评家的评价，更不感兴趣研究者的文字，于是，批评家、研究者就陷入了存在的荒诞和言辞的尴尬。我不是绘画研究者和美术批评家，但是，我深知这种尴尬情形的存在。"笔者是从事中国古代文学教学与研究的，也"不是绘画研究者和美术批评家"，我深知自己现在谈论周宗岱也"陷入了存在的荒诞和言辞的尴尬"。但尽管如此，我仍到处努力宣传、讲述周宗岱的故事、成就、作品与观点，还发动、组织人参与到研究周宗岱的行列中来，这是基于对一位德艺双馨、硕果满枝的艺术界、学术界前辈的钦佩和崇敬。可喜的是，我们策划、主编的《周宗岱研究》一书即将出版，里边汇聚了国内许多一流艺术家、一流学者研究周宗岱的成果。但由于我们组织、策划还不够周密，还留下了研究的空白和遗憾，如尚无人专门研究其篆刻艺术和篆刻理论的成果，研究其书法创作的论文只有一篇，这表明周宗岱研究还有进一步拓展的必要。我们冀望周宗岱研究走向未来，走向更加全面，走向更加深入。

自 述

自我简介

周宗岱

周宗岱，今年82岁，从事文艺工作已经整整63年。简介如下：

○ 1937年出生于长沙市黎家坡公路局巷（今属宁乡），祖籍湘潭。

○ 1956年（20岁）任湘潭县文化馆美术干部。

○ 1957年7月，参加湖南省第一届美展筹备工作，并有4件作品入选展出。

9月，入省文艺干校美术班学习。

○ 1958年3月，在美术班被划为右派。

9月，因所绘展品被判刑劳改三年。此后20多年，一直打工或干一点与画相关的技术活度日。

○ 1977年，借调到湘潭市河西区文化馆任美术专干。

○ 1979年平反、改正，调入河西区文化科工作。

○ 短论《“文艺是阶级斗争的工具”是个科学的口号吗？——驳吴世常同志》发表于《上海文学》第7期。

○ 1982年任河西区文化科副科长。

○ 1983年加入中国共产党。同年8月，任湘潭市文化局副局长，分管群众文化工作。

○ 1984年齐白石纪念馆建设项目获批准后，任筹建委员会副主任，办公室主任。

○ 1985年8月1日因在板石路口石油库内救出中毒工人并工作突出，荣立大功。

○ 1987年任湘潭市文联副主席。

20世纪80年代，主要精力用于文艺理论和美学研究，发表论文、散文甚多。

论文《论书意》发表于《书法研究》1982年第3期；《书法美探源》发表于《书法研究》1983年第3期。

论文《明日书坛蠡测》入选于1986年全国“书法新十年学术论证会”。

论文《主体心理描述与书法美》入选于“全国第三届书学讨论会”。

论文《古今书体嬗变时期的卫门书法》在“全国卫门书法研讨会”上宣读，并发表于《卫门书派研究文集》。

论文《艺术美与自然美》和《论南北朝碑刻书法》先后发表于《湘潭大学学

报》。

论文《怀素的狂与病》入选“全国怀素学术研讨会”并发表于《艺海》。

○ 1993 年，为国家“八五”重点图书《中国书法文化大观》（北京大学出版）撰写“篆刻美学十题”，八万余字，并任编委。

○ 1998 年初，这些论文结集为《美辨》一书，在湖南美术出版社出版。

○ 2003 年，论文《艺术美与自然美——中国画独特的美学观》发表于《国画家》杂志第 5 期，同时发表了 9 幅花鸟，一幅山水。获“中国画创作奖”和“艺术研究奖”。

在湘潭市社会科学研究成果评奖中，论文《书法美探源》和专著《美辨》两次获三等奖。

《美辨》一书，被列入“中图发目录・艺术理论”。台湾将其列入“博士生参考书目”。一些大学将其列为参考书。

所写短论、散文百余篇和绘画作品，先后发表在《上海文学》《艺术世界》《书法报》《书法导报》《湖南日报》《三湘都市报》《文艺报》《中国艺术报》《美术报》《惠州日报》和《湘潭日报》等报刊。

○ 2000 年 5 月，散文《闲话刘剑桦》在“99 年度湖南省报纸副刊作品年赛评选”中获二等奖。

这些年来，先后应邀在中央美院、湖南师范大学美术学院、湖南大学建筑系、湘潭师范学院美术系、湖南省书法家协会、湘潭大学艺术学院、湘潭大学财经学院作学术讲座，并任“齐白石研究会”副会长。与齐良迟、郎绍君同为《齐白石辞典》（中华书局出版）学术顾问。

20 世纪 80 年代末，主要精力转向了花鸟、山水画创作实践。

○ 1990 年 11 月，花鸟画《有口的要吃》在中国美术家协会、中国书法家协会、中国摄影家协会、国务院人口普查办公室共同举办的大展中获“优秀作品奖”。两幅花鸟画被北京毛泽东纪念堂收藏。

○ 1994 年 9 月，代表湘潭市中日友好协会赴日本彦根展出绘画作品，任团长。

○ 2000 年 5 月，在湖南书画研究院举办个展。

○ 2001 年在湘潭师范大学美术系展出花鸟新作。

此后，又陆续在长沙、衡阳、南京、娄底等地举办个展。

○ 2005 年 1 月出版《周宗岱写意花鸟》（中国工人出版社）。

5 月出版《周宗岱・漫写家山图卷》（北京工艺美术出版社）。

6 月应邀在南京举办个展。

○ 2006 年 5 月，获中共湘潭市委、湘潭市人民政府颁发的“湘潭市文学艺术事业荣誉奖”。

○ 2007 年 9 月，作品《潇湘情意》获齐白石艺术节“齐白石奖”铜奖。

9 月，将历年所写和报刊发表的随笔集结成集，自行出版，名曰《画馀信笔》。

10 月，出版了《当代中国山水画坛 10 名家 · 周宗岱作品》（北京工艺美术出版社）。

10 月 23 日，在中国国家画院美术馆举办了由中国国家画院、湖南省文联共同主办的个人画展。作品《篱外菊争妍》被中国国家画院美术馆收藏。

○ 2008 年 5 月，获“湘潭市文学艺术成果奖”。

9 月 19 日，在湖南书画研究院举办“周宗岱晋京返湘汇报展”。

山水画《湘东之忆》《山寺》入选《湖南省优秀美术作品展》，并在中国美术馆“艺术湖南”大展中展出。同时入选《艺术湖南——湖南省美术作品集》。

○ 2009 年 11 月，在文化部中外文化交流中心主办的“神州风韵——首届华人书画艺术年展”展出作品，并获“成就奖”。

○ 2011 年，山水《湘西纪行》入选中国国家画院主办的“第二届中国山水画艺术双年展”。

○ 2012 年 5 月，由湖南省文联、湘潭市人民政府主办的“周宗岱画展”在齐白石纪念馆展出。

○ 2013 年，入选“湖南省文艺人才扶持三百工程”。

被湘潭市人民政府评选为“湘潭市首届文化名人”。

书法作品铭刻于韶山毛泽东纪念园正门、南岳大庙碑廊、常德诗墙、芦沟桥纪念馆、湘潭市芙蓉路“古今名人咏湘潭诗词书法作品刻石”等处。

○ 2015 年，由湖南省文联、湖南省博物馆在长沙谭国斌艺术馆联合举办“周宗岱画展”。

湖南美术出版社出版大型画册《周宗岱作品集》。

5 月 2 日，7 幅山水画参加厦门张仃美术馆开馆仪式暨“在山水神游中得山水怀抱”当代中国山水画名家作品邀请展。

○ 2016 年，山水作品《武陵幽境》参加由中国美协河山画会和湖北省美术院、湖南书画院、贵州中国画学会、重庆中国画学会联合主办的“河山如画图、武陵文脉展”画展。

○ 2017 年，山水画作品参加中国美协河山画会主办的“河山如画图——中国美术家协会河山画会成立三十周年艺术展”。

现为中国书法家协会会员，中国美术家协会会员，中国美协河山画会会员，湖南省花鸟画协会顾问，曾任湖南省书法家协会常务理事。

学画自述

周宗岱

“画画”，简直是个顽皮的精灵，捉弄了我整整一生。我的苦难、欢愉、爱情、生计，件件大事，无一不是“画”出来的。它已经弄得我精力疲惫了，却还是不肯放过我，不画画，我不知道怎么过日子啊！

因为画画，在湖南省文艺干校美术班，我作为“只专不红”的典型，被划为右派。随后，又因为几张画有问题，以“反革命”罪判刑三年，劳动改造。释放后，颠沛二十年，直到 1979 年才摘帽平反。

这二十年间，我的生计大都是靠画画解决的。给人画炭精像，我走遍了湘潭、平江，还远到津市、南县。在“文革”中，我最宽裕，因为写语录、画领袖像的活儿很多。后来到湘潭市轻工研究所搞设计，开办丝印厂，乃至做油漆工，无一不与画画相关。这二十年来，搭帮画画，我终于混过来了。

1968 年，在“文革”最火爆之时，我来长沙制领袖像，与制模工杨民宪相爱了。爱情，真可以让人漠视任何艰险，在黑五类大都被绳系拘禁之时，我俩结了婚。之后民宪早早地走了，留下两个孩子。大的三岁半，小的刚两岁，留下住院的一大笔账。我还清了这笔账，两个孩子，也拖大了。

1977 年，湘潭市河西区设立文化馆，把我从丝印厂借走作美干使用，我终于回归干部队伍。1983 年，我担任湘潭市文化局副局长，也与画画有着曲曲折折的渊源。

迷恋于画画，我又迎来了一个妻。1990 年，我与刘冀湘结婚。我是在教画中与她相识的，她默默地支撑着我的艰辛探索。因为迷恋于画画，我受不了繁杂的行政工作，打书面报告辞去副局长之职，调到了湘潭市文联。

1994 年，我与黄苏民赴日本彦根举办书画展，待了九天，受到彦根市市长和日中友协的盛情款待。

我心甘情愿听任“画画”摆布。它是故意捉弄我，还是要让我修成正果？做人要“威武不能屈，富贵不能淫”，它就让我尝够了“左”的威武，又不让我有升官发财的心思。它真让我“劳其筋骨，饿其体肤”，我的心困顿已极。然而，它也真让我动心忍性，增益了一些以前不能为的德性。到我这发华齿豁的年纪，已经是美食不如萝卜白菜，美色不如糟糠之妻了。出名，我怕麻烦；发财致富，我怕勒索。我只图清吉平安，能安安静静地享受画画过程的愉快，此生足矣！

“画画”垂青于我，我是领情的，它使我坚韧。关在高桥农场、省第一监狱时，我在画画；明日断炊，我在画画；妻死了，我在画画；离婚了，我上广州看全国美展。也许，这“坚韧”二字其实是自夸，上了瘾罢了。

这不屈不挠的心也支持着我的身体不垮。六十多岁了，我没有住过医院。血压高，我看作警钟，便约束自己不过于劳累。

“画画”垂青于我，尤其重要的是给我安排了许许多多好老师。

在宁乡宗一中学读初一时，汤蔼苏老师将我画的一幅立于石上的小鸟拿走。在随后的美术比赛中，此画获奖，我的一生，就这样敲定了。从汤科鼎老师那里，我学了一套漫画技法。进入湖南第一师范学校，李昆泉老师让我第一次看见了油画、中国画、粉笔画。我有对不起李老师的地方，愧恨至今。宾彬老师教我工艺制作。1954 年上半年，湖南艺术师范学校合入湖南第一师范学校，成立了艺术班，我就每天泡在艺术班的画室里。王正德老师教给我正规的素描、水彩技法。他最受学生爱戴，我很崇敬他。

湖南省文艺干校美术班真是“群贤毕至，少长咸集”。省会的名画家张一尊、周达、邵一萍、王正德、段千湖、汪仲琼、陈白一，都来讲课了。专职教师是钟以勤、陈子云、张举毅、云时霖四位。钟老师的素描、油画肖像，令我陶醉。陈子云老师风度翩翩，《带路》一画，声誉极高。张举毅老师玩水彩，变化莫测。云时霖老师看我们的素描，总是用手掌猛擦，让我知道了什么是整体。我们非常尊敬这些老师。老师们集中突破素描的教学安排，使我终身受益。

白一老师教工笔人物。有人问：“画得像一个人更难，还是画好线条更难?”白一老师答曰：“画得像一个人，是基本功。画好线条，是一辈子的事。”从此，我明白在中国画中线条、用笔是命根子。

1963 年，我劳改释放，得空去湖南师范大学美术系找钟以勤老师。他知道我此时最需要鼓励，最想看画，就带着我到处看，又去见段千湖老师、袁醉庵老师。后来，又带我与曾晓浒老师相识。

段千湖老师很看重我，每次去看他，他总是拿作品给我看，谈得高兴时，还示范几笔。他风趣、幽默，常常轻松地谈透一些艺术真谛。他的山水画不送人，却先后送了我两件精品。我的兴趣从西画转到中国画来，段老师是起了作用的。我怀念段老师。

我精光一人，空闲时间总是有的，出去写生或找人来画肖像都难免引起革命群众的怀疑。我常常关门读书，又找国画、碑帖临摹，越玩越有味，此后，再不弄油画了。

学西画，我受了正规训练；学国画，却有一个漫长的探索过程。在这个过程中，周达老、杨应爹、李立翁和曾晓浒先生对我影响很大。

我曾在达老家住过整整一星期，我为他托字画，他给我画竹，赠我一套册页，并作书记述此事。达老对我无所不谈，他温良恭俭让的风范，有如春风拂面。

杨应爹与我同乡，他的大婆婆还是我老姐的学生。应爹对我极好，我画花鸟，骨子里还是他的路子。在他暮年，未能多去看他，真后悔。

李立翁和李师母对人热情，对我极好。去长沙看他时，他多次将齐白石、潘天寿、李苦禅等画家画的许多珍品搂出来，让我慢慢地看。我向立翁索字索印，有求必应，有时弄到晚上两三点，他还要留我坐一会儿。精力之旺，人所不及。他每每留我吃饭，留我住。要知道，那时我是一个戴帽右派啊。

曾晓浒老师风流倜傥，技法、修养，我极钦佩。在“文革”正紧之时，他画瘾憋不住了，来湘潭画个通宵达旦。我画花鸟受他影响最大。他的山水，我很喜爱，然而，那是他典雅高华的心性流露，我学不来。

在湘潭，对我影响大的老师，是刘子其老人和张石顽先生。刘老精于刻碑、刻瓷、刻印，珍藏着原印精拓的《缶庐印存》《二金蝶堂印存》《古泥印存》《十钟山房印举》。在二十世纪六七十年代，湖南哪里看得到这样的珍本？刘老都借给我，并晒下拓片。我爱篆刻，对篆刻有领悟，都受刘老之益。刘老为人谦和，可敬可爱。

张石顽是一个生性骨鲠、洁身自好的老共产党员，有暇就以山水、花鸟画自娱，多以淡墨勾点于劣纸，生辣古拙，品位极高。这十来年，在湘潭，我背着作品去请教的只有张石顽先生。

我本来就凡事爱寻根究底，又常苦于无处可问，便尽力找书读。1963 年读了朱光潜的《文艺心理学》及一些书画理论书籍，渐渐引发了探索书理画理的兴趣。经汤清海兄介绍，得以请教于陈少丰先生。先生多次惠赐书籍，我有文章亦寄先生请教，先生必详加指点。1989 年，我曾专程去广州美术学院拜谒先生。1997 年，我将论文结集出版，少丰先生在病中，还拟为我写序，终于未果。前段时间清理东西，少丰先生的信还有十余封，睹物思人，惆怅久之。

在我的探索中，许许多多朋友对我的支持极大。是这些朋友构成了我学画的氛围，我们一起谈艺聊天、探索艺术与人生。长于我的朋友，给我人生旅途的经验；少于我的朋友，给我注入青春的活力。好些朋友长时间关照我，将我介绍于名家，推荐于媒介；有展览，有好书，要告诉我；要什么印，飞快刻了递来。尤其是这次个人画展，没有朋友扶持，我搞不成，朋友们为我策划进程，挑选作品，筹集资金，撰文鼓吹，印制资料，联系媒体……直到布展、接待，事事出力。还要给我打气，克服我的怯懦和懈怠之心。朋友列为五伦之一，用新词来说，便是社会关系中可贵的良性因素。

我的画艺的成长，得力于老师、朋友，也得力于组织、领导的支持、关心。我没有什么能力，如若稍有成果，我必将奉献于社会，奉献于帮助过我的师友亲人。

2000 年 3 月

《美辨》自序

周宗岱

我是画画的。我爱读小说、读散文、读古典文学，爱种种艺术门类，就是不愿意啃理论。滑稽的是，我最先拿出来的东西，却偏偏是理论。

1957年后，我以获罪之身，打工糊口二十余年。没有别的能让我高兴的事，只有书画，既是消遣，也是精神支柱，还常常赖以为生。画画，当然想画好，限于身份，又不便寻师访友，只好去搜阅可能到手的有关书籍和画册，领悟其中的道理。这种追求，使我渐渐涉足于理论。

七十年代末，理论界空前活跃，各种各样的学说蜂起。有些说法，无法经受实践的检验，却仍在鼓吹。也是天性好辩吧，我忍不住拿出稿纸，据理以争。没想到，这样的东西，竟迅即在《上海文学》《书法研究》等刊物上发表。我非常高兴，积在心里的话，能说给大家听听，这多好啊！我竟然不务本业，搞起理论来。

搞理论，不容易啊，我是外行，却也拥有外行特有的条件。在学者们埋头于书籍、文稿中时，我摆弄种种艺术，从书画篆刻、工艺美术到玩乐器、唱花鼓，无不躬行。写生时，我沉浸在自然中，努力将自然之美物化为艺术形象。这些，学者们是无暇去做的。我是一个艺术实践者，实践第一。任何艺术理论，与人类的实践对不上号，我就不认账。且多年为“左”所苦，理论骨头缝里有“左”味，也使我患过敏症，通体不安。我这样的人搞理论怎么能不出格呢？

那时的美学热点——美的本质，也吸引了我。那么多学者振振有词地论述“美”是“客观存在的”“不以人的意志为转移的”，却没有一个人能证实美是一种什么物质或其规律存在于何处。“客观存在”的东西，都是可以证实的，大到银河系、外银河系，小到原子、中子、电子，科学家都已证实其存在，找出其规律，唯独时时在我们身边的“美”，却无法证实，这不是怪事吗？

我终于弄明白，对美的把握，普通人比那些美学家高明得多。人们从来就是将美作为一个形容词。当某一事物形象使自己爱看、爱听、使自己愉悦时，便说这事物“美”，反之，便是“丑”。有趣的是，即使是拼力坚持美为客观存在的理论家，在日常说话行文中，仍然不能不和大家一样，将美作形容词用，而不可能派作其他用场。美与丑、善与恶，都是认识过程中主体对客体的一种评价、判断，完全依存于主体。那些一心寻找“客观存在的”“不以人的意志为转移”的

“美”的学者们，是白费力了，其结果必然和在客观世界中找神、找鬼一个样。哪有什么“美之谜”呢？那些美学家自己将自己弄迷糊了。

奇怪的是，这么一个对谁也不产生威胁的问题，却被弄得那么严重，以致好些美学家想也不敢朝别的方向想，有的则不敢直话直说，他们害怕自己犯唯心主义的错误。殊不知把主观意识的东西说成客观存在，正好就是客观唯心主义。正如坚持认为神、鬼、狐狸精乃至上帝、理念之类为“客观存在”一个样，不是客观唯心主义又是什么呢？

我惊讶于有的美学家并不想弄清事实，而一力维护自己的观点。在一次美学会上，一位有地位的美学家断然宣称：“癞蛤蟆不美，这当然是客观存在的嘛！”会后，我请教于他：“说癞蛤蟆不美，是谁的判定呢？”他足足愣了三四分钟，然后气忿地说：“不美就是不美嘛！”我心里笑了。须知这么个小问题，可不好回答。说是癞蛤蟆自己判定的吗？它的配偶还认为它长得蛮不错呢。说是“我”或者“大家”判定的吗？那更不行，因为那又刚好成为人的主体判断。

对美的本质的辨析花了我三年时间，我还为此反复细读唯物辩证法。最后，我不再犹疑，写成了《美辨》一文。

这段时候，我好热忱。每当一个问题引起我的兴趣时，我总是搜阅这方面的著述，动用大量实践经验去印证，辨析其属性与关系。我常常用这一行的目光去看那一行，站在庐山之外，窥视庐山的真面目。我写的好些论文都是这样。几年前，又应金开诚、王岳川先生之约，为《中国书法文化大观》一书撰写了《篆刻美学十题》。

时过境迁，我的热忱渐渐消退。爱玄理推求的人有几？书画界更是专注实践。我本不是吃理论饭的，是为自己弄清问题而涉足理论。且这些年来，我由此而读了些书，想通了些事，摆弄起书画来，心里不再茫然，受益已经很大。我撂下沉重的理论，重操毛笔，在宣纸上自由自在地挥洒起来，多么愉快啊！

这些文章谈不上高深，然而是认真的，或有人所未见之处。承湖南美术出版社的大力支持，得以结集出版，公诸同道。一管之窥，能引起同道些许兴趣，于愿足矣！

1997年初夏

我的写作流水账

——《画馀信笔》代后记

周宗岱

我看小说上瘾，比画画早得多。可是，在划为右派之后，我一直视写文章为大忌。寄一封信出去，也要看几遍，甚至已经贴了邮票、封了口，还要拆开再看一遍，这才放心投进邮筒。

四人帮垮了，杂志上诉说伤痕的文学作品日见其多。流沙河、从维熙、张贤亮、高晓声、刘绍棠、邓友梅、陆文夫……这许多同年，都写出了震动文坛的文章。我多么想写文章啊！能把自己心里憋了那么久的话说出来，发表出来，多么痛快啊！我想写小说，可是，我从来没有搞过文学，又生活在与文学界完全没有来往的圈子里，不知道怎样把自己所见、所闻、所想写成一篇篇有看头的小说。再说我还单身拖着两个孩子，不能再让自己卷入某个漩涡之中。这过度的谨慎让我止步于文学圈子。

压抑久了的感情，总会找一个口子冲出来的。1979 年 6 月的一个上午，我读了刚来的《上海文学》，刊物上正在进行文艺方针的论辩。一位学者，发表了一篇洋洋大文，喋喋不休地论证着《“文艺是阶级斗争的工具”是一个科学的口号》。我极为气愤，又极度鄙薄这种不合实践、不合逻辑的文章，怎么能再让这紧箍咒坑人呢？当天晚上，我就写了一篇短文，次日清晨便邮寄给《上海文学》。真没想到，接到 7 月份的杂志时，我那篇小文便发表在上面了。我好痛快！这种极左的理论，就应该鸣鼓而攻之。有老朋友看到了，便喊醒我：“周宗岱呀，你又写些咯号家伙，还冒搞得足呀！”在我不冲动的时候，这话还有用，一冲动起来，又忘乎所以了。

这类文章，与写小说是不同的路子。看起来，我编故事、塑形象、记语言的能力并不出色，我的长处在别的方面。

1956 年，我进文化馆工作，艺术门类样样都爱，都去捣弄一下，广泛的文艺实践，是我一笔很大的本钱。

这些零散、杂乱的实践经验，本来是不能派什么用场的，碰巧我又读了点美学书籍。

我外侄陈正凯在平江一中教书，1963 年，我在他那儿住了半年。他书架上有一本朱光潜的《文艺心理学》，又借到魏师仁老师一本丹纳的《艺术哲学》。很快，我对美学上瘾了。

八十年代初，周汝昌教授一篇否定篆书的艺术性的奇谈发表在刚刚创办的《书法》杂志上，全国书法界的指斥之声蜂然而起，这就惹发了一场关于书法的美学本质的火热论辩。对书法，我兴趣大，又读过冯武的《书法正传》、陈彬和的《中国的文字与书法》、康有为的《广艺舟双楫》等书。那时，全国很难觅到这类书籍，我是在平江一中图书馆的王云五《万有文库》中读的。当然，我也就发了书法理论热。《美学》上发了韩玉涛的《书意》，我不能同意，便写了篇《论书意——兼与韩玉涛先生商榷》，发表在《书法研究》1982 年第 3 期，这是当时全国唯一的书法理论刊物。对书法美深入探索后，又写成《书法美探源》一文，发表在《书法研究》1983 年第 3 期，这是我一生最好的论文之一，没有绘画写生实践的人，不会这样来看问题。

1982 年，我参加了在岳阳召开的湖南省美学学会年会。在会上，发现那种居正宗地位的客观论美学观其实根本说不通。此后几年，我热衷于美的本质的探索。为填补自己哲学知识的不足，我饶有兴趣地研读马克思的唯物辩证法，学会了从哲学的层次来想问题，谈问题。这几年里，写了好些篇书法、绘画的论文，在全国书学座谈会和《湘潭大学学报》《艺海》等刊物发表。

我的这个理论热到八十年代末迅即降温了。理论研究占据了我那么多时间，还掏钱买了那么多书，却不能给我带来一星半点的实际好处。我那一点点工资，好困难。我跟朋友说，自己“越写越穷”了。

1987 年，我已经从湘潭市文化局来到了湘潭市文联工作。真想不到，上至中央，下至省文联，市、县级文化单位，乡文化站的人都能评职称，唯独市、县级文联工作人员不评职称。这样，我搞理论就连一点虚荣也不能到手了。在竞争不激烈的时候，我还在坚持投稿。很快，我就明白必须退出这一行了。此后我不再在理论方面努力。只是免不了还应邀写点东西。

1993 年，长沙铁道学院的罗选民老师找着了我，想约我为北京大学金开诚、王岳川教授主编的国家“八五”重点图书《中国书法文化大观》撰写篆刻美学。我不认识罗选民先生，可能是他看到了我多年前发表于《书法报》的一组篆刻美学小文章吧。这组文章，应该是全国最早的篆刻美学探索。搞美学的人，谁也不会研究到这个偏僻的领域来。有篆刻实践的人，又不会去搞美学。我根据早年的研究所得，作了些扩充，写成《篆刻美学十题》。《中国书法文化大观》的篆刻美学部分共十节，其中九节是我写的。他们还将我列为编委之一。

理论写了一大叠，我哪有钱去出版？只好撂在那里了。我的酒友陈慰民教授是好心人，一直关心我，想帮我。1996 年，在钟以勤老师的艺术研讨会上，陈慰民教授热心地将我的文稿推荐给湖南美术出版社的社长萧沛苍先生。萧沛苍先生将此书正式列入出版计划，不要我承担费用，还给了稿费。直到现在，我也不知道怎样去感谢萧先生才是得体的。

我的理论热退了，画画才是我的本行。只是因为想辩明自己该怎么去画画，我才接触到理论。又因为生性好辩，才去彻底弄清一些理论问题。好些美学问题的论述，我已达到了人所不及的深度。缜密的逻辑、准确的概念、丰富而确凿的实践例证，是我所长。

可是，这个领域很多人不是在探明真相，寻求真理。坚持某种“观点”，关乎他们的切身利益。我不是此中人，不想从中得利，何必去争呢？

搞理论，耽误了我好些时光，可是，以后画画该怎么走的问题，我却是明确了，不再动摇，不走弯路，也有好处。对于做学问，我是留恋的。我是因为没有条件才离开了那条路。我适合做学问。但是，搞多了理论对于画画并不好，过多的理性，对艺术创作是有害的。

后来，当我重又将主要精力投入画画时，我早年那种狂放不羁的身影不见了，总是太理性。朋友一再指出，我的画理性成分太多，要狂放一点。画到七十岁，仍然突不破这道栏栅。这时，我有些急了。我害怕我的形象思维能力比不上我的抽象思维能力。

我以为，一个人的智慧是一个常数，有一个总量。这方面多了，另一方面就少了。我欣赏自己的理性思辨能力，可是，这会不会意味着自己形象思维不行？画画是搞错了行当吗？那我就惨了。不认识自己，错误地判断了自己的能力，是不可原谅的。

只是在我回顾起自己走过的路，明确自己观察形象、记忆形象的能力确实很强以后，我才稍稍恢复起信心。我能不能在艺术创作中疯狂起来呢？我想到，那么多名演员演疯子、演狂人，他们其实时时刻刻是理性的。这种“理性的疯狂”，也许比真正的疯狂更有审美价值。我画画的病也许还是不够熟，因此不能放，要说我周宗岱放不开，那些认识我的朋友都不会承认的。

理论不搞了，小文章还是写。不写文章，算什么文人？不是文人，怎能画出真正的文人画？

我写小文章的历史，其实比搞理论还早几年。1979 年 5 月，我写了《绘画与书法用笔》《虾与驴的启示》等好几篇探索画理的小文章。《湘潭日报》的丁各欣先生喜欢画画，常来我家坐坐，这几篇文章，他拿去交给副刊发表了。当时我还没有平反改正，是雨湖区文化馆建馆时将我从街道工厂借过来的。我还担心，没摘帽的右派分子的文章能在党报上发表吗？这是我一生中最早正式发表的文章。后来，又陆续发表了一些。丁各欣先生是最先将我领入文学副刊的人。

1990年11月，我看到四本一套的《梁实秋文集》。我没读过梁实秋的文章，只知道他是鲁迅骂得最厉害的人。翻一翻，那随心所欲地讲自己想讲的事，却又讲得优雅、风趣、有学问的文风，我很喜欢。我写了《公鸡》《母鸡》《斗鸡》这几篇东西，受梁实秋的影响是非常明显的。后来写《咏梅》等文，仍然是这种“书斋小品”。

我历来爱小动物。我住在一楼，屋前有了一个极小的花围子，也就养起小动物来。猫、狗、小鸭、小鸡、鹌鹑、小鸟、兔子、荷兰猪，只要不引起邻居讨厌的，我都养。我喜欢它们，常常画它们。渐渐地，我认识到它们的可爱、感人之处，不仅仅在于形，它们的行为、它们与人的情感交流，往往是画不出来，我就开始写它们了。《咪咪小姐》《小鸭喱喱》《鸭的单恋》，都是写自己家的事，自然观察更多，细节更丰富。有了这些活生生的形象，我不必再去“掉书袋”，也就离开了“书斋小品”的写作路子，踏进了纯文学的领域。我写了好些小动物，也写了好些花卉。在这些文章中常常揉进自己的切身经历，我能够随意地表达自己了。

在这些小文章的写作中，好多编辑朋友帮助了我。

我首先要提到唐普元先生。这位资深的老编辑很看重我，较早的一些文章，都是唐老师经手发的。他尊重我的文风，从不改动我的东西。写得出色点的，他多次置于副刊版头条。《闲话刘剑桦》一文，他还推荐上去，获得了“1999年度全省报纸副刊作品年赛”二等奖。

刘剑桦、王集、周小娅、赵竹青、李季琨、朱海云这些朋友都给予了我很大的支持。周小娅编《惠州日报》副刊时，编了一个梅花的专版，尽是些全国顶级的作家，她竟然把我那篇《咏梅》放在里面。这当然是有意抬举我了。

我也写了些怀念老师、故人的文章。交往多的人，那些值得记述的往事，写起来也蛮动感情的。

我写了有贡献的文艺家便寄给湖南省文联的贺振扬老师，他都在《文坛艺苑》上发表了。《湖南日报》的蔡栋先生也发过我一些文章。

2002年，在长沙待了一段，认识了龚旭东先生。他主持的《三湘都市报》副刊版很有影响。他发了我不少的小文章和花鸟小品。有闲空时，他还到我住的那偏僻的角落里来粟壳一番。他最喜欢我那些随意的“笔记”。

朱海云先生是我1973年就来往的朋友。那时我在湘潭市轻工研究所打工，他在湘潭市卫生防疫站。每日中餐，便在妇幼保健所的食堂见面了。他的乱弹比二弦子还叫，而且酷嗜文学作品。我们是读小说的朋友。这两年，他办起了一个《社区风采》杂志，给我开了一个专栏。有合适的小文章，我都交给他发。

四十年前，李季琨老弟就与我同住万人新村一栋3楼。他生性爱文艺，爱读书，还在当红卫兵的时候，就成了我这个右派分子的朋友。1983 年齐白石纪念活动草创之时，我们一同到北京晋见马璧先生、邓力群部长。此后，搞齐白石研究，我俩一直是搭档。

我不是当作家的料，也不试图去写什么惊人大作，还是画画这门手艺好。

画画与写作大不相同，画画的，尤其是画山水、花鸟的，面对的是自然。自然之物，不论是雄伟的山峰，浩荡的江河，甚或一花一叶、一鸟一虫，都那么美。沉浸在自然之中，心灵就净化了，烦恼少了。

而写作，是必须面对人类社会的。光只写点花花草草、游记怀古，算什么作家呢？作家的任务是伟大的。而我，只是个渺小的手艺人，决不是“真正的猛士”，不敢“直面惨淡的人生”。年事愈长，看得愈多，愈急于逃避烦恼。古人云：“达则兼济天下，穷则独善其身。”我独善其身尚且为难，兼济天下不会轮到我。我还是画点画，写点字，留点人们喜欢的作品吧。况且，这几年来，衰退日甚的身体，也只允许我画画。画画时四肢都在动，体力、脑力都不透支，而静坐看书、写稿，我的腰椎、颈椎就对我叫板了。七十岁了，这也是“自然之势”，那我就顺其自然吧！

这次到北京办画展，朋友提醒我，把那些散文也弄成集子吧。让别人对自己更了解，这当然好。

我是想出集子的，可是，原先打算在几年之后。手上的文章都是兴之所至、漫无计划的，好些最应该写的文章却没有写。我的妈妈、我的姐姐、钟以勤老师，我都没有写。

陈少丰先生在我的理论研究中，给予了我极大的帮助与鼓励。开始一段，我的论文，都先寄给他，先生首肯之后，才往外寄。先生还拟调我去作他的助手，恰好此时，我到了湘潭市文化局，便作罢了。

李寿冈先生是湖湘宿儒，我非常敬重，常去请教。《美辨》出版后，我特地呈送，请他过目。寿冈老师回信，还把书中几个错别字列表打印出来寄给我，说：“特寄上，表示认真看了而已。”我非常感激。人上了年纪，就很不容易听到意见了，尤其是纠错之类。这样，自己就会一辈子错下去。对寿冈老师这样的指教，我是太感谢、太需要了。

李忠初教授给我帮助很多。每有汉语方面的疑点，我都去讨教，他则不厌其烦，让我增添了很多汉语知识。他还指点我一些基本的逻辑论辩方法，我用过，真解决问题。我常常惊叹，忠初先生书读得真正好。

这些帮助过我的人都没有写。这会儿是来不及了，事太多。仅仅整理早已发表过的文章，也忙了我个多月。

清理文稿时，也就把我那乱七八糟的书柜清了一下，翻出了些我已多年不动的字画和印章。有黎泽泰老人的条幅、印章；有周达老的册页、墨竹、条幅；有杨应爹的梅花、墨竹；有李立翁的印章；有张志安先生的小品；有曾晓浒先生的山水；曾先生还和李立翁合作了一幅六尺条幅，曾先生画紫藤，立翁画了一大丛水仙……

翻着这些东西，当年的情景便放电影似的在脑子里重演，一幕一幕，说不出的温暖，说不尽的感激之情。

我总是扯不抻，忙忙碌碌，竟然没有写写这些老先生，写写他们对我的关心、培育，我真正是愧疚。只能以后再写了，这会儿根本沉不下来。

我没想到弄一本书那么费事，若不是我太太尽力支持，肯定会出不来。她一篇篇打、校，又扫描想用的图片，常常弄到深夜。我自己有时疲沓下来，她还得做做我的思想工作。

我的《美辨》一书，就是请刘剑桦先生校对的。他一丝不苟，费了好大的力气。2000 年我在长沙搞画展，宣传小报又是剑桦先生操劳的，从编、校到跑印刷厂，全都是他。这次，又要他费心了。剑桦先生为我拟定了书名，还邀周平先生、王奇志老弟来搞装帧。这三位都是高手，我就一切拜托了。

我知道，画写意画的人像登珠穆朗玛峰，爬到四五千米，根本不算什么；到得七千米，就艰难了；八千多米以后，简直一步不得一步上。我貌似了了，实则鲁钝；遭遇坎坷，耽误了青春，而又心多旁骛，以致衰迈之年，仍然一事无成。张楚务先生早就劝我不要写文章了。往后，我还是画点画吧。这也是我自己身体所能允许的了。

2007 年初秋于蕉窗下

書法研究

通　信

“像你这样水平的人并不多。希你提高信心。”

——与周宗岱书

丁井文

宗岱同志：您好！

收到你的长信与画四张，非常感谢你又送来了你的作品。你在信中谈了很多，从过去受的委屈到今天的成就都作了详细的分析。从信中看，你的艺术修养很高，眼力很高，也勤于读书、画画、写文章。你谈到如何能在画画上爬上更高的峰头，这是应该认真总结研究的问题。许多画家在谈吐中都提到这个问题。你的条件比一般画家要好得多，也苦于进一步怎么画的问题。这个问题我很难在信中谈清楚，也没有像你那样的表达能力。我希望今年内在北京给你找个暂时画画的地方（原设想的）。你来北京住上一两个月，画点画，认识些画家，看看国画原作，也可以看到任伯年等人原作。在这时间内，我们可以共同研究进一步提高的问题，也可以请北京一些较知名（有实际能力、水平的）画家对你的国画提出具体看法与要求。你看这样行不行？请你接到信后能把你的近年作品照片寄我十张或二十张，便于去同有关宾馆介绍。

八月五日在人民大会堂湘潭市齐白石纪念馆新闻发布会上认识了你们湖南画家黄苏民等人，他们说你是湖南省有才能的知名画家。我办美术教育一生，培养了不少画家，全国主要省市都有，也有不少知名度高的人，但像你这样水平的人并不多。希你提高信心。

此致

近安

丁井文

一九九二年八月七日

“我为您最近扩充《篆刻美学》一题而十分庆幸”

——与周宗岱书

陈少丰

宗岱同志：

3 月 1 日信早收到，因杂事缠身，迟迟不能作复。

合照的像，当时即收到，没有及时告诉您，让您挂念！这是我们神交之后第一次见面，幸您带有照相机，得以摄影留念。不然，不知再见面到何时了。

我自 1990 年 2 月脑溢血之后，虽免于死，但头脑及两腿受损害很大。经过两年疗养，记忆力已有相当恢复，而思考力则仍无起色。“写东西”只能是记忆性的材料，至于需要构思、思考的文字，几乎一篇也写不出来。所以自 1981 年即与岭南美术出版社说的《中国雕塑史》，后因《中国美术通史》雕塑部分的撰写、王逊先生《中国美术史》的校订补充、大百科“美术卷”若干条目的撰写、为华南艺大编写《中国绘画史长编》（教材）的小册子等事穿插其间，时断时续，一直不能交稿，待要决心排除一切干扰，专心把《中国雕塑史》完篇时，却得了脑溢血。在出版社的热心关照下，由青年同志帮助补写了未完的章节，于 1992 年夏初交出版社。本来已写出的部分，也都是“一遍下来”的初稿，章节的繁简、字句的斟酌，都不及调整、修改，拿来出版，实在于心不安。出版社领导同志劝我不要“求全责备”，其实不过是起码的要求，谈何“求全责备”？现已排好，经过校对，只待印刷了。估计上半年可以印出来，到时寄给您，请您提意见。

春节前二女儿陈次婴来信，要我回河南南阳过年，我考虑到三年来她为我生病曾数次来广州，且最近广州至南阳的航线已通，不可使孩子失望，遂于元月十一日回南阳。然因北方温度低，不免要增加好几件衣服，腿的负荷量增加了，本来腿就痠软困痛，走路就更难了。加之感冒，头不时晕眩、恶心，于是不得不提前（正月初十）返广州。回来后发现血压增高。幸而提前回来了，不然如在南阳出现意外，不免让次婴“担风险”。

我为您最近扩充《篆刻美学》一题而十分庆幸，也出了一口气。前些年由我寄了两三个地方，而不能发表，虽然他们也加以称赏。

最近，有好几位同志（包括长沙的）来信谈到环境条件问题。盼望有朝一日看到宗岱同志的画作。

匆此，敬祝

撰安，阖家春祺

少丰

1993 年 3 月 17 日

“我像是饿牛闯进了菜园”

——与周宗岱书

樊家伦

宗岱先生：

寄来的五本书均收到，十分感谢！我正饿着呢。

我迫不及待地翻阅，却不知不觉在《画馀信笔》的字里行间停下来，也许是偏爱你的文笔吧，境随情迁，对先生的文笔字句一旦入心，即对其画也就愿认真读了，只是让我像是饿牛闯进了菜园，一直翻到夫人第二次催餐才肯离开你的画册。但匆匆吃了几口，又赶忙回到书桌前继续到深夜。世人当今是腹不饥而精神食粮奇缺，特别是精品太少、极稀！初翻看了你的大画册方知你的山水功底了得！从 1995 年的《连云山纪游》《碧嶂千重》《层峦叠翠》等较工细的早期作品不难窥见先生的传统功夫，令我等叹服！而返回来再看山水意笔，似乎体会就更深了。吴昌硕、黄宾虹的笔墨、艺术趣味已入骨髓，且融入血液中，所以又从吴、黄二家“化蝶”出来，成了自己的风格。这是最艰难的一步。譬如册页部分的无色山水，特别是雪景极美，极像无伴奏的清唱，无需修饰，像宗岱本人一样纯真无瑕。扇面中也是雪景好！花鸟你是近镜头为主，甚至特写。从花鸟作品中看出先生“好色”的一面，但色如墨一样用得好到位，如《梅香在骨》，红梅点在书卷气十足的线条艺术之中，且以青绿作陪，没有丝毫苦寒味，没有丁点孤寂高傲感，却充满欣欣向荣、坚忍不拔的气质。花鸟的泼彩与泼墨融合得恰到好处，但《悲秋》境中却不见悲愁之感……红色用得好，点醒了墨底，让整个画面从“悲秋”中自然转入悲壮之中。花鸟中我偏爱速写式的《奔雉》《双禽》《雪中》及《篱畔黄花》等淡雅的作品。什么《满园春色》之“大作”反不如小品充实。如《炎夏》真还有炎夏酷暑沉闷的感觉。有的东西也许是我看不懂，误解你了。

这本大画册的责编、美编很有水平，在大画册中恐怕只是你这本称得起一个“最”字。索引很精彩，许多作品缩小看特别精致，无论是山水、花鸟都是。亦可见你的作品整体气势都好，远观近看均佳。

以上仅供参考，只是我昨夜几乎翻了一个通宵之后的一点感慨，不当之处敬请谅解。

再次谢谢您送来的新春大礼。

无以为报，非常愧疚，见谅！

湖南省文艺干校的同学，其实只能是学弟

家伦 2019 年 2 月 5 日匆草，乞谅

评 说

综合研究

老友新知——周宗岱

练肖河

已许天下士，相见何茫然

退食之晦，无事可干，把旧日所好捡了起来：学书法、玩字画，也学写点理论文字，因而结识了周宗岱。但因两人相距百里，我又有一般老年人的迟钝与健忘，对宗岱的认识和了解经过了较长的过程。

1983 年，在《书法研究》上我看到周宗岱的《书法美探源》一文。当时印象很深，好文章，真棒！但先生何许人也却并未深究。

1985 年冬，在“湖南省第一次书法研讨会”上，湘潭市去了一班年轻人，发言时铿锵有力，言之凿凿，一个个虎虎有生气，直令我这个老气横秋的人羡慕。但还真的没弄明白周宗岱就在其中，而且是他们中的领导人物（湘潭市文化局副局长）。他已人到中年，但当时看来是那么年轻，穿着入时，朝气蓬勃。1986 年，河南郑州举办“全国书法新十年学术论辩会”，宗岱和我都参加了，这时我才真正认识了他。宗岱与许多名人都熟悉，也相当活跃，我却是第一次看到那么多专家学者，听到那么多高论。与学术会议同时举行的有“全国第三届书法篆刻展览”。宗岱约我同看展览。开幕式那天天气好，怕有千多人，在舒同等领导讲话后，便可以参观展览了。人多拥挤，我们等了一会才进去。在第一展厅扫视一周，我拉着宗岱说：“那一张字要仔细看一下。”走近看，是祝嘉老前辈的，难怪那么老辣精神。宗岱看得很仔细认真，我渐渐感到体力不支，就顺着人流，走马观花地浏览了一下，先挤出来了。但宗岱意犹未尽，后来又去看了一次。

宗岱最先让我吃惊的是他在《书法报》上连载的《篆刻美学十题》，他以美学家的眼光，论述了印学的方方面面，言简意赅，先得我心，成一家之言。这个人确实不简单！

斯文应彪炳，精要在探源

宗岱的《美辨》一书于 1998 年年初出版，书中收录了重要论文，包括《序言》计 16 篇，涉及书法、绘画、美学等方面。说老实话，我在偶然得到这本书后，捧读至次日凌晨两点。朋辈中有这样的才、学、识，我是很高兴的。他每篇都有独到的见解。尤以《美辨——客观论美学观的终结》一文最为精彩。宗岱在《自序》中说：“美的本质的辨析，花了我三年的时间，为此反复细读唯物辩证法。最后，我不再犹疑，写成了《美辨》一文。”他的认真精神令人钦佩！正如彭建明教授在《才学胆识兼备——读周宗岱先生的〈美辨〉》一文中对该书的评价：“一是逻辑性强。他把自己的观点组织在严密的理论体系中，一步步地推演下去，令人感到一种逻辑的力量，无懈可击……二是实践性强。周宗岱先生做文章很少空对空……所有逻辑推论环节都用古今中外的审美事实来说话……三是才学胆识兼具。”彭教授说：“才华、学问，运用得法，还只令人佩服，感染而已；如果与坚持真理的胆量和卓绝的见识结合起来，便会有征服人的力量，令人诚服、尊敬。”宗岱的《美辨》一书大多篇幅谈的是书法，是为参加书学讨论会而写的。如《明日书坛蠡测》是为书法新十年学术论辩会而写，其中就有许多精辟的论断。如：“书法的本质属性，制约了书法的变异。”“文字的实用性将强力抵制书法的前卫运动，为传统书法的存在提供了牢不可破的基础。”“汉字是汉语的最佳符号，汉语是汉字的口头表述，无法分割。”“再说，汉字的优点还很多，汉字电脑传讯、排版等问题的研究成功，更增加了汉字的地位。”宗岱的文章有真知灼见、有深度，不搞教条。他深信：“实践是检验真理的唯一标准。”当有人任意解读美学、诠释书画、妄评妄吹的时候，宗岱《美辨》一书的出版对书画事业的进步是很有益处的。《美辨》是我案头常备的一本书，闲时常翻常看，以弥补我学识之不足。

彩笔久辉映，厚重难追攀

2000 年 5 月，宗岱由湘潭来电来函，邀我参加他即将在湖南省书画院举办的画展。常听说他是画画的，但此前我看到他的作品却不多，我印象中他应该是要笔杆子的，即使作画，也可能是文人墨戏之类。直到看到他布满展厅的中堂卷轴形式各样，工笔写意品种齐全，山水花鸟琳琅满目的作品时，我才真服了，气派真大。难怪听说他不想搞理论了，而是闭门谢客，不下楼者数年，专心作画。看来他是动真格的了。宗岱的山水画，笔墨老到，气韵生动，功力深厚。花鸟画浓墨重彩大笔一挥，机趣盎然。看得出他受八大山人影响而又富含时代气息。山水长卷，一般画家很少涉及，他在短时间可以画上几卷。他又以浓重的笔墨画了一幅六尺山水大屏，运笔有神，巨石嶙峋，树木苍郁，浓淡相宜，疏密有法。题识笔法有山谷遗意。而大幅山水中堂又参以黄宾虹大师意蕴。宗岱真是不鸣则已，一鸣惊人。参加开幕式、参观展览的人很多，专家教授、书画界知名人士、书画爱好者，老领导、老干部，赞美之声不绝于耳。紧接着又开了理论及作品研讨论会，会议厅座无虚席，由陈慰民教授主持会议，艺院、书画院领导及老书法家、老画家均作了热情洋溢的发言。我参加了研讨会的全过程，听了不少情意恳切的赞誉和高论，我进一步认识了作为理论家、书画家的宗岱，是一个“水陆双栖”的人物，不但长于理论，而且认真实践。从《周宗岱画展》特刊上，我知道他的满学、善辩，书法、绘画、篆刻、散文及其他技艺，样样拿得起，放得下。他所结交者皆通达之士，当今硕彦，这些都是我所望尘莫及的。

修得半仙体，何不上层巅

宗岱为人耿直，通明透亮，对年纪大点的人尤其谦逊，喜与之探讨问题。他对曾经帮助过他的老师、前辈、老书画家总是念念不忘。我曾有机缘与之开过几次专题会议，如何绍基研讨会、怀素研讨会、“书法新十年”学术论辩会。他谈怀素与黄山谷的狂草何者尤胜，谈过对黄宾虹先生山水画的评价，谈到对明人书画的认知问题。宗岱去年迁居长沙，想谈什么或见见面就更容易了。我认为宗岱的书画还大有潜力可挖，“修得半仙体，何不上层巅”，占领高峰呢？但希望是希望，宗岱已 60 多岁了，我可不希望他为此拼上老命。看他身强体壮，来日方长，应该运用自己的智慧探讨得失，不图快，但求精，轻松愉快地从容地登上高峰。宗岱在用笔上似乎实了一点，应吸收点松秀之趣。山水画龚半千有“树居诸事之半”的名言，但树有多种，各具姿态。云水回环，峰峦朝揖，应该用“十日画一水，五日画一石”之法，多考虑一下，不能下笔就干。除非是泼墨、大写意，劝宗岱暂不要搞。宗岱以浓墨重彩作花卉很有新意，但焦墨应当慎用，层次要多一些。画龙点睛、扣人心弦之笔尚不多见。最好兼工带写，所谓大胆落墨，小心收拾，如此才能雅俗共赏，为多数人所喜爱。题识尤应慎之又慎。张一尊老前辈在这方面尤其注意，值得学习。

潇湘书画界古来高手甚多，遗产不少。清代石溪髡残的山水，亦是巅峰之作。他耐得寂寞，因登仙域。嗣后书画界代有传人。即是现在的书画界老中青中足以为法，可以借鉴者甚多，不能尽述，搞点互相切磋，彼此借鉴又有何妨？有容乃大，岂虚语也？为宗岱计，可以花卉谋生，以山水传世。宗岱大约也知道，我是个好古成癖的人。平日好读书，不求甚解，爱书画，从学甚晚，难以有什么作为。“老知书画真有益”，以我多病之躯，得以苟延残年者，端赖医药有灵，“云烟供养”。老友情真，知无不言，就此封笔。今后的日子，我只能用练练字、聊聊天来打发了。宗岱老友，你看行吗？

（本文原载《创作与评论》2012 年第 4 期）

大道多歧

焦成根

周宗岱老师是一位具有多重性格的人——我周围的朋友如是说。

搞西画的朋友认为他艺术观念虽然很传统，但生活态度却很现代；搞国画的朋友认为他的笔墨功夫虽很正统，思维言谈却很开放；搞理论的朋友则说他的画很好，理论修养也广博，却常有语惊四座的“怪论”。而几乎所有画道朋友都佩服他的学问了不得：书法篆刻、散文随笔、美学理论乃至音乐戏曲，这每一个使人为之折腰的艺术门类，宗岱老师都能从容漫步其中，“常常用这一行的目光去看那一行，站在庐山之外，窥视庐山的真面目”。这种潇洒，这份自信，真令人嫉妒。

一本20万字的《美辨》，凝结了他深沉的思考，这种思考闪烁着对人生命运的终极关注与阐发。说实在的，书画界很多朋友都不喜欢理论文章，因为那些搞理论的人自身没有艺术实践，有道是“不懂一技莫谈艺”，这类文章总有隔靴搔痒之嫌。宗岱老师之所以为文，亦是对这类与实践对不上号的理论之反驳。在《美辨》一文中，他慷慨陈词，底气十足，敢于与专业美学家叫板，反复强调人作为审美主体的作用。有位先生曾对我讲，这个问题千百年来就没有定论，周宗岱也有些“霸蛮”。我笑而未答，因为我深知宗岱老师的观点基于他艰难人生历程之感悟：他未出校门就“被划成右派，劳改释放后，颠沛二十余年”。这二十余年他被抛到生活的底层，为养家糊口摸爬滚打，什么活都干过，木工、漆匠手艺见长，苦与累都不在话下，被人歧视也只能无奈。中年又丧发妻，身心已近崩溃。但这份无奈并没有留下空白——他体察到当人性被扭曲，所有的欲望被扼杀时，“美”在哪里?!

宗岱老师其实是一位性情中人——熟知他的朋友如是说。

他曾经有因油库失事而奋不顾身抢救陌生人之壮举；又有与熟人同桌赴宴时，因话不投机愤然离席的场面；比他年纪小一半的忘年交可以毫无顾忌地与之扯开嗓子争吵，还能享受他亲自下厨做的佳肴；若是知己相逢，举杯痛饮后，心热脸红，什么话都往外涌，讲到动情处他声泪俱下，在座的无不为之感慨；可是他家门上的“谢客”告示又使一些前来拜访的客人望而却步。动乱结束后，宗岱老师获平反又当官，又娶美妻，在常人眼里应该是苦尽甜来，美滋滋的享受吧。可他很快又感到这“美”并不是真实，官场上的虚假和拖拉使他愤怒，当初报恩的愿望破灭了。他固执地一次又一次地辞职，还把送上门的“市职称评委副主任”聘书退了回去。结果是辞了官职，也辞了夫人，终于回到了他能抒发真情实感的画案书桌边。在饱尝了世态炎凉后，他已过了知天命的年纪，于是厚积薄发，舞文弄墨，精神抖擞地大干起来。不知他画了多少刀宣纸，又在各级刊物发表了多少文章，还出席了多少各类学术研讨会。不管在什么场合，宗岱老师总是把“人”作为主题放在首位。这“人”不是躯壳，不是随意想装进什么就是什么的皮囊，而是有尊严、有七情六欲、顶天立地活着的人！是客观世界的主宰者！这才有宗岱老师在参加国际八大山人学术研讨会上，当大家公认八大山人作品中的辛辣与玩世不恭，是作为明室遗民对清朝的泄恨与讥讽时，宗岱老师却认为八大山人是“性饥饿”的宣泄；在全国怀素研讨会上，宗岱老师又说怀素书法的“狂”与他好酒、染病，也与“性饥饿”有关。他的这些论点让一些理论家感到有点出格，却也难得驳倒他。

事实上，宗岱老师的画作就是他立论之诠释。我有幅他那时送我的写意小品：一只大公鸡，身上的羽毛都掉得差不多了，却依然神气十足、孤傲不羁，浓墨重彩撑满了画面——这就是他当时的自画像；另一幅小品，用淡墨挥写枯枝残雪，满纸萧瑟凄凉，左下角用简练的笔墨刻画了一只孤独的雄鸳鸯——这是失意时的他，颇有些无奈。说来也怪，尽管宗岱老师豪爽直率，疾恶如仇，可他的画作与笔性却透着“内秀”的气息。

我和许多朋友都特别喜欢宗岱老师的写意花鸟和写生小品，因为这些画笔墨极其洒脱随意，真情毕现，没有刻意的做作和矫饰，可宗岱老师本人却不以为然，认为写意花鸟无法容纳他丰厚的阅历和复杂情愫。他花费心血最多的是山水画。和简洁、痛快的花鸟画相比，他的山水画追求沉郁、苍茫的一路。龚贤、“四王”、黄宾虹、李可染、黄秋园等前辈的作品是他一再揣摩的对象。我觉得传统水墨之笔墨的勾、皴、点、染等技法在它相适应的尺幅中能很有韵味地显现出来，非常适合近距离的观赏和仔细地品味。但在流行大尺寸画幅的今天，传统的水墨画就不太适合展览会这种形式，倘若把画幅放得过大，笔墨就容易松散，出现很多独立的局部。于是“做”“制作”等手段便被普遍效仿。满纸的“点”或满纸的“线”，装饰味很浓，这类作品不能也不追求近观的笔墨趣味，气势强于笔墨。我想即使是上述大师的作品，摆在今天的全国综合美展中，同样没有油画和构成因素很强的现代水墨画那样具有强烈的视觉冲击。所以，宗岱老师费尽功夫的大山水画自然也很难入选，这让人多少有些惆怅。想在巨幅水墨画中既要有强烈的视觉语言，又要保持精妙的笔情墨趣，这无疑是巨大的挑战。但宗岱老师仍在顽强地探索着。反观传统水墨画大师的艺术历程，罕见瞬息突变的，多是经年累月一步一步地渐变，直到人艺俱老，正所谓“大器晚成”。

宗岱老师的艺术，从来没有放弃对生活的热爱，一有机会他就出去写生。他曾多次随艺术院校的师生下乡写生，执着勤奋的精神、精湛生动的技艺，使后辈深受启示。绘画艺术已成为他生命中最重要的一部分。物质生活于他简单得不能再简，粗茶淡饭亦知足；但在艺术追求上他的定位却不低，没有完成科班学历，他总是感到遗憾，于是相当刻苦地坚持自学，并以艺术院校的“正统模式”作为参照。到今天，他已应邀在中央美术学院、湖南师范大学艺术学院、湘潭师范学院美术系、湖南大学建筑系、湖南纺织专科学校等院校作讲学。

想到一个的趣的现象：有些业余出身的画家唯恐自己的从艺之路不正宗，时刻以“科班”的训练来规范自己。另一些专家教授却躬身市井，从民间艺术中汲取营养，这或许是优势互补的选择。在当下，“时间就是金钱”，宗岱老师却把能挣来金钱的时间都花费在艺术事业上。可喜的是这一切都得到了他的儿女和现在的妻子的理解与支持。长期以来，有些人对宗岱老师在家门口贴“谢客”告示不能接受，认为是文人的清高，其实是宗岱老师对艺术的虔诚——艺术家付出的必须是毕生的、全部的、持之以恒的心血和劳动，人生几许岁月，怎受得起虚掷浪抛！宗岱老师有言：凭小聪明是成不了大气候的。诚哉斯言！

当由浮躁而催生的作品充斥我们的视野时，当浅薄矫情的做作被标榜为创新时，我们静观宗岱老师的画作，或能体会到难得的真诚，会窥视到一位历经沧桑的艺术家展示的平常心、真性情！

我读周宗岱

王鲁湘

“这等文人”

> 文人，难免不背时，读多了书，又真诚地对待书，便往往为书中的高调儿所俘。行起事来，会摈弃自己本能的正确选择，而去按书中的条条行事，碰得头破血流仍不知悔。这等文人，除了自命清高还有什么精神出路？

这是周宗岱画梅花时发出的咏叹。

我相信这样的咏叹贯穿了他的一生。因为，从20世纪50年代中期起，他就是一个他所谓的“这等文人”。

“这等文人”在有宗教信仰的族群中不太稀罕，那里有的是殉道者。问题是，在中国，这个极其世俗的文化体中，“这等文人”就是另类，一小撮，不到百分之一。这是按伟大领袖的算法，“黑五类”占人口的百分之五，其中的右派当然就只占百分之一了。周宗岱是右派，还是反革命。“黑五类”他独占两类，算是稀有人类了。

“这等文人”的自命清高，其实是一种活法。

这其实是一个逻辑上的吊诡：因为读书，多读书，真诚对待书中的高调儿，所以清高；因为清高，所以背时，所以碰得头破血流。但要想继续活下去，还得“自命清高”，不这样“自命清高”，没有“精神出路”，不如不活。

有几多“这等文人”就是在这个吊诡的逻辑怪圈中轮回哟！他们被命运的齿轮铰成肉糜，“虽九死其犹未悔”！

只有极其个别的“这等文人”，能够在这般炼狱的荼毒中超生。

周宗岱算一个。

为什么他可以？因为他爱美。不管身处何等逆境，他始终如一地观察美，欣赏美，思考美，表现美。他把美看作人的一种本质力量的外化，把欣赏美、创造美的能力看作人的本质。为了葆有和提升人的这一本质，他抗争命运，振拔自我，纵浪大化，与自然为友，忘情于山川，怡情于花鸟，寄情于笔墨。这样，他在美的追寻中，不仅安顿了自己的灵魂，而且找回了人的尊严。社会鄙薄于他，作贱于他，伤害于他的，一一地，他都从美的思辨，美的发现，美的追寻中找回。这是周宗岱的救赎，不如此，“还有什么精神出路？”

> 1965 年冬，我以获罪之身，住在姐姐家。她退休了，儿子在平江一中教书。校内有一片桃林，其中夹杂有几株梅树。平时，它也与桃林无甚区别，那天，突然眼前一片光明灿烂。啊！梅花开了！几株老梅，在劈头砸下的雪团之中怒放。它开得那么欢畅，那么自在，似乎在说：雪，你下吧！风，你刮吧！我才不在乎你！你总会过去的。
>
> 我久久立于树旁，一任雪花堆满我的伞，又挂满我全身，沉醉在那阵阵幽香之中，放任自己的心灵驰骋。

毫无疑问，美，对于周宗岱来说，是一种解放的力量。

他像中国历史上所有的寒土那样，偏爱梅、兰、荷、菊。因为，除了美，在中国文人的吟咏中，她们还被赋予了君子人格。

> 文人绝大部分注定是要失意的。清高而不遇于时的文人，总是在寻找一种最能象征自己品格的东西。寻了千来年，终于发现。梅花，只有梅花，天生是用来比拟自己的物象，梅与清高的文人，再也分不开了。
>
> 咏唱它，画它，还不是抒发自己吗？

周宗岱说得对，中国清高而失意的文人“寻了千来年”，才寻到梅花“天生是用来比拟自己的物象”。这大概发生在宋代，一个没有了贵族，却涌现出许多寒士的时代。梅花一跃成为寒士们的最爱，宋人爱梅、咏梅、画梅，一时成为风尚。对梅花各种形态观察入微的各类《梅谱》风行于世，梅树被严格区分为山梅、野梅、官梅、园梅、盆梅，每种梅所代表的精神人格是不同的，容不得混淆。同时画家画梅要讲情致与意境，疏风洗雨、披烟带雾、临风带雪、停霜映日，梅花在不同环境中意态是不同的。

由于宋代文人，尤其是寒士，把梅花当自我来看，梅花的精神性就愈来愈向安贫乐道的君子人格转移，终于，墨梅出现了。

据说，是北宋元祐年间华光寺的和尚仲仁，最早用水墨来画梅花。他的这一尝试，不想恰好就抓住了寒士的心，把一种冷峻、萧疏、凄美、孤独的美，用寒士们最熟悉的水墨画将出来。这就如打开了一扇窗，推开了一道门，一千多年来，梅花成为“四君子”之首，成为文人寒士心目中的“花魁”。画梅成为中国文人画一道千年风景，无数的文人心事，都付与梅花的铁杆玉肌。

作为“这等文人”的周宗岱，不画梅，岂非咄咄怪事？我看过他所画的两种意态的梅花。

一种是较大幅的，笔墨风神主取吴昌硕，铁网珊瑚，大篆老苔隶枝干，旁参黄宾虹，遥领赵之谦，红花绿萼，表达的是一股不屈的生命力量，金石笔法如折钗股，走的是清道咸以降花鸟画中金石派的路子，生机勃勃，让人热血喷张。

还有一种是小幅斗方的，淡淡的墨线，弯弯扭扭，隐隐约约，正是疏风洗雨、披烟带雾、临风带雪、停霜映日种种情境中的模样与意态，就像周宗岱评说金冬心的墨梅，“看来竟然无处不是冰雪”。这位清初不遇于时的金冬心，也是一个彼时的“这等文人”，他的墨梅获得了周宗岱的赏识。

而周宗岱的梅花，不管是这两种意态中的哪一种，都颇获我心。他的梅花，与这50年来以画梅而享盛誉的时流画家最大的区别，就在于他是“这等文人”，而那些画家不是。不是“这等文人”，又焉知梅花心事？

好辩的美学家

周宗岱好辩，大家都知道。

他唯一正式出版的一本文集，就叫《美辨》。

我同他相识，是在1982年的岳阳楼，彼时我俩都在参加湖南省美学学会的年会。那次会议上他的好辩，给我留下深刻印象，也颇让主持会议的几位学术权威头疼。因为，主事的两位会长、美学教授都是主张“美是客观地存在于事物本身的”的客观论者。而周宗岱上来就发问：“美，客观地存在于事物本身吗?”继而又问：“美，是客体的不依存于审美主体的客观属性吗?”“实践中有‘客观存在’的美吗?”对这三问，他响亮地自答：“没有！我们搜遍人间事物，就没有任何不依存于主体意识的美。”

他接着从以下几个角度和层次分别论证：

“美，各民族的观念不同，某民族以为美者，另一民族可能视为奇丑怪事。”——这是指出了美的民族性。

“美，一个时代有一个时代的崇尚。”——这是指出了美的时代性。

“美，文化教养不同的人，取舍不同。”——这是指出了美与审美主体的关系。

他以为对美的欣赏和接受，往往以审美主体的主观看法为准则，这些主观看法，不仅系于文化教养之不同，还随审美主体心情的变化而变化，随审美主体认识的变化而变化。因此，周宗岱认为：“对于不同的人，各美其美；对于同一个人，美也不是恒定不变的。”

他的观点，当然会很轻易地被论辩对手冠之以“主观唯心论”“相对主义”

的帽子。搞美学的人都知道，20 世纪 50 年代美学论争中的主观论这一派的几个代表性美学家，都被打成了右派，吃尽了苦头，沦落成了周宗岱说的“这等文人”。我想周宗岱年纪轻轻，也被打成右派和反革命，或许同他的“主观论”美学也扯得上些关系。他从年轻时起，就以一个艺术家的直觉，认定“美是客观的”站不住脚。对站不住脚的理论，哪怕是天王老子讲的，他横竖要起来辩一辩。相对于那些持“美是客观存在”论的书斋美学家，周宗岱的优势是丰富的艺术实践。他爱好文学，想过当作家，熟读古今中外文学名著，散文文笔松快活泼，味道醇厚。他是科班画家，油画、水彩、国画、书法、篆刻都摆弄过，有极好的造型、色彩、笔墨的功底。他喜欢音乐，阳春白雪的交响乐和京剧，下里巴人的花鼓戏，都听得出门道。而且，他对中外艺术史很熟，典故信手拈来。还有，最要命的，他口才和文笔都一流，语言风趣幽默，比起那些味同嚼蜡的纯理论，他是舌灿莲花。最后，是那些自认为理论功底深厚的美学家们严重忽略的，在周宗岱天马行空的思维里面，居然有一种雄辩的逻辑力量，能像湖南妹子剥笋子那样，一层一层剥去那些笋壳、笋衣，最后暴露出空空的笋心。

你听他如何“美辨”：

> 拿服饰来说，清末穿西服便是“假洋鬼子”；民国时，遗老遗少们崇尚长袍，洋派人士则西装革履。解放时，这两种服装都被目为“封、资”，一套干部服就光彩了。“文化大革命”中，革命小将们不分男女。黄军服、解放帽、军饭包，胸戴像章，臂套细袖筒，手持红本本，这是最时髦的！迨至开放改革了，西方服饰又随外资一同涌进大陆，而且非常神气，穿惯中山服的人也只好自认老冒了。
>
> 少年之时，爱读《西游记》，看《红楼梦》则不能理会。几十年之后，再读《西游记》就没有激情了，而读《红楼梦》则常常拍膝叫绝，两书在心目中的价值，恰恰倒过来了。青年时意气如虹，读诗只有李白才过瘾，读杜甫则如听背时老头的倾诉，有些不耐烦。过了几十年的艰辛日子后，却觉得杜甫是代自己而言，对李白的狂傲，反不以为然了。

周宗岱一口气举出了古今中外生活和艺术中几十个这样的例证后，突然把话锋指向参加会议的理论家们：

> 要特别指出的是，美学家们都是接触艺术的知识分子，已具有了某些共同的审美趣味，都是“阳春白雪”圈子里的人。因而，美学家们所一致认为美、不容否定的东西，“下里巴人”们不一定以为美，不过他们没有参加讨论罢了。如若不信，请美学家走出书斋调查调查，认为莎士比亚不如地方戏美，石涛、八大不如月份牌美，这是很普遍的呢！

周宗岱认为客观论者的美学观，衡之以生活和艺术的审美实践，完全站不住脚，与人类的审美经验不符。特别在逻辑上，“如果坚持美在物本身，就有一个极为严重的问题必须解决：何物‘本身美’、何物‘本身不美’呢？如果审美者不能决定，这物美不美又是谁来圈定的呢？凭什么圈定的呢？”这是一个极刁钻的角度，周宗岱捏住了客观论美学观的“命门”：

> 事实上，客观论者正是凭自己的审美趣味和观念来选择和圈定谁美谁不美。妙就妙在他们偏偏看不清这正是自己这个主体的决定，硬要说是物本身决定的。他们还要制造种种理论，将自己的审美趣味、理想说成是美的“客观规律”。

辩到这里就很精彩了。他一口湘潭土话说得义正词严、铿锵有力。

> 我惊讶于有的美学家并不想弄清事实，而一力维护自己的观点。在一次美学会上，一位有地位的美学家断然宣称：“癞哈蟆不美，这当然是客观存在的嘛！”会后，我请教于他：“说癞哈蟆不美，是谁的断定呢？”他足足愣了三四分钟，然后气忿地说：“不美就是不美嘛！”我心里笑了。须知这么个小问题，可不好回答。说是癞哈蟆自己判定的吗？它的配偶还认为它长得蛮不错呢！说是“我”或者“大家”判定的吗？那更不行，因为那又刚好成为人的主体判断。

周宗岱这里说的“一次美学会上”，应该就是1982年的岳阳年会。

周宗岱为何要将理论的炮火对向客观论美学观呢？难道仅仅是因为它与艺术经验不符，逻辑上乖谬吗？

后来，我读他的《美辨》（湖南美术出版社，1998年），有这样一段文字引起我注意：

> 客观唯心主义把人的意识和一般概念绝对化，看作脱离物质世界和具体事物而客观独立存在的东西。客观论美学观则将美这一意识范畴看作是客观独立存在，正是客观唯心论在美学中的表现。客观唯心主义及其美学观有利于宗教与拜偶，因而易为造神运动、极左思潮所利用，这是已被历史证实的不幸事实。

原来如此！这是一个被造神运动、极左思潮严重伤害过的艺术家的敏感，甚或因为恐惧而带来的过敏。他的良知让他不得不辨！“余岂好辩哉！余不得已也！”他与孟子一个德性。

在为《美辨》写的《自序》中，周宗岱说：

任何艺术理论，与人类的实践对不上号，我就不认账！且多年为“左”所苦，理论骨头缝里有“左”味，也使我患过敏症，通体不安。

他居然能从别人的理论和观点的骨头缝里闻出“左”味，且会因此而通体不安。于是，他虽然蛰居于湘潭小地方，却会时不时闻到点什么不对味的东西，而要伸出他的刺去螫人家一下，有时是几下。

比如，1998 年秋天，他写了《读伍蠡甫文三议》，不过瘾，又写《驳伍蠡甫〈董其昌论〉及〈再论董其昌〉》。为什么会这么揪着上海的这位老先生不放呢?原来是伍先生因受“左”的影响，对古贤多有不恭之辞，且言语牵强、持论武断，周宗岱闻着不对味，通体不安起来，就要出来辩一辩了。

像这样不得不出来辩一辩而写的还有《“文艺是阶级斗争的工具”是一个科学的口号吗》《李国文清醒吗》《再问李国文清醒吗》《〈扬州八怪之汪士慎〉驳议》《笔墨不是奴才》《何绍基学书法从什么入手》《“卫派盛于北”吗》《齐白石见官就躲吗》《不存在残缺美吗》《硬笔书法不容轻视》等文章，从标题你就能闻到火药味，一副找人干架的湖南蛮子架势，咄咄逼人。其实读完其文后，你感到他要说的都蛮在情在理的，对史料的运用和解读也都很到位。他答辩的对象，要么是其观点骨头缝里的“左”味触发了他的敏感，要么是出言不逊伤到了他尊敬的古贤，要么是史料运用与解读明显不当，要么是逻辑出现了混乱或立论似是而非而又强词夺理，要么是不阅世事轻浮浅薄而又故作高论，这些，与其说理论观点有多么严重，倒不如说是文章背后的那个人引起了他的反感甚至厌恶，那样的人是他不屑不齿的。

于是，周宗岱留下了一个好辩且不好相处的坏名声，有些人也就怕跟他来往了。

但是，天晓得，当他不辩论的时候，他是几多好的一个忠厚人哟！他真诚对待朋友，对待家人，对待他养的鸡鸭猫狗。去读一读他自费印刷内部交流未公开流通的随笔集《画馀信笔》吧！尤其是“咏物”和“记人”所收录的文章，你一定会爱死这个老头的！他的智慧，他的幽默，他的平和，他的洞达，他的超脱，他的包容，甚至，他的天真，他的坦白，他的焦虑，他的满足，都透过或平实或典雅的文字像清泉一样流泻出来。抄一段与大家分享：

老婆、儿子都上班去了，只有懵懵（注：“懵懵”是宗岱先生对其养的一条狮毛狗的爱称）与我在家，中午了，煮一碗面条，两个鸡蛋，找出那点茅台酒，斟了半杯。这是前几天一位做官的朋友请客时没喝完的，我当然不会忘记拿回来。面条咽酒，还不时掰点鸡蛋给懵懵，逗得它狂跳。拧开电视机，罗琳，哈利波特的作者，她出来得不容易，第一部作品好些出版商都不肯接受。我欣赏这种历尽艰难而后成功的感觉。

外面滴着阴冷的春雨，躺椅让我的腰不再疼痛，捂着被子，电烤炉暖烘烘的，我举起酒杯，屏幕里面那位有些憔悴的罗琳女士啊，祝你幸福！

酒杯中的茅台那么清明净彻，散发出特有的酱香。啊，我多么幸福！

真文人画家

跟周宗岱认得，是1982年在岳阳开湖南美学学会的年会上。听人介绍是个平反右派，以前画画的，现在不画了，搞美学。那个年代美学是显学，什么学科的人都往里扎，会也多。

后来又是开美学会，在长沙，记不清是什么话头，我们谈起了黄宾虹。那时候有几个人晓得黄宾虹啰！可我偏偏在湘潭大学读书时就读了黄宾虹的画语录，还买过他的山水写生册页，为这老先生所迷。我那时是个20多岁的青皮后生，又是学中文的，竟然敢谈黄宾虹！周宗岱乜眼睛盯住我，冷冷一句："你真的喜欢黄宾虹？"那个"虹"字是从鼻腔里哼出来的。周宗岱呀，周宗岱！你可能早已忘记了，你那眼神好毒哟！我倒没有像王水清那样，人家办画展要鼓足好大勇气，你当面一句"那样画冇前途"，让人家哭了一晚上。你问我的这句话是不是一直鞭策我发狠，我不晓得，但后来我对黄宾虹的持续关注与研究，倒有可能真的拜你眼神所赐。要不很有可能也就停留于肤浅喜欢而已。黄宾虹之于我个人学术生命的意义已不言而喻。尤其在1989年之后那段特殊艰难的岁月里，我也成了"这等文人"，伏居燕市，向壁读书，唯以宾翁"坚持雅操，抱道自高，慎勿以一时之弃取，萌其懈怠而堕厥功"之句为警策。黄宾虹给予我生命的振拔和快乐，使我心有所安，志有所适，安顿了我的身家性命。

周宗岱呀，周宗岱！我要狠狠地感谢你咧！

我们都是黄宾虹的"铁粉"。

看周宗岱的山水画，不从黄宾虹那边看过来，不明就里。

首先，周宗岱同黄宾虹一样，都坚信画品与人品的高度统一。以品之高低取画，这是中国独有的文人画标准。

那么什么是人品呢？宾虹老人释为："纯全内美，是作者品节、学问、胸襟、境遇，包涵甚广。"

有这样包涵甚广的人品，一定是个文人。这样的文人，如果将其一生修养学问一一寄之于画，内出性灵，外亲风雅，以其胸次之奇旷，必然超迈庸史而独辟蹊径，自成一家。

这样的文人，黄宾虹称为“士夫”，特指有品节、有学问、有胸襟、有境遇的一类文人，大概也就是周宗岱所谓的“这等文人”吧。这样的文人所作之画，黄宾虹特意拈出来尊称为“士夫画”，以区别于一般意义上的文人画。这样，就把那些学无根柢，用笔浮俗，空廓软弱，使气任性，过于放纵，有江湖恶态、市井铜臭的画都排除掉了。

那么，这样的士夫画，又应该从哪里入手呢？

纯全内美，全从笔墨中来。

人品落实于画品，构成了中国画的“内美”，“内美”的载体就是笔墨。

所以，逻辑地看，好笔墨一定是品节、学问、胸襟、境遇的综合体现，好笔墨没有数十年修为，出不来。

故周宗岱说：“那种居于艺术殿堂最高层次的神逸之品，不仅需要极高的艺术天赋，还需要很长时间的蓄积，修炼。这漫长的过程，艰难而又寂寞，不具备宾虹老人提出的这种坚韧非凡的品质，定然会在种种阻力和诱惑之下，偏离正道，成不了正果。”

他还说：“写意画这类必须拼搏几十年的事业，光有才、有识、有学，还不一定成功，非常重要的，还必须有人品的支撑。”

因为，才、学、识尚不能支撑一个艺术家在寂寞之道上的长期坚守，唯有人品，才能够支撑他走到衰年飞跃，成蛾化蝶。还是以黄宾虹为例：

> 黄宾虹 80 岁之前，还只是积蓄力量，八十四五，来一个飞跃，90 岁，终于登上绝顶。此时的作品，元气充沛，且数量之多，令人咋舌。此时的作品，多无款识，不纪年，无为而为，没有目的，纯粹是内心蓄聚的精气不停地向外喷发。

因此，周宗岱不无沮丧地发现：

> 这是一项看来与画画完全不相干、而实质上决定写意山水、花鸟画家能否进入最高境界的素质——长寿。
>
> 写意山水、花鸟的修为，竟然需要如此之长的时间，为什么？这个问题，有说服力的解释，迄未出现。这个事实，却无可争辩地摆在这里。写意山水、花鸟的最高境界，似乎任凭你有多高的天才、多好的教育与条件，都不能最后解决问题。那种毫不着意、醇和浑朴的境界，只有天分、人品极高的人，专心致志地修炼五六十年之久，才可能达到。

所以，周宗岱把中国写意山水、花鸟画，比喻为体育项目中的马拉松。他在这项艺术的马拉松赛跑中，跑到了一个关键的临界点。

如果从1954年的湖南第一师范算起，周宗岱画画的历史就有一个甲子了。美术史上很少有画家能画到这么长久。所以，光从时间上算，周宗岱已经是美术赛跑中的马拉松选手了。

他学习过正规的素描、水彩技法，画过油画，勤习过于右任和黄山谷的书法，研摩过篆刻，湖南最好的画家都教过他，名字数起就是一部湖南现代美术史：张一尊、周达、邵一萍、王正德、段千湖、汪仲琼、陈白一、杨应修、李立、曾晓浒、钟以勤、陈之云、张举毅、云时霖……还有一些湘潭的文艺贤达。

虽然命运弄人，他有过20多年社会底层的挣扎，但正如他在《学画自述》中所说：

> 这二十年间，我的生计大都是靠画画解决的。对人画炭精像，我走遍了湘潭、平江，还远到津市、南县。“文革”中，我最宽裕，因为写语录、画领袖像的活儿很多。后来到湘潭市轻工研究所搞设计，开办丝印厂，乃至做油漆工，无不与画画相关。这二十年来，搭帮画画，我终于混过来了。

画画帮他解决生计，画画帮他找到前后两任妻子，画画帮他广交贤良方正、硕学鸿儒，画画还让他始终不失爱美之心，不坠求艺之志，在书山艺海中顽强跋涉。

我所认识的美术界朋友不可谓不多，佼佼者亦众，但论功底之全面造诣，有如周宗岱者，实在不多。

他有深厚的艺术史修养，严谨的美学思辨训练，一流的文字表达能力，西画素描和色彩的基本功，数十年书法、篆刻的钻研。就像一个明识远图的建筑师，他不慌不忙地，日积月累地，准备好了基石、砖瓦、梁柱，一幢伟大的屋宇，假以时日，就会落成。

在与他睽违近三十年后，甲午岁尾的一个寒夜，我从北京来到周宗岱位于湘潭郊外的画室，把他这几十年画的精品花鸟和山水，饱饱地看了个够。看得我心花怒放，看得我狂呼大叫，看得我额头出汗。

真的是好哇！就像好久没吃过正宗湘菜，回到家乡第一餐，一定辣个通身汗透一样，这个寒夜观画，让我过瘾。

先看的山水。

都是六尺、八尺、丈二的大画，偶见雁荡、太行、黄山身影，多是三湘山水，熟悉的丘壑，松林碧涧，野趣横生，山道弯弯，蜿蜒伸入白云深处，几条梯田，隐现二三人家。这就是我自幼生长的环境啊！虽然不能确指某山某水，但那熟悉的意境和气氛，让我倍感亲切。

“画遍了大江南北，还是我们湖南的山水美。”周宗岱跟我说这话时，我听出了一个老人对家乡由衷的赞美。

从20世纪80年代到90年代上半叶，周宗岱用了很多时间去全国各地写生。雁荡、黄山、太行、桂林、庐山、云岗、峨眉、武陵，搜尽奇峰打草稿。那段时期的山水，着意于丘壑的营造，与地理地貌特征的表现，笔墨和色彩是服务于丘壑与意境的。比如1992年的《巍巍武陵》、1994年的《高秋图》、1995年的《幽谷》和《碧嶂千重》，对山石树木的刻画谨细入微，颇得北宋全景山水法度，用笔纤细，描多写少，且赋色秾丽，似有融青绿与小写意于一体，而别创一格的主观意图。但这种风格显然是一种刻意设计，并不表达周宗岱的真性情。

倒是此期一批水墨写生的小册页，显露出周宗岱的真面目。如1989年的《清凉台上》《文殊台下》《艰难的生存》《牯岭小景》《黄山薄刃峰遇雨》，以及1990年的桂林写生系列。以深厚的书法功底而随意勾勒晕染，笔情墨趣超然物外而洋溢于纸素之上，画幅虽小，而虚实互见，虽为写生而景物空灵，尽得中国艺术三昧，煞是可喜。

看得出这段时期他在犹豫，游离。丘壑与笔墨，他都想要，却一时又挎不拢，搞不到一起。

接下来当然的一条路，就是深入古人，从北宋到南宋，再到元明清。他有一批我很喜欢的雪景小稿，画于20世纪90年代末和21世纪初，以南宋人特别擅长的一角半边构图，涵虚入浑，忆写他儿时对江南雪景的记忆，一片冰心在玉壶，澄明清澈。

此一时期，他心仪的画家有龚贤、黄秋园、黄宾虹。显然，这种选择性学习不完全出于个人喜爱，而是潜藏着学术路径。龚贤和黄秋园都是笔墨与丘壑兼擅的大山水画家。只是，龚贤笔墨胜于丘壑，而黄秋园丘壑胜于笔墨。他在这两人身上下了功夫，以龚贤笔墨而取秋园丘壑，以秋园丘壑而融龚贤笔墨，最后形成一种亦是非是的面目。如2006年的《山寺》，2007年《师龚贤笔意》。

山水画家必须解决如何营造丘壑，以及如何以笔墨写出丘壑这两大课题。在20世纪90年代末和21世纪初，我认为周宗岱已经通过写生和习古，尤其是学术指向性明确的学习龚贤和黄秋园，已经解决了这两大课题。

但是，这只是到了“有法”之境。就好像一个学写中国古典诗词的人，已经熟练地使用汉字，遵照唐诗宋词的格律，写出有板有眼的诗词来了。但滋味呢?性灵呢?

好了，到这个地步，一个周宗岱崇拜到骨子里的大画家，一个他自认为不可学也无法学，所以一直躲避绕行的大画家，就站在他面前，他必须直面。

黄宾虹。是的，就是黄宾虹。

作于辛巳（2001 年）的《漫写家山图卷》，可以看作这一时期周宗岱山水画学术路径的一个小结。此作出入于宋元，会心于龚贤、黄宾虹，集诸家笔法于一身，又融入家山写生体会，借南方灵山秀水而写心状物。正如论家所言，此作“用墨深厚”“意境阔远”“骨体坚实”“笔墨精谨”，风格“苍莽松秀”“清逸幽深”，有“宋人的骨气”“元人的风韵”，有“龚贤的沉厚”“黄宾虹的含浑无尽”。

此作卷尾，画家自题：“辛巳三伏写此消夏。拟龚柴丈法，取其沉厚。宗岱。”越一年（壬午），又另纸行书自跋：“余迷醉于宾虹老人浑厚华滋之作，心摹手追，然其笔墨纷呈，漫无定法，若香象渡河，羚羊挂角，无迹可寻。奈何！迨耳顺之后，得龚贤精品集，悟其积墨之法，稍稍用之，以求沉厚。……”

熟悉中国山水画史的人都知道，龚贤和黄宾虹都是积墨大师，都崇尚沉厚。区别在于，龚贤是基于精谨的沉厚，黄宾虹是基于华滋的浑厚。一个苍莽幽深，一个含浑无尽。一个骨体坚实，有法；一个笔墨纷呈，无法。

黄宾虹当然代表最高境界，早在中年，周宗岱即已作出这样的审美判断，但面对这样的大师，无迹可寻，只能徒唤奈何！及至 60 耳顺之后，方从龚贤找到津梁。

从龚贤到黄宾虹，这就是周宗岱耳顺之后的觉悟。他没有走捷径，一朝便入如来境，不是顿门，而是循序渐进的渐门，次第修行。先精谨，再华滋；先坚实，再纷呈；先沉厚，再浑厚；先有法，再无法。

我们今天看到的周宗岱山水画的面貌，点染勾勒，全部中锋用笔，线条方正如屈铁，力道遒劲，支撑起一幅画的骨体，无一笔促弱纤薄，真力弥满，积健为雄，无儿女态，亦无江湖气，不忸怩，也不霸悍；有书卷气，也有烟火味，没有故作高蹈的冷逸姿态，更无取媚时俗的市井气息。

他作画坚守雅操，坚持“古之学者为己”的艺术态度，一笔一画，一丘一壑，一枝一叶，皆发为心声，认定其为人品的真实写照，不欺心，也不欺世。所以，他的山水画有一股堂堂正正的君子气象。

王国维于“崇高”和“优美”两大美学范畴之外，别立一格，谓之“古雅”。周宗岱近来所作山水，当得起“古雅”二字。

“古雅”实际上是一种格调，它需要风骨的支撑，也需要学养的涵泳，是宾虹老人一再强调的“纯全内美”，“是作者品节、学问、胸襟、境遇，包涵甚广”。周宗岱的山水画，已经包涵这一切。

他说黄宾虹大器晚成，80 岁悟道，84、85 岁得大自由，90 岁前后，进入化境，无法而法，其境不可名状。随意着笔，而学养、意趣尽在其中；无为而为，纯粹是内心蓄聚的精气不停地向外喷发；这种恍惚窈冥，醇和浑朴的境界，“只有天分、人品极高的人，专心致志地修炼五六十年之久，才可能达到”。

周宗岱就要吃80的饭了，他悟道了吗？

我们寄望于他的长寿，用长寿的太上老君炉，把他的品节、学问、胸襟、境遇全部炼精还神，炼神化炁，那时节我们在他浑浑噩噩的笔墨中，就会感受到不可名状而又过瘾得要死的审美至乐。

花鸟画的现代性突围

周宗岱山水之外，还画花鸟。或者说，他曾经想专心致志做一个优秀的花鸟画家。

他爱花花草草，也爱养小动物。

他同花草动物的故事，部分写成了散文，收录于《画馀信笔》中。

当然，他养花草动物，也有功利目的，那就是拿它们当模特儿，每天细心观察其行走坐卧、吃喝玩闹的种种情态，熟习其脾气，当其为顽童，以童心和父爱与其互动沟通，嬉笑怒嗔，一如家人，其乐融融，其情憨痴。

所以，他的早期花鸟，大多是这种情态的捕捉。正因为是动态捕捉，用笔就很快，造型也就洗练简要，寥寥几笔，就要出形、出神、出味。意到笔不到，最有笔墨情趣。如《奔》，浓浓淡淡几笔，画出一只奔跑的小松鼠。他还常常以拟人化的手法，把对世道人心的感悟，寄寓于花鸟之中。如《饥肠辘辘》《秋风劲》《日暮东风怨啼鸟》《寒雀》《离骚》《别嚷嚷》等。

文人多画花鸟，且必有诗文相配，以画载文，以文载道。周宗岱并不认为花鸟画的文气要如此体现。他有一个观点：“诗文在画面上占用空间，往往限制了构图，削弱画面的冲击力，而且过于强调‘文学性’就是削弱‘绘画性’。绘画主要还得依靠其视觉形象感动人，讲故事、讲道理、宣扬观念，绘画远不如文字。”

所以他后来的花鸟画，就从这种“文学性”偏向“绘画性”。

大概是为了更好地表现“绘画性”，他的花鸟画多取方正构图，几乎不给诗文题跋留什么空间，很多只是落了个穷款。

同他的山水画相比，他的花鸟画不是追求“古雅”，而是“时趣”。

首先，方正的构图就是一种时趣，传统花鸟画很少用，这就在构图上、章法上与传统有别。传统花鸟或横或竖的长构图，有一种叙事性结构暗含其中，有视线的流动，有空间的纵深，还可能有时间的变化，焦点散漫，无法营造强烈而集中的视觉冲击，却可以造成音乐性的节奏起伏的旋律感。

方正构图就必须营造出空间感瞬间爆炸的视觉冲击力，尽可能取消纵深，而在二维平面上用足所有空间，这当然也会影响到叙事性和文学性的表达。

绘画性在这里变得纯粹：空间切割，几何构成，大色块分布。于是，形象也就相应地变得简单抽象了。

好在中国传统大写意花鸟，天生具备这一切“绘画性”的要素。青藤、八大就是个中高手。尤其清代道咸之后，金石派花鸟大师几乎又都是篆刻和书法高手，如赵之谦、吴昌硕、齐白石、潘天寿。他们的花鸟画，一方面“文学性”很强，文气十足；另一方面，“绘画性”极高，构图高度抽象，形象也极度简化，点、线、面的绘画性关系，处理得十分高明。就是同西方抽象派大师相比，也不遑多让。

周宗岱在这一方面做得比前辈更自觉。

他习过书法，研摩过篆刻，他把篆刻方寸天地的空间放大到他的方构图花鸟画中，虚实关系的张力绷到极致，尤其是边角，一定是顶到底，甚至有些要破边而出，其力道蛮横如此。

他的花鸟画总有几根粗犷的直线贯穿画面，就像盖房子的梁柱，所以他的花鸟画有一种建筑的结构感。

在这个用浓墨，有时甚至是焦黑支撑起来的梁柱间，他会把花朵画成摄影中的特写那样放大，直扑眼眉，有时候一朵花就把一张四平尺的斗方全占满了。这就使得他的花都很抢眼，也很招摇，一点也不讲究含蓄，绝对是生命的怒放，轰轰烈烈，照眼惊心！

偌大一朵花突至前景，逼近眼帘，当然色彩就要达到饱满、响亮、艳丽的极致，不如此就不能与其饱涨的构图相匹配。

于是，周宗岱以其学水彩、油画的基础，搞出了这种“浓墨重彩”的花鸟画。

> 我尝试将浓艳、饱和的色彩与写意画的用笔讲究结合起来。不浓艳，不足以表现自然色彩之美，非浓墨，压不住强烈的色彩，容易流于艳俗。
>
> “浓墨重彩”使画面响亮，有扩张力，画花鸟，我愿以“浓墨重彩”为旗号。
>
> 说不出什么理由，我弄了几十年中国画，就是喜欢莫奈、梵高、席勒、巴巴、莫迪里阿尼，胜于喜欢徐渭、石涛、金农，也喜欢现代绘画中种种构成、强化的手法。

对于重彩，也就是花鸟画的色彩领域，周宗岱认为这正是今天的画家的有利条件，用武之地：

> 今天画中国画的人，大都是美院出身，学过素描、水彩、油画的，自然就对画幅的整体有了“色调”的要求，不再局限于“随类赋彩”。色调的追求，会提供一种不同于水墨的美感。
>
> 我们大都学过水彩、水粉、油画，掌握了色彩的科学知识，对光、色世界有了比古人更多的认识，我们完全可以在色彩领域里超越古人，画出新时代的中国画来。

他甚至说：

> 现代艺术的趣味定会慢慢地渗入传统画家的心灵。至于我，我一点也不觉得自己的画与现代有什么围栏、濠沟。

中国传统绘画中那些非常高妙的主张和实践，与20世纪以来的西方现代艺术有许多契合之处，这倒不是说中国古代绘画就有多么现代，而是说中国古代绘画，无论从哲学、美学和艺术观念上，实在是比西方更早、更深刻地触摸到艺术的本质。因此，在传统绘画中发掘所谓的“现代性”，那种被历史语境遮蔽了的精彩部分，从而使中国画实现“现代性突围”，就成为许多画家或自觉或不自觉的努力。在花鸟画领域，湖南的齐白石、王憨山、易图境、周宗岱，就是很有典型性的四位画家。

齐、王、易、周四位湖南花鸟画家，都选择了大体相似的路径，于大写意花鸟画领域进行“现代性突围”。

齐白石与王憨山路径更相近些，都保留了绘画性与文学性相结合，诗、书、画、印四要素互为倚重的传统格局，追求意境，而且更多地从民间艺术中汲取养分，以民间艺术的质朴、原始、通俗，中和文人花鸟画的典雅、深奥、澹逸。在构图和造型上，很自觉地把平面构成提到很重要的地位，点、线、面的绘画关系更明朗化了。同样地，浓墨重彩也是其艺术的感染力所在。

易图境和周宗岱的路径更相近些，他们都消解了花鸟画的文学性、书法性，满密的构图更具现代感，更浓的墨与更艳的色，包括用扫笔留白来表现光影效果，用环境色来强化色调，用对比色来加强效果，都比齐白石和王憨山走得更远。

环顾中国，一百年以来，好像也只有这四位湖南画家在花鸟画的现代性上走得最远，彼此之间也靠得最近。在他们身上，最顽强的保守性和最大胆的革命性，总是充满张力地结合在一起；最原始的生命力与最高雅的文化感，也总是充满张力地扭结在一起。很土，很民粹，但又很洋，很现代。很农民，又很文人。很生活，又很文气。

这是很有趣的艺术现象，值得深入研究。

我个人认为，这是湖南人身上的生命力在艺术上的爆发。不爆发于人物画，也不爆发于山水画，而是爆发于更容易抒泻怀抱与性灵、更主观更有语言感的大写意花鸟画，是有原因的。

搞清楚、弄明白了个中原因，就能懂得湖南人了。

2015 年春节于陶然亭畔

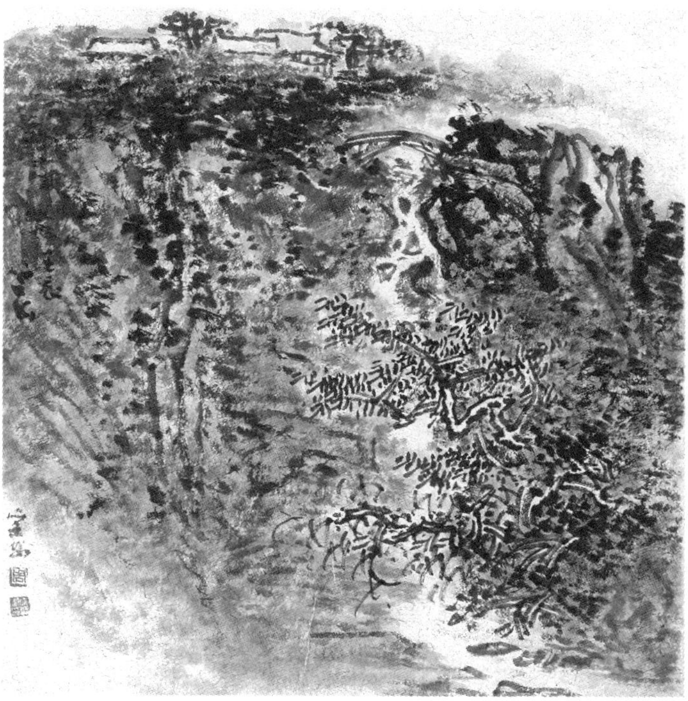

画如其人　文如其人

龚旭东

周宗岱先生是名画家。对于宗岱先生其人其画，我是非常敬重和佩服的。他的山水画，有宋元人的韵致，又浸润着他自己对山山水水的不尽情愫和独特表现，即使是画冬天的雪景，也洋溢着一种融融的暖意，这暖意，来自宗岱先生的赤子之心。我更喜欢宗岱先生的写意花鸟，这是他心灵更加本色的呈现。他的写意花鸟，重彩浓墨中又有风清云淡，无论立意、构图、笔墨、施彩都充满情感的力量，并且将传统笔墨与现代意味很好地融合在一体，真正体现了泼墨写意的精气神，表现出很强的个性色彩和创造性。

宗岱先生还是一位优秀的作家、美学理论家，是《三湘都市报》的老作者、老朋友。

我素来有一个陋见，认为画家及各种从事形象艺术创作的艺术家们中，多有不凡不俗的文章高手，盖因他们观察事物时的理念、视角、关注点、表达感受的语言方式等，往往有异于纯粹从事文字创作的作家。因此，他们的文章往往能给读者带来意外的惊喜和享受。所以我比较喜欢约请画家为我们的副刊写文章甚至开专栏，而杨福音、蔡皋等画家们的文章也的确受到了读者们的喜爱与好评，得到了省级乃至国家级的奖励，宗岱先生也是我曾专门约请在本报副刊开专栏的画家之一。

宗岱先生一生经历坎坷曲折、丰富异常，人生体察和感悟极为深刻精微，因此，我是极力鼓励他发而为文的。我常说他的散文、回忆和艺术札记只觉其少不厌其多，他自己也有很强的写作冲动，常与我谈到他的许多写作构想及经历的往事。但是，写作，特别是认真投入全部生命感动的写作（这是宗岱先生文章质量甚高的原因），是极其耗费心力的，这又与他视为自己命根子的绘画创作形成了严重冲突。相较之下，他常常就不得不舍写作而保绘画，这实在是非常无奈和苍凉的，读者因此失去了许多美好的感动与享受。

他曾将近30万字自己的文章印成一集，名为《画馀信笔》，分咏物、谈艺、记人、杂写数辑。我知道，这些文章其实都并非信笔为之，而是投入了宗岱先生一生的生命体验，以及他满腔的热爱和热忱的。“咏物”一辑大多经我手发表过，这些文章多写梅兰菊荷及各种小动物，突出地体现了宗岱先生特别喜爱和眷顾的物事，是宗岱先生文章中特别精彩且不同于一般作家之作。以宗岱先生历经苦难沧桑的身世而对弱小动物表现出如此感人至深的爱（他以“咏”字冠这一辑文章并置于书首，是含有深意且极为到位的），字里行间有许多人世间的玄机奥秘值得我们好好咀嚼品咂；而这位充满人性和爱意的画家细致观察、描写出来的小动物们，则可爱、动人得让人心喜、心爱、心软、心疼、心酸、心悸、心醉——写动物，其实就是写人世间。而那些谈艺、记人之作，亦反映出宗岱先生的德清心诚、学养深厚、急公好义、情深意长……

宗岱先生其画其文其人，可以一言以蔽之曰：醇厚温润、至情至性。他是个极端钟情、重情的人，又特别地低调、谦和。这低调和谦和，源于他的宽仁与善良，也源于他的充实与深邃。这与当今艺术界喧嚣闹腾的风习形成了鲜明的对照。

知宗岱先生将举办个人画展，为之欣喜。我敢说，爱美的人们有福了，这一定是我们一次难得的心灵享受。故特为文介绍其人之风。言不尽意，文短而情长。

（本文原载 2008 年 9 月 11 日《三湘都市报》“枫林美苑”专栏）

周宗岱先生小像

李　毅

认识周宗岱先生有六七年的时间了，不算长也不算短，喜欢他的文章，喜欢他的画作，也喜欢他的为人。

周先生是一个有趣的人，为人做事读书画画很认真，书卷气，爱刨根问底，性情骨鲠，有点倔，为人有点老派，为文为艺又有一点洋派。

先说他的文章。

某日与周先生聊天，我说喜欢他的文章，他听后很认真地问我，你是喜欢我的理论文章呢还是记人记事的杂论？我笑答：都喜欢！周先生似有一点失落，以为我是奉承之语。其实不然，我喜欢周先生的文章是因为他的文章言之有物，真情实感，读起来有内容。读文章最怕的就是言之无物，空对空。

最先读到周先生的文章是在报纸上。2002 年开始我注意到在《三湘都市报》的副刊上不时有他的小文章刊行，因为关注画家就读他的文章。以后认识了周先生，他送了一本他的著作《美辨》给我，1998 年元月出版的，书里头汇集了 70 年代末以来他的 20 万字的重要的理论研究文章，是我比较全面地接触他的文章的开始。2005 年以来，我办网页写博客，就开始在网上看他的文字和画作，慢慢地了解了他的艺术经历和其人其事。他“触网”比我还早，用一些比较新潮的软件把画作制成相册、幻灯片放在网络上，由他太太帮他操持，什么雅昌、光明日报的论坛上都有。由此看来他的意识是很现代的，在老画家中是洋派的。前年 11 月，上京办展，他又出了一本文集《画馀信笔》，把几十年没有发表的文字选了一些汇集在一起，咏物、谈艺、记人，大多是些杂文小品，可读性很强，从题目就看得出这些文字是搂草打兔子顺手得的。

周先生是杂家。学的是师范，上过一段时间班，搞的是艺群工作。没有专门的理论训练，首先捡起的并出成果的却是理论研究，而且“理论的井”挖得很深，《美辨》《篆刻美学十题》在 20 世纪 80、90 年代的中国美学界、美术界曾引起一定的反响。研究书法，连怀素得了什么病，吃过什么药都涉及了。他做理论不人云亦云，比如对齐白石的研究，目前都是溢美的，他就提出疑问找出事实写成文章《齐白石“见官就躲”吗》。湘潭是白石的家乡，周先生在做文化局副局长的时候就力推家乡的齐白石的研究工作，湘潭建齐白石纪念馆他就是主要的倡导者和执行者，但这并不影响他对事实的尊重，由此可见他学术研究的态度。研究绘画更是不遗余力，特别推崇黄宾虹，把实践放在首位，他认为不会画画不能论画。为了有更多时间绘画，他又主动提出从文化局副局长的位置上退下来，到相对“清闲”的文联工作，兴趣与时人相异。不是作家，但他写出的文章有的放矢，抒情达意，言之有物。所以，我从心里佩服他。

但写着写着，他发现写文章既受累又不讨好，要养家糊口还得靠画画“挣钱”，“理论不搞了，小文章还是写。不写文章，算什么文人？不是文人，怎能画出真正的文人画？”周宗岱如是说也如是做。

再说他的画。

“‘画画’，简直是个顽皮的精灵，捉弄了我整整一生。”在《学画自述》中周先生如是说。因此要谈周宗岱必须谈他的画。

首先看到他的画是2002年在南阳街的巧工司马画廊，周先生在那里办了一个画展。那时候我刚刚玩画，什么画展都看，什么画都想要。这个画展展出了哪些画作我已记不清楚了，只记得宝笼柜台上放了一幅长长的山水画。那时道行不深，还不知道这样的画作称“手卷”。这幅画就是《漫写家山》图卷，后来还出了单独的画册。

是怎样认识周先生的呢？应该是2003年冬天，我鼓捣的南楚艺术研究所在株洲群艺馆挂牌，适逢周先生人在株洲（当时他夫人在株洲师专教书），唐思源把他请来了。这个时候周先生住在长沙的马王堆后面，皮祖政与周先生相交甚好。他引我过去拜访周先生，这样就相熟了。

周先生这些年埋头画画，画册出了好几本，展览却迟迟未办，为什么呢？铆足了劲上北京。终于，在2007年11月他70岁的时候，在国家画院办了一个成功的个展。

从北京办展回来后，去年9月他又在长沙办了一个“晋京汇报展”，了却他多年的心愿。

今年3月我到湘潭去看他，谈话又围绕画画，要我谈谈对他画作的看法。

这几年他在大幅的山水画上下了足功夫，走的是黄宾虹的路子。他对黄宾虹的艺术很崇拜，几十年来他一直在琢磨黄宾虹研究黄宾虹，写了不少文章，如《黄宾虹散论》《雄浑——黄宾虹画品》。他认为：“黄宾虹的山水画，没有漂亮的色彩，没有安排巧妙的楼阁、亭院，没有造型奇特的峰峦古木，没有那引人入胜的精巧、秀丽、典雅、飘逸等种种趣味，只有一种莫可名状的混混沌沌的笔墨，他却让那些中国画的名家高手们顶礼膜拜。”为什么？因为黄宾虹的山水中蕴含雄浑的美。雄浑，就是黄宾虹的画品。几十年来，为了追求这种雄浑的美，周先生跑了全国很多地方写生，画出了一批山水小品和手卷，但他总觉得不过瘾，以为没有几张大画，办展览立不住门面，而且多年学黄宾虹，也想在山水画上有所造诣，所以这几年闭门在家里作画，画八尺山水，还做了专门的工具——手动轱辘的大画板。看他这几年的大幅山水画的确在积墨的画法上有一些自己的想法和做法，走的是宾虹老的浑厚华滋的一路，与当下的山水画家拉开了一定的距离，但我认为他走的还是传统的一路，在黄宾虹的框架内还难以有所突破。

所以我反倒认为周先生的小品画有情趣。你看那松鼠、鹭鸶、鸳鸯，寥寥几笔就跃然纸上，不用修饰而情趣盎然。山水小品（山水长卷也在此属），山石荦落，树木苍古，意境幽远。中国画讲究以小见大，在周先生的小品画中得到了很好的体现，所以我建议周先生还是要在小品画一路再下一些功夫，似可做出一些成绩。

这些年，读了周先生的文字，看了他的画，也就慢慢地了解他的人。先生坎坷的身世见诸文字，让我们有机会了解他的过去。周先生大我近三十岁，是两代人，熟悉了之后就成了忘年交。但在我心里既是友更是师，因为从他那里我总能学到我想学的东西。遇见朋友，周先生好谈吐。长沙、湘潭相隔不远，但我们平日里也难得有机会聊天，但一有机会都聊得很愉快。

周先生出生在长沙上黎家坡，祖籍宁乡。去年 9 月在长沙办展览的时候观众中有人不知怎么说起日本鬼子，说起了原子弹，他就恨得牙痒痒，这与他的身世有关。他出生于 1937 年，父亲是民国省政府公路局的职员。周先生一两岁的时候就跟着父母逃难，这段经历给他留下了太深的记忆和痛苦。那时全家随迁到耒阳县，父亲在逃难中过世时他只有七岁，亡国和丧亲的痛苦是挥之不去的。前一段我在长沙走老街，在上黎家坡，我发现了有一条小巷就叫公路局巷，一条陋巷，应该就是周先生的出生地了，我拍了一些照片传给了他。

1955 年他从湖南一师毕业，分配到湘潭文化馆工作，三年后（1958 年），21 岁的他稀里糊涂就成了“右派”，几个月后又因为画画成了“现行反革命”，身陷囹圄。1961 年释放后，颠沛流离近二十载，直到 1979 年才平反。所以，从他成年进入社会开始，中国社会的大的政治运动他都是“运动员”，命运把他划入了另册，伴随的是羞辱，安慰他的也就只有画画了。靠画画糊口，靠画画养家，靠画画苦度时光，好的年华蹉跎了，如果没有画画伴着他，估计他难以撑过那苦难的二十多年。

周先生为人和善，但有时又有一点倔强。人活到了 70 多岁了，过了知天命、耳顺和不逾矩的年纪，走的路多了，见的人也多了，很多的事也就慢慢地看淡了，但放不下的就是画画。他在家门口挂了一块告免的牌子，上面写着年老神衰，上午不见客，下午四点后见客要预约，朋友的饭局也是基本不参加了。为的是什么？还不是想集中时间精力画几年画。

生活上周先生不讲究，尽可能的简单，吃不讲究，穿不讲究，住不讲究。嗜两口好酒，看过他文中记录过用面条就茅台酒的往事，逗！这几年收藏市场“火”起来了，画能卖钱甚至是卖大钱，我认识的一些画家也就“喘”起来了，买房子买车子本也无可厚非，但有人沉迷其间，画上就没有心思了。周先生很清楚这一点，卖画的钱都用在画画出书办展览上了，家人也很支持，这是他的“福气”。前一阵我同他聊天，他说现在还有一个心愿就是趁着现在身体还可以，想出去走一走，采一采风，以后走不动了就只能“老老实实”在家中画画了。

作为一位“小朋友”，我一是希望周先生人心不老，艺术之树常青；二是祝愿周先生身体健康，长命百岁；三是祝愿周先生快快乐乐，生活幸福！中国绘画艺术有一个特点往往是寿高者名著，要得大名就要长寿，宗岱先生你要努力。

2009 年 6 月于潇湘晓馆

益友良师话宗岱

李季琨

认识宗岱先生是在我读中学的时候。那时，他孑然一身搬进万人新村，我们成了同住一层楼的邻居。他时常外出，背着画具到郊外的四乡八里为人画像谋生。在家时，不是画画写字，就是看书拉胡琴，这对当时的我是颇具吸引力的，因而常去他家玩。在和他的交往中，我逐渐获得了许多在学校里、课堂上不曾接触过的东西，如巴尔扎克、托尔斯泰、罗曼·罗兰、陀思妥耶夫斯基等，《约翰·克利斯朵夫》《被侮辱与被损害的》等名著就是先生借给我阅读的。当然，我们更谈屈原、陶渊明、李白、苏东坡。至今我还清晰地记得，当年先生吟诵李白《听蜀僧濬弹琴》诗中"为我一挥手，如听万壑松"一句时，将手一挥的神情和身影。久之，我从家人口中知道了先生坎坷的身世与蒙受的冤屈，然而我去先生家的次数及盘桓的时间并没有因此而减少。

先生的二胡用的是丝弦，拉琴时揉弦用力很沉，对乐曲有他自己的理解。我就是从他的琴声中认识刘天华、了解华彦钧的。一天晚上，在先生家里坐久了，好像也谈乏了，先生站起身来说："来，我们换个话题。"转身取下胡琴，熄了灯，接着，房间里响起了《二泉映月》徐缓深沉的旋律。琴声娓娓如泉声呜咽，渐渐地，只觉得先生与琴声乐曲融为了一体，仿佛心中有一份悲苦从琴声中流淌出来。月色下，依稀看得见先生眼眶中闪动着晶莹的泪光。

"文化大革命"开始了，先生似乎有什么预感。一天，先生腋下夹着几本书来到我家，低声说："风雨来得骤，是祸躲不脱。我身无长物，唯有这几本《芥子园画谱》最为要紧，你家里安全，托你保管。"然而，在"文革"闹得最凶的那两年中，从红卫兵抄家"破四旧"，到湘潭有名的专政群众"九九行动"，先生居然都安然而过。后来才知道，是先生不幸的遭遇与平素的为人赢得了人们的同情与关心。我们楼上的居民小组长、苦大仇深的王娭馳常对人说："周宗岱是老实人，造孽。"左右邻居不但没有人歧视先生，居委会负责人朱妈妈还相当照顾他，楼上不少老人也常从生活上关心他。对此，先生一直心存感激，他常常感叹："世上终究好人多。"多年后，先生平反了，相继当上了区里的科长、市里的副局长，却不忘常在生活上周济王娭馳，并请从前几位邻居老人到家里吃饭，以感激当年的关照之情。

1968 年年底，红卫兵运动寿终正寝。我处于下乡插队前夕，在先生家里呆的时间多了起来。两人有时交谈至深夜，话题也较从前广泛深入，谈历史、社会、人生，从大汉雄风、盛唐气象，到宋代的相对宽松、明代的空前黑暗；古往今来，穷隆兴替；谈古人崇尚的“达则兼济天下”，谈霍去病、狄仁杰、岳武穆、于少保……由于政治与社会的原因不得已“穷则独善其身”，导致陶渊明式的隐逸之士代不乏人，陈图南那样枕清风铺明月终其一生也是一种活法，而苏东坡历尽坎坷却不改其豁达通脱，毕竟千古一人……先生从中国先秦的百家争鸣谈到欧洲的文艺复兴以至中国的五四运动。他认为，中国是不会长此下去的。劝我下乡后多读点书，将来总会有用的。我下乡前夕，先生送我一张画、一方印、一本书。画为《醒狮图》，款云：“季琨贤弟奔赴农村，画此图以壮行色，唯悲鸿笔意不易学之。”先生为我所刻名章为我生平第一枚图章，李立翁及苏民、道清、王集诸君贻我均在此后；书为法国丹纳所著《艺术哲学》。去茶陵农村插队时，我所携带的除被包、日用品之外，就是一木箱书。我在农村几年没有消沉，还读了些书。先生的勉励良有益焉。

1979 年，我调回湘潭工作，与先生相处的时间又多了起来。这时，先生已获平反，虽经中年丧妻之痛，但由于精神上获得了解放，仿佛整个人焕发了青春。他以极大的热情投入学习和创作，像是要将以前耽误了的时间抢回来。先生的书读得好，对各类知识和事物有自己独特的认知。当时我在市工人文化宫参与主持文学讲座。讲题如《杜甫与湘潭》《小仲马与〈茶花女〉》《托尔斯泰与〈复活〉》等，主讲者分别为名诗人田翠竹先生，湘潭大学曹让庭先生、张铁夫先生，皆一时隽彦。我请先生主讲法国司汤达的《红与黑》。先生准备极为认真，写好讲稿，请二三好友到家，听取意见，修改再三。那天先生的讲演效果极佳，听者咸言，足可与前几场讲座媲美。先生的书画和文章，我常常是第一个读者。耳濡目染，对中国书画我渐渐也能品出些味儿来。先生写文章纯出偶然。记得《上海文学》1979 年第 6 期载有《“文艺是阶级斗争的工具”是个科学的口号》一文，重弹“四人帮”的老调。先生看了，怒不可遏，奋笔疾书，驳论文章一气呵成，逻辑严谨，义正词严。寄出不久，《上海文学》就在当年第 7 期发表了。由此肇始，继而书法理论、绘画理论、美学探讨，一发而不可收拾。多年后，湖南美术出版社选刊先生历年理论成果，结集出版《美辨》一书，先生将那篇短文收入书内。这足见他对自己做学问的滥觞之作的珍视。

1983 年，我随先生与田翠竹先生、欧阳濂先生一道晋京。通过从台湾刚回归大陆的马璧先生游说中宣部、文化部领导，最终促成全国性的纪念齐白石诞辰 120 周年纪念大会在湘潭召开。这一经历，也成为我对齐白石及其艺术由感兴趣到热爱，并成为我终身研究课题的契机。此后，我学习欣赏齐白石艺术有了心得体会就向先生请教。年来我在这方面的研究能有些成绩，是与先生的指点和帮助分不开的。

2003 年，我受命主持市重点文化工程《齐白石辞典》的编纂工作，我请先生出任该辞典的学术顾问，先生建议我在全国范围内聘请著名美术、书法史论家担任辞典特约撰稿人。经过实施，此举成为这部辞典学术质量臻于上乘、由国家一流出版社中华书局核准出版的重要保证。

先生视画画如生命。于绘事倾注了毕生精力，诚如其所言：“不画画，我真不知道怎么过日子啊!”尽管已办了好几个个展、出了好几本画集，但他绝不满足于已经取得的成绩，他不甘于当一名地域性的知名画家。近些年来，先生除偶尔写点散文随笔之外，心无旁骛。因得益于他早年西画方面的根柢与积累，他的花鸟画技法奇特，色彩绚烂，在画坛独树一帜，已为国内同行所瞩目。对于山水画的传统理论与技法，他已“用最大的功力打进去”（山水画大师李可染语）了，堪称功力深厚，且厚积薄发；目前，正在“用最大的勇气打出来”（山水画大师李可染语）。欣闻先生于今年将赴京举办个展，这是他继长沙、南京等地成功办展之后更为重大的展事。我预祝他取得更大的成功!

2007 年 6 月

热爱艺术　创造人生

郑书飞

周宗岱是我的老朋友了。他毕业于湖南一师，读书时就爱好文学艺术。认识他是在 1956 年，那时我在湘潭市文化馆工作，他是湘潭县文化馆的干部。有一天，一位青年人来找我，进门就拿出他的水彩画给我看，同时介绍着自己和作品。他说话的观点和语气，充溢着自信和对绘画的追求，毫无虚饰和初识的拘束，可见他的坦率和热诚，同时流露出他性格中的傲气与天真。我看了他的习作，色彩感觉真的不错，用水也很灵动。所以头次见面，他给我的印象，就是一个聪明好学、敢想敢做爱画画的年轻人。

以后，他又进了湖南省文艺干校学习，这段时间于他学画而言应该是最为宝贵的。那里许多老师都是湖南当时画界的知名好手，有我很佩服的老师、朋友和同学。老周如鱼得水，特别勤奋好学，不断取得优异成绩，受到老师和同学的称赞。有谁能想到正当快要毕业时历史的灾难却突然降临到老周的头上，从此在他的生活和学习道路上，不知要有多少委屈和艰辛啊！许多年来，老周一直用自己顽强的意志和明确的人生目标，奋力踏着荆棘，创造着自己的艺术和生活道路。

为了生活，为了学画，他从事过多种手工劳动，学电工、做油漆，到处奔走为人作画，在“文革”中他还有幸画过许多毛主席画像……他是这样不怕困苦，奋发而乐观地面对现实，一边做工劳动，求得温饱，一边抓住空隙读书练画。因为画画既是他的艺术追求，也是他谋生的一门手艺。他只能这样拼命干活，养活自己，并用知识和技能充实自己，在精神上使自己得到更进一步的人生鼓舞。这期间他又在灯下差不多读遍了古今中外的文学、历史、人物传记、美术史、美学文论、画论与技法等——凡是他能借来或买到的各类名著，他都疯一般地猛读。冬去春来，他不知疲倦地把青春变换成知识财富，这样对他来说，也算得是不幸中的“从优选择”吧。由于对书画理论与美学的探求积累，在“文革”以后，他就有一些学术论文在全国报刊和杂志上发表。为此，二十世纪七十年代初，他就曾找我为他写信引荐认识广州美院的陈少丰老师，彼此交流美术史论问题。之后，他当然也认识了一些其他的文论大家。正是老周的这种积极的开拓实践，换来了“天道酬勤”的丰硕成果，把原来的不幸遭遇变成了成材的动力，终于迎来了党的十一届三中全会的光辉，照亮了老周前进的新的里程。政策落实后，他先到区文化馆上班。由于他的才干和工作成绩，很快当上了副科长，不久又被提升为湘潭市文化局副局长，而后又调任湘潭市文联副主席。以后的老周，真的是焕发了第二个春天。他既在工作中发挥了才干，更将多年磨炼积累的书画及理论研究成果大放光彩。老周在省内外参展发表的作品接连不断，此时有的院校和专业团体也经常请他授业讲课。特别是他的美学答辩文章，在全国多处发表，后集结出了专集《美辨》一书，得到广大读者和专家的好评。以上这累累硕果的取得，正是他多年历尽艰辛刻苦磨炼的结晶。作为知情的老朋友，我由衷地敬佩和赞叹他的坚毅、冷静、聪明。

我还想到几个事例，更可以认识老周的治学方法和为人之道：他既勤奋好学，又能清醒的对待学习中出现的问题，敢于矫枉过正，大胆改进自己的不足。他察觉练习书画时，自己本性中有偏秀的倾向，就专门选定骨力与风神古朴的书画范本，极力钻研苦练。他改习黄宾虹、吴昌硕都颇有心得；大写三公山、郑文公诸碑"正本清源"，他都能及时收效获益。这种借他山之石攻坚的办法，自是聪明人所为。老周还把西画中学来的素描色彩知识，用于山水、花鸟之中，灵慧一出，真的一通百通。从他的书画作品中，明眼人都会看到此类信息。

老周与人交往贵贱如一，而且特别同情关心在困难中的朋友。在他自己处于遭难打工的日子里，还主动来帮助我这个生活负担沉重的"臭老九"。正是湖南的大热天，他要帮我漆高级的土漆桌面（我多少年盼望有张像样的书案），做这种工艺技术，操作上要求很高，既麻烦又有毒，他都毫不在乎，一连用许多个中午牺牲自己休息时间，终于漆好了一张闪光发亮的土漆退光桌，成为我们家那时的唯一宝贝。二十世纪八十年代，老周被落实政策，当上文化局副局长了，也就是我的顶头上司。在我大女儿结婚之时，他照样又来帮我漆家具，要为穷朋友省钱。像这样贵贱如一的友谊和热诚，我能忘记吗？而老周帮助别的好友的事例，有些我还不知道哩！但我相信一定还有不少。

老周当副局长时，在一次因公出差途中，路遇险情，有人在地下坑道里因毒气而窒息，非常危险。此时他虽是一个路人却挺身而出，跳下坑道，勇敢地救出了遇险者。他舍己救人，是我们文化战线的学习榜样。他之所以会有这样高尚的行为产生，我认为绝非偶然。这是他的好善天性决定的。

周宗岱与山

李忠初

画家周宗岱先生人如其名，宗仰大山。我看，他就是一座大山。在20世纪70年代末认识他以前，我就觉得他的名字真好：宗是宗仰、尊崇的意思，岱就是泰山，泛指山岳、大山。但专业知识告诉我，一个人的名字不过是一个人的语言符号，名字和人不会有必然的联系。及至我见到他，看他身姿伟岸，沉稳厚重，就觉得他像大山上挺拔的劲松。后来经常听他谈话，直来直去，干脆利落，而又声音洪亮，往往能振聋发聩，就好像大山上飞流直下的响瀑。接触多了，又了解到他人品高尚，意志坚强，历经磨难而不改其初衷，便又觉得他真像大山上挺立的巨石。其实，周先生不但敬仰大山，学习大山，而且他自己就成了一座大山。

周先生是画家，而我不懂绘事，是个外行。但读了他的许多山水画，尤其是山水长卷《漫写家山》，我就觉得他画如其人。他的山水画，墨色浓重沉厚，山石、山树、山溪绵延不断，撑满了画幅，撑满了读者的眼球。杜甫诗云："岱宗夫如何，齐鲁青未了。"宗仰岱岳的画家周先生之画谓："家山夫如何，三湘青未了。"画面上没有天，没有空白，只有山，让看画的人屏息凝思之后，再和画家一起狂吸大山的钟灵毓秀之气。画家不是独坐家山，也不是登在家山之巅，而是自己就是一座山，家山群山中的一座山。因此，他能有一个独特的视角，平视群山，扫描群山，呈现出家山的全貌；大山"上与天齐"，因此我们从画中看不到天空，却仿佛能看到画家周先生正和他的"兄弟们""相看两不厌"，又仿佛听见他在响亮地吟唱："我见青山都妩媚，料青山见我应如是！"这令我想起苏东坡，据我的印象，周先生崇敬他。但我觉得，在看山这一点上，周先生远远胜过他。同样是在山中，东坡是一个诗人在山中遨游，横看侧看，"不识庐山真面目"；而周先生自己就是一座山，有了山的情感，掌握了山的灵魂，最识家山真面目，于是能全方位地描绘出大好家山，我们也能从画中看到他的大山品格。

周先生还是一位美学学者，发表过许多美学理论和书画美学的论文。对此我也不在行，但是是这些著作的忠实读者，读后的感觉是：周先生文如其画。周先生的论文观点鲜明，理直气壮，笔酣墨饱，读之如观其画，仿佛书刊版心全被写满，每页都没有留出空白书边，不容他人在边上写眉批。这充分体现了他的定力，他的信心。我曾听到省内一位美学专家说，周先生在美学学会研讨会上发言，往往出语惊人，还不容人置喙，要等他把要说的话说完之后，才笑嘻嘻坐下来请别人谈看法，全不顾好多人已经是目瞪口呆地坐在那里了。说后还问我的看法，我不假思索地说了一句话：“您去读读他的山水画吧。”说实在的，对周先生研究的美学问题，我不懂，也没有兴趣去研究，所以对他的观点也谈不上赞成不赞成。但是，对于他治学的勇气我是十分钦佩的。而且我认为，他是画家，在美术、书法篆刻方面有专长，又精通书画理论和美术史、书法史，他搞起美学来，应当比那些空头美学家强多了。他的论文的风格如同他的山水画一样，不也是很明显的吗？

周先生的文如其画，画如其人，人如其名。其实，他就是一座大山。

踏平坎坷成大道

张楚务

周宗岱先生犹如黄山天都峰上的一棵松树，生长在石头的夹缝中，虬龙劲舞，升腾向上。那种美感有一种浩然之气，是一种被苦难捂过之后的壮行。

周先生以其美学著作《美辨》闻名于社会。这部洋洋洒洒20万字的理论专著令无数学者、专家刮目相看，“美是主体对客体的评价”，“美是一个形容词”的论点、论据、论证在美学界有立异标新的影响。

然而周先生却说：“画画简直是一个顽皮的精灵，捉弄了我整整一生，苦难、欢愉、爱情、生活，件件大事无一不是画出来的。”

因为画画，在湖南省文艺干校美术班以“只专不红”的罪名被划为右派。

随后又因为几张画有“政治问题”，以反革命罪判刑3年。

释放后颠沛20年，这20年生计大都靠画画，为画炭精人像走遍湘潭、平江、津市、南县等地。后来到湘潭轻工研究所搞设计，开办丝印厂，乃至做油漆工，无一不攸关画画。

1968年“文革”火爆之时，周先生来到长沙画主席像，与制模工杨民宪相识、恋爱、结婚、生孩子。可惜民宪因病早逝。之后一个妻子又分手了，因为她不甘当第二夫人，她认为只有画画才是周先生的第一夫人。因为画画，他又结识了现在的妻子。

后来周先生步入干部队伍，退休前曾任湘潭市文化局副局长、湘潭市文联副主席，也与画画有曲折的关联。

周先生退休后回到他的出生地长沙居住，还是为了画画，每天接来送往的都是画界朋友，所思、所想、所为，全是画画了。

最近周先生在长沙巧工司马举办的一个小型画展，使我们有幸一睹他非凡的绘画艺术才能。40幅作品真实地记录了周先生在丹青艺苑艰苦跋涉的脚印，表现了周先生热爱自然、热爱生活的高尚情操，折射出周先生理性思辨的光芒。

周先生的作品越小越精粹，体制虽小，寄托悠远，那股殷殷情意往往是笔墨纵横的大幅作品所不及的。

《秋风赋》一尺见方，菊花布满了整个画面，唯一留出的左上角画一只飞翔的麻雀，虽构图塞满，但气贯神畅，秋高气爽的境界了然于目。

周先生笔下的小鸭有一种特殊的意趣，信手意笔，绒绒羽毛质感如真，稚嫩天真的形象勾起人们对儿时的回想，然后随小鸭游弋家乡河岔湖港，拾起片片乡愁、乡恋。

周先生以温暖的目光，对生活作精微的观察，以苍辣苦涩的笔墨、丰厚的精神含量和饱满的艺术活力驰骋在中国画坛。可以想见，随着周先生艺术创作的展开，其作品将越来越受到人们的广泛欢迎。

坎坷的人生道路，对于一个艺术家来说并非是坏事，那种苦难感、寂寞感一旦融入作品，就会产生惊天地、泣鬼神的魅力。文章至此，我愈加相信“自古英雄多磨难”的伟大启示。周先生由此而立，为我们树立了一个自强不息的范例。

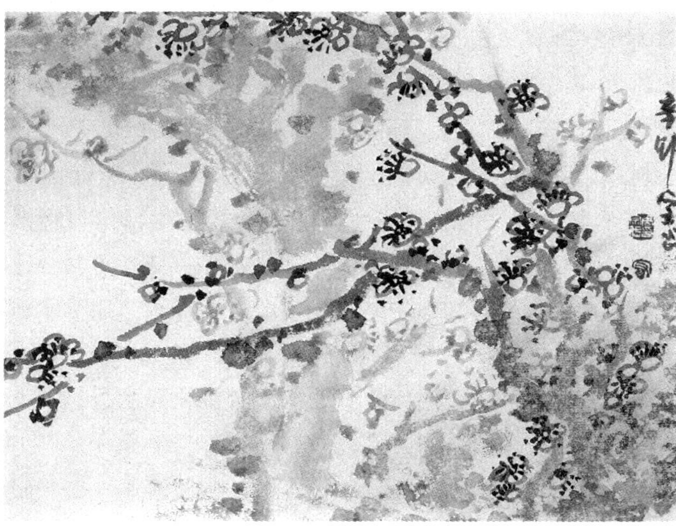

染楮张雄力　弘艺著妙文

雁　沙

旖旎三湘，蕴川岱之灵异，自古人文荟萃，俊彦辈出，书画领域，代有名家。众多茹苦忍辱、负重砥砺之士，皆凭坚韧不拔之志与锲而不舍之功，而成就事业。其中，半生坎坷、备经磨难的周宗岱即是一位典型人物。

周宗岱于1937年出生于湖南长沙市上黎家坡，毕业于湖南第一师范，曾以右派获罪，继而又蒙不实之词而入狱。20年后平反昭雪，任湘潭市文化局副局长、湘潭市文联副主席。1979年以来，发表散文及美学论文不断，多次参与书画展览。1994年赴日本彦根举办画展，颇获佳誉。此后致力写意花鸟画创新。周宗岱无比敬仰前辈巨匠齐白石，以白石老人的人格与画风为范而不懈追求，终于成为优秀艺术家。周宗岱不仅擅绘画，谙书法，通篆刻，且于美学理论深具造诣，《美辨》是他以艺术实践者切身的经历与体验去印证美、阐析美的一部力作。书中颇多真知灼见，实为难得。

品赏周宗岱的写意花鸟画，但觉笔墨驰骋，酣畅淋漓，大气磅礴，张扬着慑人的雄强之力与激情。从中显现画家所独具的坚韧刚健的秉性。而细鉴他的山水长卷，虽不属纯粹的仿宋人工笔，却十分婉约精致，同样洋溢着沉雄郁勃的气韵，构图辽阔，咫尺千里，连绵峰峦，开阖有度，虚实掩映，极尽生动变化之态势。至若用笔，隐含行书意趣，点划皴渲，娴熟自如，复又备显精练老辣，秀逸与苍古兼而有之。如果说周宗岱的这类山水画，在风格上反映出画家追摹古人沉雄之气的笔墨痕迹，那么他的众多写意花鸟画，则完全脱却一切艺术传承上的樊篱，全以自我胸中的逸气与浩气纵横挥洒，不拘陈法。其意象大多呈现浑厚奇谲的朦胧，其神采则绮丽诡幻而绚烂。故其写意花鸟画常激人联想，发人遐思，已铸就画家自身独特的面目，令观者受到艺术美的震撼。

由此我不禁想到几年前逝去的湘籍杰出老画家王憨山先生。憨山老人的画展从长沙到北京中央美院，再到广州、深圳、台湾。一路声名鹊起，又一路给人以全新印象，宛如清风徐来。1998年10月我为憨山老人写过一篇评论，言其风格雄健大气，却又古拙清雅，颇似白石老人的豪放洒脱，又有自身的简约明媚。作品始终充溢着蓬勃向上的大自然生命之力：那些憨态可掬的鳞介蛙鱼，煞是可亲可爱，令人过目不忘。今观周宗岱的写意花鸟画，其大气亦然，而风格有别。在简约与繁茂、清雅与丽秾、纯净与朦胧、素淡与绚丽等审美取向上，周宗岱选择了后者。而其绘画语言还融入了泼墨、泼彩与西方印象派的成分。这又说明，画家不但能娴熟地掌握单纯的传统绘技，也能将西画的不同技法通变其中。当代艺术家所应有的宽广胸襟与开放意识，使他在艺术创作中善于放眼世界，广纳博取。而反映在他的美学专著中，对艺术美真谛的辨析达到洞幽烛微、鞭辟入里的高度，敢于言人之未能言或不敢言，博得了广大读者与专家的认同。

夜读《美辨》，备感亲切，如与老友畅叙，每篇文章都不同于一般美学专著的艰涩枯燥，甚至故弄玄虚、味同嚼蜡，而是让人觉得阐述有理有据，行文紧贴生活，议论风生，而又朴实无华，逻辑性很强，却又深入浅出而不乏清新动人的文采。我很希望理论著作都能像《美辨》这样从生活中来，到生活中去，面向大众，雅俗共赏。长期以来，学者们几乎众口一词说“美是不以人的意志为转移的客观存在”，而周宗岱却提出质疑：“美与丑、善与恶，都是认识过程中主体对客体的一种评价、判断，完全依存于主体。”从而指出：“奇怪的是……有的（指美学家——引者注）则不敢直说，他们害怕自己犯唯心主义的错误。殊不知把主观意识的东西说成客观存在，正好就是客观唯心主义。”周宗岱娓娓道来，却石破天惊。令我奇怪的是，这个美学领域最根本的问题——关于“美”的概念的固有的坚甲，竟被一位不属美学专家的书画家用振聋发聩、不容置疑的理论的铁矛所洞穿了。惊喜之余，良多启迪。

《美辨》虽非名家专著，却不愧为一部不可多得的好书。它侧重于探讨书法美，如畅谈书法的“意”与“力”，细论了草圣“怀素之狂与病”，精析了碑派书法开拓者何绍基的成就等，同时也对20世纪山水画大师黄宾虹作品的风格作了深刻的论述。由此可见，周宗岱还是名副其实的学者型的艺术家。

2004年7月25日于深圳筠轩

周宗岱，潮流之外的独行者

许仁龙

记得在1992年10月，台湾山艺术文教基金会董事长、著名艺术收藏家和鉴赏家林明哲先生来找我谈合作意向的事。他的第一句话就是："你的传统笔墨过硬，而且又具现代感。"我听后汗颜。我跟他说："中国之大，藏龙卧虎，高人多矣。我在传统笔墨方画的老师是湘潭的周宗岱先生。"每当我给学生上课时，也要提到周宗岱先生给予我的启迪和影响。

多年来，中国的美术教育，所谓"学院派"，其教学的路子基本上是引进西方或苏联的教学模式，即以素描、色彩为主，而传统绘画的技法，包括书法等课程都极少。又由于二十世纪五六十年代极左的影响，当时各艺术院校的学生，无法系统地学习传统的绘画语言和研究笔墨。而周宗岱先生却是一个例外。

在湖南省文艺干校，周宗岱先生被打成右派，成为社会最底层的人。在那时候他连做人的资格都没有，只能称作"牛鬼蛇神"。不幸的遭遇，也有因祸得福的一面，他可以长期置身于美术界流行的"红光亮"潮流之外，于谋生之余，孜孜研究传统艺术，临习书法和篆刻，思考美学等纯学术问题。

在历史上和现实社会中遭受不幸境遇的人，要么成为强者，要么被摧残而一蹶不振。司马迁受宫刑而作《史记》，现代的黄秋园、陈子庄沉寂数十年后终令世人瞩目，当今许多有重大贡献的人也是曾被打入过"另册"的人。

周宗岱先生没有受过"红光亮"的影响（严格地说那时他不够资格），也没受过"学院派"的污染（那时他不具备条件），他走的路在今天看来是一条正道。他注重圆厚的笔墨，清新脱俗的意境。广泛的诗文书画和美学诸方面的修养是每一个纯粹的艺术家千古不易的追求方向。

我在北京客居已快30年了，许多人都羡慕北京是文化中心，认为这里人才济济。我怎么就感觉不到什么"人才济济"呢？除了启功先生等少数离我们遥远、又有真学问的前辈书画家之外，令人景仰的画坛人才实在不多。在我很有限的知识结构中，大约有一半是在20世纪80年代末跟湘潭的周宗岱先生和黄苏民、涂道清、何雷衡诸先生学到的。连我可怜的一点古文知识，也是跟湘潭一位退休的会计师学的。

去年我去黄山写生，结识了一位安徽作家，她意外地看到我写的蹩脚"美文"大加赞赏，说："惟楚有材，楚地出英豪。"我跟她说，我湘潭那帮朋友才真是楚地英豪，我那点霸蛮劲比他们差得远，我那可怜的文字功底在他们眼里是小学生水平。就说周宗岱先生吧，二十万字的美学专著《美辨》独辟蹊径，发时人所未发，那是思想，是大文章。他评诗论印和散文随笔等文章要搜罗起来的话，可能要用箩筐来装。一年 365 天，几乎每天他都要写写画画十几个小时，二三十岁的小伙子都顶不住，他已六十出头的人却哼也不哼一声。在我家做客，每逢吃饭的时候，他总是憨笑着声明："我的饭量大。"好家伙，每餐饭都是满满的三大碗，足有半斤，我想一九六〇年过苦日子时，是没有人敢请他吃饭的。据说他的拳脚功夫也不错，曾在长途汽车上制服好几个行骗的恶人。

依他这样文武双全的文人画家，在北京我是没见过，倒是在一千多年的唐代，有个叫李白的诗人有"十五好剑术"的自述。宋代的大诗人辛弃疾据说也是"把吴钩看了，栏杆拍遍"，有本事能统领千军万马的文武全才。哦，还有明代画家徐渭，也是一身豪气、一身功夫的侠义文人。在周宗岱先生的身上，我看到了前贤的遗风。

现在大家只晓得周宗岱是个画家，至于他曾当过湘潭市文化局副局长、文联副主席，也做过好多年的油漆匠、电工、印刷工，还做得一手不亚于一级厨师的好菜……这些不凡的经历和令人爱慕的本事，只有少数人知道底细。我家里的一套油漆得可以当镜子的组合柜便是周宗岱先生的杰作。

在湘潭文化界，或三教九流的朋友中，不管是俗是雅，无人不佩服周宗岱先生的人格。精明者觉得他笨，乖巧者嫌他板，世故者说他蠢，但对于他诚恳的为人，严谨的治学态度，勤奋的创作精神，评价是一致的"服气"。

1988 年 6 月，我母亲去世，当时任湘潭市文化局副局长的周宗岱先生闻讯后，和黄苏民、涂道清、何雷衡、焦成根、王集等一群朋友一起，通晚帮我家搭灵堂、扎花圈、拟挽联、写悼词，他全然忘了自己文化局长的身份，也忘了他比我大近 20 岁的辈分。交上像他这样的师友，是人生一大快事。

但千万别认为他对朋友豪侠仗义，办事就没有原则了，他的古板、原则、霸蛮会让你吓一跳。听说有个亲戚找他帮忙，提了两瓶酒、一只鸡作进门礼，拥有不大不小权力的周宗岱局长和气地对这亲戚说："该办的事一定办。你把这些东西带回去。"那亲戚就是不听，推辞几个回合后，局长先生烦了、火了，顺手把这两瓶酒、一只鸡往门外一丢，丢在几丈开外，两瓶酒摔得粉碎，可怜的老母鸡惊吓得满院子乱飞。只留下一院酒香，一地鸡毛。

有些朋友把周宗岱先生的这种性格和作风当成讥讽的趣事。在当今钱权交易腐败成风的社会环境中，我却对他这样的举动充满敬意。

有这样的铮铮铁骨，有深刻的理论思辨，有广泛的传统文化修养，有高超的笔墨功夫，有人生艰辛的磨难，有对大自然精微的体察，当然能画出好画来。前些年中国画研究院院长刘勃舒教授看了周宗岱先生的几幅大写意花鸟，赞叹道："现在画大写意的，能像周先生这样放得开又有笔墨功底的人太少了。"被誉为美术界伯乐的丁井文老前辈，尤爱周宗岱先生的作品，赞誉之辞不绝于口。

我为周宗岱先生的人格而赞美，我为周宗岱先生的作品而喝彩，我为周宗岱先生的成功而喜悦。

最后还要补充几句令人丧气的话："天时、地利、人和"，搞艺术的需要"地利"这个舞台来施展。同行们都知道，在北京的画家并非个个有真本事，在画院、中央美院并非每个教授都出众，而他们却享有"地利"这个福气，容易出名，钱也来得快。而在湖南及各地方上的画家，就缺少"地利"这个优势，那么就要付出几倍或十几倍的努力来弥补这个不利因素。这个努力除了作品过硬之外，还包括要走出湘潭，走出湖南，到大城市去展示自己，广交朋友，一为与同道交流切磋，以长见识，扩胸襟；二为增进了解、建立感情，以"人和"之长来补"地利"之短。只有面对这个现实，我们才不会怨天尤人，才会不被动。

学者·蛮子·画家

——我所认识的周宗岱

曾景祥

那是1991年深秋的一个傍晚，我刚调到湘潭，由朋友引荐，拜访了周宗岱先生。一见面，他就高兴地握着我的手招呼我们落座，随即递上一杯清茶，热情诚恳。好像我们是老朋友，没有讲客气，没有拉家常，三言两语便将话题不知不觉地引到了书画。从王羲之的《兰亭序》《十七帖》，到何绍基的《封禅书》《李广传》；从张旭、怀素的狂草，到颜真卿、柳公权的楷书；从八大、任伯年、吴昌硕、齐白石、潘天寿的花鸟画，到范宽、董源、黄宾虹、傅抱石、李可染的山水画；从具体的书画技巧，到作品的艺术风格；从作者的人品，到书品画品。包罗万象，无所不谈。我惊叹周先生对历史那样精通，思考问题那样深刻，言语又是那样活泼而又严谨，娓娓而谈，滔滔不止。看似平常，看似平淡，但耐人寻味，耐人咀嚼。正好像手里那杯清茶中溢出的芳香，淡淡袭来却让你无法抗拒。

又有一次，在周先生家里我们无意中谈到了美。美是物质的还是精神的？是客观的还是主观的？多少年来，不少权威的学者认为美是客观存在的。这个观点我不赞同，周先生也不赞同，我们有了共同语言。高兴之间，周先生拿出他20世纪80年代中期撰写的《美辨——客观论美学观的终结》一文给我看。好家伙，在这篇两万字的论文中，他把自己的观点说得明明白白，论据充分，论理透彻，不得不使人信服，不得不使人佩服。我自愧不如，差距在于，我仅仅是发发议论而已，说了也就算了。而他，硬是在踏踏实实、扎扎实实做学问。

周先生是画家、书法家，是因为研究绘画、书法才涉足理论。反过来，绘画与书法的实践，又给理论研究提供了难得的前提条件。所以，比起那些缺少实践经验的理论家来，周先生要强劲得多，硬朗得多。

前年，周先生送我一本他在湖南美术出版社出版的以论文题目《美辨》为书名的美学专著。我赞同书中的观点，喜欢作者的文笔，贪婪中一口气读了两遍。洋洋洒洒20万字，谈自然美，谈艺术美，谈书法美，谈篆刻美，谈绘画美。谈得认真，谈得新鲜，谈得深刻，谈得透彻。这些文章，或发表于《书法研究》《上海文学》《艺海》等刊物上，或收入全国性学术讨论会论文专辑中，或编入国家“八五”重点图书《中国书法文化大观》一书里，得到了专家们的认可与赞赏。

周先生的研究取得了丰硕的成果。

据此，我们说，周宗岱先生是一位颇具实力且很有成就的学者。

不管是谁，要想成就一番事业，必须有坚韧不拔的意志、锲而不舍的精神和不达目的决不罢休的蛮劲。周宗岱先生就是这样一个地地道道的蛮子。

在被打成右派后，他靠打工糊口，经常处于半饥半饱的状态，甚至吃了上餐没下餐，还要时常遭人冷眼的日子里。他仍然抱着“向前看，前面就是光明大道”的信念，勇敢地、乐观地生活着，画画、拉琴、唱花鼓。你看他蛮不？

在一次与一位书法功底很深的老油画家共进晚餐的时候，周先生带着满心的诚恳，夸赞老先生的字写得好，这位老先生谦虚地说：“过奖，过奖，没有的事。”周先生为了证明自己说话的真实可信，硬是放下筷子，走进内屋，翻箱倒柜，将这位老先生在20多年前题了字的那本书拿出来作为旁证，并认真分析起字的结体、用笔与气势来，还真使满桌人心悦诚服。你看他蛮不？

为了探求怀素“颠狂”之究竟，他到处去查古文献记载，去读古药书《黄帝内经》《千金翼方》《备急千金要方》和现代的《简明中医辞典》《实用中医的内科学》，三番五次恭恭敬敬地求教于著名老中医；为写一篇两万字的论文《美辨——客观论美学观的终结》，就苦苦花了三年功夫，还系统深入地研究了唯物辩证法。你看他蛮不？

说到画画，周先生的蛮劲更足。

年轻时学画油画，后因家境贫寒，条件所迫，改学中国山水画，兼画写意花鸟。作为一个中国画画家，人生就是三部曲——学习传统，寻找生活，创造自我。这三部曲说起来倒也轻巧，做起来却很不容易，周先生着实出了几身黑汗。

20世纪80年代后期至90年代初期，周先生在练了多年的基本功后，开始画写意画。几年下来，还是深感基本功不足。于是，从1992年到1999年，又足足画了七八年的工笔山水画。一头扎进传统的画法里，重新研究董源、巨然“淡墨轻岚为一体”的作品，用纯朴的短墨线来作皴，掺杂干笔、破笔和不经意的小点子，以表现江南湿润气象的那种圆浑与厚重；学习范宽画山树的骨法，追求“峰峦浑厚、势状雄强、抢笔俱匀、人屋皆质”的风格。他努力使传统技法具有现代气息，反复进行创作实践，在长一米多，甚至两米的熟绢上画工笔山水画，层层叠叠、密密麻麻，皴擦点染，一丝不苟。一张画费时就是两三个月，一画就是七八张。从前年到去年，还完成了一幅八米的工笔山水长卷。这难道不令人惊讶，不让人生敬生畏吗？

还有，20世纪90年代前期，他已是五十六七岁的人了，上北京去看李可染的遗作展。走进展览厅，便拿出个小本子，认认真真记录起展品的构图来，神情是那样的专注，全不顾腿脚的酸软，一张接一张地勾下去，深深地感动了一批批从全国各地来看展览的年轻人。

写生，是体验生活，收集创作素材的极好手段，周先生十分重视写生。上北京，去陕西，过轮渡，翻山坡，走到哪里画到哪里。就算现在60多岁了，也还是不间断。有时是用毛笔、宣纸直接对景写生，有时是勾速写。总是出去走一趟，画稿加一叠。现在他家里还保存着许许多多的写生画稿，这次展出的山水小品中有好几幅都是当场对景写生之作。即使无法当场写生，也是常看于目、牢记于心的。够霸得蛮的了。

周先生的蛮劲，还表现在他耐得住寂寞、耐得住清贫。当许多人着力以各种手段和方式想方设法去创造经济效益的时候，他却不顾自己囊中羞涩，任凭房子还是20世纪80年代初那个老模样，也不管家具是否有一丁点儿现代感，一门心思躲在那间由阳台改造成的斗室里研究传统，揣摩创新。

蛮，是周先生突出的特点，他做人蛮、做事蛮、做学问更蛮。凭着这股蛮劲，他挺过了困苦生活的煎熬；凭着这股蛮劲，他赢得了朋友们的信任与友谊；凭着这股蛮劲，他成就了一番事业。今天，他仍然凭着这股不可遏制的蛮劲，朝着“创造自我”这一绘画艺术的最高峰勇猛冲刺。我们已在他那气势磅礴的大写意山水画里看到了“自我”的端倪。我们相信，不久的将来，周先生定将取得更加辉煌的成就。

周宗岱是学者、是蛮子、是画家，是学者型的蛮子画家。

2000年3月26日晚写于湘潭师范学院

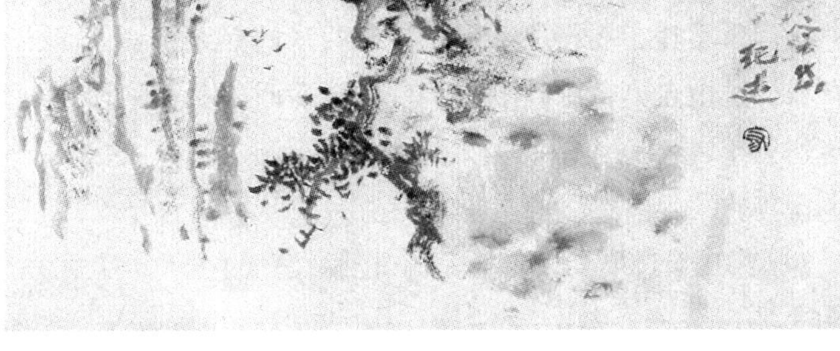

再识周宗岱

曾景祥

一

2015 年 6 月，我去中国美术馆办工笔花鸟画个展。两个原因，没有邀请湖南美术界的朋友。一是路途太远，天气又热，误工、费钱、耗精力。不好意思麻烦大家。二是心存忐忑，不知展览会办成什么样子。

不过这件事还是让周宗岱先生知道了。

5 月下旬，一个月黑风轻的夜晚，大约 8 点钟，周先生打着手电敲门进屋入了我的画室。刚入座就笑嘻嘻地从夹衣的内口袋里掏出个红包，边递边对我说：

“祝贺你去中国美术馆办展览，预祝你的展览取得圆满成功。”

“谢谢周老，谢谢。”我好感激，好感动。毕竟周老是 78 岁的人了，为了这件事还亲自跑一趟。

随后，我们坐下来聊天。聊着聊着，两个小时过去了。我开始纳闷起来，这老先生怎么了，这么晚了，还没有离座回家之意?

也就正在这个时候，大概周先生也等不及了。把话题一转，问道：

“你的准备工作做得怎么样了?”

“没什么好准备了，只剩下 10 多天了，画不出什么好画来，就这样了。”我回答周先生。

“你的钱都准备好了吗?”周先生接着问。

我不好意思地回答：“周老，您问这个，那还真有些问题。”

“差多少?”

“15 万。”

“不要去找别个了，我给你解决。”周先生脱口说道。

我顿感突然。再困难也没有想着要和一位年近 80 的老先生借钱啊！更没有想到老先生竟然如此主动地特意过来谈这件事。我用惊愕的眼神望着周老先生，一时不知如何回答。

周先生看出了我的心思：“别犹豫了，谁叫我们是朋友呢。”

“太不好意思了。”我还是有些不安。

周先生赶紧补了一句："什么是朋友？朋友就是在对方最需要的时候站出来。今天我就是专门为这事来的呢。"

我不敢奢望，但又更不能拒绝，因为这是用25年的微火炖就的一罐饱含深情厚谊的浓汤。

第二天，手机信号铃如期响了。钱打到了我的卡上。

这，就是周宗岱先生的为人——真、诚。

二

还是20多年前，我就听到周先生说：画面上的题诗着实不易，做不出好诗，不如不题。这些年来，也确实很少见到周先生在画面上题诗。

不过，不题诗不等于不作诗。周先生是作诗的，做了很多诗。其中不乏许多好诗。前几天我就看到了他的一首咏梅诗。

吾家篱落畔，矮矮七株梅。
耀日如珠玉，风摇似蝶飞。

你看这白梅，纯洁高雅，迎风斗雪，自由自在。作者触景生情，借物抒情，把当时的所思所想物化于梅花之上，让这寒冬生发出一些生机，一些暖意，一些愉悦，一些温情。

多么好的诗！

这样的诗在周先生的诗集里还真不少，我们再举几例：

画梅

八十衰翁学画梅，身心笔墨两相违。
但持秃笔涂将去，哪顾人间是与非？

寒梅

约莫春风动，梅梢已著花。
篱东仍寂寞，作伴赖山茶。

篱菊

屈曲蹲篱下，秋来亦著花。
馨芳源本色，岂博世人夸？

不同的对象，不同的视角，不同的心情，便营造出不同的意境与意韵，或雄强霸气，或婉约缠绵……下笔有神，风情万种。由此可见，周先生是善诗的。

然而，他在画面题诗的问题上，至今仍旧显得比较"固执"。一直坚称："当今画家之诗，能入流品者甚少。”① 这倒是事实。进而，周先生对自己也管得甚严：“我怕题诗。好诗写不出，歪诗不好意思写在画上。”②

周宗岱先生做学问的那种严肃、认真、谨慎的态度，由此可见一斑。

2017 年 10 月 8 日写于湘潭读月楼

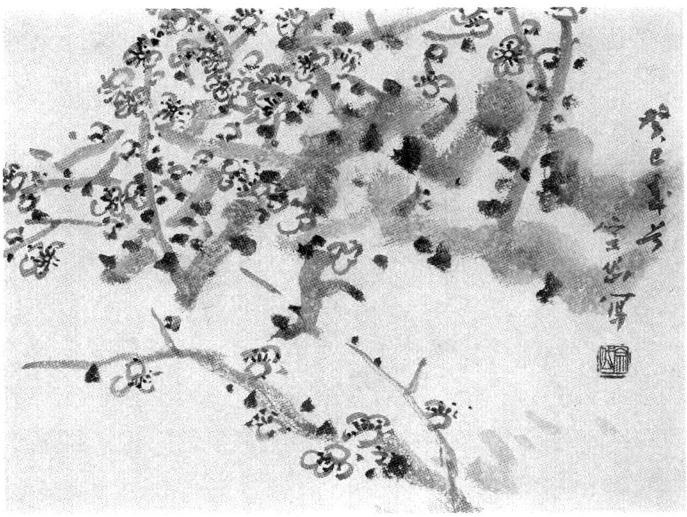

① 周宗岱：《画馀信笔》，2007 年内部印刷本，第 151 页。

② 周宗岱：《画馀信笔》，2007 年内部印刷本，第 151 页。

说宗岱

刘剑桦

兴许到现在，还有不少人只晓得有个搞理论的周宗岱。前数年，他在《上海文学》《艺术世界》《书法研究》等好些杂志发表过文章，后来又被约请为《中国书法文化大观》撰写篆刻美学9题，便时有专家学者出来喝彩，甚至大段引用他的论述。大概这些专家学者也不知道他还是一个身手不凡的画家吧。文章出自一个艺术实践者之手，自要比未在砚田墨海里打过滚的人入化。独有慧见而又敢说敢言，那就更是很多人不易做到的了。

宗岱做过湘潭市文化局和湘潭市文联的头，却最喜欢别人叫他“画画的”。若干年前，他即在门上贴一张“有事请下午四时后来”的启事，一门心思闭门作画，尽量不与外界接触。而另一边，则又蛮有兴致地把一些猫、狗之类的小动物领养到家里，并和它们相处得很好。人看他怪，他说这样做人过日子才有滋味。有得这样的好心性，画不出好画那才怪呢。

有一段故事传得很广：1982年，宗岱到九华山写生，一个旅游的外国人看中了他一幅画，要买。他说，一百元吧（这在当时可不是个小数）。随行的翻译说，少点吧，这样影响不好。他不依，说，少不得，少了才影响不好。外国人舍不得那画，还是用一百元买走了。时至今天，晓得这故事的人还常常提起，夸赞他画好，人也有骨气。

说来也是，一个优秀的艺术家，应该不光是把艺术看得很重。然而，艺术家若不看重艺术，则又是笑话。

宗岱文章做得漂亮，且又能书，但画上题款却十分简省。有一次，我问宗岱：“画上为什么很少题长款，更不题诗呢?”他笑笑，说：“好句子写不出，算了吧!”他言之凿凿，我未以为是真。在我看来，他是把好句子全都写进他的画里边去了。

这就不由让我想到了学问。这东西极怪，摸不着，落下去却很重。有的人，画了一辈子画，写了一辈子字，做了一辈子文章，论规矩，论手艺，似乎都有了，但总感觉缺了什么，一清检，原来没有学问。

宗岱与画结缘甚早，第一届湖南省美展就有四件作品入展。1957年刮起的那场飓风把他扇入另册，不能画画了，他就偷偷地拼命读书，古今中外，书史画论，文史哲，还有社会那本大书，翻来覆去揣摩又揣摩，就这样酸咸苦辣熬过了

20 多年。但在他的画里，怎么也嚼不出一点酸涩的味道。奇怪。

一位博学的人断然对我说：这就是学问！

宗岱攻花鸟、山水，花鸟做的减法，寥寥几笔，但工夫没少，全到了。虚静中，就见一只鹭鸶、一只鸡、一只鹌鹑……活蹦地带着一羽情愫扑棱出纸来。人看着，宛如读唐诗，听妙曲。心里的尘滓忽然全没有了。山水，则把加法做得极繁复。苍润润的山石，参差错杂地往上砌，垒垒迭迭，推椎搡搡，挤挤捱捱，直至满纸浑雄。人站在画前，直觉得天地宽阔，胸臆亦跟着开阔起来，惊绝而至无言。

我不知道别人如何看宗岱的画，朋友们倒是把他的画看得高。高到什么程度？我不敢讲，怕他听了，说朋友们是在损他。

他的妙笔丹青给我带来许多慰藉和快乐，我由衷地感激和钦佩。而且我想，时间愈长，当会有更多的人要被他的艺术征服。

我眼中的宗岱先生

刘剑桦

与宗岱先生相交20多年了，时间说长亦短，说短亦长，因为心气相契，已然模糊了岁月流逝。以我的了解，他是湘潭画家中读书最多、见识最广、文采最好的一位，给我留下了一个文化底蕴深厚的艺术家的印象。不论什么时代、何种境遇，他始终轻松随意地过日子。一个经历过那么多岁月刻蚀的人，却似乎没留下任何时光腐蚀的痕迹，这不能不令人钦佩。

我欣赏宗岱先生，始于他读书甚多而不唯书、不唯上，再权威的名人学者说了也不算，他只信实践，信真知，因为他的学养与修为不完全来自书本，更多的是从生命的体悟和艺术的践行中得来，由此疏通精神园地与人生长旅的脉络。20世纪80年代初，他去参加一个美学年会，主事的两位美学教授都是主张“美是客观地存在于事物本身的”的客观论者。而宗岱上来就发问：“美，客观地存在于事物本身吗?”继而又问：“美，是客体的不依存于审美主体的客观属性吗?”“实践中有‘客观存在’的美吗?”对这三问，他响亮地自答：“没有！我们搜遍人间事物，就没有任何不依存于主体意识的美。”这种独立的文化思考和独立的批评意识的表达，以及他敢说真话的立场、态度，是真而率，率而真。他的这种真，没有目的，真本身就是目的。人真了，事才真，事真并不就是趣，但若较起真来，事就有趣了。可以说，宗岱先生大事较真，较真到了常理的边缘，有违常理，又不悖常理，趣恰恰就在这个地方出现了。宗岱先生常常置身于此，因此他是个趣人。他的这种真切让他活出一个活脱脱的自己来，至于别人怎么看那是别人的事，这给了我无穷的吸引力，让我从中体味到真正的学人身上那种风骨的味道。

当然，宗岱先生的心力和时间，更多的是投放在绘画上，用他自己的话说，“不画画，我不知道怎么过日子啊！”潜心绘事，由着性子写画，这才是宗岱先生一辈子向往的。如果从1954年就读湖南一师算起，他画画的历史就有一个甲子了。他早年学习过正规的素描、水彩技法，画过油画，勤习过于右任和黄山谷的书法，研摩过篆刻，湖南最好的画家都教过他，名字列下来就是一部湖南现代美术史：张一尊、周达、邵一萍、王正德、段千湖、汪仲琼、陈白一、杨应修、李立、曾晓浒、钟以勤、陈子云、张举毅、云时霖……还有一些湘潭的文艺贤达。可以说，他因画画而拂逆半生，也因画画而充盈半生。二十啷当年纪，他在湖南省文艺干校美术班，作为“只专不红”的典型被划为右派。随后，又因为几张画有问题，以反革命罪被判刑 3 年，劳动改造。释放后，颠沛 20 年，直到 1979 年才摘帽平反。其间 20 年里，他的生计大都靠画画解决。也多亏了画画，帮他广交贤良方正、硕学鸿儒，还让他始终不失爱美之心，不坠求艺之志，在书山艺海中顽强跋涉，及至见到雨后的彩虹。

一个艺术家的境界高下，最终要落在作品后面具体的人，是否是一个有文化积淀和人生历练的人，是否是一个禀性鲜明、血肉丰满的人。宗岱最初让我注目的画作，是他在二十世纪九十年代画的松鼠、雏鸡、小鸭、鹭鸶、鸳鸯等小动物。那是一批让朋友们至今啧啧称赞的妙笔佳构啊，它们或巧或拙，或妍或媸，笔意舒快松灵，收放有度，从容自得，情趣俱足，格调文心皆佳，隐然中，犹如管弦声中的一声清磬，让人不能忘却。而宗岱笔下的“小”，其实是以小见大，在小小的物象中见出万物生机、万物性情，更见出他对世道人心的感悟。那时，看宗岱的画，我看到一个古道热肠的宗岱，一个阳光、健康而看不惯现实卑秽的宗岱。我甚至感觉他是魏晋中人，是与阮籍、嵇康、王羲之他们一路喝酒吟啸的人，不然，笔下的生灵不会那样落拓不羁，那样潇洒俊逸。

宗岱先生此后所作的画，大抵仍是山水、花鸟两类。

从 20 世纪 80 年代迄今，他用了很多时间去各地写生。雁荡、黄山、太行、桂林、庐山、云岗、峨眉、南岳、道吾山、湄江，可谓饱看千山之奇峭耸拔、野逸苍茫，掇得万壑之真性情、真魂魄。同时，他不怠披阅，潜研深究，从传统中饱吸养分。他心驰神逐龚贤基于精谨的沉厚、黄宾虹基于华滋的浑厚、黄秋园的丘壑胜于笔墨，进而逐渐形成自家面目。他中锋用笔，真力弥满，积健为雄，所谓笔墨经行处，万象生焉，南山北岭、湘峦楚壑，悉呈毫端，荒村远嶂、野瀑深谷，尽展楮素。而无论他的巨幅或册页小制，其笔也，起讫分明，法备气至，皆以深厚的书法功底而精心勾勒晕染，笔情墨趣淋漓有致于纸帛之上，足以力抗千钧，动人心魄。其墨也，浑厚苍茫，干湿互见，浓而畅，淡而厚，尽得中国艺术之三昧。在造型上，浑朴中蕴含灵巧；在技法上，娴熟中不失振迅天真、顾盼有情，给人以典雅、超逸、明快的感觉与享受；在画面上，境界开阔，不矜不躁，与时下狂怪怒张的写意流风大异其趣。读他的画，可以感受到生机与生气，没有飘浮油滑欺世之态，而是峭拔、清新、明快，显示出心境的高旷与清刚。诚如亦为湘人的学者王鲁湘先生所说，周宗岱的山水画，有一股堂堂正正的君子气象。

与宗岱的山水画相比，他的大写意花鸟画，在艺术追求上的激烈是有目可睹的。他没有试图全盘接受全球超市上的西方艺术流派，也没有抵制现代艺术的移植，而是以他学水彩、油画的基础，消解花鸟画的文学性、书法性，让满密的构图、浓墨艳色、表现光影效果的留白、使用强烈的对比色来加强效果，力图经营出一种既具象，又抽象，既具有强烈的视觉冲击力，又富于节奏起伏的旋律感的“浓墨重彩”的花鸟画，使中国画实现“现代性突围”。其画面无一例外的饱满、响亮、艳丽，充满张力。读他的花鸟画，也就让人感到，他的作品见怀抱，见性灵，见温度，更主观，更呈现出形式感和语言感，具有一种激越的生命力与大俗大雅的文化魅力。

宗岱几十年浮沉至今，大千世界，千般景象，万种风情，酝酿陶冶，一一收拾毫端，化为丹青画卷。宗岱是有诗心的，尽管他从不写诗，他是把他的诗心都安妥到了他的画里。而这诗心，不是徒有诗样无诗情，不是无病吆喝的酸溜卖弄，是发自心底的孤骚之意，是俯仰古今的缱绻春怀，是凝望天地的阑珊别情，是一种质感特别强烈的真意。故而他的作品，情真意厚，气清味醇。情真，足以动人；意厚，足以启人遐思；气清，足以畅人怀；味醇，足以堪细品。可以这样说，宗岱的画，是宝刀不褪色，愈到后来愈加焕发出生命的异彩和对艺术满溢的深情。

在一个一切都讲究“速成”的时代，我欣喜地感受到，宗岱的创作始终保持了“慢”的韵律，在“慢”中确立山水、花鸟的格局，在“慢”中表达山水、花鸟与内心审美吻合的部分，在“慢”中给出一幅画诞生的气息与绝对的个性。他不会在一幅画作开始时轻率落墨，也不会在一幅画作结束时着意张扬，对于绘画，他严谨的创作态度可谓一丝不苟，无疑是一个认真画画的人的一种可贵的自律。宗岱常说，他画画都是用笨功。他作画时，必须精心专一，不容外人打扰，因此他极少当众作创作表演。他的绘画过程，其实是自己与自己较量的过程，每次必须有新的想法。几十年下来，一幅看似简单的画，他也要反复琢磨。他就是这样，画画时候，自由自在，琢磨来琢磨去，不厌其烦，自得其乐。他对作品负责，对自己负责，凡是过不了他自己眼睛的，都会被他撕掉。这便是他的艺术态度，因为作品与他已经浑化为一。我由此对“专业”二字有了更深的体会：从 20 岁画到 80 岁，无论阴晴雨雪，窗外景象更迭，本来只都是一根根线条，一天天就这样累积了又累积，磨砺了又磨砺，就变成了宗岱一个完整的人生。一个艺术家一辈子能给人以这样的印象，没有几人真正做到。

近几年，湘潭有一群画中国画的朋友，跟着宗岱先生研究山水画。因为宗岱的书屋叫蕉荫书屋，所以这些画画的旧雨新知就是“蕉荫画友”了。宗岱在轻松、愉悦、幽默的氛围中为他们传道授业解惑，在风和日丽的日子里与他们一起去写生、享受山川形胜所赐予的快乐，不啻是他艺术人生书写的又一新章。宗岱只想把他经年从艺的心得和内心的真意善意美意，像种子一样播撒开去。种子携带着生命的密码，种在朋友们的心田、毫楮，灿然地开出花来，硕然地结出果来。没错，一个人要遵从心灵的召唤，倘若能把心中所要表达的美感和情愫，把焕发出的生命力，任情地投放在他喜欢做的事情上，是件再开心不过的事，无疑也使人恒葆活力，恒葆青春，抬高生命的墙垒。我想宗岱也不会例外。

2016 年 5 月 30 日写讫于齐白石纪念馆竹窗下

有蛰而皆惊

——我看宗岱先生

皮祖政

湘潭其地的风土人情，吾独向慕，虽不能以渴骥奔泉附言，但那份顾盼与意愿却是情真意切的。新中国成立之后的文艺界，除却外在的一些因素影响，淘萃沉淀下来，引领国土艺林高标的，或属此地出产的齐白石与毛泽东等几人。这二位老乡真是了不得，书画独处大雄峰，皆是中国湖南湘潭人也。本来七十二脉韶峰，人杰地灵啊！

十多年前，正斋自常德往来湘潭。所以客居湘潭者，起因虽是为了那个三生石上裂出的一枝海棠，或许更多的属意，倾斜到了此地的钟灵毓秀上面。在这里，正斋有幸识得了因语言进步而被劫，之后复被所谓“政策”宥宽因以自号“宥翁”的周宗岱先生。正斋在湘潭待够了三年。三年间，正斋每每就书画篆刻的诸多问题请教先生，所得所获自不待言。诚然，正斋为人待人持有一定立场与观点，对于那些出身富贵，道路平坦且能取得一定成就的人，正斋能行注目礼。而对于那些从白屋出来，经历坎坷饱受苦难而又达到一定学术与专业高度的人，正斋敬佩之中复含敬畏！正斋看多了的，没有一番寒彻骨，那得梅花扑鼻香呢？

2000年的时候，正斋客居到了长沙。概言之，正斋的小妹到长沙发展，正斋也随之来，吃住都不用正斋操心，实有精力读书、写字与访友。稍而后，宗岱先生也到了长沙，印象中住的是由先生的朋友提供的长沙邮政所属，地处马王堆一带，面积不大，没有电梯且高高在上的一个房子。其时，周夫人刘冀湘老师尚未退职于株洲师专图书馆，是以只能在周末来长沙陪伴先生。终日在先生脚边绕来绕去的便是一个名叫“懵懵”的狮毛狗子，这个狗子是只灵犬。正斋呢，亦不时登门讨扰，读先生字画文章，陪先生喝点小酒。而那只“懵懵”，每每见到正斋造访，必定合起前掌以作欢迎状，此乐何乐焉！

而弥坚更具情怀的宗岱先生在长沙住不多久便到了株洲，因为尊夫人在那里啊，宗岱先生诚是一颗痴情的种子！于是，正斋也有借便到株洲探访看望先生。有一次正斋在株洲与朋友小酌，微醺的正斋向朋友们谈起宗岱先生的书、画、印及文字，且有美学观念指导实践，并比拟于浙江的余任天或有过之，朋友们异口同声皆曰不及不可能，正斋却是坚信且独持己见的。正斋也甚喜欢宗岱先生刊发在《三湘都市报》宗岱专栏的那些有着梁实秋笔墨意味的散文，行笔萧散复含秋水，正斋关注着，那一段专栏时间每期都买来。

夫唱妇随的比翼齐飞，刘老师与宗岱先生在几年前回到了湘潭，虽然住的仍是以前那个逼仄的房子。对于钟爱画画的宗岱先生来说，画画的需求是大于一切的，有着刘老师的全心全力支持，宗岱先生因室制宜自己设计了画案，装有葫芦滑轮可以平铺竖立调节升降与摆桌吃饭，房子虽小但它是家，正斋领会的是和美的温馨与温情。湘潭这块沃土，正斋便又常去了，仍然读先生的字画文章，陪先生喝点小酒。宗岱先生每对正斋说：在家里吃饭，干净、卫生，还是夫人亲自下厨，要好朋友才留在家里吃饭。

几年前，宗岱先生应邀携夫人到南京太平天国博物馆举办中国画个展，反响强烈。正斋没有前往，也没有做点力所能及的事情，宗岱先生不怪罪，凯旋后打电话让正斋到湘潭来，喝点小酒聊聊天。哪料想是宗岱先生展览社会效益良好，封了一个红包给正斋，还送了展品中仅有的一对六尺屏条花鸟的一条给正斋，另一条是为南京太平天国博物馆馆藏，正斋没有矫情，二物都收下了。不为物役的宗岱先生极尽对正斋的支持与关爱，齐白石说知己有恩，正斋有说宗岱先生啊！

2008 年，宗岱先生应邀携夫人在北京国家画院办了一个中国画个展，观展的人，参加宗岱先生中国画学术研讨会的专家、学者、批评家、画家该来的都来了，不想来的人也来了。不想来是因为到北京来做展览的画家实在太多太多，大家们各自自以为是而且事务烦扰，宗岱先生的画展他们不能不来啊。这些展览研讨的资料信息，基本上都收录在了湖南书协评论委员会主办的《江上清风——书画评论》刊物之周宗岱中国画国家画院展专辑里。蒙宗岱先生不弃，这个专辑的编排，正斋全程参与了的。

之后，宗岱先生在长沙湖南美术馆的“周宗岱晋京返湘汇报展”，打动了许多搞艺术的人。展厅里，逡巡往复的张锡良先生有意转托正斋告宗岱先生，要用其书法精品交流宗岱先生的画作小品，宗岱先生自是乐意且如了锡良先生的意。正斋亦藏有一本册页，先由张锡良先生小行楷书写，复以小楷补题，再由宗岱先生以画穿插，最后锡良先生观画又题，难得如此惺惺相惜书画合璧。宗岱先生之于正斋，总是有求必应的。

也蒙宗岱先生不弃，宗岱先生当面与电话多次言说正斋要学画画的，有那么好的石鼓文书法线条不学画画可惜了，吴昌硕的石鼓文笔墨其实就是为画画准备的，他虽然很晚才学画，然卓然大家。正斋尝说要拜宗岱先生为师习画，宗岱先生回答说：“皮老弟，你拜我为师搞么子咯，我们还是做朋友好些。有了那个关系不好说话，你要看得起，拿画来给我看就是，我是知无不言，还有酒有饭招待！”这，自是宗岱先生的“青眼看人万里情”啊！因为此，正斋有打油诗的，曰：挥春未必是家计，周公昨夜话南皮。若得燃鼎檀松下，振铎便到凤凰池。这个周公非彼周公，南皮是正斋的字。

2011 年 10 月，周宗岱先生中国画新作在娄底麓山美术馆展出，正斋陪同宗岱先生与刘老师到了展场。这个展览，让娄底喜爱并关注宗岱先生书画艺术的藏家们既惊又喜且措手不及，美术馆方贴出的宗岱先生书画作品价格比展前翻了一番。当然的，水平高造诣深才是硬道理！展后有人直言，周宗岱先生此次中国画展是娄底市到目前为止，水平与格调最高最好的一个展览，诚哉斯言也！正斋以为，娄底煤老板虽多，明眼人也还不少，呵呵。

长沙练霄鹤先生精鉴赏、富收藏，手眼所过古代名迹不计数目，与宗岱先生知音。曾对正斋说："二十世纪八九十年代，有全国书学研讨会，宗岱先生从湘潭带队来，四十多岁的他座中发言，意气风发好不潇洒啊！"断言周宗岱先生中国画作品"花鸟谋生，山水传世"，诚是的评！

壬辰惊蛰前三日于长沙桃花岭茶子山

（本文原载《创作与评论》2012 年第 4 期）

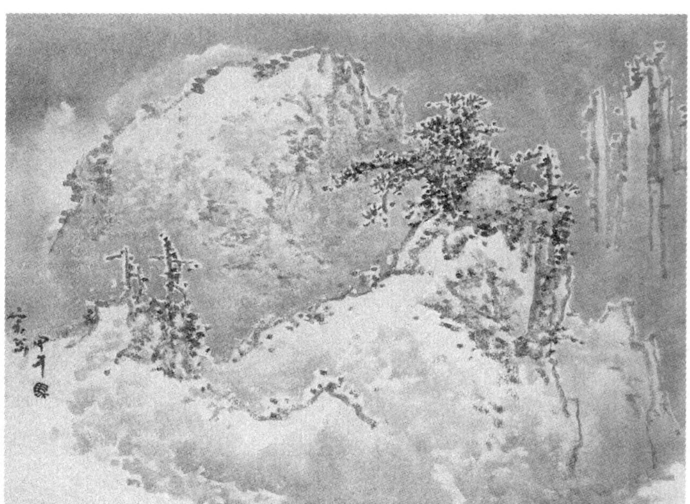

亦师亦友

——我与宗岱兄

陈自烈

我与宗岱兄相识相知36年，尽管不是天天在一起，但常走动。因为投机，我们无话不谈，从哲学到美学，从人品到画品，从我们的画到别人的画，从生活琐事到人生经历。用他的话说，就是“与我相生”。

宗岱兄属牛，长我十岁。他为人谦和，情感丰富，意志坚定，专注执着，是典型的艺术家的性格。宗岱兄学识渊博，懂哲学，通文学，知音律，在文艺理论、书法、篆刻、美术等方面都取得了很高的成就。尽管如此，我们始终以兄弟相称，从未改变。在我的心目中，他早已是我的老师，也是我最敬重的朋友。

三峡见真情

我与宗岱兄真正开始接触是1981年6月，当时湘潭市文化馆组织美术干部去长江三峡写生。记得那次去的人不多，只有宗岱兄、何雷衡、李佰佐和我一行四人。我们从岳阳城陵矶坐船入长江，经秭归、葛洲坝、巫峡、香溪、培石，进入小三峡，转而又到奉节白帝城，观夔门天险，前后共20天。由于当时交通不便，一路经历了很多艰辛，时而坐小舟逆上，每遇急流纤夫无奈只好让我们上岸攀岩，时而交通不便只得步行几十里，时而遇巨蛇受惊，时而找不到吃的只能以水充饥。记忆特别深刻的就是去小三峡。那天，下着蒙蒙细雨，水流湍急，七八个纤夫拉着我们的船都举步艰难，又湿又冷，本来一天的行程硬是走了两天，尝到了“蜀道之难难于上青天”的滋味。但三峡很美，三峡由西陵峡、巫峡、瞿塘峡组成，险滩急流，山峰赤壁，文物古迹，轻舟纤夫，构成一幅千里江陵的壮丽风景，是画家们向往的地方，故这辛苦和汗水也都融化在这美景之中。当时我画油画追求大笔触，宗岱兄攻国画。他画风朴实，线条工整，扎扎实实，一丝不苟，给我留下了很深的印象。

我与宗岱兄一见如故，写生之余，晚上没有什么娱乐活动，老早就上床。睡不着就聊天，开始只是聊一些生活琐事、所见所闻，后来关系进一步融洽了，开始聊他的人生经历。宗岱兄也算出生在一个殷实家庭，从小受到了良好的教育。

父亲在外谋职，母亲带着他在农村，主要靠出租十几亩土地谋生。土改复查时被划成“漏网地主”，他 12 岁就背上了“地主崽子”的名声，受尽了白眼。

1957 年，年仅 20 岁的宗岱兄在湖南省文艺干校美术班作为“只专不红”的典型被打成右派分子。屋漏偏遭连夜雨。第二年“大跃进”期间，画“国民经济纲要六十条”的宣传画时，其中有一条是计划经济，不好怎么表现，当时宗岱兄和两位同事商量，就画了一个主席台后面挂一张毛主席像。毛主席像因只画了个轮廓，没鼻子没眼，这就闯下了大祸。不久宗岱兄被打成现行反革命。因当时已经是右派，出身又不好，宗岱兄不想三人都受过，就一个人担了下来，结果被判了三年刑。为此，“文化大革命”一来他又变成“黑五类”“二十一种人”，天天胆战心惊，随时都可能被拿去批斗。直到平反，他就这样过了二十多年担惊受怕的日子。

经历苦难，宗岱兄依然相信人世间的美好，保持着一颗纯洁的心。凭着画画这门手艺，他走遍了湘潭、平江，还远到津市、南县。1968 年“文革”中，他来到长沙画领袖像，与当时的制模工相识相爱，她就是宗岱兄的原配夫人杨民宪。爱情真可以让人漠视任何艰险，“九九”运动刚过，“黑五类”大多都绳系拘禁之时，他们结婚了，并生有一子一女。好不容易过上幸福的日子，但好景不长，四年后夫人因患胃癌，丢下一子一女撒手人寰。

我的人生与他不同。我出身贫寒，当时是“红五类”、依靠对象。但听到他的遭遇后，当时在潜意识里，我不但没有感到我们不是一路人，反而对他的坎坷人生、失妻之痛深表同情，对他面对坎坷痛苦时的意志和勇气特别敬佩。写生回来后，我们结下了不解之缘。

磨难本身是非常痛苦的，它使一些人不堪忍受而轻生寻了短见，也使一些人意志消沉从此萎靡不振。只有在艰苦磨难中意志坚定的人，才能走出磨难，重见阳光。宗岱兄就是属于这后一种。他在无法逃避的困境中，保持平静的心态，学会用智慧去尽量规避可能的打击和批斗，顺应不断变化的局势。磨难不仅仅只是一种砥砺，更是人生的一种醒悟和升华，给予了宗岱兄更加坚强的意志和不怕苦、不畏难的崇高精神。这种意志品质为宗岱兄后来的人生道路提供了足够的精神力量。威武不能屈，贫贱不能移。林枫眠、刘海粟、黄秋园、陆俨少等艺术大师们都长期处于逆境，坚持下来了，终成大器，宗岱兄也是如此。

六年前，我在回忆与宗岱兄同游三峡的情景时写道：

船头拍浪逆长江，两岸山崖座万滩。
赤壁周瑜兵百万，随江东去不复还。
夕照培石似狮吼，天岩一体红满江。
香溪绿水同兄去，昭君出塞顺水来。

白帝城内寺中宿，半夜院中约刘郎。
明修栈道留千孔，神兵急速渡陈仓。
纵观历史千年事，磐石险滩始不残。
岱兄久炼如坚石，神女峰下尽开怀。

爱好与酷爱

宗岱兄自幼爱好绘画，10 岁时就开始临《芥子园画谱》。读初一时，他画了一组岩石，上面站着一只鸟，被当时的美术老师汤蔼荪看到，觉得不错，就把画贴到墙报上并拿去参加比赛，结果得了奖。这给他很大的鼓舞，从此就上了“大瘾”。

他在湖南一师读到三年级时，1955 年湖南艺专（原华中艺专）与湖南一师合并，设了三个艺术班，朱辉就是艺一班的，黄铁山是艺三班的，还有李立翁、易图境等。当时他只要有时间，就泡在艺术班的画室里，特别是寒暑假。王正德老师看他很勤奋，就教他正规的素描、水彩技法。这样慢慢上了路，后又考进了湖南省文艺干校美术班。

去过宗岱兄家的人都知道，他家的客厅就是画室，没有放电视机的位置。门外贴一张“谢绝会客”的告示，没有预约是不会开门的。他就整天沉浸在绘画的研究和创作中。一次到他家我很有感触地说：“佩服老兄这种天天坚持画画的精神，要向您学习。”他却说：“根本不存在坚持，硬是一天不画画就不舒服，心里发痒。”

当时我就在心里问自己，这是为什么呢？又记起中央美院宠均教授在书画频道讲座时，也说过一句更直白的话，他说：“几十年来我的调色板从来就没有干过。”而我的调色板呢？经常是干的，有时一干几年。究其原因，就是爱好与酷爱的差别。一般的爱好总是停留在事物的表象，静不下心，沉不下去。只有不断钻研深入进去，才可能上升到酷爱的程度。

宗岱兄曾说，他写一篇一万字的论文，需要看几万、十几万字的资料、书籍，才能动手写。对于中国画的技法，他也是先读很多名人的作品，究其规律，寻其妙法，得其精神，得到深刻的理解后再进行临摹，最后运用到自己的作品中。这种严谨的态度，就自然而然把自己完全沉浸其中了，这还需要去坚持吗？所以，爱好是酷爱的基础，酷爱是爱好的飞跃，一种质的飞跃。

这里又引出了一个勤奋与天分的问题。我原来是信奉天才的，认为天分是决定事业成败的关键。但了解了一些名家，特别是宗岱兄的成长道路后，我认识到人的天赋虽然有一定差别，但事业成功的关键是靠勤奋。所谓天赋其实就是人的理解能力、思辨能力、记忆能力等的总和。而这些能力大多数人都具备，剩下的就看你怎么恰到好处地去运用这些能力了。

当宗岱兄的画还处在摸索阶段时，我就听到有人议论说：“周宗岱画不出什么名堂，他只有嘴巴子（理论），没有画画的天分。”功夫不负有心人，今天宗岱兄已用骄人的成就让这些议论不攻自破了。宗岱兄是有很高的天赋的，但天赋还要通过勤奋才能有用武之地，使其发挥到极致，否则天赋再高也可能成不了大事。

传统与创新

我曾读过宗岱兄的《画馀信笔》一书，印象最深的是他多年来对中国古代、近代、现代的书画大师都有深入的研究，包括他们的人生经历、作品风格等。他对中国画的笔墨也就是点线研究得很透。我陪他看过几次名家的作品展，如齐白石、吴昌硕、黄永玉等。他的欣赏水平很高，非常注重点与线的流向、走势，对画面的每一根线的墨色变化，点与点之间的浓淡、枯荣、疏密所形成的相互关系都观察得十分仔细。一次在白石馆看展览，有几张画我觉得大效果并不是很好，宗岱兄却淡化大效果，转而去研究每一张画的局部，从细节中发现精彩：那个房子的线条绝，那组石头的皴法美，那棵树的章法妙，他都统统加以吸收。崇拜名家，善取众长，宗岱兄的山水画就体现了这种传统的功夫。但中国几千年长期受儒家思想的影响，万事强调采用中庸之道才合理，艺术也受其影响。其实我一直认为艺术是例外的。像水的温度一样，零摄氏度就成冰，超过人的体温就烫手，100 摄氏度就沸。艺术需要从冰到沸各种状态同时存在，把作者各自的主观感受充分宣泄到艺术作品中，才会出现各种不同风格的艺术作品，形成百花齐放的繁荣景象。例如梵高的画用火焰般的激情一蹴而就，自然就像沸水一样的让人沸腾。莫奈的作品稍温一点，也有 80—90 摄氏度。他们都打破了传统的绘画方法，开创了室外光学原理写生的先河。而苏联则受地域环境制约主要崇尚灰调子，虽也很耐看，但略显温和，对比之下就不及印象派作品的视觉冲击力。

宗岱兄是画油画出身，他的中国画遵循传统，但又不拘泥于传统，利用他学过油画懂得色彩冷暖关系的优势，大胆创新。如他的花卉，大多是以墨托色形成水墨与色彩的交融。尤其是他画的向日葵，第一次看到就被它深深地吸引：几处浓墨把色彩的亮度、纯度、冷暖都烘托得淋漓尽致，色与墨在整个画面中有规律的跳跃，造型在似与不似之间又主体鲜明，很多过度的地方墨与色交织在一起，使之变化无穷，更增添了几分神秘感，有强烈的视觉冲击力，犹如一部高亢的交响乐，是中西合璧的妙用，有近 100 摄氏度之温。他画鸟兽，追求神似，能表现出鸟兽的气质和性格，时而追逐，时而霸道，时而憨厚，时而温顺，突破了前人单纯描摹对象的手法，笔墨也简练有趣。这是他深究画理，大胆创新，善于在观察鸟兽活动规律的不断实践中形成的自己的艺术趣味的结果。

定力、淡定与谦和

定力本是指佛教祛除烦恼和幻想的功力，泛指控制自己的一种行为能力。一次我同宗岱兄谈起自己因一些家庭琐事烦恼，而不能集中思想做自己想要做的事时，他说："那就要看你的定力了。"

确实，回想宗岱兄几十年的经历，他是一个很有定力的人。

追忆20世纪50年代到70年代，他在政治迫害和生活磨难面前，从没放弃过自己的追求，冒着遭批判的风险，不管不顾照样用一切业余时间学习绘画，"文革"结束平反后更是如饥似渴地画画、做学问。几年后，他从雨湖区文化科副科长调任湘潭市文化局副局长，从人生的谷底一跃到了高峰，可他还是那样淡定从容。当看到官场不是个清净之地，行政工作要占据他大量时间时，他毅然决然向组织提交了辞职报告。组织上只好安排他去湘潭市文联当副主席，他索性要求只挂职不坐班，终于回到了他的那间斗室，继续画画、做学问。

宗岱兄的这种定力和淡定是经历了磨难和沧桑后的大度和胸襟，也是走过起落和坎坷后的镇定和从容，是一种能力，是人生经历和知识的一种积淀。

宗岱兄为人很谦和。我们外出写生到农村老百姓家时，他总是和和气气说声"打扰"。我多次陪他到饭店吃饭，他对服务人员都像朋友一样很客气，非常尊重他们所付出的劳动，从不摆大画家的架子。同朋友见面时也总是首先问候说声"还过得愉快吧"，给人以温暖之感。但宗岱兄有时也轻易相信别人。这里有一个小故事，那还是在三峡写生时，我们在途中认识了一个湖北军政文工团舞美干部叫劳保良。一次他来信说喜欢宗岱兄的画，想借几幅学习学习。宗岱兄看他是个军人，又言辞恳切，就在写生作品中挑了20幅寄给了他。谁知对方是个无信之人，从此再无音信。几次谈起此事，宗岱兄也没什么恨意，只是对自己的作品追不回来了深表惋惜。

这些小事都说明宗岱兄是一个精神层次很高的人。一个人的精神层次越高，心理就越健康，也就越善良、越谦和。这些品质也体现在他的作品之中。

指教与帮助

几十年来宗岱兄对我的帮助很大。五年前他与涂道清兄来我家，看到了我画的一些油画习作。第二天，他特意从湘潭打来电话，说："我想了很久还是觉得要同你讲，只有好朋友才敢讲，同别人讲可能会被骂娘。”他说看了我的画觉得色彩感觉不如从前，随着年龄的增长，人的眼球瞳孔扩大，自然对色彩感觉就会不断下降，色彩的感觉不行了，再画油画可能难有突破。他劝我改画国画，国画上手了也很有趣。我当时听了的确有些不快，但很快就明白了这是老兄的肺腑之言，当即对老兄的关心表示了由衷的谢意，并说70岁后再说。他说：“那就晚了，要不你先开始练字。”我认可了。开始练字后，我不是从基础的楷书练起，而是直接写行草。练了一段时间我送了几张请他指教，他又毫不客气地说：“你这是走的老干路线，求成心切，字要笔随心走，你都是心随笔走，说明你对操纵毛笔的能力还不行。我建议你先练几年楷书，再习各家，最后才能达到把控毛笔的能力。做到笔随心走，然后再去追求自己的风格，这要六到八年的时间。”近两年，我开始临颜体，他看到后，很是高兴，说：“字的结构临得不错，用笔也基本到位，只是有一个熟练的过程，这样下去会来得快。”

2014年4月，受宗岱兄之邀去湄江写生。我们在湄江只待了三天，同行的还有杜洪建，此行老兄主要是想散散心，没打算写生。后来他知道我想看他画画，就特意选了个地方为我表演示范了写生的全过程，加深了我对点线的理解。第二天，他又亲手为我改画，使我受益颇深。高兴之余，我作诗一首纪念这段经历：

春色染江林，山腰见白云。
松尖红万顷，牛群漫绿茵。
宗岱写其景，诗人无语吟。
点线至奇妙，不虚与师行。

今年三月，我与宗岱兄建立了微信往来，主要在绘画、书法方面进行交流，提提意见。我发了一些油画和书法作品给他请他指教，一来二去非常愉快。特别是他把自己多年从事绘画的体会、经验传授给我，令我感动。他说：“所有中国艺术，都是从临摹开始，就是鲁迅说的拿来主义，就是把前人现成的经验、前人的东西拿来，这里有前人多年积累的关于各门类艺术的规律，有的还是很深层次的规律，先拿来，搞好了再搞自己的创造性、个人风格。搞文学，先读古典诗词、散文，不会作诗也会吟。搞书法先临碑帖，搞章子（篆刻）先临汉印三百坊。画画也离不开临摹。”

在另一次语音通话中他又进一步说：“其实你画油画有很好的功底，往中国画方面转也易得，主要是要通一个窍，就是每笔都像写字一样，中国画不是玩形，主要是玩笔墨，形走好远都没事，似与不似之间，主要是要笔味好。你字也写得不错，抓形也没问题，应该是容易转过来的。”

宗岱兄用很浅显的语言揭示了一个深刻的道理：文化艺术必须从继承开始，

再聪明的人不首先把前人积累的经验去加以学习总结从中找出规律性的东西，想凭一人之能通过捷径去实现自己的创造，是不可能的。在宗岱兄的耐心启发和精心指导下，我慢慢地也钻进去了，并越来越享受创作的过程，这也就足矣！

唯一的一次误会

今年五月份，我通过微信两次发了书法作品给宗岱兄，他都给予了评价和鼓励。为启发我从最基础的楷书学起，他特意发了九幅他写家谱的小字给我，虽是行书，其点划笔法都体现了楷书的功力，非常秀美。但是由于我刚开始使用微信，对发送语音不熟练，所以回复的语音一直没发出去。老兄没收到我的回应，很是失望。七天后，他发来一段语音："你这位老兄，太世故了，我发给你，你不提半句意见，也不讲讲自己的感受。其实我最需要外界对我的反应，不管是表扬的也好，批评的也好，最坏的态度就是不做声。"

这下我急了，我明明当时就用语音发出了自己的感受和意见，老兄怎么这样说呢？我当即告诉他我是 5 月 22 日 16：11 发的语音，如果没收到，也要相信我的人格。他看我这么认真，于是说："首先要道歉，可能我是用词不当，你也不要这么认真。"我怎么能不认真呢？我说："要老兄道歉还了得，我就怕因此毁了我们几十年的兄弟情，因为您是我最敬重的人。但此事还是没有水落石出。老兄也不可能无中生有。"5 月 31 日，我终于发现我当时发出去的语音旁边多了红色的惊叹号，原来真没发出去。我马上重发并向老兄表示道歉："微信盲，误事。"从此误会解除。这也是我与宗岱兄几十年交往中唯一的一次误会。

这一小事足以说明：其一，宗岱兄是一个重情重义之人，不像有的人，觉得自己是成功者，就从此不再来往；其二，明明是我的错，他还表示道歉，说明他也是一个有胸怀、有修养的人；其三，有什么想法、看法一吐为快，毫不隐瞒自己的观点，说明他是一个光明磊落的人。在艺术上已有很高成就，还希望听到外界的评价和反应，特别是批评意见，更说明他是一个谦逊的人。

这就是宗岱兄的人格魅力所在。

从必然王国到自由王国

从必然王国到自由王国本是一个哲学命题，它揭示社会发展的必然规律。我同宗岱兄就艺术方面探讨过这个问题。就我的理解，必然王国应该是基本功，只有有了扎实的基本功，有熟练的绘画技巧，才能在表现对象时得心应手，游刃有余，轻松自由，从而达到自由王国的境地。

一次与宗岱兄谈到他的画时，我说画画也有一个由必然王国到自由王国的演变过程，我说：“你的花鸟应该达到了自由王国的境界，但山水还有某种束缚痕迹存在，还没有完全自由。”他说：“艺术要达到此境界太难了，花鸟好一点，山水要完全自由那确实还有一定的距离。”山水的完全自由而又不失传统，这就是宗岱兄这几年的追求目标。

在聊到宗岱兄的近况时，他说：“身体情况看起来还可以，但是画画的创作激情很明显少了，有时候懒搞得，这是很危险的，当然到一定的年龄都会有点。到了最后的阶段，现在的问题是要找到一个缺口，再把自己的东西挖深一点，这一步很不容易做，在想办法，想把自己的山水更往用线的方面靠，再走一步看看。在研究黄秋园的东西，看能不能找到突破口。”这一席话让我感慨万千。宗岱兄已是81岁高龄，而且事业有成，但他还在不断追求，求新求变，这是一个真正的艺术大家的精神品格。

万物有生命就有新陈代谢。停止了吸收营养，停止了代谢，就是生命的终结。常有艺术家到一定年龄就停止了学习，停止了创造，也就是艺术生命的终结。宗岱兄还在不断地吸收艺术营养，身体很好，才思敏捷，相信他在将来的岁月中，绘画会更加洒脱自由，完全达到自由王国的境界。

2017年8月26日

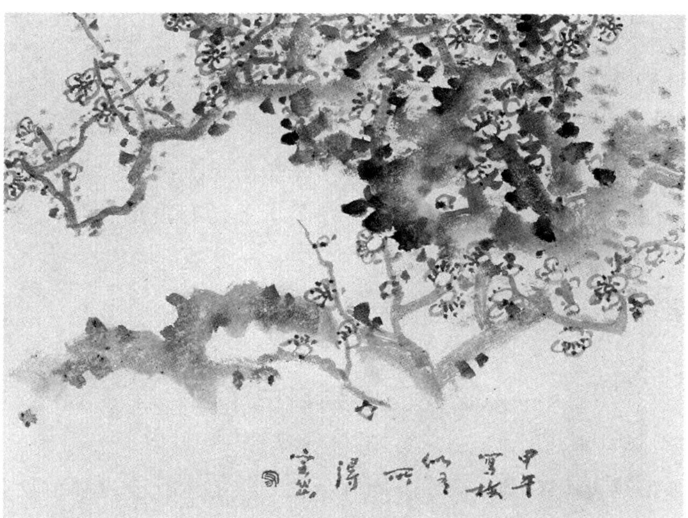

“周宗岱中国画展”在京开幕①

中央电视台书画频道记者

2007年10月22日，“周宗岱中国画展”在中国国家画院美术馆隆重开幕。展览由中国国家画院、湖南省文学艺术界联合会共同主办，出席展览开幕式的嘉宾有：中国国家画院副院长解永全、中国美术家协会副秘书长李荣海、人民美术出版社社长程大利等。展览时间从2007年10月22日至10月25日。

周先生是湖南省书画界的前辈，为了自己所热爱的绘画事业，几十年如一日刻苦钻研，学习从八大、四王、龚贤到黄宾虹、任伯年、吴昌硕、齐白石，通过对传统的研究与继承，加上自己对生活的独特感受，才创作出一批既是全新的，又不失中国传统笔墨的绘画新作，从作品的气息感到绘画语言的表达上，都很好地传达出周先生对绘画艺术的理解与把握。

展览展出了周老的国画作品——花鸟画、山水画等，共占用中国国家画院美术馆的两层展厅，其中对于花鸟画色彩的运用，周老认为色彩要有强烈的表现力，中国喜爱浓艳的色彩，认为尚水墨是后天的，是社会条件的影响，而爱色彩是先天的、本能的。在展览现场本台记者看到除了展出国画作品外，还有周老先生的书法作品。谈及书法、篆刻，周老是情有独钟：湘潭市对我影响大的老师，是刘子其老人和张石顽先生。刘老精于刻碑、刻瓷、刻印，珍藏着原印精拓的《缶庐印存》《二金蝶堂印存》《古泥印存》《十钟山房印举》。在二十世纪六七十年代，湖南哪里看得到这样的珍本？

一生经历坎坷的周老仍然对艺术有高度的向往。在画展开幕后，还举行了周宗岱中国画展学术研讨会，来自中国著名的美术评论家刘曦林、邓平祥，艺术家于志学、胡宝利、张文华、傅家宝等分别对70岁高龄周老的作品进行了讨论。

为了让大家更加深入地了解周老的中国画艺术，本台记者现场采访了几位著名画家、美术评论家及周老本人，请听听他们是怎么说的。

刘云（湖南省文联副主席、湖南书画院院长）：

非常高兴，因为今天是代表我们湖南省文联、省美协和省画院专程过来的。我觉得首先应该感谢中国国家画院给周先生的展示提供了这么

① 本文是刘冀湘根据中央电视台书画频道2007年10月22日的新闻报道视频记录整理而成。

好一个平台，在国家画院作这么一个展览。周宗岱先生是我们省老一辈艺术家当中的佼佼者，老先生一生非常坎坷，但是他对艺术、对学术的追求孜孜不倦。你们看他这么多作品都是他近年的一些新作。老先生今年70岁了，他在艺术上有一种不断的追求和创新，刚才有人说他的画画得很年轻。

周先生不但在绘画实践上面有建树，而且在理论上面也有很高的建树，出过一本美学著作《美辨》。据说余秋雨看了他的书以后说，到湘潭时要去拜访他。我想这个展览只是给老先生在艺术上做一个总结，也是他新的艺术高峰的起点。我们祝愿老先生将来在艺术上有更大、更多的好作品献给大家。谢谢！

李宝林（中国国家画院画家、一级美术师、中国美协中国画艺委会副主任）：

在第一届齐白石艺术节的时候，我到湘潭，看了周宗岱的一些作品，我觉得他画得非常好。那时候看他的作品，是几个长卷，画的画面很严谨，线条、笔墨也很好，很潇洒，整个看来是比较传统派的一套画法，功力非常深厚。

这次我看了他很多花鸟画，还看了他近期画的山水。我看他早年临了一些古画，特别是龚贤的作品，都下了很大功夫。早年的画法度都很森严，画面也很严谨，但是近年画的画，特别是上回参加第三届中国画展周先生送过来一张大的作品，我看他画得非常放，笔道非常大，笔触也非常大，这是山水画大写意，已经由早年的有法到了无法的境界。这种画法就感觉非常大气，没有几个人敢这么来画山水，有这样的气、这样的力、有这样的功力！画虽然粗放，但是整个画面的结构、节奏都非常好。

因为周先生和我比较熟了，他跟我说他很羡慕别人，别人到了一定年龄，都有了一种风格，他说他到现在都已经70岁了，还没有形成自己的风格，因此他说他很苦恼。我就说你不要苦恼，到了这个年龄还没有形成风格，不是没有形成风格，是没有定型，这就说明你的画还能进步，还能发展。真正的大艺术家，都是大器晚成的，不是很早就把自己固定下来，形成一种东西，像一个蚕似的，裹在那个茧里出不来了。真正的大家要无拘无束，对待艺术，要越到老年越放得开。因为周老的经历也很坎坷，现在看，他所以能放得开，就是由于有这个人生经历，使人更潇洒。对艺术、对生活，看得更开阔，所以他能在艺术上真正放得开。他没有形成一种固定的模式，这说明他还在不断追求。谢谢！

邓平祥（湖南省美协副主席）：

我跟周宗岱先生是小同乡，我们不光是湖南人，而且是宁乡人。因为我从小是在湘潭长大的，对他的人和他的艺术都比较了解，每一次回湖南都去看他的画，聊聊天。这一次可以说一两年没有看他的东西了，第一感觉就是看了眼前为之一亮。因为我们对艺术一直有切磋，我也很坦率地给他谈了一些自己的看法。我发现一个70岁的人还有这么大的变化，这么大一个进取是非常不容易的。在两个领域，一个是山水领域，一个是花鸟，我感觉都初步形成了自己的特色。比如说花鸟，我的感觉他在这种文化艺术精神上应该说跟我们的老乡齐白石大师是一脉相承的。齐白石晚年变法搞了一个叫“红花绿叶”的一派，就实现了衰年变法。我们现在看周宗岱先生我认为他有这种意识，就是把一种自己感性的精神，对造化的一种感受，融入笔墨中间。这可以说是我们湖南籍的一些有成就的画家成功的一个很重要的因素。我感觉周宗岱又是走的这条路，前面王憨山都有这种特点。

周宗岱（画家）：

没有老师们、朋友们的大力的支持，我根本不敢到北京来，也没有这个能力。所以能在这儿办个画展，我是太高兴了。

我这个人是个内心世界比较复杂的人，因为我有比较复杂的经历。所以我的画里有时反映出一种很沉郁、一种苦闷，也有的反映出我本性上一种开阔，一种希望，一种大气磅礴的精神。另外，我这个人也是比较活跃的，喜欢非常开朗的、明朗的、浓艳的东西，这在我的花鸟画里边就表现得更多一些。这不是想去表现什么，而是很自然地流露出来的。我这个人没什么顾忌，因为我过去的经历，原来是学油画的，学水彩的，我的油画老师钟以勤老师在湖南是鼎鼎大名的最好的老师，陈子云老师、张举毅老师，他们都是非常好的老师。我有比较好的西画的基础。后来学国画了，很自然这个西画的观念就进到了中国画里边，就成了我现在花鸟画的这种味道。但是我的山水画呢，好像传统的东西表现得更多一点，现代的意识就进入得少一点。宋代的大文学家苏轼讲得非常好，他说他写文章就好像万斛泉源，不择地而出，没有选择个什么地方就出来了，行于所当行，止于不可不止，就是流成一个什么模样就是个什么模样。好像我画画也有这种态度，我没有想硬要怎么怎么，没有想，画成什么就是什么。

我在山水里边更多的是表现一种磅礴的大气，因为大自然体积是非常大的，万里江山，小小的画是很难表现出来的。在花鸟里边，因为小小的花，小小的鸟，它本身表现的就是一种明快的美，一种艳丽的美，所以我的花鸟和山水是两个道，不是一样的道路。

程大利（人民美术出版社社长、总编）：

是来学习呀，是个学习机会，这样的老先生不多，讲究用笔，而且重视传统，态度严肃，有一种深度意识，很难得。老先生用笔醇厚，从传统艺术里头、从书法里头吸收了好多的养分，而且学黄宾虹、学潘天寿，最重要的还是学元人以来的好传统，这个传统呢就是中锋写，慢慢地、沉住气地行笔，而且画到纸的内部去。这个是行家，看了以后受启发。这样的画不多见，这位老先生值得宣传、值得推广。

厚积薄发　大器晚成①

——中国国家画院周宗岱中国画展座谈会纪要

解永全　胡宝利　刘曦林　等

周宗岱中国画展

时间：2007 年 10 月 22 日—25 日

地点：中国国家画院美术馆

主办：中国国家画院　湖南省文学艺术界联合会

承办：中国国家画院美术馆

协办：中国国家画院艺术交流中心　湖南省美术家协会　湘潭市文学艺术界联合会

座谈会召集人：胡宝利

学术主持：刘曦林

参加座谈会人员名单及其单位与职务：

解永全（中国国家画院副院长）

刘曦林（中国美术馆理论研究部主任）

杨　帆（文化部人事司专家与奖惩处处长）

李荣海（中国美术家协会副秘书长）

程大利（人民美术出版社社长、总编）

李宝林（中国美术家协会中国画艺委会副主任）

罗江华（中国文联组联部评奖处处长）

袁　武（解放军艺术学院美术创作室副主任）

孙志钧（首都师范大学美术学院院长、北京市美术家协会副主席）

傅家宝（北京市美术家协会常务副主席）

胡宝利（中国国家画院艺术交流中心主任）

邢少臣（中国国家画院花鸟画研究室主任）

陈风新（中国国家画院美术馆馆长）

---

① 本文根据录音整理而成，原题为《周宗岱中国画座谈会辑要》，载《国画家》2008 年第 4 期。

李景祥（人民大会堂管理局书画室主任）
孟祥顺（中国艺术研究院教授、中华文化画报社社长）
陈芳桂（解放军第二炮兵政治部文艺创作室专职画家）
刘龙庭（人民美术出版社副编审、《中国书画》副主编）
刘根长（全国政协《画界》编辑部主任）
王爱红（《文艺报》美术书法专刊主编）
袁　质（亚洲书画杂志社社长兼总编）
余　宁（《中国艺术报》书画专刊编辑部主任）
周　明（人民美术出版社《中国画》编辑部办公室主任）
李　伟（《美术》杂志社编辑部副主任）
刘　云（湖南省文联副主席、湖南省美术家协会副主席）
邓平祥（湖南省美术家协会副主席）
旷小津（湖南省美术家协会秘书长）
赵志超（湖南省湘潭市文联主席）

刘曦林：刚才成功地举办了周宗岱先生画展的开幕式。过去由于我们当代美术史没学好，对周先生了解得比较少，真是非常惭愧。刚才看画的时候，大家无不感到周先生的山水画是从北宋一直到黄宾虹的传统继承下来的，画得苍茫、浑厚、老辣，画得非常有味道。花鸟画简而有拙趣，也是画得非常生动，画得非常有功力。周先生是有创造精神的一个艺术家，今年年方七十，身体健康，精神矍铄。

我们对他的画展再次表示祝贺。

邓平祥：可能在美术界像周宗岱先生这样学养、理论背景这么好的人我认为至少在湖南是不多的。他写过一本很有见地的专著叫作《美辨》，就是谈美学的。作为一个画家，能够写出这么一本书这本身就不容易，是非常了不起的。他看了很多书，能够在湘潭刚改正的时候举办文学的讲座，讲一个国外的大作家的某一个著作。我们今天看他的画感觉他的画有分量、有厚度，这跟他这种学养是分不开的。

李宝林：我是在上一届齐白石文化节到湘潭去，有幸认识周老的。我们在一起谈得非常好。他拿了很多画给我看，那时看的画基本上都是长卷。从长卷上看，周先生在传统上下了很大的功夫，画的笔墨、意趣和章法都非常严谨，可以看出他的功力。这次看画展，我看了他的作品，受到很大震动。他在传统上、在读书各方面，在画外做了很多功夫，这是周先生的根底。我认为，周先生是厚积薄发、大器晚成这类画家。

从周先生的画本身来看，我很振奋的是，山水画、花鸟画到这个笔头，画这么大写意的东西敢这么大笔豪放地画，我感觉在画界不多，特别在目前画界，工笔画、制作的画比较多，但是真正的在笔墨上有修养的，在笔墨上见功夫的画就非常难得。周先生这样画的结果，我感觉也是他这种经历造成了他对很多人生艺术问题看得比较透彻了。周先生到了 70 岁了，对艺术和生活的东西比较超脱了。所以我感觉见大笔头这种画法，是周先生一种感情的流露，一种真情的流露。我感觉周先生的画画得越来越有生机，力、气都非常足。我祝愿周先生在艺术道路上，就这样一步一步地往前走，最好是先不定型，就永远探索下去。风格和定型有时是好事，有时是坏事。我倒希望周先生永远保持这种在笔墨上、在创作上的激情，这种不断探索的精神，我感觉很好。

杨力舟：国家画院真的是新的起色。我不知道有这么一个画展。我是陪一个记者来这，碰上这么一个展览，我感觉很振奋。我今天看到周先生的展览以后，就深深感觉到笔墨的价值。在周先生的画展上，笔墨有非常鲜明的体现，所以一眼就把我抓住了。也就是说中国画笔墨的魅力值得我们细细地去玩味。周先生画的笔墨价值正好体现了我们中国画传统与创新的关系，也体现了笔墨这样一个非常深层的价值。我觉得他的笔墨有力度，苍莽浑然，气势磅礴，既是美感的体现，也是他个人心境的体现。我非常佩服。

我觉得他的笔墨里有三个特点，一个有胆，一个有识，一个有格调。胆，体现在他的画面有气韵，敢于用笔，敢写敢画敢落笔敢落墨敢用色，这几个都体现他的胆略。这个识，就是说他有知识。他对中国写意画理解比较深，讲究用笔用墨，讲究书法用笔金石气，色和墨的强烈的对比，这是他修养的体现，同时又是重墨重色的对比。所以花鸟画的新鲜感、光感都给人一种很清新的感觉，用现在最流行的话来说就是强烈的视觉冲击力。我认为中国画从案头走到美术馆的大厅，在展厅里面能不能吸引人，这恐怕是现代中国画家所要考虑的一个问题。原来是摆在案头上让人去把玩去欣赏，现在要摆在几十平方米、几千平方米的大厅里面。你的画能不能让人在十米之外看到你的内容就有吸引力还是在三米之内有吸引力，这个差距很大。所以现在很多的画家都在追求中国画的视觉冲击力。我认为周先生在这方面是做得很突出的。所以我说他的画有新意，这就是他根本的所在，也就是说有很鲜明的个人风格和视觉冲击力。如果没有视觉冲击力，展出的力度就很差。视觉冲击力靠什么？靠他的笔墨，靠他的画面构成和他的意境。我觉得他的格调古朴、凝重、醇厚而有力，艳而不俗，这是因为他浓色和浓墨对比的结果。这三点，是我对他的画面初步的感受。这三点也构成了他热爱生活、献身艺术的崇高的人品。刚才邓先生说了他的经历，我了解以后更加钦佩他。

刘龙庭：对周宗岱先生，坦白地说，没听说过，今天是初会。一个是本人孤陋寡闻，再一个与宗岱先生1957年受到不公正的待遇也有关系。我刚才看了一下发给我的几本书，宗岱先生是一个学养全面的中国画家。

宗岱先生的山水得力于龚半千，当然也还有元代的王蒙，包括宋代的华咢僧。他的有些小画很有禅意，大画很有气势。我认为宗岱先生的花鸟和山水是双向掘进的。从他的山水画里我们看到的传统比较多，而他的花鸟画则有强烈的时代感。尤其他当年画过油画，画过水彩，在色彩方面，刚才力舟同志说的视觉冲击力主要在花鸟这个方面。那么就是说宗岱先生既关注古代的东西也关注现代的东西，包括书法、篆刻以致美学理论等的方面，这样作为一个艺术家来讲就比较全面。他的花鸟画非常大气，感觉很新颖。我们国家可以叫泱泱大国，应该要有这个有气势、有魄力的东西。我们看宗岱先生的山水画是尽了精微，而花鸟画是致了广大。这两方面都对我的启发很大。

刘曦林：从宗岱先生《美辨》这本书知道他是一个有学养的艺术家，而且这个学养和他的艺术间有密切的关系。

刘龙庭：我再说两句，中国画有疏密二体，宗岱先生的花鸟就属于疏体，山水属于密体，这是我的感觉，不一定对。

刘曦林：也有一些山水是疏体，密体比较多一些吧。

傅家宝：看了周先生的画呀，我当时马上就联想到朱屺瞻。因为朱屺瞻的画让人感到下笔力量很足，而周先生的画跟朱屺瞻有着一个很鲜明的共同点。从笔墨来说，笔是第一位的，墨是第二位的。周先生的画用线我都仔细看了，一些大幅的画，那个线是非常遒劲有力，而我估计周先生的画得益于他的书法。我们现在一些年轻的国画家对书法是不怎么练的，或者说练得很少。所以有些画面现在是制作的比较多，写意的少了。而周先生的画一看就是中国山水画的写意画，就是拿毛笔挥洒写的，不是制作，不是做的。

周先生画画一个很大的优点，心很静。而我们现在一些年轻人急于出名，心态比较浮躁，在画上都看得出来。包括有的成名的画家，心态也有浮躁的一面。我看了周先生的画以后，发自内心地觉得值得我学习的，应该是要把心态放静下来，在传统上下功夫、在笔墨上下功夫，提高文学修养、文化修养，使这个画能够更进一步。

孙志钧：刚才大家也说了周先生的修养，对传统的学习、认识，真的都很到位，我们从画上也都看到了。但是我觉得周先生他最大的特点应该不在这里边。我有一点感想就是说有的年轻的画家的年纪很轻，但他的画已经很老了。我说的“老”的意思是已经定型了，已经僵化了，已经没有激情了，或者已经没有感受了，我们见到这样的画也很多。周先生年纪比较大了，但画很年轻，他那种浓艳的色彩、那种饱满的笔触说明他的艺术上的年轻。艺术上的年轻并不代表他的不成熟，而是说他的艺术生命力、艺术的激情很饱满，从画面上能够反映出来。像他的花鸟画，这种感受的东西和他的笔墨、颜色的结合，表达了他艺术家的内心的这种感受、冲动和对生活的热爱、对艺术的执着，我都能感受到。山水画里边有传统，但我看了有些画也是很有激情的，那种皴法，那种笔触，都能感受到一个老艺术家艺术的生命力。我觉得这是最珍贵最宝贵的，我尤其喜欢周先生的花鸟画。

程大利：整个感觉就是周先生的画用笔好。中国画到最后还要用笔。张彦远一千年前就谈到“本于立意而归乎用笔”。20 世纪以来我们把用笔给淡化了。中国画最后的问题还是看那个内省的力量，体现那个力量的、最能打动人的中国画的语言元素，是什么元素呢？就是笔墨。“笔墨”两个字说到底还是“笔”。张彦远说得很清楚，“归乎用笔”。墨要用笔，20 世纪把墨当色彩去用了，这是错的。在中国画论里头，这个墨不仅仅是色彩，它是用笔的一种方式，用笔表述心灵，而毛笔写下的一个心灵过程，那个叫“笔”。所以看了周先生的画，我自己也是很震动，也引发了我的一些思考。这个政治上讲，叫“君子和而不同”，艺术上也是这样的。我们跟西洋画和而不同。20 世纪的问题是尽力让中国画和西洋画“同”起来。我们不断地谈“借鉴”“吸收”，融西洋画为我所用，渐渐淡化它的边界，模糊它的范围。我觉得这是一个问题。

周先生的状态非常好。我看画家是看状态的，包括人生状态、人格状态、生命状态、学习状态。周先生非常值得我学习。不多占用大家时间，谢谢！

刘曦林：古人说画令人惊不如令人喜，令人喜不如令人思，这也是一个欣赏的过程。

程大利：学之者不如好之者，好之者不如乐之者，到“乐”就进入了人生的最佳状态。中国画的全部意义是一个养生、养心、提高生命质量的过程，而不是其他的。

刘曦林：我们说古道今无非是更加理解了周先生的艺术，也理解了真的艺术。

郑书飞：程大利老师说的艺术和那个评画的标准“乐之者”，我认为不光是画画，包括书法、整个的艺术，包括演员演的戏什么的，都是这三个字，就是内心喜欢它，那才是好家伙，否则都是空话。老周的经历，不光是学画的过程，包括生活的过程，我都是见证人。他的艺术放出光彩，能够有今天这个成绩，实际上他没把自己看得很高。他一直在各方面打造自己，文学、戏剧等很全面。我感觉他就是在全面打造自己。一个人最后不是比画画，也不是比书法，就是比你的学问。归根结底还是看你的内心。他对朋友是很诚恳的态度，对艺术也是很诚恳的态度，没有什么花架子，一点一滴地在那里积累。他认识自己的弱点，认为自己的字也好，画也好，偏秀气，后来他就找黄宾虹、齐白石的作品来临摹，还有书法也是搞比较苍劲的东西。他冷静地看自己的长处、自己的短处，把它扭过来。他一直在不断地努力。我一次一次看他的展览，一次一次都让人有耳目一新的感觉，说明他一天一天在进步。

邢少臣：看了周老的画，感觉确实很痛快、很解气。周老这种笔墨，这种酣畅淋漓宣泄的笔法，让人看了以后确实很震撼。我感觉周老对线的理解和认识，可能是用了毕生的精力来研究。这个线，画得很有力度，很圆润、很厚重，而且很古朴、很自然，不论是山水还是花鸟。而他大笔的画这种山水画，给人一种感觉：一点一线都有无穷的味道。你仔细品读，就是在一块淡淡的色彩里面也能感觉云水之间的那种变化。可以感觉周老这种笔墨研究确实很到位，现在像周老这种痛快淋漓的山水画很少见了。刚才很多同志都谈了，现在这种笔墨功夫越来越被淡忘了，很多人都忽视了笔墨。而周老用毕生来研究笔墨，而且笔墨达到相当纯熟，是我们年轻人学习的典范。

非常敬佩周老。谢谢！

刘　云：我想借这个机会再次感谢今天参加座谈会的各位老师。我这次来北京参加周老师的开幕式，是受湖南省文联党组的委托。应该特别感谢国家画院给我们湖南的老艺术家这么一个平台，非常感谢在座的老师在百忙中抽时间参加周老师的座谈会。我希望借这个机会感谢在座的各位老师，同时也希望在座的各位老师对我们湖南更加关注和帮助。

我在湖南省美协工作，周老师在湘潭市文联工作，接触比较多一点。相对而言，对他在艺术上的探索也好，艺术上的追求也好，体会更加深刻一些。周老师在我们湖南省是老一辈艺术家。我个人认为他是比较注重读书的，尤其在理论上的研究。除了读书以外，不管对哪个艺术门类、哪个艺术品种，他都会非常认真，非常虔诚。他对每一个艺术家的作品都是抱着学习的态度从里面去发现他认为有价值的东西。我是画油画的，这两年也在尝试作一些水墨。周先生早年是学西画的。他跟一般的西画画家转为中国画不同，他不是肤浅的，他把油画的很多东西转换到他的中国画的笔墨里面。这一点我觉得周先生在我们学过西画又想来做水墨实践的人来说是一个很好的榜样。

陈芳桂：周老师的画正证实了中国画理论界里面的一句话，就是说画品即人品，画如其人。周老师的人生道路非常坎坷，我们做学生的也很了解。在他的画里面就看得出来，有那种沧桑的感觉。这主要体现在山水画里面，很苍茫，也表现了我们湖南山水的那种浑厚。但是在他的那个花鸟画里面看出来他对人生的一种向往，一种追求，追求那种高的境界，那种很热烈的感觉。总的来说，周老师的画大气。再一个很难得的一点就是老先生七十岁了，还始终在求变。白石老人也是六十岁变法，我看周老师也是七十岁开始变法。像他这一批作品（八尺山水）就是他最近完成的，差不多展览前一个月完成的，这是他变的一个过程。他自己经常跟我们说，他始终在追求。不像有的画家，画到一定的定式以后就不动了，就老是重复一种模式。你看老先生的画，特别是花鸟画，他画得像年轻人画的一样，色彩很强烈，画面也很响亮。还有一点就是他的画很“洋气”，就是很现代，年轻人看了也很喜欢，不是画得很老气的那种感觉。

赵志超：各位领导、各位专家，我是湘潭市文联的，非常高兴来参加我们周宗岱先生的画展。首先代表湘潭市文联对周老师的画展表示热烈的祝贺，同时也受湘潭市委常委、宣传部长周放良同志的委托，代表她本人，代表中共湘潭市委宣传部对周老师的画展表示热烈的祝贺！我们周部长写了一封贺信，我这里给大家念一下：

周宗岱老师：

值此党的十七大召开之际，欣悉您在中国国家画院举办个人画展，我谨向您表示热烈的祝贺，并致以亲切的问候！

您是湘潭这方热土养育的优秀画家。您用自己的如椽的画笔描绘了湘潭如诗如画的山川和风土人情，为湘潭创造了宝贵的精神财富。我谨代表中共湘潭市委、市人民政府衷心地感谢您！愿湘潭的山水在您的笔下更加熠熠生辉，愿您用更加酣畅淋漓的笔墨挥写人类的文明！

预祝您的画展取得圆满成功！

中共湘潭市委常委、宣传部长周放良

这是我们周部长的贺信，也是对我们周老师的一个充分的肯定。周老师曾经担任过湘潭市文化局的领导，也担任过湘潭市文联的领导。周老师的人品画品我们是非常敬佩的。周老师多才多艺，才华横溢，在美术方面很有建树，在美学方面也很有建树。用我们周部长的话来讲周老师是一位真正的艺术家。他对艺术的执着追求，耐得清贫和寂寞，这一点我们由衷地敬佩。他对物质生活没有过高的要求，而在精神方面有很高的要求。他的生活非常朴素，也可以说是非常清贫，家里面到现在还是那么几十个平方的小房子，光线非常不好，非常阴暗。但是就是在这么一个非常狭窄的陋室里面，他创作了很多国画作品，为我们留下了很多宝贵的精神财富，所以说我们周老师又是非常富有的，他的精神世界是非常丰富非常充实的。我们在这里衷心地祝愿我们的周老师艺术上更加炉火纯青。

解永全：作为主办单位之一的成员，刚才听了以上各位专家、各位画家以及各位朋友们对周老师这次画展的评价，我认为是非常客观的一个评价。今天请咱们著名理论家刘曦林同志来主持这个会，这无论是从学术上来讲，还是从艺术影响来讲，也是非常重视的。到现在，我跟周先生的认识并不长，不超过两个月吧。但是，从他的作品当中，能够看到一种刚才宝林老师在发言当中提到的一个词，叫厚积薄发。您的经历，造就了您的人生，产生了您的艺术作品，这个艺术作品充分反映了您这段经历、这段人生。笔墨也好，色彩也好，这个冲击力也好，这都是您内心的一种勃发。

我想说的就补充这么一点。也非常感谢湖南省政府、湘潭市委、湖南文联、湖南美协给我们推荐了这么一位非常有影响的艺术家，而且祝愿周宗岱老师在今后的艺术创作当中给我们提供更优秀的作品。

谢谢大家！

刘曦林：感谢解院长从头到尾坐到底参加我们这个学术研讨会。解院长讲的这个问题实际上是一个人生问题，是人生问题也是艺术问题，艺术不就是人生的创造活动的一种体现吗？可以说人生的经历和艺术风格的关系非常深刻，非常密切，不可分离。因为我们最后都要把艺术当成一种生命体验，要把画当成人来认识，这种生命体验与艺术的格调和人品间的关系是相辅相成的。有些事情也是说不清楚的。活得明白，说不清楚，最后自然而然成了艺术。

综合我们刚才谈到的一些问题，我想在周老师身上体现了非常高贵的做人的品质和从事艺术的一种心态。这种心态往往是在当今市场经济的条件下我们不容易把持的。另外就是怎样做一个学者型的艺术家。一个自学中国画的人，一个到了七十岁的老人，能画到这样一个水平，这么一个程度，你就不是当地的一个平常的业余的画家了，你就是在中国国家画院办过展览、有影响的一个艺术家了！我们周老师是非常谦虚的，但是我想也用不着过谦。说实在的，在北京，能画到这个程度的人，我们怎么去数、怎么去算都不多。有人可能在某个方面比周老经验多，比周老画得丰富，他的学历比你高，他的经历比你丰富，他的知识面比你宽，他房子也住得比你好，但艺术上不一定达到这个高度。有好多人才是藏龙卧虎在基层的。

周老再到北京来办展览的时候我们再来给你捧场、再来跟你一起讨论。祝你健康长寿、艺术长青！

谢谢大家！

在虚静中表现生命的苦与乐

——周宗岱绘画创作的文化内涵

邵大箴

看周宗岱先生的水墨画，第一个印象是“舒服”，有继续欣赏的兴趣；稍加品评之后，发现这些作品有文化内涵，是值得玩味的好画。传统文人水墨画，讲究笔墨语言，追求格调、趣味，非常重视能让人品评、玩味。它主要不以情节故事取胜，而以章法、笔墨所造成的意境吸引人。现代水墨画，有表现情节故事和重视题材内容的，但其中上乘作品必须是有笔有墨、有情趣、有境界的，否则语言便显得干瘪、无境界、不动人。水墨画讲究笔墨情趣，并非不要造型、不求形似，只是不以形似为目的，而是要求作者在深入观察和体验了客观物象之后，用笔墨表现对象的形与神，而这种形与神又不是纯客观的，而是带有作者相当主观的创造，其中包含了直觉、错觉、幻觉和理性思考，并受作画时心情的影响，可又不能太主观地任意发挥，失去来自客观的生动。

因此对艺术家来说，如何在尊重客观自然与尊重自我主观感受之间找到平衡，找到恰当的“度”，便是很重要的了。要掌握这个度，全靠艺术家的功力和文化修养了。由此说来，画家要画好画，一要有艺术功力，二要有文化修养，两者不可偏废。

周宗岱的画之所以使人看了感到惬意，就是因为他经过长期的绘画实践磨炼，又有长期生活经验的积累和对艺术本质的体悟，能机智地、驾轻就熟地掌握这个度。

周宗岱的花鸟、山水基本上属于以笔墨为基础的文人画体系。文人画最主要的特点是个“文”字，人品文而静，画品文气有诗性，意境文雅而含蓄。这些，在周宗岱的画中是具备的。但他的画又与纯粹传统文人画不完全相同，它是在文人画勾、勒、点、擦、皴、染的笔墨中融合了一些西画的块面结构，融合得相当自然，不露痕迹，可谓水乳交融。笔墨、画面显得较为浑厚，有另一种量感的力度。究其原因，是周宗岱早期受过西画造型的教育和训练，从事过油画、水彩、水粉画的创造。后来随着客观环境的变化和自己对民族传统艺术的眷恋转向国画创作。在学习国画的过程中，西画重视形和色彩的表现方法似乎并未妨碍他掌握和发挥传统国画笔墨的技能，他发现这两种绘画表现语言既有不同，又有相通之处。他在实践中不断琢磨、思考和摸索，领会其中的道理。西画技巧经过他自觉不自觉的“改造”，“化”在他的国画创作中。这一方面是他有艺术悟性和勤于实践，另一方面得益于多位国画名师的指导，指引他观摩名作，体悟国画创作方法，遵照“外师造化，中得心源”的古训要求自己，终于跻身国画家的行列，画出了格调纯正的山水、花鸟画。

在这过程中，他的艺术思维方式的改变明显地表现在对待写生的态度上。他开始减少使用直接面对客观物象的写生法，而加强用心观察、体验为主的方法，适当运用速写勾画，留下自然物象的痕迹，记下印象，为尔后的创作做参考，而不是以直接写生作为创作依据。他以传统为傍依，近取包括吴昌硕、齐白石、黄宾虹、李苦禅等在内的诸位名家，远追元、明、清经典大师，研究前人意写笔墨，广收博取。追求笔力的轻重强弱和墨色的浓淡虚实所造成的美感，以表现自己的感情，是他孜孜以求的目标。

周宗岱一生经历坎坷，身心遭受了种种劫难，但这也磨炼了他的意志，并使他从生活炎凉中获得对人生、社会和艺术的领悟，体会到生命的真谛，悟到为人、为艺“真诚”的可贵。我之所以说周宗岱的画品格纯正，就是因为他在作品中表达的是真真切切的感情，不装腔作势，不戴假面具。他，一个从苦难中走过来的人，对传统艺术倾注自己的心和力，不拘泥于客观物象的摹写，纵情笔墨写花鸟、山水之大意，吐露对自然的真挚的爱。作品既展示出他精气充盈地涂抹笔墨的乐趣，享受着今日安定社会环境给他带来的欢欣，同时又流露出些许苍茫苦涩的意味。这后一点，是昔日劫难留下阴影的折射吧。而这苦涩味，又正与传统绘画趣味“宜苦不宜甜”的要求暗合。至于笔墨章法沉稳、虚实得当、淡定中的即兴性和随意性，也与他在长期生活磨炼和艰苦艺术实践中获得的经验有关，那是一种随机应变、因势利导和化逆境为顺境的能力。

周宗岱绘画作品在平淡和质朴的语言中有深沉的意蕴，从中看得出他有淡定的心境。绘画创作最忌心态浮躁，为追名逐利而急于求成。作者心情不宁静便不可能认真观察和体验客观自然，也不可能耐心细致地孕育构思，作品语言自然不可能具有诗性的表达方式。古今中外优秀的文艺创作都重视诗性表达方式，中国传统艺术尤其讲究诗意。诗的极致是入神，文艺作品中的诗意来自客观社会与自然的美，也来自作者的主观感受，表现于物我交融，既传物之神，也传作者之神，即所谓有“神韵”。南朝宗炳在《画山水序》中主张的“澄怀味象”理论，刘勰在《文心雕龙》中说：“陶钧文思，贵在虚静。”“能离欲，则方寸地虚，虚而万景入。”“静故了群动，空故纳万境。”都是说创作者只有以虚静的态度才能进入真正的创作境界。绘画中的意境，都离不开“静”“远”二字。宗白华说：“精神的淡泊，是艺术空灵化的基本条件。萧条淡泊，闲和严静，是艺术人格的心襟气象。这心境，这气象，能令人‘事外有远致’，艺术上的神韵油然而生。”（《艺境》）由此可见，审美关注和体验与艺术家的心境、胸怀、人格、性情密切相关。因此虚静不仅是创作过程中的心态，而且更是艺术态度与生活态度。周宗岱用看似随意涂抹的平凡的花鸟、山水画，表达出一种深远的意境，与他精神的淡泊和心境的虚静有密切的关系。

周宗岱一生的苦与乐、悲与欢都离不开画，由此他的画有了与别人不同的厚度与意味，耐人琢磨，耐人寻味！

思深艺妙的奇才

——周宗岱的中国画

薛永年

不久前，在长沙的兴兰堂，我首次看到周宗岱先生的作品，有花鸟，也有山水。两者都很出色，但面貌截然不同，前者热烈，后者宁静。前者大胆用色，面目一新，极富视觉冲力和创新精神；后者运用笔墨、点线层叠，无不浑厚苍茫，蕴涵永恒的内美。归来后，细读他的《美辨》，发现他不仅是画家，而且远在改革开放之初，就已经是很有影响的美学和书画理论的学者了。再读他的《画馀信笔》，更发现他的艺术实践遍于书法、篆刻、工艺、美文、音乐和戏曲许多领域，多能兼善，令人感佩！

论遭遇，周宗岱的命运跌宕，21 岁被错划右派，接着以反革命罪劳改。释放后，开始了 20 余年的另类人生，为人画像，设计包装，做广告，做油漆工，颠沛流离，打工糊口。然而，不幸的遭遇不仅没有减弱他对生活的热爱，反而激发了他旺盛的创造活力，使他成为一个精于思考而且多才多艺的奇人。改革开放后，他理所当然地担任了湘潭市文化局和湘潭市文联的领导，能者在职，有所建树。而他的艺术，作为生命的光焰和传统的转化既得益于他穷理尽性的辩证思维，又得益于他厚积薄发的精深造诣。

周宗岱笔下的花鸟和山水，似乎在艺术旨趣上大相径庭：花鸟画致力于突破创新，山水画着意于发扬传统，二者好像各有追求，其实这种似乎不同的取向，对于艺术家的心理需要，恰可互为补充，各得其宜。艺术就是人生，周宗岱的花鸟画和山水画，表现了不同的生命体验，表现了精神生活的两个方面。花鸟画是当前的，山水画是回忆的。花鸟画讴歌的是生命，是时代新变；山水画抒发的是乡情，是历史感怀。花鸟画用以开拓视觉，丰富心灵感受；山水画是用以感悟内美，寻求心灵超越。

他的花鸟画的主流面貌，比他的山水画更简洁、更大胆、更强烈、更张扬，更具有人们所说的现代色彩，反映了在艺术上的开拓创新。他的开拓，主要不在题材，所描绘的梅、菊、藤萝、山茶、红叶、鸢尾、公鸡、小鸭、寒雀、雉鸡、鹭鸶、杜鹃花、红萝卜和松鼠，都是常见的，前人多已画过。他的创新，也主要不在立意，立意基本上还是生活的感悟、品格的寄托和生命的光辉。他的开拓创新，在于推出了富于当代审美经验的新风貌。最主要的特点是，浓墨重彩，饱满恣肆。

这种浓墨重彩的新面貌，大略出现在世纪之初。此前，他学过任伯年、吴昌硕、齐白石，也学过八大山人。那时的画法，还没有明显与前人拉开差距，大多是水墨与没骨结合，构图大面积留白，唯独动物的描绘已把写实造型与生动笔墨结合为一，并且在情态上给以强烈夸张，有点像陈子庄的动物画，幽默而生动。这种与众不同的新面目，据说来自崔子范的启发。崔子范的写意花鸟画，引入民间艺术的质朴、稚拙、单纯、强烈，观之令人兴奋，过后寓目难忘。

然而，周宗岱花鸟画的创新，不是引入民间艺术，而是“中体西用”。“中体”是写意精神，是“重拙大”的审美追求，是以墨线和色线立骨的书写性，是继续发挥水墨飞白与水分流动导致的特有肌理。“西用”是凭借学习油画水彩时培养的色彩感觉与把握的色彩规律，还有开放后对西方现代艺术的了解，积极地借鉴西画的光色、西画的构成。从而改变了传统花鸟画的大面积留白，而力求构图的充实饱满，花朵的硕大无朋，化虚为实，在虚处用色，讲求色调，实现纯色与混色的互补，覆盖色与流动色的并用。

在“中体西用”的原则下，周宗岱的花鸟画实现了中国画传统元素的解构与重组，并且把西法有机地融合进来，把浓墨上的积色与浓墨上的泼彩结合起来，把笔迹的清晰与模糊结合起来，把意匠经营与随机应变结合起来，看似大胆泼辣的放笔横扫，实际上颇尽对比变化的良苦用心。他既把用色的浓烈和用笔的干湿推到极致，又不失用笔法度地保证线条的质量。有时粗线变成了有笔法要求的面，放大了笔法的表现力；有时墨线变成了色线，在色彩的明度和冷暖上极尽能事。

唯其如此，他的浓墨重彩的花鸟画，远离了对象的模拟，避免写实的趋向，也不重蹈古人的八股图式，而是在写意中注入了表现和构成，以强烈的形式感、浓郁的水墨味、苍辣的金石气，扩大了写意花鸟画的表现力，尽情讴歌了无尽时空中生命的灿烂怒放。实现了单纯而丰富，浓艳而不俗，灿烂夺目而厚重老辣，新鲜响亮而富于光感，酣畅淋漓而气势磅礴。浓艳的色彩、饱满的情绪、浓烈的激情、旺盛的活力已经在充沛写意精神的熔铸下，化为一种诉诸视觉的精神张力。

周宗岱说：“我的性格在我的画中是有所体现的。”如果说，他性格中热烈、奔放的一面，集中表现于花鸟画，那么他的山水画则突出表现了其性格宁静深邃的另一面。周宗岱的山水画，比他的花鸟画更沉静，更内敛，更心闲气定，更悠然意远，更有天地无垠的浑茫，也更注意历史文化的积淀，明显地秉承着“先求好，再求新”的探索路径，稳步前进。仅就作品幅式而言，他的花鸟画与山水画也明显有别，前者小幅为多，且多当代人喜欢的方构图，后者虽然也有小幅，但主流是承续前人格制的立幅和横幅。

他的山水画，画的是胸中丘壑，来源于祖国山河，主要是湖湘风光，没有北方的高山大川，而多湖湘的崇山幽壑，“湖山碧绿兮湘水潺湲”，这里有他难忘的童年之梦，有他落拓江湖的往日游踪。他说：“画画是念旧，人总是念旧的。自己生活过的地方，总想回去看看。”又题画道：“余获释之后，曾以对人画像为业，浪迹于连云、暮阜诸山间，复更下瓮江、汨罗，前后两年之久，今老耄矣，无尽湖山犹来梦里。”从中可见，他的山水画艺术境界，尽管思入天地，却一直没有离开浓郁的乡情。

从早期作品看，周宗岱的山水画写生，略有李可染影响，可见焦点透视的取景角度，还有整体着眼的层层皴擦。但几乎同时便出现了“古法写生”的面貌，特点是不尚纵深，剪裁更多，钩皴结合，注重笔墨。值得注意的是，这种写生之作，尽管用古法构建自己的笔墨图式，但仍不忽略客观景色的突出特点，不忘凸显地方景观给人的鲜明感受，比如注意到湖南马尾松与黄山松的不同。在题画中称：“吾湘武陵多断壁悬崖，其貌峥嵘，虽至幽至僻之处，但有可耕耘者，山民辄开发之。”

从画法传统而言，他学过黄秋园，也像秋园老人一样，上追黄宾虹，兼参清初四王、石涛、髡残，但不同的是，他最终通过龚贤，找到了学习黄宾虹画法的钥匙。他自称：“迷醉于宾虹老人浑厚华滋之作，心摹手追，然其笔墨纷呈，漫无定法，若香象渡河，羚羊挂角，无迹可寻。奈何！迨耳顺之后，得龚贤精品集，悟其积墨之法，稍稍用之，以求沉厚，……用柴丈笔墨写自家丘壑也。”龚贤的老辣朴拙的笔触与沉着苍润的积墨，使周宗岱领会了师造化而得心源的笔墨神趣，破译了黄宾虹的艺术，理解了黄宾虹崇尚的艺术境界，并且融进了自家的心性。

周宗岱的山水画，无论大小，都在具象与抽象之间，兼顾笔墨之美与意境之美，既有所绘景观可感的具体性，又有笔墨布局的节奏和韵律，而且普遍追求黄宾虹主张的浑厚华滋。其中的小品与扇面，画小而有大气象，不同于“马一角”，不求秀丽，不画幽情美趣，而力求浑然大块，大多以迎面而来的一座大山为主体，突出其向外膨胀的张力，颇得北宋人大山大水的气象。但画在熟纸上的山水，笔墨比宋人松动，却不失苍劲，笔痕自然而斑驳，表现了“淡而厚、实而清”的雅健苍润之美。

他的大幅作品，都追求磅礴大气的格局，浑厚苍润的气象，浓皴密点，淋漓葱郁。无论描绘山峦、崖谷、丛树，还是描写云泉、村舍，都不刻意于局部的形似，更不强调空间的纵深，而是通过布局的安排与笔墨图式的提炼，突出气象的浑成，气势的贯穿，气脉的聚散，特别善以繁与简、疏与密、纵与横、干与湿、明晰与模糊的对比来组织心理空间中的精神家园，来传达浑厚华滋的气韵，致使他的山水画不但有人与自然的和谐感，生生不息的生命感，甚至还有浑茫无际的宇宙感和思接旷古的历史感。

周宗岱的山水画，在把自然变为艺术的造境中，高度重视笔墨的作用，但对古人的笔墨，师其心而不师其迹，既不看成不变的模式，也不当作创新的羁绊。他既把笔墨视为构成丘壑图式的生命细胞，又把笔墨看成自具审美价值的点线交响。在他的山水画作品中，个性化的笔墨，遵从着书法点画美的法则，由帖而碑地注入金石气味，以多力、丰筋、苍老、圆劲、厚重、古朴的笔法，驾驭着山水画中的勾勒、皴擦和点染。正是丘壑与笔墨间的又离又合，共同实现着山水画像书法一样的“达其性情，形其哀乐”，甚至表现精神境界的作用。

起伏跌宕的境遇，自学国画的道路，多才多艺的实践，还有实践检验真理标准的讨论，都使周宗岱对中国文化的精髓、中国书画的奥妙具有深入透彻的理解。正因为如此，他的花鸟画和山水画，虽然各有千秋，但也有共同特点，这种特点概括地说，就是中国精神、中国方式与中国味道。需要指出的是，这种中国精神是开放的，这种中国方式是发展的，这种中国味道是多样的。具体而言，他的花鸟画和山水画，无一不充分体现了中华文化的陶融。不仅仅是艺术，更是文化，而且熔铸了哲理、文心、诗魂与书骨。

在周宗岱的画中，所谓哲理，就是坚持“图画非只艺行，诚当与易象同体”的高度，既天人合一，技进乎道，又自觉实现图式、笔墨与布局中各种对立因素的辩证统一有机综合。所谓文心，就是重视艺术生命的文化素养，表现为重视主观表现的写意精神。所谓书骨，就是把书法点线结构的抽象表现能力引入绘画，特别是以碑学兴起后书法的金石书法入画，使之成为国画艺术语言的核心。所谓诗魂，就是追求情景交融，就是追求余音绕梁的象外意。在他的花鸟画中，是通过审美感受表现精神的自由，在山水画中是构筑境界求得精神的安顿。

周宗岱的中国画，早已取得突出的成就，如今他仍在积极探索。据说他考虑在山水画里再融汇些西画的因素，也打算尝试另一种泼彩的面目。然而，仅就以前的创作而言，无论是创新意识更浓的花鸟，还是传统神髓更厚的山水，他的艺术都已经具有很高的水平，具有很少人具备的继承性与开拓性之间的张力，这种张力又建筑在对中国文化传统的深入理解与切实把握上。因此可以相信，不仅他的中国画还会有新的飞跃，并且他的思想和艺术也会对有志于中国画传承和开拓的后来者提供宝贵的启示。

2015 年 5 月 5 日

独具个性　独放异彩

——《周宗岱写意花鸟》推介

贾德江

在艺术创作上，寻求者何止千万？循规蹈矩、浅尝辄止、恃才傲物、随遇而安都不能走出自己的新路，也不会留有凝重的足迹。只有真诚的艺术追求者，择一而从、许之终生者，方能形成独有的艺术个性而成气候。当你翻阅当代著名画家周宗岱的写意花鸟作品，古朴、苍辣、凝重、厚拙、浑然的大气跃然纸上，其中宁拙勿巧的笔墨厚度，给人以壮美的感受，而色墨相映生辉的泼墨泼彩，呈现的是一种现代视觉的语境。周宗岱是一位在当今中国画坛独具个性、独放异彩、独善其身，具有艺术语言震撼力的花鸟画家。

在他的花鸟画里，经常可以读到他对写和意、墨和色、中和西、传统与现代、笔墨与生活问题的回答。他的艺术个性、艺术成就也包含了对这些问题的认识，或者说，这些问题的解答也成就了他的艺术风貌。他接受吴昌硕的影响，将碑派书学融入其花鸟画法中，生活的感受又为他的花鸟增添了清新滃郁之景象，对西画的研习使他在真正意义上把西方的色彩、光影、构图等技巧贯穿到自己的创作中，恰到好处地使用泼墨泼彩的抽象表现语言与传统意象造型相结合，使他的作品在更具形式意味的形光墨色的交响中，突现雄浑、华美、恣肆和鲜活的艺术个性，而传递的仍然是民族绘画的东方精神。

生活感受的独特性，的确会改变艺术构思的经验和语言手段。就作品而言，正如周宗岱自己所说的："中国画不单纯摹仿自然，不与自然美在同一领域里争高下，而是借自然物象为依托，通过笔墨来抒发主观情感，自觉地创造绘画艺术自身之美。"他不仅注重生活的诗意阐发，而且以美的客观性为出发点，以主观的"我"去寻找和发现客观的"美"。他善于用浓重的色墨表现花鸟的形色与结构，更善于在整体和概括的造型中营造浑厚华滋的意境，由此获得丰厚的内在张力。因此，他的笔墨个性强烈而鲜明，有着比吴昌硕更为浑厚的实境感。他也因此是最少受形式束缚的画家。

（原文发表于《周宗岱写意花鸟》，2005年中国工人出版社出版）

苍润之间　前人之外

——周宗岱的山水、花鸟画艺术

贾德江

在众人眼里，周宗岱是一棵松，一只鹰，因为他经历过太多的苦难与坎坷而依然踌躇满志，宝贵的是他那种饱经忧患后的平和与淡定，以及历经沧桑后的深邃与厚重。他是一位笑对人生、儒雅谦和的老人，一位大家风范的资深学者，他总是在人们不易察觉的时候流露出他的艺术天趣和人格魅力。

周宗岱的绘画，是他未酬的壮志，是他品质的光华，是他对美好的向往。他笔下的山水是祖国大好河山的描绘，是他胸中丘壑的写照，是他艺术品位和境界的证明；他腕底的花鸟把人与自然相融于一，与花对语，给鸟拭泪，为花赋诗，顺其自然，写他独到的美的发现、美的解析、美的理念。

品读他的近作，你会惊异地发现，他是一位用绘画张扬艺术主张的人。他唯我独尊的观念一一写在他的作品里。无论是山水还是花鸟，他既不愿意在前辈踏出的道路上安步当车，也不满足于某种画法样式的超越前人，而是以旺盛的创造意识，凭借自己全方位的实力，在笔墨苍润之间别开生面，不断推出“立于前人之外”的富有强烈个性的山水或花鸟作品，当然也包括他的绘画小品。

对于当代画家而言，如此众多的前贤作品摆在面前，学习仿效容易，有所突破则难，以自己的手眼横跨两个领域，在山水、花鸟两方面画出自家体貌来，可谓难上加难。然而，周宗岱却知难而进，上下求索，自 20 世纪 80 年代开始，致力于山水、花鸟画的革故鼎新，既研究前人的作品，更深入生活即景写生，既捕捉天然图画中的形式美，还在笔墨的探索中强化感受，深化意境，由此逐渐形成苍润相济、气韵充溢的画风而自成一格。

苍，是讲用笔的老辣和苍劲。在周宗岱的山水小品里，是用或浓或淡的干笔勾勒山形体貌，以讲究提按顿挫的线条和直透纸背的苔点，营造出一种苍苍茫茫的气象，弥漫于形象之中而又溢出于形象之外，画出了所见、所知、所想，从而小中见大地注入了山水画的人文性、心象性及精神性。而在他的花鸟画中，则是以浓墨甚至焦墨的粗笔大墨，纵横挥洒，雄强豪宕，内蕴横扫千军的胆气，在画面形象中最大限度地保留笔墨线条的生辣与笔力的苍劲，并以饱满开张的布局，尽可能地把写意花鸟画的写意精神和写意手法推向极致。

润，是指施墨的清丽和温润。在既有的苍茫笔线上，如何施墨与用色，而能获得相辅相成、相得益彰的艺术效果，这是周宗岱的卓荦之处。如果说用笔的关键是骨力，那么，用墨的关键是清润。清润，则画面雅逸，这便是周宗岱山水画给出的答案。他的山水，多运用淡墨的皴染丰富画面的层次，而且在浓淡交叠中见笔见墨，表现出来的是物象所特有的质感，意蕴奇绝，品格极高，虽为小画却具有大气象。而他的花鸟偏向浓艳，是以一种大笔头的写意方式，极尽水墨的雄浑变幻，务求极强烈、极粗犷、极鲜明、极朴拙、极浓重、极泼辣、极酣畅，在重拙中见化机，在形构中富巧变，以达到形简情茂、笔厚意丰之境界。

在色彩的运用上，周宗岱的山水以浅绛设色为多，并在色彩中羼入墨色以减去火气、燥气，增加文气，这种濡润的墨色轻笼淡罩，为画面平添一层古雅之意。他的花鸟用色多借鉴西法，明显地回避传统色彩的清雅淡逸，大胆发挥西画色彩的鲜明和响亮；斑斓的色彩和苍厚的水墨互为表里，墨显色辉，艳而不俗，色显墨韵，神光焕发，变文人大写意画的恣肆、冷逸、狂放为雄健朴茂、浑厚灿烂，超越了文人士大夫一己性情和个人悲欢的发泄，创造了大写意花鸟浓墨重彩的新体格，堪称现代花鸟画提升自然美的一个创举，显现的是当代画家关爱自然、讴歌生命的艺术旨趣。

欣赏周宗岱这些作品，尽管有山水、花鸟之别，幅幅不同，但在艺术表现上却有着一以贯之的特点。第一，他坚持自己的创作根植于民族土壤，但力求摆脱早已成为桎梏画家创造的因袭模仿之风。在中国“天人合一”自然观的陶冶下，与大自然的山川草木、自由生息的花卉禽鸟的密切联系已变成他的挚爱之情潜入灵魂深处，实境的感受为他的作品注入了鲜活的生命力和时代气息。第二，他坚持自己的创作一再变法求新，不拒斥吸纳西方文化，比如融合了西方平面构成的大开大合、强烈色彩的引进、团块结构的运用、黑白关系的强化等，然而最让我欣赏的还是上述许多因素所共同呈现的主体审美意识的高扬和鲜明个性的表达。他的作品已充分表明，继承传统是创新的重要基础，而创新是继承的必然发展。第三，讲究书法式的任情挥洒，强调“写”的意味，以明朗、清新、纵横、刚健、质朴和多情的韵致，挥写出牵动人们情思的苍润之美，表现出丰富的情感世界，寄托了对祖国、对家园、对自然、对生命的一片爱心。

周宗岱独具一格的写意画艺术极大地拉开了与古人、与今人的距离。他筑基于传统笔墨，吸取了时代新机，把民族文化的主体精神，传统绘画里超越时空的法理与现代人的视觉观念有机地结合起来，实现了他早就主张的“不与人同”的信念，在苍润之间呈现出笔姿大气、墨韵磅礴、大干大湿，“势若崩云，灿如碎锦”的新貌，从心所欲地表现了激情澎湃气宇轩昂的审美追求。

周宗岱与众不同，耿介严谨，诚朴内敛，宁静致远，追求着一种至真至美恬淡的人格志趣；他的画不同凡响，不论山水还是花鸟，他的根扎在传统，他的心却在艺术的苍穹中自由翱翔。珍惜人生从珍惜艺术开始，不会停止，不会淡忘，不会离去。周宗岱的未来和今天、昨天一样，永不停歇地耕耘在自己的田园之上。或许他并不在意名利，但收获必然是大器晚成的辉煌，是无悔的人生。

2012 年 5 月 8 日完稿于北京王府花园

（本文原载 2012 年 5 月 31 日《湖南日报》第 12 版“艺术人家”专栏。发表时有删节，现据原稿收入本书）

自有醇香苦中来

——读周宗岱山水画

钟增亚

每次到湘潭，总有幸与周宗岱先生相见。他给我留下的印象是：红着脸，叉着手，毕恭毕敬地危坐着，倾听你的谈话，与你商讨问题。初识他的人，定以为他是一位学究先生，而了解他的人却不这么认为。他的爱好是争论问题，而且语词锋利，单刀直入，开门见山。他不善中庸、附和，更不善用虚伪的华丽的辞藻取悦对方。几年前，齐白石纪念馆出了本论文集，理论家们几乎众口一词地赞美白石老人那不畏权贵、崇尚艺术的高尚人格，而宗岱却写了篇《齐白石“见官就躲”吗》的文章，引证大量的事实，讲述齐白石是如何依靠当官的朋友的帮助，走出湘潭农村，周游全国各地，最后定居北京，成就一代绘画宗师的过程。宗岱的坦爽直白，引起一片哗然。这就是他的脾性，几十年来，他就是以一个艺术家的良知与坦荡来治学做人的。

俗话说，树直成材，人直遭殃。宗岱的顽强个性招来了一连串的厄运。随着时光的流逝，宗岱度过了花甲之年。今天的宗岱已不是从前的宗岱，他谦恭文静，火气与棱角都已被光阴湮灭。这些都注释在他近期的山水画中。

宗岱常关起门来作画。尽管生活清贫，但在精神上他却是富有的。别人的财富是有形的，且装在口袋里；他的财富是无形的，都装在脑子里。他乐观充实，决意把几十年的经历与思考，注入他的画中。宗岱常说，他画画很苦很累，因为他想得太多太复杂，长期从事书画理论研究，使他周旋于理性与感性之间。把理念、思想转化为绘画语言，这其中有多难！然而，凭借宗岱的绘画功底与智慧，终于打开了一条通道。他终于成功了。

画什么？怎么画？如何选择自己的绘画语言？宗岱有着明确的目标。他反对玩世不恭的绘画，也决不把绘画作为玩耍和视觉调侃。他认为绘画没有思想内容就如同没有灵魂的躯壳。他认真对待每件作品，每幅画都有思想、有寄托。尽管他画的是宁静的山水画，但却能窥探出画家的情感、宗旨。他主张中国画的意境，重在立意，意在笔先，意就是主题、思想，是画家对社会对人生的思考，然后再把这种思考转化为山水形象，寄情于山水、草木，使之人格化。宗岱的画内涵深刻，富于哲理，耐人寻味。他的画是诗、是音乐，有着鲜明的意境与节奏。

他的山水画多取材湘中丘陵地带，红色的黏土，绿油油的山林、稻田，盛开着桃花、李花的村庄，一般山水画家很少关注这类风景。因为她没有雄浑险峻的大山脉，也没有惊心动魄的瀑布。这平淡不起眼的农村对于宗岱却另有一番情意。尽管这里平淡，但却养育了画家与他的祖祖辈辈，这里有他难忘的童年之梦。这平淡，养育了曾国藩、毛泽东、齐白石等一大批历史伟人。这平淡，无法抹去画家的情结，这一切无时不在敲打画家的心扉。宗岱无法阻止这激动，他不得不把山水画的主题牢牢地扣在这片热土上。

久居闹市的人都有回归绿色自然的心态，这是宗岱山水画立意的另一宗旨。进入花甲之后，宗岱把禅意与热爱自然揉在一起，构架起幅幅山水画。他画画相当理性化，可谓三分思考一分画，动心多于动手。他没有那种潇洒与泼辣，没有老庄式的飘逸、怪诞与浪漫，他喜爱清虚、寂静与恬淡。他的画简括、凝重、疏朗。在用笔上注重金石味，断断续续，欲进欲退，如锥画沙，如刀刻石，追求笔的力度与厚度。我想这与他推崇八大有关，“一滴泪水一滴墨”的运笔风格，使线条拥有一种铸造感。也许这深沉凝重的韵味更吻合画家的人生经历，但他并不刻意仿效。宗岱重传统但却不泥古。他以这种苦涩的笔法去写秀美的江南山水，正是为了从矛盾中去综合提升绘画的格调。

“搜尽奇峰打草稿”的传统对宗岱影响深刻。他的山水画作俱来自于生活。宗岱重视深入生活与搜集素材，一草一木俱源于大自然。正是丰富的生活，克服了理性化倾向。在用色上，宗岱偏爱单纯、淡雅、简洁，但面对繁花似锦的江南秀色，他又走出了一条路，大胆使用对比强烈的重彩，把部分画境推向明媚欢畅的格局，富于浓郁的生活气息和鲜明的时代感。

宗岱的画幅不大，但却气象万千，春夏秋冬俱有表现。他的长卷《岁月如流图》是这方面的代表作，精致而又灵动。大幅山水画见得不多，但气魄不凡，与镜片画的追求完全不同，用笔大胆且有几分泼辣，可见宗岱正在新的领域探索。花鸟小品，又是另一种风格，画中的水鸭，多用没骨彩墨，淋漓生动，但个性化不明显，属热身之作。但由此可以看见，宗岱正在向各个方向追求与突破。画家并没有在固定的模式上作茧自缚，这是画家艺术生命年轻化的展示。

读宗岱的画，要慢慢看，细心品味。他的画不大也不多，更缺少时髦画家那运用视觉冲击的技巧和某些操作。他那丰富的阅历、深广的修养和技法的锻炼都蕴藏在那平淡的画作中，倘若用心去观读，就有如品尝埋在地窖多年的陈年老酒——自有醇香苦中来。

2000 年 5 月 5 日深夜于长沙

形与灵的统一：宗岱的自觉

周小愚

当代中国画坛群星灿烂，周宗岱无疑是十分耀眼的一颗。

周宗岱是当代著名书画家，又是一位具有远见卓识、独具品格的美学理论家，还是一位德高望重的广受敬重的艺术家。当下他正历 80 华诞大庆之际，他的爱徒毛娟告诉我，湘潭市美协、市评协联袂准备编辑、出版一部《周宗岱研究》，邀请我写篇文章。周宗岱是我多年来的良师益友，在我们都还年轻的时候就开始了“臭味相投”的交往。我是搞油画的，写文章是我之短。尤其是品评书法、国画，更是门外汉。出于盛情和友情，只得以我所晓，硬着头皮地写点文字聊表对宗岱的敬重之情。

周宗岱是在湖湘这块沃土上成长起来的艺术家，骨子里渗透着热情、耿直、敢为人先的禀性。他的美学思想具有鲜明的时代特征和个性特色，这与他的坎坷人生和艺术经历密切相关。1957 年，周宗岱 20 岁时，他的油画水彩作品就入选湖南省首届美展。正当他意气风发向艺术高峰攀登时，次年就被打成右派，接着又以反革命罪被判刑劳改，长达 20 余年的艰难生活使他经历了常人无法承受的苦难。痛苦没有损害他纯真的做人的意志，更没有摧毁他对艺术的执着追求，反而使他潜心思考，寻觅到了艺术的真谛，增强了他要用艺术唤醒人们回归真善美的信念。

1986 年，周宗岱的《美辨》出版，接着《画馀信笔》问世，他用卓识诠释了美是建立在真与善的基础之上，它们之间具有不可分离的辩证关系。他的美学思维方式也没有去重复哲学的抽象概念，而是站在时代的高度，从宏观着眼，从具体分析入手，从而建立他的理论框架。因为他对美的深入研究和他的艺术实践的功底，使他的理论毫无玄学的色彩，语言明晰，论述透辟，常常是一语中的。他又强调了“历史观念”，对其深入研究，使他避免了偏激和片面性。他的理论不仅具有实践性的特征，而且具有当时难能可贵的开放性的特点。历史把他推向时代的前列，为当代绘画创新作出了卓越的贡献。

正由于他的美学思想的实践特征，站在他的画前你不由得动情或受到某种情绪的感染。有了对大自然奥秘的领悟，周宗岱对祖国山河就有情真意切的描绘，就能将高山大川提炼浓缩成一首首感人情怀的诗。

艺术创造贵在独具慧眼，独出心裁，独辟蹊径。米芾说得好：“心匠自得为高。”“自得”是独特的发现、独特的构思和独特的艺术表现的统一。周宗岱在艺术表现上很有特色。画势，在淋漓犹湿的大面积的泼墨中，以虚实浓淡的节奏，造成云山迷离莫辨，大气磅礴，顿生一种博大幽深的情感。画山石，画云水，有骨有势，依山势布流水行云，云助山石之威，山助云水之势，“天地入胸臆，吁嗟生风雷，文章得其微，物象由我裁。”（孟郊《赠郑夫子鲂》）艺术形象由作者感情来剪裁，在取舍熔铸之中得其幽微。

周宗岱的山水画创作是随着他对生活体察的加深和艺术修养的扩充而不断发展变化的。

中国古典哲学朴素辩证法的思想，提出“道”这个概念来表述，概括宇宙万物无穷无尽的运动变化和发展规律。中国古典美学在其哲学的基础上，也提出艺术家表现宇宙的道的变化，表现宇宙的本体和生命，唯此，作品才有活跃的生命力，才会气韵生动。周宗岱发扬了这种美学精神，在自己的创作中明确贯彻“宏观探道，微观探真”，力求能站在人类历史的制高点上，放眼历史的长河，探索包融万机涵量无穷的大道。周宗岱的《岁月如流》《湘山情景》和《清凉境界》等长卷作品都追求这种境地的浑融性，追求有限象和无限的象外之象的统一，追求形与灵的统一，追求“以一管之笔拟太虚之体”（王微《叙画》）。这类作品表现了胸罗宇宙的非凡气势，天设地造的亘古之美，经天丽日的壮观，包罗万机的精神性内涵。以崇高的审美境界，泱泱大国的艺术风范，在高层次上体现了民族深层文化心理、当代审美意象的结合。周宗岱把人们引入了新的审美领域。

周宗岱在艺术上追求单纯美，写意化，这也是他艺术风格上的又一个特色。这单纯美有丰富的内涵，有强化了的艺术内聚力，有优美的形式。他的许多画作单纯到极致，仿佛清除人世间一切污浊、噪音，进入到净化的世界。在这个世界之中你感到通体畅快、清新，领略到一种静穆的美，似乎可以倾听到一种寂然中的天籁之音，使心灵为之升华。他那单纯的艺术形式，既是艺术规律本身的需要，又是社会心理的需要，有很强的时代感。他在一系列作品中追求单纯化，单纯化是艺术走向炉火纯青的标志，是成熟的表现。他画月景、云景、雪景，画花卉，画虫鸟，都在追求单纯。他还有一部分作品，画墨如漆，在一幅画中墨色占的面积之大、分量之重、用墨之狠，实属罕见。他的花鸟画，墨之酣畅，墨之华滋，墨之韵，墨之趣，墨之神，墨之美，尽在其中。他把大泼墨的功能尽情发挥。他泼中有写，并不一味求帅，而是满纸淋漓中有不尽的层次、境深，有看不完看不清的朦胧意象，使画面单纯化，获得一种东方艺术特有的美感，体现了石涛所讲的“透过鸿蒙之理堪留百代之奇”。他以其艺术实践，弘扬了民族精神，发展了民族绘画艺术，这在当代是十分可贵的。

2017 年 9 月 24 日

本色

——看周宗岱画展

刘二刚

乙酉岁五月，长沙周宗岱画展在南京展出，宜兴志安先生和湘潭剑桦兄约我前往参观，因此得一识周先生。

今之办画展，往往是应酬大于画画本身，而周先生无一点时尚之俗气，由人布置，由人接待，由人宣传。或者说，落后形势矣。然，他的画亦如其人，温柔而不粘不滞，随意而不狂不躁。我在他的画中看到他的品性、功力和修养。

看他的画，我真不相信他曾被打成右派，后来又以反革命罪判刑劳改。也许正是颠沛的人生经历，他才能磨炼成这样的笔墨，把往事和美梦深藏在山水云烟之中。那天看画的人不少，有内行，有外行，他却谦虚地问我该怎么画。他说，只要你指出哪张是喜欢的，哪张是不喜欢的就行。多么简单，这要比会上听一些好听的客套话有用。我便乘兴提出作品中有一部分他认为是创新的花鸟画作品，我说，新与不新很难说，弄不好就落入了世俗，都说“笔墨当随时代”，“时代”到底是个什么呢？谁也说不清，还不如笔墨当随自己吧。以自己的功力、修养，画自己的真实性情。我最喜欢的是两轴横批的山水，还有最后一张大画。周先生只是眯着眼睛笑，我忽然明白，其实他比我有数，他曾著过一本《美辨》。他把画拿出来展示，实际是想看看有没有识货的。

确实，画画纯是自己的事，别人说都是隔靴搔痒。

周先生比我大十岁，经验比我丰富，相信他在笔墨的天地里会越玩越得意的。最近我收到他出版的《漫写家山图卷》，确是精品，值得一看。

2006 年春日于南京

（本文录自刘二刚著《午梦斋随笔》，湖南教育出版社2007 年4 月第1 版，第189—190 页。原题《本色——看周宗岱画展》，收入《午梦斋随笔》删掉了正题，现据原题收入本书）

观“周宗岱画展”有感

吴同椿

去年初夏，“周宗岱画展”在南京瞻园艺舍隆重举办，宜兴张志安先生邀我去会会他的老朋友宗岱先生，并参加“周宗岱画展”开幕式，我欣然前往。我与宗岱先生虽是初次相见，但一进入展室大厅，霎时觉得眼睛明亮起来。未及细谈，就已经被展览中色彩绚丽的花鸟画和精致而淳厚、古朴的山水画所震撼。其崭新的绘画风貌，凝重而朴茂的艺术气质吸引我目不转睛，细细品味。我为宗岱先生作品中浑然大气、壮美之概而激动、而赞叹！

宗岱先生的花鸟画笔墨酣畅，尤其赏心悦目。

其一，具有强烈的视觉冲击力。

欣赏他的作品，首先进入眼帘的是浓郁、艳丽的色彩所形成的强烈视觉张力。浓重的墨与鲜明的色在笔墨精妙的构成中犹如色墨交融的协奏曲。绝不是传统花鸟画的图式和绘画语言，而是随着作画者的情性直抒胸臆、随心所欲而又极具平面、色彩构成意识的新图形。这图形之物既是所描绘物体的意象，更蕴藏着作者充沛的情感。画家的情感借图形之象得到尽情的宣泄和表达。细微处犹如细声低语，粗率处好像简略表述，而重彩、枯墨处又似激情陈词……真是物我交融、情景交融，仿佛绘画与观众话语。

其二，强烈的艺术形式美和绘画的水墨韵味引人入胜。

宗岱先生是一位书法家，书法用笔是其绘画强有力的支撑。无论是花鸟、山水画中的落墨、运笔、用线无不体现画家传统中国画技法所具有的深厚功力。行草与篆隶笔法，浓、淡、枯、涩在绘画中构成了很好的骨架，而丰富的色彩在浓墨与破水过程里与笔法融会成极富韵味的形式美感。犹如文艺复兴时期达·芬奇在《绘画论》里谈到的一种方法，他是这样叮嘱艺术家的：“你们最好去盯住观看湮有水迹的墙壁，或是石色不匀的岩块，要想有所发明，先得能够从上述观察物中看出与神妙大自然景物的相似之处，即能看出形态万千的高山、颓垣、岩石、树木、平川、山丘和溪谷，能看出面部表情，看出衣帽穿着以及其他无数东西来。这无数的东西，你们都能够一一化简为完全与适当的基本形态……”宗岱先生的花鸟画作品就是在意象、抽象图形和浓重笔墨的泼彩、破水构成的形式美中，衍生出无尽的韵味和无穷的幻想。

其三，新的理念、新的时空观铸就时代感。

宗岱先生的作品具有强烈时代感，他不是按照传统写意花鸟画的方法安排构图，没有程式和定法，而是根据中国画深层规律的理来运笔。新的理念支配着他作画的方式。他既承继着黄宾虹所追求：重、大、高、厚、实、浑、润、老、拙、活、清、秀、雄等品格，又把西方绘画中印象派、后印象派大师们对色彩的认识移植到他的花鸟画中来。因而，中、西方文化的要素交融、汇合在一起，形成既具有东方美学精神又颇具国际性艺术语言的独特风貌。

新的时空观为他的绘画又注入新的精神。留白是中国画的传统认识。留白在大面积墨、色之中可破其板滞、沉闷，而他把画面中的布白与墨色图形视为一个整体，是一个事物的正、反两个方面，是画面中的正、负形。犹如理解爱因斯坦的自然、宇宙，时间与空间互动新的时空观一样。因而，在他的画中，未着笔的空白也是形，绝非空余之处，而是同他的笔墨、色块共同成为绘画的元素，构成画面的整体。这一新理念使他的绘画更具时代感。

其四，主观精神与个性张扬形成鲜明的艺术风格。

宗岱先生是性情中人，生活的磨砺与性嗜文艺视画画为命根子共同铸入他的艺术精神之中，成就了他的艺术事业。他显明的个性与鲜明的艺术风格相连。他绘画中的坚实、灵动、恣肆、朴茂融汇成厚拙、浑然的大家之概，发人遐思，激人联想。综观宗岱先生展览中的作品，其山水画的精致与书法作品的独特也给我留下了深刻的印象而久久不能忘怀。

今春，宗岱先生把《美辨》一书赠送与我。在细细阅读完他的《美辨》后，我深深体会到由于他的宽广胸襟与开放意识；由于他对艺术美真谛的深刻辨析，达到鞭辟入里的高度；由于他在追摹古人沉雄之气的笔墨过程中，完全脱却一切艺术传承上的藩篱，在娴熟掌握传统绘画技法的同时也能将西方现代艺术的不同方法通变其中，因而，宗岱先生成为当今学者型的画家并具有鲜活的个性成为必然。

丙戌冬月于石城春雨轩

（本文原载 2007 年 10 月 27 日《美术报》第 19 版“画家”专栏）

宝剑锋从磨砺出　梅花香自苦寒来

——谈周宗岱老师的笔墨功夫

许仁龙

在周宗岱老师所取得的艺术成就中，笔墨功夫占有极其重要的位置。我对中国画的品评鉴赏是：笔墨就如同好钢，如同房屋抗压的砖石，铸刀盖房如果没有好钢好砖石，是锻造不了好刀和盖不了好房子的。书画鉴定高手在看一幅书画作品时，往往只打开画卷的一个小角，便能断定其画的真伪和水平的高低。常人觉得神奇，其实这个中的妙处就是看笔墨，方寸中的点线一看便知。

周宗岱老师的笔墨功夫，在当今画坛上当数第一。在我对当代中国美术界有限的认识中，众多“名家”“大师”的笔墨无法与周宗岱老师比肩。至少在北京的各种画院，各类艺术院校中的博导教授，尤其在我供职的中央美术学院，没有一个名家教授能与周宗岱老师的笔墨相抗衡。究其原因是中国许多年来的教育出了问题。自民国以来，尤其是自一九四九年以来，中国的艺术教育完全是照搬西方和苏联的“科学”教育模式，形而下的摹仿自然之物，其理论是“素描是一切造型艺术的基础”。在这样的教学体系培养出来的学生几乎不会拿毛笔，顶多拿着毛笔去画素描。我的老师那一辈人深受其害，自那以后几乎所有沾过“科班”的学画者深受其害，现在继续向往“科班”的人也将深受其害，我自己便是受害者中的一员。

在新中国成立后关于中国画的教学还是有过争论的。二十世纪七十年代末，我有幸当过老一辈画家叶浅予的秘书，也与石鲁有过接触请教。叶先生强调，“白描是中国画的基础”。石鲁更进一步认为，“书法是中国画的基础”。但这些少数明白人的学术观点扛不过时代的惯性和体制的约束诱惑。但，唯诚者受益。我便是在那个时期开始临帖习书，补充传统的知识结构，以破素描带来的约束弊端。更为有幸的是我的家乡湘潭是一座有着丰厚传统文化的历史名城。当年湘潭有王闿运、胡沁园等高人传道授业才能成就齐白石。而我在二十世纪八十年代中期认识了周宗岱、黄苏民、何雷衡、涂道清诸师友，在他们身上感受到了院校里所没有的纯粹中华文化血脉的东西。自此，在我漫长的艺术生涯中，湘潭深厚的文化土壤滋养着我，湘潭的老一辈艺术家如刘续明、万智康等感染着我，而直接吸取传统文化养分——中国画的笔墨，便是受益于周宗岱老师。

记得二十世纪八十年代中期，寒暑假我必回湘潭探亲看望父母，那时我常生病也必回家乡休养。一回到湘潭就迫不急待地往周宗岱老师家里跑，从早上待到天黑，看他画画写字，还跟他学太极拳，吃他做的可口的饭菜。有一次我妈妈和我姐姐实在忍不住了，埋怨我说："勒子（小名胖子），你每一次回家在家里待不住，都很少跟父母兄弟姊妹聊聊家常、问问寒暖。"回想起来确是对不起自己的父母家人。但周宗岱老师的功夫学识和刻苦治学的精神深深地吸引着我。那段时光既是患难与共，也是幸福的。

周宗岱老师的笔墨到底厉害在哪里？笔墨不仅是写字画画的方法，更是靠功夫磨炼才能得来。有客问齐白石如何才能画好画，齐白石随即拿起毛笔，淡淡地说了一句："要拿得稳这支笔。"周宗岱老师有长期临帖习书的习惯。他从篆隶到行楷临遍百家，故他在画画时行笔稳健，圆厚凝重，浓墨不板，淡墨不薄，浑厚滋润，淋漓酣畅，直抒胸臆。笔墨者，如其学，如其人。周宗岱老师把他丰厚广博的文化艺术修养凝聚于笔端，来传达他的艺术观、人生观。中国画中的笔墨是应该蕴含着中国哲学、美学、文学、文字学诸多方面的国粹学问。故黄宾虹一生不遗余力地精研笔墨，并这样评价笔墨与绘画的关系："笔墨精神千古不变，章法面目刻刻翻新。""有了好的笔墨，不是大家至少也是名家。"

周宗岱老师深谙笔墨之道，一生无一刻放松对笔墨的研究和磨炼。技近乎道，且此技并非匠人之技，可直通于学养、人格、情感，乃至哲学大道。

2017 年 9 月 18 日于北京上苑村

读《周宗岱写意花鸟》

蔡德林

《周宗岱写意花鸟》作为当代著名画家技法经典丛书出版发行了。这是宗岱先生在艺苑辛勤耕耘，精心培育起来的一束灿烂的鲜花，特别美，特别引人注目，我为之高兴，为之喝彩。

翻开画册，不用细看，就明显地感到周先生的写意花鸟极有新意。在他的画里看不到陈规套路，也看不到时人的纤弱媚俗习气，它给人一种极强的艺术感染力，一种特有的艺术享受。

有些出版的写意花鸟画，乍一看似有气势，水晕墨染，但细看不行，多看两遍，就觉乏味了，不耐看，没有值得观者玩味的地方。而宗岱先生的画不然，第一眼就被它所打动，有吸引力，再细看会越看越有味，玩味无穷，久看不厌，这就是它的不同凡响、高人之处了。

宗岱的写意花鸟和老辈的大家们一样，有传统，有规矩，有深厚的笔墨功底。但他没有被陈规旧习套住，而是在深入研习传统的基础上敢于创新，敢在颜色上做文章。有的画家为追求文人画的“雅”而故意不用色，只用水墨，以为老百姓不喜欢色彩画。国画界也有过不少人想在颜色上创新，在生宣纸上搬用画水粉的一套方法作画，结果画出的东西“非驴非马”。这种尝试固然可贵，但总不能被人们所首肯。周先生的写意花鸟却是另辟蹊径，讲究用笔用墨，同时又讲究用笔用色，用传统的书法线条去画颜色。他的画用墨处见笔，用色处同样见笔，说白了就是他抓住了传统中用线造型这个根本。观其画中的用色，既有传统、有法度，又很新颖。如画册《五月》《山行》《篱菊之三》《小宝贝之一》的用色所画的部分就是最好的例证。另外周先生还将西画中的色彩学规律大胆地运用于写意花鸟，讲究色与色和色与墨的对比，注重色调的处理。他笔下的花鸟画颜色对比强烈，而且每张画又有个统一的颜色调子，给人以和谐统一的美感。画册中《路边记趣之一》《路边记趣之二》《早秋之一》《红宝石》《山花烂漫》等便是，这是周先生国画创新的一个成果。

宗岱先生写意花鸟，采用大写意手法，画得很大气。他不刻意去求形似，只画对象给予的一种感觉。这样，画家就去掉了“形”的束缚和限制，尽力调动笔墨技巧去表现对象的“神”与画家的“意”，同时也给观众留下足够的想象空间，使画的意境由画家和观者共同创造，共同来完成。宗岱所画对象用笔极简练，几幅菊花，几乎看不出菊叶的纹理与结构，花也是用清晰可数的几根有书味的线条传达出菊花的大概面貌，整幅画只是些有干湿变化的墨块与枝干有味的组合。《麓山红叶》的红叶也没有明确的结构与纹理，树的枝干形态也未明确交待，枝与叶构成一个有意味的“外形”，画面主要靠笔、墨、色彩的共同组合，施以枯笔渴墨，对外形作些调整，它给人以无限联想空间，画面极为生动绚丽。

周宗岱先生是个资深学富的画家，画如其人。他的画极具个性，极有新意。他又是位杰出的书画理论家，善于思考，在美学理论上有独特见解。他在画册《砚边随笔》中提出关于中国画款识的观点，令人深受启发。

中国元明以来，文人画的诗书画印融为一体，似已成为中国画定式，大家都习惯这么看这么做。有些画家因为画上不能写上“文雅”的款识而遗憾。对这个问题，周先生认为诗书画印结为一体的绝妙的文人画，是艺坛极美的一枝花，然而它也仅仅是其中一枝而已，不要成为定式，不能让它妨碍画幅的整体与多样化。造型、色彩、笔墨是绘画的本体，是绘画独有的价值所在，诗文直接进入，有引导观者之功，也有限制观者想象之弊，更重要的是诗文款识极大地制约了绘画的构图布局。若色彩、线条、形象占满了画面，其视觉冲击力要大些。有的作品因为款识不当而使画作逊色。周先生是这样认识的，在创作中也是这样做的。在他的画作里看不到大片的款识，每幅画只根据构图需要，画龙点睛似的写上少许的文字，或是签名，或是在签名之上加个作画年号，让幅面主要由画去占领。他的画作中绝无那种画蛇添足的款识。画册中的《傲雪之一》就只用“宗岱”两字。这两个浓黑的字，简直就是雪地上残存的小草，且使杂草有浓淡层次变化，与主体形成重墨呼应。在《五月》中署上“辛巳宗岱”，四字写在右上边的淡墨叶片上，使画面取得与左下方主体的平衡。《篆意》《暮春三月之二》《暮春三月之三》就无需写字了，只盖上两枚印章来丰富画面。《山茶》就是沿着画幅右边写上一行行气贯通的长款，它就如一枝直立的茶树干，且与其他枝干形成疏密有致的变化，不可多，也不可少，恰到妙处！

《周宗岱写意花鸟》是一本兼绘画技法、绘画理论于一身的好书，是一本极好的写意花鸟画学习范本和教材。它的问世，大有益于美术爱好者的学习与提高。

祝宗岱先生在今后的艺术道路上不断超越自我，取得更辉煌的成就！

2015 年 5 月于长沙

彰显个性　特立独行

——品读周宗岱及其中国画

曾景祥

周宗岱先生读书、画画、写文章、做学问，六十余年顽强坚守，不改初衷；周宗岱先生的中国画作品，风格突出，鹤立鸡群，气象万千，动人心魄。本文试就周先生和他的中国画作品谈谈自己的学习心得，以求教于周先生，也与同道交流。

构图，中国画里称章法、经营位置等，即是指画面的布局——平面布局、立体布局、色彩布局。它是造势造境的手段，它是招蜂引蝶的身姿，它是勾魂摄魄的力量，故历代的画家及美术理论家都十分重视。南朝谢赫的六法论之一就是“经营位置是也”①。明代李日华说：“大都画法，以布置气象为第一。”② 现代王树林《民间画诀选集·章法》中讲：“展纸作画章法第一。位置经营如着围棋。下子格格皆可以落，格格可落切勿迷乱，素纸也可以处处落墨，切记不可胡乱抒笔，棋有棋路画有画理，一笔失当如棋败局。”③

周宗岱先生同样深谙此理，什么“起承开合，三段两叠”；什么“山显其高云烟断之，水显其阔以白示之”；什么“远取其势，近取其质”；什么“仰视高远，平视深远，俯视平远……”他都曾细察之，深研之，都曾有过长期且卓有成效的写生与创作实践。甚至西方画家达·芬奇梳理的焦点透视也曾运用到了他的作品里。在20世纪80、90年代的作品中，我们都能见其风貌。或突兀高耸，气势如虹；或叠嶂逶迤，连绵不断；或平远开阔，举目千里……

但是，这些都只是研究的过程、手段与阶段性成绩，并非是周先生的终极目标。认真学习和研究传统是为了传承传统进而突破传统；认真学习和研究戒律是为了驾驭戒律而不被戒律所束缚。他的终极目标意在塑造一个艺术上全新的、具有鲜明个性特征的“自我”。

---

① ［南朝］谢赫：《古画品录》，见潘运告主编《汉魏六朝书画论》，长沙：湖南美术出版社1997年第4版，第301页。

② ［明］李日华：《竹嫩画媵》，见周积寅编著《中国画论辑要》，南京：江苏美术出版社1985年版，第402页。

③ 王树林：《民间画诀选集·章法》，《美术》1961年第6期。

请看周先生1995年创作的《碧嶂千山》①。尽管山石、树木画法仍然很工，但从山顶的色彩来看，已经开始了大写意的尝试。势若风旋、立笔挥扫的几块大面积石绿色，占据了画面正中最显要的位置，其余细笔点染的树叶、浓墨勾勒加淡墨渲染的山石肌理，全都处于陪衬的地位，把一个充满生命活力的江南武陵春夏之交的景色呈现在观众面前，鲜明夺目。画面大与小、写与工、强与弱、粗与细、急与缓、空与满、隐与显、虚与实的矛盾组合，匠心独运，娴熟而合理。

再看周先生2007年创作的《恣笔纵横图》②。245厘米×124厘米，八尺宣纸，幅面已经很大了。在这么大的画面上看不出画家是很细心地起了稿，倒是感觉到画家好像喝了点小酒，晕晕乎乎，半醉半醒，拿着画笔，任着性子，随意点染。层层叠叠的山石、密密麻麻的树木布满画面，没有太多的深度空间变化，整个章法全在平面调度中完成。一切都显得那样漫不经心、天马行空；一切都显得那样激情澎湃，落笔千钧。哪来那么多苦心经营？哪来那么多理性思考？有的全是实践经验与理性思维共同凝成的血液在作品中的自然流淌，有的全是恣笔纵横、气吞如虎的力量与气势。

那些写生的咫尺小品，周先生在谋篇布局上就更随性了。比如2013年作《小石山》③ 那些历经风雨、斑驳松弛的土石山，2014年作《旧游册之八》④ 中的岩石、风枝、晚归的牛群牧童，2013年作《湘山多情之三》⑤ 中长满灌木的小土山岗，2014年作《潇湘瑞雪之一》⑥ 中银装素裹的山峦、直插云天的石笋以及那历经风霜雨雪而傲然挺立的树枝等，都是些随手拈来却又浑然天成的作品。

至于花鸟画的章法，更是突破传统藩篱的。中国传统花鸟画，无论是长篇巨制，还是册页小品，都是清供、折枝、局部为多，还有些确也单摆浮搁，缺乏生气。周先生的花鸟画完全突破了这种格局。如2011年作《故里山花》⑦，2012年作《高秋艳色》⑧，2007年作《田家篱畔》⑨ 等作品，把花鸟画画进了大自然，空间广大，表现的是大气象、大境界。即便是2004年作盈尺小品（34厘米×34.5厘米）的《暮春三月》⑩，枯笔浓墨充斥画面，也同样让人感觉灵动通透，空间无

---

① 周宗岱：《周宗岱作品集》，长沙：湖南美术出版社2015年版，第56页。
② 周宗岱：《周宗岱作品集》，长沙：湖南美术出版社2015年版，第73页。
③ 周宗岱：《周宗岱作品集》，长沙：湖南美术出版社2015年版，第112页。
④ 周宗岱：《周宗岱作品集》，长沙：湖南美术出版社2015年版，第174页。
⑤ 周宗岱：《周宗岱写意小品》，北京工艺美术出版社2015年1月版。
⑥ 周宗岱：《周宗岱写意小品》，北京工艺美术出版社2015年1月版。
⑦ 周宗岱：《周宗岱作品集》，长沙：湖南美术出版社2015年版，第294页。
⑧ 周宗岱：《周宗岱作品集》，长沙：湖南美术出版社2015年版，第296页。
⑨ 周宗岱：《周宗岱作品集》，长沙：湖南美术出版社2015年版，第302页。
⑩ 周宗岱：《周宗岱作品集》，长沙：湖南美术出版社2015年版，第344页。

限。再如1992年作《奔雉》[1]，画面仅仅画了一只奔跑的鸟，舍弃了一切其他的细节，活泼可爱，疾步如飞，是在广阔的大自然中，绝非传统花鸟画里的富贵笼中金丝鸟。

中国画所称“笔墨”是传统中国画技法之精髓、之至要，是考量一个画家水平高低的标尺，也是形成画家绘画风格的重要因素。所以，唐代张彦远说：“夫物象必在于形似，形似须全其骨气，骨气形似皆本于立意而归于用笔，故工画者多善书。”[2] 唐代王维说：“夫画道之中，水墨最为上，肇自然之性，成造化之功。或咫尺之图，写千里之景。东南西北，宛尔目前；春夏秋冬，生于笔下。”[3] 山水花鸟，人世沧桑，全在这笔墨之中。

“笔墨”有两方面的内涵：一是笔墨表现物象的技法，二是笔墨所承载的画家的情感。

周宗岱先生对于笔墨的理解是透彻的，认识是深刻的。其中对于笔墨所承载的画家的情感这一点尤为敏感，特别向往且不遗余力去追求。科研重理，艺术重情，情是打动观众引起共鸣的重要要素。

周先生丙戌年作两段笔记值得我们注意：“崔子范极端强烈的色彩，无可再简又极浓重的笔墨尤抢眼之极。”[4] 他赞赏崔子范的笔墨，极为羡慕。又说：“对我来说，只有随心所欲，信笔画来，才是最愉快的作画过程。我从来不愿意按照写生稿和资料作画，也不肯打草稿，总是让孕育于心中的形象流出来。”[5] 他乐意的是自由自在、无拘无束的真性情，看重的是心中流淌出来的山形鸟影。

后来，于丁亥年初夏一个偶尔的发现，周先生又记了一段：“画夹子里，翻出来了这张小条幅，除山头几笔，房屋几笔，一切都是要像不像，用笔、用墨、用色都离开了具象。浓勾湿抹，恣无忌惮，勾了又擦，擦了又点，稀里糊涂，可那苍苍莽莽的味道就出来了。我弄不清楚这画当初是怎么画的，随手涂抹出来的东西罢了。能不能将这偶然发展成必然呢？弄出这么一种风格也好啊！”[6]

从自己的作品里发现了自我，周先生好激动。他喜欢这种真性情，决意要把这“偶然”发展成“必然”。

今天看来，周先生的艰辛努力，果然结出了丰硕之果。

---

① 周宗岱：《周宗岱作品集》，长沙：湖南美术出版社2015年版，第332页。

② ［唐］张彦远：《历代名画记》卷一《论画六法》，见何志明、潘运告编著《唐五代画论》，长沙：湖南美术出版社1997年4月版，第158页。

③ ［唐］王维：《山水诀》，见何志明、潘运告编著《唐五代画论》，长沙：湖南美术出版社1997年4月版，第116页。

④ 周宗岱：《画馀信笔》，2007年内部印刷本，第142页。

⑤ 周宗岱：《画馀信笔》，2007年内部印刷本，第146页。

⑥ 周宗岱：《画馀信笔》，2007年内部印刷本，第159页。

请看2013年作《着色山水》[①]，作品为62厘米×180厘米横幅，不算大也不算小。画里面那山石树木，那云雾溪流，那丰润的墨色，那情感气势，全在这漫不经心的皴擦点染中显现出来，让人感觉丰满透彻而又轻松愉悦。即便是同年所作《湘山苍苍》[②] 中表现江南疏松土质的反复点染、层次丰富的墨色，也都是轻身随意而为，没有半点的装腔作势、拖泥带水或者力不从心的霸蛮。

请再看2007年所作花鸟画《秋艳》（69厘米×69厘米）[③]。这是一曲用红、黄、蓝、黑编织的和声；是画家用牛打架一样使出的浑身力量猛擂出的笔墨痕迹所构成的极具视觉冲击力的图画。在这里，被描绘物象的客观真实性已不十分重要，重要的是笔墨所承载的那种勾魂摄魄的色彩与情感的力量。它迎面袭来，势不可挡，让你欲罢不能，躲闪不及。

这一类作品，在周先生的画集里为数不少，已经形成了他独具鲜明个性的风格，且越到后来越成熟。

当然，这随心所欲、信笔画来真还来得不容易。周先生走了一条纯正而艰难的路。在练了多年的基本功之后，于20世纪80年代后期开始画写意画，几年下来，画来画去，总是力不从心，深感基本功不够。于是从1992年至1999年，又回过头去画了七八年的工笔山水画，一头扎进传统里。宋代的巨然、范宽、苏轼；元代的黄、王、倪、吴四大家，钱选、柯思九；明代的文征明、徐渭、董其昌；清代的龚贤、八大山人、石涛；近现代的黄宾虹、齐白石、李可染，都曾是他认真学习研究的对象。

这一时期的作品，如1994年作山水画《层峦叠翠》[④]《秋山露气》[⑤]，1995年作《碧嶂千重》[⑥]，1998年作《丘陵无尽》[⑦]《岁月如流图卷》[⑧]，1992年作花鸟画《奔雉》[⑨]，1994年作《雪中奔雉》[⑩] 等，其谋篇布阵，皴擦点染，一招一式，均能找到或这或那的先贤们的影子。正是这七八年的回炉加温、千锤百炼，为后来发展自己独具个性的风格打下了坚实的基础。

中国画的用色受到传统哲学思想的支配。孔子讲："绘事后素。"[⑪] 以素喻礼，

---

① 周宗岱:《周宗岱作品集》，长沙：湖南美术出版社2015年版，第50页。
② 周宗岱:《周宗岱作品集》，长沙：湖南美术出版社2015年版，第52页。
③ 周宗岱:《周宗岱作品集》，长沙：湖南美术出版社2015年版，第306页。
④ 周宗岱:《周宗岱作品集》，长沙：湖南美术出版社2015年版，第59页。
⑤ 周宗岱:《周宗岱作品集》，长沙：湖南美术出版社2015年版，第61页。
⑥ 周宗岱:《周宗岱作品集》，长沙：湖南美术出版社2015年版，第57页。
⑦ 周宗岱:《周宗岱作品集》，长沙：湖南美术出版社2015年版，第65页。
⑧ 周宗岱:《周宗岱作品集》，长沙：湖南美术出版社2015年版，第116页。
⑨ 周宗岱:《周宗岱作品集》，长沙：湖南美术出版社2015年版，第333页。
⑩ 周宗岱:《周宗岱作品集》，长沙：湖南美术出版社2015年版，第335页。
⑪ 《论语·八佾》，太原：山西古籍出版社1999年版，第23页。

彩是在有布帛之后绘上去的，素在前，彩在后；素是仁，是根本；彩是仪，是表象。老子称："玄之又玄，众妙之门。"① 玄黑不仅是生出万物的本源，而且是包容万物的"总门"。《易经》中视日为阳是白，月为阴是黑，昼为阳是白，夜为阴是黑，把黑白上升到玄神的高度。在这里，先贤们尽管赋予黑白以不同内涵，但都强调黑与白的特殊地位。

于是就有了唐代张彦远所说的："草木敷荣，不待丹碌之采；云雪飘扬，不待铅粉而白；山不待空青而翠，凤不待五色而綷。是故运墨而五色俱，谓之得意。"② 于是便有了唐代王维所说的："夫画道之中，水墨最为上，肇自然之性，成造化之功。"③ 于是便有了唐代吴道子"于焦墨痕中略施微染"得吴家样，有了宋代李公麟"扫除粉黛、淡毫轻墨"的白描，有了宋代梁楷的泼墨仙人……

重墨而轻色，在这里不仅是技法上的讲究，更是思想与艺术境界的追求。尤其是文人画兴起之后，山水的四时之气、花鸟的喜怒哀乐、人物的悲欢离合全在这墨色的浓淡枯润之中。对色彩则采取了轻视、无视，甚至抛弃的态度。

周先生同样继承了这一传统理念。比如《周宗岱写意小品》中的全部16幅作品，均是于焦墨痕中略施微彩或全不敷色的作品，给人以单纯、清爽、淡雅、圣洁的感觉。《周宗岱作品集》中所载《山里人家》《山沟沟》，以及长卷《湘山情意图卷》等大部分作品都属于这种类型。

然而，周先生并不满足如此，他曾对我说："齐白石先生那些浓妆艳抹的鸡冠花、牡丹花、菊花、枫叶、寿桃甚至小官吏身上的大红袍，色彩浓烈、用笔激昂、气势张扬，在当时的展览会里是绝对抢眼的，视觉冲击力极强。即便放到现在的展览会里也毫不逊色。"他又对我说："我们曾经学过油画，研究过色彩，这是我们的长处，我们要把这些经验和知识很好地融入中国画中来。"

他是这么想的，这么说的，也是踏踏实实、扎扎实实这么做的。比如《春意》④ 是幅横卷，在长180厘米、高45厘米的画幅里展开色彩布局，近处是两组大红色杜鹃花，有的怒放，有的含苞；远处是隐约可见的黄色山花；然后是浓墨或螺青点叶。花的造型具体、写实，用色饱和浓烈；叶是轻松随意的点染，与红花形成了强烈的进退与虚实的对比，画面鲜明响亮而又和谐统一。

又如《菊影》⑤，其手法比起《春意》来更为大胆、泼辣，主体菊花的叶用

---

① 《老子·道经》，太原：山西古籍出版社1999年版，第3页。

② ［唐］张彦远：《历代名画记》，见何志明、潘运告编著《唐五代画论》，长沙：湖南美术出版社1994年版，第177页。

③ ［唐］王维：《山水诀》，见何志明、潘运告编著《唐五代画论》，长沙：湖南美术出版社1994年版，第177页。

④ 周宗岱：《周宗岱作品集》，长沙：湖南美术出版社2015年版，第288页。

⑤ 周宗岱：《周宗岱作品集》，长沙：湖南美术出版社2015年版，第310页。

浓墨枯笔画出，施以少许花青；花用浓墨枯笔勾勒，再施以明度很高的藤黄；背景以大面积硃磦为主的红色衬托，且近乎平涂。全画急驰挥洒，一气呵成。聚散、大小、枯润、冷暖，对比鲜明，视觉冲击力极强。

再如《藩篱》①，尽管没使用大面积重彩，只敷了少许石绿、藤黄与花青，但因其注重了黑白的对比，再加上用笔的“拙”与“猛”，给人以震撼，其视觉冲击力依然很大。同时，这大面积的黑色之上的一点绿之效果与“万绿丛中一点红”的道理一样，显得十分地鲜亮醒目。

周先生的这种尝试，也见之于他的山水画。比如《碧嶂千重》②《层峦叠嶂》③ 均用了大面积的石绿。同时，从画面上看得出来，在敷色时，画家是激情澎湃，猛力横扫的。在通常情况下，这种无拘无束，看似不加思索的挥洒，又是大面积石色，是容易火，容易俗，甚至还容易脏的。但因其猛力横扫基于深思熟虑的预谋，又使用了浓墨勾勒点染树石，便将这火与俗重重地压下去了，呈现在观众面前的是张力无比、苍翠欲滴的江南春夏景色。

纵观古今中国画坛，如此激情澎湃、如此墨色淋漓、如此色彩浓烈的作品实不多见，难怪美术理论界泰斗薛永年先生评价道：“他的开拓创新，在于推出了富于当代审美经验的新风貌，最主要的特点是浓墨重彩，饱满恣肆。”④

题款是中国画的传统，也是中国画的特色。就题款的内容而言，或论述画家作画时的心情与心得，或说明技法上的师从关系，或记录描绘对象的基本情况，或为师友、藏家的题跋，或是画家自己的诗文等，广泛而丰富。

题款的作用和意义大抵有三：第一，丰富精神内涵，提升画面境界。如郑板桥的《衙斋听竹》⑤ 题了一首诗：“衙斋卧听萧萧竹，疑似民间疾苦声。些小吾曹州县吏，一枝一叶总关情。”把关心民间疾苦的思想、情感表现得淋漓尽致。这一题款，大大提升了作品的人文内涵与精神品质。我敢说，这幅画是奠定郑板桥在美术史上地位的重要因素之一。第二，题款是中国画构图的一个重要组成部分。比如齐白石的《清白传家图》⑥，几棵大白菜呈散点式分布于画面各部位，就靠右边题的两行字，把画面各部分串连起来了，使得整个画面整体、集中而饱满。第三，诗书画结合，使画面更显立体、丰满、厚实而文气。如石涛的《淮阳

① 周宗岱：《周宗岱作品集》，长沙：湖南美术出版社 2015 年版，第 314 页。

② 周宗岱：《周宗岱作品集》，长沙：湖南美术出版社 2015 年版，第 56 页。

③ 周宗岱：《周宗岱作品集》，长沙：湖南美术出版社 2015 年版，第 58 页。

④ 薛永平：《深思艺妙的奇才——周宗岱的中国画》，载《周宗岱作品集》，长沙：湖南美术出版社 2015 年版，第 1 页。

⑤ 天津人民美术出版社编：《中国历代梅兰竹菊精品集》，天津：天津人民美术出版社 1998 年版，第 288 图。

⑥ 邹文主编：《中国艺术全鉴》，人民美术出版社 2000 年版，“中国绘画”之第 386 图。

洁秋图轴》[1] 就题了洋洋洒洒近700字的长款，书、文、画之间透露出一种浓厚的书卷气。

如此看来，题款是十分重要的了。

然而，不同的人却有不同的观点。

七年前，我去北京拜访鲁迅文学院原副院长周艾若先生。聊艺时，他就对题款有着不同的看法：题款有时候未必是一件好事，你把诗、文一题，就把观众的思绪牵制在你的思维里，不利于观众思维的发挥，不利于观众的再创造，艺术作品所需的最佳状态应是一百个观众就有一百个哈姆雷特。

无独有偶，周宗岱先生也持有同样的观点，尽管他也知道："画不题字，文人不好拿来做文章，这样的画，被文人提到的时候当然就少了。"[2] 但是，他仍然坚持："画不题字，它表达了什么？观者，你自己去看吧！那些点、线与墨色的韵味，那些造型、构图、色彩自会传达一些什么，它们才是你的欣赏对象。"[3]

客观地说，凭周先生的修养、学识与才情，要写几个文采飞扬的句子题在画面上，并不是件难事。就在昨天，周先生从微信里发来几幅近作，其中有一幅白梅扇面，出枝舒展飘逸，勾梅信手拈来，题了一首五言绝句："吾家藩落畔，矮矮七株梅。耀日如珠玉，春风约莫归。"有感而发，情景交融，浮想联翩。周先生精文，也是善诗的。可他偏偏没刻意去做——尽管他也没有绝对地排斥。这应该是学术观点使然。他认为：艺术尚本色，绘画的本色是绘画性而非文学性，于是他选择了强调绘画性。

笔者查阅了周先生的《周宗岱作品集》和《周宗岱写意小品》。以题款20字以上为长款，8—20字之间为短款，8字以下为穷款的标准作了统计：《周宗岱作品集》共收录作品212幅，其中长款41幅，占19.4%；短款103幅，占48.6%；穷款68幅，占32%。短款与穷款加起来占整个画册画幅数量的80%以上。《周宗岱写意小品》所收录的16幅作品全部是穷款。

这里，周先生给自己出了个难题。他着意要让"那些点、线与墨色的韵味，那些造型、构图、色彩自会传达一些什么"，让修养、学识、才情之血液自然流淌在自己的绘画作品里，使其骨架硬朗、血肉丰盈。

《丘陵无尽》[4] 中土质的疏松、肥沃，《峨眉山金顶》[5] 中悬崖的陡峭、嶙峋，

---

① 邹文主编：《中国艺术全鉴》，人民美术出版社2000年版，"中国绘画"之第235图。

② 周宗岱：《画馀信笔》，2007年内部印刷本，第160页。

③ 周宗岱：《画馀信笔》，2007年内部印刷本，第161页。

④ 周宗岱：《周宗岱作品集》，长沙：湖南美术出版社2015年版，第64页。

⑤ 周宗岱：《周宗岱作品集》，长沙：湖南美术出版社2015年版，第104页。

《大壑幽幽》[1] 中江南春色的繁茂、苍翠，《岁月如流图卷》[2] 中山势的逶迤、磅礴，《瑞雪册》[3] 中冰封雪地的澹冶、苍茫，《暗香疏影》[4] 中树干的老辣、苍虬……全凭绘画本身便具有了明确而强烈的审美指向，同时也给了观画者广阔的想象空间。

周先生成功了。他的成功因素很多，笔者以为主要有三。

勤奋钻研。勤奋是一种事业的态度，钻研是一种学术精神。勤奋不能是一种短期行为，是几十年甚至是一辈子的坚守与努力。周先生就是这样，至少说，从上师范开始，他就立志于绘事，至今 60 年初衷不改。年轻时被打成右派，还曾以反革命罪下狱，过了 20 余年饿其体肤、劳其筋骨、伤其心灵的日子。但是，即便在这样的境况下，周先生也没有放弃画画。为着生计去乡游，还选择了画像的方法与手段糊口养家。现今 80 岁了，仍然天天作画、看书、写文章，还经常邀着一帮青年朋友外出采风写生。

周先生钻研的劲头很少有人可比。为了写好《美辨——客观论美学观的终结》一文，花了三年时间去学习研究哲学。为了探索怀素"颠狂"之究竟，他去翻阅古药书《黄帝内经》《千金翼方》《备急千金要方》和现代的《简明中医辞典》《实用中医的内科学》，三番五次去请教著名老中医。20 世纪 80 年代末，开始画写意画，画来画去深感力不从心。于 1992 年开始，又回过头去画了七八年的工笔山水画。恭恭敬敬、老老实实地从一笔一画开始练基本功。

周先生的从艺经历，再一次说明了一个道理：在艺术的道路上，绝无随手可摘的果实，只有勤奋坚守、不畏艰难的人，才有可能达到成功的顶点。

读书思辨。中国画是技术、是艺术、是文化。说它是技术，因为作品打动观众的首先是画面效果，这效果取决于画家的造型基础、绘画技巧以及驾驭画面全局的能力；说它是艺术，因为它是精神劳动，是艺术创造，是画家思想、情感、意念的物化；说它是文化，因为它是人之精神品质的载体、文化的载体。作品中如若没有文化内涵，缺乏精神品质，这作品就苍白无力。这是中国画艺术的三个层面，也反映了中国画艺术技进于道的过程。一个中国画艺术大家，其目标不能仅仅只停留在技术层面，也不能只停留在艺术层面，应该直指文化这个"道"的高峰。中国绘画史上，哪个留下名来的画家不是才高八斗、学贯古今？又有哪一幅作品不是满载着画家的学养、品德与才情世代相传？

周宗岱先生的目标极高，下的力气也极大。他是个画家，但在他已走过的 60

---

① 周宗岱：《周宗岱作品集》，长沙：湖南美术出版社 2015 年版，第 40 页。

② 周宗岱：《周宗岱作品集》，长沙：湖南美术出版社 2015 年版，第 116 页。

③ 周宗岱：《周宗岱作品集》，长沙：湖南美术出版社 2015 年版，第 253—267 页。

④ 周宗岱：《周宗岱作品集》，长沙：湖南美术出版社 2015 年版，第 240—251 页。

余年从艺经历中，至少有一半以上的时间在读书、写文章、做学问。他勤于读书、善于思辨。一本20万字的美学著作《美辨》，以鲜明的观点、独特的视角、雄辩的事实、严密的逻辑性和透彻的说理征服了行内的专家，也赢得了大批后学的崇拜与景仰，奠定了作为一个美学理论家与学者的地位。他总能观其象穷其理，看人看事看物看世界，谈天谈地谈艺谈人生，乐此不疲。点点滴滴记录下来，汇集成洋洋洒洒27万多字的《画馀信笔》，从小事中引发宏论，从平常中揭发高深，才情并茂，文采飞扬，是个真才子。先天的禀赋与后天的努力，打下了他作为一个画家，一个大画家所需的扎实的美学与文学基础。

率真随性。真善美，“真”为第一，“真”是前提，无真也就没法谈善和美。周先生是个很率真的人，做人真、做事真、处世真，无虚假、无伪善、无城府。在他的作品里反映出来的都是这种品格与风貌，倾泻的都是真情实感，绝无遮遮掩掩、装腔作势和无病呻吟。

性格是体现画家个性，形成绘画风格的重要因素。美术作品就是要张扬个性，如若每个画家都能把自己的个性充分体现在自己的作品里，那么，绘画风格必然会异彩纷呈、丰富多样。遗憾的是，我们的许多画家，或因为没有认识，或因为名利的驱使，他们轻视、无视，甚至抛弃了自己的宝贵个性，盲目跟风。谁的作品获了奖，谁的作品卖了钱，就跟谁跑，完全没有了自己的风貌。周先生截然不同。他重视个性、放纵个性，极力在自己的作品里张扬自己的个性。他外向，他奔放，他豪爽，他雄劲，他干事风风火火，他挥笔力大如牛。这些性格融进画面里，就形成了雄强苍古、气势恢宏的风格。所以，周先生的画，不是宫廷里的轻歌曼舞，不是婉约缠绵的田园小曲，而是鼓钹锣钟重锤猛击下发出的虎啸龙吟。山水画如此，花鸟画亦如此。

周先生在绘画艺术的道路上，勇敢、顽强地坚守了60余年，以他的真才子加真性情铸就了他今日的辉煌。我们为他高兴、为他喝彩、为他点赞！

当然，事情至此并没有完。周先生如今身板硬朗，精神焕发，豪情满怀。好戏刚刚进入热点，还有许许多多的好节目在后头。我们以渴望的心情期待他的下个节目、下下个节目……

2017年9月28日于读月楼

宗岱先生的画

聂鑫森

周宗岱这个很有气势的名字，大概来自杜甫“岱宗夫如何”的诗句。岱宗，是指泰山，倒过来为“宗岱”，可否解释为对于名山大壑的师法与崇仰？似乎他的先辈有某种预兆，他将来会成为一个以画山水为主的丹青手。

他果然成为了一个画家。

他 1937 年生于长沙，毕业于湖南第一师范。1958 年在湖南省文艺干校美术班被错划为右派。此后又有不公正的牢狱之灾。出狱后颠沛流离二十余载，为糊口忙碌，但他并未沉沦，在极艰苦的条件下，矻矻于绘事，并致力读书，拜访名师，因此学养日丰。粉碎“四人帮”后，平反昭雪，他担任过湘潭市文化局副局长、湘潭市文联副主席。而这些对他来说，并不重要。他告诉我，最大的喜悦是可以明目张胆地画画和写文章了。寻山访水，时可徜徉于大自然的怀抱之中；晓窗闻鸟，泼墨施丹于素幅之上。在美术界，能画能写的并不多，宗岱先生便是此中一员。前年其由美术出版社出版的理论著作《美辨》，便是一证。

因我常回湘潭探望老母，且我家与宗岱先生家相距不远，便可得以叩访其门。他家四壁字画，案头摆满各种画具，退休后的日子全部交付给了他痴迷的事业。他是个非常看重传统的人，对于丹青巨擘的作品，反复研读，认真临写，下过很扎实的功夫。同时又注重师法自然，面对真山真水，细细体味，忘其归路。我观赏过他在西北地区的写生稿，那是一幅幅精美的小品山水，不独形似，而且融入了他创作时的激情与联想，完全是一种“创作”的构制。在这样厚实的基础上，他的创作往往得心应手，既有传统，又有创新，融北派山水和南派山水妙处于一炉，苍茫遒劲而又朴茂滋润，耐看耐品。我看过他的《岁月如流》山水长卷，布局上大开大合，气韵贯通，而细部往往妙笔生花，意趣盎然，让人流连不已。这些年来，他的山水画多次入选省展，并在日本成功举办个展。

宗岱先生虽以画山水为主，但他的花鸟画亦有妙处。特别是他的花鸟小品，造型简洁生动，墨色俱佳，而且有一种绵远的意趣，为人称道。

坎坷的生活，对于一个艺术家来说并非坏事，那种苦难感和寂寞感一旦融入作品，往往升华为一种精神、一种境界。这是我很欣赏他的画的缘由。

宗岱先生将在省城举办画展，相信会有更多的人喜欢他的画。

浑厚华滋孕生机

——读周宗岱先生的画

叶　梦

喜欢宗岱先生画的花鸟，画面的强烈色彩，有区别于传统中国画的构图，植物浓墨重彩，动物鲜活灵动。

《春意正浓》是一幅小斗方，一枝盛开的桃花枝探向池塘，几只毛茸茸的小鸭子姿态各异地在水中嬉戏，春江水暖鸭先知，无边的春意在这样一方寸之地蔓延。看到这幅画，想起宗岱先生笔下的小鸭子哩哩。童心未泯的宗岱先生写有一组关于小动物的随笔，倾注浓厚的感情，生动极了。看到宗岱先生与各种小动物的亲密接触的照片，再来看宗岱先生的花鸟画，不难理解，他笔下的小动物为何都是水灵灵的呼之欲出。

《鸢尾花》是难得的佳作。相对宗岱先生的许多大幅精品山水画来说，《鸢尾花》只是一个斗方小品，但是看一眼就忘不了。画面没有背景铺垫点缀，紫蓝色的花就那么两三枝，温润地在宣纸上绽放，就像遗世独立于万丈红尘之外的梦境碎片。花端的色彩很奇特，浓淡晕染得力于天成，蓝色紫色红色浑然一体。此花只有天上有，人间难得见一枝。

《雄冠》画的是一只雄鸡，不拘雄鸡的形状，而是意写。也许宗岱先生落笔的时候并没有想到要画一只鸡的，或许是试纸，或许是准备画一丛树的，末了，也许先生玩性大发，在不拘形的墨团上画上鸡冠，添上脚，成了！别具一格的雄鸡就要开唱了！几笔树冠般写意的墨迹大致代表羽翼，一双刚劲有力的爪子，特别神气的是鸡冠，侧过头来的那一瞥，端的是傲慢神情霸气十足啊！

《松鼠》我也特别喜欢，这幅图中机警的松鼠，仿佛在飞快地逃窜途中。没有题款，只按了名章。

《花鸟 081》画的是栖息于雪中梅枝的一只麻雀，背对画面的它，漫天大雪中的它凄惶地回首一瞥，与我的目光对接，我感觉到旷古的寒意。人类的孤独感往往从别的动物眼睛里才会看到。

梅花是宗岱先生最喜欢画的题材，彩梅墨梅均有佳作。曾经请周宗岱先生画自画像，先生画一幅梅花来了，梅花是宗岱先生的精神的象征，他与梅花融为一体。我最喜欢宗岱先生笔下的墨梅。

宗岱先生的花鸟均系写意，笔墨润泽鲜活，构图看不出有似曾相识的感觉，完全是偶尔的灵感发作所为。有的构图非常现代，笔墨无法重复。作为一个艺术家能够收获这样的作品，一定是上苍在某个时刻的神奇降临。

记得第一次见到周宗岱先生是在几年前的一次美术活动中，宗岱先生穿过邻座来与我打招呼。我没有想到学养丰厚的长者如此谦和。宗岱先生说起专栏“百漫图”写的某个人物，忍不住笑出声来，直夸我写得好。当年，宗岱先生也在《三湘都市报》开专栏，原来他都仔细看了我的文章。顿时感觉宗岱先生的气场以及超能的亲和力。有本事有学问而不摆格的人，让我佩服敬重。

我想起了宗岱先生的随笔，以及他笔下的各式各样的小动物。这些随笔，有的我还读了两遍，越读越有味。宗岱先生与小动物之间的那种感情，小鸭子哩哩、小狗懵懵……篇篇感人。

宗岱先生写小鸭子：“小鸭哩哩的伴儿没了！它害怕孤独，一不见我，就叫得揪心。只要偎依在我脚边，便心满意足。我喜欢它，逗逗它，时常乐得心绽开了花。”我在宗岱先生的博客里还看到先生与各种动物亲密相处的合影。宗岱先生亲自打理他们家的小小花圃。画家笔下的花鸟，原来都是有蓝本的。宗岱先生与小动物之间的感情浓黏，观察细腻，付之笔端幽默又有感情。

难得的是宗岱先生作为理论家、艺术家，笔墨才情用到文字上，倾泻到小动物身上，立刻见到了功夫。其实，这就是艺术家仁慈的力量。

精神的强大与内心的仁厚温软，加上学养扎实，宗岱在行文或者讲学的时候，喜欢用很生动的湘潭口语。他的文章不拿架势，说话也不喜欢端着。和那些端着架势做文章、动不动掉书袋的学者一比，宗岱先生就可爱多了。

一个有创造力的艺术家，多半有童心；一个真正有学养的人，不喜掉书袋；一个气质品格高的人，胸襟是宽厚的。

宗岱先生的山水作品各个时期都有佳作，后期有自己的笔墨语言，别开生面。最喜欢宗岱先生的雪景山水小品系列。这些画很简练，笔墨不多，长于营造意境，耐寻味，格调高雅，看去全是寂然的静谧。脱俗笔墨，与他画的雪梅相呼应。我还喜欢的是他的山水写生小稿，尺幅不大，特别耐看，每一幅写生稿其实都是好作品。这些功夫的修炼不是一日之功，也不全靠写生练习，没有高的格调和全面的艺术修养，画三辈子写生也是空的。功夫在画外，应该是常年的全面艺术修炼所得。

宗岱先生的作品不论是花鸟还是山水，都焕发一种生机，笔墨与个人的精神世界接轨，泄露的是精神底色。

2015 年 8 月在谭国斌当代艺术馆周宗岱先生举办了个人展览，作品丰富，让人耳目一新。山水画已经逐步转型，从加法到减法，从具象的描绘到概括的写意。花鸟画色彩纷呈，格局已经打开，宗岱先生一步一步走向自由之境。

宗岱先生近年之变，让我想到黄宾虹晚年的突变与齐白石的“衰年变法”。按照前两位艺术先贤的编年史，周宗岱先生历程与其暗合。

近年宗岱先生仿若小宇宙爆发，能量的准备积累花了六十年的功夫。展览作品都被收入厚如砖块的《宗岱》画册，我一个人拎起来都有点吃力。

这是宗岱先生作品规模最大的一次展示，谭国斌馆长的眼力与行动力又一次让我佩服。

老梅应季发新枝，浑厚华滋孕生机。年近八旬的宗岱先生像是一株生机盎然的老梅。

他艺术生命的全盛年代可以说才启幕，为此，他准备了一个甲子。

2016 年 8 月 27 日于深圳

周宗岱艺术符号的心理学阐释

黎　青　左迎颖

周宗岱先生余认识已久。然，惭愧的是：我对他的认识和认知如同“漂亮与美”的基本判断一样，完全是两个不同的概念。此次受约撰写文章，才得以真正认知这位老先生。诗、书、画、印，周先生无所不能，尤擅画。这令我立刻联想到达·芬奇、毕加索等多能多产的文艺全才。尤其令人称奇的是：当今艺术家，做理论的基本不画画，画画的基本上不会深入且系统地展开理论学习和理论研究，周先生则又是个特例。

诚然，研读过艺术史的人都不难发现，艺术家总是善意的谎言家。当别人需要艺术家做自己的作品解读乃至内心解读之时，他们总会说一些言不由衷、南辕北辙的话（谈论自己的文化立场和文化价值判断除外）。这并不是艺术家善于说谎，而是更善于在自己的作品中进行经验性的、隐喻性的自我表达，一旦需要将此转化成语言或者文字的时候，总觉得“文字、语言”已变成艺术表现的坟墓。有时候，这种解读工作也许由“外人”“旁观者”来做可能会更合适一些。

美国著名中国艺术研究家——高居翰曾开宗明义地直接阐明：“中国绘画史研究必须以视觉方法为中心。”① 书法美学家叶秀山亦指出：“美学家对一个作品的研究和理解常常可以有两个侧重的方面：一个是侧重于心理方面，叫做审美心理学，一个是侧重于社会方面，叫做审美社会学，这是目前美学研究的两个大的方面。”② 个人也希望从周先生的艺术符号之中，展开艺术图形与心理学的关联性探讨。

一、“计白当黑”与“计黑当白”的双重隐喻表达

“一种文化的最基本价值，将与此文化中的最基本概念的隐喻结构紧密关联。”③ 中外艺术的最具价值部分，就在于隐喻性和隐喻的表达构建，周老的作品

---

① ［美］高居翰：《气势撼人：十七世纪中国绘画中的自然与风格》，李佩桦译，北京：三联书店2009年版，第8页。

② 叶秀山：《书法美学引论》，北京：宝文堂书店1991年版，第11页。

③ 方芳、戚涛：《“道”之隐喻与隐喻之“道”——〈道德经〉隐喻机制解读》，《学术界》2016年第7期。

中的隐喻性结构相当分明。

通常而言，作为个体艺术价值判断下的审美追求，艺术风格图式和艺术面貌在短时间内很难变化。黄宾虹一辈子都在追求“大象”中的“宏伟”与“雄浑”，在追求模糊、粗糙中的“大道气象”，在“返虚、入浑”中追求天地之大美。基于对黄宾虹积墨山水艺术风格的喜爱，周先生在艺术上得到了某种艺术风格的自我认同：“四王技巧娴熟，何尝不是最求宏伟，只因为画得太清晰，那气势便大不了。”“黄宾虹真实自觉地将这些抽象因素予以巧妙的、大量的运用，才由前期的‘白宾虹’时期，转入了‘黑宾虹’时期。”① 其实同时，周先生还将对于大气与雄浑的追求，展开了“白宗岱”时期的尝试。如果说黄宾虹是“由白转黑”，那么周先生的作品更可谓是“白宗岱与黑宗岱并行”。周先生尤喜用云母宣这类熟纸画山水，笔力苍劲、画风朴素、格调高雅，属于国画中的“灰调子”，别具一格。

值得重点提出的是，通常而言，艺术家的风格变化，都属于阶段性的线性转变。梵高由单色写实时期转向纯色表现时期，毕加索从“蓝色时期”“粉红色时期”、盛年的“黑人时期”最后转向“分析和综合立体主义时期”，无不都属于线性转变，即后一个时期是对前期艺术风格的自我否定与自我更新。从艺术表现而言，“计白当黑”与“计黑当白”是两极化的矛盾体，通常无人会同时追求这两种极致的艺术效果，然周老师却偏要如此干，并且都干得不错。笔者思量这个问题时，总希望能找到一个艺术家本人并不能清晰回答的答案。个人认为，这也许是周先生希望借由浓重、自由、粗糙的积墨山水去抒发自己对于社会现实的隐喻性表达，这是一种批判性的内心呐喊。同时，他又时刻不忘追求“文人士大夫”诗意栖居的精神，以一种归隐的心态进行隐喻式自我安慰和自我文化身份认同。

二、否定之否定的力学建构

周先生认为：“否定之否定是事物发展的普遍规律……每一次否定，是发展，是飞跃，但都继承了前段的积极因素，因而并不是从零开始，艺术的发展是扬弃，是螺旋式上升。”② 艺术风格的形成，显然也离不开艺术家一次次的自我否定和有选择的历史性继承。既然又要继承传统，同时还要不断开展否定之否定的艺术创新，那么这个过程的痛苦性是可想而知的。可喜的是，周先生不但精于国画山水，还在书法、篆刻方面开展过系统的理论研究和实践创新，这种多元化艺术

① 周宗岱：《美辨》，长沙：湖南美术出版社 1998 年版，第 1 页。

② 周宗岱：《美辨》，长沙：湖南美术出版社 1998 年版，第 1 页。

的源泉，给周老师的花鸟画带来了革命性的艺术突破。

在仔细研读其诸多的花鸟作品后，我们会发现许多书法和篆刻所产生的影响。具体体现为：满构图、几何化平面构成、金石味道的线条。

一般山水画讲究"计白当黑"，但花鸟画画得过于满则易产生"不透气""闷""少灵动"的弊端，但周先生则能在酣畅淋漓的满构图下做到"气韵生动"。

构成意识的提法源于西方，中国人讲究"经营位置"，两者有相似之处，但又非完全雷同。西方人的构成更趋于理性的逻辑表达和数理推演，而中国人的"经营位置"则更加贴近现实客观的个体表达，直抒意境。周先生则在东、西方艺术元素构成方面拿捏得非常好，尤其是其将西方的几何构成意识、书法的章法、篆刻的金石笔意以及篆刻在方寸间所追求的"包罗万象""鬼斧神工"的独特审美，一并融入其花鸟构图中，痛快得很。

阿恩海姆认为："一切知觉对象都应该被看作是一种力的结构。"① 这里尤其不得不谈的是"大型十字交叉线条"的运用。在周老师的《篆意》(2001)、《篱畔》(2001)、《篱菊—1》(2001)、《篱菊—2》(2008)、《暮春三月》(2004)、《春花》(2006) 等花鸟画中，我们可以惊奇地发现许多粗犷、硕大的十字交叉线条占据画面最重要的部分。稍有绘画知识的人都知道，无论是画素描还是画国画，都应该避免线条十字形交叉，因为那样会显得很笨拙、很难看。更何况，在日常生活中，"十字叉"符号的直接意义就是否定和反对。但周先生却敢于如此大胆地否定艺术造型的经典线条构成模式，不但反抗了、否定了，还重构了意味独特的、刀砍斧劈般的"周氏金石线条"，将花鸟小品都画得磅礴大气、力度十足、气势恢宏。

格式塔心理学认为，人的行为和心理事件的产生都是人和环境相互作用的结果。从意境的角度来说，"情景交融"其实也是人在特定的情境中产生的一种行为和心理事件。② 对观众而言，我不知这些否定之后的图形符号是否能诱发深层次的认知思考。但我认为，这些有力量的图形符号，也许包含了周先生一生中许多重要的历史性际遇感悟，甚至是令人不堪回首的苦辣酸甜混合在一起的深刻体验。

三、素色与锦华互衬下的禅意归隐

色彩本是形式美的构成因素，但它又是构成艺术情感的特殊符号。③ 通常而

① 转引自程孟辉：《现代西方美学》，北京：人民美术出版社 2001 年版，第 12 页。

② 廖国伟：《中国古代意境理论的格式塔心理学阐释》，《柳州师专学报》2011 年第 1 期。

③ 苏和平：《色彩民族审美意识表现符号论》，《西南民族大学学报》(人文社科版) 2005 年第 12 期。

言，一个人的色彩喜好，短则几年，长则一辈子。同理，一个民族对于色彩的喜好和偏爱也十分鲜明。中国古代自先秦开始，就将五色（白、青、黑、赤、黄）与五行（金、木、水、火、土）、五方（西、东、北、南、中）对应，黄色在唐朝开始禁止民服使用，成为皇权的象征；而在古代日本，由于其神话、宗教追求纯净的精神境界而对白色情有独钟，皇室崇尚白色；古埃及人则特别喜欢金色，其次有绿、白二色；韩国人则对红、白二色情有独钟……因此可以说，色彩就是一种兼容个体和民族的表现性符号，是一种“由情感转化而成的可见的或可听的形式”①。周先生对于色彩的爱好有些偏向两极性，即极致的素雅和奢华的重彩集于一身，这种案例并不多见。

笔者尤其喜欢他用淡墨枯笔在云母熟宣上绘制的雪景，笔墨洒脱，意境高远，既有宋代山水画的文人逸趣，又有西方水彩画的某些笔墨技巧，画面总体呈现出一番赏心悦目的“高级灰”。虽然唐代张彦远早已对“墨分五色”进行过论述，但个人认为这种高明度的灰色大量使用在传统中国山水画中并不多见。更难得的是，相比较古今和雪景相关的中国画作品，周先生能用大量的遒劲洒脱随意的枯笔，表达某种更为宁静、朴素、纯粹的文人式的清欢，在今天这样一个通俗文化和流行艺术泛滥的快餐式文化消费语境中显得更加稀缺。

然而，在其《山茶似火》（2008）、《路边拾趣》（2003）、《丹菊》（2002）、《苦雨》（2002）、《山行记事》（2008）、《秋燕》（2007）、《炎夏》（2006）等花鸟画中，我们却又发现：周先生在色彩方面同时还在追求极致的艳丽和浓重的色彩表现，就像湖南人吃辣椒一样，越辣越过瘾。纯黄、纯红、山青、石绿，甚至紫红、翠绿、湖蓝等多色相的、大面积的、高纯度的色彩在花鸟画中被大量运用，这也在古今中国画中极为罕见（除了在墙壁上用纯矿物质颜料的敦煌壁画外）。更可贵的是，色彩虽繁多，也浓重，但一点也不火气，反而画面效果看上去很润、很静。这一点令笔者想到了冷抽象艺术大师蒙特里安，两人的艺术面貌虽异，但色彩原理相同。其实两人都采用了一部分的纯黑（重墨）将不同的高纯度色彩融合在一起，再结合适当的留白和墨色冲撞所产生的各种灰色，这样画面就有了五种中性色（金、银、黑、白、灰）中的三种中性色（黑、白、灰）来进行色彩调和，所以画面即使多彩，反而和谐宜人，达到了闹中求静、高远淡泊的艺术效果，同样隐喻了周先生在通俗文化和流行艺术泛滥的快餐式文化消费语境中所追求的清欢意境和归隐意识。

---

① ［美］苏珊·朗格：《艺术问题》，滕守尧、朱疆源译，北京：中国社会科学出版社 1983 年版，第 6 页。

结语

人类历史上每一个艺术流派的产生或者一个艺术家艺术风格的形成都离不开社会性和个体性这两重因素。在“艺术平民化”的旗帜下，平面的、扁平的、去中心的、多元的、解构的、拼贴的、复制的艺术作品泛滥成灾。艺术家更多的是在速效式的、快餐式的艺术消费文化语境中进行艺术生产。历史一次次证明：伟大的艺术生产通常都会伴随着对生活的苦难性深刻认知。安逸、享乐状态下所产生的艺术作品通常无法引发观众内心深处的激荡和共鸣。当梵高在麦田里拿手枪射向自己的时候，依然会高呼：“苦难永远不会结束。”梵高的苦难性个体经验伴随了他一辈子，却造就了他那天赋异禀、激动人心的色彩表现。周先生的历史性社会经历同样对其艺术品格的提高产生了至关重要的作用，这是非常值得我们反省和思考的。

解析苍浑与抽象艺术背后的终极思考

——试析周宗岱先生艺术

萧建明

山水篇

仁者乐山，智者乐水。得古法者，品格自然幽深。

我与宗岱先生同城但无交集，早在20世纪90年代末，在一次朋友的集会上，某君偶尔谈及宗岱先生的早年往事。自此，对宗岱先生的为人为艺印象特别深刻。其后，在齐白石纪念馆观看陆俨少画展，时近中午，展厅内空空荡荡，唯见宗岱先生在人搀扶下，拄着拐杖独自观摩画展。再后，在一个朋友家看到一整套“蕉阴画友”的山水作品集，独宗岱先生的作品笔力雄健，超然出众，令人肃然起敬。

“蕉阴画友”是宗岱先生一手创建的雅集结社，雅社有严格的规则，定期由宗岱先生点评学员的作品。几年下来，“蕉阴画友”成为湘潭众多雅社中的佼佼者，画友们作品看似面貌相近，但各具才情，成就一段艺林佳话。

今年7月，先是王水清老师相邀参加湘潭大学“周宗岱先生艺术理论研讨会”，因事未果。事后，毛娟主席送来一套宗岱先生历年出版发行的作品集，挑灯夜读，宗岱先生的人格魅力跃然于心。

了解一位有思想的艺术家，作品本身能够说话。作者喜欢把自己的理想、感觉、经历、技法等多种元素编织一起，投射到作品里，放大了作品的外延，构成“万物同一”的基本元素，让人们用理性的眼光，对自然、社会和人类意识三者之间所构建的作品进行审视和反省，建立起自身独有的构成方式和表现意趣，打破主观和客观的混沌同一，使得客观的自然世界独立出来，成为作品本身思维主体上的对应物，使思维超越了原始的直观经验回到作品的意境当中。

老子云：“昔之得一者，天得一以清，地得一以宁，神得一以灵，谷得一以盈，万物得一以生，侯王得一以为天下正。”

宗岱先生的山水取法古人，得力今人，游历于四王、石涛、髡残等诸家，继黄宾虹山水之后变异而出。

宾虹山水喜以焦浓墨色出之，重峦叠嶂，郁郁苍苍中饱含着商周金石钟鼎文字之气，笔力扛鼎，近视之，几无物象可寻，远观之，则景物粲然于目。（见图1 黄宾虹《丘陵无尽》）

观宗岱先生中期山水作品，如青绿山水《碧嶂千重图》《秋山露气图》《丘陵无尽图》等，很好地反映出宗岱先生对传统山水的继承与思考。早年命运多舛的梦魇，使得宗岱先生小心做人，扎实求艺，深入古人，用笔清朗有致，“程式化”的山水画模式明显。（见图2 周宗岱《碧嶂千重图》）

图1　黄宾虹《丘陵无尽》

图2　周宗岱《碧嶂千重图》

随着改革开放的深入，二次社会文化意识形态从心理上发生根本的变化，促使了宗岱先生对山水画的重新认识和建构。近期山水作品尤甚，喜用淡墨勾勒山形，佐以浓焦点染，如山水小品《雪霁》《松壑》《山村》等，苍劲的笔触背后，流露出朦胧而淡化的模糊意趣，与宾虹的黑山黑水间逐步保持距离，融入了心理变化的成因，营造出清朗与模糊的空间，孤藤老树、空寂无人中弥漫一种似云似雾的朦胧，表现出中气平和的氛围，促进了人的才情、气质、格调、风貌成为了作品本身潜在的主旋律，而外在景物特点，体现出人心内在的智慧和品格。外在世界的“现象”与心理世界的“表象”并没有一道明显的理论上划分，但可以通过作品真实地表现出来，人们凭着各自主观情感、真实地去发现作品中内在的美，去体味幻想力异常的神奇，那深邃广阔的宇宙、纷繁灿烂的星辰、江河纵横的大地、千姿百态的自然，以及给纷纷扰扰的人类本身带来的喜怒哀乐，构成了自然、社会、人的思想同源同构，变得更加直观互感。

而任何事物的存在都是关系性的存在，既有物质的成分，也有非物质的成分。宗岱先生表现出来的苍浑，不是浑浊而是平淡，不是索取而是放下。他与黄公望的山水中的“浑”有着本质的区别。黄公望的山水具有“浑厚之意，华滋之气”。而宗岱先生的山水中的“浑”具有“苍朴之境，淡泊之心”。这种一尘不染的境界正是宗岱先生对人生终极思考的促发，他试图放下一生中那些潜意识里经历的过去和内心深处极度的创伤。但那些印入内心深处的记忆，随着年龄的增长，已经无法从现实中抹去。这种情绪愈发敏感，而深藏内心的心理动态在作品中恰好表现出它的反面，更加强烈地反映出对人生、个体生命、运势淡化的态度，强烈的个性欲求和日益简单化的生活模式。他谋求在人格上的觉醒和顿悟，表现出一种生命境界的体验，而直通佛道，连接禅宗哲理。

“烈士暮年，壮心不已。”

“蕉阴画友”这几年所结的硕果，是宗岱先生义无反顾地教诲后学的结果。淡泊而明志，在他的作品当中，恰好证明了这一点。作品时而表现出深沉思虑，时而表现出难以触及的心灵细语，画面中总是飘着一缕缕雾气，具有浑穆而又清淡的特点，整个形式上蕴涵着深沉的生命体验。

这正是宗岱先生山水画精髓所在，也是他山水风格形成的本源所在。

花鸟篇

宗岱先生的花鸟画比他的山水画更富才情。文人画先是从山水画中获得灵感，而文人画并非独得于山水。日益强烈地要求简约和性灵的需要，促进了文人画的发展，并将文人意识渐渐影响到花鸟画，表现深沉的生命思考，讲究在形式之外追求意境的传达，这并不代表着文人画中的形式只是一种人情意识世界的林林总总。文人画特殊的超越形式的语言格式，变形夸张的外在张力，旨在将人们的审美观点引入到似与不似之间，也就是具象还是抽象的问题，达到生命呈现的内核，完成一种既保留生活元素的特质，但又超越现实的绘画。（见图3张石玩《冷梅图》、图4周宗岱《梅花》、图5陈子庄《花鸟》、图6周宗岱《鹈鹕》）

图3　张石玩《冷梅图》

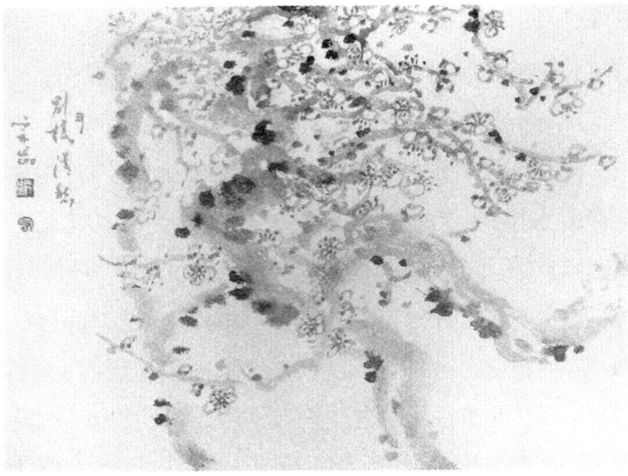

图 4 周宗岱《梅花》

图 5 陈子庄《花鸟》

图 6 周宗岱《鹈鹕》

我在喜欢宗岱先生山水画之余，更偏好于他的花鸟作品，毕竟宗岱先生把后期山水画技法横向地移植到花鸟画中，带给人们一个更高的抽象意境。花鸟画主要有三个方面的题材：宗岱先生大面积色彩构成的花卉作品，在着色与构成上与湖南的易图境先生碰脸，但宗岱先生更擅长用焦墨破板；梅花系列作品与石开先生、湘潭诸老张石玩的作品风格相类，但宗岱先生的笔墨间佐以金农梅花用笔特点，枝杆以淡墨出之，营造聊斋神话的幻想；鸟禽类受陈子庄的启发，陈子庄的动物以骨感为美，而宗岱先生的动物以墨趣为宗。古拙朴实，看似一些不经意之作，有时在包装宣纸上信手为之，如《鹈鹕》《奔雉》《别嚷嚷》等作品所表现来的张力，“若万斛泉涌，不择地而出”。有八大山人之幻，兼带几分游戏，几分清狂。

当艺术达到物我两忘之际，也是花开花落背后生命中体味的“幻”意。忘掉现实的世俗，提升虚幻的抽象，便是放下。宗岱先生晚年有如此戏墨之作，证明他已经超然物外，回归本位。这点恰好与魏晋时期人们对生命终极哲学的思考相契合。

2017 年 8 月 24 日梦石山房

岁月如流　人生如画

——周宗岱山水长卷《岁月如流图卷》浅酌

胡大虎

对周宗岱艺术的研究评议文章，前有薛老经典之评、邵老高屋建瓴之论、王鲁湘先生倾情力作，还有贾德江等许多与周老走往多年的名士至交执笔。说实在话，接到湘潭市美协王志坚主席邀请参加周宗岱研究撰稿任务时，我心中不禁诚惶诚恐。作为晚辈，我与周老交往不多，连续几年过年时我曾代表湘潭市美协上门给他老人家拜年，在一些展览或学术座谈中相遇也曾偶得先生教诲，但即使有限的交流我就感受到了老先生耿直而平和、博学而低调的人格魅力和追求艺术孜孜不倦、笔耕不辍的精神。特别是我所亲近的莫鸿勋先生等师友对周老的为人与学识推崇备至，更增添了我对老先生的敬重。于是，我把本次写文章、研究周宗岱艺术的过程，视为自己又一次学习提高的好机会。事实也正是如此，近年来周宗岱先生的几次个展我都去认真观赏学习了，而这一段时间以来反复研读、品赏周老的文章及作品所带来的收获更胜过往。只不过周老的艺术涉猎甚广，在绘画、书法、文学、美学等诸多领域的实践与理论均有建树，要全面系统深入地挖掘周宗岱艺术宝库的价值，是不可能在短时间内一蹴而就的。更何况用周老“长寿成就艺术”的理论来看，其尚处于向更高境界越升的时期，对他老人家艺术的追踪研究，应该持续不断地进行。

由于本人才疏学浅，加之研究时间有限，我只能尝试通过一个点来展开对周老艺术的解读和研究。幸喜在学习、研究的过程中，与周老也进行了多次交流，有许多心得体会与周老的创作感受有共通之处。我想人们与先贤的神交、与大师的对话往往都是通过书本、图片及作品等媒介来进行的，而这并不妨碍我们借助间接经验跨越时空的限制去理解其思想智慧，并汲取宝贵的精神财富。更何况我们还幸运地拥有像周老这样才学精博的先生在身边，他的艺术历程和人生智慧将照耀着我们未来的道路，启迪着更多的人获得更明确的目标和强大的力量去努力探索人生与艺术之路。

我个人认为在周宗岱先生的众多作品中，山水长卷《岁月如流图卷》可谓其凝粹之作，一是体量较大，通卷长 8.77 米；二是创作时间长，经夏历冬用时大半年，而且 1998 年这个创作年份也算是周老艺术承前启后的重要节点；三是内容和所蕴含的思想情感丰富；四是集中体现了作者的审美品格和笔墨技巧与意趣。基于以上几个方面的认识，我特以此作品作为一个点来浅酌周宗岱先生的艺术人生，这也是本人一段时间以来集中研究收获的心得体会。古人云：管中窥豹，时见一斑。浅薄不足之处，还盼周老及各位方家批评指正。

南朝徐陵《与齐尚书仆射杨遵彦书》中有“岁月如流，人生何几，晨看旅雁，心赴江淮，昏望牵牛，情驰扬越，朝千悲而下泣，夕万绪以回肠”的句子，感叹时光流逝，思绪万千。今见周宗岱先生以《岁月如流图卷》为题的长卷，感觉此作构思匠心独具、立意悠远脱俗，表现形式与品味情思突破了一般中国山水画长卷的桎梏，与徐陵的千古绝唱遥相呼应，其情怀可谓透古通今。周宗岱先生的《岁月如流图卷》饱含情感、蕴藏丰富，一方面作品内容与形式朴质醇和，让观众亲近山川田园，于极目骋怀间思绪又回归自我心灵；另一方面画卷情思与气息纵横捭阖，载我们神游人生四季，于跨越时空中带来深沉的思索。以下我从五个方面来细品作品的特色，自此一窥周老艺术风貌，浅酌其艺术人生的境界。

一、空间

《岁月如流图卷》依传统山水长卷移步换景的特点表现出空间的推移，却并非仅单纯体现空间变化，从雄山激川到丘陵池塘，直至银峰素岫，山水绵延，跌宕不定。实则画山非山，绘水非水，而是借山水之势寓人生命运之起伏，心境之开合。画卷开篇见高山流水，山石嶙峋突兀，山势雄浑险峻，水流曲折湍急。如对作者的人生历程有所了解的话，我们仿佛能从画面上看到那个20世纪70年代末的周宗岱，人到中年，初获平反，正如画中突破重岩叠嶂，转出急流险滩，始得云开雾散、柳暗花明的开篇状态。周老告诉我，在画中各处空间中，他自己最喜秋景，画的那是他年轻时在韶山、宁乡、湘潭与平江等地的乡野记忆，那时山林因农家烧柴之需而砍伐得稀疏零落，在湘中各地小丘陵地带顽强生长的树木，俯仰多姿，远远望去特别有韵味。还有那原汁原味的乡间老屋，在周老笔下营造出一派遥岑寒沙、淡烟远岸的空灵淡远景象。“可惜如今那疏树和老屋全都没了……”周老叹息地说，往事如烟。

二、时间

《岁月如流图卷》随空间的推移，更重点地表现出时间的推移和季节的更迭，从春至冬，从春山沔玉到原野冰封。但这仅仅只是为表现四季之美吗？非也！且看开卷的春山，那已是“目断楚天遥，不见春归路”的深春矣。周老亲口对我说："春天虽美好明媚，我却偏从春末夏初画起，因为我的春天被无情地湮没了……"一句话饱含多少辛酸与苦痛，这真是"春若有情春更苦，暗里韶光度"。从这句话中我们也读懂了作者藏于画中的时间密码，"人的一生就像一年四季"（这话是周老说的，也是我在画中读懂的）。这让我观画之际心中不禁涌上诗仙名句："君不见黄河之水天上来，奔流到海不复回。君不见高堂明镜悲白发，朝如青丝暮成雪。"前句写气贯千里的大景，后句把人生纳于一日光阴。《岁月如流图卷》不正与诗仙豪迈的比兴有异曲同工之妙吗？春夏秋冬、人生百态、起伏沉浮、酸甜苦辣尽赋于一卷之中。

三、色彩

色彩变化的张弛有度、交替演进是山水长卷《岁月如流图卷》的另一个特色，从碧翠山河到银装世界，春山如黛，夏山如碧，秋山如妆，冬山如玉，作品较为全面地体现出周宗岱山水艺术的用色方略和通盘驾驭色彩的高超能力，以浓重渐转清新，自明丽归于素淡。从深春开始，随着画面的推移，绿植渐浓，山水之势亦见平缓，更有那一片香远益清、碧盘滚珠的荷塘，告诉观者已是仲夏。万物跃迁，昭晰互进，画面色彩丰富而跳跃起来，让我们感觉到作者内心激情涌动，这也许是周老主持潭城文艺事业，促其蓬勃繁荣的那个时期和他雄心万丈的写照吧。我们从周老每一个时期的山水画如《层峦叠翠》《秋山露气》《山沟沟》《湘东之忆》《西巘人家》《湘山情意图卷》等作品中，都能感觉到他山水用色的追求遵循了他的人生观："悦而不露，哀而不伤。"善用浅绛设色，醇厚平和、古雅脱俗的色彩使画面虽历四季丰盈而不凌乱，恰似曲调之悠扬委婉，意韵无穷，如此丰富而又含蓄自然的色彩变化，尽在作者掌控之中，体现出周宗岱先生极好的画面整体观。他告诉我这也部分得益于早年的素描、色彩等西画基础训练。当然，周老在其花鸟画创作中又反其道而行之，尝试大幅度增加色彩的饱和度，意为中国画色彩的局限做一番突破，其勇敢探索、颠覆自我的精神与勇气可嘉。

四、笔墨

笔墨是撑起中国画的筋骨，山水长卷《岁月如流图卷》显示出周宗岱先生深厚的笔墨功底，从繁密苍莽到疏朗简洁，线条与墨色变化丰富而微妙。纵观周老的艺术，对笔墨的掌控驾驭如臂使指、开合自如、臻于化境。周老的许多山水小品如《山居》《松谷》《江岸》《雪霁》等，其水墨境界令人叹服。而在此长卷中也能驾驭得如此进退有序、收放自如，更属奇观！开始是繁密短促、凝练有力的笔墨线条，以欲扬先抑、深沉幽远的旋律开启画卷的第一个篇章。随后中长线条与密集点染虚实相间，热烈而灵动地进入夏的篇章。进而线条逐渐拉长，笔墨亦见疏朗明快，画面开阔深远，如旋律从容舒缓起来。尾篇线条虚淡绵长，笔墨以虚运实，杳杳空蒙，观之心境空明，终得“素处以默，妙机其微”的境界。周老跟我谈到他作画的方式，不喜束缚，很少打草稿，心里运神，大画只先加几个点定位，就像书法家写字一样，把中国画的“写”尽情发挥出来，一如书法用笔，一如水银泻地，笔墨运用到这样的境界，已非笔墨本身如何，而是思想情感的自由吐露与倾泻了。

五、思想情感与人生观照

山水长卷《岁月如流图卷》从抑扬深沉、柳暗花明到游目骋怀、平衍旷荡，八米之间，洞见人生。借用《红楼梦》的诗句来说就是：“满纸笔墨沸，多少悲喜泪？谁言画者痴，谁解其中味?”我感觉这是周老将自己从20世纪70年代末平反昭雪以来至作品完成的这段岁月的情感以长卷的形式徐徐展开，如溪山流泉般娓娓道来，一步一景一情思，飞鸿印雪，景移心动，读来可叹可感，实可谓人生如画卷，丹青寓人生啊！著名学者徐复观有言：“画家的心中若填满了名利世故，而欲在作品中开辟境界，抒写性灵，恐怕是很难的事。”从周宗岱先生的人生经历、画作和文稿中都能看出，他是一个智慧平和、意趣高远、潜心艺术、淡泊名利的人，所以他的作品能虚应万物，静抒本质，低吟浅唱，长歌人生，以宁静浑沦之心在画卷上映照出鲜灵活脱的生命情调。不仅是此画，由他之后所作的《忆旧游》《墨梅系列》《暗香疏影册》《瑞雪册》《清凉境界图卷》等画中亦可见，从繁复多惑的世事纷扰中一路走出来，周老的作品和他的思想境界已得洗练升华，艺术语言更求简洁质朴，更显隽永澄明。正如他在《黄宾虹散论》中所说的：“那种居于艺术殿堂最高层次的神逸之品，不仅需要极高的艺术天赋，还需要很长时间的蓄积、修炼。这漫长的过程，艰难而又寂寞。”单就《岁月如流图卷》这一幅作品而言，画尾题跋有云：“忽然欲写长卷，经夏历冬乃完成。”可知作品历时半年以上的艰辛创作过程，想那时周老尚在老文化局院子里一楼那个阴暗、窄小的房子里，真不知他克服了怎样的困难来书写这一凝聚人生的长卷啊！这本身就能感受到一个老艺术家甘贫苦节、孜孜不倦的追求精神。

我特别喜爱周老的水墨雪景。周老说过去只要遇上雪天，他就要赶紧跑到湘江边上去，兴奋得像孩子一样惊奇地看这个银装素裹的冰雪世界，他对画雪有着特别的兴趣。如《瑞雪册》等雪景作品除了运用传统笔墨技法之外，还运用了水彩等西画的表现手法，这也从一个方面体现出周宗岱先生是艺术的集大成者。在

《岁月如流图卷》的尾篇也呈现出这么一个寒山素影、悠远不尽的冬日雪景。我想，这表现的不是结束，而是在为另一个美好春天的到来孕育蓬勃的生机。

周宗岱先生在他的文章里谈到关于中国画造诣的一个独特而有趣的话题："长寿艺方成。"我想周老先生年逾80，以他自己的理论，比对黄宾虹、齐白石等大家艺术历程来看，这正是周宗岱先生艺术百尺竿头渐入佳境、登峰造极的阶段呀！借以此文祝福周老安康长寿、艺术长青！

2017年10月6日结稿于木鱼湖畔

浓墨重彩的生命礼赞

——论周宗岱先生的花鸟画艺术

宋　扬　萧红亮

2017年夏天，闰六月，天气比往年更热一些。八十岁的周宗岱先生从天亮开始就在别墅里开辟出的菜园里忙碌着。在清早的阳光下，戴着草帽的周宗岱先生已是一脸汗水。他对来看望他的学生说：“以前没种过菜哩。现在画画遇到瓶颈了，不想在原地停滞，还想往前突破、突破，不明朗该往哪个方向发展了，干脆停一下，边劳动边理理自己的思路，看看今后怎么进展。伺候一下这些花草‘模特’，找找灵感。”

这就是一生勤奋不已，在艺术征途上不断跋涉的周宗岱。

周宗岱先生出生在1937年。新中国成立后进湖南省第一师范文艺班学习。那时国家百废待兴，群情激昂，人人争为国家作贡献。年轻的周宗岱也不例外，积极响应党的号召，争作主题创作，反映火热的现实生活。不长于反映现实生活的花鸟画并不被人们看好。1956年19岁的周宗岱分配至湘潭县文化馆工作，翌年参加湖南省美展有4件西画作品入展。因观看了苏联油画展而激动万分。考中南美专，被录取，却不愿进彩墨画系，准备来年再考油画系。然而此时，命运却发生了大的转折。1958年，年轻而又充满激情的周宗岱却被打成右派，后又因事被劳改至1961年。一心只想为国作贡献的年轻人怎么也弄不明白，自己怎么就成了反动分子、人民的对立面了呢？心情的苦闷可想而知。

释放后的周宗岱，反正也无家庭牵挂，一个人躲在小屋子里被街道看管。好在还有他喜欢的文艺可以来排遣，从中得到安慰。受正直而有良知的看管干部的关爱，周宗岱一头扎入可以借到的文学、艺术理论书籍之中，画画的愿望比已往更加迫切。到外面去写生是不可能的了，叫人来作模特画人物画也更是不可能的，唯有以临摹为主要学习方法的中国画是最好的陪伴。从开始只愿意学西画到被迫学习中国画，周宗岱先生进入中国画的领域可以说是被社会的巨变洪流推裹而入的。当时，传统艺术被当作了“四旧”予以清除，美术资料极其匮乏。好在湖南湘潭是一个历史悠久、文化积淀深厚的地方。周宗岱还可以从一些艺术同好处借到任伯年、潘天寿画册，赵之谦的印谱以及于右任书法册，用最传统的

“摹”的办法学习中国画。看似是打发苦闷的时光，实际上也是年轻的周宗岱自觉地为自己喜欢的美术事业下着苦功。周宗岱先生一辈子都主张艺术要下苦功夫，特别推崇李可染先生主张的“苦学派”，认为下的最笨的功夫往往是最有效的捷径。“打一辈子的基本功，解决最基本的问题”是周宗岱先生一辈子身体力行的事情。

可以想象一下当时的情景：外面在轰轰烈烈地破“四旧”，一个年轻人却躲在小屋里最认真地学习传统艺术。这是怎样的一种反差哟。

在之后的岁月中，周宗岱先生头上顶着右派的帽子要养家糊口。迫于生计的周宗岱以手上有的美术技艺为生计，行走在广大的农村画碳精像，让一个读书人真正贴近了中国广大人民群众的生活。大量的外国文学的阅读和百姓对美术的喜好的审美对比就摆到了一起，让周宗岱从被动学习花鸟画到真正喜欢上了花鸟画。见到雪地的梅花、溪边的兰草，让被打入社会底层、陷入生活困境的周宗岱仿佛见到知音，看到自己的对照。有着比德功能的中国传统花鸟画成了他自强不息的最好安慰。生活之艰难，非亲历者可以想象。但周宗岱从无悲观自弃的念头，对生活的艰苦只字不提，却常笑称“享劳改福”“享戴帽的福”。这种乐观、开朗、洒脱的心襟，贯穿了他一生的生活与对艺术的追求。许多人受到不白之冤后沉沦了，而周宗岱先生却逆势而为，少了狂热与躁动，在艰难地谋生同时还挤出了时间，沉潜下心来进行传统中国画艺术的学习与探索。

在知识分子不吃香年代，周宗岱广交画家朋友，把受冲击的画家接到湘潭来散散心、过过久疏的画瘾。向杨应修、曾晓浒、周达、李立、黎雄才等先生学习良多……在极为艰难的生活下，周宗岱完成了作为一个好画家的文化知识和专业技能的储备，为其以后的艺术发展奠定了基础。在人生的逆境中没有消沉，反而逆势而上，其性格中湖南人的蛮勇精神、湖湘文化的独立根性在周宗岱先生身上得到很好体现。湖南历来是出思想、出人才的地方，而且很多人都能在极不利的条件下建功立业。湖南花鸟画有成就者，如易图境、王憨山等皆是这样一种相似情况。

1979 年，待其被平反之后，周宗岱多年的积累呈喷发之态。走上湘潭市文化局副局长领导岗位，为文化的“拨乱反正”倾注了极大的热忱与精力，和许多被平反的右派一样，为国家的建设作出了卓有成效的努力。

多年的所思所感让周宗岱对艺术理论问题不吐不快，美学研究呈现井喷。之所以对美学研究有如此成绩，是源于周宗岱先生想从理论上正本清源一些艺术上的认识问题，也是蒙不白之冤后变得爱思索的结果。探索艺术的大本大原，是其早年就已立下的艺术宏远计划之一，即要从成为大画家的必要条件去进行自我的完善。从他写过的几篇画家成才的条件及规律的论文，可以知道他在这方面的思索。他也曾不经意地透露过：“我是按照成为一个好画家的条件下去做的。至于成不成得了，也许是功夫不到家，也许……”其时，他脸上一脸的认真而单纯，有如小孩一般神情。立大志：向超一流画家去努力，是周宗岱心目中早已定下的宏伟目标。为了这个目标，周宗岱先生进行了有目的、有计划的行动和一辈子的努力。

早年周宗岱先生喜欢八大和吴昌硕一路的文人水墨。以八大笔意作小动物生龙活虎、充满朝气。1990 年中央美术学院戴士和先生见到周宗岱先生所画花鸟册页，说：“小画笔墨好是好，只是不好在展览中进行展示。”周宗岱先生遂决定画大幅花鸟画作品。同年，在北京国际艺苑参观《四老画展》，见到崔子范的画作，让探索中的周宗岱受到极大的震撼。中国画的手中展现方式到展厅展览方式的改变，视觉从温和淡雅到强烈的视觉冲击力。展览厅的大空间大效果要求先夺人眼球，水墨的淡雅会被强烈色彩的作品所淹没……周宗岱先生通过对绘画史的研究，得出在花鸟画上的心得是中国人历来是喜欢颜色的，而且在颜色上也是有自己的办法与贡献的。但受限于古代的物质条件，人们使用的颜料有限。以文人水墨为上的文人画引领画坛主导后，色彩倾于墨分五色，而重彩式微。现代的工艺水平进步，大量的工具材料的出现，以及西方科学色彩体系的引进，为中国画的色彩改进提供了基础，中国画的样式创新最有可能是从色彩和材料方面找到突破口。至此，周宗岱先生花鸟画画风为之一变，朝浓墨重彩风格迈进。周宗岱先生的西画基础就派上了用场。他用强烈的对比色，甚至是从锡管颜料袋里挤出来的原色，直接用到画上。浓烈的色彩又被粗黑强雄的线骨所和谐统一，既保留了中国画的以线为骨的造型底线，又有强烈的现代视觉效果。再辅之以极大分量的水的浸染冲撞，形成满纸的墨、色、水的交响。

在一般人眼中，周宗岱先生在艺术上坚守传统到了近乎顽固的程度。而懂他的人知道他对现代艺术、现代设计很有研究。他只是主张临古，守传统，以古为徒，以古开今；强调打基础，做基本功，要真正解决基本问题；强调追求笔墨品格、线点质量，守住中国画以线造型的笔墨观底线，又以全面开放的怀抱吸纳新的知识为我所用，追求创新。只是这个创新必须建立在对传统很好的继承之上，下大力气掌握共性美，在没有追求到共性美之前就不要急着追求个性美。对于个性美的建立他认为是技巧、修养、阅历、见识到了之后的水到渠成。

从姊妹艺术中找寻灵感、提高修养，也是周宗岱先生的长期修为。周宗岱先生广涉了中外文学、哲学、戏曲、音乐……他对名家京剧如痴如醉，对文艺理论有深入的研究。他家的大卡式收录机曾有一段时间放的是节奏猛烈的摇滚乐，与其浓墨重彩的花鸟画似乎很契合。与传统的折枝花鸟画不同，周宗岱先生的花鸟画借鉴西方现代艺术的视觉冲击力的形式，正方形的几乎无留白的满构图，充斥的是近乎抽象的点、线、面、色的张力，整体精神却又是中式的：那巨笔粗线，浓墨重彩，反复叠加色、墨，丰沛的用水……透着宗岱先生的心中坚定不移的艺术理想与对技巧完全掌控的自信。周宗岱先生的花鸟画不管形式上怎样强烈、现代，但最后的效果却是能体现出温润、华丽、高贵、文雅的气质。体现出周宗岱先生对“刚刚好”的中庸之道的理解与把握。

不知从何时开始，周宗岱先生的住宅门口就竖起了一块告示牌，就是白日闭门会客而潜心看书画画。穿着俭朴的周宗岱先生，多年穿的是他一次买了多件的同款牛仔服。其实周宗岱先生懂生活，有生活品位，只是不愿把时间浪费在生活小事上罢了。能做一手好菜的他，却可以就着小菜下茅台酒而有滋有味。周宗岱先生是惜时哩！

如果以为周宗岱只是一个孤傲的文人，只喜欢钻进个人的学术象牙塔中，那就不是敢说敢做的周宗岱了。周宗岱先生身上体现出非常明显的那种湖南人的“以天下为己任”的传统：特别关心世事国运，具有忧国忧民的情怀和治国安邦的抱负。和周宗岱先生交谈，你会发现他是一个知识非常渊博的人，饱读诗书而留心经济之学。对于艺术或社会时弊，周宗岱先生一辈子不改直言的初见，说到激动处，脸色涨红，用那极富辩才的文学性的语言配以“打土雷”一般的洪亮声音，让你觉得眼前周宗岱先生是一个年轻气盛的“愤青”。周宗岱先生爱和爱艺术的朋友们交往。如果你真心喜欢艺术，不管你年龄大小、地位高低，他都会视你为同道兄弟，而没了辈分的界限。他认为在艺术的历史长河之中，大家都是同路的探索者，几十年的年龄差距不算什么。他常常言辞恳切地说向年轻人学到了什么什么，其表情是一脸真诚，容不得你怀疑。周宗岱先生的画无老态，总是生机勃勃，像精力充沛、正值盛年的中年人所作。虽然不愿费时间在应酬上，但自2009年9月开始，周宗岱先生义务带了一帮中青年国画爱好者学习中国传统山水画，为优秀的中国传统绘画艺术的传承尽一份努力。周宗岱先生说在这个过程中，教学互长，让他也提升了许多……他的收益最大。

周宗岱先生的花鸟题材常有梅兰竹菊“四君子”，雅拙的麻雀、小鸭，跳跃的松鼠和不知名的山花、野果等。但最爱画的是傲雪的梅花和山茶花。2000年开始，周宗岱先生画了许多梅花扇面。若能放大，你会发现纯粹的线、点的盘曲环绕，托梅花物像，追求极致的点、线质量，让人莫辨是山水还是花鸟。周宗岱先生坚信追求画面的设计效果只得一时之宜，而追求笔墨乃是中国画的大道，路会越走越宽……

周宗岱先生爱哲学，常读孔孟、老庄。但少道家避世退隐，更推崇儒家之道，积极进取，从无气馁之时。写字作画喜中锋用笔，笔酣墨重，追求中正的大气象。在其花鸟画中，从来看不出颓废的文人情调，充盈的乃是生机勃勃，体现的是刚毅不拔的乾道精神……周宗岱先生年满八十了，还在充实自己，喜欢看书，喜欢拖个旅行箱去书店买书。他的资料室可以说已是一个小型图书馆了……活到老，学到老，锐意进取，百折不回，不断前进是周宗岱先生花鸟画艺术的探索之路。可以说，周宗岱先生生机勃勃的花鸟画就是对生命的礼赞！

逸笔写梅魂

萧红亮　宋　扬

纵观历代知识分子，经历“学而优则仕”，仕途畅达、春风得意，则有“先天下之忧而忧，后天下之乐而乐”的豪情；“学而仕不达”，遂高蹈世外，寄情于山水，则有“登山则情满于山，观海则意溢于海”的情致。

中国古代的文人在对自然美的欣赏上，几千年来总是把自然的美和人的精神道德情操相联系，“拟花比人”，故有松、竹、梅为“岁寒三友”，梅、兰、竹、菊为“四君子”。古代的文人，无论是“仕”还是“隐”，都能找到梅的“品格”，“仕”找到的是它的独凌风雪、与雪争春的“贞”，“隐”则找到其对应的“幽峭超然、高蹈世外、潇洒高洁”的“清”。

“天生是用来比拟自己的物象”

周宗岱先生爱梅，赏梅，栽梅，到现在，前后跨度有60余年的历史了。

先生在《咏梅》一文中记录他自己：

> 夹着速写本乱窜，爬上启明女中后的高坎，在女校创办人凌先生的墓旁寻梅，领略到了红梅的“酒晕无端上玉肌”的妩媚和骄傲。特别是1965年冬在平江一中雪中赏梅：我以获罪之身，住在姐姐家。她退休了，儿子在平江一中教书。校内有一片桃林，其中夹杂有几株梅树。平时，它也与桃林无甚区别，那天，突然眼前一片光明灿烂。啊！梅花开了！几株老梅，在劈头砸下的雪团之中怒放。它开得那么欢畅，那么自在，似乎在说：雪，你下吧！风，你刮吧！我才不在乎你！你总会过去的……我久久立于树旁，一任雪花堆满我的伞，又挂满我全身，沉醉在那阵阵幽香之中，放任自己的心灵驰骋。

在那个特殊的时代，先生还有心情和兴致沉醉在那阵阵幽香之中；背着那样一种特殊的身份，先生还保持一种文人情怀、诗人意趣，以梅为载体，放任自己的心灵驰骋，是何等的超然！

作家周小娅在《悦读周宗岱先生散文集〈画馀信笔〉》一文中，记录了先生喜得绿梅的故事：“搞景观园林艺术的才子安德君曾送他一盆绿萼梅，老爷子高兴得不行，绽朵了，绿宝石一般的苞苞儿，乐颠颠拍了照片寄给我看。”作家的描述就是形象，先生爱梅之心在“乐颠颠拍了照片寄给我看”这一举动之中。近日上蕉荫书屋，先生又谈起了绿梅之事：“好可惜的，栽在老屋的后院中，不知怎么的，被老鼠活活地啃掉了……”惋惜中先生又带有更多欣慰：“你来看看，我屋后又栽了好几棵老梅桩。”先生执意打开后门，邀我们一起看院中的梅桩。

写梅、咏梅、画梅、研究梅贯穿了先生的艺术的全过程，我想还是与先生的“不遇于时”的文人经历相关的。“划了右派，自己想清了自己不是坏人，也想清了自己才20多点点，兴许能熬得过这段苦难，还有希望吧。”先生在《咏梅》一文中最后感慨道：“清高而不遇于时的文人，总是在寻找一种最能象征自己品格的东西。寻了千来年，终于发现，梅花，只有梅花，天生是用来比拟自己的物象，梅与清高的文人，再也分不开了。咏唱它，画它，还不是抒发自己吗?”

翻开周宗岱先生的《画馀信笔》，第一章是“咏物”，“咏物”的开篇就是《咏梅》，继而是《画梅》，再就是《兰》《菊》。为什么这样编排？是先生的文人情结使然。据刘冀湘老师回忆，在2012年拟编《宗岱其人》时，先生在众多的封面设计方案中，选定的就是水墨梅花封面。为什么？梅花是一种“言志”物象载体。

周宗岱先生是新中国成立后培养的第一批知识分子，他和众多的旧文人一样，选择了梅花隐喻自己的人格。梅，贯穿先生中国画创作的整个过程；梅花般的坚韧，让先生每一段不平凡的人生变得耐人寻味；梅花般的超然，让先生的艺术实现了逸笔写梅魂的跨越。

“隋梅，吾之师”

2010年秋，周宗岱先生一行四人，专程赴杭州浙江省博物馆看“黄宾虹作品展”，旋转雁荡山、天台山写生。回湘后有记录：“我在天台山国清寺看到一株古梅，传说是隋梅。那虬结坚挺的主干，怒放的走条，让我震撼！我习惯用勾勒之法画树干，这是画山水中的方法，易见骨力，与枝条、与山石、与旁边的树木都更容易和谐统一。”

2011年7月24日，先生在他的博客发表《消暑之作》，并题记：

> 天热了，画点不费力、联想起清凉的东西，倒也是个避暑的法子。
>
> 吹点空调，身上不热；画几笔墨梅，心底清凉。翻翻日历，到立秋又只有半个月了。这个夏天，这么快又过去了。
>
> 逝者如斯！宗岱喟然长叹。

《消暑之作》，实为一套墨梅册页，当时在博客中发表有六幅作品，题款中之一“天台山国清寺有隋梅，吾之师也”，之二“辛卯夏宗岱学画”，之三“宗岱弄墨”，之四“宗岱寄情”。辛卯，即 2011 年，算年龄，先生七十有四，从“吾之师也”到“学画”；从“弄墨”到“寄情”，这种神情、状态、治学精神，真的让我们后辈汗颜；这种运用、发挥、驾驭，确实让我们敬佩。还有一幅题款：“双勾作干，易得苍古之意。辛卯宗岱寄闷。”寄闷？作何解释？其实先生画这套册页时，我是第一批观众，且 2012 年在娄底麓山画院展览时，《消暑之作》也是主要作品之一，画面题款我都没往深处想，现在作这专题研究，我还得“打破砂锅问到底”。再阅博客，找到刘冀湘老师 2012 年 4 月写的《宗岱画梅》一文，文中记录：

> 此后，他又陆续画了一些梅花，但他自己评价，都没有夏天画的那一批好。那一批好在哪里？笔墨沉静？意境苍凉？境界无欲无求？
>
> 其实，去年夏天画那一批梅花的时候，是他最伤痛、消沉的日子，他生命中又一次面临磨难。

按时间推算，《消暑之作》创作时，正是先生儿子周游重病在长沙住院前后。在这特殊的时候，先生用“双勾的苍古之意”，通过笔下的梅，记录下他人生的又一段不堪回首的经历。的确，了解一个画家及其作品，须得通过相应的资料查阅，才会呈现其画面背后的蕴涵。颜真卿的《祭侄文稿》，不就是产生在一种特殊的情状下而成为天下三大行书之一吗？《消暑之作》无疑是周宗岱先生的梅花精品，也是花鸟画代表作之一。2013 年在齐白石纪念馆举办“周宗岱作品展”时，这套册页被北京的一个藏家高价看中，周老师舍不得出手。通过上述的记录，个中的缘由，也就不言而喻了。

周宗岱先生画梅，着眼点不在梅花本身，而是对传统山水画用笔的重新审视。这是他与历代画梅大家的区别之处。2017 年 9 月 26 日，我们采访先生，先生对梅花及梅花的创作有自己独到的见解：梅花，从题材上属花鸟，但从技法、从美学范畴看，更接近于山水。我画梅花，从不认为是画花鸟。我跟蕉荫画友的朋友们一直讲，除写字练书法之外，画梅花是练线条的最好方法。多画梅花，多写梅花。这么一讲，我们明白了先生为什么要以隋梅为师，并把梅花从一般性的入画植物拿出来，列为专题研究、专题创作，一攻就是七八年，并通过画梅，重新审视、重新思考中国传统山水画的用线问题，且始终兴趣盎然、信心满满地往下走，作为下一步中国画创作的转折。

先生对天台山国清寺寄予了殊多情感，他在博客中写道：

> 天台山有个国清寺，始建于隋代，古木参天，无可比拟。有隋代的

古梅，唐代的樟树。路边大树，随便一棵就有三人合围。和尚们保下了这么一个地方，应该感谢他们。

近些日子，先生还特意邀国清寺的印真法师来湘潭蕉荫书屋小住，亲授中国书画之道。

“天台山国清寺有隋梅，吾之师也。”情真意切，意蕴深远。

逸笔写梅魂

蕉荫画友博客2011年9月7日博文《品梅图》，记录了蕉荫画友观周宗岱先生《消暑之作》的过程：

> 周老师又在研习宾老的画，7000元的全集，堆起来有半个人高。宾老的梅花就是好，比金农好，比赵之谦好，比吴昌硕好。
>
> 在周老师的花鸟画作品里，周老师对他创作的梅，也是非常自信的，但宾老的梅又带动了周老师的创作冲动。
>
> 周老师数十张梅花精品诞生了，一股散淡、古雅之气在笔端汩汩流出。
>
> 开学了，周老师精选了十张，我们是第一批观众。
>
> 庆幸！

从周宗岱先生在他的博客发表《消暑之作》，到蕉荫画友博客记录蕉荫画友观《消暑之作》，前后也就一个半月的时间，先生在梅花中又着意强化了宾虹老的散淡、古雅和逸品之美。

周宗岱先生在他的《宗岱的画》一书中有文字说：

> 画梅也有很多方法，趣味各异。
>
> 吴昌硕以篆法、复笔画梅，格调很高，我非常崇拜。后来在中国历史博物馆见到一幅赵扮叔的梅花，用了一些淡赭，清新俊逸之气溢出纸面，缶老压不住他。今年买得《黄宾虹全集》，其中收了些墨梅，多不成幅，萧疏散淡而又古拙沉厚，随意之极，其品更胜于吴缶老、赵扮叔。

在《周宗岱写意小品》一书中，先生也有相关论述：

> 前人特别推崇“逸品”。何谓逸品？潘天寿说：“画能随意着笔，而得特殊意趣于笔墨之外者为逸品。”
>
> 宾虹老人晚年画梅，正是这种“逸品”。
>
> 他老人家的画本来就曲高和寡，晚年正好又碰上了那个无人买画的

时代，便彻底消除了作画的功利目的。年近90的老人，画画只是打发日子而已。几十年的传统学养，游历山川所得，蓄积胸中，随意着笔，学养自在其中，正是这样，才画出了高绝的格调。与宾虹老人相比，赵之谦、吴昌硕画梅，与名与利都不能断绝干系，而且寿年也少很多，这都是宾虹老人画梅超越众人的原因。

清代的赵之谦、金农，近现代的吴昌硕、齐白石，都是开宗立派的画梅大家。赵之谦以金石篆刻之法入画，开清代书画新风；吴昌硕以石鼓文篆笔画花鸟，将花鸟画用笔推向极致。追求古拙、朴厚用笔的周宗岱先生找到了好“导师”，“几十年了，我是时时刻刻把吴昌硕他们这些大家的画册放在身边，时看时新、常看常有心得和体会。”

事物的改变可能是因为一个事件的发生，也可能是因为一个人一种举止，在资讯发达的今天，还可能是因为某一个展览的展示、某种出版物的面世。浙江美术出版社出版的《黄宾虹全集》，宾虹老笔下的墨梅，颠覆了周宗岱先生的梅花世界，先生发出了“萧疏散淡而又古拙沉厚，随意之极，其品更胜于吴缶老、赵㧑叔”的惊叹。

为什么宾虹老晚年的梅花有这种“逸品”？得益于他的学识，更得益于他晚年的状态。周宗岱先生心中有了标准答案，于是也就进入了水墨梅花“逸笔之法”的花鸟画探索新阶段。

时过7年，也就是2017年10月18日，周宗岱先生拿出了近期30余帧梅花扇面，在蕉荫书屋聚会中让朋友们分赏。在欣赏周宗岱先生梅花扇面新作的同时，我与先生交流、同时针对梅花“逸笔之法”进行了专访。

“到我这种年龄，已不适合（浓墨重彩）了，只适合画山水和梅。做适合的事就舒服。”谈及黄宾虹画的梅花，周宗岱先生停了停：“画梅啊，我学黄宾虹，技法不像，只有状态……”

采访的开场白中，周宗岱先生提到的“舒服”一词，就是他创作状态的高度概括。“舒服”即顺其自然，亦即一种天人合一的境界。“年纪大了，色彩不敏感了”，先生在“可为”和“不可为”的选择中，就有了80岁前后的山水和水墨梅花。喜欢宾虹老的梅，先生师其心而不取其形，选择的是“状态”。

笔墨，品的是用笔，欣赏的是墨法。面对周宗岱先生笔下的梅，与其说是品画面中的物象，我想更多的是品先生的用线和通过线条传达的艺术境界。周宗岱先生对于线条的训练和理解，对我们有相当大的启发：

最初我也画不好线条，我就认认真真地画，然后就可以画出比较好一些的线。画出比较好一些的线以后，你什么随手漂、求什么逸品，这

> 都是做不到的。这样又是好多年后，熟练熟练熟练，提炼提炼提炼，慢慢地掌握了这种“诀”，就知道哪样往逸品走，哪样往经意之极若不经意走……

“熟练熟练熟练，提炼提炼提炼”，这是一种治学的态度，更是一种治学精神，在一次又一次熟练、提炼的过程中，得到“诀”，直至有“经意之极若不经意”之迹。

在采访中，对“逸”这个词的理解成了关键词。周宗岱先生介绍了唐、宋对“逸”的相关画论、评价标准及评价标准的变化，并谈到了自己的观点：

> “逸”不是有意追求，而是自然的一种效果，“简”可追求到“逸”，“逸”和“禅”都是讲不清说不透的东西，是自然生发而又重复不了的，如倪云林的山水，如怀素的《苦笋》帖。

为了加深对“逸”的理解，先生对照扇面作品，面对面地分析：

> 原来是这种线条，讲究笔力，现在，越画越软，用精制长锋羊毫。这种线条比较随意，有不着力的感觉。不费力，这种不费力其实是最费力的。花头，有聚有散，但不刻意，不是很强调聚散，但哪个地方加朵花，那是费尽了神。看似没运什么神，恰恰是运了大神。这就是“经意之极，若不经意”。

“经意之极，若不经意”，出自李可染的谈画录，与苏东坡的“始知真放在精微”有异曲同工之妙。

在这批扇面中，录有周宗岱先生近期诗作，有新诗，也有旧诗。而无论旧诗还是新诗，都体现了先生的一种状态、一种心境、一种寄托，如《八十衰翁学画梅》《三杯淡酒发诗思》《闲时但养花》《雀儿都有情》等。

在这批扇面作品中，有的还盖了两方闲章小印，一是“思无邪”，另一方是“日课”。在我的印象中，“思无邪”是一方旧印，“日课”应该是近期新刻的。“思无邪”是一种观念，“日课”则是一种治学的方式，意味深长。

周宗岱先生的梅花之作，画风变了，从古厚、苍拙到散淡、萧疏；技法变了，由双勾改为单线和没骨；画面简了，趋近于单纯；画面透了，更明净淡雅了；状态变了，多了些逸笔之态和自然生发。从写梅之形、之态、之香、之骨，上升到写梅之魂。按照蕉荫画友评画的惯例，每人选出最喜欢的画，多者则佳。这次蕉荫书屋的聚会中，先生叫每一位朋友投出自己喜欢的五张票。投标有意料之外的，更多的是意料之中的，先生笑了，笑得很开心，也很自信。

采访结束时，周宗岱先生勾画出了近期的创作计划：

“逆水行舟，不进则退”，是我终生信奉的格言。我要重新捡起花鸟画，老了，色彩不敏感了，我选择梅花作为笔墨的突破口。突破了，可以运用到其他花鸟画上，甚至山水上。近段，我画的这批小幅梅花，朋友们刚才都看了，我现在还在做深化工作。在用笔追求上，也有新的变化，你们都看到了，以前紧一些，现在松而随意。简、散、逸，将是我的方向。

由湖南美术出版社出版的《周宗岱作品集》，收录了周宗岱先生《咏梅词册十五开》《暗香疏影册十二开》，是先生在2012年至2014年创作的没骨梅花，是先生近些年逸品梅花之作。今年，我们先后看到的云母扇面和成扇扇面的《梅影婆娑》《此弊帚也》《八十衰翁学画梅》《三杯淡酒发诗思》，则是先生逸品梅花新近之作。

从吴昌硕的梅转向黄宾虹的梅，周宗岱先生不但是技法的转变，同时也是人生状态的改变，更是人生境界的升华。从《消暑之作》到《暗香疏影册十二开》，再到《三杯淡酒发诗思》，是周宗岱先生梅花创作的心路历程。

从古厚、苍拙到散淡、萧疏，是写梅，而更多的是在写人、写自我。

简、散、逸，先生逸笔写梅魂。

2017年11月定稿

附：周宗岱先生关于画梅论述摘录

中国画实际上是进入了文人画以后才向大写意转的。大写意与文人画运动有关。文人画最喜欢的题材是梅、兰、竹、菊、荷花、牡丹这一类的东西。这些东西我们去分析呢，都有它们的特点。

这些题材中国人特别喜欢，认为这几个题材有一种特别的含义。比如梅花，历来就认为它表现了一种敢于向恶势力抗争、清高孤傲的文人气质。最典型的就是陆游的《卜算子》，写梅花写得非常之好：“无意苦争春，一任群芳妒，零落成泥碾作尘，只有香如故。”人不在了，名声气节还在。这实际上就是一种中国文人的自诩。梅花历来是中国人最喜欢的一个题材。

——选自《宗岱笔记·笔墨与色彩》

墨梅非常适合表现笔墨情趣，又以孤高傲骨撩动文人的诗思，是文人画家最爱的题材。我还觉得，画墨梅是体味用笔方法的好课题。

——选自《宗岱的画》(2012年)

梅花，吴昌硕就是用他那篆笔去画：“是梅是篆了不问”“直以书法演画法”“画法与篆法可合并”，他写的诗讲画梅花与写篆字是一码事。

——选自《宗岱笔记·笔墨与色彩》

我这段时间在研究吴昌硕的梅花，真是越看越佩服。有的书我看了几十年，越到后面越是在看门道了，悟的东西也越多。

吴昌硕以篆法、复笔画梅，格调很高，我非常崇拜。

梅花有野梅、官梅、盆梅、园梅，其中品质最高的就是野梅。古人有许多诗词以梅言志的。

与古为友，与文为友。我们读画要能够读到作者的心境才是读进去了。

——选自《蕉荫画友课堂记录》

画梅，很难用“创作”二字，如同中国的“书法”，也是很难用“创作”二字一样。古代的三大行书中，王羲之的《兰亭序》是惠风和畅时的即兴记录，就连书写的时间都是后添加上去的，有创作之意吗？那《祭侄文稿》，颜真卿那种悲愤、失声痛语的状态，这里一个圈、那里又点又涂的，还需有意加工和构思吗？

——选自2017年9月26萧红亮、罗雄采访周宗岱先生手记

画雪的传统方法，或以淡墨染天，或用白颜料，也有人先染天，再将白颜料弹洒上去。

白颜料很难画出最高雅的效果，一则用白易沉滞，有粉感，与用墨笔味不相融；二则白颜料与纸这两种材料随时间变色的程度不同，多年以后，用白为雪的画往往变得不和谐了。

我画雪不愿意用粉。

——选自《周宗岱写意小品》

前人画梅都喜欢加点。汪士慎、金农、罗聘、赵之谦、吴昌硕、黄宾虹都这么画，其中自有道理。

线是中国画最重要的表现手段，点次之，两者相辅相成，其状物、抒情、达意的能力是很强的。而且点可强化线，亦可施于线不成功的地方，化腐朽为神奇。

点与线，都有其独立的审美价值。

——选自《周宗岱写意小品》

赵之谦的梅花，俊美，如二十七八、三十来岁俊美男子；吴昌硕的梅花古拙、厚重，如七八十岁的老人。

——选自蕉荫画友听课纪录

读周宗岱《墨梅册》

朱起煦

宗岱先生长我十岁。与他交往甚久，但不密。其实我苦于与他交往，是先生在学问上抛得我远了。《周宗岱研究》是个大课题，写文章是要担责任的。是毛娟先生扯我的耳朵，没法了，就写几页吧。

我怎么写？好在先生送我一本《周宗岱作品集》。这本书真的又大且重，认真拜读吧，仔细想吧，用了十多天，终于找到《墨梅册》。似是我的心读，但因我不绘画，写行外语是难免的，乞读者谅解、教正。

一、册页如印，些小之地，切莫小视

每逢宗岱画评，或读于文章，或闻于口碑首赞为山水。或曰，得黄宾虹笔意加自己造化；或曰，书读得足则画必成……

这些品评我是赞成的，但大幅野卉重彩泼墨在视觉上是很惊心的，因我多次目睹他的现场施工。这些巨作其实劳神费力。用早期的机械起吊工具将大画板反复吊起放下，左顾右盼，脑不停、眼不停、手不停，如筑长城才有山水横大殿、野卉挂厅堂之壮美。溢彩江南，远香塞北。

而先生画《墨梅册》则是另有情景。他伏案抒怀，轻松怡情，顺手拈杯品茶酒。执笔点墨如抚琴、如烹小鲜、如琢软玉。可谓人处静处，才思泉涌。能小视宗岱的墨梅？

二、梅生于苦寒，必遭冷遇，是宗岱画梅之潜思

窃以为，中国画审美：大美于意境，中美于笔色，小美于热闹。我也见过些临池画梅的画家，又见过一些悬于客厅小院之作，多在中小美之列。着意于：临雪斗艳，报春抢先。画技表现在浓墨出枝干，飞白得苍古，寻色出花俏，点苔作修饰，借诗题款……

宗岱之墨梅是踏过雪的，自悟自觉之心画，难得的这境地。他是闭目静思而苦得其境地。那漫天大雪的灰幕苍穹下的那树、那花。色调偏灰，少浓墨，不用红。朦胧中主干粗抱。着意苍苦，用笔笨拙，线条隐现，力度内存，他虽心潮澎

湃却克制沉着。枝杈横出乃纠缠自然有序。点花忘形散而不乱。茂处来韵味，散点有节奏。淡墨素彩似轻描淡写，于静处出枝显繁花。明知春打压，偏向凄风行。让读者莫名所仰又莫名所苦。

先生小帧墨梅版十四件，试举三幅再加解读。其中之二：于漫天混沌寒彻中，似是繁树交错，其枝似折似挺，其花似飘零又似抱团取暖，梅出苦寒必遭冷落之花魂，其意境远抛驿外断桥之梅。

其三：冷夜清静，寒月苦挣出云，月如盘正映几枝梅花，那梅在月影下，姿色多纯正，是月下娇娘。《月影梅》为古来画梅题之一。古瓷器也常见，先生的这幅余以为典。

其四：梅不弃石是老生常谈，而这幅却谈得巧。石面留白，分明是雪。画石无须用线，借梅树、小草分明现石压梅树，梅从石出之韵之神。

我以为先生这十四帧墨梅，究其所得，该出于国学之活读，又遭生命、生活苦之旅。加广览万物、百读古人，远功利、守规矩、不随波、不追捧，以逆境为朋，画德为上之果。

读宗岱先生画梅又使我联想到秋癸、残荷、雪里芭蕉。

岁丁酉处暑后二日

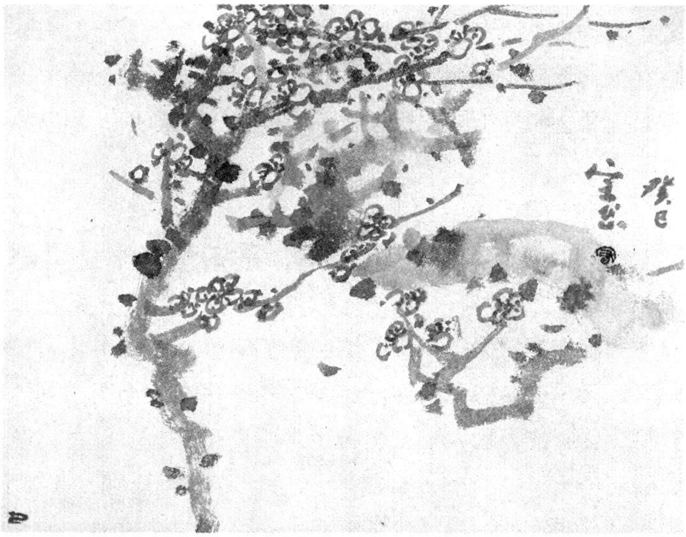

寥落寒山对虚牖

唐思源

早闻湘潭有个画家叫周宗岱，也曾在几片市井小画廊里见过几幅他的花鸟，单面独幅，看出他功到艺熟。宗岱夫如何？未曾登泰岳一览众山，岂知真面目。

2000 年 5 月，怀着对艺术前辈的崇仰，我专程去长沙，走进了湖南书画院“周宗岱画展”。

第一眼的感觉，似倒春寒一样的冷风扑面而来，让我打了个寒噤。浸蓝的日光灯把蛋青色的粉墙照得雪亮，一排斗方小框架镜面中，嵌着一系列浅淡的水墨小品，那些可以称之为微型的画幅，或方或圆或扇，简直像千里冰封的莽莽原野中，一竿横竹上立着一排山雀，是一群伶仃的组合，又是坚强的小生命的排列。

在几十年的艺途生涯中，我去过的画展上百。一般都是以多、大、长或酷、新、奇的强烈来达到刺激观众而视为轰动与成功，唯独这个展览，它给人一种不卑不亢的印象。犹如一架无形的桎梏锁定着我，把我的思绪拉向了一个久远的年代。我对自己的偶然心寒百思不得其解。闹中取静，我屏住内心的激越，用一种肃穆而深重的静态去独白周公这批来自他人生体验的作品，或画、或文。

“乱山残雪夜，孤独异乡人。”我没见到作者本人，却先睹了一位在雪山上踽踽独行的孤客，仿佛在山的那边有他了却心愿的归宿。

宗岱的画，没有形式上的追星逐月，没有形与色的酷辣，有的是一种清心寡欲的生活点滴，小山、小水、秋山雪林、木桥草庐，一种恬静隐者居士风范。尽管展览中有几件六尺大幅和三丈长卷，那也不过是小品的放大或延长罢了。如果很多画家都是以“新”作为艺术之生命的话，我看周宗岱先生所追求的是“品”。与这雀跃新奇的泛滥相较，“品”何尝不是鹤立鸡群的另一种“新”呢？

读宗岱先生的画，我体味到一种“淡极方知艳”的哲理。画如其文，读其文，直白朴实，放浪形骸的表述和主观上的中庸并存。画家既然是把画画看成是作为生活本体的部分，就不能苛求他必须遵从创作行业所推崇的样式。对传统文化艺术的研究、传导、发展，周先生作了几十年的努力，可谓呕心沥血。在他生命的近半个世纪里，他一面经营着那个普通人家的盐油柴米，另一面又苦心经营非普通人家所有的书画文章，苍白的冬、寥落的秋、蓊郁的夏、淡淡的春，从容不迫地渲染他的每一个日子。他的山水用浅墨勾勒，然后净水冲洗，再用淡墨渲染，其痕自然而斑驳。周先生为何喜欢这种斑驳呢？是释然线条的平滑，还是刻意追求一种沧桑美？只可意会。

“寥落寒山对虚牖”，是冷落是贫寂？不一而足。但它至少是一种诗境，是一种对浮躁和物欲的净化。

（本文原载 2000 年 11 月 16 日《三湘都市报》第 13 版）

写意周宗岱

彭代英

第一次见到画家周宗岱，是在第二届齐白石文化艺术节的“和平颂”50米长卷创作笔会上，参加笔会的是获得首届齐白石艺术奖的18位获奖者，周宗岱是其中年龄最大的一个。在人声鼎沸的会场上，他静伫一隅，周围观众谥美的言辞、强势的媒体宣传似乎与他毫不相干。他专注地画着，几笔泼墨重彩的大写意，一幅栩栩如生的花鸟跃然纸上，色彩夺目，气韵生动。让人不禁想，这个外表朴实、神态平和的老头儿，竟有着如此火热瑰丽的激情?！一个微寒的冬夜，我来到老先生的家。在他狭窄而简陋的画室里，和这位70岁老人，以及他笔下的山水花鸟进行了一次对晤。

周公“好色”

周宗岱对色彩有偏爱。他的花鸟画，大凡都是大红、橘黄、酞青蓝，浓烈的色彩配厚重的笔墨，形成强烈对比，浓艳却不落俗套，故而灿烂夺目，新鲜而富于光感，有着极强的视觉冲击力。站在他的画前，强烈的色彩、现代感的构图和富有金石之气的用笔，让你感觉到的不仅是眼目的愉悦，更是一种深深的震撼，这震撼，来自一股汹涌澎湃的激情、一种蓬勃旺盛的生命力。有人说，中国人是“好色”的民族。古代的宫殿楼阁、服装首饰都是瑰丽夺目，色彩纷呈，这都体现出中国人“好色”的天性。国画巨匠齐白石在进行“衰年变法”时，曾打出了“红花墨叶”的旗帜。而周宗岱把民间艺术中的大红大绿运用于绘画当中，其恰到好处的浓墨重彩，将“好色”走向极致。

“画，效果强烈者，难在虚灵，难在微妙，难在丰富。能兼而得之，便是大师。”这是宗岱先生在他的《中国画杂议》中提到的。画写意花鸟，他讲求见解独到，讲求创新，常常能于不经意间体会到这种妙趣：他用沉淀的颜料与渗化的颜料混合，一笔下去，在生纸上重又分开来，渗者自渗，沉者自沉，妙在其中；他用不透明的绿色盖在透明渗化的墨叶上，使得墨叶沉厚而又生动……一切随性发挥，有时竟能“相反相成”、变媸为妍，取得意想不到的审美效果。

“笔墨不是奴才”

翻开宗岱先生的《画馀信笔》，一个个极富思辨性的题目逼人眼球：《笔墨不是奴才》《驳伍蠡甫〈董其昌论〉》等。细读每一篇文章，你会对他深刻的思考、超人的智识感到由衷的佩服。他在《笔墨不是奴才》一文中说道：“吴冠中先生说笔墨只是奴才，它绝对奴役于作者思想情绪的表达。他这种说法似是而非。笔墨是有独立性的，它就像戏曲演员的唱腔，周信芳的苍劲老辣，马连良的圆润潇洒，言菊朋的悠扬跳跃……行家一听就知道是谁唱的。”

周宗岱认为，画写意画，难就难在笔墨。多年来，他潜心研究笔墨。从八大山人、四王、龚贤，到黄宾虹、任伯年、吴昌硕、齐白石，他都用心研习。他在师法前人的同时，加上自己独特的感受，创作出一批具有全新的又不失传统笔墨的绘画新作。他曾经试着在绢上画长卷山水，以此来加强自己的笔墨基本功。在绢上用笔墨比在纸上难得多，需要比平时更细致、更严谨，但他坚持了下来。那个夏天，他几乎足不出户。两三米长的绢面，他连续画了七八张。从那以后，他在笔墨上的底气足了。2001 年，他创作了 3.2 米的山水长卷《漫写家山》，被著名的美术评论家贾德江赞为：“深悟笔墨写心状物的奥义，含英咀华，自成家法。”

人生七十不算稀

今年 3 月，周宗岱度过了他的七十岁寿辰。10 月 22 日，他的个人画展在中国国家美术馆举行。他在《画展前言》中说：“我爱画画，在非常艰难的条件下修炼了几十年，今年 71 岁了。朋友们要我拿到北京来亮亮相，我就来了。请老师们、朋友们看一看，说一说，我好再努把力。也希望在更好的条件下，画出更好的作品。”一番朴实的话语，道出的是这位几十年与画结缘的老人心中的真意。20 世纪 50 年代，他曾因为画画被划为右派、被判刑劳改，但热爱画画的他在蒙受冤屈的二十多年里，仍然想尽办法在晚上临帖，习画。就在那个时期，他还秘密地读完了许多外国文艺典籍。12 年前，他从湘潭市文联退休后的第一句话就是：“终于能够专心画画了，真是美极！”在他心里，能自由自在地画自己喜欢的东西是他一辈子的梦想。

“80 不算老，70 不算稀，60 来岁小弟弟。”这是国画大师李可染先生的话。70 岁的周宗岱也认为 70 岁正是创作的好时期，他仍每日奋斗在他那间被书画簇拥的陋室里，弃绝物质的欲求，也不为什么雄心壮志，一切只是因为他喜欢，所以要继续画下去。

（本文原载 2007 年 12 月 4 日《湘潭日报》B4 版“生活周刊”专栏）

一花一鸟一世界　一笔一墨总关情

——评周宗岱写意花鸟画

徐诗丝

我们总说艺术是“源于生活，高于生活”，诗人凝聚对生活的感悟创作出脍炙人口的诗句，作家提炼对生活的体验创作出影响深远的文章，画家则将生活的诗意跃然于纸上。著名画家周宗岱曾自述：“我的苦难、欢愉、爱情、生计，件件大事，无一不是‘画’出来的。”他一生起起伏伏，但一直保持着一种豁达开朗的人生态度，这种“宠辱不惊，看庭前花开花落；去留无意，望天空云卷云舒”的人生态度在周宗岱的写意花鸟画中体现得淋漓尽致。花鸟画的创作来源于生活，社会生活的细节都是艺术创作的素材，草木的一枯一荣，禽鸟的一动一静，这些司空见惯的现象总能使人触景生情。落于形式，淡化情感，已成为当代写意花鸟画创作的不争事实。但周宗岱的写意花鸟画却不落俗套，有形式却又不拘泥于形式，不仅有情感且富于表现生活。在周宗岱的笔下，“一花一鸟一世界，一笔一墨总关情”。他总是用细腻的笔锋去反映自然的美感，用浓厚的色墨去营造华丽厚重的意境。他以鲜明个性的笔墨具体、生动地反映事物的美感特征，形成感染力，从而体现出画家独特的感受，给观者以美的体验。

立意：以物绘情，以景造境

我们都知道国画题材有四君子“梅、兰、竹、菊”，画家一般用“四君子”来标榜君子的清高品德，画家画花鸟的目的在于把花鸟画中人格化、精神化的东西抽象出来，使得花鸟画也成为一种具有文化精神和象征意义的美学，这便是绘画中的“托物言志”。大凡传统文人画家画几朵不知名的山茶花、几只雏鸡等，绝不是仅仅为再现这些自然中的事物如何的美，而在于画家通过它们来倾吐自己的情思或对自然的眷念和礼赞，或对人世的深切感悟。周宗岱的花鸟画在题材上没有什么特别之处，真正能吸引人的是他画中体现的精神状态。他的画作鲜有附庸风雅之作、针砭时政之作，在他的画作中更多的是生活的情趣，如《小宝贝》《秋风劲》《水之滨》系列只用寥寥数笔便将一个个鲜活、情态各异的形象表现出来，每一个形象都被作者赋予了真情，我在他的笔下看到的更多是对生命和生活的热爱。

如果说山水画是从宏观上去领略自然的宏伟博大，那花鸟画则是从微观上把握自然的细枝末节。而花鸟画画法又分为“工笔”“写意”“兼工带写”三种。“工笔画”要求用精准、细致的笔墨绘画，羽毛、头发都要求详细画出。写意则追求意境，用潇洒的笔墨，寥寥数笔，即可将事物化繁为简。正因为如此，写意的作品更加有利于表现作者的思想感情，艺术家艺术个性的极大张扬更容易在写意花鸟画中体现。如《傲雪之二》仅仅用了墨色的浓淡对比，墨线的随意组合，构图的藏露表现，画面的一虚一实，就将一幅“墙角数枝梅，凌寒独自开”的景象跃然纸上，“遥知不是雪，为有暗香来”，仿佛闭上眼还能闻到梅花的阵阵馨香。

写意花鸟画的创作不但要寓意深刻，更要意在画外，画外有画，避免平铺直叙。周宗岱在《砚边随笔》一文中就提到“绘画的手段，是用笔墨、色彩在纸上画出个形象来，给人以美感，给人以想象空间，这是绘画的本质”。[①] 如《麓山红叶》，通过对麓山红叶的描绘，使观者如临其境，仿佛“万山红遍，层林尽染”的景象映入眼帘。这幅画用了饱和、响亮的色彩，通过墨色的浓淡处理，巧妙地表现了岳麓山的精彩一角，使观者产生了美好的联想。

有很多写意花鸟画乍一看浓墨重彩觉得惊艳，但细看以后你会发现不耐看没生气。但我们欣赏周宗岱的画总有一种“画面有尽而意无穷”的感受，越看越是耐看，玩味无穷，久看不厌我想才是艺术的最高境界吧。我想绘画者以生活体验和自身情感为表现的源泉，以物绘情，以景造境，情感的真实表达正是这些作品的生命力所在。

笔墨：道技结合，自然成形

“‘写意’的概念应当理解为两个方面，即写意精神和写意笔墨。写意精神为道，写意笔墨为技，‘道’与‘技’在内容与形式上是高度统一的关系。”[②] 要画好写意花鸟画，用笔用墨是关键，立意是写意花鸟画的精神体现，笔墨则是写意花鸟画的技法运用，可见写意笔墨和写意精神也是相辅相成的关系，心中有画笔下才能有画。周宗岱的用笔粗中有细，柔中带刚，他认为花鸟画的创作有一个“度”，太过阴柔，画作会柔弱，太过阳刚，画作会狞厉。所以在他的作品中小幅花鸟有骨力，大幅花鸟有气势，在每一个形象中注入了血液，使每一个形象都富

① 周宗岱：《周宗岱写意花鸟》，北京：中国工人出版社 2005 年版。

② 傅昊：《写意花鸟画的坚守与应变》，《艺术评论》2016 年第 3 期。

有生命力。

小幅花鸟《雪中》画的是雪中一只麻雀栖息在梅花的枝干上，苍茫的大雪中，它侧过头来的一瞥，目光凝滞又有一丝凄凉和惶恐，细细看来仿佛与你对视一般，寒意油然而生。漫天大雪下一只孤独无依的小鸟怎能使人不心生怜惜？这幅画能如此生动传神主要就是得益于作者的用笔用墨的技巧。这幅画并没有用什么夸张的色彩，主要是线条的粗细、笔力的轻重和墨色的浓淡对比，使得画面虚中有实，实中有虚。画中的梅枝往右下角延伸，两朵已经开放的梅花在梅枝的一上一下，交相呼应，梅花是点，梅枝是线，白雪是面，点线面的结合构成一幅完整的图画。麻雀则处于左上部分的位置，从麻雀身上的羽毛可以看到墨色的浓淡干湿的变化。周宗岱用笔厚重而又不失细腻，尤其是麻雀的惊鸿一瞥使得画面灵动，富有生气。整个画面的处理都是富有设计感的，首先梅枝是向下延伸，不像春意浓浓的画面，生机勃勃，力争上游，如若换作向上延伸，整个画面就会违和。画面的笔墨处理方法也别具匠心，画面中心的鸟色彩最浓，梅枝次之，白雪更加虚化，使得画面更富有层次感。周宗岱先生的题款是十分讲究的，由于左上部分花鸟给人充实饱满的感觉，使得右下角有些单薄，作者采用几行错落有致的行书，寥寥数字中融入了对人生、对社会的深切感受，使整个画面更加饱满，格调更加高深。

周宗岱的用笔可得形似，用墨可得神韵，题款、用印融合在一起，使得画面生动富有灵气。如果没有对生活的深入理解，绝画不出《雪中》来。正是因为周宗岱坎坷的人生经历，丰富了他的艺术思想，曾经的沧桑之后，多了一份豁达和坦然。他将道技结合，既注重生活感受的表现，笔墨又富有技巧，运用点线面的结合，因势利导，自然成形，使得画面气韵生动。

构图：大疏大密、大虚大实

构图是指画面的布局，是画家写意精神外化的表现之一，是画家写意笔墨的视觉集中点和思维方式的体现。“构图”东晋顾恺之称之为“置陈布势”，南齐谢赫在其“六法论”中把它叫做“经营位置”，唐代张彦远认为“六法论”中的“经营位置”为“画之总要”。① 由此可见绘画中构图的重要性。我们传统的构图风格都讲究一个虚实结合，但周宗岱的绘画风格更符合“大疏大密、大虚大实”的个性化构图美学。看他的写意花鸟画时，总能给人一种强烈的视觉冲击力，除了他粗中有细、柔中带刚的笔墨外，还有一个关键因素在于他的个性化构图。

① 俞剑华：《中国古代画论类编》，北京：人民美术出版社 2000 年版。

在周宗岱的写意花鸟画中，无论是《小宝贝》《秋风劲》还是《水之滨》系列，整个图画只有一个意象，随意处于画面中央或边角，其余都是大量的留白，连一丝背景的衬托也不肯给，作者这样的布局可以说是简约到极致，但这也是作者的高深之处的体现。因为画面就是为了突出这些小动物的情态，高度概括化的揭示事物的本质和特征，使观者更加关注意象本身。这样将物象进行特写式的处理，更有一种逼人眼目的视觉冲击力。《水之滨》系列是我最喜欢的作品之一，画幅中间都只有一只鸬鹚，其中一幅中一只缩着脖子注视着水面，等待着猎物的上钩，另一幅中的一只则仰着脖子向远处观望栖息，其余的画面都是空白，让人怀想无穷。

简约即是指大虚，大实则是指周宗岱构图的饱满，他的单幅作品《山花烂漫》《红宝石》《秋江锦帐》，系列作品《山行》《早秋》《篱菊》《路边记趣》基本都是满构图的。满构图最大的好处就是给人极大的视觉冲击力，周宗岱以不疲的精力和浓厚的兴致将花鸟奇异地重叠和组合，他的画满而不闷，而且生动活泼。他的画面饱满，运用物象的丰富组合，使人感觉物象都要冲出了画面，即使画面不留空白却仍能让你感觉意犹未尽。在《秋江锦帐》中，一簇簇红的、黄的菊花充斥着整个画面，红色的热情奔放、绚丽多姿，黄色的雍容华贵、璀璨夺目，绚丽的色彩仿佛要冲出画面。有趣的是这幅画没有什么含苞欲放，所有的花儿都像是一夜之间全部开放了一样，画面基本毫无空隙，唯一的空白处也用了题款填满，整个画面都是生生不息的生命力。

在周宗岱的画中我们经常可以看到有一些很纵横交错的线条，看似随意，实际是精心而为。将抽象的线条化为一种现实的事物，需要画家多么成熟的笔力。通过线条的丰富变化展现出不同的事物，又可见画家用笔的绝妙。他的作品之所以有神韵在里面，离不开他对画面气势的把握，而气势营造，又充分体现在线条的力度变化和走势中。他的系列作品《暮春三月》《篆意》《篱菊》中的线条宛如龙蛇飞舞一般，这种恣肆流动的笔墨，自由畅快地表达了内心情绪，更是酣畅淋漓。在《山茶》中他运用上下纵贯的线，犹如一棵棵参天的大树。他还巧妙地在线上加点，一来可以遮丑掩瑕，二来使得线条更生动多变，整个画面通过点线面的疏密处理极具气势。在《篆意》中运用“篆隶笔法”，又颇有沉拙、浑厚之气。线条奔腾飞舞，疏密有致，纵向的挺立，横向的飘逸，粗细照应，又仿佛有抱团之意，把旁逸斜出、虬枝峥嵘的树干展现得淋漓尽致，仿佛一枝遮目，不见泰山，遮蔽了整个世界，为画面增添了很多灵动的感觉。

“大疏大密，大虚大实”是对写意精神的体现，是对写意笔墨的折射。正是因为作者合二为一，既注重思想感情的传递也注重画面布局，才使得周宗岱的写意花鸟画的构图艺术不仅在形式上以强烈的视觉冲击力吸引人，而且在情感上能打动人。如果对自然的感悟不深，自我的创新意识不够，绘画不讲究构图，为了形式而追求形式，作品是不能吸引观者的，更别说打动观者。

在周宗岱的写意花鸟画中，他以物绘情，以情造境，真情实感是他创作的动力，在他的笔下一花一鸟就是整个世界。他运用道技结合的笔墨，画面自然成形，构图上讲究大疏大密、大虚大实，在他的笔下一笔一墨都富有了感情。花鸟画素来注重写生，画家于自然中体悟生命的鲜活状态和情感意趣，触景生情，情景交融，就会自然而然地产生表现生活的激情，哪怕是再平常的题材也能具有别样的情趣。我们相信一个以自然生活为创作题材，注重生活感悟的表达的画家一定能在画坛绽放属于自己的光彩。

小画面具有大气象

——谈周宗岱的写意小品画

宋　卉

中国写意小品画以随性、凝练、雅致的格调给人以感官的享受，陶冶人们的审美情趣。“小品”一词源于佛家用语，佛语中“大品”指整部的佛经，较于“大品”，节略本佛经则称之为“小品”。中国美术作品中不乏鸿篇巨制，它们内容详细、场面宏大，给人以美的震撼。相比之下，写意小品画因其篇幅短小、形式活泼、笔墨简练，没有大幅创作的严肃，更能激发画家的创作潜质，将绘画才能发挥到极致，也更能引起观画之人精神情感的共鸣，成为中国绘画艺术这桌饕餮大宴中一盘令人回味无穷的美味佳肴。① 然而写意小品画的“小”“简”，对画家来说是一个不小的挑战，它要求画家具有极强的画面控制能力，把控画面中各种形象的造型、用色、布局等，否则稍有瑕疵就会显露无遗。因此，小品画的创作也成为检验作画之人笔墨、造型、构图功力的最佳试金石。

中国写意小品画源于宋代，如今已然成长为一棵参天大树，著名画家周宗岱无疑是这棵大树辛劳的施肥者之一。他的默默耕耘使写意小品画这棵大树焕发生机，趣意盎然。周宗岱的写意小品画中所展现出来的令人震惊的绘画才情，以及在画作背后蕴含的丰厚的文化底蕴成为他独特的艺术标签。

一、周宗岱的写意小品画风格

中国写意小品画以山水、花鸟为题材的作品居多，周宗岱经终身艺术探索发展出一种笔墨纵恣、多彩精巧的写意小品画风，其写意小品讲究画面的趣味性、思想性。他寄情于画，其绘画作品的内容直指生活趣味，构图精致、巧妙，笔墨大气、苍辣，色彩丰富、绚丽，因而其作品熠熠生辉，极具艺术感染力。

1. 寻常之景抒真挚之情

小品画的题材相当广泛，诗词、神话传说、历史典故、日常生活之景皆可入画。唐代张璪有云：“外师造化，中得心源。”其大意是：画家应以大自然为师，

① 邹晓：《浅论中国画小品艺术的审美特征》，《汕头大学学报》（人文社会科学版）1997 年第 4 期。

将自然、生活场景转变为画家作画的素材，成为画作意境的源流。著名美学家李泽厚先生也表示："艺术趣味和审美理想的转变并非艺术本身所能决定的，决定它们的根本到底是现实生活。"① 可见自然和生活为画家作画提供了广袤而丰富的沃土，是作画灵感和素材的来源。

周宗岱的写意小品画多半是描绘自然、生活之景，如《红萝卜》中的主角是两棵胡萝卜，《别嚷嚷》画的是一只张大嘴巴大声喊叫的小公鸡，《蔬中佳品》画的是一颗清脆的芥兰头……平易之物都能成为他画中的主角，在他笔下皆能成趣。他奋力开掘生活的情趣，选材丰富多样，足见其平日对生活观察之用心。唯有深入生活，认真细微地观察身边事物，才会描绘出这生活之美、自然之靓，铸成这一张张富有生活气息，散发着独特艺术魅力的写意小品画。

或睹物生情，或以物喻人，绘画作品总是寄托了作画之人的情愫。正如郑板桥所言："一枝一叶总关情。"选材的生活化源于周宗岱对生活、自然的满腔热爱。在《周宗岱写意小品》中，他将自己的一腔深情挥洒在山水之景、自然花鸟之中，直扣人的心扉。在博文《笔墨与色彩》中，周宗岱曾说："写意画就是用简约的笔墨宣泄我的意趣、我的意思、我的情感。"他以情入画，所以他的画作无论是山水画，还是花鸟画，抑或人物画，都寄予了他对自然、生活的深厚情感。他把自己的情感挥洒在笔墨之间，融汇在色彩之中，所以他笔下的山水、花鸟、人物仿佛是有生命的、有情感的，给人强烈的心灵震撼。

对自然山水有着深深的眷恋，对生活有着浓浓的依恋，所以周宗岱的写意小品画让我们看到了拔地而起的天子山，气势磅礴；让我们触摸湄江瀑布溅起的水花，清爽沁人；让我们听到了枝头叫喳喳的小鸟，青春活力；让我们闻到了鲜艳怒放的雪中茶梅，优雅吐蕊……对自然和生活的热爱为周宗岱绘画艺术的丰富和发展源源不断地输送水分和营养，使其画作不仅富于生活气息，而且富于灵气，极富感染力和震撼力。缓缓翻阅周宗岱的画册，犹如欣赏一首首奇妙的乐曲，曲调悠扬，歌词唯美，感情真挚，意境雅致，足以动人心弦。淡雅的笔调将生活寻常之景一一展现在眼前，若非画家对自然、生活有着细致入微的观察和深刻的感悟，想必难有此般美景流于笔下，若非对自然、生活情深意浓，想必其画作难有此般艺术魅力能够轻易打动观众。

2. 绝妙构图展丰满画面

构图，又称"经营位置"，讲究画面的宾主、虚实、疏密、藏露、开合、交叉的安排，要求主题位置布局适当，兼顾形式美，是作画关键的一步。几尺方圆的宣纸如同女娲手中的泥土，所要描绘的事物就如同一个个泥娃娃，高矮胖瘦，

---

① 李泽厚：《美的历程》，北京：三联书店 2014 年版。

有什么表情、动作都要提前在脑海里经过精心的设计和安排。唯有在尽情挥洒前完成了构图，做到胸有成竹，作画时才能一气呵成，一笔成画。南北朝画家姚最对作品构图有着极高的评价，认为构图是“咫尺之内而瞻万里之遥”，唐代张彦远也认为构图是“画之总要”，构图于绘画的重要性不言而喻。周宗岱在他的博文《笔墨与色彩》中表示：画作中的事物“摆高点摆矮点”，要像“做生意一样去‘经营’”，去琢磨。周宗岱的小品画画面布局绝妙，在作画时胸有成竹，意在笔先，酣畅淋漓，其画面的主题突出、造型新颖、色彩和谐、布局合理，除内容外，诗词题跋更是匠心独运的结晶，展现了他的所思所想。

作品《春意正浓》中一枝布满繁花嫩叶的树枝从画面的中部的上方垂下来，倒挂式的构图别有风趣。垂枝将整个画面一分为二，画面的左边是一群可爱的小鸡、小鸭，右边是落款和印章。小动物和落款皆成竖状，搭配倒垂的树枝，构图对称而不显呆板，整个画面显得和谐，统一。落款“春意正浓”，用词精确、概括、凝练，将春天的特点囊括其中，整幅画作所展现出来的欣欣向荣、春暖花开的意境扑面而来。垂枝的枝叶交错相叉，突出了律动层次美，向下低垂的枝叶中留有星星点点的空白，空白恰到好处，塑造了枝叶微微摇曳、栩栩如生的动感，显示了枝叶的活力，使画面增添了生气。整幅图的构图呈上密下疏的样式，较为饱满。画面中上方垂枝上缠绕着红花绿叶，小鸡小鸭成群结队，构图较满；画面下方留白，整体疏密有致，呈现出一种满而不乱，有张有弛的感觉。红花、绿叶、黄鸭，色彩鲜艳、活泼，展现出春季一派勃勃生机的景象，突出了“春意正浓”的主题。周宗岱如这般精心构图的写意小品画数不胜数。他的写意小品画构图精巧，画面的黑白分布、各种形象的位置安排、造型、设色、题款钤印等都经过他精心的设计和苦心经营。落笔之前，心中已有全貌，然后以一种简明、和谐的样式呈现出来，从而使整个画面看起来自然、有趣，增强了视觉的张力和表现力，使其画作乍看惊艳，细细品味更觉绝妙，不仅好看，而且耐看。

3. 笔墨豪放成苍劲之风

东晋顾恺之曾言：“有笔有墨谓之画。”对于绘画笔墨，周宗岱在他的博文《笔墨与色彩》系列文章中做了详细的解说，他写道：“中国画的特点就在于笔墨。”而且提出：“中国画作品价值的高低，实际上就是笔墨的高低。而且决定你个人风格的也不在于你画什么内容，而是你的笔墨决定的。”“大师与凡俗的区别不是像不像对象，而是笔墨好不好。”可见笔墨之于绘画作品的重要性。纵观周宗岱的写意小品画，无论是山水画，还是花鸟画，用笔用墨都十分豪放。他敢于落笔落墨，所以其画作有一种酣畅淋漓、一气呵成的美感。周宗岱不仅敢于用笔用墨，而且善于用笔用墨。唐代画家张彦远说：“本于立意而归乎用笔。”唯有轻松驾驭线条的用笔才能成就一幅好画。随意翻阅周宗岱的写意小品画，画面大气，线条遒劲有力，一点一线都有无穷的味道，这得益于他汲取书法所形成的高超的用笔艺术。为练就过硬的用笔功夫，周宗岱苦练书法，在博客中他表示："硬要拿很多很多时间去写字，不写好字线条质量上不去！书法决定你线的质量。"中国历来的画论中都强调书法和绘画是同源、同流，认为这两种艺术相辅相成，以书入画从元代就已经成为画家们心照不宣的默契。周宗岱认为吴昌硕所画的梅花如此真实、细腻，令人震撼，其中重要的原因是吴昌硕是一个书法家，练就了非凡的笔力，在作画时有意无意将书法的功力融入其中，因此他画的梅花线条"虚虚实实，断断续续，又显得那么沉厚"。周宗岱以吴昌硕为榜样，勤学苦练书法，打下了坚实的线条笔法基础，因而他的画作笔笔劲健，点线立骨，有行云流水的舒畅之意。

著名画家黄宾虹曾说过："好山幽绝处，全借墨华浓。"用墨技术也是影响画作美感的一大因素。周宗岱在作画时以书法艺术为基础，大胆地泼墨，浓墨中展现层次，形成虚虚实实、错落有致之感，加之勾、皴、擦、染、点诸法，搭配色彩的变化，演绎出无穷无尽的变化之态。如写意山水小品《天子山下》一图，线条深厚，一层覆一层，密密麻麻，石头中的纹路层层横叠，仿佛刻进山石之中，苍劲有力，苍茫之感扑面而来。着墨浑厚多变，辅以擦染，稍稍一染、一皴、一擦，展现出山崖的峭立，树木的苍古。墨色或以浓破淡，或以淡破浓，浓淡、干湿相映，形成一根根石柱拔地而起，四面悬崖峭壁，山石荦落之势，画面气势磅礴，奇险之极。山水画讲究虚实，通过笔墨力度拉开物与物的空间距离，产生视觉上的三维立体效果。这幅画近景墨色淡，远景墨色浓，将远景向前拉近，整个画面变得开阔，营造了空间感、立体感，仿佛这峭立的天子山赫然立于眼前，表现力极强。峭壁上顽强生长着虬结挺拔的奇松，怒放的枝条经由点和染的配合，呈现出苍古而又洋溢出顽强生命力的景象。

周宗岱的写意小品画用墨用色干脆利落，他将所思所想无拘无束地挥洒于墨色和线条之间，笔笔刚劲有力，处处墨色撩人，令其画作有一种苍茫、大气之感，意境幽远，彰显出周宗岱笔墨运用的功力之高超，展现出高雅的笔墨情趣。

4. 设色大胆塑鲜活形象

色彩有强烈的表现力，色彩的选择、搭配、浓淡安排非常考验作画之人的画功。中国人自古以来便特别钟爱大红大绿这类浓烈、饱满的色彩，结婚张灯结彩要红彤彤，宫殿红砖碧瓦，殿内金碧辉煌……这是一个民族文化的积淀。周宗岱清楚地意识到了这一点，他在《笔墨与色彩》中说："饱和的、强烈的色彩中国人喜欢，我的画，要为中国人服务，我怎么能违背他们的意志呢？"因此他的写意小品画的色彩深深植根于民族文化的土壤中，选用鲜艳、浓烈的色彩，通过颜色本身的丰富之变，以着色的浓、淡、干、湿，产生妙意无穷的韵味。他的山水画重墨，讲究色和墨的强烈对比，因而画中的山水显得苍茫、浑厚，如杨力舟所言："有力度，苍莽浑然，气势磅礴。"① 周宗岱也在《笔墨与色彩》中表示他的花鸟画要"以'浓墨重彩'为旗号"，"不浓艳，不足以表现自然色彩之美；非浓墨，压不住强烈的色彩，容易流于艳俗"。其花鸟小品浓墨重彩，选用大红、大绿等中国老百姓最喜爱的颜色，画面亮眼夺目，给人灵动、生机盎然的感觉，极具感染力。

周宗岱的写意花鸟小品《路边拾趣》一图描绘了一枝怒放着黄色花朵的树杈。画面整体以黄、绿、黑为主色调，墨黑、粗壮的树杈稍稍横向倾斜在画面的中下方，树杈墨浓，显得深沉、浑厚。画面中上方鲜艳的明黄色花朵大片泼洒，仿佛是从树杈的一片墨黑中冲出来，异常夺人眼球，愈发突显出树杈苍莽之雄浑。花朵色彩之斑斓，使整个画面活起来，显示出勃勃的生机。花朵用褐色勾瓣，内衬明黄色的肉瓣，用深色衬出花瓣的鲜艳欲滴，一褐一黄，对比明显，尽显花儿的新鲜、娇嫩，格外亮眼。墨黑的枯杈被成团成串的繁花围绕，墨色对比强烈，墨彩生辉，树杈浑朴厚重，花朵艳而不俗，这一沉一亮，一冷一暖，使整个画面显得丰富、鲜活，余味无穷。值得一提的是，在墨黑树杈上，周宗岱"用丝瓜络蘸石绿往墨团上拓，便不再闷黑一团了"②，淡淡的绿色与枯枝、老干相映，苍润相济，亮色与暗色并置，相得益彰，浑然天成，画面整体就变得和谐统一，丰富了视觉效果。正如贾德江先生对周宗岱画作的评价："色墨相映生辉的泼墨泼彩，呈现的是一种现代视觉的语境。"③ 翻阅周宗岱的写意小品画，设色鲜艳多变，着色方法多样，从而使所画之物造型优美，神形兼备，色彩视觉冲击感强，有生气，有灵气。同时他注重画面的颜色搭配，整体协调，使画作极具艺术魅力，显示出周宗岱作为画家出色的色彩运用能力。

"创作一幅优秀小品画，必须有对小品笔墨、造型、色彩、构图等的修养。"④ 周宗岱的画作取材生活、构图精致、笔墨浑然、色彩绚丽，表现出深醇的艺术修养和了得的绘画才情，焕发出永恒的魅力，使其在当今名家辈出的中国画坛独树一帜。

二、周宗岱的写意小品画背后的文化底蕴

绘画作品的创作并非一蹴而就，人前的挥毫泼墨，随意而成，人后则需要作

① 佚名：《周宗岱中国画座谈会辑要》，《国画家》2008 年第 4 期。

② 贾德江：《中国当代著名美术家艺术研究 · 周宗岱写意小品》，北京：中国工人出版社 2012 年版。

③ 贾德江：《中国当代著名美术家艺术研究 · 周宗岱写意小品》，北京：中国工人出版社 2012 年版。

④ 张超：《论中国人物画小品的造型色彩与意境》，天津师范大学 2015 届硕士学位论文。

画之人不断磨炼其专业知识和技能，提高自身的学识和修养，正如夏丏尊所言：“每从小中能见大，常从淡处见精神。”唯有不断夯实绘画基础、提高文学修养，才能创作出令人叹为观止的小品佳作，周宗岱清楚地意识到这一点，几十年如一日勤学苦练，全方位提高自己的文化修养，在诗、书、印等方面皆有涉猎，成为当今全面发展而又造诣精深的艺术大家。

1. 勤学苦练成绘画名家

“‘画画’，简直是个顽皮的精灵，捉弄了我整整一生。”在《学画自述》中周宗岱如此定位画画于自己人生的意义。对于钟爱的绘画，周宗岱皓首穷经，无怨无悔，哪怕面对再多的磨难，他也从未停止追寻绘画艺术的脚步。在人生最美好的21岁至40多岁这段时间，周宗岱被冠以“右派”和“反革命”的帽子。他挑土、挑煤、做油漆，甚至蒙冤入狱三年。他干着最辛苦最劳累的活，还要忍受着别人的指责、白眼，甚至是批判和凌辱。哪怕就是在这么艰苦的条件下，周宗岱仍没有放弃对绘画的热爱，在被允许画画的时候他争分夺秒，拿起画笔尽可能地挥毫泼墨，将画画作为自己的精神食粮和情感输出口。诚如韩章淑所言：“在那受苦受难的20年里他一刻没有停歇地在充实自己、武装自己、塑造自己。”①周宗岱在博文中写道：“苦是一种刺激与宣泄。”那段苦难的经历练就了他吃苦耐劳的精神，也为他日后艺术素养的攀升打下了坚实的基础。周宗岱对绘画的热忱始终未曾改变，直到今天他仍对绘画抱以孩童般崇敬之心，固守艺术净土，专心作画。这般对艺术宛若孩童般的真诚、对绘画不遗余力的努力、对自身高标准的要求着实让人敬佩，这种殚精竭虑的为艺之道也造就了如今声名远扬的大画家周宗岱。

周宗岱不仅爱画画，而且喜欢钻研画作，每每看到历代名人的书画作品他都欣喜不已，爱不释手，对其进行深入的研究。在《笔墨与色彩》（续）中他表示要“多读大师们的作品，然后在里面去寻找最适合自己个性的、自己觉得最过瘾的东西”。他广泛涉猎经典书画作品，在赏、读、学、临、画等不断反复中，领悟作品中深沉的内蕴，学习先哲的艺术经验，汲取、内化其精华，逐渐把握了小品画的脉搏和规律，积累了深厚的理论功底。又多年反复磨炼，练就了坚实的绘画功底，逐渐形成自己独树一帜的风格。②

2. 丰厚学养成艺术大家

周宗岱不仅在绘画上成就显著，而且在书法、篆刻、写作等方面皆有建树，深厚的文化底蕴，使其小品画作品蕴含着诗意般深远的意境，在茫茫艺术之海中

① 韩章淑：《感动》，《创作与评论》2012年第4期。

② 李婧超：《万物美，尽观其心——周宗岱作品》，《大众文艺》2016年第2期。

脱颖而出，如珍珠般光彩夺目，熠熠生辉。

他认同陆俨少提出的“三三四”规律，即三分读书，三分写字，四分画画。绘画之余，他苦练书法，琢磨篆刻艺术，熟读诗文，钻研文学理论，不断提高自身的文化修养。彭建明教授如是评价他：“他把古往今来的中外书本知识以及生活中的事实，融汇在自己胸中，因此信手拈来，写人文章，无不如意。”[①] 博闻强识使周宗岱艺术的表现面变得十分广阔，艺术创造更加多元、多面。他出版了理论专著《美辨》《篆刻美学十题》、散文集《画馀信笔》，发表了《书法美探源》等多篇论文和散文。他开通了博客，经常发表博文，源源不断地探讨绘画艺术和文学艺术。

博学多闻，开阔了周宗岱的学术视野，也使他积淀了深厚的文化学养。小品之作之于他，如庖丁解牛，游刃有余。刘龙庭说周宗岱的“有些小画很有禅意”[②]，我认为皆因他以扎实的绘画基本功、深厚的文化修养为基石，将诗词、书法、篆刻等艺术形式和美学理论融于绘画之中，在这尺寸天地之间左右逢源，自由挥洒艺术家的才华，大胆挥墨设色，使画面中的每一朵花、每一棵树、每一只鸟都笔简意深，皆成活物，给观画之人带来惊喜。他的画厚重、沉稳，有分量、有厚度，这种功力，非长年累月不能铸就，非孜孜不辍不能练成。

周宗岱能有如今的成就，离不开自身过硬的美术功底和丰厚的学养。经历了几十年艰苦卓绝的潜心学习，他终于形成了自己笔墨纵恣、多彩精巧的独特绘画风格，却仍保留一颗积极进取的年轻心态。经过几十年如一日般兢兢业业、专心致志地打磨自己，如今的周宗岱终于苦尽甘来，闻得梅花扑鼻香，画作名天下。

---

① 彭建明：《才学胆识兼备——读周宗岱先生的〈美辨〉》，《湘潭师范学院学报》（社会科学版）1998 年第 5 期。

② 佚名：《周宗岱中国画座谈会辑要》，《国画家》2008 年第 4 期。

感动

韩章淑

周宗岱这样说："画画"，简直是个顽皮的精灵，捉弄了我整整一生。我的苦难、欢愉、爱情、生计，件件大事，无一不是"画"出来的。我心甘情愿听任"画画"摆布。"画画"垂青于我……

我不懂国画，但这次看周宗岱先生的画展却真的被感动了。

首先被周先生那种与命运抗衡的顽强毅力以及追求绘画艺术的执着精神所感动。

周先生喜欢画画，而且早在1957年就在画界崭露头角。那时他仅20岁，就有油画、水彩等四件作品在湖南省第一届美展展出。

然而命运却有意捉弄他，1958年年仅21岁的他被划为右派，后又因反革命罪被劳改三年。右派和反革命这两顶帽子不知压弯了多少人的脊梁，断送了多少才子的前程，使多少人的人生轨迹发生了转折。

然而周宗岱不同。尽管历经磨难，尽管为了活下去挑土、挑煤、做油漆，种种苦力活他都干，可他热爱艺术的志向始终没有变。在不能画画的年月，他利用一切工余可用的时间，缩在家里拼命读书，读那些能弄到手的各种书籍。他一生都爱做学问，花了几十年时间学哲学、研究美学，发表了好些论文、随笔，出版了专著《美辨》。但他更爱画画，到了能画画的时候，他立刻拿起了画笔。

其实在看画展前，我也浅知他的简历。然而坐在电脑前看简历和站在美术馆的展厅里看简历的感觉是大不相同的。

当你面对布满上下两层展厅的动人的"花鸟"和壮观雄伟的"山水"时，当你身处这形光墨色的壮美交响中时，你怎能想象作者在整整20年的时间里过着苦难的非人的生活？人生能有多少年？他竟有20年时间不能随心所欲地握住他十分钟爱的画笔。而这20年正是从20多岁到40多岁人生最美好的时光。

展厅里共展出了104件作品，这104件作品，件件是灿烂的艺术珍品。

周先生今年71岁，他能画画的时间仅有30年。周先生说，实际上，他真正能全身心地、毫无顾忌地画画是退休以后的事情。因为平反后，又不得不担任了繁杂的行政工作。

在这么短暂的时间里他要拿出这104件珍品需要画出多少张画？他需要付出多么艰辛的劳动？

尚且这些并不是简单的数量堆积。在这么短的时间里，他把自己造就成了一个成就颇丰的名画家。

确切地说，这不是仅仅30年能做到的成就。应该说在那受苦受难的20年里他一刻没有停歇地一直在充实自己、武装自己、塑造自己。或者说他的一生从来没有离开过他心爱的绘画艺术。而在退休后，在本该颐养天年的时候，他却又不顾一切地，更加奋力地工作起来。这是一种什么样的精神啊?!

我更被周先生卓绝的绘画成就所感动。据画界人士介绍，周宗岱素描、油画、水彩都有较坚实的基础，山水、花鸟却全然是自学。八大、四王、龚贤、黄宾虹、黄秋园、任伯年、吴昌硕、齐白石、潘天寿，这些大家，他都曾认真临习。对继承和创新的关系，他不为流风所动，老老实实在继承上下功夫。六十多岁了，还在用绢、熟纸画大幅山水，力求深入，几个月画一张。他说，只要拿下了传统技法，那些可采纳的西方观念、个人性格等，自然会进入作品。他极力主张先“画好”再“创新”。“画好”尚且不能，“创新”又怎能上档次?

画花鸟，周宗岱的个性显露的更早一些。他认为色彩有强烈的表现力，中国人爱浓烈的色彩，认为尚水墨是后天的，是社会条件的影响；而爱色彩是先天的，本能的。在研习了前辈大师之后，凭感觉作画，浓墨重彩，力求将用色、用笔推到强烈的极致，又不失用笔的法度。他的花鸟画，是全新的，又是传统的、中国的。

贾德江先生（周先生正式出版的三本画册的主编）说：“（周宗岱的）花卉好作泼墨重彩大写意，风格苍辣雄奇，山水集宋元诸家笔法于一身，苍莽松秀，清逸幽深。”“写意花鸟作品，古朴、苍辣、凝重、厚拙、浑然的大气跃然纸上，其中宁拙勿巧的笔墨厚度给人以壮美的感受，而色墨相映生辉的泼墨泼彩，呈现的是一种现代视觉的语境。周宗岱是一位在当今中国画坛独具个性、独放异彩、独善其身，具有艺术语言震撼力的花鸟画家。”

（本文原载《创作与评论》2012年第4期。作者韩章淑笔名蔷老）

书法专题

周宗岱先生的家世与书风传承

何歌劲

周宗岱先生出身于湘潭韶山如意亭的一个世族。《潭宁周氏五修族谱》载有莲塘公文章一篇，简要地介绍了这支处于湘潭与宁乡边界处的家族的来历：

> 我周之族，按故籍起于汉，昌于唐宋，盛于元明。高祖继逵公洪武初年由厚田徙居中湘之黄龙市。厥子六，长孟典、次让、三训、四贤、五宝、六宾。典居汉阳，让居上湘，训居宁邑田坪，宝居善化，宾居益阳，我祖贤居本邑之瓦子坪。①

周继逵，字乐山，行五郎。洪武初由厚田徙居湘潭黄龙市，葬昭山左手边虎形。生六子。第四子贤，字师圣，卒葬沙子岭铺毡形。生二子。其长子仲宪，字又章。明成化五年己丑正月初三日（1469 年 1 月 15 日）生，嘉靖二十一年壬寅十月十三日（1542 年 11 月 19 日）没，葬湘潭七都六甲，即如意亭。

周继逵（乐山）是此支周氏首迁湘潭祖。其孙周仲宪（又章）则是定居韶山瓦子坪者。后来修谱，因自又章起才有准确的履历，故尊其为潭宁周氏始祖。

裔孙周和极康熙五十二年癸巳（1713）《老谱本支世系图说》一文谈到了潭宁周氏在湘的发展：

> 当继逵公卜居中湘，今之黄龙巷即其地也。厥子六，散处各属者五，惟贤居本邑之瓦子坪，自是创业于昭山百亩嵛等处田，其数盈万。再传而兴公、旺公遂作文章领袖，石友公为叙州通判，勒石彰彰，不犹在人耳目间乎？及少池公又卜居于沩宁之八只湾，方尔时亦云盛矣。会大明末龙斗于朝、虎战于野，琼湘、启宇两公俱怀报国之志而尽节焉。②

后裔建祠湘潭如意亭周家湾，又在其后建支祠于宁乡八只湾。清道光二十八年戊申（1848）冬月，因老祠圮毁，基地甚隘，择址于老屋对岸新建宗祠。

> 祠后一峰两岘，万仞嵯峨，曰合面狮山。其西峻岭环绕，曰凤形

① 民国甲子仲春世德堂《潭宁周氏五修族谱》卷一《莲塘公本宗便览序》。
② 民国甲子仲春世德堂《潭宁周氏五修族谱》卷一《老谱本支世系图说》。

山。其东绝高一岫，势若翔集，曰飞蛾山。祠之前秀水回环，有青湾绿亩、茂林修竹之属。屋舍毗连，鸡犬相闻，皆子孙聚族于斯也。登堂远望，吐纳万象，诸山来朝，势如星拱，莫不合形辅势于斯祠之旁。①

潭宁周氏在湘蔚成气候，而其祖源更有来头。开篇提到的根源地厚田，位于江西永新县。江西有两个厚田，且都有世族周姓。一个是新建县的厚田乡，靠近南昌。这里有著名的江南第一沙漠厚田沙漠。这里的周氏家族也是潭宁周氏的远房支脉。而潭宁周氏的祖源地则是在吉安市所属永新县的沙市镇厚田村，这是靠近井冈山的一个风景与人文俱佳的地方。

这个村子里曾经出过一个神童，他叫贺贻孙（1605—1688），字子翼，是明末清初的一个文学家。他9岁能文，著书50年，于经有传，于史有论，于诗文有集。留下的精神产品，有《水田居文集》《激书》《诗筏》《浮玉馆藏稿》《水田居典故》等，文章逾千篇，诗词800余首。部分著作辑入《四库全书》、人名列入当代《辞海》。

莲塘公，名周仕明，潭宁周氏第五代后裔，明隆庆间任河北唐县知县。到了他为官的时代，有心于家族族谱的传承，但是只知道潭宁周氏源出厚田，其来龙去脉则一无所知。好在这时的唐县来了个新教谕周光其，正是厚田族子。一交谈，辈分上还是自己的叔叔辈。隆庆五年辛未十一月初二日（1571年11月18日），周光其解职，于是周仕明随同这位族叔来到了厚田寻祖。在这里他看到了明嘉靖四十年辛酉（1561）新修的六修谱。此族族谱始修于南宋理宗淳祐八年戊申（1248），继修于元大德七年癸卯（1303），后又分别在明洪武七年甲寅（1374）、永乐十四年丙申（1416）、宣德十年乙卯（1435）重修。此谱记载了发源于三国周瑜历代先祖的齿录与文献资料。他无法得到整套族谱，便将本支直系齿录资料以及家族重要文献手录带回。于是才有了明隆庆六年壬申（1572）潭宁周氏家族的第一次修谱。

嘉靖四十年辛酉（1561），厚田周氏六修谱由“赐进士第、都察院左都御史兼太子太保、前南京兵部尚书、参赞机务、二十三世孙”周延领衔主修并亲撰序言。周延（1499—1561），字南乔，号崦山，江西吉水县水边村人。实与永新厚田周氏同出于吉水泥田之周廷显。他是嘉靖二年癸未（1523）进士，授知县，历兵科给事中，谪宿州通判、南京吏部郎中，升广东左布政使。居广东最久。安南之役及平定崖州黎民起事，俱有赞画功。擢右副都御史、巡抚应天。进兵部右侍郎，提督两广军务。入为刑部左侍郎，历南京右都御史，吏、兵二部尚书。嘉靖三十四年乙卯（1555）召为左都御史，加太子少保。嘉靖四十年辛酉二月十一日

① 民国甲子仲春世德堂《潭宁周氏五修族谱》卷一《宗堂记》。

（1561 年 2 月 24 日）卒于官。也就是说，他为厚田周氏六修谱撰下序言不到一个月就去世了。序中说：

> 余族自汾翁居庐陵乌东，越六世，有孙四人。长曰沂滨，唐长庆中居吉水泥田。一子整，生廷显、廷光、廷实、廷克，析为四房。以显居水边、藕塘为第一房；光居东边，实居竹山，克居纲村、湖山，以次为二、三、四房也。咸不出泥田里中，岁时合萃有常亲焉。乃若厚田之族，实与余同出显公之派，视二、三、四房犹亲且长也。显公以下七世为正宽公，徙居永宁之胜乡。又十四世，思诚公自胜乡徙厚田，遂为厚田周氏。宣德之谱以正宽之祖彦卓为胜乡始祖，以恭叔之子思诚为厚田始祖。自思诚而上去泥田盖七世云，其下十世则旧谱载详矣。①

三国吴大将周瑜之次子都乡侯周胤，居官谪庐陵（吉安），卒于乌东。十二传为刺史周汾翁，遂迁来庐陵定居，为乌东始祖。周汾翁生于梁太平元年丙子二月初八日（556 年 3 月 4 日）。自幼喜读书，精十八般武艺，兵书战策无不通览。年二十投笔从戎。先投陈主，不为所用。后游历中原，得遇隋文帝杨坚，委为从事参军。因战功累累，授骠骑将军。开皇八年戊申（588）冬，文帝大举伐陈，周汾翁与新义公韩擒虎并为先锋，居其副，为伐陈九十行军总管之一。大军开进，与韩擒虎兵出庐江，拔南豫州，迫陈将樊巡、鲁世真、田瑞等降。九年（589）春，克建业，生擒陈将任蛮奴，又获陈主叔宝，陈平。归清河公杨素麾下，再度率师平定陈地之乱。仁寿二年壬戌（602），转镇浙江会稽，擢会稽刺史。大业元年乙丑（605），诰授奉直大夫。至大业末（618），炀帝开运河、通济渠，劳民伤财，国事日非，各地民众相继举事。眼看大隋将亡，江山将易主，周汾翁遂携眷属避居江西袁州（今江西省宜春市）北门，开馆授徒。隋亡唐兴，天下太平，周汾翁还居原籍江西吉安县油田九龙山乌东，仍教书育人，浇培桃李。于唐贞观二年戊子十一月二十八日（628 年 12 月 28 日）歿，享年七十二岁。

周汾翁七传为周沂滨，唐乾元二年己亥八月初八日（759 年 9 月 3 日）生于乌东。自幼聪慧过人，喜读书，通经史，善堪舆，修命相，工诗治易，博学多才。及长，遂开馆授徒，以书育人。离乌东，循山脉起伏而东行，原欲择地拓基，当走到吉水泥田，见山势平敞，土地肥沃，说："此万人居也。"正遇上当地叶氏有女择配，周汾翁遂入赘其家。大中十二年戊寅十月十九日（858 年 11 月 28 日）去世于泥田，遂为泥田周氏始祖。叶太夫人生子整，官大理寺评事，孙显斋、光轩、实堂、充所四公，环绕分居，后称四房房祖。

---

① 民国甲子仲春世德堂《潭宁周氏五修族谱》卷一《南乔公序》。

明洪武、建文、永乐、洪熙、宣德五朝名臣、文渊阁大学士、礼部尚书兼太子少保金幼孜作有吉水泥田《周氏祖茔碑》，其中说：

周氏居吉之吉水，以族望于江乡，曰泥田里。其先盖自庐陵乌东徙也。始徙之祖四承事，讳某，号沂滨，其配为叶氏夫人。俱葬泥田里，二茔相去不三百步。子孙之众不啻千亿，以世计之凡廿有四矣，皆是祖之所自出也，何其盛哉！

周族居泥田逾六百年间，衣冠诗礼代不乏人。国朝数十年间赫然著称中外，予耳目之所逮者，难以枚举。

并系之诗曰：有周之胤居泥田，名宗簪绂辉蝉联。祖茔二封峙穹然，唐宋迄今六百年。谁其毁者昧本源，匡复赖尔后多贤。积仁累行开必先，继志述事期无愆。山川形胜丽且偏，重封草树郁葱芊。斯文照耀琼瑶镌，来者敬恭毋忽旃，孙子绵绵百世传。①

话题还是回到宗岱先生的近祖。潭宁周氏第十代有个周显绪，字大烈，行十五。生于清嘉庆十七年壬申十一月三十日（1813 年 1 月 2 日），同治五年丙寅八月初五（1866 年 9 月 13 日）没，葬湘潭七都四甲上学堂鞘屋下首。他便是宗岱先生的曾祖父。显绪老先生生有三个儿子。长子永党早夭；次子永宪，字玉堂，行十四，配江西万安毛氏女；三子永微，字镜堂，号泰和，行十八，配汤氏。永宪无子，遂抚弟永微第三子延年为承祧子。延年便是宗岱先生的父亲。

宗岱先生的血缘祖父永微镜堂老先生，为族中之翘楚，五修谱载有其夫妇合传，文称：

周公镜堂，讳永微。秉性正直，人不敢干以私好。为人排解争竞，一言之出，双方咸服。邻里族党公益之事，知无不为，为无不力。其训孙子也，读者专所学，农者务所耕，门以内肃雍如也。孺人汤氏，称其德，治家以俭，率属以勤，立心以慈仁。②

此传为黄宗炎所撰，文中述说了他与姻亲壬生君在长沙旅次相见不相识的趣事：

余于前清光绪中叶，识公之季子壬生君于长沙，蔼然可亲，卓然大雅。同学洪君春严屡称其才学，心特异之。后余以衣食之故，奔走四

① 以上摘自《钦定四库全书金文靖集》卷九《周氏祖茔碑》。

② 民国甲子仲春世德堂《潭宁周氏五修族谱》卷二《镜堂公夫妇合传》。

方，久不获见。去年自江苏归客长沙，则知已与舍弟乾生联姻，为兄弟行。然相见于逆旅之中，彼此竟不相识。友人曰：“此即君往访之壬生君。”彼此握手大笑。於乎！往时获睹公之次子桂秋君，年逾五十，相谈竟夕无倦容。桂君久客新疆，故所谈皆新省风土人情。其长子翌臣君，客新疆三十余年，今尚未归，殆所谓壮游四方，抱有远大之志者耶？传曰：“明德之后必有达人。”公之一家，蔚然特起，积厚者流光，源远者泽长，讵不信欤？①

这里提到的壬生君，就是宗岱先生的父亲延年，原名衍延，字壬生，行四。清光绪八年壬午十二月初十日（1883 年 1 月 18 日）生。善诗文，工书，人品学问闻于乡里。曾辞去待遇优厚的工作，回乡主持五修族谱之事。后来工作于湖南省公路局，抗日时负责档案管理。因战事机构先后转迁至耒阳、永兴，奔走于穷乡僻壤。染疾，在民国三十三年甲申中秋日（1944 年 10 月 1 日）病故于永兴城隍庙，享年六十二，简葬于野。延年老先生育有一子，即宗岱先生。

早在清光绪十一年乙酉（1885），镜堂老先生就参与了四修谱的主修。而潭宁周氏五修族谱，就是周壬生先生继承其父镜堂老先生之遗志，主持奔走，于民国十三年（1924）完成。是年仲春，壬生先生代表合族撰写了序言。文中说：

乙卯悉祀，镜堂、芳钦二公倡议五修之举，比经商订合约，以事未果，督促进行，至己未甫集亲供，而镜堂公即以其年之秋逝世。壬戌冬，草册粗就，刻期开局，而芳钦公又于来春逝世。功未底成，老成凋谢，惜哉！癸亥首夏开局于孔岳公新祠，族众一心，共襄厥事，越明年春二月而谱牒告成焉。②

令人欣喜的是，周壬生先生此序的手迹 7 页在五修谱中以石印的方式被完整地留了下来。细加欣赏，一笔行楷外肉内骨，秀美无比。其布局之方正，其结字之错落，其线条之圆转收敛，真赏心悦目。

无独有偶。潭宁周氏近年正在组织六修族谱，虽主修另有其人，而宗岱先生仍系心于此。不独反复向主修人说明自己对修谱的见解与建议，还特别工楷撰书了长达 15 页的新序。序中说：

十一年春，续议五修，适先父壬生公自江华锡矿归，入祠祀，众祖推为主任。壬生公感于族谱之所系，敬宗收族，纲维风俗，其义殊重，且父党之命不可辞也，乃停止江华实业，专心力以事。用贤任能，即时

---

① 民国甲子仲春世德堂《潭宁周氏五修族谱》卷二《镜堂公夫妇合传》。

② 民国甲子仲春世德堂《潭宁周氏五修族谱》卷一五修《序》。

发布引款。越癸亥夏开局于孔岳公祠。甲午春二月谱牒成焉。今日拜观，取舍合义，体例得宜，且校刊精审，斐然善本也。[①]

观周宗岱先生之手迹，亦为行楷，良为继其父之美作。其书风效其父少了些圆润而多了些刚直。或刚或柔，各有其妙。且皆刚柔相济，只是各有侧重而已。或许这是两代人的性格之外化。性格左右书风，书风反映性格？总之，这种家风与书风的传承与个人特色的突出还是显而易见的。也就是说，潭宁周氏出了个周宗岱，绝非偶然。

2017 年 9 月 22 日

附：周壬生、周宗岱手书族谱序各二纸

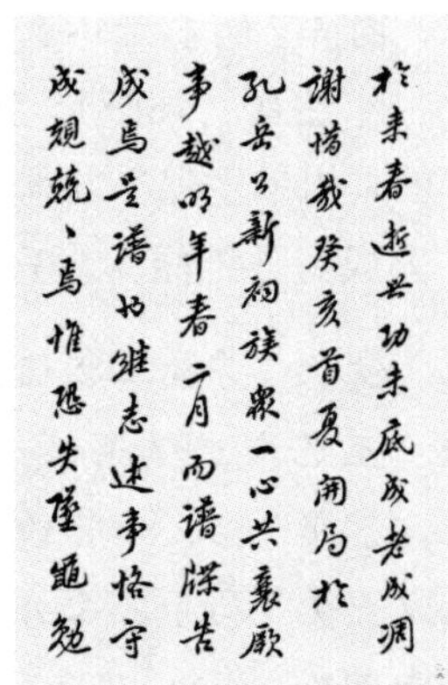
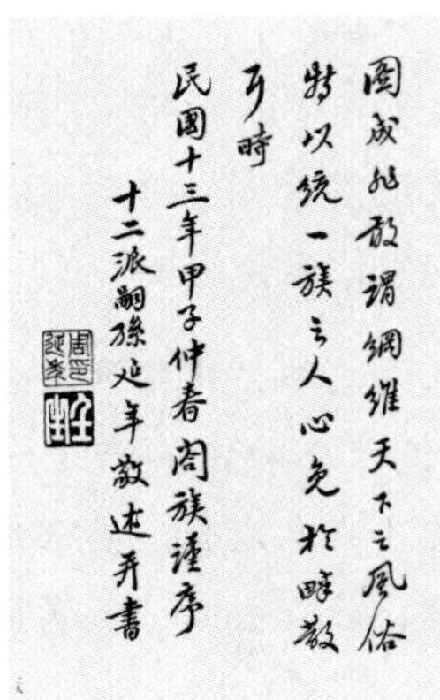
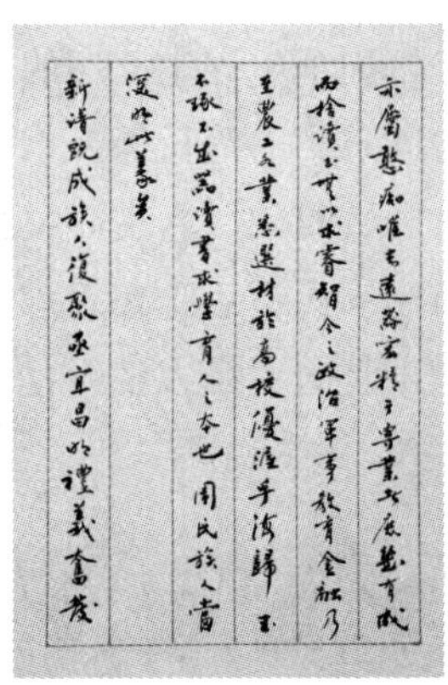
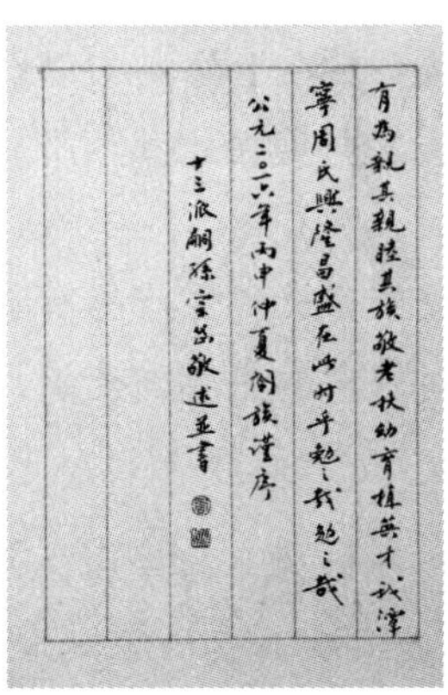

① 2016 年 12 月《潭宁周氏六修族谱大烈公支谱·序》。

美学专题

从《美辨》中读懂周宗岱

严子琪

去年，周宗岱先生将他1998年在湖南美术出版社出版的20万字的《美辨》送给我。该书收录了作者近20年所写的16篇力作，其内容涉及美学原理、自然美、艺术美、绘画美、书法美、篆刻美等方面，《美辨》一文是全书的点睛之作。一年之内，我通读了好几遍，深深地为作者的理论勇气和求实精神所折服。

一

周宗岱先生是个“视画画为命根子”的知名画家。他涉足理论是20世纪70年代末的事。那时理论界空前活跃，各种各样的理论蜂起，有些说法无法经受实践检验却仍在鼓吹。他天性好辩，于是奋笔疾书，据理以争，写出《“文艺是阶级斗争的工具”是个科学的口号吗？——驳吴世常同志》一文，很快被《上海文学》采用（发表于该刊1979年第7期）。此后便一发不可收拾，连续写了《论书意——兼与韩玉涛先生商榷》（发表于《书法研究》1982年第3期），《书法美探源》（发表于《书法研究》1983年第3期），《艺术美与自然美》（发表于《湘潭大学学报》1984年《美学专辑》）。《美辨》一文，是作者在20世纪80年代初参加学术界大讨论的产物。那时的美学热点——“美的本质”的讨论吸引了他。持辩双方的焦点在“美是客观存在的”“不以人的意志为转移的”呢？还是“主体对客体的评价”呢？当时被人概括为“客体论”和“主体论”两种观点。在那个“理论骨头缝里有‘左’味”的时候，学术界存在学术探讨政治化的倾向，往往把复杂的学术问题作“唯物”“唯心”的简单归类。于是“客体论”者成了“唯物论”的正确代表；“主体论”者自然就是“唯心论”的错误代表了。这使长期为“左”所害、对“左”患过敏症的宗岱先生通体不安。他苦苦寻思：不是说“学术无禁区”吗？为什么对“美的本质”这一被称为“斯芬克斯的千古之谜”的学术探讨，一开始就定调子、划禁区，只肯定某些权威的一种观点，而将持不同观点者视为异类？那么多学者大谈“美”是“客观存在的”“不以人的意志为转移的”却无一人能证实“美”是一种什么物质或其规律？他坚信，论美，离不开人，客观事物是否美，不在客观事物本身，而在社会的人——主体对客体的评价。于是，他从1983年起，历经三度寒暑，认真研读唯物辩证法和各种美学著作，整理了自己的基本观点，写成了这篇2万多字的《美辨》。由于文章基本观点与某些权威相径庭，一时竟无人敢用。宗岱先生并不气馁，他又用了几年时间，在艺术实践与理论学习中反复验证、修改、完善，直至1998年才将此文与其他美学论文一起结集出版，真可谓“十年磨一剑”了。

二

宗岱先生的《美辨》，坚持唯物辩证法，正确理解和运用马克思主义美学基本原理，所以在美的本质的辨析中理论底气充足有力。

马克思《1844年经济学哲学手稿》关于人的本质力量对象化的理论，是马克思主义美学原理的经典之作。《1844年经济学哲学手稿》明确指出：人类在劳动中创造了美，这种美体现了人的内在尺度，体现了人的本质力量；人类按照美的规律进行生产的过程，就是自身本质力量的对象化过程；人类在创造美的同时，形成了感知美、欣赏美的审美能力，建立了人对世界的审美关系。对研究美学的这一重要思想，“客观论”者要么将它弃置不用，要么否认或曲解其核心内容。他们为维护自己的观点，否认人的本质力量对客观事物的能动作用，否认人与客观世界建立的审美关系，虚拟了一种“客观存在的”“不以人的意志为转移的”美，而把“美是主体对客体的评价”的观点说成是“主观唯心主义”。宗岱先生的《美辨》，全书都是以《1844年经济学哲学手稿》美学原理作为立论的根本，《美辨》一文的十题即是针对“客体论”的种种与人类实践对不上号、与“美”挂不上钩的论点而展开辩论的，其内容是：

第一题，以古今中外不同时代、不同民族、不同文化素养、不同艺术门类审美的丰富实践为依据，开宗明义指出：世界上没有“不依存于人类主观意识、情趣而独立存在”的美。任何事物的“美”，一定是站在人的立场上去作出评价的。

第二、三、四题，针对“客体论”者的“主体意识是主观的、任意的、唯心的”质疑，从人与世界建立的审美关系的高度，以人的生理、心理科学研究成果为依据，指出作为审美主体——社会的人，其审美理想、审美能力是由遗传与环境两方面条件交互作用而形成的社会意识，是人的本质力量在审美实践中的具体化，是一定历史条件下社会生活的反映；人的美感则是客观存在的反映和模写；两者都属主体意识，又都是客观事物在人脑中的反映。

第五、六题论述审美过程主、客体关系及各自的地位。指出美的产生要有主客体双方，主体只能是人；客体的属性若符合主体的“审美趣味”，才能激起主体的美感，主体才会评价该客体为“美”。

客体，只是产生相应的“美”的必要条件——“有之未必然，无之必不然”。

主体，才是产生“美”的“充分而必要的条件”——“有之必然，无之必不然”。

因此，“决定美的，是人不是物，是主体的意识而不是客体的属性”。

审美过程，是一种特殊性质的心理过程：审美自身即是直接目的；美感享受是本能的需求，也是社会的需要。

第七、八、九题对“客体论”和“主体论”究竟谁是唯物主义、谁是唯心主义作出总的判断：

（1）人的意识是由遗传与环境交互作用而形成的，形式是主观的，内容却是客观的，是自然界和社会长期发展的产物。“美”既不是客观物，也不是物的属性，美本身就是意识的东西。所以“美是主体对客体的评价”的观点不是主观唯心主义，恰恰是坚持了唯物论的反映论。这一美学观重视主体的社会意识，能正确认识社会主义文化、艺术发展过程中人们各种精神需求的变化，与时俱进，更好地为新时期人民大众服务，有利于社会主义精神文明建设。

（2）“客体论”者坚持“美在物”，认为“物的形象是不依赖于鉴赏者的人而存在的”，这种观点混淆了物质与意识，把意识的东西说成是客观存在物，又把客观事物看成孤立、静止的、不变的，否认客观事物的联系与发展，这恰恰是客观唯心主义。这种美学观适用于宗教与拜偶，容易为造神运动、极左思潮所利用，是不利于社会主义精神文明建设的。

第十题结束语，重申把握住“美是主体对客体的评价”“美是一个形容词”这一本质，便可以理清复杂的现象，把握审美规律，从而建立一个科学的美学体系。“经不起实践检验的、不符合逻辑的美学理论，应该宣告结束了。”

在人类历史长河中，真理的发展是一个永无止境的过程，新与旧、正确与谬误的斗争是真理发展的原动力。学术界对“美的本质”的探求还将继续下去，“客体论”和“主体论”究竟谁更接近真理，这将由历史作出结论。我认为，宗岱先生坚持“论美离不开人、离不开人的本质力量的能动作用”，他坚持的是一条正确的思路，这对“美的本质”的深入探讨无疑是有启迪作用的。

三

周宗岱先生《美辨》一书所体现的理论勇气与求实精神，来自他在人生逆境中的艰苦实践，来自他广征博纳的理论修养，来自他精思善辩的胆识才华。

宗岱先生是从艰难人生历程熬出来的艺术实践家。他未出校门就被打成右派，劳改释放后，在生活的底层颠沛流离20多年。为养家糊口，他摸爬滚打，什么活都干过。中年丧发妻之悲痛，遭人歧视的无奈，都没有让他失去生活的勇气。生活清贫，精神上却富有，他在绘画、书法、篆刻、文学、音乐、戏剧等各种艺术实践中获得精神力量，获得艺术灵感。他对“美的本质”的理解，就来自对艰难人生的感悟和对坎坷命运的叩问：当人性被扭曲、所有欲望被扼杀时，“美”在哪里?！他在《美辨》自序中说：

> 我终于弄明白，对美的把握，普通人比那些美学家高明得多。那些一心寻找“客观存在的”“不以人的意志为转移”的“美”的学者们，是白费力了。其结果必然和在客观世界中找神、找鬼、找上帝一个样。哪有什么“美之谜”呢?！那些美学家自己将自己弄迷糊了！

周先生丰富的人生阅历和广泛的艺术实践，造就他刚健笃实的特性。无论与人争论问题还是写文章，他都特别实在，没有空洞说教，多让事实说话，总是那样贴近生活，贴近实际，贴近群众。他的《美辨》诸篇，常常把脑子里装的从生活中撷取来的、鲜活的材料写进去，用以说明问题，往往信手拈来，皆成妙趣：他拿锄头作比方，用以批驳“文艺是阶级斗争的工具”的极左口号。指出锄头能作武器，但不会有人说锄头就是武器。文艺，可以作为阶级斗争的工具，但在不同场合，它有不同的用途，绝非“文艺是阶级斗争的工具”这一定义所能概括的，所以它不是个科学的口号。他以老虎为例批驳“美在物”的观点，指出虎美或虎恶都是人的评价。离开人，虎仍然存在，但不存在“美、丑、善、恶”的评价了。“如果有人亲眼看见虎把他的亲人撕得血肉模糊，一块块吃下去，他还说：‘虎真美呀！’别人只好送他进精神病院。”这些都生动而有力。作者还以四位篆刻大师与四位京剧名角作风格类比：“吴昌硕似周信芳的老生，齐白石便似袁世海的架子花脸，吴让之似梅派青衣，赵之谦当以叶盛兰的翎子小生比之。”多么贴切有趣，这是不熟知篆刻风格流派、不懂京剧行当的学者写不来的。

宗岱先生是身手不凡的画家，也是颇具实力的学者。他没有机会进高等学府，而是靠自学成才的。这倒使他有幸避开了那个时代的理论污染，使他的学问根底比较纯粹、本真。所以有人称他为“潮流之外的独行者”。他有着对真理执着追求的精神，凡事爱寻根究底，又常苦于无处可问，便尽力找书读。20 世纪 60 年代初，他生计无着，却能安坐在某中学图书馆，如醉如痴地读王云五的《万有文库》、朱光潜的《文艺心理学》，由此勾发了他探索书理、画理的兴趣。80 年代初，他已经担任湘潭市文化局领导职务，为了参加美学大讨论，他搁下画笔，利用公务之暇，购来唯物辩证法及几百种文艺、美学专著，在寒舍青灯下啃那些大部头，给自己作知识的“充电”；他读书认真，每读必加圈点、批注，力求学有所得。他写的《艺术美与自然美》，所引参考书目竟多达上百种，其中哲学、美学论著、东西方文学史、美术史、名家谈艺录无所不包。他的这种博览精思、探求真理的精神的确难能可贵。

宗岱先生好辩。他头脑清醒，才华横溢，长于思辨。这一特质是由遗传（生性）与环境（后天实践与学养）两方面因素交互作用决定的。这使他的《美辨》充满着思辨的睿智和逻辑的力量。

宗岱先生的辩才是参加美学辩论会的同行们早已领教过的，他在《美辨》自序中描述道：

> 在一次美学会上，一位有地位的美学家断然宣称："癞蛤蟆不美，这当然是客观存在的嘛！"会后，我请教于他："说癞蛤蟆不美，是谁的判定呢?"他足足愣了三四分钟，然后气忿地说："不美就是不美嘛!"我心里笑了。须知这么个小问题，可不好回答！说是癞蛤蟆自己判定的吗？它的配偶还认为它长得蛮不错呢！说是"我"或者"大家"判定的吗？那更不行，因为那又刚好成为人的主体判断。

为了从逻辑上驳斥"客体论"者对"主体论"的指责，宗岱先生写过这样一段精彩文字：

> 美是客观存在，（你说）主体意识决定美，就是"意识决定存在"——你是主观唯心主义。这个三段论似乎很有力，其实不值一驳，大前提错了！美不是客观存在，美不是物。如果"美"等于"存在"，"美"等于"物"，那么，世上任何事物只要是存在的，也就是美的，决不能有丑的事物。这种逻辑错误太明显了。

在这里，周先生用的是形式逻辑的矛盾律。而在《怀素的狂与病》中，周先生还用了形式逻辑的排中律（排除法）。

在书法史上，怀素狂草之"狂"属何种性质，此前无定论。为破解此谜，周先生研究了怀素《论书帖》《食鱼帖》《律公帖》，孙思邈的《备急千金要方》，古文献中怀素所处唐代社会文化环境以及个人际遇，访问了当代名老中医，在掌握了大量确证基础上，写成了此文。作者运用排中律，将怀素的"精神病""中风""脚气""痹证""胃痛"等诸病一一排除掉，认定怀素之狂，其根本原因是酗酒导致的性饥渴。这一推论，在 1993 年"全国怀素研讨会"上引起轰动。有人说这是怪论，但也很难驳倒他。

宗岱先生治学，走的是一条实践—理论—再实践的探求真理的道路。他以广博深厚的艺术实践检验理论的真理性，探求事物之本源，"常常用这一行的目光去看那一行，站在庐山之外，窥视庐山的真面目"，这使他的文章内容富实，血肉丰满，富于哲理玄机。他以丰富的自然科学和社会科学理论为指导，探求艺术的深层规律，领会妙境，掌握法度，使他的书画作品更加透着灵气，富于艺术魅力。

周先生集艺术实践和理论研究于一身，其优势是一般学者所不具备的，他的成果常常使艺术界、学术界的同行刮目相看。20 世纪 80 年代，周先生于政务之余，受聘于中国书画函授大学湘潭分校，讲授《中外艺术史》《绘画艺术》《书法艺术》《篆刻艺术》等多门课程，注重从理论与实际的结合上传道、授业、解惑，深受学员爱戴。他到湘潭市工人文化宫讲《外国文学》中司汤达的《红与黑》，其效果可与大学教授的同类专题讲座相媲美。

《美辨》一书中的《篆刻美学十题》集中体现了宗岱先生的这种优势。先生在篆刻理论与实践两方面都有较高造诣。20 世纪 70 年代以来，宗岱先生陆续写过 8 篇《篆刻审美散论》在《书法报》上连载，引起学术界的关注。1994 年，北京大学金开诚、王岳川先生主编国家“八五”重点图书《中国书法文化大观》，以宗岱先生在篆刻艺术理论方面的功力与影响，特邀先生为撰稿人，为该书撰写《印章艺术的审美境界》（后为先生收入《美辨》，改为《篆刻美学十题》）。宗岱先生以马克思主义美学原理为指导，在发掘前人研究成果的基础上，一扫历来印论的因袭、陈旧之气，以全新的视角，揭示了篆刻艺术的本质属性、美的形态、审美心理机制、风格流派、艺术手段、审美多重属性等方面的规律，用了大量鲜为人知的材料，发时人所未发，堪称现代篆刻美学的滥觞之作。

宗岱先生是性情中人。我与先生相识于 20 世纪 80 年代在武陵源主办的全国自然美学术研讨会。之后虽然交往不多，但对先生的刚直为人、淡泊从艺、才学胆识、文采风流印象颇深。文如其人，细品《美辨》，如捧着一杯香茗，与先生促膝而坐，听他论道、说艺，喷珠吐玉，侃侃而谈一样，从中感悟艺术与人生，是很好的审美享受。

已逾花甲之年的宗岱先生，本身就是一部书，他把自己的苦乐人生、艺术人生、哲理人生写进了《美辨》。读懂了《美辨》，就读懂了周宗岱。

2003 年国庆于长沙

（此文原载《湖南科技大学学报》2004 年第 5 期）

才学胆识兼备

——读周宗岱先生的《美辨》

彭建明

周宗岱先生是画家、书法家，美的事业的实践者、创造者。他并不热衷于美学的思辨，不愿意把精力耗费于概念的解说、逻辑的推论上，更无意于建立庞大的美学理论体系。但凭他对创造美的天职和热爱，对美学问题有一种自然而然的敏感。20 世纪 80 年代和他一起参加过几次美学会议，听他陈述自己的看法，坦率热忱，讲得津津有味；他对他不赞成的意见，往往激昂慷慨、旗帜鲜明地予以反驳，说得有理有据而又词锋尖锐，往往使争辩者难以应对。他的直率，他的诚恳，他的学问才华，令人佩服，也感到其人格上的力量。后来他把这些意见整理成《美辨》。这些文章材料富实，逻辑严密，观点明朗，文笔流畅，体现了严肃认真的态度和才华横溢的论辩风格。

美是什么？两千多年的美学家不断地给美下定义，但至今还没有一个定义被普遍认同。《美辨》一文有一个副题——“客观论美学观的终结”，说白了，就是断定“美是客观地存在于事物本身”的论调极其荒谬，可以盖棺论定了。文中肯定“美是主体对客体的评价”“美是一个形容词”。客观论者当然不会让其盖棺的，会说“你讲的评价、形容，是指美感，不是美的本身”，所以辩论还没有完，还会继续下去。美学是哲学，哲学辩论的意义不只在把对方驳得体无完肤，更重要的是通过辩论启开人的智慧，开发人的思想方法，变换看问题的角度，使人们变得聪明起来，看问题更全面更深刻些。周宗岱先生的文章开辟了一条很好的思路，那就是思考关于美的一切问题必须想到人，想到这是人认为的美。的确，离开人这个根本，谈美有何价值呢？

《美辨》一文只是这本书的压卷之作。这本以此题命名的书共有 25 题，大部分是关于书法与金石的，从宏观把握到微观论述，颇具独到见解。我是外行，不敢妄评。就我读过的该书中几篇美学专论来看，给我的印象是这位作为画家、书法家的作者，不仅艺术头脑精明，理论工夫也很深厚。他善论强辩，论得扎实透彻，辩得有力漂亮。该书有三个最显著的特点：一是逻辑性强。他把自己的观点组织在严密的理论体系中，一步步推演下去，令人感到一种逻辑的力量，无懈可击，同时能一针见血地指出对方逻辑上的错误，击中要害，使之无言以对。二是实践性强。周宗岱先生做文章很少“空对空”地发议论，他论美的逻辑起点与逻辑终点都是放在用人类的审美实践来把握美的本质这一点上，所有逻辑推论环节都用中外古今的审美事实来说话。不仅作者的一切论点都以确凿的事实为根据，而且反驳也是以摆出不容置疑的事实取胜。从文章中可见作者平日艺术实践的经心及对艺术史料的熟悉。三是才学胆识兼具。周宗岱先生写文章挥洒艺术家的才华，纵横捭阖，举重若轻，娓娓道来，往往妙趣横生。这种才华是以他长期的艺术实践和广博的学问为根基的。他把古往今来的中外书本知识以及生活中的事实，融汇在自己胸中，因此信手拈来，写入文章，无不如意。才华、学问，运用得法，还只令人佩服、感染而已；如果与坚持真理的胆量和卓绝的见识结合起来，便会有征服人的力量，令人诚服、尊敬。这里我想节录一点文字，看看周宗岱先生才学胆识的一斑：

> 正因为艺术与人之美不同，因此，认为活人美高于艺术美的大有人在，不过，好像《皇帝的新衣》中所写一样，大家都不愿公开承认——不愿背上“不懂艺术”的名声。只有罗斯金痛快，他干脆说：“我从来没有看见过一座希腊女神雕像有一位血色鲜丽的英国姑娘的一半美。”
>
> 这里，就连通达的朱光潜老夫子也指责罗斯金把“快感”与“美感”混淆了。朱光潜说：“英国姑娘的‘美’与希腊女神雕像的‘美’显然是两件事，一个是只能引起快感的，一个是只能引起美感的。”这“只能”二字，毫无道理。如果雕像“只能引起美感”，为什么人体艺术作品会有社会效果的副作用呢？如果活人“只能引起快感”，岂不是根本否认了活人可以成为审美对象？实质上，只是罗斯金与朱光潜审美趣味不同罢了。

这两段话见于本书开头一篇文章《艺术美与自然美》，可以看出作者引用材料多么丰富灵便，足见其平日读书的用心；对朱光潜的反驳多么简捷，足见其在艺术实践中体会的深切；文笔何等活泼，应该说作者才气十足。

（此文原载《湘潭师范学院学报》1998 年第 5 期）

艺术创作实践与艺术美学探讨相结合的典范

——读周宗岱艺术美学研究专著《美辨》

李　霖

20 世纪 80 年代，学术界掀起了关于“美的本质”的大讨论，持辩双方的焦点在于“美在客观”还是“美在主观”，即“客体论”与“主体论”两种观点，但一直没有定论。持“客体论”的学者无法证实美是一种什么物质，有什么规律，存在于何处；持“主体论”者则被认为是“唯心论”。周宗岱历时三年，认真研读唯物辩证法，写出《美辨——客观论美学观的终结》这篇两万多字的长篇论文，站在“主体论”立场提出了关于美的本质的看法。可见，周宗岱美学思想的提出不是偶然的，是基于时代需要。其后周宗岱又用了几年时间，将这篇论文和其他美学论文一起，结集成《美辨》这本美学论文集，在 1998 年由湖南美术出版社出版。该书所收录的其他美学论文分别是《书法美探源》《艺术美与自然美》《雄浑——黄宾虹画品》《论书意——兼与韩玉涛先生商榷》《明日书坛蠡测》《怀素之狂与病》《主体心理描述与书法美——从“力”谈起》《古今书体嬗变时期的卫门书法》《形神辨析》《论南北朝碑刻书法》《篆刻美学十题》《短论四则》《草书典范〈十七帖〉》《何绍基——碑派书法的开拓者》，内容涉及美学原理、书法美、绘画美、篆刻美、自然美以及艺术美等。作为一位著名书画家，作为一名艺术实践者，周宗岱美学理念的产生不仅是基于时代需要，而且是来源于他对实践经验的总结，来源于他在艺术实践和理论学习中的不断验证、修改和完善。因此，对周宗岱美学理论进行研究极其有必要。同时，深入研究其美学观，将有助于我们更好地理解美、发现美、创造美。

一、周宗岱美学理论总体阐述

周宗岱在其专著《美辨》中持“主体论”。该书以马克思的《1844 年经济学哲学手稿》美学基本原理为立论根本，从不同方面对美的本质进行分析。而在《美辨》一文中，则分十个部分对“客体论”美学观进行辩论，强调美不是客观存在的，指出审美趣味是一种社会意识，并详细论述了审美过程中主客体的关系以及各自的地位，同时对“客体论”和“主体论”究竟谁是唯物主义、谁是唯心主义作出了总的判断。

周宗岱认为，“美，即主体对客体的评价”①。其具体阐述是这样的：

> 审美过程中，客体的属性与主体的审美趣味相符合，便激起主体的肯定性质的心理现象——美感，主体便说这客体“美”。客体的属性若与主体的审美趣味相对立，便会激起主体的否定性质的心理现象——厌恶感，主体便评价这客体为“丑”。美与丑，是一对对立的，而又可以相互转化的范畴。②

这是其美学理论的核心，强调美不是客观存在的，而是完全依存于主体。从这一核心思想出发，对周宗岱美学观而言，有两个关键概念值得深入研究，分别是“主体”和“审美趣味”。弄清这两个概念在其美学观中的价值所在，对于深入理解审美的具体实施过程及其相关规律有着至关重要的作用。下面，分别对其进行具体论述。

主体，即审美者，即“社会的人”。周宗岱强调主体在审美过程中居于主宰地位。他认为：

> 客体，只是产生相应的“美”的“必要条件”——“有之未必然，无之必不然”。没有苏词，必不可能有苏词的“美”，而有了苏词，也未必一定产生苏词的美。
>
> 主体，却是产生美的“充分而必要的条件”——“有之必然，无之必不然”。苏词若符合主体的审美趣味，主体必定说苏词“美”。若不符合，必定说苏词“不美”。
>
> 因此，对于美的构成，主体一方是主宰。③

这一段话极其重要，是周宗岱美学观的核心所在。“必要条件”“充分而必要的条件”这些逻辑用语的运用，使得整个论述过程更加清晰明了，鲜明点出了审美过程中主客体的关系以及各自的地位。周宗岱将主体摆在审美过程中的主宰位置，指出“美”并不是客观地存在于事物本身，并不是客体的不依存于审美主体的客观属性，而只是主体对客体作出的一种评价和选择。这正是对“客体论”美学观的有力反驳，正是对“美是客观存在的吗”这一疑问的有力回答，正是对美的来源的有力强调。理解“主体”，重视“主体”，是我们走进周宗岱美学理论的重要入口，是我们重新认识“美”的关键点所在。

---

① 周宗岱：《美辨》，长沙：湖南美术出版社 1998 年版，第 293 页。

② 周宗岱：《美辨》，长沙：湖南美术出版社 1998 年版，第 293 页。

③ 周宗岱：《美辨》，长沙：湖南美术出版社 1998 年版，第 294 页。

但是他又认为，“主体的美的判断，不可能是主观任意的，而有其生理的、社会的客观规律”①。这种客观规律，在周宗岱看来，与“审美趣味”有关。他指出“审美趣味”与“美感”不同：“美感是产生于审美过程之中的心理现象，而审美趣味是人的社会意识，在这次审美过程之前即已具备。”② 周宗岱对“审美趣味”的强调包括两个方面：

一是强调审美趣味作为一种社会意识，决定于社会存在，具有共性，也具有差异性。

他以盲人无法欣赏绘画、色盲无法欣赏色彩之美、聋子无法欣赏音乐为例，指出遗传和人的本性是审美的根本决定条件。他以湖南农民不爱交响乐但爱花鼓调，不爱毕加索但爱月份牌为例，指出人所处的环境，即民族、时代、阶级、文化、教育、自然条件等，决定着人的审美趣味。同时他指出，作为一种社会意识，“人的共性决定了审美趣味的共性，人的多样性决定了审美趣味的多样性”③。因而不同的民族会有不同的审美观念，同一个民族在不同时代对美有着不同的崇尚，文化教养不同的人对美的取舍不同，同一个人在不同时期的审美取向会不一样。

二是强调审美趣味作为一种社会意识，在审美实践中具有重要反作用。

他认为，“人的审美趣味，是人的本质力量在审美实践中的具体化”④。这是他对马克思《1844 年经济学哲学手稿》中提到的“因为我的对象只能是我的本质力量之一的确证”这一观点的美学解释，具体的论述是这样的：

> 审美过程中，“我的本质力量”便作为一种“主体能力”去衡量对象，一个事物美或不美，美到什么程度，就是这对象对我的“意义”，这是由“我的感觉所能感知的程度”也即是由“我的本质力量”来决定的，也即是由主体的“审美趣味”来决定。⑤

因此，在他看来，在艺术创作过程中，艺术家“总是尽力去体现自己的审美趣味，不能按自己的审美趣味去创作，是艺术家最大的痛苦”⑥。在艺术欣赏过程中，同一件艺术品，不同的人会有不同的心理感受，会作出不一样的审美判断。

---

① 周宗岱：《美辨》，长沙：湖南美术出版社 1998 年版，第 295 页。

② 周宗岱：《美辨》，长沙：湖南美术出版社 1998 年版，第 292 页。

③ 周宗岱：《美辨》，长沙：湖南美术出版社 1998 年版，第 288 页。

④ 周宗岱：《美辨》，长沙：湖南美术出版社 1998 年版，第 291 页。

⑤ 周宗岱：《美辨》，长沙：湖南美术出版社 1998 年版，第 291 页。

⑥ 周宗岱：《立意为象形著意彰——章法是篆刻的设计过程》，见金开诚，王岳川主编：《中国书法文化大观》，北京：北京大学出版社 1995 年版，第 774 页。又见《美辨》第 215 页。

由此，他主张人要培养自己的审美趣味，“趣味低的人，必定搞不出高雅的作品”①。

周宗岱是从主客观的统一上来认识美的本质的，而这种统一，具体是在主体的审美趣味上。从遗传与环境到人的审美趣味，是客观决定主观的过程，而将审美趣味付诸艺术实践，又是主观反作用于客观的过程。因此，“审美趣味”是沟通客观—主观—客观的重要逻辑点，是周宗岱看待审美现象和艺术实践的重要切入点，是他探讨美的本质的关键着入点。

通过研究周宗岱美学观，我们可以明确：审美，必定要有人；论美，必定要想到人；发现美，必定离不开具有审美趣味的人。

二、周宗岱美学理论的艺术实践呈现

周宗岱不仅简洁而精炼地论述了美的本质，而且通过对各类艺术形式的研究进一步阐发了其美学理论，并将其在美学观中对“主体”和“审美趣味”的重视运用于书法、绘画、篆刻等各类艺术实践中，形成具体特殊的美学范畴。

正因为“美，是主体对客体的一种评价”，正因为欣赏者对于客观事物的美丑评价标准在于它所引起的是肯定性的心理活动还是否定性的心理活动，所以周宗岱在其艺术实践中，注重以主体的心理描述为其创作标准，注重抓住艺术门类的主要特征来选择相应的创作方式，以尽可能地激起欣赏者的美感体验。也正因为审美趣味在审美实践中具有重要反作用，所以周宗岱在其艺术实践中还注重个人修养的提升和审美趣味的培养，以形成属于自己的艺术风格。

下面分别对周宗岱所追求的书法美、绘画美、篆刻美进行分析探讨。

1. 书法美

周宗岱写了多篇论文来专门探讨书法美。从这些论文中，可以明晰，周宗岱强调书法要“以力为美”，要“抒发书意”。

此处，“力”是作品点画形象所激发的欣赏者的主体感觉。周宗岱抓住“书法艺术不再现具体物象，也不叙说故事，只凭一些符号点线的形质去激发欣赏者某种情绪和想象”② 这一书法艺术的抽象属性，抓住“力与生命、自由是一体的，

① 周宗岱：《识篆习篆专精博涉——篆法是篆刻的基础》，见金开诚，王岳川主编：《中国书法文化大观》，北京：北京大学出版社 1995 年版，第 773 页。又见《美辨》第 209 页。

② 周宗岱：《主体心理描述与书法美——从“力”谈起》，《理论与创作》1991 年第 4 期。见《美辨》第 112 页。

对于人类是根本性的”[①] 这一本质规律，主张书法要“有力”，认为书法只有“有力”了，只有表现出一个生命体的神、气、骨、肉、血的感觉了，才有可能使作品形象生命化、人化，才有可能激起欣赏者将自我的情感外射于作品中，实现作品形象与欣赏主体在意念之中的交流和对话。而要做到“有力”，他强调要研究书学，提高书艺，注意使笔画形象与有力事物的表象相联系，从而使自己笔下的“字形”让人感觉“有力”，进而将主体的联想导向有力的事物，产生美感体验。而在追求书法“有力”的过程中，周宗岱又强调，要重内力，尚含蓄，不能“剑拔弩张”，从容自若的境界才是最舒畅的。

他指出，书意是“运用汉字的结构，以毛笔的中锋、侧锋、回锋、逆锋写出曲、直、轻、重、疾、迟、顿、挫、转、折等各种点和线，匀齐、穿插、包容等结构和动势，表达出来的某种情感、美感”[②]。可见，“书意”强调的是一种情绪与美感，强调的是作书者的思想感情、精神气质和美的感受的表达。而由于审美趣味的作用，不同的人会有不同的“书意”，同一个人不同时期会有不同的“书意”。对此，周宗岱强调，要创立自己的风格，不能一辈子老是揣摩人意，如果“作书者不从道德文章多方面培养自己的‘浩然之气’，就不会有‘落笔鬼神惊’的作品”[③]。

由上可知，周宗岱强调的书法美是“有神、气、骨、肉、血的生命美”。

2. 绘画美

周宗岱认为，“画要感人，重要的是画出某种神情，使之生命化，亦即美学中所谓‘人化自然’”[④]。他推崇谢赫的“六法”，认为这是中国画理论的基石。同时，在他看来，“六法”中所言“气韵生动”和顾恺之所谓“以形写神”的“神”一样，都强调作品的精神面貌。而要做到这些，他认为，重要的是要处理好以下关系：

一是要处理好艺术美与自然美的关系。

通过对自然特征和绘画本身特征的一系列对比，周宗岱指出，对于绘画，大自然的体积、光色、空间关系以及运动等都是无法再现的，自然美是无法再现的，模仿自然必低于自然。通过对中国画发展过程的梳理，他指出“中国画与自

① 周宗岱：《主体心理描述与书法美——从“力”谈起》，《理论与创作》1991 年第 4 期。见《美辨》第 116 页。

② 周宗岱：《论书意——兼与韩玉涛先生商榷》，《书法研究》1982 年第 3 期。见《美辨》第 65—66 页。

③ 周宗岱：《论书意——兼与韩玉涛先生商榷》，《书法研究》1982 年第 3 期。见《美辨》第 69—70 页。

④ 周宗岱：《美辨》，长沙：湖南美术出版社 1998 年版，第 131 页。

然，是各美其美，不存在谁高谁低的问题”①。因而他主张艺术的自由，注重“意”的抒发。他认为：

> 意与“物我交融”，与“自由”，有必然联系，“物我交融”“自由”，只可能是“意”的，而不可能是实在的。尚意，物我才能交融。艺术才有自由，我可化蝶蝶可化我。尚形、尚实，当然蝶是蝶，我是我。越讲科学性、真实性，物我越分割、对立，艺术自由就消失了，我就“物于物”了。②

由此可知，周宗岱强调创作主体的主观感受和想象的表达，强调艺术本身独立性的实现。

二是要处理好形与神的关系。

通过分析艺术创作中形与神的不同表现、艺术欣赏中形与神的不一致性，从而指出：艺术创作中，艺术家注重表现对象之形给予自己的感受；艺术欣赏中，审美者注重享受对象之形所激起的美感。因此，周宗岱强调，艺术家应熟悉客观之形所体现的活力，融入内心的感受，结合形象与技巧的配置，使得绘画作品渗透出一股生命的力量，达到“气韵生动之美”。

由上可知，周宗岱强调的绘画美是“物我相融的生动美”。

3. 篆刻美

周宗岱强调，篆刻也要和书法一样，追求有“力”的、有“神、气、骨、肉、血”的生命美。

他抓住篆刻“不模仿任何具体物象，只依循文字自身结构，为表现作者的情感、趣味而自由创作”③ 的表现性特征，抓住篆刻的点线和结构是“从某一类事物中抽绎出来的形象”④ 这一抽象性特征，指出篆刻与书法的崇尚、趣味乃至具体法则都是一样的，两者都不束缚主体，都容易激起审美者某一类情绪，产生一定的审美体验，因而他主张篆刻也应讲究“以力为美”：“篆刻艺术作为生命体，是以力来直接显示其存在的。任何风格与样式，只要无力，就失败了。”⑤ 但由于工具材料的不同，刀与石不同于笔和墨，所以篆刻又具有自己的特色。他认为应

---

① 周宗岱：《美辨》，长沙：湖南美术出版社 1998 年版，第 37 页。

② 周宗岱：《美辨》，长沙：湖南美术出版社 1998 年版，第 34 页。

③ 周宗岱：《抽象之象美在其形——篆刻艺术的本质属性》，见金开诚，王岳川主编：《中国书法文化大观》，北京：北京大学出版社 1995 年版，第 766 页。又见《美辨》第 162 页。

④ 周宗岱：《抽象之象美在其形——篆刻艺术的本质属性》，见金开诚，王岳川主编：《中国书法文化大观》，北京：北京大学出版社 1995 年版，第 766 页。又见《美辨》第 162 页。

⑤ 周宗岱：《神驰八极，物我两忘——篆刻审美的心理机制》，见金开诚，王岳川主编：《中国书法文化大观》，北京：北京大学出版社 1995 年版，第 772 页。又见《美辨》第 203 页。

充分发挥刀石的特性，创造篆刻的独特价值。通过结合篆刻本身的工具材料性能与篆体文字特征，他指出篆刻最易获得古雅之美，而这种古雅之美的感受要通过一定的学养才能获得。因此，要使篆刻作品产生“有力”的生命美，要使篆刻作品显出一种古雅之美，周宗岱认为，要从以下方面去努力：一是重视基本功，多识篆、写篆，深入体会篆字的结构美、线条美。只有这样，才能深入理解篆书的笔味、篆体的趣味。二是要重视章法和刀法，应立足于甲方要求、功用需要、印章形质、字形相宜、作者追求这五个基本点进行构思。在他看来，“作者追求”是根本的决定因素。因此，他主张搞篆刻的人要注重自己审美趣味的提高，即注重“印品”的提高，他认为这是“无形的而又无可逃遁的根本”①。而对于刀法，使用方法多种多样，同样“主要决定于治印人的审美趣味、艺术追求”②。可见，周宗岱对于个人审美趣味的形成和独有风格的培养是极其重视的。

由上可知，周宗岱强调的篆刻美是“蓬勃有力的古雅美”。

综上所述，可以用“独抒性灵，重视人品”来概括周宗岱美学理论在其艺术实践中的体现。“独抒性灵”即指他注重艺术实践者情感的抒发，注重调动艺术欣赏者的审美感受，强调“主体性”，强调“主体”在审美过程中的主宰作用，强调通过一定的艺术手段来激起欣赏者的美感体验，这是他对“美，是主体对客体的一种评价”这一美学理论的灵活运用。“重视人品”是指重视书品、画品、印品，重视审美趣味，重视人的气质、学问、修养、专业技术等，重视人的“本质力量”，重视自己独特风格的形成，这是他对“审美趣味作为一种社会意识，具有差异性，也会反作用于社会存在”这一思想的充分运用。

三、周宗岱美学理论的价值探寻

周宗岱美学理论有着一定的价值，主要体现在美学探讨思路、美学建立方法和艺术态度这三个方面，下面分别进行具体论述：

从周宗岱美学理论的内容所产生的价值来看，他为我们进行美学问题的探讨提供了新的思路，即论美，离不开人。在其主体论美学观中，指出了“主体”在审美过程中居于主宰地位，明确了“美”是一种主观感受，是属于意识范畴，回答了“美的来源”，即美来源于主体对客体的评价。同时，提出了审美趣味的多样性，从而强调要尊重审美的差异性。这一美学观的提出，是对客

---

① 周宗岱：《立意为象形著意彰——章法是篆刻的设计过程》，见金开诚，王岳川主编：《中国书法文化大观》，北京：北京大学出版社 1995 年版，第 776 页。又见《美辨》第 226 页。

② 周宗岱：《形态风神见诸刀法——刀法是完成篆刻作品的手段》，见金开诚，王岳川主编：《中国书法文化大观》，北京：北京大学出版社 1995 年版，第 778 页。又见《美辨》第 231 页。

观论美学观的终结，是对审美现象的梳理，是对审美规律的探寻，有利于美学体系的建立。

从周宗岱美学理论的建立方法来看，他为我们进行美学理论的探寻提供了很好的值得采用的方法，即坚持理论和实践相结合的方法。在关于美的论述过程中，他始终坚持唯物辩证法，可见其是有理论指导的，而所有逻辑推论环节都引用古今中外的审美事实来论证，可见其是有实践根据的。因此，周宗岱的美学理论，既是理论的，又是实践的。他正确理解和运用马克思主义美学基本原理，使其美学理论的辨析极富理论底气。同时，作为一名艺术家，他善于在艺术实践中进行美学思考，善于在丰富绚丽的中国艺术中体味美的真髓，善于深入中国现实的艺术实际，从艺术的品味开始，进行自己的美学理论建构。周宗岱的这种方式，严格遵循着实践—理论—实践的步骤，是一种“实证”的科学的方式，启发着我们一切从实际出发而不是从某种理念出发才是学术研究的正确方向。

从周宗岱美学理论的艺术实践来看，他为我们提供了值得借鉴学习的艺术态度，即自由的态度和独创的态度。

一是自由的态度。周宗岱强调美是一种评价、一种判断，强调审美过程中特定时候主体的特定感受，强调欣赏者根据自己的审美趣味对事物的美丑作出判断，作出评价。这就说明，在他看来，审美是一件自由的事情，艺术是一件自由的事情。同时，周宗岱也强调艺术本身的自由，强调艺术的独立性。比如，他谈中国的绘画：“画是画，自然是自然，不去‘模仿自然’。不模仿自然，就能直抒胸臆——在内容上获得了自由。不模仿自然，才得以充分发挥笔墨之美——在形式上获得了自由。也正因为如此，中国画之美就不同于自然美，而获得了自己的独立价值。”① 周宗岱认为艺术应自然而然地抒发自我情怀，不作态、不模仿、不矫饰，自然真实地显露真面目、真情感。比如在艺术实践中，他强调主观情感的自由抒发，在书法和篆刻上追求富有“神、气、骨、肉、血”内涵的美感，在绘画上追求“气韵生动”的动态美感，以使欣赏者更好地发挥联想、直觉甚至移情这些心理机制的作用，从而达到物我合一的境界。而他所强调的书法、绘画以及篆刻所具有的这些美，都蕴含着生命之美。因此，周宗岱强调的是自由、生命的一体，强调的是以自由的姿态抒发生命的情怀。

二是独创的态度。周宗岱强调审美趣味具有差异性，强调艺术家应有属于自己的书品、画品或者印品，强调自己独特风格的形成。他认为独创是达到艺术最高境界的“法外之法”：“假若艺术家世代相承，恪守师训，不作出创造性的发

① 周宗岱：《美辨》，长沙：湖南美术出版社 1998 年版，第 35 页。

展，那么，艺术就僵化了。”① 因此，他追求独创，以不脱离历史发展的步伐，以跟上人的审美趣味的变化。而要做到独创，周宗岱认为，一是要新，二是要好，即要在深厚的传统根基上进行独创。

不难看出，周宗岱重自由、重创造的艺术态度，是对狭隘的个人功利的消却，是对具体成败标准的淡漠，这种态度充满蓬勃生机，满富青春气概，能让人获得永久的动力与无限的乐趣。周宗岱重自由、重创造的艺术态度，使得自由与生命实现了统一，创造与审美融为了一体。

我们通过研究周宗岱美学理论，可以获得一种新的美学探讨思路，学到科学的美学建立方法，并感受到艺术家独特的艺术态度。我们要重视周宗岱美学理论的价值所在。然而，对真理的探寻是无止境的，对“美的本质”的探讨还有很长的一段路要走。因此，我们也要在实践中不断地摸索“美”、探讨“美”、创造“美”，透过错综复杂的美的现象，来把握审美规律，建立经得起实践检验的、合乎逻辑的美学理论，建立有利于社会主义精神文明建设的美学观。

总之，周宗岱既是著名的画家，同时也是个性鲜明的美学家。在长期的艺术创作实践中，周宗岱始终坚持艺术创作实践与艺术美学探讨相结合。周宗岱认为“论美，离不开人”，坚持“美”是主体对客体的评价，强调“主体”在审美过程中的主宰地位，重视“审美趣味”在审美过程中的重要作用。他的美学理论来源于其艺术创作实践，同时又反过来作用于其艺术实践，从而形成了他关于书法、绘画、篆刻的特殊美学观念。周宗岱的美学理论重视人在审美过程中的主宰地位，重视理论与实践相结合，具有艺术家自由与独创的艺术个性与思维品格，是艺术创作实践与艺术美学探讨相结合的典范。

① 周宗岱：《不假雕饰必赋新声——自然与独创之要义》，见金开诚，王岳川主编：《中国书法文化大观》，北京：北京大学出版社 1995 年版，第 779 页。又见《美辨》第 240 页。

文学专题

惟楚有材

——周宗岱散文一瞥

李元洛

惟楚有材，楚之湘潭更是人文荟萃之地，周宗岱先生就是一位两面，不，几面开弓的高手。

宗岱长于绘事，擅于书道，娴于诗词，且精于艺术理论与批评，洋洋大著《美辨》，就是他既可手挥七彩亦可舌灿莲花的身份证。除此之外，他忙里偷闲，还去散文随笔的天地观光，他的随笔有如出墙的红杏。

这些红杏，有自己独特的色彩与芬芳，它们或论艺术之大道，或写身边之小事，或议梅兰竹菊，或描猪狗鸡猫，从中可见宗岱对艺术的灼见真知，对精神品格的追求，对万物的仁者襟怀。而蓦然回首，在含泪的微笑和幽默中，我们也可以重温那如同噩梦的岁月，复按中国一代知识分子苦难的历程。

周宗岱先生的散文随笔，是别有会心的谈艺录，是人间万象的风情画，是冰心一片的自传书。

生命底色映衬的审美世界

——悦读周宗岱先生散文集《画馀信笔》

周小娅

写过周宗岱先生的名家大家无数，如薛永年、王鲁湘、邵大箴、钟增亚等，我能写出什么来呢？好在，我仅仅只是谈谈周宗岱散文的读后感，所以也就减轻了些许自惭形秽。

早就有人言，当今文学圈子，真正厉害的大家不在圈内，如王小波。还有呢，周宗岱先生的散文随笔就十足大家范儿，本色、真挚、幽默，有着周作人、梁实秋般的炉火纯青，古雅遒劲，清朗好读。哦，糟了，这一开头就让先生恼了，他反复交代，不要乱吹捧。不过，老太爷哎，小娅不是“乱吹捧”的人。说宗岱先生不是“圈内人”，是因为以前只知他是画家，却不知他是写家。我十多年前在《惠州日报》编副刊时，剑桦兄寄来先生一叠文稿，这才让我这“写散文的”汗颜不止。

让人快意阅读的“文调”

读宗岱先生的文章，一直没过瘾。20 世纪末的一天，收到先生寄来的《美辨》，不及焐热，就被一书画家朋友瞄走了，至今未还。直至 2007 年年底收到先生的《画馀信笔》，一口气读了 20 多万字，才大呼过瘾！我看书，坏习惯，必得躺着看，所以不爱用书签，容易掉落。更为要命的是，碰到好书，一百个书签也不够我用，因为逢精彩处必得打记号，我日后得做读书笔记的，那么，唯一靠得住的便是折书角。比如看《瓦尔登湖》《小团圆》《往事并不如烟》《肖申克的救赎》《繁花》等，一本书读下来，折得不成样子。做笔记时，有人说，你这不是抄书啊，累不累。哪能本本都有抄的？你得让我五体投地做“文抄公”。读《画馀信笔》，书角折得堆起老高。著名的法国画家马蒂斯用轻松的线条画过一只翻书的手，谓之“阅读的喜悦”。我想，那马蒂斯画的是我的手。什么叫童心纯真、幽默风趣、散淡空灵、渊博机智，宗岱散文就是！我将叹服一一折叠在书角上，一一定格到笔记中。我小时候养过蚕，一头黄皮寡脸的蚕，“唰唰”饱啖清新碧绿的桑叶之后，立马就变得通透壮硕了。读过《画馀信笔》，就有这种丰足的殷殷之感。

真正的好文章不是一读就过，而是令人反复摩挲，珍玩，用我们湘潭人的话说就是韵味，默神。《画馀信笔》呈现的魅力，首先是一种文调。“文调”是什么呢？我想就是“文章的调调”，或说“文章的格调”，或说“文章的味道”吧。为什么有的文章读来趣味盎然，而有的文章味同嚼蜡？为什么有的文章不看名字都知道作者是谁？因为每个人都有他自己的文调，“文调就是那个人”。

宗岱先生说他是梁实秋的粉丝，恰恰梁就是最讲究文调的。有人说，散文到了梁实秋手里，耸起一座里程碑。宗岱先生讲究生活的趣味是真性情，而行文方式很受梁实秋的影响，他说，我写《公鸡》《母鸡》《斗鸡》这几篇东西，受梁实秋的影响是非常明显的。总能从最平凡的生活小事发现它亮晶晶的趣味，笔锋一转，洋洋洒洒，谈笑风生，不时闪烁出机智，忍俊不禁开涮几句，令人捧腹厥倒，好调侃但不轻率而为，好幽默但不庸俗滑稽。这就是宗岱散文的文调，蓬勃勃的，活跳跳的，翩跹自然风。先生所用词句浅显简单，短句多，有着光明透亮的质感，而行文又多见半文不白，先生自话“假古董”，其运典用词，古香古色在字里行间荡漾，美而有力。这得归功于他的渊博。

宗岱老师曾批评自己“心多旁骛”，以至于“一事无成”。谦过头。正是这些“骛”——书法、篆刻、画画、理论、美学、音乐等之集大成，或抖开斑斓，或旁逸斜出，浑身本事，才让他的散文有着探不到底的蕴涵，有着感人向善的力量，有着滋润丰沛而又简洁唯美的文调！

一颗童心两手准备

我说宗岱先生的散文是“一颗童心两手准备”。先说说“童心”。

只说，成熟不是人变老。那么，童心也不是人变小。纵观散文名家，哪一位不是童心不泯之人？梁实秋、丰子恺、汪曾祺等。读《画馀信笔》的“咏物”，咏梅兰竹菊等是纯粹书卷味十足的“书斋小品”，而咏动物，却是童心如欢快的小溪流，蹦跳叮咚，嬉戏泻淌，稚朴，拙稚，纯真，舒徐自在，信笔所至，所咏之物栩栩然活跃纸上，亲切有味。

童心是天性使然，不是培养得来，也不容苦难扼杀。宗岱先生说，我历来爱小动物，住在一楼，屋前有一个极小的花围子，我也就养起小动物来。猫、狗、小鸭、小鸡、鹌鹑、小鸟、兔子、荷兰猪，只要不引起邻居讨厌的，我都养。我喜欢它们，常常画它们。渐渐地，我认识到它们的可爱、感人之处，不仅仅在于形，它们的行为、它们与人的情感交流，往往是画不出来的，我就开始写它们了。《咪咪小姐》《小鸭哩哩》《鸭的单恋》等，都是写自己家的事，自然观察更多，细节更丰富……看看，有一颗童心的人，与小动物一样，真，天真，纯，单纯。所以，才将“鸡、狗、彘之畜”写得那么活灵活现，才洋洋大观地表现出了风雅花叶果，拙稚鹅雀鸡。单是《公鸡》《母鸡》，就足可目为散文之范本了。

两手准备是哪“两手”呢？一手“文章”，一手“丹青”，双枪老太爷是也。先生是典型的文人画家，文为画平添雅趣，而画表现在散文之中，就是信手拈来的华彩乐章了。有评家说，他的文字是搂草打兔子顺手得的。先生为文和作画，到底哪项是“搂草”，哪项是“打兔子”呢？我看是双管齐下齐头并举两手抓，且将二者揉搓一起完美融合相得益彰了。

看宗岱先生文中有“画”的散文，那简直就是喝“谷雨前茶”，之雅逸之清明。

读《画梅》。先生喜梅，自是痴情于养梅画梅。搞景观园林艺术的才子安德君曾送他一盆绿萼梅，老太爷高兴得不行，绽朵了，绿宝石一般的苞苞儿，乐颠颠拍了照片寄给我看。《画梅》中，先生一路铺陈梅之“画”，梅画之初，梅画之工，梅画之极，最后到梅画之写，吴昌硕领悟的是“蝌蚪（大篆）老苔隶枝干”，画梅时，他“是梅是篆了不问”，一根根线都是画梅，也都是写石鼓大篆。画梅就是作书，就是治印，书法篆刻大师将线条玩到了家，动手画梅，一般人怎么能及呢？

读《蝌蚪》。白石老人的技法返璞归真，构思却奇妙过人。老舍曾出了个题目请他作画：“蛙声十里出山泉”。这题目太刁钻，“蛙声”已非绘画所能表现，要画十里之外的蛙声，岂不是故意找麻烦？画好了，老舍佩服得五体投地：嶙峋巨石间，流出一道山泉，几只蝌蚪，顺流而下……绝！真绝！这几只蝌蚪，告诉观者，它们的父母就在那山泉的源头，为孕育它们，整夜高唱情歌啊！

读《公鸡》。公鸡，可谓雄性美的极致。肥硕的阉鸡，羽毛仍与公鸡相类，但头脸如奶油小生，特别是没有了那不可一世之气，不但画家不画，母鸡也不买他的账，哀哉！

仅仅一句“不但画家不画”，就多么丰富和逗趣，是啊，有哪幅画是表现“阉鸡”的呢？读《宗岱笔记》，夜半灯下，看得我笑扯哒。心下想，熟读宗岱笔记三十则，不会作画也会评！

于是乎，我也得照先生的语气来一句：我们这些只会“弄文”不可“舞墨”之人，怎么能写得过宗岱先生呢？

文字如调皮纯美的精灵

宗岱散文的文字，漂亮。漂亮得像米米。因为有次朋友送我一箱九连山生态米，那叫一个粒粒玑珠啊，好不让我把玩良久，连呼舍不得吃。宗岱文字也是这般让人叹赏。比如《斗鸡》的如临其境之感，杀手的勇猛，人为的阴谋，真是惊心动魄。《荷》中写道，世间竟有这等尤物！简直无可比拟。能与之争艳的，大概只有美人的笑靥了。无怪娇娃多以莲荷为名，无怪武则天夸她爱玩的男人六郎是"脸若莲花"了。比如《燕子的哲学》，老子说："不见可欲，使民心不乱。"这话只有燕子做到了。《宗岱笔记》中说，近年演奏家拉的《二泉映月》，总总与阿炳当年拉的不是一码事。阿炳用丝弦，而且是最粗的老弦与二弦。今人用金属弦，金属弦有一种华丽的音色，不可能拉出丝弦那种苍凉的韵味。马连良的嗓子，唱得麒派戏吗？

宗岱先生记人也是非常精彩。这里实在忍不住还要抄一段《看李立翁刻印》的首起几行：

看李立翁刻印，真是过瘾。他左手持石，右手操刀，略略地一凝神，嘎嘎嘎，一刀紧接一刀，飞快飞快，印面就布满了横道道，长长短短，正正斜斜，粗粗细细。这也是字吗？凑得拢来吗？就不能认真一点点吗？你满腹狐疑，立翁却没事一样，将印石转个 90 度，又是嘎嘎嘎嘎，一刀紧接一刀，刻上全部的竖笔。横笔加竖笔，印面的字已基本成形。立翁歪歪头，从老花镜片下瞟瞟印面，补上几笔斜刀，这里戳一刀，那儿戳一刀，印的四边也戳上几刀，嘘嘘吹几口。一般的，修也不用修，成了！

先生这哪里是在写文章，他是在给李立翁唰唰唰地画速写！

《宗岱笔记》中有这么一段：中国画拿文学相比，题材、章法犹如故事情节，笔墨则如语言……读小说，初读情节作用大，读第二遍、第三遍，情节都熟了，不再给人以惊喜和刺激，引人入胜的只能是语言——美妙而内涵丰富的语言。读画，最耐咀嚼的、最引人入胜的只能是笔墨。

原来先生是如此注重语言的。

把真诚的灵魂捧出来给读者看

有文友说："周先生是一个有趣的人，为人做事读书画画很认真，书卷气，有点倔。"点评到位，顶一个！倔，在文章中便是辛辣味劲。

宗岱先生是以人格为文的。倔，跟直连在一起，跟真连在一起。读先生的文章，佩服其观点之新，知识渊博，又得美术熏陶，更为钦敬的是先生的人格美。

前些天家乡的老友薛君联系到我，聊到宗岱老师，他说，宗岱先生有一篇评价齐白石的大胆之言，"齐白石之所以成为齐白石，是因为他找到了一条和权贵结合的艺术之路……"此为第二届齐白石艺术节研讨会上的发言，遭到了诸多所谓学者的反对，但他仍不改调子，是真正的艺术家。是啊，我也读过《齐白石“见官就躲”吗》一文，且这篇文章早在1996年写就。宗岱先生一直研究白石老人，撰写文字万千，说白石是现代篆刻的开山祖，说白石手法之简，是世界艺术之最等。然而一是一二是二，“白石老人寸寸节节都在权势者的帮助下成长”，他列举了大量事实。先生并没有认为这个有错，否则如何能成就一个全世界的齐白石？

宗岱先生的辛辣味，是善意的，是言之有物的，甚至是幽默的。读先生在《美辨》自序中的一段喷茶了。在一次美学会上，一位有地位的美学家断然宣称：“癞蛤蟆不美，这当然是客观存在的嘛！”会后，我请教于他：“说癞蛤蟆不美，是谁判定的呢？”他愣住了，然后气忿地说：“不美就是不美嘛！”我心里笑了。须知这么个小问题，可不好回答！说是癞蛤蟆自己判定的吗？它的配偶还认为它长的蛮不错呢！……这么一辨，似是能看清更多的东西。

宗岱先生就是形成了思辨的习惯了，小至在家与太太对白，妙趣横生，常常是讽对方，又讽世象；大至与名家雄辩，如《读伍蠡甫文三议》《驳伍蠡甫〈董其昌论〉》及《再论董其昌》《笔墨不是奴才》《李国文清醒吗》《再问李国文清醒吗》等。先生在《笔墨不是奴才》中写道，真正伟大的人，是以科学研究、寻求真理的态度来对待学术问题的，对就对，错就错，弄清了真理就好。他还说，我说的观点，如果你不同意就提出来，我们可以争论。有争议最有味了。

能做到这样，我想也是与宗岱先生遭受的磨难有关。早年的才气，经过苦难、岁月的淬炼，凝结为旷达、诙谐、天真、淳厚、真诚，极富学养。人在黑暗中更能看清现实。过去，他如同一位隐士，已然洁身自好地生活了许多年，才变得如此纯洁，也如此较真。他的审美，也就成了一种生命底色的映衬。真、美、情、趣、理，是他的审美大世界！

结语

拉拉杂杂写下来，一不小心就拖了篇幅。最后要说的是，祝愿宗岱先生心中开满了春天的花朵，健康快乐，一手文字，一手丹青，双枪使得倍爽！最后还啰嗦一句，我开先就讲过，这个文章写得不行就叫老太爷打手板，这里自觉点，唤一声冀湘姐姐（宗岱先生夫人）：拿板子来啊！

读周宗岱《画馀信笔》

刘二刚

这次赴湘潭办画展，重逢周宗岱先生，他送我一本《画馀信笔》。现在微信时代了，真坐下来看书非要有很大的吸引力，宗岱这本书我是从头看到了尾。宗岱先生是个耿介文人，此书是他阅历、经历、交友、审美的文集，有点梁实秋，有点朱光潜，有时随意，有时较真，是一本诚挚抒写艺术情怀的书。

咏物篇开头，他最爱梅花，尤爱陆游的《咏梅》。“文人绝大部分注定是要失意的，清高而不遇于时的文人，总是在寻找一种最能象征自己品格的东西。”先生曾划为右派分子，后又以反革命罪判刑劳改，自称宥翁。他钟情于梅之傲骨精神，实是写他自己。他写兰，“最香的花都那么小，那么不起眼，兰花、桂花、米兰、茉莉全都这样，是造物主有意安排吗?”睹物有思。他写养猪，“伙食不好，反过来又是好事，长得越慢，享寿愈长”。写麻雀，“那时（除四害）我年轻，也扛着鸟铳轰了几天，时至今日，每当享受着它们给予我的诗情画意之时，一种负罪感仍会油然而生”。写母鸡，“生日那天，真舍不得杀它，伸手去捉时，它蹲身伏下，饮刃之际，也不曾挣扎一下。谁知难堪的事还在后面，烫毛的时候，用火钳翻动，在它身上轻轻一按，便‘咯啊’一声”。读到这里，下面真不忍卒读。还有写“公鸡”“斗鸡”“木鸡”，有典故，有理趣。又写1961年凭票买肉，“天不亮，就去排队，我排在最前面，倚在门边，天毛毛亮，里面有了响动，人们一下就提起精神，门猛然一开，几十个人拼死往里涌，我偌大一条汉子，竟被人浪挤得贴在墙上，搓纸煤一样搓了两滚”。写得生动！过来人都是有体会的。

谈艺篇是宗岱先生的本行，他早有《美辨》一书问世。他画画崇拜黄宾虹“遁世不见知而不悔”。也很重视书法和篆刻艺术。评价黄宾虹沉雄浑厚，齐白石朴真自然，傅抱石酗酒使气，李可染唯精唯谨，刘海粟闯荡江湖，张大千“富贵气”。他说吴冠中的“美学观”是自相矛盾，早先大声疾呼“内容不宜决定形式”，“怪就怪在吴冠中谈到中国画就糊涂了，‘笔墨等于零’，笔墨不是形式是什么？他不曾在传统绘画方面下功夫，对笔墨没有深入研究，也就不理解笔墨对于中国写意画的决定意义”。宗岱先生最佩服黄宾虹画中的金石味，年轻时自己也搞过篆刻，他提倡创新，但坚持“仍然要用篆书，篆刻这名词就是天造地设，无可替代的唯一字体”。他说，“在我心目中，白石老人在篆刻艺术史上的地位比他在中国画上的地位更高，是现代篆刻的开山祖”。谈书法，“汉碑庄严博大，雄强拙朴；东晋南朝书，虽儒雅风流，却远逊北朝；唐碑兼南帖的儒雅和北碑的雄强，堂堂正正，沉稳自信；宋人更轻松自如，却没了唐人的气势；明中叶以后的书法，如徐渭、祝枝山、傅青主、张瑞图辈的行草，大都狂乱纠结，这是当时社会心理呈现的气象”。(实亦是文人个性得以发挥）“四人帮”倒后，石鲁在长沙岳麓山举办个展，宗岱先生写道：“看到他写的字，我说石鲁活不长了，他那笔画都是拼命叫喊，声嘶力竭，要断气的样子。”（所谓“书为心画”，书法果真能看出寿命?）

在杂议篇中，宗岱先生说自己“生性好辩”。1986 年在南昌召开的八大山人研究会上，有人将八大山人说成是一个反清复明的爱国志士，八大的疯病是亡国之恨所致。宗岱先生请求发言：“八大山人不过是一个画画的，至于八大的疯疯癫癫的直接原因，是性压抑所致。”发言后一片寂然。宗岱先生举出八大作品中署“驴”“驴屋驴”“驴汉”，为什么不用猪狗来骂自己呢？并引“叫驴子”“驴鞭”壮阳说，此说推翻了以前一贯的谜。对李国文所写《司马迁之死》开篇谈宫刑：“司马迁被宫后，肯定下体溃败，阴部朽坏，脓血弥漫，恶臭糜烂……”宗岱先生亦疑问：“你凭什么用上那‘肯定’二字，所谓蚕室，不过是皇家专门阉人的处所，古时叫‘净身’，不会是污秽的。”另一篇《荣宝斋画谱》中扬州八怪之汪士慎，谈到汪士慎 54 岁左眼病瞎，说画家失去一目，反而更能安心画画。宗岱先生说：“读到这里，我实在是莫名其妙，谁能把自己一目失明当做一件好事觉得可喜呢？不可能！绝对不可能！”还有他点评彭德《成就大画家的 21 个条件》，书中其一，朝思暮想当大画家、大艺术家，包括夜梦和白日梦，为此不惜放弃其他爱好。宥翁曰：“朝思暮想当大画家、大艺术家，这就是名利心太重，这种人会求速成，会不择手段，很难坚持正道，修成正果。”接着辩第二条、第三条，最后说：具备了上述条件也不一定能当大画家，还有两个决定性条件……你看，与理论家较上劲了，多有意思。

记人篇写 25 人，多是画家。有写我朋友、作家刘剑桦的：“……他曾与某善饮者打赌，那人一杯酒，他一块扣肉，几个回合之后，他主动提出两块扣肉对一杯酒，直到善饮者烂醉如泥，他仍是轻松自若。这等好身体，好肠胃！可剑桦君依然清清瘦瘦，呈文弱状。按我说，是用心太过，他那文章如李长吉一般，是囫心肝肺里抠将出来的，安得不瘦。”（我有刘剑桦《独坐江亭》好几本书，爬格子确非同画画。）还有写父亲的：“我的父亲最爱钓鱼，他专钓游鱼子，这种在水面追逐食物的小鱼，长可达四五寸，笔直的背，嘴巴张得很大，虫子落在水面，忽地一个小浪花，虫子没了，麻溜得很。钓竿是他一切物件中最讲究的，绝对不让我们动一动。”文字细腻，情从中来。

全书三十几万字，最后写学画自述：“‘画画’，简直是个顽皮的精灵，捉弄了我整整一生，我的苦难、欢愉、爱情、生计，件件大事，无一不是‘画’出来的。‘画画’垂青于我，它使我坚韧。”这是他自励的话，实际上，自平反后宗岱先生就变得胆小了，他写一封信，“封了口，还要拆开再看才投箱”。岁月磨人，而本性难移。他感慨“那种毫不着意，醇和浑朴的境界，只有天分、人品极高的人，专心致志地修炼五六十年之久，才可能达到”。他自觉“我适合做学问，但是搞多了理论对于画画并不好，过多的理性对艺术创作是有害的”。是的，还是画画好。不过，多一番文字功底，多一分思考，对画画也会事半功倍。

宗岱先生今年八十岁了，身体硬朗，思维清晰，知人知事，又多情善感。湘潭文艺界有宗岱先生，学术层面是大不一样的。

2017 年 6 月 14 日于南京

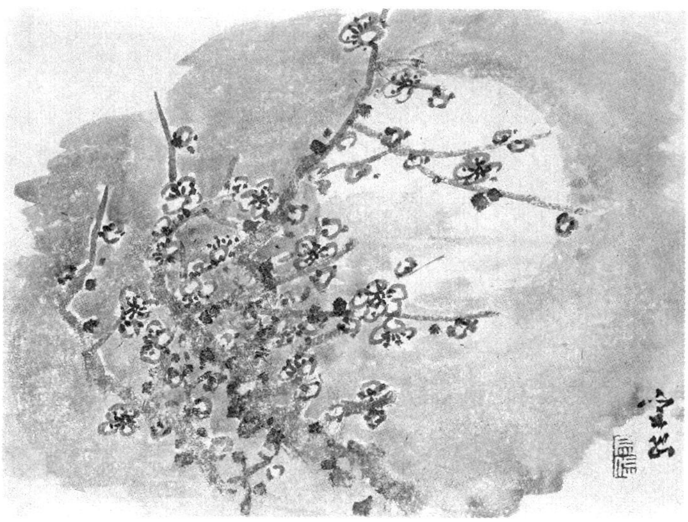

书画背后是文学

——读周宗岱的“书斋小品”

宋德发

2017 年 8 月 5 日，我有幸主持了湘潭市女作家协会策划和组织的一个大型活动“书画背后是文学”。书画家和作家通过面对面的思想交流和碰撞，至少达成三点共识：

一是作家站在书画家背后，关注、解读、推介、研究书画家，对推动书画艺术的发展不无裨益，因此书画家和作家的“精神联谊”活动，还可以更多一些。

二是“书画背后是文学”的另一层含义是：书画家自身就是作家，他的文学创作既是自成一体的，同时也自然地滋养他的书画创作，让他的书画作品更加“意味深长”。

三是“书画背后是文学”的命题，可以进一步拓展为“书画背后是音乐”“书画背后是宗教”“书画背后是哲学”……一言以蔽之，高品格的书画离不开书画家深厚的文化底蕴。

一

这次活动之后的第二天，真是机缘巧合，我便读到了著名书画家周宗岱先生的《画馀信笔》。在书中，周宗岱先生引用黄宾虹先生的观点“画品之高，根于人品”，并深以为然。他认为，这里的人品不仅仅是一个道德的评价，而是这个人的全部内在素质。特别是中国画，由于偏重主体的抒发，所以重视画家的学养，崇尚文人画家、学者型画家。由此，周宗岱先生认定：“不写文章，算什么文人？不是文人，怎能画出真正的文人画?”这正是《画馀信笔》问世的背后缘由。

《画馀信笔》是一部非常有意思的书，读起来畅快淋漓。不到一个上午，愉快的阅读之旅便临近结束。我大胆做出判断：《画馀信笔》中的文章多属于“小品文”的范畴。再读完文集的“后记”，我很高兴自己的感觉是完全正确的。

在“后记”中，周宗岱先生交代得很清楚，他读过《梁实秋文集》，很喜欢梁实秋先生随心所欲讲自己想讲的故事，却又讲得优雅、风趣、有学问的文风。

梁实秋先生以“雅舍小品”最为闻名，很喜欢梁实秋先生的周宗岱先生，将自己的《画馀信笔》命名为“书斋小品”，是最恰当不过的了。

“书斋小品”充分体现了小品文的“小”。“小”有两层含义：第一层是篇幅小。最短的《篆刻创新难》，仅百余字，最长的是一篇讲稿《笔墨与色彩》，数千字，算是为数不多的“大品”了，其他文章多数为千字文。第二层是题材小。题材小，是与“宏大叙事”相对的。文集中的绝大多数篇章并不关乎宇宙、天下、家国和社会，多涉及个人意趣、心绪和见解。用理论语言表述，就是“将日常琐屑的生活和心情审美化”了。

“书斋小品”也体现了小品文的“品”。一个“品”字，意味深长。“品”，归根结底，是品“生活”，品“生活”如同品“茶”。谁愿意品茶？谁能够品茶？一个匆匆赶路而且还渴得要命的人，最渴望的是一大碗水，而不是一小杯精致的茶。同样的道理，一个带着急切生活目的的人，一个朝着功名利禄埋头奋进的人，一个身体和心灵都不自由的人，他自然无法静坐下来，慢慢地、细细地、悠悠地品尝生活的酸甜苦辣。

周宗岱先生有自己的“书斋”，说明他有一个清净的“品”生活的空间。他一生经历了很多荣辱沧桑，早已看淡人世繁华，说明他有一个“品”生活的心境。他是书画家，也是文人，对艺术敏感，对生活敏感，对文字敏感，说明他有一种“品”生活的能力。

二

能够“品”生活，也愿意“品”生活，这的确是一件值得羡慕的事情。

当下社会，文人雅士看似不少，但对生活麻木不仁的也很多。用普希金的话说，大家都“急匆匆地生活，来不及感受”。

这是一种时代病。普希金说，鸟儿的翅膀一旦系上了黄金，就再也飞不起来了。人们的需求和欲求都越来越多，功利性越来越强，就会觉得所有的心灵感受都是在浪费时间。但没有心灵感受的世间，是难过的世间；不知心灵感受可贵的社会，是局促的社会；不知道尊重心灵感受的文化，是不发达的文化。

这也是个人之病。周宗岱先生也是这个时代的人，为何可以如此真切、细腻地用心感受生活？因为他的精神足够独立，他的内心足够强健，他的情感足够丰富，所以不受时代病的侵染。而我却没有这般幸运。我曾以为自己算是一个“文人”，但读完《画馀信笔》，我才发现，“文人”是一种审美趣味的界定，而不是专业知识的界定；“知识分子”是专业知识的界定，却不一定是审美趣味界定。所以，我至多算是个“知识分子”。

作为“知识分子”，我的确写过不少文字，美其名曰学术专著，其实都是为了迎合外在评价体制而作。读周宗岱先生的“书斋小品”，我才突然意识到，自己从未尊重过内心的感受，随性地写几篇“品”生活的文章。更可怕的是，对生活，我的内心好像已经没有了什么特别的感受。

从这个意义上说，周宗岱先生的“书斋小品”，不仅是一种文体，更体现了一种悠然自得的生活状态和一种超然物外的人生态度。融入这种生活状态和人生态度的文字，自然有一种特别的格调。

《画馀信笔》或“咏物”，或“谈艺”，或“记人”，或“杂写”，无拘无束，信马由缰，用周宗岱先生自己的话说，“手上的文章都是兴之所至，漫无计划的”。没有计划地写文章，不为了谁而写文章，让生活处处入诗，时时入文，充分彰显了周宗岱先生自由飘逸的心境。融入这种心境的文字，言近意远，古典雅致，平和冲淡，亦庄亦谐。或曰，有浪漫，但不狂热；有诗意，但不煽情；有批评，但不怨怒。

特别是读“咏物”部分，不经意发现，原来“梅花”“兰花”“菊花”“荷花”“燕子”这些可登大雅之堂的，以及鸡、鸭、猫、狗、麻雀、蝌蚪不能登大雅之堂的，皆成了周宗岱先生的感受对象和审美对象。慢慢地生活，好好地感受，这种生命状态，很容易让人想起木心的诗歌《从前慢》：

记得早先少年时
大家诚诚恳恳
说一句　是一句

清早上火车站
长街黑暗无行人
卖豆浆的小店冒着热气

从前的日色变得慢
车，马，邮件都慢
一生只够爱一个人

从前的锁也好看
钥匙精美有样子
你锁了　人家就懂了

周宗岱先生坦言，心里闲才是真正的安闲，心闲之时，天地万物，顿然呈现另一种面貌，最平凡的事物，也饶有趣味，可以让自己愉快一番，生活就丰富而有趣了。我们在快节奏下向往慢生活却不得，换言之，我们已经对平常的日子失去了嗅觉和味觉。周宗岱先生却一直在用“从前慢”的心境看现在，所以，他日常生活中的所见，不管多么的细微琐屑，都可以转化成一种美、一种好、一种朴素的精致和一种生命的哲学。或者说，正是内心有这样一份悠闲和从容，他才可以把一地鸡毛的日常生活写得那样清浅有趣。

可以说，小品文的典型特点在周宗岱先生的“书斋小品”中均有明显充分的体现。如果有哪些需要特别提一提的话，那肯定是三个方面：“智”“情”“趣”。

三

先说说“智”。

周宗岱先生是画家，还是篆刻家、美学理论家和散文家，估计还有其他一些我还不知道的专长。说周先生是大才子，这肯定会赢得大家双手赞成的。但他的“才”并不局限于“才能”，还体现为“才智”。

我没有机会聆听周宗岱先生的教诲，但文字即人。我读他的“书斋小品”，同样可以真切感受他思想的开明、前卫和深刻。

在《斗鸡》中，周宗岱先生有这样的议论：“勇”是鸡的五大“品性”之一，但这一“品性”算是“品德”吗？鸡与鸡之间以死相搏，只不过让围观的人赌博胜负，取乐一番，这不是“勇”，而是“蠢”。而人世间，此类无意义的拼斗，又如何去评价呢？这样的疑问不正是智者的声音吗？

1979 年 6 月的一个上午，周宗岱先生读到了《“文艺是阶级斗争的工具”是一个科学的口号》一文，他极为气愤，又极度鄙视这种不合实践、不合逻辑的文章。于是，奋笔疾书《“文艺是阶级斗争的工具”是一个科学的口号吗——驳吴世常先生》，文章极短，陈述的也只是一个常识：文艺不是阶级斗争的工具。但考虑到文章发表于 1979 年的 7 月（写作时间更早），而周宗岱先生也并非专业的文艺研究者，就不得不佩服作者的胆识。

《李国文清醒吗》批评的是作家李国文先生文章中的两个常识性错误：一个是司马迁在被宫刑之后，并没有像李国文先生臆测那样，肯定下体溃败，阴部朽坏，脓血弥漫，恶臭糜烂，如果真是这样，皇帝和后妃受不了，也有违“净身”这个词的本意。二是司马迁“在充满血腥味的污秽的蚕室中，发愤著书”，也纯属想象。“蚕室”是皇家专门阉人的处所而已，为防止被阉之人感染，会打扫得很干净，而且司马迁在被阉两年之后，高居“中书令”之职，生活条件优渥，无需在“蚕室”里写作。

《再问李国文清醒吗》主要是诘问李国文北京四合院已经过时，应该被“超越”的糊涂观念。或许他又是在陈述一个常识，但考虑到梁思成先生的悲剧，就不难发现，在一个不尊重常识的时代，一个尊重常识的人又是多么的有思想。

在《读碑随想》中，周宗岱先生提醒世人：“无功于人民、坏事没少干的人，立碑有什么作用？有功于人民，为民传颂的人，没立碑又有什么关系？”

我一直觉得，做一个学识丰富的人固然很难，但做一个有思想的人却更不简单。周宗岱先生的思想在《美辨》中已经体现得淋漓尽致。他虽然是一个体制外的美学理论家，但我认为他的不少美学思想应该在美学理论史上占有一席之地。而在《画馀信笔》中，他的很多思想虽然是灵光一闪的，却超越了思想，上升为一种生活智慧和社会智慧。如果每个人都像他这样活得清楚明白，个体以及由个体组成的社会是不是更加理性和澄明?!

尤其是这段哲思：“自己常常用自己肚子里的学识、潜能来评价自己。社会则用你的已为人知的成果来对你作出评价。对这一点缺乏明确认识的人，如若有些才学，又拿不出惊人之作，便往往抱怨社会对自己不公平，导致人际关系的扭曲。在交际中，每以尖锐的言辞揭人之短，折服别人，显示自己陷入傲世、愤世的泥泞中。”读完，我立刻惊出一身冷汗！

四

再说说“情”。

很多年前，我读过但丁的《神曲》。这是一部揭示幸福秘密的大书。简单地说，它告诉我们，一个人要想幸福的生活，除了要有能力，还要有爱。一个没有能力的人，穿越“地狱”和“炼狱”的资格都没有。但一个只有能力却无爱的人，他也不可能步入天堂。即是说，人生无爱，只能叫生存；人生有爱，才能叫生活。

周宗岱先生认为，“感恩”“回报”是人类道德品质中最为重要的素质之一。一个人，父母养育他，亲友帮助他，学校教育他，他在这家乡、社会、民族、国家、地球成长、生活，他离不开这一切，他怎么能不感恩呢？

感恩他人，是周宗岱先生最推崇的一种爱。这种情感在《画馀信笔》的“记人”部分彰显得淋漓尽致。

对书画界前辈的提携和教诲，他时时刻刻铭记感恩，写下了《刘子其——湘潭篆刻的铺路者》。

对日常生活中的朋友，他真诚地感念他们的恩惠，写下了《怀念向日医生》《怀蔺常德同志》。

对教导自己的恩师，他永远不会忘记，写下了《白一老师几件事》《郑老与我》。

他思念父亲，写下了《父亲钓鱼》；想念母亲，写下了《母亲琐忆》。

对文艺界同行的才华，他是发自内心的欣赏，写下了《看李立翁刻印》《钟增亚画展驰想》《张志安小品画》《憨山二题》《以画为友——谢国安画集序》《刘振涛书展观后》《读散文集〈独坐江亭〉》等。

王鲁湘说，他是几多好的一个忠厚人哟！他真诚对待朋友，对待家人，对待他养的鸡鸭狗猫。他的智慧，他的幽默，他的平和，他的洞达，他的超脱，他的包容，甚至，他的天真，他的坦白，他的焦虑，他的满足，都透过或平实或典雅的文字像清泉一样流泻出来。

爱，不仅是心中有他人，还是心中有万物。

周宗岱历来爱小动物，也养起了小动物。猫、狗、小鸭、小鸡、鹌鹑、小鸟、兔子、荷兰猪，只要不引起邻居讨厌的，都养。喜欢它们，常常画它们。渐渐地，认识到它们的可爱、感人之处不仅仅在于行，它们的行为，它们与人的情感交流，往往是画不出来的，于是开始写它们。

在他的心中，人与万物，都是天地所生。人是大生命，万物是小生命。他这个“大生命”从来都是真诚地平视“小生命”，为它们的幸运高兴，更为它们的不幸悲悯。在《养猪》中，他叹息道：“六畜之中，猪最可悲。除了少数供繁殖的公猪母猪，都早早予以阉割，剥夺了它们性爱的本能，天赐的生之乐趣，便去了一半。”为猪不能享受男欢女爱而打抱不平的，我还是第一次见。

周宗岱先生养了一只小花猫，起名“咪咪小姐”。“咪咪小姐”到了找男朋友的年龄，每到晚上便发出“啊呜”“啊呜”的呼唤，低沉而压抑。周宗岱先生立刻领会了她的诉求：“咪咪小姐，作为一个知晓世事的人，我怎么会不理解你！理解了你，我又怎会不懂得正确的处置？我开开常闭的门，咪咪小姐冲到了黑暗的院中。”《咪咪小姐》中，这样站在猫的角度，暗中帮助猫和男朋友约会的情节，让人觉得十分的有趣，又充分感受到了周宗岱先生是一位真正意义上的人文主义者。

周宗岱先生年轻的时候，也将麻雀当作“除四害”的对象，后来他真心真意地向麻雀道歉：“那时我年轻，也扛着鸟铳轰了几天。时至今日，每当享受着它们给予我的诗情画意时，一种负罪感仍会油然而生。”这样的忏悔远比卢梭的《忏悔录》要有诚意得多。

当然，周宗岱先生认为，人与人、人与万物之间的情，第一要义是更广阔意义上的“仁”。爱和仁相比，要狭隘得多，因为爱是常常会变的，而真正的仁是不会变的。我们爱威猛的老虎，可老虎咬了我们的亲人，我们就会怕、恨老虎。但是，我们理解老虎的本性，不会杀死它，仍然善待它，容忍它生子、繁殖，这是仁。

五

最后说说“趣”。

王尔德说，这世界上好看的脸蛋太多，有趣的灵魂太少。

周宗岱先生无疑是一位难得一见的有趣的男人。

有人说，人生很长，要和有趣的人做朋友。

读完周宗岱先生下面这些文字，真有相见恨晚的遗憾!

他说公猪被阉割，被剥夺了男欢女爱的本能，这个发现是悲剧性的，但这种表述却是喜剧性的。

他说那只叫咪咪小姐的猫长相特别，他说“它是混血儿，父亲是波斯洋种。这类涉外婚姻，不美满者居多”。咪咪长成“大姑娘了”，每天晚上被外面的“小伙子”们“撩拨”得不安宁，这“撩拨”二字用在猫身上，还真需要一些想象力。

家里的小鸭哩哩欺负鹌鹑，他乐了：“鹌鹑如果去状告哩哩性骚扰，我是可以出庭作证的，那就比告总统简便多了。”可见，他是一个超级段子手。

他说，公鸡之美，可谓雄性美的极致，肥硕的阉鸡，羽毛仍与公鸡相类，但头如奶油小生，作雌性美，特别是没有了那股不可一世之气，不但画家不画，母鸡也不买它的账，哀哉！这番惋惜，不知道阉鸡听了是不是想死的心都有了。

说起阉猪的不幸，他说“那小猪就当不成爸爸了，长大便称肉猪”，可谓笑中有泪。

谈起八大山人之所以疯癫是因为性压抑，他自我调侃道，自己 36 岁丧妻，47 岁再娶，这 12 年中，自己作为一个体育爱好者的壮汉，真是很折磨人的，受不了啊，由此，自己真的能理解和同情八大山人的苦恼。这样的表述，可谓泪中有笑。

他说：“老婆多，儿子也会多，儿子多了，麻烦就多了，争夺继承权，是很血腥的啊。与情人弄出了私生子，养也不必自己养，又不可能争夺继承权，多省心!”这种反讽中见到了他的疾恶如仇的真性情。

周宗岱先生的有趣是低调、含蓄和不经意的，是需要同样有趣或者渴望有趣的读者才能捕捉得到。

而这就不仅仅是有趣，而是更高级的幽默了。

幽默是一种综合智慧。中国人从不缺幽默感，但一直缺乏幽默的意识和幽默的胆量。周宗岱先生既有幽默的意识，又有幽默的胆量，尤其他对自己的调侃，足见他的坦白和真诚!

冰心评价梁实秋时说，不论男人或女人，都应当像一朵花，花有色、香、味，人有才、情、趣，三者缺一，便不能做人家的好朋友。很显然，周宗岱先生是一位最适合做朋友的人。

黄永玉曾说过："文学在我的生活里面是排在第一的，第二是雕塑，第三是木刻，第四才是绘画。"如果篮球巨星乔丹说"棒球在我的生活里面是排在第一的，第四才是篮球"，我们会相信吗？对黄永玉的幽默，我们只能会心一笑，不可当真。但不可否认的是，黄永玉有着深厚的文学修养。又因为他是黄永玉，所以，他的文学修养更显得"非同凡响"。

和黄永玉相比，周宗岱的"技能包"里，少了一项"雕塑"，又多了一项"美学理论研究"。只是不知道，在周宗岱的生活中，文学可以排名第几？不管是第几，都不影响他既是画家、篆刻家、美学理论家，又是散文家这个事实。他的散文，完全可以作为一个相对独立的对象加以研究。当然，他的"墨笔"肯定影响了他的"画笔"。究竟是如何影响的？这其实已经是另一个需要专门探讨的话题了。

返璞归真

——论周宗岱《画馀信笔》的艺术境界

史乔依

孔子有“绘事后素”之言。刘勰在《文心雕龙·情采》中指出：“是以衣锦褧衣，恶乎太章；贲象穷白，贵乎反本。”刘熙载《艺概·文概》亦言：“白贲占于贲之上爻，乃知品居极上之文，只是本色。”中国传统美学强调朴素、自然之美，去掉纷繁的外饰，复归生命的原初本质，呈现自然万物与人类精神的本真之美。

宥翁（周宗岱晚年所取之号）钻研书画艺术逾半个世纪，深得中国传统文化精髓。其随笔集《画馀信笔》，字里行间坦荡真挚、纵横恣肆，展现了他对艺术、人生的思考与体悟。宥翁以莹洁澄澈的目光，观照天地自然，审视内在精神，并以简逸率直的笔触，书写所思所感。这种返璞归真的艺术境界，在纷繁复杂、物欲横流的今天，具有重要的艺术审美价值。

一、不饰不隐、至真至性的文人品性

宥翁文章不矫饰、不遮隐，能写肺腑之言，坦荡真挚，将其所思所想、真情实感见诸笔端。改革开放初期，长期浸渍于书画篆刻之美的宥翁，以艺术实践者的身份参与文艺理论辩论，发表艺术见解。处女作《“文艺是阶级斗争的工具”是一个科学的口号吗——驳吴世常同志》，逻辑清晰，例证充分，载于《上海文学》1979 年第 7 期。该文结合长期的书画艺术实践，以及自身传统文学修养，对文艺的“斗争工具论”这一观点提出了自己的思考。对 1958 年被划为右派分子，又以反革命罪判刑劳改，颠沛二十余年的宥翁而言，此文不能不说是一次痛快恣意的书写。

宥翁的艺术思考，扎根实践，忠于现实。他敢于反驳主流观点，直抒己见，行文从无投鼠忌器、瞻前顾后之弊。其于 1988 年写下《驳伍蠡甫〈董其昌论〉》《〈再论董其昌〉》《读伍蠡甫文三议》等文，对著名翻译家、美学家伍蠡甫先生的部分论述提出反对意见，认为画中山水并不比真实的自然美。山水画以笔墨造型，抒情达意，而大自然变换迷离、丰富深远，两者各有千秋，不可相互比较与替代。他称赞董其昌的绘画理念与实践，认为师造化与师古人相辅相成，不宜偏废。写于1999年的《笔墨不是奴才》，强调笔墨在中国传统绘画艺术中的独立性和重要性，亦即艺术形式的独立性和重要性，犀利地指出吴冠中艺术观点的前后矛盾问题，批评吴氏缺乏科学研究、探求真理的学术态度。

若是兴趣所及，宥翁也愿意钻研一些偏僻的议题。宥翁早年于《书法报》发表了一系列篆刻美学研究文章，当属新时期中国篆刻美学研究的先行者。后受邀撰写《中国书法文化大观》篆刻美学部分，此书由金开诚、王岳川主编，为国家"八五"重点图书。宥翁在《画馀信笔》代后记中指出，艺术理论研究领域中，很多人不是在探明真相，寻求真理。他们坚持的某种所谓的观点，是关乎其切身利益的。为世俗利益羁绊之人，常常畏首畏尾、遮三掩四，其文其言难免有不诚之嫌。反观宥翁行文，无顾忌，不局促，眼明心净，因而常能切中肯綮而有所得。

宥翁之文心，至真至性，疏放洒脱。他依着自己的审美倾向和判断标准，表明爱憎，不偏激，亦不媚俗。他艳羡宾虹老人广博精深的学识，钦佩其在艺术之路上的孜孜求索、勤奋与坚韧。在《黄宾虹散论》一文中，宥翁对黄老的艺术观点、生平遭际，信手拈来，如数家珍。字里行间，不单是对前人的尊敬，更有能与其意趣相投、心神相通的喜悦和感动。

在《画馀信笔》收录的各色随笔中，宥翁谈得最多的人当属齐白石。宥翁尤为欣赏的是白石老人的篆刻艺术魅力。齐白石刻印，"惯用单刀侧峰向前冲"，线条"根根力贯始终，不停顿、不犹疑，劲健之极"①。这种大疏大密、自由奔放的汉字造型艺术，之所以为宥翁所推崇，恐怕与其同样萧疏放达的文人性情有关。

《庄子·渔父》有言："真者，精诚之至也。不精不诚，不能动人。"东汉王充在其《论衡·超奇篇》中亦有"精诚由中，故其文语感动人深"之言。余观宥翁记人之文，常为其中深厚真挚的情谊所倾倒。宥翁好福气，想搞篆刻，就有刘子其老人，拿出原印精拓的珍品：《十钟山房印举》《二金蝶堂印谱》《缶庐印存》，哪一件不是珍稀又难得的呢？宥翁好福气，有亦师亦友如郑书飞先生，在饮食不足的年代，相约觅食，甜酒喝上三四碗，想必不能更满足了。在"文化大革命"的混乱中，能与志同道合的朋友，毗邻而居，潜心研究，讨教切磋，是不幸中的大幸。

袁宏道曾言："行世者必真，悦俗者必媚，真久必见，媚久必厌。"② 写文章，容不得半点欺瞒。为着自身利益，见风使舵，顺时改变文章要义的写作态度，损害了文学品格，破坏了文学生态环境。俊逸达观、空灵澄澈、宁静冲和、沉郁顿

① 周宗岱：《画馀信笔》，自印本2007年，第57页。

② 谭令仰编：《中国古代文论萃编》，北京：书目文献出版社1986年版，第196页。

挫，不论是何种艺术风格，文学世界的构建，首先需要写作者直面内心、书写内心真实的思考与体验。

二、莹洁澄澈、率真恣肆的赤子之心

文艺，可以是阳春白雪的，但也需要表达日常生活的情趣之美和普通人的审美诉求。艺术来源于生活，反过来，它能升华人们对生活的理解，增添日常生活的审美享受。提纯寻常可见之物的美，于生活的细微之处发现妙趣，需要独到的眼光、细腻的情感和清透的心灵。

清代文学家沈复，在其《浮生六记》中回忆，“童稚时，能张目对日，明察秋毫，见渺小之物必细察其纹理，故时有物外之趣”。仿若是上天对新生命的祝福，孩子们在生命历程的最初，总是单纯而快乐。或许正因为其心尚未蒙尘，眼光纯粹，无杂质，他们能看到许多微小的光亮，和不知名的生动。但这种祝福，常随着年龄的增长，变淡消散，生活中只剩下琐屑无聊的诸事物。艺术家似是被上天遴选的另外一批人，他们像孩童一样，永远保持着天真，寻觅美，得到美，分享美。

宥翁写蝌蚪，这平淡无奇的、半黑不灰的小小生物，也能入他的眼。从一团团透明的、均匀地分布着小黑点的冻状物，慢慢变为一大群，“挺着元帅级的肚皮，摆动着小尾巴，旁若无人地游”[①]。这自然中，最奇妙也最微小的生命的演变，除了能吸引剔透的孩童，便只有童心未泯的率性之人了。

宥翁的眼睛，总能敏锐地发现美。他能于近郊小院中，倒脏水的凼边，只见得生机勃勃的一丛菊，只见得这一丛菊怒放的、傲然的美。小小一丛菊，在天地之间，显得多么微不足道。“虬结的枝条，有似千年古藤，碗大的花，傲立枝头。”[②] 这菊在宥翁看来，竟有了穿越历史的苍凉感和孤凌绝傲的风姿。它成了强劲旺盛、长久不衰的生命象征，使人驻足惊叹。

大千世界变化万端，心中澄澈莹洁之人，所见所闻也是干净清透。宥翁观荷，但见其“似白还红、络着丝丝纹理的花瓣，边缘有似擦上一抹胭脂，近蒂处却又笼着淡淡的粉绿，密排的花蕊，环护着小巧的子房”[③]。这种小巧动人的描写十分难得。它抛开了莲“出淤泥而不染，濯清涟而不妖”的传统文人叙述，不为莲流传已久的、洁雅高尚的君子形象所束缚。从高立意，转向小书写，将莲比作清纯妩媚、娇羞婉转的美人，笔触细腻，动人心弦。宥翁从自身当时当地的审美

---

① 周宗岱：《画馀信笔》，自印本 2007 年，第 28 页。

② 周宗岱：《画馀信笔》，自印本 2007 年，第 10 页。

③ 周宗岱：《画馀信笔》，自印本 2007 年，第 11 页。

体悟出发，随心书写，而神韵风采俱得。

宥翁绝在能雅俗共赏，随人、事、物的特性，发现其中不同的美，并再创造出蕴含丰富的艺术之美。他能将鸭的体态神情，演绎得灵动鲜活、清新可爱。鸭的相呼而食，在他的笔下变得妙趣横生。他的《养猪》一文，竟大做起猪兄猪嫂的文章，谈起粗放养猪的妙趣。猪兄们噼里啪啦嚼食的快乐，猪嫂们带着猪弟弟猪妹妹在荒州上飞奔、在水中畅游的快乐，夜里猪家庭一同拱在稻草堆里呼声震天的快乐，非是率真恣肆如宥翁者，如何能欣赏得来呢？这关乎广大劳动人民的养猪大计，这乡下的日常生活场景，能被艺术工作者演绎得如此生动，自然真实，可亲可爱，于艺术爱好者而言，实是幸事。

更其难得的是，宥翁感动于世间最淳朴真挚的幸福与快乐，同时，也能敏感地勾连出处于背光一面的、不幸的群体，同情他们的遭际和命运。亚里士多德提出，悲剧可以唤起人们的悲悯和畏惧之情，并使这类情感得以净化，获得无害的快感，从而达到某种道德教育的目的。不是所有的不幸，都是西方传统意义上所说的悲剧。很多的不幸，不能被描述和书写。这些不幸，一旦被呈现出来，只能引起灵魂的颤栗和不安，甚至世界观、价值观的不稳定。但还是要书写，让这些不幸在阳光下露头，尽力去寻求解决之法，而不是任由其在阴暗中滋长。

宥翁的同情与悲悯已不止于人类，他将目光投诸农耕文明以来，与人类社会休戚相关的圈养动物。几百年前，笛卡尔所说的那种，动物是无感觉、无理性的机器的认知，已经被推翻。但动物，尤其是圈养动物，其地位和处境依然没有发生明显的变化。

澳大利亚哲学家彼得·辛格所提出的动物解放论，从伦理意义上阐释了动物的情感存在，呼吁素食。诚然，人类不必为动物的生存，而改变自身的杂食天性。但圈养动物，作为自然万物中的一员，作为有情感体验的物种，除必然成为人类食物外，也应获得人类的尊重与情感关照。毕竟，从农业革命起，人类为增加食物供给量、增强食物供给稳定性而发明的圈养行为，尤其是对圈养动物的阉割、终身监禁等行为，给作为人类食用对象的部分动物，带来了额外的、长久的痛苦。这些痛苦是自然界中其他所有肉食或杂食动物的食用对象无需承担的。

“艺术家的这种构造形象的能力不仅是一种认识性的想象力，幻想力和感觉力，而且还是一种实践性的感觉力，即实际完成作品的能力。”① 宥翁见着这自然的造物，受了美的洗礼，即刻就生发联想，将心思转到他的书画创作中去了。看到自由成长、生机勃勃的菊，他即刻想到，“枝条的穿插疏密，花朵的聚散向背，

① 黑格尔著，朱光潜译：《美学》，北京：人民文学出版社 1958 年版，第 353 页。

正是画菊应该处理好的”[1]。宥翁能将审美感受和领悟，同抽象出的笔墨线条相勾连，使切身体悟的生命之美，化于纸墨之上，流转于人世，真算是感受力与实践力俱佳了。

三、气韵浑融、灵动透脱的审美意境

中国传统艺术具有整体性通感，书与文相得益彰，书与画同源同理。书画一途，有“一笔书”“一笔画”之说。写字讲究行气，写文章也是这样，要上下贯通，一气呵成。汪曾祺在《语言与文学》中指出，语言是处处相通、有内在联系的。他形容，语言像树，枝干树叶，汁液流转，一枝动，百枝摇。[2]

宥翁的文章是活的，其中似有流动的气韵，上下贯通，饱满灵动。《咪咪小姐》一文中，飞动流转的，是生气，亦即元气。对健康、充盈的生命力的向往，及其审美诉求，是自古有之的。《周易・系辞上》有言：“生生之谓易；成象之谓乾，效法之谓坤。”《周易・系辞下》亦有：“天地之大德曰生。”蒙培元指出：“生的问题是中国哲学的核心问题，体现了中国哲学的根本精神。无论道家还是儒家，都没有例外。”[3]

小花猫顽劣，四处捣乱，书刊、画稿都难逃其魔爪。小黑猫倔强，认定了人类的拐卖行为，成天见儿的面露狠相，绝不低头。小白猫最乖巧黏人，常亦步亦趋，总想争到主人家的关注，也还是要在发情之际夺门逃家的。这种清新潇洒、野性恣肆的况味，正是从艺术家所表现的、饱满旺盛的内在生命力之中得来的。

文气有别。战国时，孟、庄的养气观相互对立。庄子认为：“气也者，虚而待物。”[4] 孟子则指出：“我知言，我善养吾浩然之气。”[5]《谈孝》一文中，贯彻始终的，是孟子所说的正气。他提出，孝是中华民族品德教育的根本，是传统文化的精髓，在新的历史发展阶段，必须重新认识和提倡孝。宥翁在《我的写作流水账》中指出：“作家的任务是伟大的。”“写作，是必须面对人类社会的。”[6] 好的作家，不应埋首书斋、两耳不闻窗外事。他应有入世精神，有社会责任感，愿意为社会现象、道德伦理、人类精神付出些笔墨。

宥翁品评易图境的荷，将文章标题取为《火山爆发炽焰腾空——释易图境画

① 周宗岱：《画馀信笔》，自印本 2007 年，第 10 页。
② 汪曾祺：《汪曾祺文集・论文卷》，南京：江苏文艺出版社 1994 年版，第 6 页。
③ 蒙培元：《人与自然》，北京：人民出版社 2004 年版，第 4 页。
④ 王先谦注：《庄子》，北京：中华书局 1954 年版，第 23 页。
⑤ 杨伯峻译注：《孟子译注》，北京：中华书局 1962 年版，第 62 页。
⑥ 周宗岱：《画馀信笔》，自印本 2007 年，第 356 页。

荷》。“火山爆发”“炽焰腾空”二词，用来形容宥翁这篇评论文章，同样不错。此文大刀阔斧，遣词造句极为精准流畅。评点吴昌硕、齐白石、潘天寿、张大千、黄永玉、周思聪等绘画大师所画之荷，三言两语，竟能将绘画之笔墨，翻译成文学之语言，使画中佳作如在目前。释易图境画荷，仿若忽开闸门，字字句句倾泻而出，极富张力。此文中处处流淌的文气，乃是宥翁丰沛充盈的艺术才情与激情，是长期积淀的艺术审美感受的喷发。

文章是内心情致的自然流露。宥翁主攻书画，其文章之道与书画之道相和。在宥翁看来，最愉快的作画过程，莫过于随心所欲，信笔画来。既是随心，首先应当做到心中有物。观天地万物，审精微幽缈，静思细品，取其真味，使孕育于心中的形象自然地流淌，将内在精神见诸笔端。

俄国作家冈察洛夫说：“我只能写我体验过的东西，我思考过和感觉过的东西，我爱过的东西，我清楚地看见过和知道的东西，总而言之，我写我自己的生活和与之长在一起的东西。”[①] 宥翁谈及他的写作之路，最初由“书斋小品”，转入纯文学领域，正因其笔下所写皆是家中之事。

宥翁写小动物，常常观察，文中自然有丰富的细节，能刻画出饱满生动的形象。他写小猫咪咪，将那举手投足的神情风姿，描摹得活灵活现。宥翁爱动物，能深入地体会动物的情感，并能描绘出人与动物间柔软的温情。见到街边卖的小鸭子，便觉那微焦的黄色，绒绒的一团，温软极了。他写失了伴的小鸭哩哩，怕冷怕孤单，总要人陪。这种细腻的柔情，定要温良柔软之人，方能体会。

更进一步地说，宥翁爱生命，重视、珍视生命。对自然万物的深情与热爱，使其能把握生命的触感与肌理，将人类精神与自然精神融会贯通，最终达到气韵浑融、灵动透脱的审美意境。

20世纪以来，生态美学研究吸引了很多专家学者的目光。传统的认识论阶段的实践美学，过分强调审美是对象的人化，而忽视了对象本身的价值，表现出明显的人类中心主义倾向。工业时代以来，人们对自然的认识能力不断提高，人类自认为可以掌控和改造自然，已经食下不少恶果。美国当代哲学家大卫·雷·格里芬，批评马克思·韦伯“世界的祛魅”观点，提出应当部分地“复魅”。曾繁仁将其解读为，“部分的恢复自然的神奇性、神圣性和潜在的审美性”[②]。

宥翁的文章，不违自然、顺从自然，从自然天性的应有之义中，从自然造物的神奇与神圣中，获得美的体验与享受。菊展中人工培育的菊，受着外在的束缚，不能依常态生长，变得呆板僵硬。自然生长的菊，则有着强劲旺盛的生机与

① 山东师范大学中文系文艺理论研究室编：《外国作家谈创作经验》，济南：山东人民出版社1980年版，第426页。

② 曾繁仁：《生态美学导论》，北京：商务印书馆2010年版，第39页。

蓬勃自由的姿态。初生的小黄鸭，毛色柔和，温软美好。被卖鸭人染了色，就变得丑陋怪异起来。

当代生态美学研究虽然还存在很多分歧，但从总体上看，学界对生态的理解，逐渐集中于生态整体性这一观点。《周易·系辞下》中有："天地氤氲，万物化醇。男女构精，万物化生。"人与自然万物是一体的，在天地间繁衍延育、生长生存，彼此交融渗透。

中国人对菊的喜爱由来已久。楚辞中有："春兰兮秋菊，长无绝兮终古。"东晋陶渊明有："采菊东篱下，悠然见南山。"中国传统文化与审美体验中的时间感受，往往是久久长长、连绵悠远、缓慢而又安详的。这种缓慢悠长的时间感受，除与物我浑融、天人合一的世界观相连，亦与传统文化长时间的积淀传承有关。只有自然孕育于天地之间的万物，方能承载这种源远流长的文化内涵与审美意趣。因此，水凼边虬结傲立的一丛孤菊，能承载人类的精神寄托，菊展中刻意雕琢、形态各异的花儿，却不能。

宥翁能置身于天地自然与传统文化之中，把握自然万物与人类社会的气脉。又有丰沛的情感与细腻的体验，使之能与万物产生一种"生命的共感与欢歌"。他将这种艺术家敏感超脱的情思与体悟，诉诸笔端，营造出气韵浑融、灵动透脱的审美意境，给人以文学审美享受。

结语

环境美学家阿诺德·柏林特指出："敏锐的感官意识的参与，并且随着同化的知识的理解而加强，这些情形就会成为黑暗世界里的曙光，成为被习惯和漠然变得迟钝的生命里的亮点。"① 他提出的参与美学理念，突破了由康德所倡导的、将自然作为审美对象来观照的"静观美学"。它要求建立一种主体调动所有感官、积极参与的审美观念。

《画馀信笔》收录的第一篇文章——《咏梅》一文的开篇，描绘宥翁所见的梅花于雪中怒放的场景。宥翁写道："那天，突然眼前一片光明灿烂。啊！梅花开了！几株老梅，在劈头砸下的雪团之中怒放。它开得那么欢畅，那么自在，似乎在说：雪，你下吧！风，你刮吧！我才不在乎你！你总会过去的。我久久立于树旁，一任雪花堆满我的伞，又挂满我的身，沉醉在那阵阵幽香之中，放任自己的心灵驰骋。"②

---

① 转引自曾繁仁：《生态美学导论》，北京：商务印书馆2010年版，第342页。

② 周宗岱：《画馀信笔》，自印本2007年，第3页。

所谓返璞归真，并不只是去掉外饰那么简单。璞玉本来美，宁静朴素中自有真谛。对自然与人类精神的原初状态，及其本初之美的探寻，是人类对更高意义上的、美好生存的向往与期许。宥翁以全部身心拥抱和感受自然，使内在精神与自然精神融会贯通，体会生命的畅快与舒展，获得生存的勇气与力量。

在急躁轻浮的当代社会，人类日益沦陷于物欲的巨网。面对纷繁多变的世界，渐渐失去了旧日的宁静与平和。人们需要对文明社会中陷于重重危机的文学与文化活动进行深沉的反思，并从根本上调整自己的价值观和生活方式。对典雅蕴藉的传统审美意趣的复归，能帮助人们重回大地母亲的怀抱，重获喜悦与圆满的情感体验。返璞归真，重建审美精神家园，关注人的现在与未来的福祉、人的诗意栖居与美好生存。在这个意义上，宥翁的文学创作，正安静地展现着它的力量。

朴实幽默　学理思辨

——论周宗岱的散文艺术

庞美凤

画家散文古已有之，而“我国古代散文受山水绘画的影响尤其突出”①。散文领域中延伸出一条画家散文的支流，绘画和文学两者交叉并行，使中国的画家散文源远流长。周宗岱是一位有深厚的水墨画功底，又兼习了西方画的画家，同时还是一位散文家。他以画家的身份进行散文创作，对散文领域有所开拓。

一、艺术与生活的融合

散文形式灵活自由的特点使得诸多题材都可以入散文。周宗岱的散文作品主要收录在《画馀信笔》② 一书中。该书将散文分为“咏物”“谈艺”“记人”“杂写”四大部分，每一部分都与作者的生活、职业息息相关，是生活与散文艺术、绘画艺术的结合。

1．生活与散文艺术

周宗岱喜欢将生活中的事与物写入散文中，在散文中展现出浓厚的生活趣味和潜藏的人生哲学。

状物是散文中的一种类型，“在状物散文中，写植物与所用所食者比较多。近年来又出现一种新的倾向”——“写动物的散文越来越多”③。周宗岱爱小动物，也养小动物，“猫、狗、小鸭、小鸡、鹌鹑、小鸟、兔子、荷兰猪，只要不引起邻居讨厌的，我都养。我喜欢它们，常常画它们”（《我的写作流水账——代后记》）。这些小动物也常常进入他的散文中。《小鸭哩哩》中两只欢腾的小鸭，《鸭的单恋》中一只“护妻心切”的鸭子，《咪咪小姐》中一只调皮捣蛋的猫咪等，都展现了作者生活的欢乐。当然，生活中并不只有欢乐，也有闹心，如《训狗词》中记录了父亲训骂一只好吃忘本、好色懒惰、不思上进的叭儿狗。这些小

---

① 佘树森：《散文创作艺术》，北京：北京大学出版社 1986 年版，第 71 页。

② 本文所引周宗岱散文，如无特殊说明，皆出自《画馀信笔》一书。

③ 张国俊：《艺术散文创作论》，北京：中国社会科学出版社 2007 年版，第 375 页。

动物不仅增加了作家生活的乐趣，也体现了作家的人生哲学。周宗岱在面对弱小生命时有一颗赤诚的怜悯之心。他在照顾小动物时，愿意为小动物们提供一种更为舒适的生活环境，容不得小动物受人虐待，不忍心看到小动物孤单生活，不愿意小动物被人为地压抑动物的本能欲望。这些不忍和不愿正体现了作者的生命平等观念。小鸭哩哩粘人，对鹌鹑进行"性骚扰"，小猫"咪咪小姐"通人性，叭儿狗仿若一个居安不思进取的晚辈，周宗岱所展现的小动物们类人性的一面，是尊重生命的表现，是生命平等的盛赞。

周宗岱不仅写生活中饲养的小动物们，也写朋友及朋友的身边事。

周宗岱生于战乱年代，坎坎坷坷地走进和平时代，一生中所遇、所交之人很多。在他的散文中，有怀念故友的，如《怀念向日医生》《怀蔺常德同志》；有观赏书画展感想的，如《钟曾亚画展驰想》《刘振涛书展观后》；有赞美艺术家高尚品德的，如《刘子其，湘潭篆刻的铺路石》《李立翁数事》《余德泉先生与〈章草大典〉》；也有追忆父母双亲的，如《父亲钓鱼》《母亲琐忆》。周宗岱以散文松散、灵活的形式和自由的言语组织方式记录人生过往感激与怀念，记录现有的乐趣与感怀，将生活与散文灵活地结合在了一起。

2. 绘画艺术与散文艺术

作者不仅写生活中形形色色的人、事、物，而且从这些事物联想到了绘画的世界。

作为一个国画家，周宗岱的日常活动无不与绘画有关。他绘画、练字，参加画展、书法展，与朋友讨论绘画艺术，向后辈传授绘画技巧。他将生活中与绘画有关的活动记录于散文中。"绘画会使散文更臻优美。"① 画家在进行文学创作时，会自觉不自觉地使用自己在绘画中惯用的一种观察事物的视角进行创作，细致的观察力影响了画家散文的描写笔法。如《看李立翁刻印》一文中周宗岱描写李立翁刻印："他左手持石，右手持刀，略略一凝神，嘎嘎嘎嘎，一刀紧接一刀，飞快飞快，印面上就布满了横道道，长长短短，正正斜斜，粗粗细细。""补上几笔斜划，这里戳一刀，那儿戳一刀。"这样急速的动作描写既写出了刻印人的娴熟技艺，也写出作者眼中一种注重线条的雕刻艺术。在"咏物"这一部分，周宗岱将自己的观察视角转移到动物，写出了各类动物的灵动活泼。不仅有直观的描写，作者还从现实的动物联想到艺术创作中塑造的动物。作者见公鸡雄伟之姿即联想到艺术上的公鸡，认为"艺术家对此最成功的仿效，是京剧的长靠（按：指京剧的长靠武生。长靠武生是专长扮演穿靠的古代将士，术语叫'扎靠'。靠，是古代战将穿的铠甲被艺术化了的戏曲服装）"，"完美的东西，任何改动都是降

① 佘树森：《散文创作艺术》，北京：北京大学出版社1986年版，第70页。

格”（《公鸡》）。见蝌蚪则联想起齐白石老人的艺术技法。他将生活艺术化，将艺术生活化，并将两者结合，融入散文艺术创作当中。

此外，周宗岱以散文为载体，融合了诸多艺术理论，表达了其艺术的观点。其散文中偶尔涉及艺术史的议论，如《说狗》：“就我所知，在中国没有以画狗著名的画家，狗多以反派出现，马从来就与英雄美人紧紧相连，最受画家宠爱。”《麻雀》中周宗岱从接受美学的角度发表了继承传统麻雀画法的看法。作为一位理论家，他在其散文中表达了自己的艺术观点，如《齐白石“见官就躲”吗》一文驳斥有人说齐白石与作为上层统治者的“官”不合的观点，举例证明齐白石一生“真个寸寸截截都在权势者的帮助下成长”；《笔墨不是奴才》一文中鲜明提出笔墨是绘画的重要手段，并非一无是处；在《笔墨与色彩——湘潭市花鸟协会学术讲座》中提出：“古人强在笔墨，弱在色彩。”“花鸟画，色彩是一个最容易突破的口子。”在《读赖少其书画随想》中还提出中国传统艺术与现代艺术、西方艺术相结合。这些理论的提出必将有益于传统花鸟写意画的进一步发展。作为画花鸟画的前辈，周宗岱也给后辈们介绍了许多宝贵的绘画经验，如《少儿课外教育杂谈》提出的“宽门与窄门”论，建议家长们和孩子们谨慎选择绘画这个行当。《点评〈成就大画家的21个条件〉》中提出了很多中肯的学习建议，在多篇散文中提及笔墨和书法的练习对于写意画的重要性，临摹名作的重要性、创新的重要性等。周宗岱以绘画元素融入散文创作中，以绘画理论调和了散文的闲散笔调，使其散文更为耐读。

二、艺术风格特征

周宗岱散文呈现出多样的艺术魅力，在阅读上给人以朴实自由的审美享受。

1. 朴实幽默性

周宗岱咏物，不用华丽的辞藻雕饰；记人，不用轰轰烈烈的盛大场面，也不用详细的心理刻画；谈艺，不用过多专业的术语点缀，所传达的信息却能步步到位。

周宗岱散文的语言不矫饰、无束缚，乍一看，不过是截取了某个普通的生活片段，朴实无华，平静道来，看似毫无深意，实则于言简处深入，于自然处见真率。如《训狗词》全篇直白如话，但读之却发人深省；《吃肉》则是平实地叙述过往的艰苦岁月，通过今昔对比可见今日安逸的危机；《齐白石假画识伪》言简意赅地点出了辨伪的关键点……行文多是平铺直叙，结构简单明了，少有华丽的修辞。纵使咏梅、兰、菊、荷等古代士大夫口中的文雅之物，他也能兼顾雅俗，在众多名家的咏物名句中直白地写出自己真实独特的审美感受。如《兰》一篇：

“她跟别的花不太一样了，不浓妆艳抹，妖艳夺目，不在显眼的枝头撩人。她朴素一如贱草，谦抑得怯生生的，悄悄地过着自己安静的日子。”这里传神地写出了兰娇美低调的品质，用词典雅；而后文却以直白的语言直抒胸臆：“我不能太久地享受她的赐与，我不自由啊!”“我更不忍心摘她，让她享其天年，让她周围的生灵多一些欢乐吧。”值得一提的是，《假古董》通篇辑录的都是古文题辞，可见周宗岱的古文功底。周宗岱的散文虽有典雅之词，但语言风格仍以朴实为主。在朴素、流畅、自然的文笔中，还夹带了湘潭方言，如“蔑劳”“几多好”“络壳”“络号”“冒搞得足”等具有浓郁地方色彩的湘潭方言语汇在他的散文中时有出现，为散文增色增趣。

周宗岱的散文在朴实自然中携带了幽默色彩。《〈美辨〉自序》中论及美的本质时，作者记录了一个有趣的插曲：一次美学会上，一位美学家坚称“癞蛤蟆不美”，周宗岱则反问道：“说癞蛤蟆不美，是谁判定的呢?”“须知这么个小问题，可不好回答。说是癞蛤蟆自己判定的吗?他的配偶还认为它长得蛮不错呢!”由此可见其幽默。《石逸乱弹》中记录了数件作者的家中琐事，这些家中琐事可见周宗岱生活中就是一个幽默的人。

2. 学理思辨性

周宗岱散文总常以艺术绘画知识渗入散文写作中，议论时也常带有思辨色彩。

钱锺书在《谈艺录》中说道：“心声心画，本为成事之说，实是先见之明。然所言之物，可以饰为：巨奸为忧国语，热中人作冰雪文，是也。其言之格调，则往往流露本相，狷急人之作风，不能尽变为澄澹，豪迈人之笔性，不能尽变为谨严。文如其人，在此而不在彼也。”① 可见，“文如其人”中“文”是指“言之格调”“笔性”。周宗岱“生性好辩”，“极为气愤，又极度鄙薄这种不合实践、不合逻辑的文章”（《我的写作流水账》），散文中尽展其好辩的“本色”。《齐白石“见官就躲”吗》一篇开篇明义，反驳齐白石“见官就躲”的观点；《“文艺是阶级斗争的工具”是一个科学的口号吗》认为文艺可以作为阶级斗争的工具，但是这一定义并不能全面概括文艺的功用，从而反驳“文艺是阶级斗争的工具”不是一个科学的口号；《李国文清醒吗》《再问李国文清醒吗》两篇严厉驳斥李国文文章观点中的缺陷。当然，周宗岱“好辩”是以其广博的知识和缜密的思维作为基础的。周宗岱早年沉迷理论，曾习读许多文艺理论著作，其文艺理论深受马克思的辩证唯物主义的影响。因此，我们读他的散文明显可以看出作者具有深厚的理论修养。

---

① 钱锺书：《谈艺录》，北京：中华书局1984年版，第162—163页。

学理的思辨不仅是周宗岱的思维习惯，在其散文中更成为了一种语言习惯。辩驳的篇幅小则只言片语，大则长篇大论。记生活，他会以与太太通电话花掉的花费为例反驳“爱是不能用钱来计算的”（《石逸乱弹》）这个观点；看学术问题，他会以长篇论证某个观点的正确性和科学性，如《读伍蠡甫三议》《驳伍蠡甫〈董其昌论〉及〈再论董其昌〉》等。

三、艺术风格的成因

周宗岱散文艺术风格的形成，得益于他丰富的人生经历，也得益于文学艺术的滋养。

1．得益于丰富的人生经历

1937 年，周宗岱生于长沙。他毕业于湖南第一师范，曾进入湖南省文艺干校美术班学习，后因被打成右派，颠沛流离二十余年。然而，画画始终伴随着他左右。这位在人生道路上苦尽甘来的艺术家把人生过成艺术，真诚而独具深度，自由而不失品格。

在湖南省文艺干校美术班学习过程中，周宗岱的西画学习得到了正规的训练，在学国画的过程中又得到了诸多国画名师的指导。这些宝贵的学习经历为他打下了扎实的美术功底，也提高了他的美术专业修养。他提出的诸多美术理论，诸如笔墨对于国画的重要性、练字对于绘画线条的重要性、花鸟画的突破在于色彩等，无不与他早年的美术学习有关。在《学画自述》中他曾言：“‘画画’，简直是个顽皮的精灵，捉弄了我整整一生。我的苦难、欢愉、爱情、生计，件件大事，无一不是‘画’出来的。”（《学画自述》）作家的创作个性和创作风格常常与作者的人格修养有极大的关系。在艰苦环境中走出的艺术道路，周宗岱珍视之，同时也形成了他朴实的艺术风格。他在绘画中坚持看书看画，研究学习；给学绘画的晚辈们提供宝贵的学习建议，要求后辈们注重绘画基本功，希望他们可以在前人的基础上创新。他的艺术之路是扎实的，他给后辈的建议是中肯的。周宗岱后天习染的朴实之气对其散文创作影响甚大：咏物时他自由地抒怀，记人时他满心诚挚，记事时他常缅怀过往。

周宗岱“生性好辩”，有写作倾吐的热忱。在《我的写作流水账》中，作者表露了这种写作的热忱：过去备受压抑的写作之心在某个时间（1979 年 6 月）终于找到了一个爆发口，文章写出并发表之后自己感到身心特别舒畅。这个爆发点与当时的文艺环境有很大的关系。正值“文革”之后，百废待兴，也正值改革开放、思想大解放的时代，文艺界的拨乱反正工作不断得到推进，包括作家、画家等文艺工作者受到尊重，自由创作的文艺权利得到恢复。新时期也迎来“散文热”。相对自由的文化环境让作者自由创作成为可能，饱经风霜的作者可以将自己过往的辛酸经历融入个人的艺术创作中以表达个人的意志。

2. 得益于文学艺术的滋养

周宗岱博文通史，读过许许多多的名著，看过许许多多的名画，这些外在的知识随着岁月的沉淀慢慢内化为他的个人学识，深刻影响着他的散文和美术创作。美学方面，他看儒家书，看道家书，也看丹纳的《艺术哲学》、朱光潜的《文艺心理学》、冯友兰的《中国哲学史》《中国哲学精神》；书法方面，他读过冯武的《书法正传》、陈彬和的《中国的文字与书法》、康有为的《广艺舟双楫》等，同时还将自己的书法理论付诸鉴赏和创作的实践，如《论书意——兼与韩玉涛先生商榷》等篇，还参与《中国书法文化大观》的编写，深入研究艺术美学并撰著《美辨》一书；散文方面，他喜欢梁实秋的文风，在《我的写作流水账》中坦言自己的“书斋小品”“受梁实秋的影响是非常明显的”，在《宗岱笔记》中言“孙犁近期之文，我喜欢读”，同时他还读画家散文，如黄宾虹、吴冠中的散文；美术方面，他研究美术史以为绘画创作提供借鉴材料，研究集大成的画家之作，其散文中常出现吴昌硕、齐白石、任伯年、黄宾虹、吴冠中等写意山水、花鸟大师。以上方方面面不仅是周宗岱美术创作学习借鉴的材料，也是他进行散文创作的素材。

个人的学识得到不断的丰富，这不仅得益于作者个人的积累，也得益于自己身边的良师益友。周宗岱散文中多次提到钟以勤、李立翁、陈白一、王憨山、易图境、郑书飞、谢国安这些美术界前辈和老友。这些老师、朋友不仅给予他支持，而且是他学识深化的助力。周宗岱散文的学理性和思辨性，不仅来源于自己多年来的文学、哲学、美学积累，也来源于自己深厚的美术功底。

宗岱学友成大器　一师求学现端倪

——回忆在湖南第一师范生活中的周宗岱

郑兆安

我们是周宗岱在湖南第一师范学校的老同学，共处111班，1952年春入学，1955年1月毕业离校。时任校长是毛泽东的同班同学周世钊。学校里有一大批优秀教师，1953年成立了“一师扩建委员会”，又从北京调来一批学校领导干部和优秀的年轻教师（后因毛主席不同意，扩建作罢）。我们全班40多位同学，风华正茂，在一师足足生活的三年中，受到了很好的教育，为日后的成长打下了坚实的基础；同时我们全班同学也结下了深厚的永恒的友谊。蹉跎岁月几十年后，我们又重新集合起来。自20世纪90年代初至今30多年来，我们班各种形式的大小聚会不下30次。2018年5月6日，我们长沙、湘潭两地的老同学又聚会于周公馆（即周宗岱家，坐落于湘潭市锦绣世家，联体别墅，四层楼，内有电梯，外有花园，其居住条件在我班同学中首屈一指）。同学聚会最愉快的事情就是回忆一师生活，这次聚会的中心议题自然就是回忆一师生活中的周宗岱。

小周在我班同学中年龄偏小，中等高度，体形偏瘦。虽谈不上是一个品学兼优的好学生，但是一个富有鲜明特点的、逗人喜欢的好同学。

小周在学习上一个最大的特点是严重的偏科，凭兴趣而学。凡是他喜欢的课程，他就认真听课，刻苦钻研，成绩就特别好。他酷爱美术。一个小小的速写本从不离身，走到哪里，画到哪里。不但美术课精心画，别的课也偷着画，自习课也画，周末也画，寒暑假更是尽情地画。他的美术课成绩当然是班上最好的。美术课李昆泉老师经常将其作业在全班进行示范讲评，学校里的美术橱窗经常有他的作品，全市中学生画展也曾有过他的墨迹。1954年，一师与艺师合并，小周更广泛地接触美术，也就更潜心于画画。除了美术课外，他还喜欢富有知识性、趣味性的自然地理、达尔文主义基础等课程。数学课中他只喜欢立体几何，因它与美术关系密切，所以上课认真听讲，下课认真做习题，期终考试他的得分与数学课代表曹立成相同，为全班最高分。还有许多课程他不喜欢，或是自己没有兴趣，或是认为教材一目了然，教师讲授照本宣科，索然无味，就干脆干自己的事，在课堂上手棒小说、执笔作画是司空见惯的事。他喜欢坐在教室后排的位子上，而且桌上总是堆着高高的书本，以挡住老师的视线，便于他甲课作乙事。有次上代数课，老师发现他低头在看小说，就大声喊道："周宗岱。"小周猛然站起，老师问："我在讲什么呀?"答曰："在讲数学。"这种似是而非的回答引起全堂哄然大笑。小周虽然不认真听课，但考试起来从没有不及格的科目。他的经验就是临时抱佛脚，花几个小时认真看一遍教材。他看书速度快，真可谓一目十行，而且又记得住，所以不论什么课程，考试起来总可以拿到三分（当时我们是学习苏联推行五级分制，五分为优等，四分为良好，三分为及格）。小周也很满足这个三分。得知自己考试及格了，得了三分，就喜得不得了。

周宗岱在生活上有两个显著特点给同学们留下深刻的印象。一个特点是生活艰苦。小周是宁乡人，家里只有一位老母亲，经济条件极差。他考取一师后，是和我班同学刘盛明一起光着脚、背着行李步行来上学的。三年中他仅回家一次。同学们问他假期为何不回去？他讲学校里有饭吃，我要是回去就会吃掉我娘的一份口粮。他在校期间，一年四季多数时间是打赤脚，晚上睡觉前就先到池塘边洗脚，然后端一杯水回到寝室，坐在床边淋干净脚底就躺下；半夜起来上厕所时就穿别人的鞋子。当时文化生活也少，有时周末我们同学就成群结队地拿着马扎到附近的中南矿冶学院（即现今的中南大学本部）或湖南大学去看电影，电影票是三分钱一张。周宗岱也经常和大家一起去看电影，但他没有钱买票，也从来没有买过票，都是同学们帮他买的。三年来小周除了热天穿背心短裤外，总是穿着一套黑色粗布衣服。当时我班同学家境富裕的很少，但如小周这样艰苦的也没有。最可贵的是他从不挂在嘴上叫苦，甚至他很满足有饱饭吃，不以为苦，所以他一天到晚还是乐呵呵地与同学们有说有笑。他敢说敢为，富于正义感，说起话来很幽默，常常引起大家捧腹大笑。

周宗岱在生活上另一个突出的特点是比较散漫。现在看来一个原因是由于他年纪小，懵懵懂懂，自我约束力较差；另一个重要原因是其个人性格上不拘一格，追求自由，不愿意受约束。他不做坏事，但常有越轨行为。比如他不愿意受课堂纪律的约束。夏季午睡后的上课，他经常姗姗来迟；课堂上经常不认真听讲，认为有的课程内容贫乏，他毫无兴趣，何必坐着发呆浪费时间，不如干脆做点自己想做的事情。每次写作文是两节课，他往往用半小时完稿交卷，然后拿着小提琴到远处去练琴去了。他的爱好广泛，除了画画、看小说外，还爱好书法、雕刻，还自学拉二胡和小提琴，能刻苦钻研，进步很快。音乐老师还指定要他担任学校的器乐组长。他有时也闯祸。有次还闯了大祸。那是我们读二年级时，教室在一栋平房里，进出方便。房外有一个建筑工地，堆放着许多泥沙，男同学们下课后就去打泥巴仗。头天打得很欢，第二天继续打。小周也入队参战，为了取胜对方，他不顾后果拼命地打，结果将一个大泥块打中了刘佑成同学的脑袋，刘应声而倒。情况紧急，教务处来了老师，指着满身是泥的小周说："又是你呀!"

小周闯了大祸，吓破了胆，担心会被开除。结果出乎所料，我班班长郑逢贤出面向学校写报告，说明泥巴仗打了两天，小周今天才初次上阵；他还以班长的身份作了检讨，表示要对此事负责，并保证以后加强班级管理不再发生类似事故。最后学校也就作罢，未给予任何处分。小周躲过了这一关，无比感动，十分感激郑班长的担当。

在一师就读的三年，是周宗岱的最后学历，也是其最高学历。他对一师有着深厚的感情。2016 年，他应学校要求送上一幅长三米宽一米多的巨幅山水画，现挂在一师大会议室的中央，十分醒目，深受赞美。作画时正值酷暑炎天，宗岱汗流浃背，精心制作，其儿子不解地问他："爸爸，你为什么要费这么大的力气作这幅画呢?"宗岱深情笑答："儿啊，一师培养了我三年，三年吃饭没要钱啊!"2015 年是我们班离校 60 周年，我们班举行了一个大聚会，宗岱解囊捐资一万元，使活动办得丰富多彩、圆满成功。最后节余的 5000 元，全部捐赠给一师校友会。他还曾多次邀请我们参观其画展，组织聚会，经费全由他包干。这一切都充分表现了宗岱对第一师范及同窗学友的深情厚谊。

周宗岱几十年坚持艰苦奋斗，功夫不负有心人，最终成为国家有名的画家，他是我们班的骄傲。回顾其在一师的表现，大家一致认为其功成名就也不是偶然的。正如罗文奇同学之感言："宗岱学友成大器，一师求学现端倪。"

2018 年 5 月

大器者能容乃成

——周宗岱师从漫谈

文　鸣

笔者与周宗岱先生可谓熟悉又不熟悉。最早我读初中时曾借居万人新村姑姑家与其做过邻居，后来我参加工作到文化单位，他当了我们的副局长，虽算熟人但并未有过太多的交道。去年从长沙湘江一号展览馆饱览周先生的画作后，加上他曾经的坎坷，很有一种拜访周先生的冲动。此后机缘巧合，因研习书法与周先生夫人刘冀湘老师相识，于是就有了不久前的这次到周宅的访问。

与数十年前一样，周先生还是一顶鸭舌帽，还是那么健谈。在周先生宽敞的画室，旁边有几幅未完成的山水画作，伴着墨香和茶香，周先生开始了他的讲述，就像聊家常。他很平静、很淡然地述说曾经的苦难和欢乐，那些同学和老师、那些不平常的难友们，他们的名字，以及那些陈年往事的细节都深深刻在周先生的脑海里。不知不觉过去了两个多小时，我怕累着老人家不得不起身告辞。我很满足这一夜的收获。

从 1994 年赴日本彦根举办画展起，周宗岱先生相继在长沙湖南书画研究院、南京，以及北京中国国家画院等地举办画展，他的花鸟画，他的山水画，以及他的理论著作《美辨》和散文随笔《画馀信笔》，早已得到大家的欣赏和喜爱。

所谓画如其人，读画其实就是阅人。读周先生的画作，技法已被画上的文化气息所掩盖，你可以从氤氲的山峦中感受到赤子的乡恋和乡情，从淡淡的梅枝中接收到传统文人的不羁风骨之气息，从狂奔的松鼠身上体味到画家对生活的情趣和热爱。

周宗岱先生走过了八十个春秋，一路前行，不断学习，他的老师或天，或地，或人。对此他有这么一番理论：

> 能不能再吸收，决定于自己的先天的可能性，古人谓之“器”。器大者，老装不满，装满了，别人无可逾越。器小者，早早地装满了，就再也不能多装一滴水。（周宗岱《宗岱笔记》）

本文试图疏理一下周先生的“器”之大小，都装了些什么，其师从和学习对象都有哪些。

一、谈兴趣

早在宁乡宗一中学读初一时，其画作参加美术比赛获奖，“我的一生，就这样敲定了”。进入第一师范，第一次看见了油画、中国画和粉笔画。继而学素描、学水彩。兴趣成为其画画最强烈而持久的动力，于是他开始享受作画带给他的快乐，且陷入其中不能自拔。

因为喜欢，他心甘情愿听任“画画”摆布，即使因此被划为右派，即使因此以反革命罪判刑三年，劳动改造。释放后，颠沛20年，直到1979年才摘帽平反。他居然无怨无悔。

> “画画”垂青于我，我是领情的，它使我坚韧。关在高桥农场、省第一监狱，我在画画；明日断炊，我在画画；妻死了，我在画画；离婚了，我上广州看全国美展。也许，这“坚韧”二字其实是自夸，上了瘾罢了！（周宗岱《学画自述》）

在人的一生中随着社会环境的变化，兴趣是会改变的。20世纪70年代末，理论界空前活跃，因为对美的本质的辨析。于是兴趣使然，周先生花了三年时间研读唯物辩证法，写成了《美辨》一文，以批驳当时美学家们客观唯心主义的观点。二十世纪八十年代初，因周汝昌教授一篇否定篆书的艺术性的奇谈，惹发了一场关于书法美学本质的论辩，于是也惹发了周先生的书法理论热情，相继写了《论书意——兼与韩玉涛先生商榷》《书法美探源》等诸多论文。

兴趣广泛通常会面临抉择，在画画和搞理论研究两相权衡后，他最终还是选择了画画。

其实，世人的兴趣大多受社会环境所迫而放弃，转而选择其他，或无奈，或投机。周先生依兴趣选择，须排除外部因素的干扰，还须一种执拗的精神支撑。这体现了周先生难得的人文情怀，这是一种“器”大的表现。长此以往，最终演变成一种精神的依赖。于是便有了以下发自内心的感慨：

> “画画”，简直是个顽皮的精灵，捉弄了我整整一生。我的苦难、欢愉、爱情、生计，件件大事，无一不是“画”出来的。它已经弄得我精力疲惫了，却还是不肯放过我，不画画，我不知道怎么过日子啊！（周宗岱《学画自述》）

二、谈读书

周先生读书自然也是从连环画启蒙，然后《水浒》《三国》《说唐》，尤其是读平江不肖生的武侠小说曾经十分上瘾。正经开始读书则是1963年在平江一中的半年时间，该校图书馆藏王云五主编的《万有文库》丛书为他打开了知识的宝库，相继读了朱光潜的《文艺心理学》、丹纳的《艺术哲学》、冯武的《书法正传》、陈彬和的《中国的文字与书法》、朱自清的《经典常谈》、黄宾虹的《画语录》、康有为的《广艺舟双楫》等。这些书籍为周先生打下了良好的理论基础，受益无穷。

周先生读书还善思辨，不人云亦云。他读康有为的《广艺舟双楫》后撰文认为：康说“钟派盛于南，卫派盛于北”毫无根据，“南”书最重要的代表人物“书圣”王羲之，也是卫家门中的卫铄女士的学生。钟与卫，相对于篆隶古体以及当时大众使用的那种过渡性书体而言，都是“今体派”，都“盛于南”，绝不是对立的两种风格。他撰写《读伍蠡甫文三议》《驳伍蠡甫〈董其昌论〉及〈再论董其昌〉》认为：董其昌对师古人与师造化的关系、自然与艺术的关系、物与我的关系，有很深的认识，见解高明，且提到了理论的高度，又能躬行实践，伍蠡甫先生的结论，是不能站住脚的。

面对“左”的遗风，他撰写《“文艺是阶级斗争的工具”是个科学的口号吗——驳吴世常同志》，他认为：文艺可以作为阶级斗争的工具，但这一定义不能全面概括文艺的作用，所以，它不是个科学的口号。面对大作家李国文的《超越四合院》，他认为李的观点极度糊涂，而且对当时我国大量宝贵的古旧建筑被日渐“超越”掉的苦难有推波助澜的不良作用。

他在前人公认的美的基本范畴有崇高（阳刚）、优美（阴柔）、古雅之外，提出：刺激，已是现代艺术的归宿和唯一解释。“周宗岱，是将‘刺激’提为美的基本范畴的人。”

最有趣的是，在1986年南昌召开的八大山人研究会上，有人力图把八大说成一个反清复明的爱国志士，八大的疯癫是亡国之恨所致。周先生坐不住了，要求发言，他认为八大疯癫的直接原因是性压抑所致。当时全场一片寂然。周的观点当然不是凭空而来，他从八大的人生境况，以及疯癫的时间点和作品中署“驴汉”自骂进行了详细的分析作出推断。文末还专门附言：他认为研究者要把心态摆正，八大是人而非“神”，进而以自身坎坷困顿时期性压抑的困扰之切身体会，佐证“世上再没有人能像我这样理解和同情八大山人的了”。

这就是周宗岱，真实得可爱！倘若“器”中无书，无学识的支撑，他能有自己的观点吗?

三、师古人

中国画如何提高笔墨?周先生认为头一个是读大师作品。他画花鸟那段时间,吴昌硕的花鸟天天读。长时间揣摩一家,寻找最适合自己个性,觉得最过瘾的东西,然后再去动手。真要读懂这些大师,除了读画,还要读他的诗词,以及有关他的文章,读多了,久而久之,就理解他了,就能与他对话了。

> 同样是画荷,吴昌硕水墨淋漓,枯湿交错,圆泽苍厚,墨韵发挥到无以复加的程度。潘天寿却偏用瘦硬的线来唱主角,荷梗、叶筋、石头,全是瘦硬的线,且多焦墨。胭脂的花瓣也是这种线勾成,别具劲健之美。齐白石则近于吴昌硕,却更老辣。他常写一枝两枝极粗重的荷花、莲蓬,却以极工细的蜻蜓穿插其中,令人叫绝。张大千论笔力不足抗衡诸家,色彩却出奇制胜。朱砂的荷花,勾以灿烂耀目的赤金线,衬在大青绿的荷叶上,富丽堂皇。然而,成为千古绝唱的画荷之作,还是八大山人的《河上花图卷》。开卷视之,沿未明悉其形,便觉得一股沉郁之气直扣心弦。一根根摆拂的曲线,一块块斑驳的墨痕,都诉说着身世的悲凉、伤痛,笔笔是情,笔笔是泪!(周宗岱《荷》)

这就是周先生读画的心得,不仅谈技法,还有作者的心境。要了解作者的心境,你就得知道作者作画时的时代背景,以及作者的经历。这需要画外学识的支撑。

谈到书法与绘画的关系,周先生认为三位大师画梅,如金冬心的古雅、赵之谦的优美、吴昌硕的宏伟都达到了极致。金冬心是大书家,赵之谦、吴昌硕是书法、篆刻的一代宗师。他们画梅就是作书,就是治印,大师们将线条玩到了家,一般人又如何能及呢?

周先生认为文人画梅并非重现梅的形象于纸上,而是借梅的“母题”抒写自己的性情和志趣。

> 吴昌硕以篆法、复笔画梅,格调很高,我非常崇拜。后来在中国历史博物馆见到一幅赵撝叔的梅花,用了一些淡赭,清新俊逸之气溢出纸面,缶老压不住他。黄宾虹的墨梅萧疏散淡而又古拙沉厚,随意之极,其品更胜于吴缶老、赵撝叔。(周宗岱《周宗岱写意小品插文》)

作为山水画家,周先生对黄宾虹情有独钟。他认为黄宾虹是天分和人品极高的人，他欣赏其毫不着意、醇和浑朴的境界，特别是在其山水画中找不到一丝丝媚俗之气。

四、师造化

除了师古代的大师，还要师造化，即化育万物的大自然。周先生一谈到写生就显得十分兴奋。他说艺术创作是离不开写生的。往山里一走，那生生不息的万物，意想不到的山形、树影，使人心旷神怡，然后将那种种感受抓到纸上来，研究用什么样的技法去表现这种感受。多次的写生，胸中就积累了种种山川树木的形象和云烟变幻。拿以前师法过的古人参照，把自己的感受用到作品中，画出有自己独特面貌的画来。

> 下雪的时候，一切都灰茫茫的，雪停了，便是玉洁冰清的明净世界。每逢下雪，我都要往外跑，兴奋不已。我想留住这份明净！（周宗岱《周宗岱写意小品插文》）

周先生夹着速写本在平江启明女校创办人凌先生的墓旁，看到一棵碗大的红梅，三两朵花迎着冬日的阳光，它宝石般放射出微紫的红光，依然妩媚、骄傲。他在平江山中行走，被一阵香风俘获，逐香风而觅，在杂草丛中，发现一株野生兰花在那静静的谦抑地立着。他在速写本上勾画下来，“一时思绪如泉，痴了”。

到临湘黄盖湖写生，田边水渠中一枝荷花迎风摇曳，那似白还红、络着丝丝纹理的花瓣，边缘有似擦上一抹胭脂，近蒂处却又笼着淡淡的粉绿，密排的花蕊，环护着小巧的子房。世间竟有这等尤物！能与之争艳的，大概只有美人的笑靥了。

到晋北写生，秋天的黄土高原好苍凉，漫步在山沟沟、山梁梁的一片焦黄之中，却大有生趣，大颗大颗的山楂、枣子，饭碗大的柿子，密密的攒挤于枝上，傻乎乎的石鸡一群一群，为争偶吵得一塌糊涂。

周先生历来喜欢小动物。他住在一楼，屋前有个极小的花围子，曾养过猫狗、鸡鸭、鹌鹑、兔子。他常常画它们，因长期相处，渐渐认识到它们的可爱感人之处。他为那只老爱伏在他脚背上休闲的小鸭取名哩哩，为那只将小老鼠当玩具的白猫取名咪咪。

> 画画与写作大不相同，画画的，尤其是画山水花鸟的，面对的是自然。自然之物，不论是雄伟的山峰，浩荡的江河，甚或一花一叶，一鸟一虫，都那么美，沉浸在自然之中，心灵就净化了，烦恼少了。（周宗岱《我的写作流水账——〈画馀信笔〉代后记》）

一个如此亲近自然，被自然之美净化的老先生，你能怀疑他笔下流淌的真情？你能判断他笔下的家山长卷和奔跑的松鼠孰真孰幻？

五、谈师友

周先生是幸运的，他这一路走来，遇到了诸多老师和名家的关照和指点。

周先生之所以走上画画之路，首先当然要提到宁乡宗一中学的汤蔼荪老师，是他推荐自己的画作获奖，这种偶然的激励往往会决定一个人的一生。还有在汤科鼎老师那里学习漫画技法。进入第一师范，李昆泉老师的美术启蒙，宾彬老师教的工艺制作，王正德老师教的正规的素描、水彩技法，都对周先生画画有很大的助益。

在湖南省文艺干校美术班上，省会的名画家张一尊、周达、邵一萍、王正德、段千湖、汪仲琼、陈白一都来讲课了。专职教师是钟以勤、陈子云、张举毅、云时霖四位。老师们对周先生在素描和色彩等美术基本功的传授，使其终身受益。

> 白一老师教工笔人物。有人问："画像一个人更难，还是画好线条更难?"白一老师答曰："画好一个人，是基本功。画好线条，是一辈子的事。"从此，我明白线条、用笔，在中国画中是命根子。（周宗岱《学画自述》）

二十世纪六十年代初，周先生劳改释放后，得到湖南师大美术系钟以勤老师和段千湖老师的热情帮助和最及时的鼓励。周先生的兴趣从西画转到中国画，段千湖老师从中起了关键作用。

在学国画漫长的探索过程中，周达、杨应修、李立和曾晓浒诸老师对周先生影响很大。李立和夫人对周先生极好，多次将家藏齐白石、潘天寿、李苦禅等许多珍品让他慢慢欣赏。向立翁索字索印，有求必应，并每每留其吃饭、住宿。在花鸟画方面，周先生自称骨子里还是杨应修的路子。

因罗选民老师的约稿，周先生有幸参与国家"八五"重点图书《中国书法文化大观》中《篆刻美学十题》的撰写。周先生《美辨》的出版，则因陈慰民教授的热心引荐，以及湖南美术出版社社长萧沛苍先生的鼎力支持。

湘潭对周先生影响大的老师是刘子其老人和张石顽先生。周先生爱篆刻，对篆刻有领悟，都受刘子其之益。在湘潭，周先生常背着作品去请教张石顽。在写作上，湘潭日报社的丁各欣先生是最先将他领入文学副刊的人。此外，唐普元先生、李寿冈先生和李忠初教授等都给予过支持与指点。

本文从五个方面分析了周宗岱先生这个"器"所容纳的内容。因兴趣而执着，不畏艰难困苦；因读书而丰厚，学问涵养气质；因师古人而精博，基础牢且能自如表达；因师造化而创新，大自然是艺术创作永不枯竭的源泉；因师友而幸运，良师一语胜己数年摸索；再加上他前半生坎坷的经历，我们不难感受到其深厚的“学”，其丰富的“识”，以及其难得的执拗而开朗的品性。周先生因其“器”大，至今仍在吸纳，仍在学习和思考。这就形成了周先生独特的人品。“画品之高，根于人品”，周先生集数十年艺术人生的修为，不断打磨与提高自己的艺术感觉，最终通过画笔来抒写“胸中之逸气”，形成一种浑厚华滋的笔墨趣味。正如他所说：

> 写意山水、花鸟画，犹如美酒，其美味不仅仅是源于酿造，还得出自窖藏，要在很长很长的时间里，慢慢地、自然地酿成，任何人为的加速，均无济于事。（周宗岱《黄宾虹散论》）

我们期待周宗岱先生“窖藏”后更高境界的作品面世。

丁酉仲秋于御风轩

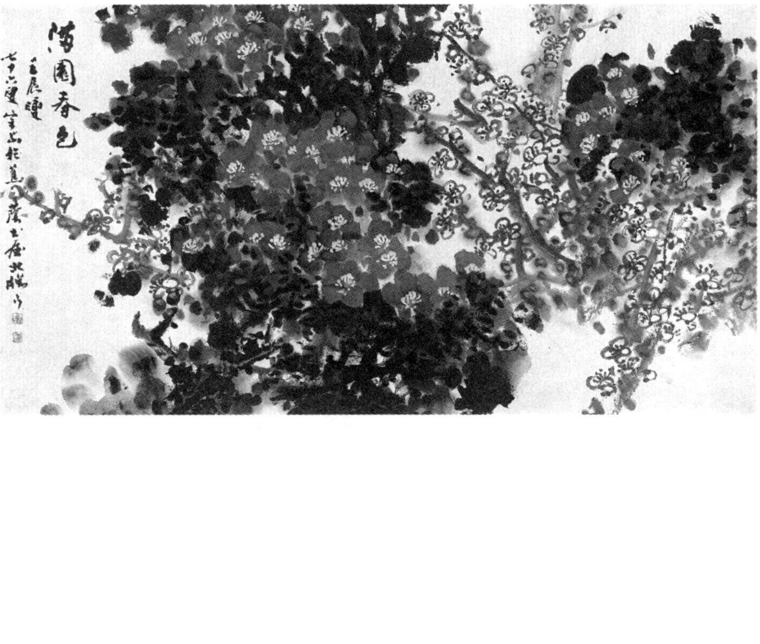

至今心折宗岱师

陈芳桂

宗岱老师是我内心格外敬重的几位师长之一。前段时间，湘潭市文联毛娟女士与我联系说，湘潭市美协、湘潭市评协正在组织编辑《周宗岱研究》一书，这不但是一件对湘潭美术界特别有益的事，也是湖南美术走向全国的一件大好事。毛娟女士还说，宗岱老师点名要我写一篇文章。以我疏浅的学识与阅历来写宗岱老师，我惶恐不安。

宗岱老师是一位修养全面且深厚的学者型画家，集文艺理论、书法、美术、文学于一身的大家。他的精神追求、丰富情感和激荡的内心世界，都留在我的心底，伴我成长。

算起来，我跟宗岱老师学画已经20多年了。不记得是什么样的场合，因为什么事情，我有幸就和他交往起来。20世纪90年代中期，宗岱老师担任湘潭市文联副主席。那时的文联，真是我们这些基层美术工作者的家啊。每次我从工作的锰矿到市里，总要去市政府四楼文联拜访他和时任湘潭市美协主席的秦明良老师，带一些习作向他们请教。宗岱老师也总会对我的习作逐一提出中肯的意见。从那时起，我就在心里将他认作了老师。

那时的宗岱老师，已然是湘潭美术界的一道风景。虽年逾半百，却头扣鸭舌帽，身着牛仔，背直腰挺，大步噔噔，用今天的话说——酷。和他在一起，不管他讲什么，书画艺术、人生况味、家常琐屑、市井趣闻，我都喜欢听，因为他的讲话既见学问，又生动风趣。当然，大家更钦佩他精力充沛，作画、写字、读书、著文，一刻不闲。在湘潭乃至湖南，恐怕也只有他才敢置别人的看法于不顾，在自家的大门上贴出“日不会客”的告示。

随着时间的推移，我与宗岱老师的过从更加密切了，成了他那简陋而书卷味浓浓的家里的常客。这样，我就能更多地听到他对艺术之道许多独到的说法——这也正是他治学的迷人之处。我不知道别人如何看宗岱老师，在我的心里，他的确是一位智慧之人，当然，也是一个倔老头，或者说是一个具有独立精神的文人。不管他如何称自己是一个没有本事的人，但他的阅读，他的积累，以及他的社会阅历，都已将他堆积成为一个知识分子。无论是他身陷囹圄的那些年，还是在后来的领导岗位上，以及再后来的退休日子中，他从来都没有放弃过阅读，并经常从画案、书桌腾出身来外出观展、写生。这些自我修养的积累与艺术创作的孜矻砥砺，更加强大了他的判断能力，所以才有了他独立自主的治学态度与文人风骨。

在日常生活中，宗岱老师是一个极有趣味的人。他喜欢喝好茶，喜欢喝洋酒，喜欢喝咖啡。他喜欢音乐，喜欢大提琴和古琴，喜欢迪斯科和摇滚，喜欢科恩和崔健，偶下舞池，儒雅如绅士。他喜欢戏曲，喜欢黑头花脸，喜欢花鼓戏。他健谈，善谈，关键是有东西可谈，可说。听他谈话，是一种享受。用他自己的话来说，他是一个什么都不藏掖、什么都可以谈的人。而且，无论听者是高是低，是男是女，是老是少，他和大家总是在一个平面上交谈，朋友式的，相得益彰。他也乐意倾听，听到他赞同的话，还会由衷地为对方鼓掌。他说文谈艺，旁征博引，随时可以贡献一两个典故。他不光有学识的储备，似乎还喜欢对问题的挑战，言词明快锐利，环环紧扣，文气贯然，或有眼花之时武断之处，但不玩中庸，不拉虎皮，不人云亦云，只作一家之言，从中可以见出他态度的坚决和研索的认真。聊闲话，或俏皮，或诡异，或傲气，或尖刻，或柔媚，绝不重样，因为他阅人阅事多了，什么都嗅过、听过、观过、触过，也便层次分明，视野开阔，亦庄亦谐，五颜而六色，随便一个话题，便能扯到深远。深远且不说，关键是有趣。佐之以独特的口音、独特的腔调、独特的表情，以及由这些形成的独特氛围，会让所有的人开心。你一开心，机窍便在了。过后回味，开心便成深远，那感觉实在是好。他参加研讨会，到大学和一些讲坛做讲座，照说，真正的风采是不易展现的，但他行进的曲线是很优美的，有温润之感、清芬之气，总能别开生面，却又一点不装神弄鬼。他知道听众缺乏什么，需要什么，希望听到什么，而他所讲出来的话，深入浅出而不“做戏”，坦诚而非敷衍。所以，对方接受的时候，尽可视他就像处在平常的生活状态中与你话家常，很实在，有温情，听起来也便没有抵触、抗拒、逆反和隔阂，很解渴。

显然，宗岱老师既是一个性情中人，而骨子里又是一个重情重义之人。他十分尊敬他的老师和前辈贤彦，不时抽空去登门拜望，或把他们请到家里嘘寒小酌；对有进取心、有艺术潜质的年轻人，则厚爱有加，竭力帮助。特别是对当年他困顿时那些帮助和关照过他的老同事、老邻居、老朋友，或只是若干年前有一段知遇之恩的人，他都不会淡忘，深铭于心。这种与人为善、与艺术为善、仿佛古风的品格，不能不令人敬重。于我，则更像一面镜子，时间越久，越照越亮；沧浪之水清兮，可以濯我缨的。

正因为他阅历深厚，常人看人是看人的肉身凡胎，他看人则看人的精神魂灵，所以，好脾气主义者的宗岱老师也有脾气不好的时候，有时甚至于怒发冲冠，拍案而起，如同一个愤青。我就曾亲耳听他说过这样的几件事情：

“文革”期间的某一年，宗岱老师去看望他十分敬重的老师、老油画家钟以勤先生。进了校园，他一时忘了钟老师住在哪一栋，正好一位工宣队员过来，就向这位工宣队员询问。谁知那位工宣队员气势汹汹，听说是来找钟以勤的，当即甩过来一连串盘问：你找他干什么？谁叫你来找他的？你晓得他是什么人吗？你为什么要找他？你是什么人？宗岱老师一看，情况不妙，钟老师一定遭罪了，而自己头上又正扣着“右派”和“现行反革命”两顶帽子，要是不想个办法，今天不但自己要栽进去，还会牵连到钟老师，岂不是老师没看成，反害了两个人？当时他已顾不得太多了，猛地将骑来的单车往地上重重一顿，然后两眼圆瞪，朝那位工宣队员砸过去一连串怒吼：你管我找他干什么？我为什么不可以找他？我晓得他是什么人！我是什么人为什么要告诉你！这下反倒把那位工宣队员给镇住了，没再多问，走开去了。

20 世纪 80 年代，他去参加一个美学研讨会。会上，有人提出“美是客观存在”，并几乎得到与会专家、学者们的一致首肯。这时，他主动要求发言，然后以大量的事实予以辩驳：美不是客观存在的。在当时那个“只有呼应、没有争鸣”的年代，没有充分的论据和胆识底气，是不敢站出来发声的。要知道，当时他面对的都是美学界的权威啊。然而他发飙了，向学术界“一边倒”的畸形局面发出了挑战。

还是在 20 世纪 80 年代。一次，宗岱老师在九华山写生，一个老外看上了他一件作品，要买。他对翻译说，一百元（这在当时可不是个小数目）。翻译说，这么贵，影响不好吧。他说，便宜了，那才影响不好。

让宗岱老师发脾气的事，我自己也亲历了一回。当然，那是一种对待朋友的毫无恶意的生气。一次，我和老桦等几个朋友去他家，他正在撕画，撕自己认为画得不好的作品。我们一见，急了，不约而同一齐上去“抢救”。他先是轻言缓语制止，后来见我们谁也不听，还继续“抢”，一下火了，一面从我们手里夺回那些被抢去的画，一面板着面孔，厉声喝道：“你们再这样，都给我出去！”一见他铁青着脸，真来火了，我们这才老实下来，乖乖地把画交给他，眼睁睁地看着他将一幅幅已成成品的画作撕成比手板还小的碎片。

宗岱老师喜欢美学，喜欢书画理论。作为学者，他自有《美辨》《篆刻美学十题》等高头宏章摆在那里，如今更是众人皆知。我还看过不少他在所读的前人著作和书画作品的天头和页边就许多问题所写的或长或短的眉批，那都是学问啊。而他还是作家，写得一手漂亮的散文，读过他的《画馀信笔》的人，莫不翘指称赞，深为他的襟抱、才情折服。那种老到的文笔，犀利的解剖，冷峻的幽默，满怀的温情，说实话，远远胜过许多专业作家。同时，他的书法，出手不凡的黄庭坚行书，还有胎息秦汉、绪接明清的篆刻，都是我辈抬望高树、徒生羡意而难以企及的。我们今天的许多学者、名家，多不如民国时代那些前贤，能把创作和治学都弄得非常像样。而宗岱老师，正是具备了如此的大器。至于辞章小道、写字刻印，于他看来，“画馀”而已，偶尔玩玩，只是聊遣雅兴。他更多的时间和精力，还是放在画画上，任一些好友如何进言蛊惑，他都只肯稍展鳞爪。私心里我还是有些扼腕而惜——倘他稍微投放一些时间和精力，弄弄文学创作和书法篆刻，兴许能留下更多足可传布的妙制佳构。

多年来，我与宗岱老师过从甚密，常常跟他在一起饮茶、品酒、喝咖啡，我跟他学习自然不止绘画一门，可谓长了人、养了心、提了格、慧了眼。关于他绘画方面的成就和建树，那是他耐心地、缓慢地、一点一点地做出来的，是他以铁杵也要磨成针的功夫做出来的。种种花絮般的因素渐渐退隐，仅凭着他作品本身的能量即可绽放其芬芳。很多老师、同道对此所述备矣，我属后学，虽体会良多而不敢班门弄斧，只想把他平时对我的教诲抄录几则在这里，权当师教未忘吧：

> 做一个画家，物欲不要太强，利禄熏心，就是商人干的事了。
>
> 超脱，最不容易。能够通脱自持，适可而止，便是贤人。
>
> 人生快事莫如趣。画家的创造就靠趣。人有趣，就能够潇洒出群，静观宇宙、人生，知趣了，方可作为。
>
> 金石不随波，水枯石不转。
>
> 一个人的智慧不是与生俱来的，后天的努力不可少。
>
> 绘画就像爬珠穆朗玛峰，方向很重要。方向错了，误了时间，甚至还可能倒退。
>
> 要紧的是自己的眼睛。

宗岱老师还跟我说过许多话，有的甚至还写给了我，都曾引起我的深思并努力践行。可惜我作的记录和他的手泽，一时难以找出来，只得暂付阙如，待日后再整理完臻了。

一个人，几十年里，受了那么多委屈，经历了那么多折腾，不消沉，不颓唐，不趴下，不坍塌，始终都那样从容，那样顽犟，宠辱不惊，那样矢志不移地扛着自己钟爱的艺术信念之旗，朝着理想的目标，一步一个脚印地坚挺前行，在如此世风的今天，这实在是一种珍稀，值得敬仰。宗岱老师在沧桑岁月的长河中不老，在年华洗涤中鲜活。他还在不断地把他的人生与艺术中饶富意味的东西给整出许多的诗情画意来，让我们在他满覆情怀的描画中，感受那些境界与智慧，体味时间给我们带来的丰厚财富。作为他的学生，我深感我是幸运的，这也是我的一种幸福。我祝愿宗岱老师一直生气勃勃，一直心怀美意，有点执拗，有着微笑。我在这里向他致敬。

祝宗岱老师生命之树长绿。

祝宗岱老师艺术之树常青。

听周宗岱老师美术课日记两则

毛　娟

听周宗岱老师讲画松

——2010 年 7 月 8 日听课日记之一

周宗岱老师开的这个研讨班从 2009 年 8 月 6 日始，至今快一年了。考虑到今年前段时期连续月余大雨，近日又炎热如蒸，气氛反常，加之是晚上授课，长沙、株洲、韶山三市的学员赶来太辛苦太不方便，老师决定今天这堂课为小结课，课后，放一段暑假，9 月份再开课。

老师今天穿一件纯真丝的淡蓝带灰的短袖衬衫，淡黄色的纯棉裤。因是晚上，厅里的灯光很强，老师戴上眼睛后，又习惯性地从门后取下一个无顶宽沿的太阳帽戴在头顶上。这派头，很休闲，又很酷。乍一看，今天老师不像个画家，倒挺像一个快乐的旅游者。

原计划由“班长”萧红亮作一下阶段性总结后，老师通过一张现场创作来为我们疏理思路的。因萧红亮去长沙接大学回家的女儿阻车在路上，而换成了由周老师先为我们作画画展示。

老师平日创作，特不喜欢别人打扰，连太太、儿女、孙子都得走开去。近几个月，主要是教我们画山水。今晚，周老师给我们展示的也是画山水。老师将一张六尺宣，钉在那半自动的画案上，老师刚抬臂下笔时，同学们不自觉地鼓起掌来。老师在画案中一笔有力地拉下去，就形成了个山势。待这一笔画完，老师转个头来幽默地说：“我本来就胆小，特怕别人看我画画，你们这么一鼓掌，我更害怕，更会画得不好了。”引得同学们又一阵掌声。

下笔才几下，山势的线条和岩石就出来了，老师边画边对我们说：“我近段，特喜欢画山水，画得越大越好，和我前些年的山水画比，又有明显的不同和突破，更追求粗犷和线条的明快了。”老师以前多画山水，但近几年以画花鸟为主了。自从开这个班起，他就像又回到了青春年代，几乎不动笔画花鸟，而只画山水了，且越画越大。

老师画了山势和岩石后，就让山上开始长松。老师喜松，也喜欢画松，他的山水画里都有松。有很多的山水里，松已成森。老师的松都古老苍莽，刚劲有力。老师画松，习惯让松立势长体后，先依枝就树打一道蒙蒙的淡墨底子，形成松势松姿，再拉枝或勾枝，然后搓、擦、点。这样，古老的松树枝间，就形成强烈的“浓破淡”效果，看去更苍劲浑厚。

老师作画很认真，大家看得很投入，我和尹红两个女生，还有个子矮的王金华，不自觉地就往前凑，想看得更仔细些。还有的同学拿出手机或相机连续照相，想回去慢慢消化。老师谦虚地说：“不要照，这是我画画的一个习惯而已。画画，每一个画家都有不同的手法和习惯，你们每一个人的手法和习惯也不一样。画松，要在掌握其规律的前提下，就山势随机来变化。”

有学员问：“什么是画松的规律?”

“什么是规律?”老师哈哈地打个比方：“如画猫，你得给它画四条腿，而不能只画两条腿。就算别人看到的只有两条腿，你也要让别人感觉到它是四条腿的猫，不是两条腿的鸡。”大家哄地笑了起来。周老师边画边接着说：“画画要大胆下笔，小心收拾。松要画得古老苍劲厚重，则要多擦多搓，不然会显得薄了。还有，要有骨感，每个骨节、每根枝干都是该生的，有生命力、有姿态的，而每个点都必须安在必安的位置，并都要发挥各自的作用。”

我们都领会地点着头。

“还有，”老师接着说，“山要画得气势，松要画得苍劲，那么，用笔尽量有力和丰富些。一幅作品里，可同时用上中锋、侧锋、尖锋和笔肚，但风格要一样。用墨，也可根据画面的需要宜湿则湿，宜干则干，宜浓则浓，宜淡则淡，这样才能体现出作品的晕润、层次或厚重。”

恰此时，落座后的张勇因来时跑得急，连打了几个饱嗝，这一细微的动作，却被老师发现了。老师停下笔，转到他的另一个画室，即刻出来，麻利地将一个小瓶塞到张勇的手心里：“含点可治饱嗝，也可防中暑。”呵，是一小瓶人丹。张勇好猛，几乎将一瓶全部咽到肚里，饱嗝即刻就停了。老师又心疼又着急：“人丹是含的，你咋全咽到肚里了，伤了身体咋办?”老师特关心我们，多次提醒我们要注意身体，还曾多次和我们探讨防颈椎、腰椎病的秘诀。张勇大笑：“不会的、不会的!”大家都笑了起来。

老师接着边画边讲：“在山形与树有矛盾时，要妥当解决，做到树让山势就山形。还有，山水的笔墨要有内容，就必须清晰中含有模糊，模糊中彰显清晰。”老师画画，手中一直握着大小两支笔，他常常边拉线边立树，又边勾边擦边点，这样很省时间。他一边讲一边给我们做示范。两支笔在他手上，轻巧地飞舞着，画案上那山水间苍莽的松树就迅速长起来，越长越苍翠。

不知不觉，就到了晚上9：30，老师这幅六尺宣的山水画已画了一个八成大势。他有些不好意思地说：“这幅画得不理想，我讲话多了，分心了，待你们走后，我真得好好收拾收拾才行。”最后，老师借用了齐白石一句：“学我者生，似我者死。”结束了他今天的讲课。

老师是要求我们一定要在学好基本功、掌握好规律的前提下发展好自己的个性。

我的学画收获

——2010 年 7 月 8 日听课日记之二

晚 9：30，周老师结束他今晚的授课后，就由班长萧红亮对近一年的学习情况进行小结（萧红亮的小结另录）。萧红亮小结得很全面很到位。萧红亮刚讲完，周老师就点了我的名，叫我谈一下学习感受。平日上课，同学们常常要互相来评作业的，几乎每个学员都要发言谈自己的看法、观点，谈同学们创作中的得与失，而我是从不发言的。即使周老师点到我的名，我也脸红抱歉地说：“我学习，我纯学习来着。”因为，这个班的 12 个学员除我以外，他们 11 个人的水平都是很高或比较高。他们中有几位是职业画家，有的已是中学的高级美术教师，或大学的美术教授，还有是已从中央美院进修回来的。而我只是一个票友，爱好者而已，当然不敢乱说话了。但此时，周老师点的是要我谈学习感受，而不是谈美术理论和美术作品，我自然没有不说的理由。我来不及认真思考，说了以下的话：

我一个人很特殊，没有基础，只凭爱好，周老师特批插进了这个研讨班，真的很有缘很幸运，我由衷地谢谢周老师对我的关照和鼓劲。更谢谢周老师不收一分钱报酬，无私地将几十年来积累的理论和经验传授给我们。也非常谢谢 11 位同学没嫌弃我，并给予了我很多帮助。

听周老师的课，快一年了，我最大的收获是：一是很开心愉悦。来这个班听课，周老师讲课从文脉入手，从基本功抓起，深入浅出，且很幽默风趣，听起来很轻松又容易懂。同学们又团结和谐，互帮互学，时常课外还交流和相邀去写生等。在紧张的工作之余，有一个这样集学习、交流、娱乐、共同携手进步的艺术“圈子”，我感到很开心快乐，也使我学习的积极性越来越高。每次我还真的是盼着周四晚的课呢。

二是我的眼界高了很多。我进这个班后，确实学到了很多的东西，吸收到了很多的艺术营养。我是一位文联的工作人员，自己是搞文学的，很需要各方面的知识。以前，对书法美术一点不懂。通过这一年的学习，对一些基本的美术理论和一些古人名家的创作风格有了一定的了解的和掌握。周老师奉献给我们的是艺术大餐，虽然这营养我没有完全消化，但对我来讲，确实是一个很好的学习吸收艺术营养的好机会。对书画有一定的理解和了解，我既可长知识，也能避免在以后工作上讲外行话。同时，这一年来，我除了每堂课专心听，认真作好笔记外，回到家，平日也练练画，练练字，书画功夫虽一时上不来，但眼界真的高了很多。

三是能很好地滋养我和我的文学。来听周老师的课，给我拓开了一个很大的艺术领域，多了一帮很好的书画界朋友，同时和其他书画艺术家交流也方便了很多。这使我又能更多地了解艺术家生活，是我了解社会不同人群的一个好途径。它既能滋养我，也极大地丰富了我的文学创作素材，促发我文学创作的热情，促使我多出文学创作成果。

我要再一次谢谢周老师，谢谢各位同学。同时，我还要由衷地感谢师母刘冀湘老师每次为我们周到的无私的服务，以及对我个人的关照。

剪取湄江一片云

——随周宗岱先生夫妇写生小记

杜洪建

当车子开进观音岩、藏君洞湄江景点，我就被前方不断闪过的景致震住了。

五月十五日下午1：30，我到达湄江镇大江口，落住在湄江镇村民委员会支部书记龙腾辉家人开办的旅店。（先前两天的周末，有蕉荫画友写生返谈，周老师夫妇留了下来。）

短短的午休后，我与周老师、刘老师就在附近转转，逆光下的山峦，夕阳下的田园，老农牧牛，村妇浣衣，画面连连，我不断地按下了快门。

当晚，恰逢龙支书换届连任，宴请乡亲父老。鞭炮声不断，烟花漫天、一轮满月照亮山村夜空，好不热闹。

翌日，我早早地起了床，出了门，白雾一片。这是晴天的征兆，这是前几天的阴天、阵雨天的结果。不能画画，我又回去睡了。不一会，被周老师叫醒了，我随周老师来到旅店的楼顶，抓拍了一些难得的雾中风光。这是班长他们先前没有见到的好景象。

三天半的写生生活，与周老师老两口吃住行在一起，虽然时间短暂，却收获了太多太多。

七十多岁的周老师，这些天眼疾复发，右眼眼底通红，膝盖骨的老毛病又犯了，手摸着明显结构不一样，蹬上蹬下非常困难，上厕所还得提着个椅子。而每日的出行，却自个荷着大大的行囊，全然不顾这些。

周老师极易睹物生情，有时激动得像个小孩。早晨的白雾环山、村落菜地的篱笆、山脊上不起眼的参差小树等，他都连连叫好，或拍照，或作画，一一成了他笔下的好素材。尤其是当他画了幅满意的画，他会很兴奋地和你观赏、分享。慈祥的笑容，太可爱了。这次写生的最后那幅就是其中之一。

这次湄江写生，周老师共画了十二帧小品，有在我去前画的，有现场看着画的，每幅手法各异，精美极了。能够有机会观摩周老师写生全过程，而且是一对一课徒，我太幸运了。

听刘老师说，周老师在家时，早晨有头疼的现象，可到湄江后，头痛的毛病就没了。这可能是置身于湄江的山水风光、天然大氧吧的结果。

刘老师是个摄影迷，在湄江拍了不少好画面，记录着我们活动的全过程。在车子回潭时，我的提包遗忘在旅店了，就在我返回的一片刻，刘老师的相机未停。我上车时，刘老师高兴地对我说："杜杜，我又拍了些好画面。"我想，刘老师可能是真的拍到好画面，也可能是周老师、刘老师怕我太难堪了。

湄江有化石，这次写生得到了证实。这些天的湄江之行，刘老师在溪边捡了一提袋大大小小的化石，我也捡了三颗。

跟随周老师写生，平生第一次，有些紧张，时常想画好，可就是画不好。周老师却总是鼓励我，在纸上，在他手掌上，用笔给我示范，在我的画稿上作修改。讲得多的还是用笔勾线、对景取舍等。晚上见我在临摹孙过庭书谱，又提议并讲解我临写黄庭坚草书的道理。

写完这篇小记，我还在留恋与周老师夫妇在一起生活、写生、聊天的日子，享受那份快乐。还想与周老师结伴而行，还想去感受大自然的美景，还想去体验山村百姓的淳朴、热情，还想去湄江。

2011 年 5 月 26 日于清池斋

跟随周宗岱老师学艺散记

萧红亮

安详的乡音

湄江边，我们一字形摆开，摊开纸笔，写生了。

杨树林中，一群黄牛埋头食草。

“叮铃铃！”“叮铃铃！”久违的乡音，与溪流声交映着。

周老师感慨道：“咯声音听起来就是舒服，有一种安详的感觉！”

2011 年 5 月 27 日

品梅图

周老师又在研习黄宾虹的画，7000 元的全集，堆起来有半个人高。

宾老的梅花就是好，比金农好，比赵之谦好，比吴昌硕好。

周老师在他的花鸟画里对自己画的梅非常自信，但宾老的梅又激起了周老师的创作冲动，散淡、古雅之气在笔端汩汩地流出。

周老师数十张梅花精品诞生了，精心托裱，精心装帧。

开学了，周老师精选了十张，我们是第一批观众。

庆幸！

2011 年 9 月 7 日

不着一水而水自流

山水，山水，有山必有水，山有水则灵，水有山则秀。在麓山美术馆举办的“周宗岱中国画展”，展出的六七幅大山水画（六尺/八尺）中，几乎张张未离开水。

在历代绘画技法中，最丰富的、最全面的要数山水一科。中国绘画史，几乎就是山水画的发展史。在传统中国画分科中，山水最难。

意象，意象，意是物象的升华。山与水，山有型，可对景描，而水则变，则意象为之。在山水画中，水最难处理。

在展厅中，好多个画家都向周老师提出了同样一个问题："周老师，您没画水，而水在流动。"

周老师笑笑："我画的水，是挤出来的。通过对石、石壁的深化处理，水自然而然就出来了，就流动了。这就是我们所讲的'烘托'，不着一水而水自流。"

周老师在比划着。

2011 年 10 月 17 日

反正跟罗雄走

寒假，罗雄创作了一张六尺山水画，周老师看了有点心动，拿起毛笔就改。

同学们有点"嫉妒"："又改罗雄的画了。"

周老师道："肯定是罗雄私下送了包封，送给哪一个，反正我不知道。"

哈哈哈！教室里一阵大笑。

"送不送包封，我们不管，下了课，反正跟罗雄走。"

教室里又是一阵哈哈大笑。

2012 年 2 月 15 日

周宗岱老师的作业

萧红亮

2010年9月25日，我带着小女和周宗岱老师、刘冀湘老师夫妇一同到湖南省博物馆参观“天津博物馆藏画展”。

周老师夫妇来看展览，全副武装。周老师提了个手提袋，鼓鼓的。刘老师背着个反背包，不仅带了相机，还带了摄像机，一进展厅，刘老师就拍个不停。

周老师讲：“八大荷花下面的石头非常好，你看那墨色，那线的转折。来个特写!”刘老师忙将镜头拉近。

“弘仁的远山，线与形结合非常妙，你看山头上的浓墨点，泥里拔钉。”周老师讲到哪，刘老师就拍到哪。

我与周老师对着金农的佛像，久久琢磨。刘老师足足拍了几分钟。

周老师还带了个小笔记本，看到哪张有点心动，立即就记下来。

周老师讲：“我现在，看过的东西，一下子就记不起来。有什么想法、什么认识，还是赶快记下来，省得记不起来伤脑筋。我是呆人子呆办法，纸写笔载还是靠得住些。”

周老师就在展厅里做起了作业。

周老师一张一张地看，一张一张地过，小笔记本上就有了关于李唐的记录、关于沈周的记录，关于金农、八大、弘仁的记录。四十六张画，周老师一共了记了二十几条。

我们从十点四十入馆，第一轮看到下午一点钟，整整站了两个多钟头。问周老师：“累不?”周老师说：“还好，就是腰有点不舒服，休息一下，我还要‘复一次炉’。”然后就坐在展厅的长凳上，临时休息一下。

周老师“复炉”的时候，我在其他展厅转了转。待我们从博物馆出来，已是下午两点钟了。周老师讲：“要不是肚子‘造反’，我第二轮还要多看一下。”

一般人看展览，勤快的带个相机，对着原作“啪、啪、啪”，好歹拍一些，半个钟头完事。不勤快的，走马观花，逛一圈了事，不管怎样，我看了，看了总比不看强。

周老师今年七十有四，是我们老爷子辈。老人有这种精神，有这种干劲，让我感慨不已。

回潭路上，周老师讲：“我不比你们，你们还年轻，我要做的事还很多，我只能做我该做的事，其他就顾不过来了。”周老师这一讲，我就明白了。

周老师做作业的时候，我也在做作业。我把他做作业的瞬间记录下来，让我们这些晚辈学习。

2010 年 8 月 25 日 23 点 1 分

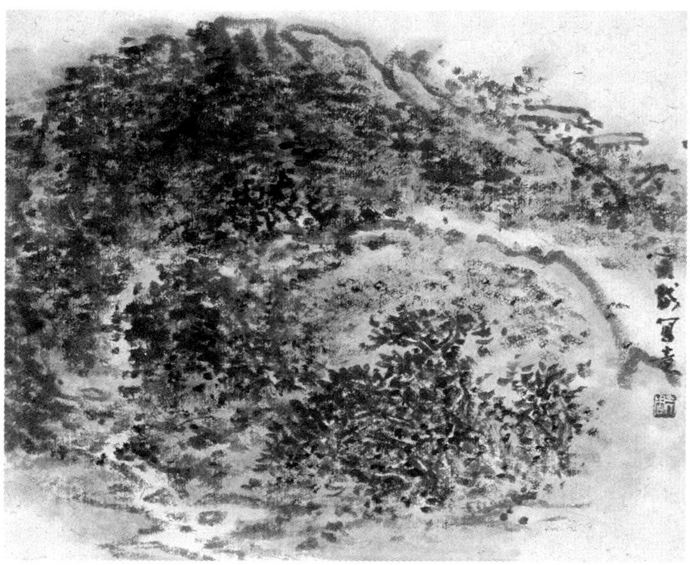

自言自语

王金华

跟周老师学画之后，我才发现自己原来是不晓得画画的。

“寿翁有印曰‘强其骨’，中国画的骨就是线。”“用笔要丰富，笔尖、笔跟、侧锋、中锋都要用。”“打点要像打机枪，有节奏。”……周老师是这样教的，也是这样画的。周老师画画，笔在他手上仿佛活了起来，好像伴随着音乐的旋律在跳舞。这时候会听到一种美妙的声音，细细的，如蚕吃桑叶。有时候，我带了画请周老师看，周老师看了一会儿，就拿笔在我画上画了起来。嘀，经老师一改，画就精神了。我也渐渐地从中领悟到其所以然。

现在我晓得画了。然而我心中晓得怎样画，手却做不到，这是我画得少的缘故。

其实也不是我有多忙，只是迷迷糊糊日子就溜过去了。

“最浪费不起的是光阴。”这是周老师上课讲过的话。

“多画点画啊！”周老师对我说。

已经虚掷了许多的光阴，我不能再懒了，恩师殷切的目光正在关注我。

周宗岱老师与蕉荫画友

王金华

周宗岱老师为蕉荫画友讲授的，主要是中国传统山水画。学习传统山水画，首先是临摹古人的画。他要我们从临摹树、石头做起。周老师说要先学会做“零件”。他把临摹树、石比喻为“引进先进的生产线”。周老师是不主张刻意去追求个性的，先要有共性，个性是自然会出来的。

周老师上课，有时候是要学生在课堂上画，他从旁边看，然后再讲，再示范，这样的讲课方式，就像师傅带徒弟。周老师说，光靠看书，有些东西是学不来的，要口传。看书郎中没有实践经验还是不行。他还安排了临帖的课。他强调学国画一定要练书法。

不记得从什么时候开始，我看电视，喜欢看一些做菜的节目。那都是一些大厨做的。有时我就想，我要是能做得这样好的菜就好了。齐白石有诗：“青藤雪个远凡胎，缶老衰年别有才。我欲九泉为走狗，三家门下转轮来。”他愿做三家走狗。我要是有大厨师的手艺，到周老师家做厨师也好。不过周老师对吃似乎不是很讲究，他有时从外面回来晚了，煮碗面条煎一颗蛋就可以了。喝茶却很讲究：一定是上好的茶叶，不用自来水，用纯净水；也不用饮水机，用壶烧；烧开以后，也不马上泡，要稍等片刻才泡。他喜欢喝酒。有次，周老师开了一瓶茅台酒，我们一人一杯，他喝了一口，说：“是假酒。”我端起杯子，想尝一下假茅台酒是什么味。周老师以为我舍不得这杯酒，赶忙拿到厨房去倒掉了，说：“呷不得，命重要。”每次喝完了酒的空茅台酒瓶，周老师都把它砸烂，担心被别人拿了做假酒。周老师认为我是喝得酒的，劝我喝点酒。他说喝点酒对画画有好处。我想起傅抱石，总是酒后画画。周老师不是酒后画画。他一般是上午画画。周老师说他不喜欢傅抱石的画，傅抱石的画太薄。周老师喜欢浑厚华滋。他说画要“重、拙、大”。什么是“重、拙、大”？他说：“美学讲，重是主体感受，是看画的人的一种感觉，不是客观存在。拙，是用笔的方法、修养。大是大气。”周老师的画很厚重，即使几根简单的线，也是重的。这得益于他的书法。他研究碑帖，写过很长时间的于右任的草书。后来他觉得，于右任官做得大，地位很高，还是黄山谷与自己接近，于是改学黄山谷的草书。有次周老师为蕉荫画友讲课时，带了黄山谷的草书《李白忆旧游》，每人送一本。那次上课我没去。后来我到他家去，他送了我一本，并且在扉页上写了一段话：“黄山谷草书之美，怀素辈亦不能及其项背，学画者，尤宜从中领悟用笔旋律之美。金华老弟可长年玩摩之。”

周老师家书特别多。他楼上有一间屋，做了几排到屋顶的大书架，书架上摆满了各种书籍。他的书虽然多，但是他不是藏书家，他的书是用来学习的。曾经有几次上课，就是在他家看画册，有一次还给每人送了一支毛笔。他说：“看画册要研究，不要一路翻过去。中国画是个人修养、气质、个性的表现。龚贤与‘四王’不同，重写生，到晚年越画越黑。龚贤画的树未脱离程式化的东西。龚贤能跳出董其昌、‘四王’，是因在董其昌那里继承了好东西，又加以写生感受。”周老师在龚贤、黄宾虹、李可染、赖少其等大家的画册上，差不多每幅画的旁边都写了文字，有的是对一幅画的评论，有的只是对某件事的一点记录。他在《李可染水墨写生画集》的扉页上写道：“二〇一二年十一月余染感冒，年老体弱，竟发展为肺部感染，住院近二十日，渐渐不咳了，天亦小晴。中午步出家门，购此。宗岱十二月四日记。”在拙政园写生这幅画旁边写道：“读此图与《社戏》《麦森教堂》等，可知李可染先生写生不避难画的题材，每每深入研究对象，寻求新的表现手法，把自己的感受表达出来。这个艰难的过程，常常创作出全新的处理手法，佩服，佩服！癸巳，立春午夜后。”在《龚贤精品集》的一幅画旁边写道：“伪作也。”

不但书多，周老师的印也多。他曾经对蕉荫画友说过，画家的印要多。周老师的印，有的是他自己刻的，有的是别人刻的。周老师告诉我，印用过后不要擦。他的印用过后都不擦。等到印泥粘满了不能用了，再用牙刷去洗，洗干净后又跟新的一样。他告诉我怎样洗印。洗印是有方法的。那时天气冷，他要我开一点热水。但是水不能太热，不冰手就可以了。水太热，石头就会裂开。周老师告诉我，那些印都是价值上万。我拿到手上，都是特别小心，生怕掉到地上。齐白石自称“三百石印富翁”。周老师有多少印，我不清楚。我一个下午洗十几个印，洗了几个下午，才洗了一小部分。

周老师常常把画画与京剧联系在一起。周老师喜欢京剧。他说：“艺术在高的档次里是相通的。画画的笔墨与京剧是相通的。京剧快拉慢唱，唱老生的慢慢地唱，拉胡琴的拉得很快，合在一起很好听。”“一笔没画好，另画一笔要比第一笔更加肯定。不一定要画在原来那一笔上，可另画一笔在旁边，这就像京剧的京胡和唱的声音，京胡拉得很快，唱的声音很慢，很有味。”

周老师还喜欢养动物。他家喂了三条狗。长着黑白两色毛的叫“黑白砣”，是牧羊犬。那只黑的，是什么品种的狗，我不记得，只记得名字中有个“多”字，周老师家给它取的名叫“多多”。这两只大狗一般关在后边院子里，天气很冷或很热的时候，就关到屋里。一只黄色小狮毛狗，圆得像只球，周老师画画时，就跟在周老师的画室里。周老师每天喂狗食，午后打扫院子，把狗粪铲到院子边上的菜土、花围里。后来狮毛狗和“多多”送给别人了，就只喂了“黑白砣”。有次“黑白砣”在院子里，把两只前脚搭在窗台上，望着屋里。周老师对我说：“观察狗，把它的形态记下来，画出来。”周老师以前养过鹌鹑、鸡、小鸭，搬到新居后，在前边院子栅栏上放了一只不锈钢盆子——栅栏上怎么放得稳盆子？我记得他绑了根东西，盆子放在上面稳稳的，不会掉下来。他每天放几把米到盆子里给麻雀吃。把米撒到地上，麻雀就会来吃，何必这样麻烦呢？周老师说：“放到地上会被老鼠吃掉，麻雀就吃不到了。”周老师画的鹌鹑、鸡、小鸭、麻雀很有味。他有不少写动物的文章。

周老师画大画，都是用几张宣纸接起来，不用丈二匹。接宣纸也有一点技巧，接口的边不能搭宽了。接得好，画的画看不出是接的纸。他对墨很讲究。他嫌现在的墨汁不好，用磨墨。他买了一个磨墨机磨墨。他喜欢用色。他色用得很好。有些颜料，他是托人从北京买来的，很贵。他告诉我们锡管的赭石和朱砂是真矿物颜料。有次上课，他做了个示范，把一支赭石挤到一个碗里，加清水搅，澄一会儿，将上面的水倒入另一个碗里。如此反复三四次，所得为极好的赭石，用于正面，留在碗底的赭石可用于画的反面。朱砂用此法，碗底的朱砂留下可作印泥，浮在上面的是朱磦。

周老师画山水画，是先把墨调好。有几只碟子，一只碟子里是清水，一只盛调好的墨，一只盛未调的浓墨。每只碟子底下放一根木棍，让碟子一边高一边低。这样是有好处的。画画时把笔根在清水里轻轻地点一下，笔根始终保持有清水，画出来一笔之中有变化，墨色丰富。他不主张打轮廓。他说画画只能因势利导，就着去（熟纸上可以打轮廓）。即使是几张八尺纸接起来的大画，也只是用淡墨点些点子，定个大概的轮廓。

周老师画画，有时停下来，退远一点，用手掌对着画比划着。这是他的一个方法，叫遮挡法。用手遮住画的一部分，如果好看些，说明这一部分起了破坏作用；如果遮住不如原先好，说明这一部分起了好作用。

周老师说：“做雕塑先从大的做起，不可能先做眼睛鼻子。画画也是这样，一步一步来。一步到位，画小品没关系，大画难。画大画要用积墨，一层一层画。积墨法很重要。一遍过很薄。厚与丰富差不多是同义词。”

我们都喜欢看周老师画画。周老师画画，那支笔在他手里是活的，中锋、侧锋、顺锋、逆锋，皴、擦、点，变化莫测，笔仿佛是在纸上跳舞，沙沙沙沙，声音真好听。

他说：“用笔如音乐，如跳舞。古人云笔歌墨舞。毛笔最难掌握，如兵器中硬兵器好掌握，软兵器不好掌握。”又说：“中国的诗歌是世界上最好的，有平仄，有对偶，有韵律。中国话是世界上最好的，从主持人那里可以比较出来。外国话不好听，日本话硬邦邦的。中国妹子的高音像银铃一样。”

周老师上课，也不一定就在课堂上。在齐白石纪念馆和长沙兴兰堂展厅里，就为蕉荫画友上过课。一边看画，一边讲评，常常把一些不认识的观众也吸引过来，认真地听着。我想，那些不相识的观众，不管是不是画画的，也一定会受益匪浅的。他们若干年以后，也许会记得，曾经在什么地方听过周老师对中国画的那些精辟的讲解。有一堂课，是在天人合一茶楼的展厅，看涂道青老师的展览。那堂课请来了涂道青老师与何雷衡老师。涂老师谈篆刻，还谈了一些往事：“当年周老师白天做完事，晚上到我家来，茶叶末子加香片，一晚上，对字画讲评，不客气。……那时我在工厂，周老师把我推荐到文化馆，对馆长讲：‘我不是随便推荐，将来涂道青在文化馆不努力，你骂我娘。’”何老师谈的内容是：井水磨墨发墨最好。批评比表扬更有用。要互相发现对方的优点，要晓得自己的短处。

周老师有机会的时候，会把他的朋友请到蕉荫画友的课堂。

有一次，中央美术学院许仁龙教授回湘潭，周老师把他和黄苏民老师请到了蕉荫画友的课堂。许仁龙老师看了蕉荫画友的画，说：“蕉荫画友的画避免了当今的一些习气，比北京、上海等地的名家笔墨要纯粹。中国美术史、文学史是在野的历史。”说到笔墨，许老师又说到了黄宾虹、齐白石的线条，不是吴冠中说的笔墨等于零。周老师说：“他也没说错，他是说他自己的笔墨等于零。”周老师说吴冠中的那些画江南水乡的画，白墙黑瓦，很有味，构成也很好。吴冠中的画线条不好。周老师说：“画中国画，线的高度就是画家的高度。”

周老师说：“学习过程中，不能老是扬长避短。写生不要往取巧方面走，往过硬方面走。”他要我们多看李可染的写生画。周老师很重视写生。蕉荫画友跟周老师出去写生的次数多，所走的地方有韶山、湄江、雁荡山、太行山等地。周老师跟年轻人一样，精力充沛，不知疲倦。道吾山的松树好美。那次在道吾山写生，周老师从山上陡峭的小石板路上一路走下去看松树。那可不是好走的，年轻人走起来都有些累。周老师那年是 75 岁。晚上，看完每个人写生的画，周老师又谈儒家与道家的文化，谈到 11 点多钟，意犹未尽。第二天上午下山，在山下写生。到中午，一个个都往山外回程的路上走了。我回头看了一下，周老师低着头在到处找什么东西。我以为周老师丢了什么东西了，原来是刚才有几个抽烟的，他在找烟屁股。我们和周老师一起找。我看到路上一只已经灭了的烟头，我还是用脚踩了一下。刚要走开时，周老师弯了腰把它捡起丢到路边的流水里。他说：“丢到水里万无一失。”到再也找不出一个烟头时，周老师用钩把黑布伞把过路人丢在路边的香蕉皮扒到路外的山坡上，才往山外走。他说：“刚才只顾着画画，不记得喊他们莫抽烟了。”

有几次上课，是看写生画。不管是看写生的画还是创作的画，周老师要求大家先把画挂在墙上，然后要大家一起看，每个人再发表自己的看法，最后才是周老师讲评。太行山写生的画，有位朋友把太行山上的岩壁画得太真实了，山头上的植物一层一层的。周老师说了一句幽默的话："你这好像是'文革'时被红卫兵剃了阴阳头。"于是我们知道了写生不是照着描，国画写生要有意加工。看湄江写生的画，有位朋友画上有两个点景人物，这位朋友说："画的周老师和王金华，当时周老师和王金华站在那里。"周老师说："你把我和王金华站到水里了。我会游泳，王金华就不晓得了。"于是知道画路与画水不一样。

周老师看学生的画，有时会为学生改画。周老师为好几个学生改过画。有时改画前说一句："改坏了不负责啊，看牛伢子冇得牛赔。"改画要就着原先的去改，比画一张新的难。周老师说"改坏了不负责"当然是开玩笑。他上课时喜欢开点玩笑，课堂很活跃。他改过的画都比原先的好，从来没改坏过。看了周老师改的画，是可以从中领悟到一些画画的奥妙的。

周老师一直强调要做基本功，做一辈子基本功。做基本功包括临摹古人的画，临摹碑帖，要读画论。他说："读画论要看时代背景。倪云林画无一笔不从口出，现在就不能学。现在的墨不知用一些什么化学东西造的，弄到口里怕弄出毛病来。"他要大家多读书。他说："学画的百分之九十以上只关注技法。要多读文字书。文字的资料与专业的资料同等重要，甚至更为重要。"他为大家开了书单：《老子》《庄子》《论语》《孟子》《古文观止》《唐诗三百首》《宋词选》《听天阁画谈随笔》《苦瓜和尚画语录》《郑板桥题画诗》《黄宾虹画语录》……

他说："伟大的画家，不光是画的问题，读书的问题，还有内心的修养、人品。"

周老师第一次为蕉荫画友上课，是在2009年，转眼已有8年了。

“小灶”情深

杜洪建

在蕉荫画友中，人人都说周宗岱老师为我开的“小灶”最多。记得那是2012年冬日，画友们在宋申葵工作室的一次活动中，周老师刚进屋就从包里掏出两张卡纸，说道：“洪建，我就晓得你不会带卡纸（周老师先前布置过，我确实没带），现在你单独到里屋去，我先示范一张，你再临摹，看你用笔的问题究竟在哪里。”大家羡慕地哄笑：“周老师为杜杜‘开小灶’啰!”

那晚我不记得作业是怎么完成的，只记得当时背上直冒冷汗。也正是那次之后，随蕉荫画友一路走来，我收获了周老师为我开的很多次“小灶”。

2013年春的一个早晨，我突然接到周老师电话，说是邀我去雨湖公园夕照亭写生。在写生现场，周老师又提到我用笔的毛病，说：“用笔还是冒砑咧！并且用笔琐碎、重复，线质就太湿，怎会有屋漏痕的味咧?”我问：“那砑字怎么写啊?”周老师答：“就是石字旁加个牙字呢。”他转而亲手示范用笔，反复地砑来砑去。正是周老师亲手教我用笔的砑法，使我画技大有长进。

周老师不仅是在技艺上开“小灶”重点教我，而且在平常生活中一有机会就不忘点醒我怎么抓景。2014年4月，我随周老师到涓江写生一周，返程的当天上午，我们俩仍然在山间寻找写生素材。一会儿，他突然拉住我，指着对面小山头道：“洪建你看，那几棵树是不是好有特色啊？我们一起来画。”

个把小时后，在我看来一处很不起眼的景致，经周老师细心经营、勾勒刻画，一幅忠实于对象且又别有笔墨情趣的画作呈现在我面前。该画没有施彩，画幅不大，石壁山峦布满构图，恰好映衬了右上角山脊上那几棵小树，疏密顾盼，各有姿态。其间老师一点拨一示范，我又从中大受裨益。

有一张周老师给“开小灶”的照片我一直珍藏着。那是2015年5月，蕉荫画友在韶山冲韶源村的山上写生画松树。不巧，下雨了。大家只得抓紧用手机拍摄远近松树回去做素材。正当我拍得起兴时，周老师将雨伞撑到了我头上。我哪能承受这般呵护，慌忙想跑开，周老师即刻慢声细语地招呼我：“你拍的松树，我喜欢，回去你把图片发给我，我们搞点交易，这总可以了吧?”一把小雨伞，两个大男人。周老师尽量将伞为我挡雨，怎奈我照相老是一个弓步姿势，他老人家大半个身子都在雨中淋着……这一幕老师给学生撑伞的画面恰恰被一旁的毛娟看到，她很有心地抓拍了，转而发给了我，说老师对学生这种真挚的关爱之情既感动又珍贵，她都感动得哭了……

2017 年 8 月的一天，我邀朋友去昭山写生，因时间仓促，并没有动笔，只是登昭山古寺，俯瞰湘江秀境，寻找创作灵感。又驱车到对岸，远眺昭山全景，拍些图片素材。回到家依图创作了一幅画稿。因不是实景现场写生，我对这幅画稿心里没底，很想听听周老师的看法，于是拨通了周老师的电话，也就有了周老师“语音小灶”：

写生，一个重要问题就是要把对象的美、对象的特质、对象的结构和对对象的感受都画到画里去。写生不一定要画什么大景。很小很小的景，一段河滩，几棵小歪歪树，一个塘边的小桥，就可以构成一张画。因为我们这地方属于丘陵地带，你想要画全景，很难画好。所以取景不妨小，反而容易画好。反正你写生一定要考虑，你要在对象中研究什么、得到什么，感受是什么，这点很重要。不要对象是对象，你的画是画。对于对象，在构图上做点调整，在形象上加点变化，这都是可以的，并不违背整个写生的目的，但只能是略加，不能完全两码事。

周老师一口气讲了很多，末尾一句话：“你画少哒，要多画！”一句“你画少哒，要多画”令我羞愧不已。

周老师对我的关心、开导和影响，不仅仅是在绘画上。他劝导我要多读书，且为我开过必读书目，还教过我如何品析大师们的画册，并对我的书法也极其关注。

我书法的表现，从来都是随兴而为，时而楷书、行书，时而又隶书、章草，没个定心。周老师发现我这个现象后，今年 7 月 24 日、25 日两天，分别微信与我联系，反复谈了他的看法：“我曾经就犯过游魂的毛病。你看王、颜、旭、素、苏、黄、米、蔡，哪个是变来变去，不定一格呢？我看你最好就以章草为骨，吸收一些今体的行、楷、草，随意吸收，马上就会上来……”收到该微信后，我眼前顿时一亮，于我是太“对症”了哇！真是太好的点拨。自此，我的书法之道有了实质意义上的方向。

我是业师何雷衡先生引荐到蕉荫画友的，原本就带着较大的压力。年复一年，日子久了，随着周老师对我愈来愈多的关心，自身的压力和动力也就愈大了。这种压力和动力源于他时常提醒我学习要严谨；而严谨背后，我又往往被他那渊博的知识、风趣幽默的言语所打动。

我的“小灶”营养，还有很多很多。9 年的蕉荫画友生活，沉淀了太多美好的回忆，浸润着深厚的师生之情，有的情景将独自永远深深珍藏在我心底。

今年 7 月的一天，因为蕉荫画友，我感受了人生中最甜美的一次“小灶”。

这一天是我六十岁生日，也是我失去爱女后的第一个生日，毛娟亲自为我操办生日晚宴。她和刘冀湘老师召集了全体蕉荫画友，并特邀到周老师出席。先天，周老师就在红锦画册上绘制了《松龄石寿老梅香》和篆书《金石寿》，并作为生日礼物特托朋友连夜送到我家。这突如其来的礼物，让我受宠若惊，当时高兴得喝了不少酒。享受着周老师的厚礼，模糊的泪眼，久久地停留在了周老师和刘老师祝福的题款上。

然而第二天清早，毛娟兴冲冲地告诉我，周老师为我的生日还准备送个惊喜。这一天我是又紧张又期待。好不容易到了晚宴，蕉荫画友们都到齐了，大家欢聚一堂。大家正兴高采烈，周老师突然递给我个红包。红包里面又用陈年的大红纸，包裹着一个方方正正的礼物。打开一看，一方周老师篆刻的《人长寿》印章和拓片展现在眼前。我顿时激动得泪水哗哗直流。体会着这一个接一个的惊喜，享受着这浓浓的厚爱，我情不自禁地喊出了“周老师，我爱您!”

回想着往日的相聚，其实，蕉荫画友每位朋友都有精彩各异的周老师“开小灶”的故事，都有说不完的与周老师在一起友爱、向上的话语，而更多的感恩情怀都融入了年复一年的一幅幅画作中、一篇篇日记里。

大音希声，大象无形。周老师的“小灶”于理使然，于情善诱，生动贴切，关爱至微。这“小灶”传递的是一种有教无类、诲人不倦的温情，激发的是一种奋进动力，凝集的是一种团队精神，成就的是蕉荫画友们意识和行为的潜移默化，是艺术创作和自身素养的破茧化蝶!

2017 年 9 月于清池斋

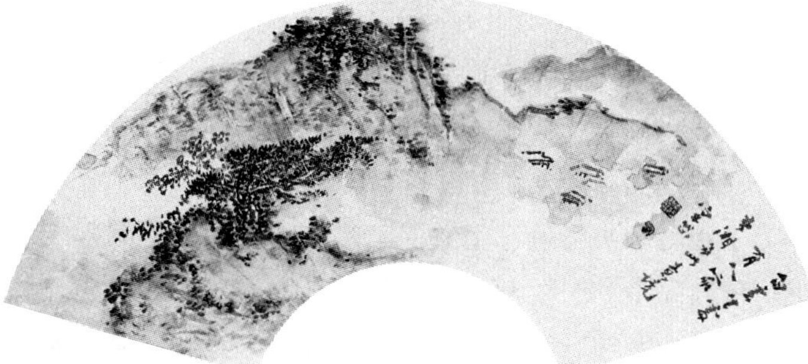

“要懂得享受和感悟生活”

——记我的老师周宗岱先生

尹 红

最早知先生，是从文化界和绘画界朋友处听说有关先生的艺术、生活经历、性情和如何做学问。印象中，先生是一位治学严谨、传统文化底蕴深厚、经受生活磨砺仍视艺术为命根子的湘潭绘画界一位长辈。后来在展览和美协活动中见过几次面，印象中的先生：精神、儒雅、讲礼数。

印象最深的有两次。一次是在和缘茶府，当时他是应刚成立不久的湘潭市花鸟画协会的邀请，到和缘茶府做一次讲座。记得当天晚上，受志坚主席吩咐，和萧红亮老师、宋杨一起到文化局大院宿舍一楼接的先生。到他家时，他已将讲座需要的作品整理好，用两块略大于画的木质版夹住，并用绳子绑好放置在一旁。记得先生的房子，空间不是特别大。后来的一次，也是应湘潭市花鸟画协会邀请，先生在齐白石纪念馆会议室做一次讲座观摩，同样也是四尺斗方的水墨花鸟，其中有几张画得很精到的松鼠小品。

先生平时深居简出，每天按自己的作息时间画画、读书，不喜欢人打扰。他在前院爬满紫藤的阳台门上，贴了一张谢客的纸条：“上午干活，中午倦卧在床，无心陪客。聊天谈艺，请在下午四点以后，谢谢支持。本室主人启。”

真正与先生有所交往，缘于蕉荫画友。

我进入蕉荫画友听课时，蕉荫画友团队已组建好长一段时间了。第一次参与蕉荫画友听课，是在2009年冬天的一个晚上。记得当天晚上特别冷，在熙春路江记茶行的二楼。那也是蕉荫画友在江记茶行上的最后一次课。当时亮哥告诉我信息时，我还以为是花鸟画协会请先生做讲座，后来才知道是因画友中几位画山水的朋友不时上门请教先生，先生考虑到时间松散，不确定，易被干扰，且指导也不成体系，于是提议大家约好定期指导。这样，十来个喜欢画山水的朋友，以先生屋后窗下植有几棵芭蕉而命名，小范围里组成了一个团队，即后来的蕉荫画友。其实在那之前，蕉荫画友已上课好长一段时间了。记得当时上到二楼，先生正指导画友们画树，看画友们带来的画树的作品。对于我的到来，他应该感到有些突然，只是微笑点头，算是打了招呼。接近结束时，他走到我身边，笑着问了一句：“谁告诉你的信息？”然后说：“你是画工笔的吧？”最后说了一句：“条条道路通罗马。”我向来懵懂，没太在意和更深去理解他的话意。当时先生可能并没有认为我会去学画山水，也并未认可我的进入。我也没在意。因自和缘茶府花鸟画协会那次讲座后，我曾与亮哥说过，先生有什么讲座，一定通知我，所以江记茶行这次听课，我以为也只是一次讲座。也许这就是我与蕉荫画友的缘分吧。从那次课后，先生考虑出行方便，上课还是决定在文化局大院一楼先生家进行。后听朋友说起，我才明白，经过一段时间磨合，先生和团队成员已达成默契，不随意加人。当亮哥提示我给先生打个电话申请一下去听课的事，并告知元旦后会在先生家上第一次课后，我在上新年的第一次课时，直接就带着一束鲜花厚着脸皮去了先生家。还好，先生未拒绝，算是混进了团队。

先生家在文化局大院宿舍一楼的东头，上课是晚上。我们通常从朝院南边的阳台这边的小院进入。上课的晚上，我们会在院外探头朝着窗里叫先生。听到叫声，先生会拿着开院落铁门的钥匙，从里面的客厅走出来，穿过靠阳台兼做书房的小房和阳台下两级小台阶，打开院落上铁门的小锁，站立在铁门一旁，满面笑容地边点头边说：“朋友们来了！”

先生生活简朴：家里仅有日常必用的老式家具；一日三餐白米粥、青菜及一点简单的荤菜。但当你看到他家一年四季交替开放的紫藤、绣球、蜡梅等不同品种的花，画案旁窗外长得生机勃勃的芭蕉，前后院饲养的小兔、刺猬、乌龟等小动物，能上下前后调整角度的升降式画板，近万元一套的成套成套的名家大画册，你会觉得先生的富足和内心的充盈。

先生是一位懂得享受生活、内心“不安分”、骨子里充满浪漫情怀的人。在最艰苦的环境里，也会自寻乐趣。在那个物质条件极其贫乏的年代，还能整天潜心于他的文艺世界，看小说、看文艺理论、临《芥子园画谱》、拉琴等，乐此不疲，独享其乐。以致多年以后的现在，他还会经常回忆起那段时光，在上课时偶尔也会讲起那段时光。讲到某段戏剧的唱腔和一招一式或对某段文字的描述时，我们依然能从先生动情的神情里，感受到他当年的那份享受、激动和追求。哪怕是粗茶淡饭，先生也能品出味来。记得去年年前的晚上，我们几个蕉荫画友去他新搬的大院拜访，他正好一个人坐在大厅，端着一个小的白底青花杯，望着窗外的夜色，很享受地喝着小酒。菜很简单：一份油炸咸鱼无佐料、一份青菜。看到我们到来，他很是高兴，起身招呼着：“好酒，朋友远方寄来的，还有几杯，朋友们尝尝。”一边介绍着他的美酒，一边从柜子里拿出几个杯子，张罗着几个男士同喝。大伙听着先生讲人生，讲咸鱼和青菜的味道，几口下去，不醉也是醉了。

先生爱美，是一个追求“洋派”且待人处事很细致的人。出门看展，不同季节，都喜欢戴一顶米色藤编的小礼帽，背一个米黄的双肩背包。每次上完课，见到我先生时，都会说："来接太太了?"那调调，很"民国范"。讲到美食，他经常会提到林语堂说的"人到世界上来是来享受盛宴的"；总会在不同场合，跟我们说到他的人生哲学、生活艺术："懂生活、会享受生活，才能画出好画。"记得前几年我和王金华陪他在齐白石纪念馆看王憨山画展，中午，我说请他吃饭，他执意他来请客，于是就近到齐白石纪念馆旁边的西维咖啡用中餐。饭后，他特意点了一款新式咖啡，慢慢喝着，娓娓道起他的人生哲学和艺术享受，并跟我们讲喝茶、品酒、喝咖啡是一种精神上的享受，要懂得享受和感悟生活。每次去他家，他都会拿出上乘的好茶好酒招待，讲些茶道和品酒的小道。记得早几年我去云南出差，带回一小包包装用料讲究、富有设计感的手磨咖啡送给先生，先生很是高兴。日后，很用心地回赠了一支精选的毛笔和一本2004年西泠印社第一次出版的原拓精印《张猛龙碑》书帖。先生的"不安分"和浪漫情怀，不仅从生活细节可看出，同时在看他的画作时，这种感觉也会不时蹦出。他早期学过西画，后因条件限制转国画。他认为自己学习花鸟画从最传统开始，方法也是最传统的。从他的聊天中，知他后来之所以追求浓重亮丽的重彩风格，是认为经过长时间的积淀，中国画笔墨体系已很完善，且古人受色彩材料和对色彩的认识的局限，在色彩的探究上空间不够，而现代科技的发展对色彩的认识和物质材料日益丰富，去突破更容易些，空间更大些，并先后关注易图境、王憨山作品。从先生描述学花鸟的过程，我认为他花鸟画浓墨重彩风格的形成，与其说是一种理性的思考和追求的结果，不如说是他的心性使然，是他内心的那份"不安分"和浪漫情怀的心性使然。我觉得他的花鸟画较山水画，更能体现他感性的一面。

先生治学严谨，早年潜心文艺理论，不畏权威，对人对事有自己独到的认识和判断。每每与他聊天交流，他那不露声色、眼睛注视你、时时都好像准备思辨、"有点傲"的神情和偶尔的几句反问，你都能感到他做学问的严谨性、思维逻辑的严密性和条理性。他对于历代名家的作品和不同时期风格的形成与其身世生活经历，都有研究和自己的见解，并会在不同时间段，在画册四周空白处密密麻麻写满批注。

先生厚重的学养，丰富的人生体验及历练，人生体验形成的个性，更多地从他的山水画中可以体会到。如果说看他的花鸟画你感受到的是他内心的那份灿烂、浪漫和"不安分"的激情的话，那么看他的山水画，感受到的则是画里雄浑的气势，一种大美之气；从画面细处看，可以感受到他强劲的笔墨中透露着一种豪情，一种有所控制的豪情，不像花鸟画那样恣意、无所顾忌向外倾泄，而是被什么东西抑制着，但你依然能感到一种力量，一种生机，一种内在的蠢蠢欲动。我想，这种力量，与先生一直追求的笔墨和审美有关，更重要的是与他的生活经历和由生活经历所形成的性格有关。

先生与蕉荫画友一同走过的这些年，他一直以他多年的艺术追求和感悟引领着我们：强调中国画的传承，强调笔墨，强调书法，强调“功夫在画外”，强调学养。他要求我们多看大家画册，从中吸收养分。尽管他关注和传承更多的是与传统一脉的体系，但也能关注、包容当下，并有所吸收。经常从他似乎不经意间说出的“你瓷器上的布局很有意思”“人一辈子时间有限，要决定好重点画什么”等话语中，感受到他对每个人的细心关注、鼓励和肯定。

最近先生画了一批小幅墨梅，用笔散淡，飘逸，随性，与他近几年山水的闲散用笔，有一脉相承的气息。这也许正是他现在在他的大院里养花、种菜、养狗，追求大道至简的生活状态的一种观照吧。

2017 年 10 月 6 日

周宗岱先生山水画教学体系谈

罗　雄

周宗岱老师是湖南极有影响的山水画家，国内绘画界、理论界对他的艺术成就评价甚高。

著名评论家薛永年称赞："他的作品有磅礴大气的格局，浑厚苍润的气象。"另一位著名评论家王鲁湘也说："周宗岱近年来所作山水，当得起古雅二字。"古雅，是宾虹老人一再强调的"纯全内美"。除绘画外，先生的艺术实践还涉及书法、篆刻、工艺、散文、音乐和戏曲等诸多领域，可谓多能兼善。

2009 年夏，周老师带领一群画中国画的朋友开始研习传统山水画，称其为"蕉荫画友"。8 年中，先生以其独特而深邃的见解指导学员进行绘画实践，循循善诱，诲人不倦，学员们在学养、见识、技法等方面均得到了提高。本人有幸聆听了先生的教诲，其教学体系使我颇为受益。

一、宗旨

1．远离功利，求快乐

山水画大师宾虹老人说："古来画者，多重人品学问，不汲汲于名利，进德修业，明其道不计其功。"他深刻地指出，艺术修炼非要排除名利的干扰不可。

周宗岱老师特别赞同宾虹老人的这一观点，也一直奉行。他说：

> 学习有"无目的"与"有目的"之分。所谓有目的，大都是功利的目的；无目的实则是为兴趣所驱动。兴趣，是最强大与持久的动力。试想，为功利所驱作画，功利目的达到了，何必再努力画？兴趣在画画本身，在享受作画过程，那定然丢不开画画了。

为什么要开"蕉荫画友"这个班？周老师是这样说的：

> 现在北京有许多名家山水画研修班，有的已经演变为一部分人借名师的牌子赚钱的形式。我是另一回事，一批年轻画家，希望我同他们讲课，考虑到零零散散来访时间不好掌握，不如干脆搞个班，大家

一起研修。一月两个晚上，我可以有计划地准备，不至于受到无序地冲击，朋友们的要求也能得到满足。我很理解这种要求，因为我学中国画的时候与名家接触机会极少，研习花鸟、山水主要靠自学，那样太艰难了。

这个班从一开始就注定了它的单纯性。

另外还有一点，周老师在上课时好几次讲过，画中国画，特别是山水，是一个漫长的过程，没有谁三五年画好了的，都是好几十年。这是最长的拉练，过程中好像走路，一个人就寂寞，有一批朋友边走边说说话，有困难互相帮一下，那就愉快很多。

对“蕉荫画友”他就是这种态度。他不是以师生辈分来看待画友的，而是把他们看作旅伴——山水画学习过程中结伴而行的同道者。正是由于这个单纯的出发点，我们学业进步的同时也得到了身心愉悦。

“蕉荫画友”王金华后来在文中写道：

周先生传道授业解惑，在轻松、愉悦、幽默的氛围里，朋友们常常是高兴得忘记了回去。有时候，还约一个风和日丽的日子，一起去写生、去游玩，享受山川美景所赐予的快乐。这是蕉荫画友之乐。

这种快乐发自于内心，与名利没有关系。

2．远离世俗，求真诚

现实中，艺术评价往往照顾熟人面子，只讲优点，很少听到批评意见。但先生为人耿介，疾恶如仇，爱讲真话、直话。教学时，他陈述自己的看法，坦率热忱。对不赞成的观点，往往激昂慷慨、旗帜鲜明地予以反驳，说得有理有据而又词锋尖锐。

记得一次，周老师直言王家龙精心制作的“命题”之作：“形抓死了，得搞过一张，一定得重搞过一张!”王家龙请教：“还能救回来吗?”周老师笃定：“能，就是必须重画一张。”学员们哄然大笑。

这样的直言比比皆是，学员们脸红了，出汗了，但先生的教诲也入脑入心了。

他的直率，他的诚恳，他的学问、才华，在教学中彰显出独特的魅力，对整个团队班风、学风产生了极其重要的影响。师生之间、学员之间坦诚交流，知无不言，言无不尽。

3．远离教条，重思辨

周老师说过，理论知识不可不信，也不可全信。他始终告诫我们：“实践是检验真理的唯一标准。”他善思，不迷信书本，不迷信教条。

先生经历了比较专业的西画素描、色彩训练，再加上美学理论研究以及传统儒家文化影响，使他具有独特而深邃的艺术见解，教学思维也异常活跃，摆脱了许多条条框框的束缚。对于古今名人作品，先生经常告诫学员要虚心学习，但不能盲目尊崇，要去粗存精，做到“师法舍短”。

有人认为，西方素描、色彩的训练对学习中国画会产生不利影响，但周老师并不认同。他说：“素描、色彩的方法本身是科学的，能不能用好是人的问题。”他还经常讲：“我画画时特别注意整体，细节描绘必须要不影响画面大效果。而且着色时，我经常要运用西方的色彩观念。”

观摩周老师的作品，他已经将中国画的笔墨与西方绘画观念进行了深度融合，他的山水画显得既传统又有现代感。2017 年北京画院著名画家郭石夫先生欣赏周老师画册时，高度赞扬：“画面非常整体，好!”

二、目标

1. 做一个文人画家

中国画有一个最重要的特点就是“文人性”。周宗岱老师认为学习传统中国画有一个基本原则，就是将自己打造成文人而不是匠人，这是最重要的。这不仅仅是他一个人这么看，而是古人或文人都是这样看待传统山水画、花鸟画的。

何谓文人？有人说，传统文人有两种内涵：一指学识胸襟，二指风骨情操。宾虹老人释为：“纯全内美，是作者品节、学问、胸襟、境遇，包涵甚广。”这样的文人，黄宾虹称为“士夫”。

周老师带领“蕉荫画友”所走的就是一条文人画的路子。他这样评价他的山水画教学：

> 我只是将自己自学的方法介绍给朋友们。把我认为最合理的这一套，毫无保留地告诉大家。其实我本人画的就是传统系列的山水画，怎么画画，那当然不违背古人的传统。
>
> 中国人画画，甚至于写文章、搞音乐、搞文学艺术都不是作为技艺、手艺来对待的，而是把它作为修身养性、陶冶性灵、塑造自身的辅助手段。主要手段是读书，读儒家经典，辅助手段就是搞艺术。
>
> 古人讲“据于德、依于仁、游于艺”，是把“艺”作为文人（治理国家的人才）培养的一部分。专门只搞学问会很单调、枯燥，所以要“游于艺”。“游”是游戏，游玩，依然是陶冶性灵、塑造自身的有益手段，而不是作为谋利的手段。古人是这么讲的，我也是这么看的。

先生在此中有自己的体验：

> 在24岁后一段时间，我始终走的是“游于艺”的路，我的娱乐有三种：读书、拉胡琴、书画。我经常个把月不出门，也呆得住，摹任伯年、潘大寿的画，于右任的字，一本本摹，花大量的时间。那种过程是我绘画的底子，搞那种事不发愁，很专注，而且给我带来无穷的愉快。苦中作乐，如果没有强烈的文艺兴趣，做学问的兴趣，就会自卑自叹。

在困难时期，周老师在艺术中找到了乐趣，使他在困境中精神不垮，身体不垮，甚至超出了修养性情的效果。

2. 做一个有“品”的艺术家

周老师强调，作为一个艺术家必须要有“品”。何谓“品”呢？他有一段关于“品”的论述，最能诠释他的观点：

> 做传统的都讲“德”和“品”，“武德”“艺德”，当代将“德”放在道德范畴，古人讲的“德”不完全是道德，还指性质、性能、特点。“品”是指品格，指人整体品德所达到的高度。本质、素质，包括身体状况、精神状态，过去受的教育，独有的性格爱好，都在人品之中，不完全是道德范畴。

先生的“品”一直影响着他对于绘画创作的态度，那就是格高路正，永不满足，精益求精。

我们曾观摩周老师作山水画，作品在深入调整时，往往反反复复地观察、比划、斟酌很久才动笔，甚至停下来，放置一段时间再画，真正契合了古人说的“笔不妄下”。有时为求作品效果，几乎是不计时间，不计成本，画到满意为止。这样严谨的态度，当今之世，又有几人愿意！

他对中国山水画大家陆俨少晚年的作品感到惋惜，感慨其晚年作画有点商品化，作品显得“薄”，并断言：“这不是技巧、艺术修养的问题，而是品格问题。”

他还写过一篇文章，谈齐白石、黄宾虹、潘天寿如何对待自己作品的，发人深省。

> 齐白石好坏都卖了，降低了自己的水平。
>
> 黄宾虹总是送人，无为而为，有好有差，但认认真真。有的极精彩，无人可达其境，有的实在不成章片。
>
> 潘天寿，他眼界高，修养好，功力深，对作品要求极严，呕心沥血，惨淡经营，即赠人的小品，亦极精严。我猜，他不成功的画也必然有

的，定是毁了。

分析后得出结论，要当一个好画家，不单是画画的问题，还要塑自己的人品。人有品，文章有品，画也要有品。你的品格、学识、气质最终会在画中体现，要远离江湖气，世俗气。这种观点始终贯穿于先生的教学之中，余音绕梁，回旋不已。

三、方法

1. 法乎其上

孔子讲："取乎其上，得乎其中；取乎其中，得乎其下；取乎其下，则无所得矣。"强调无论治学还是做人，一定要志存高远。

周老师将此句话奉为圭臬，作为自己和教授学生学习的准则。他说："文学作品只看一流大师的，二流、三流的东西一般尽量不去理他。艺术学习也是一样。学画必从名师，读名画、名著，让自己在高档次的氛围中成长。必须让自己的感觉高雅、纯正、敏锐而又广博，同时训练出得心应手的表达能力，他日定然有成。我对于山水花鸟画只关注黄宾虹、李可染、黄秋园、齐白石、吴昌硕、任伯年、潘天寿，从年轻到现在一直都在这些大师的作品中出入。这样做的直接好处是保证见识永远走在手上功夫前面。不怕做不到，就怕看不到，有见识又能改进不足，必然会进步！"

至于当代艺术家的作品，先生很开明，他表示：

> 身边朋友的画，我都仔细看，注意吸收，用韩愈的话叫做"细大不捐"，即大小都捡起，只要是有益，任何人都学，但是这个学，并不能说我是学他，比如肖艺忱的特点我就很注意看。黄秋园并不是黄宾虹那样的大家，但也有很多优点，我很注意研究。
>
> 画山水画我作为典范来学习的，首先是黄宾虹，其次是李可染。李可染很多东西对我有很大帮助，他画中国画吸收了一些西法，跟现代进行一些结合，真正描写当代社会的东西。比如"德国大教堂""歌德读书小屋"，多美！他是对我影响极大的画家！

2. 做一辈子基本功

李可染 70 岁时总结了两句话——"做一辈子基本功""天天做总结"。基本功不同于创作，但它是创作需要的某些最基础的规律、法则的集中表现。

我们跟随先生研习的是条传统文人画的路，是宽门，但又是一条最长的路，是马拉松。没有三五年成材的，齐白石、黄宾虹六七十岁才享大名，其中一个关键是练好了基本功。周老师倾向于传统学习方式，如京剧强调童子功、下腰、吊嗓子，这是基本功的训练。他认为只有基本功过硬才能走得长远。

周老师的夫人刘冀湘老师曾写过这样一段文字：

> 1993 年，他突然不画写意画了，开始画那种很工细的山水。一张山水就是两个月、三个月。天天拿着四王的画册在摸索，还有元四家的，龚贤的。用他自己的话说就是"睏在那里头了"。从 1993 年到 1999 年，整整七八年的时间，老周都在画这种工细严谨的山水。为什么要这么画？他跟我们讲，发现自己五十几了还上不来，上不来的根本原因是自己的基本功不够好。所以到了五十几还是要回过头来搞基本功，搞最扎实的东西。磨刀不误砍柴工，基本功打扎实了，底气就足了，有底气，就有后劲。后来事实果如先生所言，山水画获得了新的突破。

先生提过一种比喻：基础为横线，个性成就为竖线，横线不拓宽，竖线上升则不稳。以李可染之功力，尚刻一印"白发学童"，可见其重要性。

有人学艺想走捷径，开口就谈"个性"。周老师持以"鄙视"的态度，认为这是当代人狂妄、自我吹嘘的表现。他秉持一种艺术观点——艺术就是将所有前人的东西学过来再往前走一点。每个人的创作就是尽量把前人已有的成果，用最快的速度继承下来，然后你再往前面发展一步，你就了不起了。人能做的不过这样，没有谁能从零开始，而且前人发现的一些规律，你也无法违反。

3. 气质变化，学问深时

古人学写诗，强调功夫在诗外。周老师认为画家学画画，要特别注意画外功的修炼。书法、绘画、文字反映人的品位气质。画画是艺术，不是机器生产，它能将人的内在本质、气质、身体、学问、师承都反映到画中，所以文如其人、书如其人，画亦如其人。搞艺术的首要的是将人的气质提升上来，读书、写字是重要功课。

先生还认为画要有文气。先天无法改变，后天可弥补不足，书读得好可引起人的气质变化。他经常对我们说的一句话就是："气质变化，学问深时。"为了鼓励我们读书，周老师煞费苦心。他曾为我们开过书单，建议学员多读《论语》《古文观止》《聊斋志异》以及张岱的散文等，甚至还以书相赠，启迪我们。他认为读书需长期浸润，方有成效。

另外，先生强调要学习书法篆刻，目的是理解用笔的笔味。操纵毛笔得心应手，形成纯点线之美，尤其是"金石书法"的锤炼，将线条的金石味引入到绘画中来，可以提高线条的品位。他认为线（用笔）是中国画的灵魂。线不仅可以表现对象的形，还可以传情达意，构成个人风格。他断言，不能认识中国画中线的决定作用，不在线（用笔）上下最大的功夫的人，画一辈子，也不能进入上品。

周老师以个人的自学经验归纳出读书、写字再加上临摹、写生、观古今名作，是学好传统中国画的必由之道，缺一不可。任何人学画都跳不出这几点。

4．因材施教

学员中每一个人都各有天赋，山水画基本功也参差不齐。有的只有书法学习经历，有的来自篆刻领域，有的从花鸟、人物画学习中转过来，还有来自文学领域的。这样的团队综合性最强，却又最难施教。

先生观察、分析出每个人的优势、气质特点，然后对症下药。比如：赵龙威要多练造型结构；王金华要突出主线，保持高古之美；张勇手巧且基本功好，建议多读书；萧红亮小画精致，注意大画线条的力度；王家龙手性强还要雅致些……无一不是准确把脉后开出的良方。这种教学并没有要求学员都按自己的路子走，只是强调理法的共性。

四、延伸

周老师除强调做好画里画外功夫外，特别注重学员哲学思维的培养和个人情感的激发。这是一种无形的教育，但又不可或缺。

1．哲学思维

哲学思维习惯常会使人进入理性层面，看问题会有深度而不只是凭感觉。周老师常说："知其然还要知其所以然。"首先要学会辩证地看问题，事物一般都有两面性。

周老师在上课时曾多次谈及他的学习体会：

> 因为想辨明自己该怎么去画画，我才接触到理论。又因为生性好辩，才去彻底弄清一些理论问题。好些美学问题的论述，我已达到了人所不及的深度。缜密的逻辑、准确的概念、丰富而确凿的实践例证，是我所长。搞理论，耽误了我好些时光，可是，以后画画该怎么走的问题，我却是明确了，不再动摇，不走弯路，也有好处。原来以为我搞美术理论吃亏了，长远看没有亏。对于问题，从美学、哲学的角度理解，会透彻得多。

这种体会恐怕就是我们常说的"磨刀不误砍柴工"吧！

谈及艺术表现中共性与个性的问题，周老师认为每样东西都有个性和共性，个性必需先要过共性关，共性关不过，片面讲个性是不明智的。个人的智慧怎比得赢中国画几千年来的积累。很多事物有客观规律，跳不出这些，这是共性。

其次，要用发展的观点看问题。我们要准确客观地研究历史人物就离不开这种方法。周老师特别崇拜吴昌硕、黄宾虹、齐白石三位艺术大师，也特别有兴趣研究他们的成长过程。先生研究吴、黄、齐时有一套自己的办法。他先亲自制作艺术家年谱，用表格标注出他们不同年龄、不同风格的作品，以及学习方向、内容的变化，进而探讨艺术家的画效果是怎么产生的，怎么形成的，为什么一步步达到这种高度，哪个年龄干什么等。先生往往认真阅读每一本画册，还非常客观地写上批注，这对于研究艺术家成长规律和艺术发展规律有极其重要的价值。

2. 情感激发

艺术与情感是紧密联系在一起的。从某种意义上说，艺术就是人们情感的集中展现。绘画艺术作为众多艺术形式中的一种，自然也不例外。

情感作为影响画家创作的主观因素，对画家创作的影响不言而喻。周宗岱老师对于祖国山川、树木花草总是爱得那样深沉。

八年来，先生同我们登太行、游雁荡、爬南岳……每见佳山胜景那种“情满于山，意溢于海”的神态，至今令我们感慨。先生曾叮嘱我们“面对自然万物要充满情感”，他的文章就是例证，他写过的梅花、麻雀、鸡、小鸭无一不是饱含深情。我想，也只有这样，自然之美才能融入画家的内心世界吧。

古往今来，能在艺术事业上取得巨大成就的人寥若晨星。尽管周宗岱先生的山水画教学为我们开启了通向艺术殿堂的大门，但是，“千里之行，始于足下”，如果我们没有很长时间蓄积和修炼的定力，没有坚韧不拔的决心，没有踏踏实实做学问的态度，必然偏离正道，难成正果。

2017 年 11 月

书院研究

访谈

和名人面对面·周宗岱专辑

侯　蓉　曾　瀚

侯　蓉：听众朋友们，你们好！欢迎收听由小蓉为您带来的《与名人面对面》节目。今天是6月3号，是在湖南书画研究院举办的周宗岱个人画展结束的时间。周宗岱画展是从2000年5月28号到6月3号展出。在这段时间，很多长沙人都到这个画展去欣赏了周宗岱的画作。所以在今天这个画展结束的时候，小蓉就采访了周宗岱老师。

周老师您好！久闻您的大名。我们知道您是湖南美术家协会、书法家协会，也是美学学会的会员，而且也知道在这一次展览当中，您展示给我们长沙观众的主要是您的中国画作品，是吗？

周宗岱：应该说是第二次。第一次是1994年在日本彦根、滋贺。在那边展出，实际上是展给外国人看的，在国内没有亮过相。画界有的人说，你也是个“出土文物”。就是埋在地下几十年了，才重新爬出来的。也有人说，这次画展是给周宗岱另一方面的平反。1979年给周宗岱在政治上平了反，这一次我们给他在艺术上平反。就是说在艺术上也是很不错的。这些说法，正说明我有必要办一个这样的画展。

侯　蓉：我想问问周老师，您1994年那一次在日本举办第一次个人画展和这一次2000年在长沙举办第二次个人画展，你觉得这两次有什么不同吗？

周宗岱：那太不一样了！那一次，因为彦根是我们湘潭市的一个友好城市，我心里更为注重的是两个国家的、人民的友好交流，联系两个国家人民的感情。这一次就不一样，这一次隆重得多。是向内行汇报，是向老师、画界的朋友，也向我的组织领导、我的亲友作汇报。所以跟那次不一样，这次隆重得多。

侯　蓉：这一次隆重得多，为期七天的个人画展，是向咱们湖南的内行、同行展示自己的画作。你觉得这七天来画展举办的情况怎么样？

周宗岱：应该说，我自我感觉还是很圆满的，在各方面都很圆满。第一个，是这些朋友们、老师们对我的画作了一个肯定的评价。

侯　蓉：他们是怎样评价的呢？

周宗岱：这有些我还没听到，但是当时在那个座谈会上面，他们都是很嘉许我的，说我画得不错吧！

侯　蓉：看得出来，您还是很谦虚的。我们知道，事实上您自始至终都关注着这次画展的反馈情况，而且您也是非常的了如指掌，只不过在采访您的时候，您不愿意过多地谈这方面的情况。刚刚您谈到了一句话，是在艺术上给您平反。在政治上平反我们都知道是怎么回事，在艺术上给您平反又是怎么一回事呢？

周宗岱：在艺术上平反就是说，在画界里头，人家都认识一个周宗岱，是湘潭市文化局的副局长，经常关注美术工作，后来又是湘潭市文联副主席，经常出席省里书法方面的会议。好像我的主要的活动都在书法界。我是湖南省书法家协会的常务理事，是中国书法家协会的会员。那就是说，他们还承认我在书法界的地位呗。但是在美术界，那就好像周宗岱画得怎么样，谁也不知道。也因为我的这种画法，在展览上、在省级以上的展览上，比较难以露面，因为我根本不搞主题性创作，我都是画一些随意的小品。这样的东西，别人看看可以，但是展览就上不去呀。等于就一直是画界外的人。这一次，长沙一个老先生，叫练肖河，那是个有名的书画评论家。他说："哎呀！周宗岱呀！我小看你啦，你还真画得这么好哇！以前我只知道你是搞理论的，写字啊……"他就这么说的。

侯　蓉：想不到您画画还真是有一手。我发现在您的画展上好像都是以这种无主题的山水为主。

周宗岱：山水花鸟，也不能说没主题。

侯　蓉：那这个主题是一个什么样的主题呢？

周宗岱：主要就是大自然的美呀，我们国家的美呀，生命的美呀。这是始终不变的主题呀。还有一个，应该说是家乡的美。你看我画的一些山水，基本上都是我们湘潭、湘中地带这些乡下不知名的地方，没有什么名山大川，春夏秋冬四季都是这些地方，我是有我自己的题材的。

侯　蓉：那就是说，您不像一般的画家，去关注那些奇山异水，而是画身边的那些平平凡凡的山水花鸟。我在这次画展当中关注到有一幅很长很长的画，好像在这个画卷中，画的也是一些很平常的山和水，还有树木，不知道这幅画您表现的是一个什么样的主题？

周宗岱：应该说，我画这幅画的契机就是，画了这么多年的画了，但是中国画的一种特殊的形式我还没有接触过，就是长卷。长卷这种画法在国外是没有的，就我们中国有。长卷一般都不宽，就那么 20 多、30 多公分宽，卷起来，就在画案上，两头卷着，一段段地看。就好像看电视扫描的镜头一样。我没有接触过这种形式，我想，我就画一个吧。画一个什么样的东西呢？我想，一般的东西，好像都有人画，想来想去，我就想画一画色调与季节的变化。季节的变化带来了色彩的变化，也带来了情感的变化。我想，一年也就象征人的一生一样吧。有一个当小娃娃、少年的时代——春天；有一个二十几、三十岁的壮年时代——夏天；然后慢慢到四十、五十、六十岁——秋天，慢慢就进入到老年，就像冬天一样，然后就永远地沉寂下去。我觉得，这一年也就像人的一辈子，我就寄予了这个感情，画了十二米长。画完以后，我一看，哎呀！不行啊！前面春天这一段不行啊！我就把春天到春夏之交那一段裁掉了，剩了后面这一段。我想，我的青春那一段也实在是太苦难了，就把那一段忘了吧！

侯　蓉：好像冥冥之中都有一种吻合啊！

周宗岱：对，不过我不是有意的，是无意的，无意之中就形成这么个布局。

侯　蓉：现在我们看到的这幅长卷有多长？

周宗岱：8.7 米。

侯　蓉：8.7 米。这幅画叫什么标题呢？

周宗岱：岁月如流。

侯　蓉：岁月如流。这样一个长卷当中，就唯独没有了春天，而只有夏天、秋天、冬天。那我想在这里了解一下，周老师您是在什么时候，又是一种什么情况下开始学画的呢？

周宗岱：我真正开始学画应该说是在第一师范，1952 年春天到湖南第一师范念书。第一师范有正规的美术老师、美术课和美术教室。但是每个星期只有两节课，那教学就还不是很深入的，我的画也不是很正规。对我很有影响的一个事情，就是 1954 年上半年，湖南艺术师范学校合并到了我们第一师范，成立了艺术班。艺术班的学生是两样课，一个是画画，一个就是音乐。他们画素描，画水彩，很正规。从他们来了以后，我每天的业余时间，还加上礼拜天、假期都泡在他们那边，跟他们一起画，也得到了他们那边的老师的教导。王正德老师教我画素描，画水彩。当时，我跟朱辉、黄铁山三个人可以说是最勤奋的学生。朱辉管放教具的保管室，我们每天都在那里画静物，画素描。

侯　蓉：那个时候好像也没有人去要求你，或者说特意培养你去学画画，完全就是自己凭一种兴趣。

周宗岱：兴趣！兴趣！

侯　蓉：你觉得对这个画画的兴趣是天生的呢，还是在某一种机缘下偶然的，还是慢慢地堆积产生的呢？

周宗岱：我觉得这个爱好是天生的。天生的，我们在哲学上说呢，是一种“可能性”。但是真正把它实现呢，那就需要“条件”。假如说我一辈子都在农田里干活，那我成不了画家，画不好画。我到一师以后起，就开始知道怎么去学，怎么去弄，有了一帮朋友，一些同学，大家一起弄。

侯　蓉：有了基本的条件。

周宗岱：对！一定要有基本的条件。一粒种子，你把它扔在马路上，它是不会发芽的。但是这颗种子，它是一棵松树，还是一棵油菜呢？那还是种子本身决定的。

侯　蓉：您这个比喻打得非常贴切！其实在我们现实的生活当中，每一个人都会考虑自己的人生道路怎样去选择，所以这个时候就要考虑一下。一方面考虑自己所处的现实生活、周围的条件，另一方面你还要考虑自己究竟适合走哪一条人生路。

周宗岱：你讲的这个第二点就太困难了。你认识环境，那是比较容易的，明摆着，干什么最好，不干什么最好，都可以认识。但是人认识自己是最困难的。

侯　蓉：那您在学画画的过程中，有没有有意识地意识到：我就最适合画画。或者说，在学画画的那么多年中，一直都一帆风顺，一直都感觉到自己很有信心从事这个事业，或者还是遇到过一些艰难和挫折。

周宗岱：应该说我画画是凭兴趣，一直到现在我还不能真正地肯定我是不是认识了自己，我是不是应该画画。因为我付出最多时间、投入最大精力的不是画画而是文学。从小学起，我就发疯一样地念小说，从中国的演义小说、武侠小说、言情小说，一直到后来读中学慢慢地接触一些新文学。像我在初中就念过闻一多全集，读过一些鲁迅的书，到了高中，那主要就是念外国文学了。苏联文学对我的影响很大，培养我这个人一辈子都有一种理想主义的情操。也念了一些西洋的名著，像托尔斯泰、巴尔扎克都是我最喜欢念的书。但是对我的性格直接产生影响的是美国的杰克·伦敦。杰克·伦敦本人和他小说里塑造的形象，那些北方的探险者，那就是我心目中的英雄，是我的一种榜样。所以那个时候，我最喜欢锻炼身体，雨天就淋雨、游泳、长跑，下雪就用雪去擦身子。再就是我喜欢练力量，还喜欢打架。

侯　蓉：这么听起来，我觉得您好像是一个具有浪漫情怀的文学爱好者。好像最初的爱好是从爱好文学创作开始，是吧？爱读书、爱写作，那怎么慢慢又对画画产生了如此浓厚的兴趣？

周宗岱：我只是欣赏文学，不是爱好写作。那段时间我从来就不写作，我就是看书，就是喜欢，画画我也就是喜欢。为什么我说认识自己太困难呢？1980 年到 1982 年那段时间，全国的美学界很热闹地争辩着，美是客观的，还是人这个主体对客体的评价？我对这个问题慢慢产生了兴趣。我就用很大的精力去投入那种理论的探讨，搞理论的时间又超过了画画。结果写了一些文章，很快就发表在 1982 年上海的《书法研究》，1983 年又发了长篇论文《书法美探源》。后来我就把这些文章放在一起出了一本集子，所以我这个人一辈子最早出来的成果不是画画，是理论。而在学校里念书的时候我是最讨厌理论的。到后来我又零零星星写了一些散文，写的是猫呀、狗呀、鸡呀，乱七八糟写了一些，他们也很喜欢，说我的文笔不错。《惠州日报》给我评奖，湖南省报刊副刊评奖也给了二等奖。所以，一直到现在，我的美术成果出来是最晚的。出来最早的是理论，第二个是文学，第三个才是画画。

侯　蓉：难怪您刚刚说人是很难认识自己的，包括您自己对自己的认识。也难怪美术界的同仁说这一次举办个人画展是给您美术成就上的一次平反。那我在这里还想问一问周老师。看您的经历，您以前也当过老师，也从过政，在退休以前是湘潭市文化局副局长、文联副主席，但是画画一直都是您割舍不下的、非常喜爱的东西。我不知道画画在您的生命当中处于一个什么样的位置，能不能谈谈画画和您的人生，画画和您的婚姻、爱情，以及画画和您的朋友、人际交往等各个方面的一些关系呢？

周宗岱：画画，我觉得跟我不是两回事，画画本身就是我自己，我自己就是画画的。我觉得这是一体的。画画这个事情，我在那《学画自述》里面就说了，它捉弄了我一生。

侯　蓉：捉弄了您一生，您用了一个词，很特别：捉弄，您为什么要说捉弄了您一生呢？

周宗岱：它首先是给我愉快吧！让我画起来很愉快。

侯　蓉：然后让您着迷，让您陷进去。

周宗岱：陷进去了，对，陷进去了。

侯　蓉：您掉进了这个绘画的情网。

周宗岱：然后呢，我在文艺干校就成了一个只专不红的典型，就被划为右派。我是 1958 年 3 月在文艺干校划的右派。我要是不去学那个画也就不会被划右派了。

侯　蓉：这是画画带给您的，其实还是那个特定历史时期带给您的。

周宗岱：到了 9 月份，我在湘潭县一个展览会画画。画一批展览图片，连环图呀，当时叫规划好多好多条，结果说我那个画有问题。

侯　蓉：有什么问题呢？

周宗岱：反革命嘛。污蔑领袖嘛。就这样的问题，把我批斗了六天六夜，然后让我什么都承认。

侯　蓉：承认了吗？

周宗岱：那不承认怎么行啦？不承认不行。那就没个完了。那就都承认吧。反正承不承认就那么回事。把我押到湘潭县看守所，过了四十天，就以反革命罪被判刑三年。

侯　蓉：那个时候您多大？

周宗岱：1958 年，我就 21 岁吧。

侯　蓉：难怪您刚才说，在画《岁月如流》这幅长卷的时候，把这个春天给舍弃了，是因为您年轻的那段时间是您人生当中最晦暗的一段日子啊！

周宗岱：对，我的青春不好，所以我画春天也画不好。我的秋天……

侯　蓉：最美，那您应该最擅长画秋天。

周宗岱：对，我最喜欢画秋天。对我这个长卷，很多朋友评价最高的就是秋天。

侯　蓉：我也看到在这个长卷当中，秋天这个季节占的面积也是最大的。

周宗岱：然后就是漫长的冬天。我说捉弄呢，还有很多事情都跟画画扣着。

侯　蓉：说到这个地方我想起一个事，就是说到捉弄啊，好像是您的第一位夫人跟您离婚的时候，好像也是因为这个画画在里头捣乱吧？

周宗岱：不是离婚，是结婚。当时我没有工作，只会画画。1968 年，到长沙市工农兵美术服务部，在那里帮着画领袖像，画油画像，挣钱啦，要活命啊！就认识了一个制模的女工，叫杨民宪，后来我们就相爱了，就结婚了。还不是画画引起的吗？画画给我带来了一个老婆。后来杨民宪在四年后患胃癌就死掉了，我拖着两个孩子，大的三岁半，小的两岁零七天，又没有工作，那就够呛啦！我还是靠画画，靠写毛主席语录、敬制领袖像，还有与这个画画有关的一些手艺，比如像油漆啊，后来就搞印刷呀，搞这些事情就活下来了。所以我说我的灾难是画画带来的，我的爱情是画画带来的，我的生计也是画画带来的。我现在这个妻子叫刘冀湘，她非常贤惠。我在中国书画函授大学湘潭分校教书的时候，她在那儿学画画，我们就认识了。由老校长牵线，后来慢慢就产生了感情，她就跟我结婚了。所以，你看我的两个妻子都是这个带来的。

侯　蓉：难怪我在您的自传当中看到这样一句话："一生当中，视画画为命根子，荣辱、爱情、生计都与之相联。"不过我听说啊，说是您的第二位夫人还是现在这位夫人说的，她在您的心目中是排在第二位，排在第一位的呢，是画画。这个说法看起来应该说是子虚乌有了吧。

周宗岱：那不是，她就是这样说的嘛！

侯　蓉：是您现在的这位妻子？

周宗岱：不是，以前那个。

侯　蓉：以前那位妻子确实抱怨过您。

周宗岱：她是一个很不错的演员，湘潭市第一个评上一级演员的。她觉得我沉迷在画画里的时间太多，对她的关照有时候就很疏略了。她就说她是我的第二夫人，我的第一夫人是画画。她是这么说的。

侯　蓉：对您有怨言，因为您也是太沉迷于这个绘画当中，所以就忽略了生活当中的一些事。不知道您的孩子对您是不是也有这样的抱怨呢？

周宗岱：肯定有的。因为我沉迷于画画，有时候对他们关照太少。那还有一些其他的人生的看法问题。对他们关照太少，我想起来也确实是有些惭愧的。

侯　蓉：其实我觉得在这个惭愧的背后，正好能够折射出您对绘画的热爱以及对它所投入的精力。其实我想一个人无论做什么事情，因为人的精力是有限的，他如果真正专注投入地做了某一件事的话，很可能对其他的事情就有所忽略。但是正是因为他对其他的事情的忽略，他才有更多的精力来投入到他所喜爱的、正在从事的这个事情当中，也更加有利于他把这个事情做成和做好。

周宗岱：对！确实需要专注。我这个人很爱聊天，北方人叫“侃”吧。我也很喜欢“侃”，但是朋友来得太多了，我就根本没有办法画画了，所以……

侯　蓉：这个时候，鱼和熊掌您是取哪一头呢？

周宗岱：我在门上贴了一个条。

侯　蓉：“画画的时候勿打扰”还是什么？

周宗岱：我这条是：“上午干活正忙，中午倦卧在床，请勿敲门！聊天谈艺，请在下午四点以后！”

侯　蓉：真的是非常可爱，非常独特，想不到您还有这么一段事。如果我们到您家去，上午去采访，看到这个条，还得打道回府，因为上午您不接待，正在专心画画呢。

周宗岱：那不！你们这是工作，我指的是聊天，你要找我聊天，那就下午四点以后来。你要采访啊，有工作啊，那就不一样。

侯　蓉：找您聊天的那些朋友都是画界的朋友吗？

周宗岱：那可不是，三教九流的朋友都有，什么都有。做油漆的，做木匠的，搞武术的，唱歌的，跳舞的，什么人都有。

侯　蓉：跟他们都是朋友，都有得聊。

周宗岱：不能说都是朋友，里面有很多朋友。

侯　蓉：我想问问，您有两个孩子，是吧？他们有没有继承您的一点天赋，有没有从事画画？或者说对绘画方面有独特的爱好或专长？

周宗岱：不，他们都不画画。他们看着我这一辈子拼命地老画老画，画到六十多岁是又穷又苦，他们看着这样不行，都不画。

侯　蓉：现在的年青人，看着父亲画画，一生也就是这样一个过程，所以他们宁可选择那些有更高的回报的事业或职业，是不是？

周宗岱：对！他们是现实主义者，我是理想主义者。

侯　蓉：您是理想主义者，那您的孩子没有学画画，在您的心中是不是一个遗憾？

周宗岱：不遗憾。他有他的所长，我有我的所长，不能要求他们一定按我的心愿去做，让他按他自己的心愿去做吧！

侯　蓉：我想就这个问题再和周老师深入地探讨一下。您的孩子，他们每天在您的身边，每天耳濡目染，感受着您对绘画的热爱，但是他们始终没有因为这个原因而对画画产生相同的热爱，然后投入进去。所以画画这个事呢，就像有人说的，它是一个寂寞的事业，是一个清贫的事业，对不对？但是您为什么又如此热爱它？

周宗岱：我也说不清楚。我现在不单只喜欢画画，而且我还很喜欢寂寞。我喜欢清清静静地一个人画。很奇怪，我画画周围不能有人，有人在我的心理状态就不大好。我喜欢很清静地一个人画，老婆孩子来了，我都摇手：走！走！

侯　蓉：您喜欢这种寂寞，还愿意这种寂寞，但我说的这种寂寞不仅仅是指您在从事绘画过程当中的寂寞，而是说，有很多人他可能对艺术很喜欢，很热爱，可能做了很长时间，但一直都没有像一般人眼中的那样出人头地啊，或者说很风光啊，我说的是这种寂寞。就好像您画画的朋友都说，这个周宗岱呀，到现在都六十几岁了，绘画艺术才给平反。而在这之前，一直都可以用"默默"这个词来形容您的绘画事业，对不对？在这么长的时间当中，忍受了这么长的"默默"以后，您还是一样的喜欢，一样的热爱，这是为什么？

周宗岱：这没有什么好说的。古代宋玉写了一篇《登徒子好色赋》。好色嘛，你不要好小色，要好大色。应该说，在美术方面，小的成就我从来就不放在心上。在湘潭市，已经都知道我是个画家，画得不错，这小名不在我心上，我想的绘画的成就嘛，那就是大成就。

侯　蓉：那这个大成就是指什么呢？

周宗岱：大成就，那就是在一个国家、一个民族、一个时代，都承认你这么个人，记上一笔。

侯　蓉：那您觉得在这个大成就方面，您自己的判断是什么样的？

周宗岱：我对自己没有太大的信心。谋事在人，成事在天。我只能说在这一方面我的毅力是很坚强的。我这个人表面上看起来嘻嘻哈哈的，骨子里是顶硬的人，只要我能拿笔画下去，我就会画下去。

侯　蓉：而不管自己离这个大成就距离有多远，就一直会不停地画下去。

周宗岱：这个成就要让人家来评论吧，我是一定要要求自己画好。

侯　蓉：周老师，很多人都说，画画不光是一个寂寞的事业，还是一个清贫的事业，我不知道您对这番话是不是也有自己的体会和理解？

周宗岱：那我的体会太深刻了。因为画家的画在他成名以前，一般都是卖不到什么钱的，而画画投入的东西比一般学别的什么更多，颜料啊，纸张啊，画油画的就更贵了。画画的人穷那是普遍的，像有名的梵高，他多穷啊！他穷极无聊了，后来就自杀了。他一辈子就卖掉一张画，他死了以后才成名啦！

侯　蓉：我还曾经看过这样的报道，在北京有一个圆明园画家村，很多穷困潦倒的而又没有出名的画家都是在这个村子里，每天就是互相鼓励，彼此鼓励着才没有离开画画这条艺术道路。我想画画作为一个很清贫又很寂寞的艺术门类，可能有很多人进来过，又有很多人因为这个原因离开了。而您却始终没有离开，可能您自己对画画有一种深刻的理解，有一种与生俱来的热爱。除此之外，假如说给您几种新的选择，一种还是这种寂寞而清贫的艺术追求，一种呢，是让您拥有很多物质的收获，而且让您生活得很好，那么，您可能会离开您所热爱的画画，不知您会怎样去重新选择。

周宗岱：我两样都要！

侯　蓉：（笑）但是鱼和熊掌不能兼得的情况下，您怎么办呢？

周宗岱：我现在这样过，过得也很不错嘛！

侯　蓉：您对现在的这种生活状态满意吗？

周宗岱：满意，当然也有遗憾。

侯　蓉：遗憾是什么？

周宗岱：遗憾大家对我的艺术还不是怎么太了解。

侯　蓉：我以为您的遗憾是说您除了获得艺术追求当中的这种自我幸福感之外，缺少一般人都渴望拥有的那种很富足的生活，很风光的人前形象。我以为您遗憾的是这个，想不到您遗憾的还是在艺术上面所追求的这种成就感。您确确实实是一个让人佩服的艺术家。

我还想问问，现在我们湖南省来说吧，有各种各样叫做“湘军”的说法，比如说：电视湘军、文学湘军，在绘画这个领域，也能说是湘军吗？

周宗岱：在美术里面，也有湘军，但是这个影响呢，因为推介不太够，还没有形成大的气候。像几年以前，湘潭市有一个“野草画会”，是一帮年青的油画家组织的，他们的油画入选全国很多。另外就有一个篆刻的湘军，像我们湘潭，我认为在全中国也是篆刻大市。我斗胆地在这里讲一句，北京市的篆刻敌不过湘潭市的篆刻，有这么厉害。但是呢，没有推介，占的地方不好，就没有办法，并不是没有力量，而在于外在的条件什么的，还是差一些。湖南出人才那是很奇怪的，湖南出大人才。

侯　蓉：我在这里想了解的是，美术绘画这方面湘军不能突起，这个原因一方面除了推介不够，另一方面是不是还牵涉湖南作为一个内地的省份，绘画又是一个如此容易清贫、容易寂寞的行业，会不会牵涉一个后继乏人的问题？

周宗岱：不会。我倒反而看到这么个现象，就是太富裕的地方，出不了大画家。比如像香港那么富，出了几个大画家？台湾那么富，出了几个大画家？像张大千他们都还是大陆过去的。另外，日子太欢乐了，东西就容易甜。画画跟写小说、搞文学一样，不能太富有，也不能做大官。很多大文学家，他一做大官，文学创作就完了。他本来是考进士、考状元，挺不错的，但后来一遭贬，像苏轼、黄庭坚这么些人都这样，一贬了，流放了，他的作品就好了。那个曹雪芹假如家里很富裕的话，他恐怕就是一个贾宝玉了。但曹雪芹家里破了，他就由贾宝玉变成曹雪芹了。我觉得倒是穷一点才能出大作家、出大画家。一个很富裕的人，你怎么能够理解那些贫苦的老百姓呢？根本不能理解，所以出不了大作家。一个很富裕的人，怎么能够深入那种艰苦的农村，理解那种朴实的大自然的美呢？他是不能够理解的，物质的引诱太多了。我觉得，太富裕就会引来文化的贫乏。

侯　蓉：在这里，周老师，我斗胆问一个问题，在这里会不会牵涉一个这种观点偏绝对化或者说会有一个自相矛盾的地方。比方说，对一个追求艺术的人来说，他很渴望他的艺术获得大的成就，像您刚才说的一样，在他获得大的成就之后，随之而来的就是财富、名望、地位、身份等，那么在获得这些以后，会不会也就意味着他的艺术品位、艺术水准跟着也要走下坡路呢？这是一种矛盾。

周宗岱：我这么讲恐怕要得罪很多人了。那我看就是这样。一个画家成名以后名声太大了，画价卖得太高了，你很快就会看到他的画少了一些苦涩的味道，少了一些深沉，慢慢就定位了。比如像我们国家有名的范曾，他成名以后，这二十多年来根本就没有什么新面貌，所以范曾在外头名声挺大，在我们画画的行家里头地位不高，这是一个典型。再比如我们湖南的黄永玉先生，那是了不得。但是我们很多人在谈黄永玉先生，文章比画好，他的画现在太甜了，他太富有了。假如黄永玉又戴上右派帽去劳改几年，他会画出更好的画来。

侯　蓉：我在这里想问问您，对您自己而言，现在您的艺术，按照您的述说是已经平反了，以后可能会受到越来越多的人的重视、喜爱，在离这个大成就一天天更贴近的时候，您怎样才能使自己摆脱传统的、容易走入的误区？

周宗岱：这个，我很慎重地说明一句，我现在不是有什么成就感，我也根本感觉不到我的画被大众承认。我觉得我的画现在差得很远。当然，我说差，不是用一种低标准，用一般的成就来衡量，而是用一种比较高的标准来衡量我自己。我诚诚恳恳地说，我的画画得还不够好。对我来说，现在还不存在这个问题。

侯　蓉：您这个话，我觉得真是一个对艺术严肃追求、自我严格要求的艺术家的态度。周老师，您看现在想学画画、也想画好画的年轻朋友挺多的，像您刚才说的，湖南不缺人才，将来也不会缺绘画的人才，能不能告诉这些正在学画画的青年朋友们，应该怎么样在绘画的道路去施展自己的才华，更好地画出成就来？因为对他们而言，路还长着呢，是不是？

周宗岱：那天座谈会上来了一位很特殊的客人，就是南岳福严寺的住持和尚大岳法师。

侯　蓉：他来干什么呢？

周宗岱：他是我的朋友啊！我觉得画画就跟那个佛家子弟修行一样，你要想当一个大画家，就比如要修成正果。要成正果那是很不容易的，要过九九八十一个磨难。这些磨难有各式各样的。像对我来说，我小时候爸爸死了，家里穷，没饭吃，我就去挑土，后来又靠助学金念书，这些才是很不容易坚持下去的，但是我坚持读书了。划右派以后，画画就更困难了。很多人意志上顶不住，就消沉了，我也顶过来了。后来我结婚了，妻子又死了，留下两个孩子，那生活的困难就别提了，这个磨难还不厉害吗？这是一个方面的磨难，在另外一个方面来说，到了1983年以后，我当了湘潭市文化局的副局长，后来当文联副主席，行政工作很繁杂。另外，别人认为你有地位、有权利，这种权利和地位也是另外一种诱惑，对绝大部分人来讲恐怕是决定一切的诱惑。你当了官后，很难再从官场上退下来了。但是，我当了几年官以后呢，我说我不行，我不是当官的料，我画画去。我就打书面报告，向宣传部正式递交报告，提了很多理由，请求把我调开，让我去当调研员，请求让我下到第二线。这在当时是个笑话，你要别人下二线，有人会鼻涕眼泪，什么都来了。我是自己要求的，一连打了两个书面报告。

侯　蓉：这样的目的就是为了有更多的时间、精力去画画。

周宗岱：就是我要修成画画这个正果。画画的年轻朋友们，我的感觉，学画最大的难题是克服自己的心魔，就是要能抵御各种各样的诱惑。要是不能像佛家子弟一样，去修行，去修持自己的话，那是修不成正果的。

侯　蓉：在这次《和名人面对面》节目当中，周先生您最后想和咱们湖南的听众朋友，特别他们当中有很多人可能就已经来参观过您的画展了，您最想和他们说的一句话是什么呢？

周宗岱：他们来看画展，感到很愉快，看这些画，小动物啊，山水啊，风景啊……我看见有这么多朋友来看我的画，我也很愉快。所以我要说的话，就是祝大家愉快。愉快了，就会健康。愉快、健康，你就可以干各种各样的大事业，你想搞写作啦，想做生意啊，做大官啊，都要有一个健康的身体来作为后盾。我最后祝大家愉快，健康！

侯　蓉：最后，小蓉也在这里祝周老师您始终都是愉快着，健康着，画画着！

周宗岱：谢谢！谢谢！

侯　蓉：再见！

（此访谈由湖南人民广播电台文艺频道“和名人面对面”栏目于2000年6月3日播出，由刘冀湘根据录音磁带记录整理成文。侯蓉、曾瀚是湖南人民广播电台文艺频道“和名人面对面”栏目记者。）

走出去，摆脱隔绝

——与画家周宗岱关于“北漂”的对话

彭代英

记　者：周老师，我听说湘潭艺术界有很多人去北京发展，您能介绍一下您所了解的情况吗？

周宗岱：艺术家“北漂”，这是当前湘潭文化界最引人注目的，也是最有意义的一个话题。齐白石是湘潭第一个北漂的画家嘛，还有罗尔纯。“文革”后，许仁龙、龙力游、邹跃进等人考入中央美院，学美术专业，然后留在那里工作，现在成就都很大。这几年去北京的有莫鸿勋、吴德斌、何雷衡、丁剑虹、王水清、陈小奇、陈栋、刘丛笑、黄文韬、肖忆忱……我数了数，有20多个吧。他们有的租了工作室搞创作，既寻求创作上的突破，也寻求市场；有的是公派去北京进修，不完全算“北漂”，但一旦有更好的平台和发展机遇，还是会选择在那边发展。陈芳桂就是一个例子，由“北漂”转变成了真正的“北京公民”。

记　者：为什么会出现这种画家纷纷北上的现象？

周宗岱：“人往高处走”，向城市走、向大城市走、向发达的地方走，这是所有寻求发展的个人和群体的必然规律。湘潭的艺术家为什么去北京，用句俗话来说，“塘小了，鱼大了”，湘潭文化底蕴深厚，孕育了这样一批“好鱼”“良种鱼”，但鱼大了、多了，就要走向大江大河去寻求生存，北京是首选之地，全国的政治经济文化中心，有最好的生存和发展环境，所以艺术家们选择了北京。

从深层次分析艺术家“北漂”的原因，可以归结为人类追求自我价值的实现。人的本性不完全是追求享受，最深层、最高等的追求是实现自我价值。北京是一个舞台，也是一个残酷的赛场，在这样的赛场上，是对自我的生存能力和水准的一次检验。经过了这样的检验，自我价值才会最大程度地被发现和得到展示。

记　者：湘潭艺术家不断地“走出去”对湘潭艺术的发展有怎样的影响？是好还是坏？

周宗岱：好！好极了！无论是科学还是艺术，都要走出去，去看去学习。如果没有钱学森、邓稼先走出去，中国就没有导弹、原子弹的诞生；如果没有毛泽东、齐白石走出去，就没有湘潭籍的“世界名人”，湘潭就没有现在的知名度。一个地方的人不走出去，这个地方就会狭隘、落后、愚昧。

“走出去”的人，接触了新的圈子、新的理念，开阔了心胸和眼界，再将这些鲜活的思想和理念带回来，整个湘潭的学术水平和艺术品位就提高了。没有回来的人在外地立稳了根，画出了影响，他们也有可能成为湘潭艺术的一个符号。湘潭有个齐白石，就有了两年一届的齐白石国际文化艺术节，这些文化符号对湘潭艺术的繁荣和发展的作用就可想而知了。他们的成功还直接推动了我们城市艺术品位的提高。现在，湘潭的艺术氛围很浓，大街上背着画板的学生到处可见，艺术家自身行为产生的推动力比有人去说教效果要好得多。

记　者：面对种种思潮，种种艺术观念的汹涌冲击，“北漂”艺术家应该如何把握自己，才不会迷失方向？

周宗岱：对于比较成熟的画家来说，应该不存在迷失。任何一个艺术家都应该给新思想、新理念一个空间，根据自己的所长所短，确定自己应该学什么，走什么样的路，让新的思想引领自己，新的理念丰盈自己。

“北漂”的艺术家有时会感到迷茫，这是个必然的过程，迷茫本身就是一个进步。以前可能满足于狭隘的方法，现在开始迷茫了，就会去寻求突破。要正确的认识自我需要一个这样的过程，如齐白石60多岁开始“衰年变法”，“扫除凡格实难能，十载关门始变更”，也是经历了这样一个迷茫的过程，才找到最能表现自己内心的语言和方法。

记　者：您有没有考虑走出去？

周宗岱：要不封闭，不隔绝，就一定要走出去。应该说我已经走出去了。1980年，我第一次去北京就是特地跑去看画展，那次是法国爱丽舍和卢浮宫250年藏画展览。后来为了看画展往外跑过多少次，我已经记不清了。只记得有一次在北京看李可染画展，我在那里整整待了五天，边看边研究，那次对我画山水教益很大。去年9月，我在北京国家画院举办了个人画展，得到美术界名家的肯定和鼓励。现在媒介多，关于艺术界的信息借助电视、书籍、网络马上就可以接触到，这样“走出去”的涵义就扩大了。

（本文原载2008年3月5日《湘潭日报》B2版。采访者彭代英当时系湘潭日报记者）

“我喜欢享受过程中的乐趣”

——画家周宗岱访谈录

刘剑桦

时间：2008 年 9 月 5 日夜

地点：周宗岱寓所

刘剑桦：很高兴前不久你在北京国家画院举办的画展获得成功！这其实全在朋友们的意料之中。外界对你的评价，都称你是学者型画家。在我与你多年的接触中，我觉得你的积累、你的修养，包括你的交谈、你的手记、你对书法篆刻的识见，甚至于对一些经典的诠释与借用，都带着传统上的印记。是否请你先从传统谈起？

周宗岱：究竟什么是传统？我认为，就是一个民族、一个群体，对待某个问题或做某一件事时，在历史过程中慢慢形成的一种固定的方法，或一种审美取向，或在行为道德方面形成的一种价值判断和生活方式。越是历史悠久、文化发达的国家和民族，传统越多。道德、信仰，乃至饮食男女，都有传统可言，艺术更是这样。我有这样一个观点：文化是传统堆积起来的。传统这个题目很大，我们还是回到中国画传统这个问题上来。中国画的传统太悠久了，我们能够看到原作的就有两千多年前西汉时期的两幅帛画真迹，又如马王堆墓中的幡，那也是汉代绘画的原作。又如西北的木简木牍，也是千多两千年的东西。这些最早的中国绘画遗迹，都是以勾线为主，勾物体的形态，不画光，而且是用毛笔勾，一直延续到现在，你看这传统有多久了。从南朝顾恺之、南齐谢赫开始，到唐朝的张彦远《历代名画录》等，又有了一整套中国绘画理论，从艺术实践上升到理论，中国画艺术传统实在是极悠久的。为什么中国画传统一脉相承这么久？为什么不变？为什么不是忽盛忽衰，而是长盛不衰？实际上，是我们的绘画艺术传统经受了几千年的考验，中国人喜欢。这一点，我有切身体验，上世纪五十年代，我学西画，要用光，农民说：你为什么把我的脸涂得一边白一边黑？这不好，要两边一样才好。可见他无法接受西方绘画的明暗。这说明，中国画是符合我们中华民族审美趣味的，是民族的选择，传统不是想丢就能丢掉的。

刘剑桦：从你的作品能充分看到，你是很注重中国画绘画语言的，但也明显看出，你并不拒绝，甚至很开放地"引进"了不少其他画种的东西。请谈谈你在这方面的思考。

周宗岱：我不仅仅在绘画上持开放态度，实际上我的整个艺术观、人生观都非常开放，属于开放性质的。从读书起我就喜欢文学，巴尔扎克、狄更斯、大仲马、托尔斯泰，我都读。给我影响最大的是美国作家杰克·伦敦，他写拓荒者，写人与自然，强调人的生命力。我喜欢看美国大片、听古典音乐，乐器中我最喜欢大提琴，其次是中国的古琴和小提琴，再其次是二胡。我特别喜欢黑人的歌。现代派的绘画我不是很喜欢，但我很喜欢现代派的歌舞，我喜欢迪斯科，摇滚。中国当代的歌手，崔健在我心目中的地位极高。中国的古文、唐诗宋词、魏晋南北朝的诗、中国书法篆刻，我都特别喜欢。我的审美爱好，口味非常杂，来者不拒。我搞艺术，不可能拒绝外来的东西，当然也绝对不可能不继承中国的好东西。我整个人是这样，绘画只是我整个人的一部分，我的绘画也是兼容并包的。我学画从西画开始。俄罗斯的列宾、苏里科夫、希罗夫，他们的构图、其中的味道，我几乎背得出。1957 年，我到省文艺干校学习，钟以勤、陈子云等几个好老师，对我的绘画影响极大。我当时正儿八经是学西画，主修油画，选修水粉，通过画色彩，培养了我的色彩感觉，让我通了窍。培训班结束时我已成了右派。没多久，我又被送去劳改，出来之后没有工作，再画油画已不可能，加之我本来就对国画感兴趣，很自然就开始跟着碑帖自学国画了。我临过整整一本任伯年的画册，潘天寿的、吴昌硕的、刘奎龄的也临摹过，还临过一些书法、篆刻。我学习这些东西，实际上也是打磨自己的感觉。我学中国画，主要精力都投入在传统的学习上。到 80 年代，接受外来的东西多了，我意识到，没有自己的独特风格是不行的。我这个人不是保守派，在绘画上也不愿做保守派。80 年代，我在北京国际艺苑看了一个小型画展，是吴作人、吴冠中、何海霞和崔子范这京城四老的，其中崔子范的画就像群众游行中的大鼓，使人兴奋，这引起了我的思考。所以在 2000 年展览以后，我就画了一些重彩花鸟。我体会到，个展中，必须有鲜亮的东西，要注意色彩的多样变化。我要创新，就要把自己学到的东西，金石、书法、水彩、油画、广告等都用上。实际上，学到的东西自然就来了。我认为，画中国画，笔墨是根本的手法，但不应拒绝吸收一切可以吸收的东西，特别是西方现代艺术的精华，变形、构成、色彩，只要能用得上的都用上。中国文人画历来强调笔墨，不太用色彩。但我研究的结果是，中国人非常欣赏鲜艳饱和的颜色。爱颜色是先天的，不用学。欣赏笔墨不是本能的，而是学来的。中国古代没有称心的材料，重笔墨实际上是受历史条件的限制。我大胆地用色，力求给人强烈的、全新的感觉。我的创作个人面貌，花鸟走在前面，山水在后。

刘剑桦：有人说，技术的过分张扬，很可能成为一种炫耀。对这个问题你怎么看？

周宗岱：我完全同意你的观点。在艺术上，技术、技法是达到艺术的手段，不是追求的目的，目的是抒情达意。不学好技术就不能成为好画家，单靠技术，画的品位不会高。如果把画中的情和意抽空，画便成了空壳。在这个问题上，中国古人有取舍，南北朝时谈到美的品位，认为最高品位是“清水出芙蓉，天然去雕饰”。缕金凿银之美，终究比不上天然去雕饰的。比如微雕，在米粒上、头发丝上雕字，那纯粹是一种技艺的炫耀。我始终追求朴质自然。

刘剑桦：想提一个老生常谈的问题：艺术家要不要风格化？风格化在艺术创作中是不是最重要的？如果不是，那么，什么是最重要的？

周宗岱：风格和风格化是两个问题，风格是每个人有的，风格化是刻意为之。作为画家来说，风格是画家画画的过程中自然而然形成的，是先天后天所有因素的总和。先天后天都在自己的风格中起作用。风格不是有意为之的。有意为之的话就像差劲的演员演戏一样，装模作样。作为风格化，就是一种定型、定式，风格化在艺术上是贬义词。风格不是最主要的。什么是最重要的？我觉得，格调、情趣，趣味是最重要的，比如南朝谢赫的“六法”，就将气韵生动摆在第一位。这是自己要力争的东西。

刘剑桦：请你阐述一下艺术创作中理性驱使与感性驱使以及它们之间的关系。并问一下：你认为你的绘画，主要是由理性驱使，还是更多地由感性驱使？

周宗岱：这个问题比较难答复。在创作中，理性和感性没办法截然分开，我画完一幅画，觉得这个地方还要加两点，那里的颜色还可以加深一点，这到底是理性驱使还是感性驱使？说不清。很多艺术教育，是一种理性的培训，如果这种理性不断打磨你，变成画家本人的感觉，就是感性了。如果变成你的感性，你就学到手了。如果还是理性，就没学会。理性和感性是可以转化的。也有感性和理性分开的艺术家，说起来头头是道，动起手来就不行。在文学创作中，也有感性理性之分，最理性的就是语法，哪个语法家能写好文章？张中行自己也说学语法没用，对写文章没有好处。艺术家最重要的是感觉，好的艺术不是想了再搞。如果一切按理性、按规律去写，就不可能出奇、出新。所谓天马行空，神游八极，突发奇想，一个想象力不丰富的人搞艺术是断无出息的。

我说的观点，如果你不同意就提出来，我们可以争论。有争议最有味了。

刘剑桦：我写文章就是从感觉入手。

周宗岱：哦，你也是这样啊。（笑）

刘剑桦：文学界喜欢说一句话：文如其人。很多画家、艺术评论家也喜欢说：画如其人。想听听你对这句话的阐述。还想具体到你的作品提一个问题：你觉得从你的作品，能听到你的呼吸、能见到你的人生与内心吗？

周宗岱：在艺术形式中，最能“如其人”的、把人的内心掏出来的，我认为是文学。最不“如其人”的是戏曲，尤其是传统戏曲。中国画介于两者之间，也可以看到真情，也可以没有真情，只能看到法度。看不到真情的，不是好作品。表达内心情感，有直接的，也有间接的。最抽象的是书法，要去揣测，去品味，越揣摩越像。我画山水花鸟，你说我像哪朵花、哪个石头？但画中可以看到我的某些东西，比如我的气质。

刘剑桦：就你现在的作品而言，你觉得你的作品是否已较好地传达了你个人对中国画艺术的思考与经验？或者说，是否符合或已接近你理想的绘画样子？并请你描述一下你理想的绘画是什么样子？

周宗岱：可能你对我的估计过高，其实我仅仅是一个正在成长中的画家。我起步晚，人也不聪明，年过七十还在学习过程中，我不是一个已经学成的画家。草鞋没样，边打边像，我的想法不是一个具体的式样，而是一种境界。我理想的境界是沉雄博大，浑厚华滋，我正在朝着这个方向做。问题是成长太迟了，我老了，在我现有的艺术高度上，我不可能大踏步地走，更不能够跑，只能靠爬，爬到哪里算哪里。（笑）画画就像登山运动员，到大本营很多人都可以，到了七八千米，每一步都难。

刘剑桦：最后提两个不是问题的问题。第一个：对于绘画，你最厌恶什么？第二个问题：你是否经常潜在地给自己压力？

周宗岱：我是个爱自由的人，但现实生活中有太多束缚，只剩下山水、花鸟这一小块领地可以让我自由。在绘画中，我厌恶束缚，最喜欢自由自在地画自己想画的东西。我喜欢享受过程中的乐趣，喜欢无目的地活动，只要这天画得很畅快、很过瘾就行了。我画画从来不打稿，画个什么是什么，不如意，撕掉；如意的，留着。在我的花鸟画中，表现的是热烈，你知道我的性格中有热烈、奔放的一面，画山水喜欢宁静的境界。我的性格在我的画中是有所体现的。

至于压力，这对我来说，是一个很重要的问题。我常感到自己太累了。

刘剑桦：你性格中有倔的东西，你是压不垮的。

周宗岱：我觉得精神上、心理上减压最重要，物质上的东西是次要的。我曾对周小娅说，我的房子是个工场，她说我谦虚，其实我不是谦虚，是讲老实话。我对现有的物质享受水平很满足，没有渴望感，倒是精神上的追求蛮高的。精神上的东西，眼光高了就低不下来。减压在于心灵，四大皆空做不到，但减轻负担做得到。年纪越大，看得越多，对很多东西理解了，晓得自己的需要是什么，自己要的生活是什么。我以前不敢违背做人的世俗规矩，现在我敢说“不”字了。就像孔夫子说的，随心所欲不逾矩，这其实是减压。我的压力主要还在艺术上的追求。不过，压力也可以转化为动力，我在有意识地将压力转化为动力。

刘剑桦：很高兴你 19 号将在长沙举办画展，到时一定去欣赏。预祝画展成功！

周宗岱：谢谢！

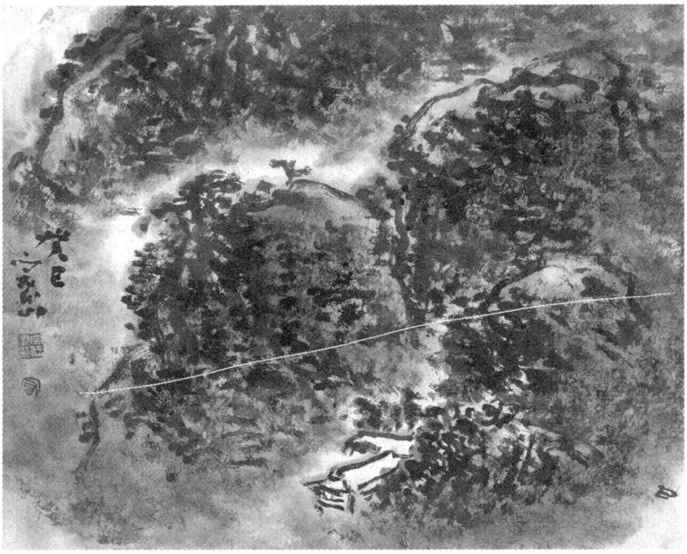

我搞学术纯粹是兴趣

——周宗岱先生访谈

周　平　文　鸣　徐文科　刘美君

采访者：周平、文鸣、徐文科、刘美君

时间：2017年8月2日晚上8：00—12：00

录音整理：徐文科

周　平： 周老师，您好！今天我带了两个学生与文馆长一道，想就书学研究的相关问题采访您。这么晚了，不好意思啊！

周宗岱： 没问题，我是夜猫子。我先说两句，周平老师是搞学问的，做事非常认真，写了这么多提纲。我想这次采访的形式是漫谈，不是我一个人讲话，大家都讲话，也可以插话，发表不同的意见，相互补充、讨论，这样会轻松一点，不要弄得我像权威一样，一个人讲没什么意思。

周　平： 这个方式我赞同。

周宗岱： 我也不做任何准备，想到什么就讲什么。

周　平： 好的。首先我简述一下与周老师的渊源。我和周老师1990年初就接触了，而且一直受周老师的指导。印象最深的是1994年，湖南书协举办了一次研讨会，我写了一篇小文章，请周老师指导。结果周老师回复了17条意见，我至今仍珍藏着。

周宗岱： 准备"秋后算账"，哈哈哈。

周　平： 这是珍贵的纪念。周老师强调：书法家一定要做研究，要有学问作支撑。在周老师的指导下，我终于走上了这条道路。虽然没什么成绩，但在研究过程中感受到了很多乐趣，当然也就萌发了想为老人家做点工作的愿望。这一次，市美协、市评协联合对您进行专题研究，以集体的力量推动湘潭美术的发展，这是一个具有战略眼光的举措。后来，毛娟的湘潭作家创作基地又加入其中，对您进行专题研究的队伍越来越大，与周老师相关的人，基本都被涵盖进来。这是一次了解周老师的好机会。

我最初拟定的题目是：学者、画家、湖湘符号。作为学者的标志，是周老师的两本著作，其一，1998年湖南美术社出版的《美辨》，其二，2009年您自行印制的《画馀信笔》。《画馀信笔》去年再印时，您又加了十几篇文章。《美辨》在台湾是艺术类博士生参考书目之一。我在中国美术学院图书馆看到此书，也被摆在比较醒目的位置。作为画家，去年湖南美术社出版的四开巨著《周宗岱作品集》可以作为标志，为此，薛永年、邵大箴、王鲁湘等理论界巨腕都专门撰写了文章。特别是王鲁湘，认为周老师的花鸟画已然具有了“现代性突围”的特质，这是来自最高学术权威的评价。基于周老师在湖湘书学界的旗帜性贡献，绘画方面有当下中国美术界权威给出的评价，作为湖湘的一个代表符号也就没有问题了。当然，我的着眼点主要在书法。

周宗岱：不要定位太高，免得别人讲。

周　平：这是事实。我们先来回顾一下湖南的书法。

湖南的书法有着辉煌的历史。我们了解的大师是从唐代欧阳询开始的，实际上在唐以前我们湖南的书法史就非常厚重。里耶的秦简虽然无法证明是湖南人写的，但却是出在湖南境内，可以算作湖南的书风；到了马王堆汉墓中出土的帛书、竹简中的篆、隶，实际上代表了当时的正统书风以及书写高度，这在书法界都已属于定论；后来虎溪山、走马楼、东牌楼、郴州等地从西汉至晋的竹简，以及尚在研究之中的湘乡三眼井出土的楚简，从内容到书风都极具研究价值。

周宗岱：古人留下的最早绘画遗迹也出土在湖南，战国时的《御龙图》《龙凤人物图》，都是湖南长沙出土的。

周　平：这就是厚重的湖南书法史。从“楷圣”欧阳询到狂草书僧怀素，这是湖南书法史进入巅峰的两位代表。在宋代，湖南有一个非常有名的书法家——南岳的和尚梦瑛，他用李阳冰篆法书写的《篆书目录偏旁字源歌》《篆书千字文》等石刻巨制现仍安放在西安碑林。明清以来，“以文章领袖缙绅”的李东阳的篆隶曾开一时风气，怀素《自叙帖》引首“藏真自序”四字即出其手写。至于大家非常熟悉的何绍基、谭延闿、齐白石、毛泽东等人，都是其中的典型。

周宗岱：到过湖南的大名家就太多了，宋朝米芾、黄庭坚……唐朝的大诗人、大书家基本都到过湖南。颜真卿的《大唐中兴颂》是湖南的宝贝。

周　平：所以说湖南书法有着辉煌的历史。湖南书法人对文史相当重视，像欧阳询编辑了《艺文类聚》，马宗霍编撰了《书林藻鉴》《书林纪事》等。但总体而言，湖南书学却没有太多吸引人的成果。

周宗岱：《艺文类聚》是很重要的类书。

一些人认为我的书读得好，但我实际上没多少时间读书，有很多是借助于工具书，其中重要的一本就是《艺文类聚》。这本书到手非常早，我要写什么东西，我就会先把《艺文类聚》等类书翻一下，看有什么可以用的资料，写些零散的小文章。《艺文类聚》是非常重要的工具书，共四册，分门别类，天文、地理、人事等，什么东西都有。

周　平：所以工具书在研究过程中非常重要。

周宗岱：工具书是非常重要的东西。过去讲大学者做卡片，大学毕业后去学校教书搞了几十年，他们有那个时间。我当时要去担土、担煤炭，还不知道要不要开我的批斗会，我哪有时间去做卡片？

周　平：请您先谈一谈如何使用工具书。

周宗岱：“如何使用工具书？”我已经把最秘密的书讲出来了。

周　平：除开这个之外，还有其他工具书吗？

周宗岱：当然有。我只有中专毕业，湖南第一师范出来的，学历不够。出来之后教了一年初中语文，那一年对我有很大的促进作用。那是在湘潭县县级机关干部业余文化学校，学生水平高，职位高，副县长、组织部长也在我那一班，备课时间多，对我有很大促进。我在学校里没认真学语文，因为我不满意我们的语文老师。语文老师姓王，是搞语法的，很古板，你写句很有味的话，他总觉得你不合语法。哪个又根据语法来写文章？把文章都框死了。五分制的评价体系，语文课我总是三分，四分都很少。

我当年最主要的时间不是画画，是看小说。我看小说有几个阶段，五年一期，偶然从学校的柜子里找到一本《薛仁贵征东》，然后就是《薛丁山征西》《罗通扫北》《五虎平南》《说唐全传》等这些东西都看过。演义小说看完之后，慢慢地涉及武侠小说、言情小说。但对言情小说没什么兴趣，兴趣最大的是武侠小说。平江不肖生是我非常佩服的一个人，《江湖奇侠传》把很多湖南地方流传的故事都掺杂到中间来，而且语言生动活泼。所以，生动活泼，口语化，我最喜欢，语言也要不断地有创新啊。到湖南第一师范之后，我的兴趣转到了外国小说，读了好些世界名著。

我语文成绩一点都不好。后来我写东西时，深切地感觉到自己根底的不足，我的办法就是找工具书。工具书基本是见到就买，这边柜子里有，那边柜子还有一些，《辞源》《辞海》《现代汉语词典》，这些书出来我就买了。

周　平：我看您书柜里有一本《文史工具书及其使用方法》，这本书平时没接触过。

周宗岱：这些书就是补我基本功不足。所以平时有人说：周老师学问好。以我的经历，学问不可能好，学问不好只能用方法去补足。

我的记忆力也不太好。我的记忆力属于“印象派”，说哪个事情时，我记得在哪本书里面有，然后我就去翻。写出来时一字不差，其实我记不准，我只是心中有个模糊的印象。再者，我平时用的书都是自己买的，不是借别人的，买的书放在那陪伴自己几十年。我可以随手画记号、写批语，这就节省了我做笔记的时间。

周　平：您的书柜可以看看吗?

周宗岱：你看啊，这没有秘密。我带你到楼上去看都可以。那里还有工具书。

我特别注意买工具书。我记东西不牢，总是记个大概，然后根据这个印象去翻。我出《美辨》时的责任编辑叫周济祥，和我很熟，湘潭工农兵文艺办公室调上去的。他是个画家，他也知道我是画画的。看我引用了很多文字，根本不相信我读了这些书。他根据我文章的注释一篇篇去核对，核对了一两篇后，就不再去核对了，因为没错误。他问我哪有这么多时间去读书？实际上是用了方法来补足。

周　平：现在的年轻人，叫他们去读书非常不容易，但要他去掌握方法还是做得到的。

周宗岱：这方法还是以读书为基础，你要对书里的某个论点、问题有见解，还是得去读书。

文　鸣：现在有更简单的方法就是到电脑上去搜。

周　平：但电脑上有太多的错误，比如说字、词、句的错误。录入时有一个人出错，后面就会延续不断地跟着错。所以，现代工具可以利用，快速简便，但只能起桥梁作用，引用时还是要以纸质书籍等第一手资料为准。

周宗岱：在美学研究过程中，我发现一个问题：很多教授都人云亦云。

周　平：在这个问题上，周老师讲过一个非常有意思的故事：有一次一个专家讲到“癞蛤蟆不美”。

周宗岱：这是在 1982 年湖南美学学会年会上，这人是湖南美术出版社的一个编辑，以为自己是权威，可能也是某名牌大学出来的。他认为美是客观存在的，不以人的主观意志为转移，他们以为“客观”就是最科学的，是真理，而认为美存在于人的心里就是唯心主义，但这却恰好弄反了。他在大会上讲“癞蛤蟆不美，就是不美”。后来上洗手间时我正好碰到他，我就问他：“您说癞蛤蟆不美，就是不美，这是哪个判定的?”他很机敏，知道这句话不好回。为什么呢？如果他说“是我讲的”，那是你一个人的主观判定；如果他讲“大家都讲不美”，那就是大家共同的判定；所有人都这么讲，那还是人类对客观事物的一个判定。结果弄得他几分钟出不了声，脾气来了，就吼了一句：“不美就是不美嘛!”我就笑，后来我把它写到《美辨》里面去了。这句话不好回答，这个看似简单的问题，却正好打到了客观论者的要害。所以，人不能读死书。读书有“信派”和“疑派”，我是属于“疑派”。

说到题外去了，与书法无关。

周　平：工具书和书法密切有关。

周宗岱：工具书太重要了，所以你们年轻人平时少买点化妆品，看到工具书

就要买。（对研究生说）

周　平：我们还是来谈湖南书学的话题。湖南的书法创作非常辉煌，但湖南的书学研究没太多建树。

周宗岱：中国人不像西方人，理论书一本一本地出。中国古代没有几本像样的理论著作，文、史、哲有几本成系统的理论著作啊？诸子百家的著作成系统的东西都很少。不像德国人，什么研究都纳入一个严密的系统里。中国人不喜欢那样做。

周　平：所以我们读《容台别集》，董其昌自言“当其合处，便不能追踪魏、晋，断不在唐人后乘”等句，会觉得津津有味，而且你想了好久的个性问题，他一句“妙在能合，神在能离”，就讲得清清楚楚了。

我以为湖南书学在当代错失了很多机会，远不及河南对机会的把握。比如1984 年、1985 年全国各地成立书协，大搞书法活动。1984 年河南举办“中原书法大赛”等一系列的大赛，风生水起。特别是 1986 年在中国美术馆的“墨海弄潮展”，使之在全国都具有了号召力，成功地推出了张海、王澄、周俊杰等一批人，同时还把河南的书法传播搞出来了。

周宗岱：他们把群众的认识与热情调动起来了。

周　平：他们首先办了个书法刊物《书论》，后来把《书论》改为《书法家》，把《书法家》改为《书法导报》和《青少年书法》，一个杂志，一个报纸，从青少年入手，分不同层面占领市场，这是很有眼光的。

周宗岱：《书法导报》虽在湖北的《书法报》之后，但这个学术刊物对于提升他们的地位非常重要。

周　平：这些措施把整个河南书法全面带动起来了，从展览到创作，从教育到研究，而且他们的视角还扩展到海外，率先和日本联合举办展览等，形成了风潮，叫“中原书风”，影响全国。河南的书法家地位比画家高，这种情况全国只有河南。所以，张海能成为中国书协主席，其对河南书法的贡献应该功不可没。

湖南也跟上了这股风头，在创作方面做得也非常好，但始终没有把书学这一块阵地建起来。第一，1984 年成立省书协，1985 年举办“湖湘书法大赛”。湖湘书法大赛在各地造成了广泛影响，但影响力没有持续，没有把刊物办起来。1990 年开始创办“湖南书法篆刻创作研修班”，但更多强调创作，研究还是没得到强化。1992 年在永州举办“怀素书学研讨会”，周老师也带文章参加了，当时来自全国各地的名家来了很多，赵朴初、沙孟海、沈鹏等都来了，且赵朴初、沙孟海都题了字。一个草书展览，一个研讨会，全国名家云集，但仍然仅仅是一次活动，没有延续。1994 年“第二届湖南书法研讨会”在岳阳召开，您老去了，我也去了。主题是对未来书坛发展的预测，因为有“广西现象”“中原书风”等现象在前，湖南究竟应如何发展，研讨会开完也没有结果，所以研讨的效果并不好。2009 年，湘潭创办《中国书法名城》杂志，虽然连续出了四五期，但思路不明确，档次低下。今年上半年举办“第四届全国草书展”“首届怀素书学论坛”，但这些都是作为单独的活动在搞，而不是当作一个系统工程在做。这一系列活动都是提升湖南书学的机会，但都没有通过组织力量把它强化，进而系统化。所以说，湖南书法丧失了大力发展湖南书学的机会。

在这一阶段中，个体的研究还是有一些成果。我把这些成果简单罗列了一下：您的《美辨》《画馀信笔》，黄苏民老师的《齐白石篆刻阶段论》，王徽的《二百年湖南印学年表》，夏时的《湖湘文库·欧阳询卷》，夏时与李砺合编的《湖南历代书法篆刻人名录》，李砺的《湖湘文库·湖南篆刻史》，长沙理工大学李正庚博士的《唐代书法教育研究》，湖南理工学院朱仁夫教授的《中国古代书法史》与《中国现代书法史》，林乐伦的曾熙相关研究，肖建民的《陈曼生研究》和《西泠八家诗歌研究》，刘刚的《湖湘文库·何绍基卷》《湖南碑刻》，以及我的《湖湘文库·怀素卷》，当然还有我不了解的。湖南书学还是有一些成果。

如果通过组织的力量，建立平台，提供机会，相信湖南的书学不会是现在的样子，可能会有几个或一批在全国具有影响力的名家涌现，从而也会影响并培养出一大批年轻人。

周宗岱：周老师讲的这些我都不晓得，因为我离开了书法界。

每个人都生活在社会上，你必须通过正当劳动获得相应报酬，解决家庭生活问题。我赶上 80 年代初搞书法、美学理论热情很高的这个时期，但我实际上是圈外人。为什么这样说呢？我没在学术圈里受过教育，没有老师、同学、校友这些关系，没有在学术圈子里工作。开始我还以为文联有职称评，后来才知道省文联可以评，下面乡里的文化站辅导员也可以评，唯独市文联没有职称评，属于行政人员，属于行政编制。没有任何出路。弄不到钱，生活问题便没法解决，要养家糊口，只有改行。于是，我 90 年代重新起步搞国画。但画画是个技术活，你心里知道但手上不一定表现得出来，“得之于心，应之于手”，心里想的东西手上能出来要很长的时间。

在很长时间中，因为自己的画上不来，自己都不看好自己的画，别人也不说好，于是就怀疑，我到底是应该搞理论还是应该画画？到 60 岁都没弄清楚，好可悲啊！

周　平：当年黄宾虹不也是这样？

周宗岱：60 岁了，还搞不清自己要走什么路，还不可悲？周游十八九岁的时候说：“爸爸，湘潭哪个讲你的画画得好啰？山水画是丁剑虹的好，花鸟画是何雷衡的好。”我知道，人的思维，要么偏向抽象思维，要么偏向形象思维，抽象思维已经出了一些成果。在市文联不可能评到职称，也解决不了我的实际问题。人不能困难一辈子，我还要养家糊口啊！

我到过峨眉山、黄山，张家界去过八次。走过的这些地方，脑袋就留下印象，我发现自己注意的是树的形象，山的形象，对于名人故事没印象，一片空白。但看的画几乎是过目不忘，很多苏联的插图、油画，几十年后我都记得，发现我的形象记忆能力比抽象感受能力强，于是又鼓着勇气画下去，造孽嘞！

周　平：这不是造孽，是非常重要的一个转折。

周宗岱：慢慢地有人请我去画画。省美协副秘书长湖南日报的张楚务说："周宗岱你不要写文章了，你老写文章，别人只知道你写文章，你的画都没人注意了。"后来我的文章慢慢就写得少了。

辨析自己的能力到底在哪里，应该去做什么事，我觉得是每个人都要去想的。我是经历了一种比较深层次的认识得到的。

文　鸣：如果不是经济原因，您可能会继续走理论研究这条路。

周宗岱：实际上是岗位原因，如果我在北大文史系工作，或者在中国美协、中国书协的理论部，那情况就不同了。

搞理论从哪里入门很重要，蔡仪这一派的理论，我总觉得他们是强词夺理。

周　平：蔡仪写过很多美学方面的文章，名气很大。

周宗岱：1961 年 9 月我从劳改队释放后在湘潭搞美术社，1963 年我对美学理论产生兴趣。

文　鸣：那时候有单位吗？

周宗岱：湘潭县文化馆。

文　鸣：没回原单位吗？

周宗岱：劳改的，都不能回原单位。劳改不是劳教，劳教的右派，那就回原单位，我是劳改，是反革命，被放回原籍，回湘潭市了。

1963 年到平江我姐姐那里，她儿子叫陈正凯，大我 10 个月，在平江一中教书。平时我到平江乡里画像赚点小钱，住在平江一中，这是省里的一类学校。我外甥知道我喜欢读书，拿了很多书给我看，其中就有陈彬和的《中国文字与书法》，这本书使得我对中国书法有了系统的认识。又读了包世臣的《艺舟双楫》，康有为的《广艺舟双楫》、冯武的《书法正传》，另外还有朱光潜的《文艺心理学》，以及法国丹纳的《艺术哲学》等。

所以，我 1982 年能在《书法研究》上发论文，1983 年又发了一篇论文。

周　平：您在平江呆了多长时间？

周宗岱：我在那里住了 7 个月。那些书始终在我手上，坦白交代，这属于盗窃行为，后面再也没还了。从另外一个角度来说，幸亏我做了这件事，不然就毁于红卫兵之手了，也算抢救了一些文物，而且使其发挥了相当大的作用。

周　平：从另外的角度说，您使得这几本书的生命得到了延续。

周宗岱：我认为学历只是带个路，真正的读书量和深入度才是关键，学校毕业后还有四五十年的时间，总比学校里学得多，所以在学校里并不是学好一切，更重要的是告诉你怎么学，给你引路的。我的悲哀是没人带路，自己摸索的，恰恰又是别人不走的路。

最独特的应该是篆刻美学。当年北京大学接了个任务，“八五”重点图书，金开诚、王岳川主编《中国书法文化大观》就涵盖篆刻。篆刻分两大部分：篆刻史、篆刻美学。但篆刻美学全国没什么人写。他们在《书法报》上找到了我1986年之前发表的十来篇谈篆刻美学的小文章。金开诚通过长沙铁道学院的罗选民教授找到了我。那时我已经下定决心不搞理论了，并且正好是画画状态很好要出成果的时候。但又想，中专文化的我能在北京大学编写的书上发篇文章也是很好的，就同意了。

接到提纲后，我觉得他们拟的提纲要不得，我就从题目到内容都改掉，然后寄回去。王岳川他们也是从善如流，结果所有的题目、章节都按我的规划办，最后这篇文章分十个专题写了四个月，赚了600块钱稿费。但我心里很高兴，自己的文字能进北大编写的书里。不仅如此，他们还给我安了个编委。

这算是我的书学研究。

周　平：我在您的文章中看到，除了刚才讲的这些书外还涉及很多，比如：《西方美学史》《美学散步》《艺术论》《朱光潜谈美》《谈美书简》《美学》《诗学》《中国戏曲的艺术原理》《中国绘画美学史稿》《罗丹艺术论》，甚至《1844年经济学哲学手稿》，您都有引用。这些书只是引用，还是相关的章节都看过？

周宗岱：那些书中我用过的东西就都看过，基本内容都记得，比如丹纳《艺术哲学》里面的很多人名与作品都记得。好的记忆力对做学问非常有帮助。

周　平：后面有些史论类的书籍，比如《西欧近代画家》《欧洲现代画派画论》《现代绘画简史》《西方文论选》《中国画论类编》《图画见闻志》《苦瓜和尚话语录》《历代名画记》《三静居画论》《听天阁画谈》《历代书法论文选》《艺概》《广艺舟双楫》等，这都是您的著作注释里涉及的，这些著作都系统地读过？

周宗岱：很难讲。我读书有我自己的方法。我从小看书翻书速度非常快，看完后有一个印象，就是“印象派”。我读书有的反复认真读，有的只浏览一下，有的就翻一翻，有的只看看相关的部分。每本书同样的精读，是不可能的。

周　平：您能具体谈一下这种读书的方法吗？

周宗岱：我没有总结，这里只能是漫谈一下。我读书是兴趣驱使，没有兴趣以外的目的，既不图名，也不图利，又不可能评职称，也不可能谋岗位。两位年轻朋友可能不知道，我有两顶帽子：没有摘帽的右派和没有摘帽的现行反革命，右派帽子一直到1979年才摘掉。这可以证明，我搞学术不带任何功利，纯粹是兴趣。

比如我搞美学。为什么我对美学有这么大兴趣呢？因为我发现美学像一个陈列柜，我一辈子都像个“收破烂”的。书到了我的手上，我觉得好看就看，收了一屋子的“破烂”。收知识就是“收破烂”。当时的书很少，没这么多选择。我的知识很零散，我的爱好也多。在学校我喜欢读小说，中国小说读了之后，就读巴尔扎克、罗曼·罗兰等外国作家的。我可以通宵读，给我影响最大的是罗曼·罗兰的长篇小说《约翰·克利斯朵夫》。我看的这部小说是竖排的，四大本。

那时长沙的画家徐照海也喜欢看书，所以每次我到长沙就给他带一本。他和他的夫人都非常欢迎我，以至于他夫人以为我是搞文学研究的。

我喜欢音乐，喜欢拉小提琴，但天赋不好。后来又拉二胡，我拉二胡直接影响了李季琨。肖眼镜有一套木刻版的《资治通鉴》，在我那放了两年。后来听说要抄家了，我立马把书还了，结果第二天书就被抄走了。

周　平：这次在西泠的春拍有一本宋版《资治通鉴》拍卖，您知道拍了多少钱吗？

周宗岱：20几万？

周　平：800多万！而且只有一套书中的一本。

周宗岱：宋版书本来就很贵了，数量少，很难得，肖眼镜那个不可能是宋版的。

我将这些“破烂”（零散知识）归档，然后我就知道那些“破烂”能做什么用，用哲学的方法梳理好。

周　平：从美学这个视野下看具体的艺术门类，具有非常好的指导意义。

周宗岱：《美辨》里面第一篇就是《书法美探源》，文字浅显易懂。我把文章拿给我表哥看时，他说太浅显了，他当时是长沙理工大学教务处处长。实际上这篇文章，一般人写不出。谈线条美，一定要有几个理论的支持，一个是书法，一个是美学、哲学，还要有美术的实践。比如说长城看远了就是一根线，我把线归纳成运动的轨迹，书法的点线是人拿毛笔沾墨在纸上留下的痕迹，手上任何微妙的变化，都会在纸上留下痕迹。线是最简单、最明了、最原始的表现方法，它的表现力比色彩、明暗更强。儿童画，不论中外都是先用线表示。线是最原始的，概括能力最强的。中国的五万多个汉字，全部以线条在方块中完成。

搞了美学研究后，别人的文章到你手里，你一看就知道毛病在哪里。

我看文章第一看逻辑。客观论的美学家攻击主体论的美学家：“美是客观存在的，不以人的意志为转移。”他们说：“这棵树在河边上，你说它美它就美，你认为它不美它就不美，你说它存在它就存在，你说它不存在它就不存在，那你难道不是唯心论？”这句话看似振振有词，但实际上是在偷换概念，“美”和“存在”是两回事，怎么能说丑就是不存在的呢？我说他丑，同样是肯定他的存在。他们都很震惊地望着我。我讲话排在教授之后，当时我还是湘潭市雨湖区文化馆的一个普通干部，汤龙发先生是湖南师范大学的教授，是大名鼎鼎的美学家蔡仪的女婿。他在大会上高谈阔论，我本来有个发言稿，干脆发言稿也不要了，我抓住他的逻辑问题一点一点地批。参会的人中有支持我的，也有支持他的。

我还在台上讲话时，黄治政站起来问我：“周宗岱，我问你，你讲美不是客观存在的？”社科院的龚继昌立马站起来反驳黄治政，然后他们两个就吵起来了。龚继昌和我的观点一样，会上很多人听了鼓掌的鼓掌，跺脚的跺脚，从来没见过这样的情景，好热闹！

1982 年的这次辩论会是我人生中很靓丽的一幕。出现这一幕，是因为我从来没有涉足过学术界，是初生牛犊不怕虎。我也不了解这些权威的厉害，而且我也不以此谋生，所以敢于直言。现在想来，在人生的某种阶段，锋芒该露的时候要露，你必须闯杀，才能显示你的能耐。但后来我就收敛了很多，几次的学术会议我都很少发言。

1982 年的这次湖南美学学会年会，湘潭师范学院去了两个老师，其中彭建民老师后来还为我写过一篇文章，对我评价很高，把我升华到道德层面进行论述。可惜彭老师现在已不在了。

我为什么这么“猖狂”呢？是因为我没参加过学术研讨会，我也不怕。其实，1982 年言论还没特别放开，摇摇摆摆。那时出现了伤痕文学，我当时也很想写小说，但没有处在那个文学的环境中，加上怕被再挨整，也就一直没有写。我当时要是写小说，说不定也走文学道路去了。

正因为自己接触的是美学、书法理论，所以，我最早出的成果是美学理论方面的。

周　平：您从 1963 年开始读朱光潜的《文艺心理学》等一系列的美学理论书籍，到 1982 年您发表了一篇《论书意——兼与韩玉涛先生商榷》。在 20 年的时间里，您读的这些书中哪本书对您影响最大？

周宗岱：陈彬和的《中国文字与书法》让我对书法有了一个系统的概念。丹纳的《艺术哲学》让我明白了艺术与当时的社会、地理条件，民族的生存方式有直接的关系，其中我最感兴趣的是书中谈古希腊雕塑的部分。现在的人很难理解为什么古希腊的人体雕塑多是男人，且他们对于人体的认识非常深刻，肌肉匀称柔软，不是一身蛮肉。当时的希腊城邦的人，就是一帮土匪强盗，主要靠格斗、技击、跑步战胜别的民族。他们没事就去打野蛮部落，把女人、男人、小孩抓回来做奴隶，实际上自己最野蛮。他能做到这一步，就要靠人本身的训练。古希腊最有代表性的是斯巴达城邦。这个国家的小孩子属于国家，男孩到七八岁就送到国家办的军营里，有专门的老师教摔跤、拳击、跑步、击剑等。他们认为世界上最美的东西是人体，他们也训练出了世界上最美的人体，特别是男人体。他们敬神都是脱光衣服表演舞蹈、竞技、比赛等，这是对神最好的祭祀。当年亚历山大带领一支军队向东边进军，最后打到印度。在经过阿波罗神庙时，亲自裸身围着神庙跑步比赛来祭祀阿波罗神。他们的雕塑家对于人体很熟悉，所以他们能做出最好的人体雕塑。

读了丹纳的《艺术哲学》之后，知道研究一个艺术流派，必须研究这个社会的方方面面，因为它是这个社会的产物。

我们看书法也是一样。比如谈北碑，康有为是在胡说八道，他认为北碑比南帖先进，这是没有认真研究的结果。北碑最大的特点是没有文化，乱凿。从功能方面看，他们是要一个墓志铭来记录祖先的功绩。他们只要内容，对于文字的美，他们少数民族根本不懂，因为大多数人不认识汉字。我在《湘潭大学学报》1989 年第 2 期发表的《论南北朝碑刻书法》一文中就谈到了这些问题。留在北朝的一些字写得好的汉人后来都得到了重用，当了统治者之后都知道要文化，但刻字的匠人在碑上乱刻，比如《始平公造像》的折画多刻成方整的锐角，根本不按原有的笔位刻。最有名的证据是我在故宫博物院看到的一块墓砖，一半刻了一半没刻，前面刻了的就是一般魏碑的味，后面没刻的墨印就和毛笔书写一样，根本不是北碑的味。康有为是个品质极为恶劣的人，大放厥词，吹嘘北碑多么多么好。到唐代时书法家有社会地位了，刻字匠就不敢乱刻了，兢兢业业照着笔位描，但刻出来的反而没有北碑那么有味了。

周　平：实际上北碑中也有很多刻得好的。

周宗岱：少，刻得好的只《张黑女》《张猛龙》等极少数。

徐文科：元氏墓志都还可以，皇宫里的那些墓志刻得很精致。

周宗岱：讲究的就精致，不讲究的就不精致，不精致的有原始粗犷美。

我 1961 年出来刻蜡纸，是用魏碑体。后来我发现北朝时期有专门以写墓志、刻墓志为生的职业群体。

周　平：这一点我在岑仲勉教授的《金石论丛》中看到，当时确有这样的团队，从墓志的内容到格式与书写，都有完整的分工和模式可套。

周宗岱：那种魏碑体的写法和刻法相当规范，是我们刻蜡纸最好的书体。

看一个东西，能让我想到当时这个民族的生存状态，书法在当时社会的地位。少数民族在慢慢地汉化，书法家不受尊重时，刻工就乱刻，书法家有地位了，他就规规矩矩地照着笔位刻，认真刻的与不认真刻的就形成两种风格，到唐代两者开始融合。我得出这个结论用的就是丹纳研究古希腊雕塑的方法。

当时有个兰亭论辩，是南京的高二适就郭沫若提出《兰亭序》的真伪问题展开反证的一场大辩论。高二适胆大，敢指出康生、郭沫若的错误。郭沫若是个很聪明的人，他知道康生是个很可怕的人，所以多次引用康生的言语，但实际上郭沫若自己是非常清楚的，他只是故意逢迎康生。有很多人骂郭沫若，但我不骂，我只是觉得他可怜。

周　平：郭沫若是个机会主义者，但做学问的能力非常好，特别是甲骨文研究这一块，对郭沫若的成果还是要非常重视的。

周宗岱：他天资聪颖，研究能力非常好，是个大角色。在当时的那个环境下他要保命，他是想活，他只要好好活下来。他的委屈比我们的就大得多了。他和毛泽东的诗词唱和，确实是大才。

他在五四时期写诗，《女神》算是他五四时期的代表作。他写了很多小说。还参加了南昌起义。后来跑到日本呆了 10 年，这 10 年靠稿费生活。他在日本写了稿子寄回来，然后研究甲骨文。他毫无古文字基础，却成为了甲骨文专家。抗日时写话剧剧本，名盛一时，影响很大。20 世纪 80 年代我读他的剧本《棠棣之花》《孔雀胆》等，还非常激动。这中间的任何一行要出大成果都不容易，他随便就跳跃式的三四行都出大成绩了。他的才华类似于苏轼，人品却远不如苏轼，但苏轼的压力没有他这么大。苏轼那时没有红卫兵，不会挂牌子，不会坐飞机，也不会开批斗会，更不会放到北大荒。苏轼被流放到海南岛，但却是被人当菩萨一样供着，这是有文字记载的啊！

周　平：“空庖煮寒菜，破灶烧湿苇。”这可是苏轼在黄州时候的写照。

周宗岱：你信他的鬼！“夜饮东坡醒复醉，归来仿佛三更。家童鼻息已雷鸣。敲门都不应，倚杖听江声。长恨此身非我有，何时忘却营营？夜阑风静縠纹平。小舟从此逝，江海寄余生。”这是何等潇洒！这个《临江仙》传出后大家都说苏轼跑了。但听说苏轼跑了，当地政府却不是派人去抓，而是太守亲自去他家看情况。我有一本上海博物馆宋拓的影印本，其中记录着当时的太守姓徐，每年在黄州当时最大的酒馆请苏轼喝酒，这哪里是给劳改份子的待遇？

周　平：其实在古代朝廷里的大官、大家，被贬到地方时的待遇都不低。

周宗岱：黄山谷也有很多这方面的记述，每到一个地方就有人请他们喝酒吃饭。

周　平：南宋魏了翁被贬到靖州居住，靖州的州首出城很远来迎接他。他本来是被贬而来，但结果却“待他如出使”。

周宗岱：这些人被贬时还是个官，像柳宗元到了永州还可以买得起一块地，营造一个园林。现在要没发大财谁买得起柳宗元当年的那块地。他们牢骚大。但这些人对于传播文化起到了非常重要的作用。

周　平：除了上面谈到的美学类专业书籍以外，您还读过哪些书？听说您舅舅那时藏了蛮多东西的。

周宗岱：我舅舅是有点东西。我还有个表姐，一直没结婚，按我娘的说法，是被她妈妈耽误了。她家几十个人吃饭，一直要她管家，家里一直离不开这个女儿，后面就一直没结婚。她一柜子的书，里面有郭沫若写的《霜月红于二月花》，现在找不到了，应该是言情小说。读高小六年级时，我出麻疹，在我舅舅家休息一个月，天天躲着看小说，看完了一套《三国演义》。

读文言文，我主张从感性入手，不要搞语法。读文言文最好的切入口是读《聊斋》，好理解，又有味。这些东西对于塑造我的品位起了决定性作用。在第一师范，我读外国小说，对我影响最大的是美国小说家杰克・伦敦。他是个流浪汉，后来去淘金，得了败血病回到家乡，开始写小说。全是关于淘金的故事，写强者的力量，生命的力量。他一写这些故事就出名了。

周　平：您读这些书是什么时候？

周宗岱：读外国小说是从第一师范起。

周　平：那时就有读小说的习惯了？

周宗岱：小时候喜欢听故事看影子戏，那时只要有戏看，追几十里也要去看。那时唱大戏的在山坪里搭个台子，看戏的人走上几十里的去看戏。

湘剧那时候叫唱大戏，我记得看的那个戏叫《黑风帕》。后来我到手一本《戏考》，就是传统戏剧的剧本。我读了《戏考》之后对很多戏剧印象很深。

文　鸣：那时读书很杂。

周宗岱：杂！很长时间是到手什么书就看什么书，根本没得选。我读书最奇特的经历是在劳改队。先在湘潭县高桥农场，后来到株洲新生工程队，当时住在白石港的山顶上。那个时候是最冷的时候，又下雪，我在那里挑了几个月的土。后来把我们押送到长沙，再坐船到汉寿西湖农场。到农场之后就安排我搞宣传。就在戏台上，我在戏台边放服装的房间里发现了一挑箱书。整套朱生豪译的《莎士比亚全集》，还有巴尔扎克的《欧也妮・葛朗台》《夏倍上校》等，好多！搞宣传，我的动作非常快，稍微有点空我就看书。

我是在湖南省文艺干校划的右派，后来被押送回湘潭县文化馆。馆里的老同事对我很好，当时的文化馆里没有什么阶级斗争，我在工作时也非常努力。后来借到县计划科，科长叫熊松年。我之前和熊松年有过来往，我在县干部文化学校时曾聘请他去当老师。他知道我是画画的，当时的计划科缺会画画的，别的右派都在那里挑塘泥、刷墙、洗地，而我却在楼上画地图。我很快地做完之后就躲到楼上看小说去了。那里是木楼梯，所以听到有人上来时我就马上把书藏好。因为我做事的效率非常高，又是技术活，所以一直没有人来打扰我。

我在《画馀信笔》中写到过“我用过日本军用地图”。当时的计委要一个湘潭的行政区划图，到处都找不到，后来就拿了一叠日本人留下的军事地图给我。这个一般人是看不懂的，我像李云龙一样天生会看地图。但我想核对一下自己的看法是否正确，于是我带了一份地图到了韶山找到当地的一个老乡长，叫杨子东，新中国成立前他做长工。当年他五十几岁了，非常熟悉新中国成立前的情况。我和他讲当地的地形建筑，他非常惊讶，为什么我会知道三四十年前的情况。我哪里知道？是日本人的地图让我知道的。日本人为了侵略中国处心积虑，在民国十几年的时候就把绘地图的工作做了。我们用的军事地图基本都是日本的，蒋介石当年都没有时间来做这个工作。后来我看了一大叠的小说，还轻轻松松把地图画完，计划科非常满意。

我和你们讲了这些事，以及我处事的心态之后，你们也就明白了，为什么我80多岁了身体还没垮。

周　平：我们今天收获非常的大。您今天聊的这些读书啊，家庭影响啊，之前有和别人讲过吗？

周宗岱：讲过，但不多，也没机会讲这么多。

周　平：父辈的直接影响与间接影响，家族的收藏，对文艺、字画的兴趣，这在您很小的时候就已经播好了种子。尽管历经磨难，但您顽强地走在了艺术这条大道上，且成就卓然。

再请教您一个问题：您认为这种爱读书对画画到底有多大的影响？

周宗岱：你过奖了。这个问题不知从何讲起，但很多画画的老先生和名家都觉得我的画有文气。我以为这个文气是一种气质，是从骨子里出来的。粗俗的东西天生与我无缘。我选小说看就是选的名著，最满意的就是杰克・伦敦、巴尔扎克、托尔斯泰、罗曼・罗兰……

文　鸣：现在不读书的画家太多了。

周　平：读书与不读书不是体现在当下，而是体现在修养与气质等方面。

周宗岱：书不是直接用在画里，是塑造人气质的重要东西。绘画、书法、文章，都是人的作品，人决定作品，而读书是塑造人的。当然也不是绝对的，读书是塑造人的一个重要方面，而且这个作用还因人而异。有的不读书，有的读不进，有的受书所困，有的受书很大影响，我就是受影响大的这一类人。

周　平：周老师今天谈了他读书的经历，对美学问题的思考与态度，对工具书的使用方法，特别是出于兴趣的学术研究，十分难得。周老师的学术成果集中在《美辨》和《画馀信笔》中，值得认真品读。我之前就说过，因为周老师的学养好，思辨意识强，对周老师的采访效果一定会超过预期，实际上今天一开始就超出了。

周宗岱：肯定！一开始就说聊天，与书法有关。聊来聊去，好像和书法没关系，但实际上都与书法有关，聊到了我搞书法理论的源头与经历，而且聊得都很具体。

周　平：我们今天所谈的其实就一个问题：读书。也可以说，读书的过程的总结就是对您成长过程的总结。

周宗岱：我只能读书，没有别的渠道接受信息，那时全国都没有书法系。

周　平：您说您没受过专业的教育，但您的这个学习过程正是传统教育的大道：博学多闻。现在的书法教育反而是走向小道，把书法当成一个专业来看待，基本是就书法而论书法。

周宗岱：这没得办法，社会逼着你要急于求成。书协在这个当中起了个很不好的影响。就是武大郎开店，比我高的不要，选美，不能超过一米四。人人都一米四，和武大郎一样的。

周　平：下一次要请您继续谈读书的方法。您之前讲到了您读书有非常特殊的方法，但没有细谈。还有您写作的方法。这些东西对后学有非常大的影响和帮助。现在的学生在学校接受的是知识，方法论谈得太少了。

周宗岱：只要朋友们认为合适，还是会谈到这些方面的。我的想法是随意，想谈什么谈什么，不给你任何限制。我是知无不言言无不尽。

周　平：但愿能挖到您平常不怎么谈的东西。好的，那我们今天先到这里，非常感谢您！

周宗岱：还有个任务，不完成不能走：西瓜，西瓜……

逸事

雪末松更绿

王友仁

“美，是认识过程中主体对客体的一种评价、判断，完全依存于主体。那些一心寻找美是‘客观存在的’‘不依人们意志为转移’的人，岂不白费力？这张讲台美不美？首先是人，人的评判。我是一个写写画画的，我的作品美不美？是人过目后判断的，实践第一！”这番论述，在1981年6月岳阳召开的湖南省美学研讨会上，引起了人们的注意，有些人颇不以为然。发言者是谁？知情者曰：“周宗岱，一个改正右派分子。”我暗想：只怕是改而未正。便连夜入室拜访，一见如故，话颇投机，约定后会有期。

岁月如流，三十二年过去，他到底何许人也，倒是从他题赠我的作品中，做出了回答。

1982年年初，他应在岳阳之诺，从湘潭捎来一幅四平方尺的山水画。乍见一团黑，但黑白分明，再睹，山、水、溪、林、路，顿时皆矗立起来，贵在“立”。他年方二十，被打成右派，极右分子，劳改、颠沛二十多年，岂非一个“立”字？画如其人。二十年前，湖北识者登门求购此画，伸出五指。十指也不成交，此画至今高悬我家客厅。

1983年，我奉命前去湘潭，参加撤地建市①工作组，备受关注，不见老周。某天，驱车前往其家。他家住雨湖区旧宿舍“响楼”（踏上楼板“啪啪”作响），包室一间（宗岱和他一儿一女一家三口吃住全在这一间房内）。没扯上几句，他竟“有急事”走了。后有人告知，他这是避“攀龙附凤”“近水楼台”之嫌。新市委推举他出任市文化局副局长。他是个很有事业心的人，在筹建世界文化名人齐白石纪念馆、征集和抢救齐白石文化遗产中，发挥了重要的作用，做出了重大的贡献。

1998年，湖南美术出版社出版了他的学术专著《美辨》，字数20万，发行三千余册。他在此书的《前言》中说道：“把积在心里的话，能说给大家听听，这

---

① 编者注：1983年8月，湘潭地市合并，将其原湘潭地区的浏阳县划归长沙市，醴陵、攸县、茶陵、酃县划归株洲市，湘潭、湘乡两县划归湘潭市。湘潭实行市管县体制。全市辖湘潭、湘乡两县和雨湖、岳塘、湘江、板塘、郊区五个区。1984年，将湘潭县的银田镇和韶山区划出设立县级韶山区，由湘潭市管辖。

多好啊！且多年为‘左’所苦，理论骨头缝里有‘左’味，也会使我通体不安!”书如其人。

2000年年初，他赠我竹石画一幅，题郑板桥诗：“咬定青山不放松，立根原在破岩中。千磨万击还坚劲，任尔东西南北风。”诗言志，亦言其人之志也。

他赠我“仁者寿”巨篆。又赠我“霜降月弥辉，雪末松更绿”行书条幅，贺我八十寿，让我汗颜。我现在又以“霜降月弥辉，雪末松更绿”回敬周君，宜哉!

记宗岱老师几件事

贺仁寰

1964 年，我的一位画友，周老师的远房亲戚，愿意引荐我认识周老师。那时，画画的人寥寥无几，何况周老师还是个有点名气的人，我也就顾不得什么老右不老右了，求贤若渴嘛！当时周老师二十出头，正在忙一个什么展览。在一个楼梯口旁，我打开几张石膏素描，请他指正。在他看我的画时，我觉得他眼睛一亮，回头，又认真地看了我一眼，然后对我说："贺伢子，不错。你是搞这一行的料子，但这张素描的边线要虚一点。"说着，用手指在边线上擦了几下。这便是我第一次认得周老师。回家的路上，我别提多起劲了。回想这么多年，我一直没有丢掉美术这一行，应当说，周老师的鼓励和批评是重要的动力。

三年后，也就是"文化大革命"的高峰期，街头巷尾到处都是戴红袖章的人。为了学点画方面的东西，我又悄悄溜进了周老师的斗室。由于年轻，不懂世事，我不问他家人的事、生活的事，只问画画方面的问题，周老师也总是有问必答。我抽空望望斗室，在我的印象中，他有很多书、很多画册，再就是画笔、画纸、画稿等，却没有什么像样的生活用品，仅有张木板床而已。不觉到了深夜，外面不时响起零星的枪声，这时，周老师对我说："你现在年轻，不要意气用事，要激流勇退。今晚不要回去了，就在这里睡好了。"此前，我只听说过"激流勇进"，没听说过"勇退"。这句话无异给头脑正在发烧的我打了一针退烧针。由于听了他这句忠告，迷茫过后，我毅然决然回头，又一心一意搞起了我的美术爱好。

退休后的周老师，为了做学问，争时间，门上用毛边纸书写了一张"上午不会客"的条子。我这个不太守规矩的人，想试探一下他的真假。这天上午 11 点钟左右，我带着他的一个老同学（也是我的朋友）敲开了他的家门。接待还是一如既往，话题无非是回忆过去，谈画，谈字，谈做学问，饭时一样吃饭。我心里想：门上的条子可能有"水分"。没料送客时，周老师趁老同学不在意，朝我发话了："今天，你打破了我的规矩!"我心会意，不好意思地笑了笑。几年过去，开春的时候，我请周老师和几位好友来家聚聚。没想到，周老师一进屋就作自我批评："上次那件事实在对人不住，请别介意，我这个人有话就要讲。"并且用淡淡的色纸包了一件礼物送给我。打开一看，是两方石头，两支毛笔。过后，我细想，淡淡的纸，包着两方石头，两支毛笔，可能是寓意我们之间几十年交往淡如水吧，抑或是鼓励我，要我在艺途上努力奋进。不管怎样，我是怎么都忘不了周老师对我的关爱。

喂麻雀

——记周宗岱画馀闲情

徐秋良

著名学者、美术评论家王鲁湘先生对湖南一百多年来的花鸟画家有一段精彩的评论：“在花鸟画领域，湖南的齐白石、王憨山、易图境、周宗岱就是很有典型的四位画家。”“环顾中国画坛，一百多年来，好像也只有这四位湖南画家在花鸟画的现代性上走得最远，彼此之间也靠得最近。”齐、周是湘潭人，王与湘潭搭界，易离湘潭也不远。齐、王已作古，易门庭深深，无缘谋面。周宗岱老先生已年过八十，身体仍很健朗，思维敏捷，鹤发童颜，洞察力强。每天还要在画室拼打几个小时。对齐、王、易、周画麻雀的作品有过拜读，前三位未见过也未听闻过他们喂麻雀的趣事。而周宗岱老先生，我是听过他讲学，看过他作画，陪过他喝茶，拜读过他的著作，更让人吊胃口的是见他手里握把米喂麻雀，那份闲情雅致让人难以忘怀。

那是去年冬天，一个寒风瑟瑟的上午，我去拜望宗岱老先生。进到他的屋里，见他手上端着一个铝制盆子，里面有半盆子大米。他见我疑惑不解，就说，这等寒冷天气，城里的麻雀觅不到食呢，难过冬。心事沉重的口气。

我随老先生来到他家的后院。后院有一块不大的坪，坪里沿围墙周边种着一些花草和蔬菜。坪的一角立着一根木桩，木桩上固定好一个木盘子。宗岱老先生从盆里撮了几撮大米放在盘子里，还用那握画笔的手慢慢摊均匀。他望望灰茫茫的天空，自言自语，不知有没有雪下。环顾一下四周的房子，对我说，每天让麻雀们在这里放放心心吃上一顿。“走，进屋喝茶去。”他拍打手上的米灰，用手势邀我进屋。

我不太相信老先生手上的几撮米能像农妇逗鸡那样把天性机敏灵泛的麻雀逗拢来。我藏着半个身子，躲在门缝里，要看看麻雀是如何来吃食的。老先生笑笑，你不用这样躲着、藏着，大大方方站在这里看，麻雀不会怕你的。

我站在门口，等待麻雀的光顾。过不了一会，一只麻雀飞落在后院的墙上，左顾右盼，探头探脑，很快它就飞到盘子的边沿站稳，啄了两口，然后发出叽叽喳喳的叫声。很快，招来同伴三五一群，尾朝盘外，在盘子里啄食。这群麻雀很有意思，它们不是同时争抢进食，而是有一只或两只抬头观望，保持警戒，其他的进食，依次有序轮着来。这一群进食完，飞落在院墙上，另一群又飞来了。它们吃足了喝饱了不是马上离去，而是在后院的墙上、树枝上依偎、嬉戏、打闹。其中有一对情侣，一只麻雀啄着食往另一只麻雀张开的嘴里送。老先生的后院弥漫着情爱和温馨。

宗岱老先生在他的文集《画馀信笔》里有一篇记述麻雀的散文："乡间的茅屋，是它最喜欢的栖身之所，在屋顶上钻一窟窿，便成了它的家，在那儿生儿育女。""麻雀崽崽却是一团不成形的肉，稀稀拉拉的几根毛，眼睛也睁不开，像只小蛆虫一般蠕动。唯一的表演节目就是听到响动立即伸起头，张大嘴，吱吱乱叫。吃，是它唯一的追求。""麻雀不算美丽，然而，历代画家喜欢画它。它们吵吵闹闹，活泼蹦跳，很像那农家的孩子。""除四害那阵子，我年轻，也扛着鸟铳轰了几天。时至今日，每当享受着它们给予我的诗情画意之时，一种负罪感仍会油然而生。"

文抒心声。如果说宗岱老先生喂麻雀是对当年用鸟铳轰麻雀行为的赎罪，那他用文字记述麻雀的欢快则是心灵的救赎。而宗岱老先生用笔下的线条和水墨，反复地从不同视角描绘麻雀，则是反映出老先生对麻雀的万般怜爱。

由湖南美术出版社出版的大型画册《周宗岱作品集》，分山水、长卷、册页、扇面、花鸟五大部分，其中花鸟部分共收入 31 幅精品，而麻雀图就有 4 幅。《秋光明媚》《故里山花》《雪中》《园中小趣》是老先生笔下众多麻雀图中的极品，每一幅的神态、意趣、内质各不相同，但表达对麻雀的怜爱是相同的。

借物象以抒发画家的情怀，是历代画家的手法。五代的黄筌、北宋的董居寀父子，清代人物画的领军人任伯年，至近代的徐悲鸿、齐白石、黄胄、孙其峰、王二才都是画麻雀的高手大家。他们通过表现麻雀的多种神态表达自己的情感和寄托。宗岱老先生画麻雀亦有自己的寄托。他在一幅写意小品《寒雀》中插文："地球真的变暖了，冬天，小时候常见的垂在屋檐下尺多长的冰锥子，现在没有了，水洼、池塘都不能溜冰了，湘潭几年不曾下一次像样的雪。热闹的麻雀，也不见了。我们人类当做点什么？我深感无力。"另一幅《雪中》是这样题款的："没有麻雀，没有梅花，没有雪，今年冬天怎么欢乐。"画面中展现的是一个漫天飘雪的冬日，一只麻雀缩立在傲雪绽放的梅枝上。它怕冷吗？不，它在雪中赏梅，快乐着呢。画家在"并不美丽的麻雀"身上寄托着一份浓情。

看宗岱老先生喂麻雀有趣，读宗岱老先生的写麻雀的文章有味，品宗岱老先生的麻雀图更是情意绵绵。

2017 年 7 月

老周冒险揭骗术

李立平

湘潭市文联副主席周宗岱由于右手臂受伤，于11月1日去湘乡诊治。

上车后，刚刚坐定，忽然，一个穿着西装的青年拍打两下手板，站起来说：“诸位，坐车也是一件挺辛苦的事。与其大家呆坐发愣，还不如我们一起来玩个游戏，松弛一下神经，活跃一下空气，驱散一下疲劳。”他从口袋中掏出三张扑克牌，两张方块4，一张红桃K。接着说：“我们玩的这个游戏，是进口货，是从香港传过来的，名叫‘试一试’，试什么呢？试试你们的手气、运气，就是猜我手中的红桃K，猜中者得奖，押多得多，押少得少。游戏游戏，大家试试。”他边说边将三张牌在手中耍弄。

这时，旁边有两位旅客上前询问游戏中奖的规则，接着又有几个掏出几张一百元的钞票押在纸牌上，果真试上了。就在此时，坐在一旁，没动声色的老周同志一伸手，将那张红桃K抢在手上，并大声说：“旅客们注意，这是骗术，这就是人们常讲的‘带笼子’，千万别上当！”

歹徒一伙七人见骗术被老周揭穿，一个个眼露凶光，龇牙咧嘴，恶语伤人，向老周围攻起来：“你是什么人？”老周理直气壮、斩钉截铁地回答：“国家干部！”那歹徒又问：“你想干什么？不怕死吗？”老周怒火中烧，大声地喝斥道：“揭露骗术，制止赌博！”说着说着歹徒们开始动手动脚，有的还暗藏匕首，要打老周，可老周毫不畏惧，握拳以待。就在这紧要关头，和我一同出差的老谭，突然亮出了公安执勤证。正气上升，邪气下降，共同制止了凶顽的歹徒们。

歹徒们见在车上没有了市场，甚至还有被抓捕的危险，只得提前下车，夹着尾巴逃了。

（本文原载1989年12月3日《湘潭日报》）

陪宗岱先生聊天

李　毅

最近一段时间与周先生在网上有一些文字上的酬答，我把写的文字请周先生看，他也翻出一些压箱底的文字让我一睹为快。20 号，他发来一篇写他母亲的文字《母亲琐忆》。记得读他的《画馀信笔》的时候，他曾感叹道还有一些亲人和师长还没有来得及写，其中就包括他母亲和姐姐。这次他把写母亲的文字发给我看，应该说老先生对我是青眼相待的。正好去年我也完成了一篇回忆父亲的文章，今天正是父亲节，所以我就把《关于父亲的回忆》发给他。

今年小孩考大学，总有一些事忙，所以亲友间我都没有走动。现在考完了，我知道应该去湘潭看一看老先生了。

周先生家正在搞维修——把一个阳台封闭起来，所以不大的房子搞得有些凌乱。周太太到上海看世博会去了，儿子在帮着他打理，看来我来得不是时候。周先生见到我还是十分的高兴，说，我是今天早上才看到你的邮件，估计你会来。于是连忙把我们让进了客厅，同来的中南大学曾教授是朱辉先生的学生。而朱先生五十多年前与周先生是第一师范的同学，朱先生比周先生低一届。看到我带来的新朋友，周先生不禁回想起几十年的“城南旧事”，讲点古给我们两个后生晚辈听。

说着说着，话题就扯到了两个人的文章上来了。周先生说对不起，您写您父亲的文章我还冒看完。因为近年眼睛不太好，小字看得费力，一般是要从邮箱下载到硬盘里再放大来看东西。刘老师不在家（他夫人），我呢又不会搞，是今天儿子来了，才把这件事做了，所以只读了一点点。我连忙说，不妨事，您慢慢看，只是文章写得长，让您费神了。

来之前读了周先生的《母亲琐忆》才知道，抗日的那一段时间，他一家随湖南省政府迁到耒阳、永兴（以前读他的文章只知道在耒阳），而我母亲就是永兴人，对这个地方我多少还是熟悉的。我问他，当时是在永兴什么地方，他说在城隍庙，离县城三四里。当时父母带着满仔和一个外孙陈正凯（周先生姐姐的孩子）盘桓在耒阳、永兴一带，后来父亲得急症死在那城隍庙里，埋在永兴。后来的故事很长也很凄惨。再后来，周先生写道：“2003 年秋，正凯从洛杉矶回来，我俩一同赴耒阳、永兴。全没了。完全认不出来了。我脑子里乱成一团。走！快些走！这是我唯一的想法。对父亲、母亲，我不孝！不孝！”读之不禁潸然。

聊到这里，周先生感叹道，为人儿女又能为父母做什么呢？能有一篇记录他们德性懿行的文字，也算是儿女的一点孝心。小李你已经做了，好！说着已是泪眼潸潸，我也陪着在一旁落泪。

聊着聊着就聊到了画。

曾毅把他的画作请周先生指正。周先生认真地看了，说，水彩不错，名师出高徒。中国画的根本不是色彩，而是线条。说着就搬出李可染的画册，与我们讲起他欣赏绘画的体会。

话投机，时间过得飞快。到了我们起身告辞的时候，周先生把我们送出门，送上车，目送车慢慢开走，远远地还看到他站在那里挥手。

2011 年 3 月 3 日

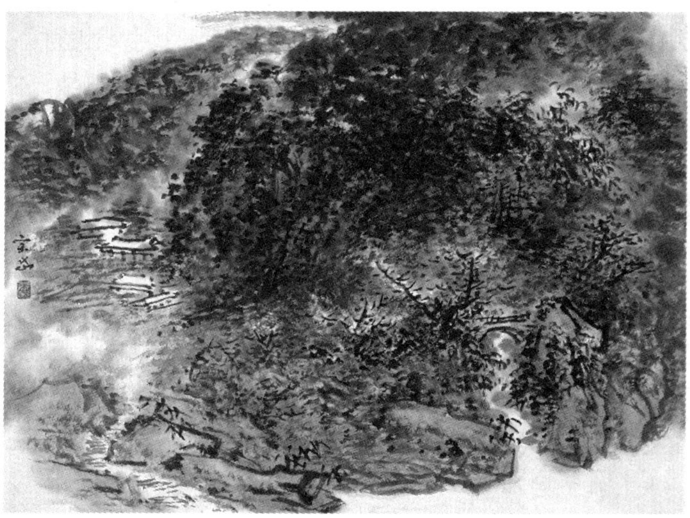

与宗岱先生交往的几件事

朱起煦

人之间交往是自然的，必然的。我与先生交往也亦然。记得欧阳修《党朋论》：“大凡君子与君子以同道为朋。小人与小人以同利为朋。以自然之理也。”

但现代不是宋代，人与人之交往道与利被纠缠得说不好了。尤其我受先生多次赠画，我以为为利也。但我还是说几回与他的交往，是关于我的不能忘却。读者何评，就听之任之吧。

一、我与他喝酒

这是十多年前的事。当时他喜喝“绍兴黄酒”。记得那是在一大桥旁，湘水边，多友进晚餐。其实是酒歌之神畅。四瓶“古越龙山”，示桌，他眯缝着眼睛笑了。开瓶开怀，先说人与事。他话锋一转：“你学书法要临帖，不临碑帖，就会乱来，我的字写得不好，但我还是临了《黄山谷之范滂传》。我深知山谷体入易出难，不是金文，不是铁线。时间不长，先生果然将他所临过的“黄山谷帖”赠给了我。此帖封面有“宗岱”记名，全帖朱红点句，又附繁体竖印“范滂传”于后，但我还是没有学，有负先生。

他的《画馀信笔》印出来了，在“跋陈芳桂赠朱起煦君山水长卷”有记云“宥翁赞曰：巍巍朱氏，世出异人，潭州僻陋，唯起煦君，隐于商贾，恣彼豪情，敢顶敢骂，罕至公门，书不临古，文不诵经，岂遵典则，但畅于心。归真养朴，独善其身。运笔苍苍，水墨茫茫，如君之气，且纵且狂。山水逶迤，孰若情长。”先生识我心性，但错不可我与芳桂共扬。嘻嘻，其实我本“闲云野鹤”。也好。

二、先生为“雨湖公园”景点题匾

为生计，十多年前租雨湖公园一亭子间开茶楼，有地利之得，更求人和。自信取茶楼名曰：“碧水红楼”，且作联：碧水映淡月，红楼听古琴。人和首求，登宗岱府乞题“碧水红楼”招牌。先生即充，是日“碧水红楼”墨宝至。我心虽幸甚莫过世事变数多。接公园函：“此亭由市委宣传部、政府文化局，命雨湖八景之一《远香榭》云……”我情急了，白劳先生了，心怯怯地又扣先生门环，道其委曲。先生却道："这个名改得好，榭为近水亭阁，我重题。"我木鸡良久，又怯怯地拈出已备好的红包，小心轻放。窃视他，怒于心悦于颜。"雨湖是潭州几百年一景，能题此榭名我当自乐，你莫俗气……"是日先生借山谷之体"远香榭"就。在炮鸣鼓乐之中，此匾光耀潭城，这是他题的首匾。

世事如阴晴之换，这"远香榭"匾早已被有识之"仕"割取藏于该藏之处。

三、再酒留文记

我与他的酒事确实不少，他送我名酒也多，但我有好酒唯请先生。偶得正版正品"鬼酒"，电话请先生光临，他接电话："什么酒？"答："好酒。""好的就来。"他果真守信守时，进门携一纸卷说："半日功课好累，是你叫我轻松。这一课就给你。"

酒毕，先生辞谢归去，我心依良久。忽记他所赠纸卷，开卷我酒即醒。"宗岱于北窗下读袁中郎文，且读且誉，怡然自乐，忽闻电话铃声，起煦君邀我喝酒，即赘数语携以换酒料。起煦君之酒不至劣于余书也，一笑。时在壬午九月初五，宥翁宗岱并记。"整五百余字加先生之记错彩镂金，以伯仲我待，余悲不自胜。

四、又为我题"苔痕书屋"

我生于湘潭县歇马新塘冲，我娘生我在该冲一栋清康熙时祖建青砖大屋，有院墙、有石狮、有槽门，后靠山，前临双池，室为双厅双进，东西耳房，其间天井数口。五十八年前母早逝，随父入湘潭。后数年多归宗扫祖旅，只见祖屋废墟遗石满布青苔。

我虽学浅，也勤于书写。友甚多，且敬之，每往佳友处，广阔明朗的工作室，井井有条，乘有茶烟之幻，尝名人题工作室匾，确画龙点睛，余羡之不可自已。

工作室是自己的独立清静环境，终于我得了一处去。虽不大，但足够七八位友纵情一闹。宗岱来过一回，说灯太刺眼，不利做功课，但这间当工作室真好。也要取个名。借此机会，我便将儿时记忆细细地讲，他细细地听。我说："青石本无意，水湿起苔痕。"就叫"苔痕书屋"吧。先生赞妙。为我又题室名。

以木质阴刻填兰彩匾，已悬于室数年。每临事，动笔前仰先生之题，心存惶恐。可谓"清流映石方园还在，稀泥扶篱规矩全无"。我还是负了先生了。在学问上将我抛得更远是必然的。

2017 年 7 月 16 日

岁月如流　往事悠悠

何瑞钦

1972年，湘潭市成立轻工研究所，我和父亲何自安作为民间木雕艺人被同时招入。同一年，周宗岱先生从老县城的红灯油漆厂借调到轻工研究所，从那时起，我和父亲便开始了与宗岱先生长久的情谊。

宗岱先生是专门借调过来搞工艺美术设计的。当我在创作上遇到制作不到位、出差错的时候，我总喜欢去请教先生。每次他都能及时地给我意见，帮助我对作品进行修改补救。遇到我不懂的地方，也耐心地同我讲解。他是做油漆的专家，作品的后续涂装都是他亲自动手，把颜色一遍一遍地刷上去，直到成为一件完美的工艺作品。

当时轻工研究所在十八总，宗岱先生的交通工具是辆老旧的“倒刹式”二八自行车，每天早早地来到单位，和同事们寒暄之后便开始了一天的工作。宗岱先生好阅读，古今中外，无所不读，书总是伴随左右，各种问题都可以请教他，最后总会说一句：“这些知识书里面都有咧！”用这样的简单的句子鼓励年轻人多读书、读好书。先生热爱学习，对学习对象的格调要求也很高，更看重作者画外的综合修养，“这人的人品不好，我不学他的东西。”学习技艺的同时对品格的追求从未中断，我想这就是如今宗岱先生的作品能够高于别人最根本的原因吧。

先生在写字画画上下的功夫非常深，经常在办公室练习到深夜，不仅注重临摹练习，也很重视实地写生，常带着轻工研究所的学生们外出采风。有次一位外国友人看到先生现场的写生稿很是喜欢，先生将这幅作品作100元售予了对方，同行们无比惊讶：“卖这么贵啊？”“我还卖便宜了呢！”当时一个月的工资可只有二十多元，可见宗岱先生当时就是一个对自己要求很高的画家了。

因为先生的功底深厚，又读了大量的书籍，文联和美协经常请他过去讲座。我们轻工研究所的几个年轻人几乎每场都会去听，现在还记得先生向我们介绍齐白石“五出五归”，然后又如何变法，画的虾是如何由繁到简，眼睛和肚子上怎样用墨让虾子变得生动……结尾总是那一句：“这些知识书里面都有咧！”

1973年前后，是先生生活最艰难的时候。但他始终没有任何消极的情绪，反而用更加乐观的心态来面对生活，感染我们：想改变一下伙食，就用面粉擀成薄薄的面皮，煮出来便是简易的“饺子”；想开开荤，到菜市场买了最便宜的鲢鱼，笑眯眯地对我说："别人大鱼大肉吃的是鱼，我这鲢子鱼也是鱼咧！"先生在生活物质上不讲究，但是对书画的工具是非常讲究的：笔墨纸砚、法帖书籍都尽量买好的；常托出差的同事从广州、安徽、上海等地寻了上等的宣纸毛笔带回来；看到好书，会不顾当时生活的困窘也要把它们买回去。这些可是他的精神寄托！

宗岱先生待人谦逊醇和，内心刚强磊落。

1975 年轻工研究所引进新的陶瓷烧制工艺，燃料加得越来越多，成品率却越来越少，先生从醴陵陶瓷研究所朋友处了解到问题出在烧制的温度曲线上，马上向领导反映，却得到如此回复："我快退休了，就这样吧。"这样的话语令先生无比气愤和失望，旋即就离开了轻工研究所。心爱的书画、油漆工具一件都没拿，还是朋友后来给他送过去的。

从轻工研究所离开后没多久，先生右派的"帽子"被摘掉，然后去了文化局和文联，生活较以前有了非常大的改善。有次偶遇他，我却听到了他的抱怨："以前什么都冇得，日子过得潇洒自在，现在当上领导了，到处都邀，反而没以前那么自由了。"言语中体会得到他对各种抛头露面社会活动的反感。没过多久，便听说先生主动申请到二线，继续沉浸到他内心无比向往的书画世界中去了。

后来因为工作调动，我也离开了轻工研究所，与宗岱先生相见的次数也少了。但是先生对我并未"相忘于江湖"，时常赠予我新出版的画册，关心父亲和我的近况，问候以前的朋友们是否都好。如今再遇到，他会笑眯着眼睛感慨："瑞钦先生以前是年轻后生，现在也成退休老人啰。"这么多年过去了，和宗岱先生打交道的感觉还是温暖如初，似乎从来没有改变过。

从画展上那个最忙碌的背影所想到的

黄欧平

2008年9月中旬，我有幸参观了周宗岱先生在湖南长沙举办的《周宗岱画展——晋京返湘汇报展》。回到家就一直想写点什么。然我于画、于书法是一窍不通，这观画的感想又从何说起呢？即使勉强写成文字却漏洞百出，岂不让人贻笑大方？

我因为与冀湘的关系，近年曾几次做客周先生的家，对周先生的为人脾性虽略有些了解，但是，真正知道周先生的坎坷经历，知道他在艰难困苦中仍然不放弃自己追求的目标而努力大半生，终于修得正果等，却是在读了先生自己的回忆文章之后。

离开长沙后，冀湘在画展上那忙碌的身影总在我眼前浮动，画展是圆满结束了，但我知道她这些日子里肯定没有休息。当名画家的妻子不容易，虽然有人私下里总羡慕她很风光。

在国庆长假前走南闯北近20天之后，我在儿子家彻底放松了自己，常常久坐在客厅沙发里，凝望着墙上周先生2006年春天里赠予乡音的国画：小小麻雀思考着这篇文章应该怎样做。我的眼光不时流连在画面上那几个苍劲有力的字上："冀湘命写小雀博乡音女士一粲"。我想象着当年周先生写这几个字时，笔头一定是饱粘着他欢愉快乐心情的墨水挥就的。此画后来由冀湘亲手交给我时，我看到了周先生微弯着腰，两手习惯地在前面相握着，扪着嘴在一旁微笑着看着冀湘的神情，乡音茅塞顿开，欣然提笔！

自从认识了冀湘后，我每年从广东回湖南看望母亲，总要争取去她家和她说说话。每次进了她家的门，在那套陈旧的斗室里一定能看到处处都堆放着的周先生的画卷、画纸，还有大画板上墨迹未干的画稿。虽然我很期望能站在画室里看看先生是怎样作画的，但我知道先生作画时不希望有人打扰，所以，我进门后总是和先生打过招呼就跟着冀湘猫到她小小的电脑室里去了，边说女人的知心话，边听她说些老爷子的最新消息。休息时的先生喜欢站在他的"花围子"——周先生是这样称呼他俩自己寻来的泥土堆砌而成的小园子里，长久地看他的公鸡母鸡、小狗小猫、荷兰猪、巴西龟……时不时还会像小孩炫耀自己的得意玩具一样，向我炫耀一下他的小可爱们。这时候我不会把他当画家，他也似乎忘记了自己刚才还沉醉在丹青之中的思路。此时的冀湘会不失时机地对着先生幽默一把，惹得我们都哈哈大笑。在饭桌上，先生喜欢一边悠闲地吮着他家自制的葡萄酒，一边谈笑风生。冀湘总是最后一个坐到桌子前面来的。她还是周先生的好厨娘，做得一手很淡雅清香的小家菜，入得口中软脆清爽，很适合老年人的口味。品她的菜，很容易让我联想到她的文章的风格——清纯淡雅。

今年六月，我与冀湘相约到湘潭白石公园学摄影。她告诉我，老爷子今年九月准备在长沙作“晋京返湘汇报展”。得到这个意外的喜讯，我立刻开始筹划自己下次回湖南的计划，我企盼着能全面地看看周先生的画，同时也感受一下我的这位朋友在画展上是怎样“风光”忙碌的。

谈起“风光”这个话题，早在2005年春节前他们决定筹办北京画展时，对冀湘与周先生同时开始忙碌起来的情景，我就有很深的印象：那时候，我们俩在网络上已认识了一年多，我已退休，她还在株洲上班。她曾告诉我，她上网主要是协助先生工作，只有得空时才自己到处逛逛。如今要在北京办画展，选作品、筹资金、做宣传、联系主办单位……件件都是大事，每一件事都必须落到实处。先生每天忙于画画和整理自己原有的作品，当夫人的冀湘就义不容辞地为先生当上了“全职秘书”：那时候她没有相机，周先生的画，是她一张一张从网络上、从朋友处搜来放上去的；周先生的博客，是冀湘一手创起来的；周先生写的文章也是她一字一句搬上网络，集中到博客里。利用网络资源，更多的人从此认识了湖南画家周宗岱。

当周先生筹办北京画展到了关键时刻，冀湘辞去了湖南知青网站“天下知青茶座”的版主。此后，很长一段日子里，论坛上和QQ里就很难见到她的身影。在这段时间里，一切要占据先生时间的事务，她能做的就全部包下来了。这对于中年丧妻，后又因续妻不甘当第二夫人（她认为“画画”才是周先生的第一夫人）离他而去的老画家来说，冀湘的全力支持无疑是对他精神上的极大支持！我时常能从冀湘的QQ留言里感觉到她的辛苦和企盼成功前的担心，也能大概了解画展进程，以及在这过程中必须做的各种各样的大事小事。先生一心作画，上百张画要拍成照片，要请专业摄影师，要找场地，请人要打招呼。我曾看到过一些她在现场拍下的资料，摄影师的工作照，她发给我信的题目是“画是这样拍成照片的”。我戏称这些站在高处的摄影师是在拍电视剧，平整地铺在地面上的画纸就是他们的“演员”，冀湘是场记。她告诉我，不成功的摄影作品一定得重拍，直到先生满意为止。为了办好北京画展，数不清的前期工作要做好，家里的一日三餐一餐不能少……记得2007年7月底，我们湖南旅游版组织知青去郴州市的五盖山休闲摄影几天，她很想去（平时与朋友外出摄影，冀湘也多是为先生积累一些作画的素材）。但当时她整理先生的电子文档还没有全部完成，而离画展开幕的日期已经屈指可数了。就是说即使先生有心让她出去放松一下，她也根本就挤不出时间。最后，她不得不放弃那次旅游而专心为先生的画展做最后的准备工作。

在决定去北京办画展的同时，周先生接受了朋友的建议，要全面的、立体的、全方位地展示自己，决定把自己这么多年来写的散文编辑成集子。这件事又是冀湘鼎力支持。她每天忙完家务事，就抓紧一切时间为先生整理《画馀信笔》。这本书终于在2007年9月印出。在北京画展的开幕式上，它作为宣传资料之一，送到了专家和来宾们的手中，让大家对湖南画家周宗岱有了一个更全面的了解。周先生感谢自己的夫人，他在此书的后记里面写道："我没想到弄一本书那么费事，若不是我太太尽力支持，肯定会出不来。她一篇篇打、校，又扫描想用的图片，常常弄到深夜。我自己有时疲沓下来，她还得做做我的思想工作。"从电脑上把近30万字的文章、图片全部打印、扫描下来，这的确不是一件轻松的事情，但冀湘做到了，并且做好了！但她毕竟也是50多岁的人了，一年前当我见到她时还是满头青丝，如今白发已经无情地爬上她的前额。

18年前，周先生就说过："你是上帝赐予我的，你就是我心中想要找的女人。"冀湘没有辜负先生的期望，她做得够好！她兑现了自己18年前许下的心愿："生活对他真是太不公平了！冥冥中我似乎有了一种使命感：我就是生活对他的补偿！如果命运让我们走到一起，我一定要好好地爱惜他，帮助他，让他实现他人生的理想和追求。"她做了一位名人默默无闻的好妻子！她帮助他实现了自己的理想和追求，并且还在继续努力，跟着他一起努力做下去。

如今的周先生集众誉于一身：中国书协会员，湖南省美协、书协、美学学会会员，省书画研究院特聘书画家；出版了理论专著《美辨》等；2004年获《国画家》杂志社颁发的艺术创作奖和艺术研究奖；为国家"八五"重点图书《中国书法文化大观》撰写《篆刻美学十题》并任该书编委；2005年出版《周宗岱写意花鸟》《周宗岱漫写家山图卷》；2007年山水画获齐白石国际文化艺术节铜奖，论文获优秀奖；2007年9月，将历年所写随笔集结成集出版，名曰《画馀信笔》；2007年10月，在中国国家画院举办个人画展；2008年9月，在湖南书画研究院成功举办了"周宗岱画展——晋京返湘汇报展"。

在2007年北京画展上，专家们的评价是对周先生几十年如一日对艺术执着追求的肯定，也是对周先生的画画风格、人品的高度概括和褒扬。冀湘清楚地知道，周先生能得到中国画界高水平的肯定不容易；周先生也知道得很清楚，夫人跟着他"风光"之艰难，不是一般人可以想象的。

一个成功的男人背后能有一个贤惠勤奋的妻子，是这个男人一生最大的幸福！周先生在历经半生坎坷之后，有幸成为了这个幸运的男人。冀湘曾是先生的学生，先生长她15岁，是先生不平凡的经历，先生的学识和人品打动了她。1990年，冀湘毅然决然地走进了他的生活，坚定地站在了他的身后；18年来，一直默默无闻地为他的家事、为他的事业操心且劳力着。她是这样回忆自己当时的选择的："多方渠道的信息让我从老师之外的角度了解了他：正是风华正茂的年代，不到20岁的他在毫无知觉的情况下被划到了'右派'的队列中，不久，又因一幅画有'政治问题'被戴上了'反革命分子'的帽子，开始了他的铁窗生涯。30多岁他才成了家，可婚后不到几年，可怜的妻子因患不治之症，给他留下三岁多、一岁多的一双儿女，撒手西去。可怜他既当爹又当娘，头上带着'右派''反革命'两顶帽子，日日为生计操劳奔波。就是在这样的情况下，他也从未放弃过对理想的向往和追求，多年的艺术素养赋予他的多种技艺成了他谋生的手段，而对艺术的追求却始终是他精神的依托和顽强生活的动力。""这是一个有着执着追求，历经坎坷的男人；这是一个有着深刻内涵，自强不息的男人；这是一个有着生活情趣而又自尊自律的男人。这一切不正是我心目中所企盼和渴求的吗?""我感觉到这是一个值得信赖和可以依靠的男人。"（冀湘《始信今生缘，偏重吾与汝》）

从1990年到2008年，是周先生画技突飞猛进的18年，也是他在画画数量上收获最多的18年。先生的睿智勤奋自不必说，但夫人的倾力支持，应该是让已到暮年的画家重新焕发青春活力的重要原因。先生在北京和长沙的画展能取得如此成效，冀湘功不可没。周先生在他的《学画自述》里用了虽然平常实则饱含感激之情的文字，对夫人18年来无私的支持写下了如下的一段话："1990年我与刘冀湘结婚。我在教画中与她相识的，她默默地支撑着我的艰辛探索。"我想，有先生此言，冀湘知足矣！

画展上忙碌的冀湘，累且乐着。

2008年11月6日

未名

刘冀湘[①]

横眉怒目

晨起，余昏昏然，乃坐床沿，目未睁。

夫近前，余抬颔闭目以向之，夫问："缘何横眉怒目？"

余答："未睁眼，怎知横眉怒目？"

彼答："未睁眼，焉知不是横眉怒目？"

刷牙

早上，太太正在不紧不慢地刷牙：上上、下下，左左、右右，里里、外外，刷得满嘴泡沫。老太爷在一旁见状说："你刷牙不要用那么大的劲，随便刷刷就行了，刷狠了对牙龈不好的。"太太一边继续刷牙，一边抬起头来仔细地盯着老太爷那已经掉了几颗门牙的嘴巴，尔后咧嘴一笑，露出自己整整齐齐的一排牙齿："我这样已经刷了几十年了，你呢？"

老太爷连忙闭嘴，躲到一边。

太太窃笑不已：老太爷今日怕是忘记了自己原是"无齿之徒"，竟想来教我怎样刷牙！哈哈！

你太太的脚冷

天冷，太太坐在客厅洗脚，老太爷从厨房出来没有带关门，一股冷风袭来，太太对老太爷喊："请你带关门，吹得脚冷。"

老太爷问："吹得哪个的脚冷？"

太太说："我。"

---

① 编者注：本文作者刘冀湘女士是周宗岱先生的夫人。文中的"老太爷"是作者对周宗岱先生的爱称，文中的"太太"即作者自己。

老太爷说："你冷关我什么事？"

太太忙说："吹得你太太的脚冷呢！"

老太爷说："哦，吹得我太太的脚冷啊，那就快点关哒着！"

太太：（尴尬，龇牙）

"谢太太"

太太把一盘削好的苹果放到老太爷面前。

老太爷说："谢太太！"

太太望了老太爷一眼，转身进了厨房。

这时听老太爷又说了一句。

太太回过头来问："你说什么？"

老太爷说："我说是周太太，不是谢太太！"

领导

太太正在后院扫鸡屎，老太爷站在一旁说："太太如今的权越来越大了咧！"

太太不解，望着老太爷，听他的下文。

老太爷说："三只老乌，一个刺刺，现在又多了只鸡婆。哦，还要加上一个老公。"

太太说："那我让权好不好？鸡屎你来扫，老乌、刺刺你来喂？"

老太爷说："算哒！算哒！还是都归你领导好些！"

太太说："包括老公？"

老太爷说："那当然！那当然！"

注：我家的老乌是巴西龟，刺刺是刺猬，鸡是母鸡。

得路不细

"阿嚏！"太太打了一个喷嚏。

老太爷在一旁说："哪个老倌在骂你。"

太太说："肯定是那个坏老倌咿！"

老太爷说："那不是我。"

太太说："那就在'坏老倌'的前边加一个'不'字。"

老太爷说："我的前边要加一个'最'字。"

太太掰着手指说："一个坏老倌，一个不坏老倌，一个最坏老倌，哈，一下子有了三个老倌。"

老爷忙补一句："得路不细！"

蕻子菜

太太在炒菜，老太爷说："好像今天早上我没呷梨子。"

太太说："你呷吗？我等下给你削。要不，你来炒菜我帮你削，要不你自己削，你又不是不会削。"

老太爷说："太太削的好呷些。"

太太笑了："蕻子菜好呷呢。"

老太爷说："蕻子菜太太呷，梨子老爷呷。"

逆反

清晨，太太锻炼身体，把肚子拍得嘭嘭、嘭嘭响。

老太爷在那边屋听见，问："哪个把我太太是咯打哎？"

太太赶快回答："我！"一边加快频率，加大力度，把肚子拍得更加响，一边竖起耳朵听，以为老太爷会喊"莫打哒！"

谁知只听老太爷不急不慢地说："哦，我本来准备给奖金呐！"

太太说："哦，那你是讲别人打你太太就打得好是呗？还有奖金？"赶紧放慢频率，降低力度。

只听老太爷在那边屋笑着说："晓得你啰，逆反！"

随便

老太爷去买菜，太太说："带点水果回来。"

老太爷问："什么水果？"

太太说："随便。"

老太爷说："好，那我就买个'随便'回来，不过，如果没有买的，那就怪不得我喔。"

乡下带来的红薯片

老太爷和太太两地分居。

一次，老太爷到太太这里来，进门后从袋子里掏出一包东西，认真地说："这是乡里带来的红薯片子，带几片你们尝尝。"

太太打开一看，每一片都有海碗那么大，里面掺了芝麻、橘子皮，怎么看怎么眼熟。太太打开冰箱，拿出外婆从桃江乡里带来的红薯片子，放在一起一比：大小一样，颜色一样，芝麻和橘子皮也一样，是一个模子里做出来的。

太太哭笑不得："做好事啰！咯是我上次带去给你们吃的呐！"

有所区别

老太爷要去杭州，走前太太交待：记得带点正宗的杭州藕粉回来。老太爷从杭州回来，进门，从旅行袋里拿出两盒包装精美的"西湖藕粉"，递给了太太，说："这是太太的！"太太接过来，看见袋子里还有两盒，就问："还有两盒呢？"

老太爷说："一盒给密密（女儿）的，一盒给花花（儿子的女朋友）的。"

太太笑了："看来还是有所区别呀！"

老太爷说："那当然，太太是我的堂客，她们都是别个的堂客呀！"

老倌不是"人"

老太爷：太太什么都好，就只恶滴滴子……

太太：我们是严于律己，宽于待人。老倌是"己"，是啵？

老太爷：哦，老倌不是"人"！

我嘴里吐不出象牙来

老太爷：太太望哒我，我望哒太太。

太太：屋里只有两个人，不你望哒我，我望哒你？

老太爷：太太望老爷，越望越恼火，老爷望太太，越望越可爱！

太太：真的会讲话来，什么话到了你嘴里就会不同些。

老太爷：我嘴里吐不出象牙来！

太太：你……

多找几个

老太爷买菜回来，拿出一袋冰糖柑，递给太太：这是给太太一个人呷的。又拿出一袋甜橙：这是给太太呷的，太太呷不完的，就给老太爷呷。

太太喜笑颜开：咯好的老倌！要是多得几个，那东西就会呷不完。

老太爷：那就多找几个噻！

太太：要得！

老太爷：嘿嘿，要得？

太太：慢点，等我运清神着……

还是算哒

老太爷：今天的白菜硬是好呷些，太太好手艺！

太太：那要看是哪个的太太噻！

老太爷：那是的，咯号太太再得多找几个。

太太：那是，再得多找几个放得屋里。

老太爷：那怕就会冒得咯好的白菜呷哒哦，一天到晚会只扯得皮，算哒，还是算哒。

太太：嘻！

这倒是个好主意

太太在厨房做饭，老太爷坐在客厅看报纸。太太把胡椒压子递给老太爷说：“帮着压点胡椒啰！”

老太爷把胡椒压好，递给太太。

太太拿过胡椒压子，把压好的胡椒往骨头粉丝汤里倒，发现胡椒粉比自己平时压得细，就问老太爷：“咦，你压的胡椒怎么这么细？我怎么就压不这么细呢？”

老太爷说：“这还不容易？”

太太洗耳恭听，只听老太爷说：“以后每次都要我来压不就要得了？”

太太幡然醒悟：“哦，这倒是个好主意，我怎么就没想到呢？”

呷亏就要得哒

太太在帮老太爷打稿子，老太爷进屋来看，太太一扭头，看老太爷嘴角粘着一粒芝麻，说道："好啊，你呷桃酥！给我呷一个吵！"老太爷说："等下再呷，你打字，搞得一手的油。"太太冇做声了。

老太爷去厨房搞中饭。太太进厨房见老太爷在切丝瓜，告诉他还有苋菜，老太爷说："我懒搞得，等你晚上搞。"太太说："我来搞吵。"老太爷说："你在打稿子。"太太说："稿子等下再打。"老太爷说："那我不就呷亏哒！"太太说："你刚才呷桃酥，我冒呷，我不也呷亏哒？"老太爷说："你呷亏就要得哒，还要呷什么桃酥啰！"太太说："为什么我就只能呷亏，不能呷桃酥？"

老鼠子屎一样

太太在后院摘熟了的墨苋菜籽，老太爷看见，也凑拢来，刚伸手摘了两粒就叫起来："太太快看！""看什么？""墨苋菜叶子上有老鼠子屎呢！""大惊小怪的，我早看见了。"

太太一眼瞥见老太爷准备伸手去摘的那墨苋菜籽颜色还没变黑，赶紧叫："你摘的那还没老呢。"老太爷把手里的墨苋菜籽放到太太手上，说："算了，算了，我不摘了。"太太说："不摘就不摘，蛮巧！""唉，把我嫌狗屎一样。""嫌狗屎？是嫌老鼠子屎一样呢。"太太噗嗤一声笑了。

"哦，老鼠子屎？那就是说本老太爷比狗屎还不如啊！"老太爷一边摇头一边进屋画他的画去了。

太太笑得腰都直不起。

租金收不到

太太准备出门，对老太爷说："哎，把你的小灵通借我用一下啰，我的手机在充电。"

老太爷说："要得，三块钱一次，租金。"

太太说："要得啰，问我老公要就是的。"

老太爷说："唉，球踢回来了，租金看来是收不到了。"

太太说："嘿嘿！"

知错就改

老太爷和太太逛街，老太爷对太太说："好久没吃牛肉了，去回民牛肉店买点牛肉来吃?"

太太说："要得!"

走到十字街口，老太爷准备过马路，太太指着右边说："回民牛肉店在这边吧?"

老太爷指着前面："是这边!"

太太："我记得是这边啊，我也来过好多次。"

老太爷坚持："什么时候回民牛肉店跑到那边去了?"

太太认真辨认了一下，说："哦，是的，是在前面，我搞错方向了。"

老太爷说："哎呀呀，今天太太怎么不像一个共产党员说话了?"

太太先是一愣，接着大笑起来："知错就改，还不行吗?"

只有老倌好分析

太太：我的钥匙找不到了，看看是不是你拿错了，放到你的衣服口袋里去了?

老太爷：不要什么都怪老倌好不好?

太太：不是怪你，是在分析，看看这钥匙为什么会找不到。

老太爷：哦，老倌好分析些，是吧?

太太：那当然，现成的。

与人方便，自己方便

老太爷接了一个电话，太太问：哪个?

老太爷放下电话说：谢总！来接我们去呷中饭，你去不去啰?

太太：不去。

老太爷：不去?

太太：你问我去不去，那我就有选择，可以不去。

老太爷：太太不去那我就可以喊个小姐了。

太太：喊吧，喊吧，难得一回。

老太爷：那就谢谢太太哒!

太太：与人方便，自己方便。

老太爷：与人方便，自己方便？冒错，冒错。

太太：哈哈哈。

老太爷：哈哈，敢开这种玩笑的，怕也只有我们两个。

太太：那是，我记得老太爷还答应过送我面首的呢？

老太爷：什么面首？我只答应送面包。

太太：我记得清清楚楚是讲送面首。

老太爷：面包。

太太：面包就面包，拿来。

你穿套靴我不要钱

外面下着毛毛雨，太太想去后院拍梅花。问老太爷：你的套靴呢？借我穿一下，院子里尽泥巴。

老太爷：在现地方。一块钱一次啊。

太太想都没想：好，要得！我拍的梅花，你看一次 10 块钱。

老太爷：那还是你穿套靴我不要钱，我看照片你也莫要钱算了。

太太：嘿嘿，哼！

造孽？不造孽？

老太爷慢慢悠悠地吃完饭，对太太说：太太今天的肉片炒得真嫩，我至少还能再呷一碗饭。

太太：那就呷吵。

老太爷：不敢呷哒。我好造孽呢。

太太不同意：造什么孽？想呷冒得呷才叫造孽，想呷（有病）呷不得才叫造孽。

老太爷：能呷又有呷那才叫不造孽，叫有口福。像我咯样能呷的时候冒得呷，现在菜就摆在面前，香气薰得口水直流，还硬要自己勒令自己不再夹一筷子，你看咯叫不叫造孽？

太太想了一下说：那倒也是哦。

乱说乱动

老太爷吃完饭把剩下的菜放冰箱里，太太打开冰箱看了一下，说：那肉片和菜脑壳可以放一起嘛！

老太爷：你早讲我不就放一起了吗？

太太：这还要讲啊？

老太爷：那当然，太太不讲，我哪里敢乱说乱动？

太太：你什么时候不敢乱说乱动了？

老太爷：1957 年以后。

太太：1990 年以前？

学习学习

太太：你昨天晚上又搞得好晚的吧？

老太爷：两点多！

太太：我上床的时候看见你还在写字。

老太爷：写情书呢。

太太：是吧？在哪里，我可以看看不？

老太爷：收起来了。

太太：我学习学习。

老太爷：那可以，你是应该要学习嘛！

太太：（尴尬）

老太爷：（窃笑）

现的

电话铃响了，老太爷去接电话：哦，你好！你好！24 号？好！好！好！老同学的聚会，我争取来！争取来！什么？一定要带婆婆？带哪一个？

太太在旁边听到，走近去对着电话筒说：他有好多太太呢。

老太爷：我太太在边上讲，只准带她，不准带别个。

挂上电话，太太问：他怎么讲？是讲：带那个现的吧？

老太爷笑，太太也笑。

一视同仁

太太正在炒菜，听见后面有声响，一回头，不由得大叫：你怎么把洗菜的盆子放在我准备盛菜的盘子上？那盆子底脏啊！

老太爷赶紧检讨：我糊涂！我糊涂！等下罚我呷两大块腊肉要得啵？

太太：罚你呷腊肉？罚我还差不多，晓得我才是不吃肥肉的。

老太爷：法律面前人人平等，法律面前人人平等！一视同仁！一视同仁！

太太：（鬼脸）

欢迎麻烦

太太：许老师给你回了短信。

老太爷：读给我听啰！

太太读。

老太爷：你把这几句话帮我用笔记在纸上。

太太：麻烦。

老太爷：我不麻烦自己的太太几时还去麻烦别人的太太？

太太：照你这样讲，我还要讲：欢迎麻烦啰？

老太爷：那当然！

太太是呷亏呷惯哒的

自从给电脑装上了笔画输入法，老太爷开始每天在笔记本电脑上写日记、写文章，越写越熟练，越写越来劲。

晚上，太太已经关了机，洗了澡，过来一看老太爷还坐在笔记本前没动，忍不住说：一坐坐咯久，如今真的是倒过来了啊！

老太爷回过头来：你现在也晓得坐得电脑面前不动有好讨嫌了是吧？

太太：不是讨嫌，是怕你坐久了呷亏！

老太爷：哦，你也晓得怕别个呷亏哒是吧？

太太：太太是、太太是、太太是呷亏呷惯哒的啦！

本地土豆一样

中午，太太蒸了腊肉，炒了白菜，还炒了一盘土豆丝。

吃到最后，老太爷说：唔嗯，今天的土豆好呷！太太你放了什么相料没有？

太太：冇，就只放点生抽，放点芹菜。其实，土豆放葱放大蒜都合。

老太爷：那是太太的手艺好，也要土豆本身好。

太太：咯还不好办，以后经常呷就是。

老太爷：把我喂得跟土豆一样是吧？

太太：那我还不是一样会变土豆？我不得愿意自己变得土豆一样啦。

老太爷：那太太就是本地土豆：臼栾的，溜光的，我就是东北土豆：巴头臼脑的。

太太：哦，我是本地土豆？袖珍型的是吧？哈哈！

刁得一的老兄

中午，老太爷打开一瓶郎酒，喝了一口：嗯，咯酒可以！

太太：是流渊送的吧？

老太爷：搞不清，反正昨天那瓶水井坊是假的。

太太：哦！

老太爷：我咯嘴巴，是刁得一的老弟，刁得二。

太太：你是刁得一的老弟呀？你是刁得一的老兄——刁得多！

只许周官放火

老太爷坐在笔记本前写文章，太太坐在一边做针线。

老太爷扭过头对太太说：这篇写“八大”的文章可以发了。

太太答应：噢。

老太爷：这又是一篇与众不同的文章，谈八大的性压抑。

太太：记得你以前在哪篇文章里谈过。

老太爷：没有，只提过一下。

太太：噢！那还有一篇谈“狂”与“病”的呢？

老太爷：那是谈怀素，写得不好。

太太：写得不好可以修改啊。

老太爷：好了，好了，不要跟我讲话了，我受不得干扰。

太太：是你跟我讲话的，咯就有味啦！

老太爷：因为我是州（周）官——姓周的，老倌。

太太：哼！

还冒改造好

早饭后，太太到后院，准备把芭蕉下的那一堆肥土运到土围子里去种白菜。

太太一铲一铲地把肥土铲到一边，干得正来劲，老太爷站在屋里，打开窗户对着太太说：“好好改造啊！”

太太横了老太爷一眼，没理他！

要做中饭了，太太丢下没干完的活，去做饭。

吃完中饭，老太爷说：“今天太阳好，到外面去，把选出来的花鸟图片拍完。”

老太爷搬凳子、搬画册、搬架子，太太拿相机、拿三角架。

老太爷把一本本画册打开，把选好的图片放在架子上，用夹子夹好，太太对焦，拍照，每张图片用不同的模式拍三张。

拍完，把东西一样样搬进屋，老太爷说：“累了，我要睡了。”

太太准备去后院，老太爷问：“你还不休息？”

太太说：“后边还没收拾的。”

老太爷说：“你也辛苦了，休息休息吵。”

太太说：“我侬还冒改造好，要接哒改造呢！”

屁也是老太爷的屁

老太爷：太太吔，今天早上这张画你来看啰，尤其是咯几笔！

太太：嗯，蛮好，又润、又重、又鲜艳！咯几笔是做芦苇画的吧？又生动、又简洁！

老太爷连放了几个响屁：屁都不信你的。

太太：屁都不信老倌信。

老太爷：那老太爷比屁还不如啰？

太太：屁也是老太爷的屁。

主要是老太爷会买菜

老太爷：唔嗯，今天中午的白菜几好呷！

太太：那是咯个白菜好。

老太爷：主要是太太的手艺好！

太太：那不是的，主要是白菜本身好，施的肥、土质这些，化肥种出来的白菜呷起来梆硬的，这个白菜又软、又嫩，还有点甜甜味、鲜味。

老太爷：太太又不晓得讲话，要讲：主要是买菜的人会买菜吵！

太太：哦，那是的，主要是老太爷会买菜，买的菜又嫩又软又好呷！是啵？

好东西你自己不吃？

老太爷站在厨房里，望着窗外对太太说：看，老鼠子出来了。

太太：这几天温度高些，早几天就出来在垃圾堆里翻东西吃。怕是又要开始繁殖了吧。

老太爷：好可怜的呢，是不是搞点赞助啰？

太太：不要吧，垃圾堆里面尽是好东西。

老太爷：好东西？

太太笑了：好东西你自己又不吃呢？

老太爷：就是啰！

太太：哈哈哈哈！

老太爷：哈哈哈哈！

那不是我讲的

老太爷：太太，你看这张画怎么样？

太太：还可以。

老太爷：打 60 分？

太太：那倒不止呢。

老太爷：65 分？

太太：75 分！

老太爷：谢谢太太鼓励！

太太：反正讲好也是放屁，讲硕也是放屁！

老太爷：那不是我讲的哦！我讲的是：讲好太太也是爱我，讲硕太太也是爱我！

太太：（窃笑）

饭碗会还得把你

近来，老太爷的膝盖又有些痛，天天搽云南白药、做热敷。

晚上吃饭，太太瞧见老太爷把碗里最后一口稀饭喝光，准备起身添碗，忙伸手准备把老太爷的碗接过来。

老太爷一侧身子，躲过太太伸过来的手。

太太：我是看你膝盖痛，难得起身呢，又不是要夺你的权。

老太爷：夺权冒得关系，抢饭碗就可怕了。

太太：饭碗会还得把你，还加一碗稀饭，要得吧？

老太爷：要得！

证据

老太爷：太太看我好欺负。

太太：你还不是一样看我好欺负。

老太爷：我欺负太太你拿证据不出，太太欺负我，我有证据。

太太：有什么证据？拿出来看看。

老太爷：我当初和太太结婚的时候，高血压不要每天吃药，现在天天要吃药。

太太：哦，那是的呢，我跟你结婚的时候，你 53 岁，现在你 73 岁，都怪我！都怪我！

一个也就够了

抬完画板，太太习惯性地轻轻叹了口气：唉！

老太爷：有这么好的老倌，太太还叹什么气啰？

太太：老倌虽然好，可惜只有一个啦！

老太爷：太太虽然很不错，但一个也就够了啦！

太太：（偷笑）

咯匝问题

老太爷：唉，一个太太都让我怕得咯号样范，想象一下，要是像皇帝老子那样三宫六院不晓得会如何。

太太：咯匝问题，只有等你当了皇帝老子才会晓得，估计咯一辈子你不会碰到咯样的问题嗒！

苦瓜炒多了

太太喊：呷中饭了！

老太爷坐到桌边，一看菜，说：苦瓜炒多了。

太太：我讲炒一条够了，你讲要炒两条。

老太爷：我晓得咯多菜？

太太：有什么多？有两个是现菜。

老太爷：那就呷吧，胀死算了。

太太：胀死了祭文好写：老太爷被太太炒的苦瓜胀死了！哈哈哈哈哈！

老太爷：哈哈哈哈！

名牌产品

老太爷：不得了呢，我这几天酒瘾越来越重。

太太：想喝就喝。

老太爷：可惜有酒瘾没酒量。

太太：那还好些。

老太爷：那当然好，你老倌变成了名牌产品。

太太：什么名牌产品？

老太爷：酒鬼！

太太：（鬼脸）

好

老太爷在画画，太太在看电脑。

太太：这里有好多鸟的图片，好漂亮，我都跟你收下来了。

老太爷：那好啊！

太太起身：我先去洗了头发再来。

老太爷：你那洗发水的气味不好闻。

太太：那你说要什么样的气味才好呢？已经买了，难道丢了？再说不用怎么知道是什么气味？

老太爷：怎么每次我说什么你都要顶？

太太：我不过是给你解释一下。

老太爷：不用解释，你就说个“好”字就可以了。

太太：那不是阳奉阴违吗？

老太爷：阳奉阴违也比顶着好。

太太：哦。

老太爷坐在电脑旁看图片，见太太洗完头发过来了，就问：怎么这个“回复”打不上去?

太太回答：好。

老太爷：啊？你这就报复我了是吧。

太太不作声，躲在那边屋里使劲咬着嘴唇，笑！笑！笑！

牛鼻子就是不同些

老太爷感冒了，不停地流清鼻涕。

太太见老太爷一会掏出手绢擦，一会又抽桌上的餐巾纸擦，忍不住说：你轻点擦，等下鼻子会痛的。

老太爷望着太太一笑：没关系，我是属牛的。

太太：那怕也是的哦，我流清鼻涕，只一天就把鼻子擦痛了，你从昨天起就开始擦，到今天还什么事没有。看来牛鼻子就是不同些。

久经考验（四则）

（一）

家里的厨房和卫生间是连在一起的，当然，中间有门。

太太在厨房做饭，老太爷进来，对太太说：两个“山”字叠一起，是个什么字呢?

太太：“高”字。

老太爷：不对吧。

太太：告诉你吧，我小时候就看过《张先生讨学钱》，那时候就晓得这个“出”字了。你把门关上，把抽风打开，不就行了?

（二）

太太在厨房做饭，老太爷进来，走到太太身边，对着太太的耳朵轻声说：太太，我有点事。

太太横了老太爷一眼：请便。

老太爷进了卫生间，一边关门一边说：我是怕臭了太太呢。

太太：俺们是久经考验的了，不怕。

（三）

太太在厨房准备中饭菜，老太爷进来，一边往卫生间走一边对太太说：对不起！对不起！

太太一边刨芋头，一边回话：没有什么对不起，请做你想做的事情。

（四）

太太在卫生间洗东西，老太爷站在门边说：太太，有件事想跟你商量一下。

太太：不用商量，请进！不过得稍微等那么一下下，我马上就好。

老太爷：咯号太太只有天上有呢！

太太：天上有？哪里有现在有实在？

只有我屋里才有

饭菜摆上了桌，老太爷打开壁橱，拿出白酒和葡萄酒，没关橱门。太太从厨房出来，经过壁橱，顺手把壁橱的门关上后忍不住对着老太爷说：这橱门子我一天不知道要关多少轮。

老太爷：真的呀？那我太太好贤惠啰，一天关几十轮柜门子，还无怨无怒。

太太：不是无怨无怒，是无可奈何。

老太爷：咯号太太哪里有啰？只有我屋里才有咿！

太太：别个屋里有你也看不到吧？

一棵好苗子

老太爷：太太，我把这次到雁荡山、天台山的照片从邮箱发出去了。发了有五六封呢。

太太：不错！不错！进步蛮快呢！

老太爷：那是老师教得好啊。

太太：哪里！哪里！是咯位学生的悟性好！

老太爷：那还是要老师好。

太太：那也是，主要是当初老师独具慧眼，挑中了一棵好苗子，是啵？

老太爷：那是！那是！

太太：（坏笑）

太太万岁

中饭，太太吃完了，老太爷还在慢吞吞地吃着。

太太正在收拾厨房，老太爷进来了，太太回头一望，见老太爷双手握拳举过头顶，嘴巴还在动着。

“这是干什么？”太太横着眼睛问。

老太爷大概嘴巴还不得空，只把双拳向上又举了几下。

“打倒……老太爷?”

“太太万岁!”老太爷终于把嘴里的东西嚼完并咽了下去。

“哦？我还以为你是要‘打倒太太’呢。”

“哈哈，没想到吧?”

“没想到。为什么要‘太太万岁’呢?”

“太太贤惠啊！太太勤快啊！太太搞的菜好呷啊!”

“哦，是的呢，太太好喜欢戴高帽子啊！几顶高帽子一戴，云里雾里，就越发勤快了，是吧?”

“嘿嘿!”

青出于蓝而胜于蓝

太太在炒菜，老太爷推开厨房门，说：嗯，喷香的！太太的手艺真好!

太太回答：不是太太的手艺好，主要是老太爷的鼻子好呢!

老太爷：哦，如今太太也操发哒啦!

太太：总要操发点是啵?

老太爷：青出于蓝而胜于蓝!

太太：那暂时还冒。还要再接再厉。

今天的机会冒得哒

老太爷：太太，呷咖啡不啰?

太太：呷!

老太爷：呷又冒看到泡?

太太：哦，好，我来泡。

老太爷：算哒，今天还是我来泡，话讲穿哒就要得哒。

太太：我来泡啰，给我这个机会咿!

老太爷：今天的机会冒得哒，以后有的是。

太太（嘀咕)：以后？那要看记得不。

内容和形式

要过年了，有晚辈来，送了一个红包。

老太爷拿起红包看了又看，感叹：如今这红包是越印越精致了！

太太：是的，其实没这个必要，红包嘛，主要是看里面的内容。

老太爷：形式也是必要的，主要是现在印刷技术过关了，东西越印越好。

太太：印得好就贵呀，用过就不要了，浪费。

老太爷：那好，形式归我，内容归太太，要得吧？

太太：要得！

过瘾

老太爷终于把心仪已久的《齐白石全集》买回来了。

搬运工把两大包书送到家，老太爷一边拆包装一边喊：太太，你也过来看看啰！

太太走过来，打趣地说：好过瘾的吧？

老太爷：过瘾！比跟太太结婚的时候还过瘾！

太太：那是的，跟太太结婚用了800块钱，这套《齐白石全集》8000多，当然过瘾啦！

老太爷：（窃笑）

三八节

中午，老太爷、太太一人坐一边，吃饭。

老太爷望着太太说：明天是三八节，对我们屋里的这位女同志怎么表示一下呢？

太太一边吃一边回答：只要不挨骂就可以了。

老太爷：哦，那就太太骂一天的老太爷，要得不？

太太：要得！不过……那还要看我有不有工。

老公还是个好老公

老太爷准备烧水泡茶，问太太：呷茶啵？

太太就在旁边，随口答了一句：呷！

老太爷没听清，又问：呷茶啵？

太太又答：呷！

还是没听清，再问：呷啵？

太太大声答：呷！

忍不住嘀咕一句：答几遍哒，咯茶就难得呷啦！

这下老太爷听清了：茶还是要呷的，咯耳朵不是好耳朵，老公还是个好老公呢！

太太：那是当然！

老太爷：咯老公难得当呢！

太太：难得当也要当，是啵啰？

老太爷：冒得办法啦！

太太：（窃笑）

欢迎！欢迎！

太太一边做事一边唱歌，老太爷摇头：不晓得哪里咯快活！

太太扭头看了一眼老太爷，说：不晓得吧？告诉你啰，主要是我找了一个好老公，你呢，就是冒找得一个好太太。

老太爷：哦，是咯样的是吧？那我马上去找！马上去找！

太太：欢迎！欢迎！

你还是大把花钱吧

老太爷从书店回来，又提回一大包书。

老太爷见太太来开门，点点头：你好！

太太正在择菜，也说：你好！

老太爷：我不好！

太太：你怎么不好？

老太爷：我又大把花钱了。

太太：大把花钱怎么不好了？

老太爷：大把花钱就发不了财了。

太太：你要发财干么子？

老太爷：发了财就好讨小老婆啦。

太太：讨了小老婆呢？

老太爷：讨了小老婆就好过啦。

太太：那你还是大把花钱吧。

老太爷：两害相权取其轻。

太太：那是的！

一个好人呢

昨天晚上太太清冰箱，在冷冻柜里清出来一条小鱼，就把它捡出来，放在地上，转背做别的事情就忘记了。

老太爷过来见了地上的鱼，问太太：这地上的鱼是怎么回事？

太太：准备明天喂老乌的。

今天中午，老太爷、太太两人坐在桌旁吃饭，太太突然想起这件事，问老太爷：昨天我清冰箱清出来的那条鱼呢？

老太爷：我不晓得。

太太：你又捡得放得冰箱里去了吧？

老太爷：冒。

太太：那就还在地上？

老太爷：我不晓得。

太太起身到冰箱那里去看，那条小鱼果真还在地上躺着。

太太叹了一口气，回到饭桌旁坐下：唉，两个咯号人。

老太爷：是你一个人吧，没我什么事。

太太：哦，那就是我一个人吧，一个好人呢。

老太爷：（窃笑）

太太：（鬼脸）

情人还好些

老太爷：太太，你穿我的拖鞋去了？怎么是湿的？

太太：没有。我不知道。

老太爷：我还有两双拖鞋呢？

太太：不知道，你又没交给我保管。

老太爷：应该要管啦。

太太：哪里管得那么多？

老太爷：什么都不管，那不跟得情人样的？

太太：情人还好些。

老太爷：情人有什么好？

太太：情人就是什么都不要管啦。

老太爷：（鬼脸）

太太：（坏笑）

胀死算哒

晚饭，小米稀饭，煎饼。

老太爷：今天的饼比昨天的软些。

太太：嗯，面和得稀点。

老太爷：我喜欢吃硬点的！

太太望望老太爷的牙齿，没做声。

三个煎饼，老太爷一个，太太一个，盘子里还有一个。

老太爷指着盘子里的那个煎饼说：太太再呷点。

太太：不呷哒，呷饱哒，再呷就会胀死去。

老太爷：胀死还好些咿！

太太：嗯？太太胀死了你就再找一个是呗？

老太爷夹起饼子说：你不呷就算哒，还是把老太爷胀死算哒。

太太：（窃笑）

以牙还牙

太太坐在桌子旁边鼓捣什么，老太爷看不清，问：干什么？

太太举起手里的挤牙膏器给老太爷看：喋，看啰！

这是一个大嘴蛙造型的挤牙膏器，桌上是几只挤得整整齐齐的牙膏。

老太爷仔细看了一眼，说：太太是童心复发了。

太太不同意：什么叫童心复发啰？一直就有！

老太爷：那不是的吧，跟老倌搞阶级斗争的时候就冒得吧？

太太：那叫做以牙还牙。

老太爷：那我就呷亏哒，我咬你一口只几匝牙齿印子，你咬我一口是三十几匝牙齿印子。

太太：（大笑）

我呷亏哒

早餐，太太把两个水蜜桃削了皮，切成片，放在桌上。

过一会去看，碟子里光光的，顿觉惊奇：这是两个桃子呢。

老太爷：就是啰，把我胀得要死。

太太：哪个要你是咯胀啰？又冒哪个帮你塞进去。

老太爷：我呷亏哒呢！

太太：那是的呢，一个都冒呷的冒喊呷哒亏，呷两个的倒喊呷亏哒！

老太爷：哪个要你放咯多放桌上啰？

太太：平时你呷苹果、梨子不都是多几片就不呷？

老太爷：我是看不要戴牙齿……

太太：好咧，呷得总是好的咧！

老太爷：（偷笑）

菠萝、榴莲、癞蛤蟆

老太爷：太太吔，屋里好像还是有蚊子呢。

太太拿起一个灭蚊灯，举起灯在眼前转了一个圈，认真看了一下里面，说：这灭蚊灯还是有用呢，要不老公肯定还会要惨些。

老太爷：那是，那就会跟得菠萝一样。

太太没听清：嗯？

老太爷：跟得榴莲一样。

太太听清了：跟得癞蛤蟆一样，还好些呢。

老太爷：跟得菠萝一样，起码还是香的啵？跟得癞蛤蟆一样，太那个了吧。

太太：菠萝是一个一个的坑，榴莲倒是一个个的疙瘩，还是癞蛤蟆最形象，一个一个的梗，哈哈哈哈……

老太爷：我要是癞蛤蟆，那太太是什么啰？

太太：那就是癞蛤蟆太太吵！

老太爷：嗯，咯匝问题我在《美辨》中讲了：你说癞蛤蟆不美就是不美，我说那它的配偶认为它还蛮不错咧！

太太：就是！就是！

一喊就来

太太在厨房做饭，听到老太爷在那边喊：太太吔。

太太跑过来：又哦解啰？

老太爷：迅雷看看又打不开嗒。

太太凑到电脑前，俯下身子：哦，我看看。

老太爷把椅子移了一下：你看啰。

太太：你多点几下吵。

老太爷：我点了三四下嗒。

太太：你以为迅雷跟得太太一样，一喊就来？

老太爷：（鬼脸）

太太：是网络的问题，打开冒得咯快，你要耐点烦，等一下下子。

老太爷：嗯、哦……好哒。

好样不学

太太新买了榨汁器，又买了脐橙和冰糖柑。

太太端了一杯刚榨的橙汁给老太爷：试下看看，味道怎么样？

老太爷喝完后点头：嗯，好喝。

太太：好喝以后可以天天喝。

老太爷：太麻烦了。

太太：不麻烦，老年人多喝橙汁肯定好，简繁在《沧海》中好多处都写到刘海粟"喝一杯橙汁""喝一杯橙汁"。

老太爷：那我也要学刘海粟？

太太：学什么？

老太爷：学吹牛皮。

太太：好样不学，不晓得学刘海粟活得九十几？

老太爷：那要是也学得到就好。

太太：（窃笑）

"嗯"就是"是"

画板上，有两张老太爷刚刚完成的牡丹。

太太从厨房出来，指着其中的一张说：这张我喜欢！

老太爷：何解呢？

太太：牡丹的色彩强烈，但又显得温厚，不张扬，不霸气，而石头用淡墨，温润沉厚，看着舒服。

老太爷指着另一张：这一张也好呢。

太太凑近去认真看了一下，说：是的！不过，中间两块石头在一起，如果这块石头画得小一点的话，也许看上去会显得更好。

老太爷：嗯。

太太：“嗯”是什么意思啰？

老太爷：“嗯”就是“是”。

太太：哦，那就是说我讲得对啰。

老太爷：那是！那是！哪个的太太啰！

太太：（傻笑）

毛重、净重

经过药店，老太爷进去买药，太太就坐在门口的椅子上等他。

等了一会，老太爷提着一袋药出来了，太太起身迎上去，指着门口称体重的电子秤说：你要不要称一下体重？

老太爷没停步，笔直往门外走，太太赶紧跟了上去。

老太爷见太太跟了上来，回头说：穿了几十斤衣服，称什么？

太太笑着说：几十斤衣服，那就算毛重吵！

老太爷：嗯，老太爷称完毛重，欢迎太太称净重。

太太：净重？那就好啦！

老太爷：那何得不好呢，哈哈哈！

太太：哈哈哈！

不能再犯太太一样的……优点啦

老太爷在画画，太太喊：要准备呷饭哒啦！

过了一会又喊：开始炒白菜哒啦！

老太爷：炒白菜啊？那就是真的要呷饭哒。这才去洗手，装假牙。

太太开始装饭，一人一碗，然后自己开始呷。

老太爷坐到桌边，指着一碗菜问：咯是么子？

太太：红烧猪脚。

老太爷夹起一坨猪脚，咬一口，嚼了几下：嗯，烧得好。

吃完，用筷子夹着骨头在桌上到处看，太太问：看什么？

老太爷：找个东西装骨头。

太太：丢桌上就是啦，等下我来擦。

老太爷：那要不得，粘巴的，擦都擦不掉。

太太：反正我已经丢桌上了。

老太爷拿过一个小碟子，把骨头放在碟子里，说：太太可以丢，我不能再犯太太一样的……优点啦。

太太：优点？错误吧？哈哈哈哈……话到了嘴巴边上还可以打弯啦。

老太爷：晓得太太喜欢什么啦。

太太：你想讲别个的不是，目的还不是一样达到了？

老太爷：（窃笑）

好老倌

老太爷：看见太太就像老鼠见了猫一样。

太太：嗯？

老太爷：看见票票就像猫见了老鼠一样。

太太：嗯，咯就是好老倌哪！

老太爷：（坏笑）

还要拿个人

老太爷伏在案上写文章，太太喊：要准备呷饭哒啊！

老太爷望了太太一眼，又低下头继续写。

太太又喊：我的菜就要好哒啦，你做准备工作还要时间啦。

老太爷这才放下笔，开始做准备工作。

准备停当，问还在炒菜的太太：桌子擦了冒？

太太说：擦了。

又问：碗、筷拿了冒？

太太：拿了。

又问：还有什么要拿的呢？

太太：还要拿个人。

老太爷：那我就把咯匝人拿到凳子上去坐哒要得不？

太太：要得！蛮好！

完美？实用！

前几天，老太爷去超市，问太太要买什么，太太说：红薯。

老太爷从超市回来，太太问：红薯呢？老太爷说：只剩下落角子，我没要。

今天太太从超市购物回来，从拖车里一包一包往外拿东西：香蕉、芒果、白糖、香菇、红萝卜……还有红薯。

老太爷一看太太买的红薯不整齐，不完整，说：上次我看到的就是这样的，我没要。

太太：这是最后一点，我全拿了，不要你就冒得红薯呷哒，你不是说这红薯好呷吗？

老太爷：是特别好呷。

太太：那就要得哒哕，整的不也要切成几截吗？你就是要完美，我只要实用就要得哒。

老太爷：嗯，我是完美主义，所以我有一个完美的太太。你是实用主义，所以有一个实用的老倌。

太太：哈哈！完美？那还总是“挨骂”？

老太爷：不能挨骂的太太那还叫什么“完美”？

太太：我情愿不完美也不愿意“挨骂”！嘿嘿！哼！

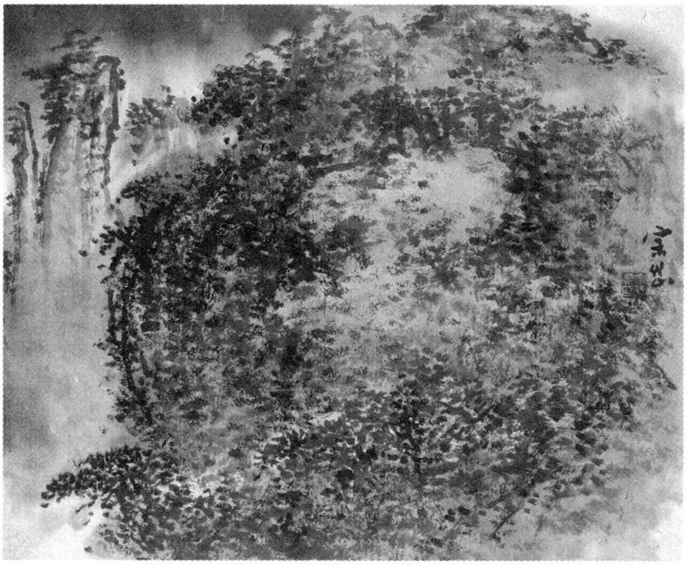

周宗岱的穷讲究

刘冀湘

我的同事，见过老周的几乎都这么说："你老周不怎么讲究喔。"每次，我都只是笑笑。除了笑，我还能说什么，怎么说呢?

别人不知道，我知道，他的穷讲究才多呢!

衣

先说穿吧。

也难怪别人会这么说，你看，平时，他总是一双布鞋，夏天一个光头，一件汗衫，冬天则是一双大胖棉鞋。几乎任何时候，衣领都是敞开的，哪怕身上穿着厚厚的棉衣。

别看他平时穿得松松垮垮，其实，那正是他的讲究。要是哪天看见他衣装笔挺，打着领带，穿着皮鞋，那肯定是有非常重大、非常正规的场合要出席。因为，他穿衣服讲究的就是舒服二字，最怕受约束。出席重要场合，为了尊重别人，只好委屈自己。至于平时，绝对不会让自己身体的任何部位受半点委屈。略举几例吧：

那还是20世纪90年代，岳母娘送他的一套一百多块钱的名牌内衣，他嫌松紧口太紧，不加思索地就是几剪刀，剪开几个口子，松倒是松了，可剪得三不六齐，龇牙咧嘴的，本来精精致致的衣服变得难看无比，他再来求我："太太，帮我把这边绞一绞啰。"遭此命运的还有他的布鞋、袜子、汗衫、帽子，只要稍紧一点，对不起，剪刀兑现。所有买来的棉毛裤都要把松紧带换掉，改成系带子，因为带子松紧随意，可由自己控制。后来女儿找到专做内衣的缝纫店，说服裁缝师傅，按他的尺寸要求做了一批棉毛裤，这才满意了。

那年夏天，他自己扯回了几十米绵绸，找到裁缝店，要求全部做成大短裤，四尺二的腰。裁缝师傅看着他直摇头："哪里要得咯大啰。"对此，他自己却洋洋得意："新做的十多条加上原来的怕有三四十条，厚厚一摞，夏天一天几个澡，再也不怕没有换洗的了。"大裤腿空空荡荡，好不快哉!

汗衫、背心每次一买各是十件；发现买来的牛仔衬衣做里衣穿舒服，一买又是十件。我说："别人还以为你是做生意的呢。"他蛮有道理："我买十件，还当不得别个一件呐。”120 公分的汗衫他还嫌腋窠紧，要加一块；牛仔衬衣大小正好，可袖子又嫌长了，改吧。反正他晓得老婆干活是不要手工钱的。超市里的袜子琳琅满目，但没有他中意的，都是嫌口子太紧。在菜场发现有那种老式长统棉纱袜，大喜，一次就买了七八双，回来发现好穿，又找到那里再买五双。我提醒他：“这种袜子别人不穿的。”他说：“那有什么关系，我喜欢。”

外面不讲究，里面却不肯马虎。他喜欢出汗，出点汗就要换内衣，说不换就“过不得”。喜欢洗澡，有应酬、有活动，出门前一定洗澡、换衣，回到家又是一个澡。擦手的毛巾也是，时时要用，天天要换。所以我们阳台的晾衣杆上总是挂得满满的，出太阳的日子晾在外头，隔壁的邻居都望着好笑：“天天都洗这么多啰。”我们家的洗衣机真是劳苦功高，他自己也讲：“搭帮现在有洗衣机。”我也讲：“那是的，搭帮现在有洗衣机。”

我请人打了一双毛线棉鞋，他一穿，舒服。在家天天穿不说，那天竟穿着它去赴一个朋友的宴会。更可气的是，他在湘潭师院举办个人画展，那时我还在株洲上班，没赶过来。从电视录像上看，开幕式上他脚上穿的竟也是那双不管是颜色还是式样无论如何也不能登大雅之堂的棉鞋。我说他，他还振振有词：“别人是来看我的画，又不是来看我的脚。”

他的理论是：穿的不要名牌，只要舒服。

别看他平时笑眯眯的，骨子里头却犟得像条牛。他的头发又硬又粗，留长发时，鬓角自然卷曲着。他得意地对我说：“别人都说我留长头发好看，但好看那是别人的事，我自己不舒服。剃光头，别人说不好看，可我自己舒服呀，反正我自己又不看。”听了他的这番高论，从此我对他的光头也只好睁一只眼，闭一只眼了。

食

再说吃、喝。来往较多的朋友都知道，老周那里有好茶喝。不但茶叶好——经常是乌龙茶、绿茶、花茶、沱茶都有，而且水好——总是刚烧的。他告诉我：泡乌龙茶要滚开的水，容器要够大，茶叶要够多。泡绿茶则要等水落滚，四川开茶馆的讲究是要提着刚开的水走七步。原来泡茶还有这么多讲究，家里干脆不用热水瓶，开水随要随烧。原来家里没有电水壶，就用小奶锅。有朋友送他包装精美的茶叶，一看产地——如“君山毛尖”之类，原封不动，拿来送人，不是舍不得，是不喜欢。有的的确是好茶叶，但一看日期，不是当年的，连说：可惜！可惜！湘潭的羊绿茶，又好又便宜。每当新茶上市，一买几十包，把个冰箱塞得满满的，气得我说：“再买个冰箱来装你的茶叶好了（去年，硬是把已经塞得满满当当的屋子腾出一块地方，真的又买了一个海尔冰箱)!”好茶叶买得多，自己吃，好朋友来了也能分享。

一次，一位老周以前的同事大姐从长沙来湘潭看他，老周特意把大姐熟悉的几位朋友一起请来。大家坐好，照例为每个人泡上一杯茶。大姐的先生声明：我自己带着茶，我喝茶是很讲究的。不知是什么情况下，他端起大姐的先生的茶喝了一口，到底是喝茶的人，马上赞道：好茶！好茶！赶紧把自己的茶叶倒掉，要求给他也泡一杯这样的茶。

酒，好不好到他口里就知道。有的酒，广告在中央电视台打得震天响，他根本不屑一顾。他的酒量不大，每次一小杯。茅台、酒鬼，再好的酒也不过量。他喜欢度数高的酱香型白酒：茅台、郎酒、武陵……再就是绍兴酒，而且只要沈永和的花雕、加饭酒，他说此酒入口醇和，回味绵长。他将此酒推荐给不少的朋友，果然获得一致好评。在外面吃饭，服务小姐们推荐的，他一般都摇头。如果没有他喜欢的酒，宁可吃红星二锅头、邵阳大曲，也不去吃那些徒有虚名的“名酒”。前些年，他从一位朋友那里学会了自制葡萄酒。每年到了葡萄上市的旺季，买上它一二十箱，洗、晾、揉、装瓶发酵、搅拌、过滤、灌瓶，无一不亲自动手。好不勤快！他说，这才是真正纯天然、不掺假的葡萄酒。他用它款待了不少朋友，画家杨福音喝了，喜欢，开口就要两瓶。回到广州，打电话来还说葡萄酒是好酒。美国朋友伊威特喝了，竖起大姆指说：“越里古得（Very good)!”

看他的口味好像一土老冒，可他说自己从小就爱呷牛奶，也喜欢咖啡、可可、巧克力、威士忌、白兰地这些洋玩艺。玉米粥、小米粥兑鲜奶是绝对的美味，天天吃也吃不厌。家里的剩饭归他吃，现在他又有了理论依据：抗性淀粉，有利健康！如果哪天只他一个人在家，煮一碗面条，配一个鸡蛋，再吃一个水果。简单，但蛋白质、淀粉、维生素、粗纤维都有了。吃，他讲究的是简单，营养均衡，素食为主，尽量不吃加过工的食品。他特别反对吃背季菜。他的理论是：违反自然规律，用化肥和激素催出来的，好看，却不是那个味。吃当季菜，又便宜又好吃，四季更换，营养自然均衡。

家里吃矿泉水很多年了，但他一直不肯用饮水机，理由是：饮水机既然要定期清洗，那就说明里面不干净。清洗就要用到清洁剂，如果清洁剂没有清洗干净，吃了对身体肯定不利。

以前有一段时间应酬多，在外吃得多，面对满桌的海味山珍，他常常是吃不饱。回到家里来要煮稀饭、烫饭吃。他说湘潭馆子里的菜油太重、太咸、太辣，样样都放味精，一吃就把口给“封”住了，还是家里的白菜、豆腐好吃。亲家母吃粥——吃惯了。在外吃饭，他对付的办法就是：多吃饭，少吃菜。常常吃得别人望着他笑。在外头吃过海参、燕窝、鲍鱼、石斑鱼、人头马、XO……他从没认为这些就是多大的一种享受。有人宴请，能推的他尽量推，久而久之，一些老朋友也知道了他的这个“毛病”，请了不去也不见怪。但对一些患难朋友，他过一段时间总要想办法聚一聚，一起吃顿饭，回忆旧事、谈天说地、争些空道理——有时还争得面红耳赤。他说，这才真正是一种愉快、放松、享受！

不喜欢大鱼大肉，也不必餐餐有荤，小菜是他的最爱，特别是湘潭的矮蔸子白，餐餐吃都吃不厌。他说湘潭本地的矮蔸子白、辣椒、茄子、土豆、芹菜，硬是比别地方的好吃，还一直念叨要为湘潭矮蔸子白写一篇文章。虽是素菜为主，其实他最喜欢吃肉，而且特别喜欢吃肥肉。他说在他最困难的时候，口袋里哪怕只剩一块钱，也要先去买了肉来吃着。他在《画馀信笔》中有一篇《吃肉》的文章，描述的就是在“那个时候”人的本能对“肉食”的一种渴求。他常感叹：“那时候，好会呷！能呷的时候冒得呷，现在，有呷又呷不得了，造孽！”

“呷不得”是因为年纪大了，身体差了，高血压、高血脂、高尿酸，要控制自己。但是隔那么一向他就会开叫：“想呷肉哒！”我就赶紧开冰箱，肉丢进锅里水煮过，减少了磦呤，连肥带瘦切成大块，回锅肉炒朴辣椒，好过瘾！大概这个时候，他嘴里慢慢品味的不仅仅是肉本身的美味，还有年轻时吃肉的美好记忆吧。

出于对“瘦肉精”等一系列食品安全的恐惧，近几年基本上不去市场买肉吃，而是请乡下的侄儿到了过年送几十斤猪肉过来，放在冰箱里。鱼、蛋、米也尽量从乡下亲戚家弄来。为了有新鲜鸡蛋吃，又在自家后院喂了几只母鸡，从此不但有新鲜鸡蛋吃，还可时时观察母鸡的形态、行为、习性，他甚至觉得母鸡们那咯咯、咯咯的叫声，能给人一种平和、温馨、安详的感觉。这也是身居城市的人难得的一种享受。母鸡们温驯可爱，在我们家也成了宠物，何况，它们还毫不吝啬地为我们奉献出一个个圆滚滚、白净净、带着温度的鸡蛋呢。

对于有的人热衷这样那样的保健品他不感兴趣，甚至反感。对于广告推荐的治病新药，他说：“让别人去试，我反正不得去试。”

对于专家和老朋友推荐的治病新药和保健方法他倒是很重视。他的高血压已经多年，一直控制得比较好，每天吃药都在药盒子上作记录，怕的是重服或漏服。用药，尽量选用那些疗效好、副作用少的药，到药店买治疗高血压的“拜新同”，售货员热心地提示他：“老人家，不限定要吃咯贵的药呢。”他回答：“我咯年纪了，钱留着干什么？”他觉得把钱花在这上面值得。

住

2000年，他办了个人画展，作家周小娅为他写了一篇文章。小娅的文章中有这样一段：“走进宗岱先生家，不禁吃了一惊，蹩脚的三房一厅旧宅，没有装修，几件老土家具……返惠后收到宗岱先生的信，信中有这样几句：‘春节期间来舍下，想不出的寒酸吧，整个房子是个作坊，现在是没有能力与时间去弄房子了，穷惯了，能安心画画就好！’”老周说，小娅大概以为自己这是谦虚，其实自己的家实实在在就是个作坊。

有时老周外出，嘱咐儿子在家要注意锁好门。儿子回答：“你屋里有什么东西偷啰？”环顾四周，还真是，除了书和画册，哪有什么让小偷看得上眼的东西？

20世纪80年代初，他在家中丢失了一块手表，当派出所来人把手表交还给他才知道家里进了小偷。据派出所的人说，小偷交待：这一家真怪，屋里除了书，什么都没有，看看只有这块手表还值点钱，顺手就拿了。

只到今天，家中仍只有厨房和卫生间作了简单的装修，是为了方便搞卫生，这还是孩子们和我坚持，并趁他不在家的那段日子搞的。如果他在家，再简单的装修计划恐怕也难实施，随便装修一下就是十来天，他是舍不得那点时间。

家中也曾有过几件“时髦”家具：玻璃茶几、布艺沙发，可都是不久就被他送了人，原因是房子太小，这些东西挪动不方便。屋里只留下那些简单轻便、可以搬动的家具，以便随时给他画画腾地方。

他的大画板如果放下来，客厅里就只能留下一条窄窄的、只容一人的通道；洗衣机放在阳台改造的画室里，只有他起身让开，我才能走到洗衣机前面去。

夏天，乐于享受空调带来的舒适，但冬天还是坚持烧煤炉取暖。他说空调取暖不舒服，还是煤炉好，温度均匀，座上一把水壶，热水用不完，湿度也解决了。冬天，别人走进我家，第一句话都是：好暖和！好舒服！他冬天到别人家多半坐不住，原因就是温度低，冷得人受不了。他说：“特别是老年人，只靠脚下一个取暖器是不够的，因为你周围的空气温度是低的，呼吸吸进去的空气还是冷的，老年人的呼吸道又特别容易出毛病，冻病了，划不来。”

孩子们在为我们装修卫生间时，装了一个浴霸，他用了一次就喊拆掉，原因是这么强的光眼睛受不了。安了一个用天然气的热水器，又安了一个储水式的电热水器，冬天洗澡，他告诉我：“把两个热水器同时打开，一点都不冷。”

前年，朋友带着一位湘潭知名的企业家来我家，看到我们家这逼仄、拥挤的空间，非常诚恳地提出来要帮周老师搞一间大画室，并且提供中餐，还安排专人搞卫生，这一切都是无偿的。老周认认真真地考虑了一番，最后非常诚恳地谢绝了他的帮助，理由很实在：在自己屋里自由自在，不受任何限制。晚上兴致来了，画画、写文章，搞到多晚都没关系。肚子饿了，可以到厨房开火，随便弄点东西吃。别看自家这间小小的、简陋的画室，一切都是按照自己的习惯和需要来安排的：灯光可调节色温、强弱、方向；特别是这块特制的大画板，可升降、可调整角度，对颈椎、腰椎都有毛病的他来说太重要了，没有它几乎不能画画；累了，往床上一躺，想什么时候起来就什么时候起来，生活节奏“稀稀拉拉”；年纪大了，生活和工作环境不能分开。有几次在朋友安排的宾馆里画画，大套间，铺着地毯，到处精精致致，干干净净，他说在这样的地方画画时刻怕把地毯、墙壁弄脏了，缩手缩脚，根本不敢放手画。

一天，女儿女婿兴冲冲地到家里来，告诉我说他们看中了一套房子，150 多平方米，在市政府附近，环境好，交通方便，他们准备买下来，让老爸去住，装修什么的都由他们来搞，我们只管住进去就行了。今天是准备去交定金了，先来告诉我们一声，给我们一个惊喜。我笑笑，说：“问你爸吧。”果然，老周一听就摇头：“不去！”我只好跟女儿女婿解释，你爸爸有他的想法。这也不是假话，他确实有他的想法。他多次说，没钱就不买房，就住这老房子，也不是过不得。有钱要买就买两套，面对面，背靠背都行，一套归太太管，好好装修一下，一套给自己做画室，不装修，随他怎么搞。而画室必定要有一面足够长、可以画大画的墙，还要周边环境好、方便、安静、安全……要全部满足这些条件也并不是一件轻而易举的事，画室小就小点吧，能画画就行。那些展览的八尺大山水，不就是在这间画室里画出来的吗？

他说如果想要住大房子，好房子，就会要想办法去赚钱，只要一想赚钱，那就莫想安安心心画自己的画。

有好几位关系特别好的朋友多次表示，只要周老师买房，他们会帮忙“想办法”。但老周的想法就是：借钱买房，根本不考虑，只有手里有了足够的钱，当“买房”不对自己形成压力、负担的时候才会考虑买房的事。“买房”是因为需要而不是因为任何别的原因，而这“需要”在目前阶段并不是最迫切的，最迫切的还是怎么样把自己的画画得更好。好在这老房子确实有它很多的优点，如果不是有别人家没有的那十几柜子书和老周的画板、画案、画框、纸、没完成的画卷等，这套房子我们老两口住着也算很宽敞的了，而且我也习惯了。想一想，真要一处完全符合自己要求的房子即使有了钱也未必能完全如愿，他理想中的“世外桃源”更是可望而不可即。既然如此，那就“随缘”好了。

家中是简陋，但现在我们两个人有三台电脑（两台台式的，一台笔记本），单反相机、摄像机、便携式相机、录音笔、MP3、移动硬盘……添置这些东西也不是为了赶时髦，还是为了他的“工作”——画画。他学会了打字，从此可以自己打文章；学会了上网，从此，收发邮件、搜集资料，也不必事事喊我了。那次到商学院做讲座，李院长说：“刘老师，你就坐在旁边帮周老师操作电脑吧。”我笑了：“他现在可以自己操作。”一堂讲座下来，文字、图片的幻灯片都是他自己操作演示的。家里的电视也许一个月我们也看不了一次，但电脑几乎天天要用，他已经习惯了享受现代科技带来的方便快捷，分享资源——网上的好文章、好电影、好图片精彩纷呈，令人目不暇接；还可以利用网络这一平台宣传自己，比起出画册、上杂志，是另外一种优势。能打字、能上网，这是令他的同龄人甚至比他年轻得多的朋友都羡慕的事情。

行

1990年年初，我俩工资都不高，但差不多每年都会出去旅游一次。我们登华山、赏峨眉、游三峡，北京故宫、西安碑林、秦兵马俑、杭州西湖、成都杜甫草堂……也都留下了我们流连的脚步。那些年，时兴穿皮装，价格不菲，我们出去一次要花好几千，他开玩笑说："太太又可以买两件皮衣穿了。"皮衣可以不穿，旅游却不可不去。这些年，旅游"热"了，人多了，假古董多了，我们俩倒真的很少出去了。不过，我们又发现了一个好去处：南岳。有几年夏天，我们都去南岳福严寺小住。在那里，听着暮鼓晨钟，吃着斋饭斋菜，看着满目青山，意静心闲。每日除了爬爬山，看看景，他仍是画画、写字。在那里，竟也创作了数幅好作品。最长的那次，我们住了有二十多天。

2010年秋，老周准备去雁荡山写生，有朋友提出愿意"赞助"全程往返的机票、车票、食宿、门票等。老周谢绝了，主要是觉得那样不自由，受限制。因为2009年到黄山，有过一次这样的经历，享受了高标准的"接待"：每到一处，住套间；每餐吃饭一大桌人来陪——酒店的老总或是别的什么负责人；想吃什么点什么；接待方越客气，自己也就越"听话"，这种感觉并不好。有人或许觉得这才是"有格"，他却认为是不必要的负担。从这以后吸取教训，凡是写生之类的活动，一概不要"接待"。自由自在，想走就走，想看就看，想休息就休息，多好！

以前自己家里没车，跟他外出几乎没坐过公交车。哪怕公交车站近在咫尺，哪怕再等几分钟就会有下一趟车来，哪怕再远的路程，他也会毫不犹豫地打的。他说："我一辈子都是从不愿意把时间浪费在这些上面。"开始我不大理解，花几倍的钱打的和稍等一下有什么区别，后来我也理解了，他打的不是要"摆格"，而是不愿意"等"，不习惯"等"——等，谁知道要等多久？

喜好

他20世纪60年代的老朋友说他原来喜欢拉二胡，他一师的同学说他还拉小提琴呢。前些年，经济条件稍有好转，便请朋友帮忙，选购了一套质量不错的音响。没多久，就感到不过瘾，又换了一套更高档的，并飞快地收集了百来张CD

碟。画画累了，就打开音响，让音乐声在屋内低低地回旋。他最爱听的是那种慢慢地吟哦、带一点悲凉味道的大提琴、萨克斯、单簧管独奏。喜欢巴哈的无伴奏大提琴曲，喜欢罗斯特罗波维奇、马友友。民乐中，特别喜欢埙、古琴、二胡，却苦于买不到好的碟。他说《问天》不过瘾，“作料太多”。《二泉映月》买了好几张都不满意，电视里放的也不能让他满意，他说：“阿炳用的是丝弦，而现在用的是金属弦，音色太华丽。瞎子阿炳的曲子是一颗苦难的心在咏叹，苍凉而又深沉，如今的音乐家物质条件太优裕，哪里拉得出那个味。”古琴《广陵散》也是他最喜欢的。有时他一边作画一边把音响打开，他说是让音乐构成一种氛围，在这种氛围下挥洒，有时会有意想不到的效果。作画时喜欢听独奏，不作画时口味又大不相同，喜欢听崔健（早期）、李娜、休斯顿、席琳·狄翁和阿姆斯·壮，这是令许多朋友都大感意外的。他还一直想买一套《中国京剧音配像精粹》，只是不知道要到哪里去买。

《南方周末》《文萃》《随笔》《读者》《国画家》这几种报刊每年都订，我退休后加了一份《健康指南》（中老年版）。

看电视，很喜欢看《动物世界》《绿色空间》《人与自然》和《地球故事》之类的节目，百看不厌；《米老鼠和唐老鸭》《猫和老鼠》碰上了是决不会放过的；好的谈话节目，只要内容真实，主持人不摆花架子，他也喜欢；新闻片、科教片、人物史实，他都坐得住；拳击、足球、巴以战争，他说起来更是头头是道。但只要是碰上那些哭哭喊喊的港台片和花里胡哨的歌舞节目，或看到扭捏作态的主持人，他会赶快跳台。这些年的春节晚会，中央台的他几乎不看，但杨丽萍领舞的《女儿国》，他却看了又看，赞不绝口。他比较喜欢文化部的春节晚会，认为节目的编排、灯光、服装、舞台布景等都更“讲究”。中央十台的《大家》栏目他几乎每期必看，其中他最喜欢、最佩服的还是那些科学家，他们敢于坚持真理、实事求是，富于创造精神，甘于寂寞和清贫，为人类、为社会、为国家作出了大贡献，有大学问，说大实话，是真正的大家。《百家讲坛》他最喜欢的是马未都、易中天，说他们是真才学，善思辨，富哲理，视角独特且通俗易懂、不故弄玄虚。

20世纪90年代的进口大片，只要碰上了，他和我几乎一场没有落下，如《亡命天涯》《生死时速》《真实的谎言》《拯救大兵瑞恩》。优秀的国产片我俩也一起看过不少：《大红灯笼高高挂》《红高粱》《香魂女》……两人看一场电影，七七八八有时要花上六七十元，我说划不来，他说难得陪太太放松一次，划得来！

导演，他最喜欢的是张艺谋。

他说，接触文艺作品，不能学一流以下的东西。他专门为此写过一篇小短文《两种“粮食”》，文中写道：

物质粮食，没有好的就吃差的，没有了粮食，糠粉、草根也得吃下去。所谓饥不择食也。

精神粮食，一旦习惯了高档的，低档的东西就绝不能接受。宁愿与村翁老妪闲谈、看蚂蚁打架、听蟋蟀唱歌，也不愿领教那些低俗的艺术。

这正是他自己的口味。

20 世纪 50 年代，刚刚参加工作的他，竟有幸接连观看了盖叫天、梅兰芳、周信芳、马连良、奚啸伯、吴素秋、王金璐、李玉茹、马富禄等京剧名角的演出，一开始就把眼睛看大了。以后，不是“角”儿的东西，哪里会看得上眼？

说出来也许别人不会相信，二十出头，身为劳改犯的他，却躲在西湖劳改农场的舞台一隅如饥似渴地捧读世界名著：托尔斯泰、巴尔扎克、杰克·伦敦……沙漠得饮甘霖，能不刻骨铭心吗？

在“文化大革命”中极度艰难的日子里，“出门一把锁，进门一把火”是他生活的真实写照，但他的精神世界却一直在艺术的殿堂里自由自在地遨游。别人在外面热火朝天地“破四旧”，他缩在自己的斗室里天天搞“四旧”，与古人、先贤、大师们对话，临古帖，看世界名著，研习名家字画，每天忙得不亦乐乎。有时一连几天不出房门，偶尔出门碰到邻居，邻居会问：“宗岱，你回来啦？”

钱、房子、车子、物质享受的东西，从来都不是他的奋斗目标。

这讲究，那讲究，我觉得老周最讲究的还是画画、做人、做学问和精神上的享受了。

为人

他常说，做人要讲究一个“格”。我理解他说的“格”表现之一是特别看重自己的名誉，凡是有损自己名誉的事情坚决不做；表现之二是重“义”轻利，“义”——道义、正义，永远是摆在首位的；表现之三就是尊重别人——包括最普通的人，也尊重自己。

对那些在他最困难的时候帮助过他的人，他念念不忘，经常对我和孩子们说起过去的一桩桩、一件件往事，帮助过他的每一个人的名字他都记得。对现在生活困难的老朋友，他总是挂念着。他认为，做“慈善”最好的就是从自己身边的亲人、朋友做起，不张扬，做实事。一位吃低保的老朋友对他说：“我现在也就只有你这一个朋友了。”听来让人心酸。他说自己没有太多的能力，但是只要条件允许，会尽自己所能，给帮助过他的朋友以帮助。

在人的尊严被屈辱代替的日子里，他头戴“右派分子”“反革命”两顶帽子，生活在社会的最底层。正是他过硬的“技术”和高超的“手艺”，让他在最困难的日子里不但过得比别人好，而且赢得了别人对他的尊重，让他的内心始终保持着一份自信。不管到哪个单位，只要涉及“知识”“文化”“技术”“手艺”方面的事情，就没有人敢蔑视他。“知识”“文化”“技术”“手艺”不但是他赖以谋生的手段，也是他精神不倒的强大支柱。

人再穷，再落魄，也不能失“格”，也不能没有尊严。这在一些人看来，就是所谓的“臭知识分子”“臭老九”。

对帮他做事的人，老周都特别客气：上门搞修理的，报酬总比别人给得多。来送水、送煤、送货的，送他们到门口，还要恭恭敬敬向他们说声“谢谢”。对守传达的人尤其客气，经常不忘表示表示。他说：“他们帮我把邮件、报纸管理得好好的，‘表示表示’是应该的。”

他说自己也做过手艺，当过土夫子，知道这些人心里想些什么。人都有尊严，都希望别人尊重自己。

请朋友吃饭，说到兴奋处，经常忘了时间，服务小姐态度好，离开时，他一定要付小费。遇上小姑娘不敢要，他硬要给，还要连连表示歉意。

遇见真正的乞丐，一定掏钱，有人说他没必要次次给，他说：“我给他一块两块也不得穷，而他就可以靠这个过日子了……”

看到有的人动辄言词尖利，使对方难堪，损人而不利己，他就告诫自己要引以为戒，凡是遇上别人做了让自己不喜欢、不高兴甚至受到伤害的事，就想到：自己千万、千万不能这样做。他的原则是：宽厚待人，不说人是非，凡事不要让别人吃亏。

60 岁后，他自称宥翁，意为宽恕、原谅。我想他一定是经过了一番理性的思考，觉得不宽恕、原谅，就不能让自己超脱；不宽恕、原谅，就不能让自己保持一种良好的心态；不宽恕、原谅，于人于己，并非有益……自己的生命有限，要做的事很多，如果让自己的时间纠缠于一些世事、俗事，影响自己画画，他觉得太划不来。所以一些在别人看来无法容忍的事情，放到他的面前，也变得风平浪静了。

他生命中的事情，再没有比画好自己的画更重要的了。我是这样理解他的。

时间就是他的命，门上贴的条子换了几次，口气是越来越硬，记得有一条是：“上午工作正忙，下午倦卧在床，聊天谈艺，请在下午四时以后。”现在的是：“年老体衰，不想见客，有事请电话约定，本室主人启。”谢绝一切不必要的应酬。以前为了面子还放下手里的工作陪客人，后来干脆声明：“莫坐久了，我还要做事。”他说：“有些人，是把到你这里来扯谈、聊天当成打麻将一样，是一种消遣，我哪里有这个时间？有人一坐就是半天，我这辈子还有好多个半天？”有时客人走了，他说：“唉，又割去了我半天。”他形容：割得我“栾心”（栾心，湘方言，心的意思）都是痛的。要说他时间看得重，但有时候又舍得花时间去搞别人讲的“空头路”，一点也不吝啬。湘潭大学商学院想请周老师为他们做一堂传统文化方面的专题讲座，他考虑了很久，选定了“传统文化侧面谈”这一题目，内容分为《伟大的儒家》《神奇的文字》《奇妙的中国画》三个部分。为了讲好这堂讲座，他停止了作画，前后用了不止一个月的时间，查资料，写文章，挖空心思，怎么深入浅出，把传统文化这么一个大题目讲得让年轻的大学生们听得津津有味且感觉受益。甚至我们在洛阳观看牡丹节期间，回到酒店休息他也不忘继续完善他的讲稿。他并不认为这是“空头路”，他说，为了搞好这个讲座，他又把儒家的经典理论和史料重新梳理了一遍，正好补上自己过去在这方面知识不够系统的遗憾。

一位同事多年的老大姐曾半开玩笑半训导地说：“周宗岱，你就是太清高了。”老周也半开玩笑半认真地回答说：“清高有什么不好？难道同流合污还好些吗?”

买书、读书

1998 年，他的美学理论专著《美辨》送湖南美术出版社付梓，责任编辑恰恰是他的一位老朋友。这位老先生的认真是出了名的，他硬是准备将书中所有的注释全部核对一遍。他不相信周宗岱哪里就读了那么多书，会没有错？谁知仅仅一篇文章的注释就让他翻得头痛。最后发现，每条注释都准确无误。老先生放手了。也许他想到，真要一条条核对，我的老天爷，一下子到哪里去找这么些书啊。老先生是不知道，宗岱喜欢读书，读了几十年，加以长年累月的艺术实践和深沉的思索，这才水到渠成。他并非是为了出书才临时抱佛脚的。

他说他读书有讲究：拿到一本书，先从腰中间一翻，翻到哪里，读一两页，好就再读下去，不好、不过瘾的书就不读了。

他读书还讲究买书读，不愿借书，喜欢哪本书就买回来。他说，自己买的可以一边读一面在上面划杠杠，写批语，打圈圈，画宝星，打惊叹号，作出各种各样的记号。他说用这种方法节省了大量做笔记的时间。他说他是“印象主义”，读过的书都有印象，哪本书里谈到过某个问题，写论文时，凭印象一找就能找到。所以，他的《美辨》中的一千多条注释，条条有出处。

他说自己语言底子太差，写文章离不开字典，经常用的有《现代汉语词典》《辞源》《辞海》。对没有十分把握的字、词以及引用的文章，他一定要查找核对清楚才放心，决不愿意让自己的文章中出现硬伤。

爱读书，读好书，说他几十年手不释卷，应该不为妄语。我的数码相机里有不少随手拍的老周的照片，有很多是坐车、候车，在酒店、宾馆休息，手里捧一本书在看或是用笔在写什么的镜头；看画展，也总手中拿个本子在作记录，这些都是习惯使然。

家中最多的是书，他自己数了，说是有 13 柜子书，这还不包括那些堆在地上、塞在桌子下面和码在桌子上面的。家中书和画册太多，他几次提出把一些现在用不着的，特别是以前搞理论研究时的书送人，我劝他：那上面有你的批注和读书笔记，现在没时间，说不定以后可以把它们整理出来，也出一本书呢。他觉得有道理。

读书，要读名著，买画册，就更要买好的了。

他说，画，只能学大师的。买了一套潘天寿的书，300 多元。看见书店里有 800 多元一套的潘天寿书画集——那时他一个月的工资还没有 800 元呢，来跟我商量说想买，就又买了。喜欢龚贤，就花了 600 多元买了龚贤的画册。四王、吴昌硕、齐白石、陈子庄、黄秋园、李可染的画册，反正是见了好的就买。有的名家他就有好几个版本。他把他佩服的这些大师们印刷得最精美的画册买回来。他说："花几百块钱就请了一个名师直接教你，随时可以和他交谈，请教，这是最划得来的事。"近年手头宽裕点，把《黄宾虹全集》《齐白石全集》《吴昌硕全集》等，一套一套往家搬，还建议年轻朋友有钱最好去搬一套回来。

长沙、北京、南京、上海……所到之处，书店是必去的，一去，见着好书好帖好画册是必买的，自己拿不动就邮寄。

用材

画画的材料他也讲究。

纸，历来喜欢用好纸，也舍得买。如今家里阁楼上的纸，他说这一辈子能画完也就差不多了。稍不如意的纸就用来写字。

笔，怕有二三百支还不止。不断地买笔，因为不知道哪个好用哪个不好用。有时一买就是几十支。青山桥赵修忠老先生的笔，前后怕买了一两千块钱的。北京李福寿的加健大白云，大画、小画都用得上，是他的当家笔。还有善琏湖笔，都属他喜欢的。

颜料，他喜欢用真藤黄，药店买的。真石青、石绿如今难得买到了，有一点陈年老货也只能留着"点睛"用了。平时所用的国产颜料他嫌色彩度不够饱和，托人去北京、苏州买，还托朋友从日本买回金粉、银粉等进口颜料。

印章，他从 1960 年年初搞中国画起，就讲究用印。黎泽泰、刘子其、高世雄、李立翁，这些老前辈都为他刻了印。篆刻家石开，为他刻了七八颗印，其中有好几颗都是石开自己很满意并且上了印谱的。平时，他最常用的还是涂道清、王集刻的印。老周的印，大的、小的，朱文、白文，姓名章、别号章，各式各样的闲章，至少有两百多颗，但他还常常叹息印不够用。因为他现在的画越画越大，他很想有十几、二十公分的大印，但很难到手，就自己动手刻。到底是画画的人，临摹的几方印还真有内行叫好。

用印，当然也讲究，什么地方用什么样的印，要比划来，比划去。大小，朱文白文，用一颗还是两颗，甚至用什么样的印泥都要运神。看他的画，内行常常称赞：周老师用印讲究。

艺事

他的字虽然早就被常德诗墙、毛泽东陵园、南岳碑林、卢沟桥纪念馆刊用，但直到近两年他才充满自信地说："我的随手字拿得出手了!"

至于画画，他的讲究更可谓到了对自己苛刻的地步，而他自己却浑然不觉，只觉得其乐无穷。一笔下去，这色，这墨，这黑白对比，这视觉效果，有没有传统，有没有新意。没有星期天，没有节假日，常常是饭菜上了桌，还在那里涂涂抹抹，喊他吃饭，头也不会抬，只会答一句："你们先吃。"再喊："还不来，白菜冒得哒啦!"这句话，有时倒还有点用。

一天不"干活"，他就六神无主，坐立不安。他自我解嘲，自己是孙得贵的老弟——生得贱，享不得福。有人说："六七十岁了，还是咯样搞么子啰!"他反问："我不搞咯些又搞么子啰?"有人说："你也去玩一玩哕!"他说："玩什么都冒得画画有味。"有人说："你也休息休息。"他说："画画对我来说就是最好的休息。"只要画出了好画，他就高兴，画不出"好画"——他的标准的好画——他就苦恼，常常一边画一边唉声叹气："怎么就越画越回去了?"我在旁边说："你什么时候讲过画得好?"那年暑假在株洲画了一批画，讲冒得几张要得，害得我以为自己一个暑假好吃好喝的伺候，全都白辛苦了。后来讲到这张好，我一看，是在我那里画的；那张好，我一看，也是在我那里画的。听我这样一说，他自己也笑了。

以前经常有人来邀请他参加各式各样的笔会，组织者每次都会奉上不大不小数额不等的红包。但他常常叹息自己笔会上的作品有时不尽如人意，也被拿走了。他说他以后要尽量少参加这类笔会，以免留下遗憾。在自己家里作画，我和孩子们都知道他的毛病：不能和他讲话，不能发出声响。一张画有时要重复画好多张，才有一张自己满意的。他认为不够好的画，决不出手，这是他的一贯宗旨。一次，一位朋友打电话来请吃饭，他赶快找出一张花鸟，准备送这位朋友，题好款后，左看右看，总觉得还有哪里不满意。这时朋友电话来催，说有车来接，马上就到，他一看时间来不及了，三下两下就把画给撕了。我说："这画还可以呀，怎么撕了呢?"他就是这样，从不愿将自己不满意的画送人，更不会为了应付别人而降低对自己作品的标准。有朋友不止一次半开玩笑半认真地说："把你那丢地上的字、画送我一张就可以了。"朋友多次劝周老师不要撕画，他只是笑笑，照样我行我素。其实朋友们也知道，周老师要么不送画，要送就送好的。有老朋友拿来老周过去的画，想请他题款盖章，老周接过来就撕，老朋友心痛不已，后悔不该拿给老周看。这样的事情发生已经不止一次了，当然，撕了旧的赔新的。

每过一段时间，他都要清理一下自己的作品，不满意的就撕掉，或捆成一捆拿到垃圾箱去烧掉。别人看老周的画觉得每张都不错，他们哪里知道，这些作品都是他在辛辛苦苦、一笔一笔、挖空心思画出的画里，一次次精挑细选后才呈现在别人面前的。他自己这位评审官，往往比别人严厉得多。他说画画就像运动员跳高一样，并不是每一下都能跳到理想的高度，只有把跳到了某一个高度的东西留下来，才能保持自己的整体水平都在这个高度以上。

为了保持这个高度，何止废画三千!

他把自己的画分为：不及格、及格、良好、优秀、杰作或极品。

仅仅只是"及格"的作品也是他不满意的，不过是对其中的某些新的、好的部分肯定而已。

杰作或极品往往是无意之作，可一而不可再，构图、笔墨、色彩、意境、情趣，无一不恰到好处，即使是自己想重复也重复不了，这就是中国写意画的魅力所在。

他说："画中国画，真是变化无穷，不要说一辈子画不完，就是十辈子也画不完。"我不理解有的人一辈子就画几样东西，几个现题材、现构图，跟担土一样，从这边担到那边，那有什么意思?他自己是把每一张画都作一个课题来对待，认认真真，师古人、师造化、思变化——创作出自己独有的东西来。

很多人都跟他说，画家要提高知名度，还是要靠"包装"。可他认定的是一条靠"硬打"的路——不炒作、不迎合、不迁就，要靠自己的作品去赢得"观众"、征服"读者"。他说："你的画不好，再'炒作'、再'包装'也不能提高你作品的档次。"

他多次讲到"优势的积累"，他明白自己的"劣势"：不是正规美院毕业、没有学历、没有系统的知识、没有指导老师，打入另册后长期脱离美术专业队伍，画画全靠自己的摸索。他很早就明白只有靠自己"优势的积累"才能达到理想的高度，怨天尤人是没有用的。他说："社会还是公平的，只要你有成果拿出来，社会最终还是会给予承认的。”他认准自己“优势的积累”只能是把画画好，“如果别人是60分，你也60分，那肯定不行，你70分不行，80分还是不行，非要95分以上，这样的优势别人想压你也压不住”。

2011年12月，朋友带来一位客人，他就是海南大学艺术学院教授、国家一级美术师、海南大学亚太美术创作中心主任、终身享受国务院特殊津贴的专家易至群先生，现居美国。易先生提出想看看周老师的大画。老周拿出作品，有山水也有花鸟。易先生看过后非常兴奋，不停地说：“很有启发，不虚此行！”

交谈中得知，他俩都是1956年那一年报考广州美院，而当年周宗岱是“备取彩墨系”。心高气傲的他不愿“备取”，也不愿去“彩墨系”，决心第二年再考。人的命运真是无法预料，第二年全国右派分子的名单中多了一个“周宗岱”，从此，此生的周宗岱与美院无缘了。如果周宗岱那一年被广州美院录取，他们俩还是同学呢。但易先生说了一句话：“如果进了美院，你画不出今天这样的作品来。”

老周后来跟我说，听到易先生这样说，他很高兴，因为这是来自同行的肯定。

虽无缘美院，但人称“画坛伯乐”的丁井文先生，著名中国美术史家、广州美术学院终身教授陈少丰先生都曾对无名之辈“周宗岱”寄予厚望，令他感动，也让他振作。

近年多次有人提出为他办展览、出画册，他婉言谢绝，理由是：我的画还不够好，再等一等吧。等一等，等一等，等到什么时候才有个头呢？就像一棵不曾老朽的树，还在不停地吸收，不停地长、长、长，长到什么时候才有个头呢？就像是建一座大厦，总在那里打基础，基础面越宽，越牢固，付出的时间就越多。可是，人的生命是有限的啊！

这样的道理他不是不明白，只是身不由己，用他自己的话说就是：上了瘾罢了——欲罢不能啊！已经走了这么远的路，付出了这么多的努力，放弃于心不甘。而且，他在心底总是相信自己是能够达到自己的目标的。目标在前，就只能往前走！走！走！即使无法到达顶峰，也一定要走在通往顶峰的路上！

1993年，他突然不画写意画了，开始画那种很工细的山水。一张山水就是两个月、三个月。天天拿着四王的画册在摸索，还有元四家的，龚贤的。用他自己的话说就是：“睏在那里头了。”从1993年到1999年，整整七八年的时间，老周都在画这种工细严谨的山水。为什么要这么画？他跟我讲，发现自己五十几了还上不来，上不来的根本原因是自己的基本功不够好。所以到了五十几还是要回过头来搞基本功，搞最扎实的东西。磨刀不误砍柴工，基本功打扎实了，底气就足了，有底气，就有后劲。我叹息：“这也要你对自己有信心才行啊！”

2000年他在湖南省书画研究院举办个人画展，不少人惊叹他的基本功了得，电视台介绍得多的也是雪景长卷和8米多的《岁月如流》长卷。他自己对此却不以为然，认为这些都不过是基本功而已，他最喜欢的还是他的新作——四张粗犷的大写意山水。他说，这才是他今后的方向。

至今为止，他已多次成功地举办个人画展，特别是2007年在中国国家画院举办的个人画展，获得了北京专家们高度的肯定和好评。除了座谈会上专家们热情洋溢的鼓励和评价，画展过后，还有消息陆续传递过来。中央美院教授许仁龙先生是湘潭人，他打电话告诉周老师：原中国美术馆馆长杨立洲先生看了周宗岱画展当天，非常兴奋，在电话中和他聊了近四十分钟，谈对画展的观感。原省美协主席黄铁山先生见了周老师也说："你在北京的画展很成功，反映很好！"还有程大利先生、邢少臣先生、刘曦林先生、齐展仪先生……他们在各种场合对周宗岱中国画的创作道路和取得的成果给予了高度评价和热情推介。这种种消息的反馈更增强了他对自己选择的方向的信心。每次画展过后，都会有人找上门来想买那些展品，被他谢绝。别人不能理解，说："这张不能卖，那张不能卖，你留着画干什么?"在他们看来，那不就是一张"画"? 你不是每天都在那里画吗? 不卖钱你画画干什么? 我却理解，那些展出的画作都是他的"研制品"，在他自己的眼中，一朵花，一枝叶，一根线，一个点，点点痕迹，都记录着他走过的轨迹，个中酸甜苦辣，岂可与外人道? 这样的"作品"随随便便就把它变成一叠钱，不要说他不同意，我也是绝不会同意的。不仅仅是舍不得，而是他经常要回过头去，探寻和研究自己走过的路对还是不对，只有这样才知道下一步该怎么走。如果这些画都变成了钱，这些钱又能告诉你些什么呢? 这些钱又会为自己带来些什么呢?

看到有的画家出了名，变成了子女和别人手中的摇钱树、印钞机，他以此为戒，并常常提醒一些画画的朋友，不要像"四川的苏葆桢一样"。他戏谑而不无自得地说："我要是摇钱树，也是一棵带刺的摇钱树。"

从这一点来看，他认为画家没出名或晚些出名也不是坏事，出了名，真的就成了"人在江湖，身不由己"，多少人眼睛盯着你，不会放过你，你还想安安心心地画画吗?

不过我倒相信即使他有了名，也不会成为别人的摇钱树、印钞机，因为我知道他的性格，也知道他想做的事情还很多。比如写文章，以他的经历，可写的东西太多了，想写的东西太多了。可是，"画没有出来"，一切的一切，都只能暂时放下。

有的作品不买，却用来酬谢朋友。把心爱的作品送人，有站在旁边的朋友说，看着"心里都是刺痛的"。确实，那是独一无二的，即使是他自己也无法再重复。

他常常说："感谢共产党让我退休了还有一份工资，不用为吃饭担心，有饭吃，有房子住，能画画，这就很好了。”这是他的真心话。

退休前，我和他两地分居，每当亲友聚会，别人问：“周老师又没来？”我说：“他忙！”别人不理解：“退休了，哪里会那么忙？”

他怎么不忙？要和黄宾虹、齐白石、李可染、黄秋园等古今大师研讨画艺，又要和书画同道探索切磋，还有方方面面的事务要应酬，当然更多的是画他的画，用他自己的话说就是：“往案边上一站，就什么都不记得了。”

日复一日，年复一年，有快乐，但更多的是辛苦；有收获，但更多的是付出。

我也常常想，他这样没日没夜，没完没了，如醉如痴地画，到底是为了什么？为了钱？事实早已告诉了我否定的答案。为了钱，根本就用不着花这么大的气力，只要自己稍微变通一点，画变钱应该不是问题。为了艺术？好像也不尽然。那到底是为什么呢？

他曾多次问我：“是不是自己天分太低了，搞不出什么名堂来了？”其实，这个问题他在心里已经无数遍地问过自己了。每一次问自己同样的问题，对他都是一种折磨。所以不少熟悉他的朋友说：“宗岱画得太苦了！”但是在每一次的自问中，他对自己的回答都是“不”！不服气！不服输！搞了几十年，就是要看自己的本事到底有多大，能不能画出自己想画的东西，就是要搞出点名堂来给自己看看！

他是在和自己过不去？他是在向自我挑战啊！当然，也为了更好地报答那些在困境中真诚地帮助过他的人，也为了告慰那些对他充满希望和信心的朋友，更为了那些在他生命中曾经经历过的苦难和屈辱。我想，这些才是支撑他如此长时间地坚持，不断地进取的原始动力吧。反正，我是这样认为的。

他常常说自己不是一个成熟的画家，开始我还不理解：70 岁的人了，还不成熟？后来才明白，不成熟是说还在继续成长，不成熟是说还有发展空间，“早熟”对画家来并说不见得是一件好事，“不成熟”对画家来说也不是一件坏事，这让他始终对自己充满信心，然而又一直让他烦恼、痛苦和困惑。

在中国国家画院举办的周宗岱中国画展开幕式上，他说“自己还是一个正在成长中的画家”，这不是谦虚，是实事求是，甚至还可以说明他内心的骄傲、自信——70 多岁的人了，还可以不断地学习新东西、不断地吸收、不断地变化、不断地进步，难道不应该为此感到高兴和自豪吗？

对于自己的成长，他的比方是像蛇“蜕皮”一样，要成长就要蜕去老皮，长出新皮。一方面是有一个内在的、成长的、鲜活的新生命想向外喷发，一方面却是一个外在的、固有的、陈旧的表皮紧紧的束缚，要冲破它——旧的自我。在此期间，疾病的折磨、体力的衰退、心灵的困惑、家事的烦累，时时困扰着他，太难了！他还能坚持下去吗？

“成功”，是他经常说起的一个话题。

那些在他人看来已经取得的成绩和“成功”，在他自己看来却离目标还有一段距离。他要求自己“还要再上一个台阶”，“还要再进半步”，几年前他是这样说，几年过去了他还是这样说。我不知道“再上一个台阶，再进半步”会是一个什么样子，但我不怀疑，他决不会停下自己的脚步。

他常常说自己画画的天分不是最好的，但努力的程度和学习画画的态度应该说是最好的，他强调一个“最”字。

他无法停下自己的脚步，他说自己就像在爬山，山越高，越到顶上，就越难爬，像攀登喜马拉雅山的珠穆朗玛峰一样，每走一步都要付出更多。他走得慢，走得艰难，但他还是在走，他也相信自己还能再走。

怎样画出既有传统，又有现代意味，又有个人风格的画？无论是山水还是花鸟，他脑子里都还有着许许多多的想法，对自己的画，他还能知道毛病在哪里，这是最让他感到高兴的事情。自己的艺术源泉没有枯竭，让他对自己也充满了信心。

对他而言，他想要的成功，就是要画出让内行叫好、外行点头、自己喜欢的画来。内行叫好，谈何容易？外行点头，也要看你的东西好不好。自己喜欢，就更是煞费苦心了。三者不愿舍其一，所以，为了这个“成功”，他注定还要在崎岖的山路上继续行走。

喜马拉雅圣洁的峰顶，令他心驰神往，像那些虔诚的朝圣者一样，他朝于斯，暮于斯，锲而不舍地行走在路上。看着那些曾经仰望的高山，渐渐后退，他要以自己一生积蓄的全部智慧、学识、技艺，包括生命最后的体能，为登顶作最后一搏！

他似乎永远也不愿重复自己。不断地蜕变、不断地出新、不断地否定自己、不停地向前走，似乎只有这样不停地折腾，他才能得到一种自我的满足，他才能够获得一种来自内心的宁静。

我不知他是否想到过“放弃”？但我却知道，对于“画画”这位生死相依、荣辱与共的老朋友，他此生是无论如何也离不开了。就像他在《学画自述》中所说的：“不画画，我不知道怎么过日子啊！”随着年龄的增长，他越来越明了这样一个事实：“不画画，我又能干什么呢？”只有画画，他才会感觉到愉快；只有画画，他才会感觉到充实。他为老朋友、画家谢国安先生写的一篇文章，题目就叫做《以画为友》，这也是他自己的切身体会了。以画为友，艰苦相伴，不弃不离，欢乐与共，相傍相依。原来，画画，不知不觉已经成为他此生选定的一种最好的生活方式了。大概，这才是一个比较说得过去的结论吧。

没有人喜欢穷，他也一样，但是为了让自己的画画得更好而不得不“穷”的话，在他也是一种无奈的选择，我能理解。

“穷”且“讲究”，这个人这辈子就这样，已经无药可救了。没办法，嫁了这样一个穷讲究，这一辈子也只好随着他这么一直倒腾下去。好在穷归穷，讲究归讲究，总的来说，还算好伺候。想一想，也是，像他这种人，如果没有这些穷讲究，那才恐怕更加麻烦呢。

那就继续“穷”，并“讲究”着吧！

初稿写于2003年1月21日，后多次作了修改、补充

《周宗岱研究》组稿札记

毛　娟

湘潭，仰毛泽东伟人灵气，蕴湖湘文化深厚底蕴，物华天宝人杰地灵，艺术名家辈出。

周宗岱先生，是湘潭文艺界目前德高望重的代表人物之一。老先生现年 82 岁，从艺 60 余载，在美术、书法、篆刻、文学和美学诸领域都卓有成就。他为人低调磊落，终生致力于艺术创作和培养新人，近年以他为核心的“蕉荫画友”中国画创作团队为传承中国画艺术、弘扬国粹精神，作出了突出的贡献，产生了广泛的影响。

为全方位、多角度的推介周宗岱老先生，弘扬湘潭老一辈艺术家对艺术的孜孜追求和毕生热爱之情，由湘潭市文学艺术界联合会、湘潭市美术家协会、湘潭市文艺评论家协会牵头，特策划、组织开展对周宗岱先生的专题研究，并编辑《周宗岱研究》一书。

周宗岱老师是我最崇拜的老艺术家，又是我学山水画的老师，得众人抬爱，让我参与《周宗岱研究》的编撰工作，并负责前期组稿任务，深感无上光荣且责任重大。

组稿是一项非常繁杂而漫长的任务。在这一过程中，得到众多领导、老师的支持和帮助。今择部分小情小景，撰成《〈周宗岱研究〉组稿札记》，借以叩谢各位组织者及赐稿老师。

2017 年 6 月 23 日晚，大雨

今晚，《周宗岱研究》组委会召开第一次组稿会。

通知有点仓促，地点在湘潭大学。由于整天倾盆大雨，湘大又在提质改造搞建设，主门封了，出入只能走侧门，晚上大家都是冒雨绕道与会。蕉荫画友师兄罗雄见雨大，绕道来接我前往。

会议由湘潭大学艺术学院副院长、湘潭市美协分管理论研究的副主席罗豪畅主持。

会议首先就《周宗岱研究》的意义、目的作了进一步的探讨。著名作家刘剑桦、湘大艺术学院院长黎青、蕉荫画友的班长萧红亮、齐白石纪念馆馆长兼湘潭

市美协主席王志坚、湖南科大艺术学院老院长曾景祥、湘潭市女画协主席刘坚都先后积极发言。

大家一致认为：湘潭是伟人故里、文化名城，文化底蕴悠久深厚，艺术人才藏龙卧虎，像今日这样对本地一个老艺术家开展专题研究，实属首例，对整个湘潭崇尚艺术与推介艺术家都有着开先河的积极作用，值得倾注精力认真去做，并纷纷表态愿意积极参与，多作努力。

会议就邀稿和研究内容作了进一步的讨论，并对《周宗岱研究》的组稿范围进行了初步的规划，确定主要由五个方面组成：1. 周宗岱山水画研究；2. 周宗岱花鸟画研究；3. 周宗岱文学与美学研究；4. 周宗岱书法研究；5. 周宗岱艺术人生及其他趣闻轶事介绍。明确由湘潭市美协王志坚主席牵头，组织组委会再细致研究，提出下一步的具体工作方案。

周宗岱、刘冀湘夫妇也出席了组稿会。周老师诚恳地答谢大家，并很谦虚地表示："我还一直在努力，也要努力才能对得起大家的看得起。"

会议最后还推举我为组稿人，负责《周宗岱研究》的全程组稿。对这个任务我可一点思想准备也没有，但紧张的情绪和焦虑的面色被大家一致通过的掌声所掩盖。激动兴奋之余，我再次感到了沉甸甸的压力，我怕完不成任务，愧对周老师的关怀，愧对大家的信任。没办法，今后只能是赶鸭子上架了，唯有加倍努力，才能不辱使命。

2017 年 6 月 25 日，阴

今晚，王志坚主席邀请我去参加湘潭市美协在憨牛堂召开的主席团会议。我不明白为什么邀我，但王主席那诚恳的口吻，让我没有拒绝。

去了才知道，我是重点参加会后《周宗岱研究》编撰工作会的。湘潭市美协主席团会议近十点才结束，王志坚、姜向东、楚子、我四人留下来继续开会。

四人的会议由王志坚主持，考虑到 6 月 23 日晚上的会姜向东、楚子因故未参加，志坚主席在重复了《周宗岱研究》的意义和目的、传达了 6 月 23 日会议的有关拟定事项后，着重就《周宗岱研究》的任务作了如下布置：1. 姜向东作为湘潭市美协常务副主席，负责做好《周宗岱研究》的总协调、总调度。2. 由毛娟负责根据 23 日晚上的会议内容，抓紧提出组稿的初步工作设想。要求征集来的稿件都要有电子版，并各自校好自己的第一稿。3. 由湘潭市评论家协会主席、湖南科技大学人文学院中文系教授吴广平负责后期统稿及编辑出版工作。4. 楚子作为湘潭市美协理论研究委的负责人，前期就《周宗岱研究》作了大量的工作，在编审出版这块，下步要全力协助好吴广平老师。

会议开到晚上十一点多才散，我们湘潭的几位都关心地劝楚子：“太晚了，就在湘潭住一宿吧。”

楚子坚定地说：“谢谢大家，明天清早还有事，今晚一定得赶回湘乡。”

楚子也真的是不容易。

2017年6月28日，阴

今晚，蕉荫画友雅聚听荷堂编审《河岳情深》。

课后，班长萧红亮又将大家都留了下来，由我把《周宗岱研究》的进展情况向蕉荫画友作了简要汇报，并明确：1. 毛娟参与《周宗岱研究》的编辑出版工作，任务重，需克服困难认真负责，大家也要积极配合。2. 蕉荫画友已跟周宗岱老师学画9年，是最受益也是最了解周老师的，所以，就周老师的山水画、花鸟画大家要认真研究下，其中山水画研究由罗雄牵头；花鸟画研究以萧红亮、宋扬为主；蕉荫轶事由毛娟牵头，其他画友能写的积极参与。大家听了，都很兴奋，都很踊跃。王金华、尹红、杜洪建等更是表态，虽说不太会写，但跟周老师学艺多年，有太多的感想、感悟和感动，实在是心里有话要讲，不管《周宗岱研究》用不用得上，都要写。

我很受鼓舞和感动。散会后，打电话给周老师，汇报了晚上我们蕉荫画友碰头会大家的想法。周老师基本赞同，他说：“《周宗岱研究》是市文联、市美协、市评协领导们看得起，是很多艺术界朋友在抬爱我。其实，我还不值得大家这么恭敬，我得感谢大家才对。蕉荫画友们跟了我这么多年，对我应该算是较了解的了，应该是有东西可写的。不了解我的人，不可能了解我的艺术，更不可能了解我对艺术追求的态度。”

我说：“焦荫画友跟您学习这么多年，是最受益的，也是最了解您的。我们钦佩您对艺术的执着，羡慕您对世俗的淡看，理解您对时间的珍惜。对了，还了解您的那股子犟劲。”

“这还差不多。”周老师笑了。

“但您不是神，不是圣，我们还是希望别人不要太美化您了。”电话那头传来爽朗的笑声。

2017年7月5日，晴

湖南科技大学吴广平教授自费宴请晚餐，同桌的有王志坚、罗豪畅、楚子以及郭务强、武正坤、我，还有吴广平教授所带的四位研究生：李霖、庞美凤、徐诗丝、宋卉，这四位研究生将参加研究周宗岱老师的课题组。吴教授说，6 月 23 日晚上的组稿会他因故未参加，所以今晚请大家聚一聚，好接任务，同时大家在一起理一理组稿思路，并计划好下一步工作。吴教授还说他将指导他的四位研究生李霖、庞美凤、徐诗丝、宋卉对周宗岱先生进行专题研究，李霖将专题研究周宗岱先生的美学专著《美辨》及其美学理论，庞美凤将专题研究周宗岱先生的散文集《画馀信笔》及其散文创作艺术，徐诗丝将专题研究周宗岱先生的写意花鸟画集《周宗岱写意花鸟》及其写意花鸟画创作艺术，宋卉将专题研究周宗岱先生的写意小品画集《周宗岱写意小品》及其写意小品画创作艺术。

餐后的会议由王志坚主席主持。

我简单地汇报了组稿的初步设想：1. 《周宗岱研究》是我们湘潭艺术界第一次对有成就的老艺术家集中进行专题研究，是一部“地方戏”。周老师是一个追求艺术很虔诚、很执着、很纯粹、很有成就和贡献的艺术家，同时也是一位经历坎坷、个性倔强、为人低调的老前辈，我们研究他，要贴原型、接地气、讲人情，不要把他美化成了神和圣，不一定要塑造成高大上。2. 建议组稿重点以湘潭艺术家新撰稿件为主，并择用市外名家部分已发表的文章和《周宗岱其人》一书内部分已组稿的文稿，以丰富研究的深度和广度。3. 此次组稿以邀稿为主，人员由组委会确定，并征求好周老师夫妇的意见，毛娟负责组织执行。

大家基本认同我的建议，原先的想法是把《周宗岱研究》做成纯理论性的一部学术专著，通过今天的会统一了思想，确定为一部具有湘潭地方特点、且艺且事且人的研究集，但必须是以研究其艺术为主。

会上，大家就邀请哪些撰稿作者各抒己见，提出了很多中肯的意见。最后，由志坚主席综合大家的意见，明确了约稿范围，列出了撰稿作者初步名单，并明确由我向周宗岱老师汇报一次，请周老师再完善。

2017 年 7 月 13 日，晴

今天湘潭市文联召开上半年工作汇报会，各协会主席、市文联科室长以上干部与会。利用开会前的时间空档，我专题就《周宗岱研究》的策划思路、组稿计划、前期工作进展情况向湘潭市文联党组书记、主席陈志光作了详细的汇报，也把自己的压力和担心毫无保留地说了出来。

志光主席 2012 年 10 月到文联任职，他的为人就像他的个头、形象一样，憨厚而睿智。我特佩服他为艺术家做事总是身体力行，举重若轻。几年下来就将文联真正营造成了艺术家的“娘家”。他待艺术家们总有一句口头禅挂在嘴边：“有困难依靠娘家，有喜事报告娘家，没啥事也可走走娘家。”这不，志光主席听了

我的汇报后，态度鲜明地给了我四点意见，让我吃了颗定心丸：1. 这是湘潭文艺界一件史无前例、首开先河的大好事，市文联作为这项工作的总牵头单位，我们大家都有责任、有义务把它做好。2. 你作为文联的联络人和参与者，不要有太大的压力，只要尽了最大努力就行了。至于有什么具体困难可找王志坚、吴广平主席，也可以直接来找我，我们大家一起商量解决。3. 你除了是周宗岱的学生，也是市文联的一名老同志和专家型领导，希望你能发挥好娘家人的带头作用，既大胆又细致地开展工作，勇于担当，不负期望，将这份任务完成好。4. 市文联会努力支持你们搞《周宗岱研究》的，包括组织和经费等多方面。

很是感动，很受鼓舞。有娘家真好。

2017 年 7 月 19 日，晴

从 7 月 10 日起，我便按照组委会的安排陆续开始向有关作者约稿。因为《周宗岱研究》暂时还没有对外宣传，估计省内、市内很多作者都还不知道这回事，所以每次开头我都简明扼要地向被约稿者说明来意。没想到大家一听这消息，纷纷称赞不已，认为这是一件大好事，说湘潭能就地方自己的艺术家组织进行深入研究意义重大，是一大创举，大家都应该支持；一致公认周老师的确是一位值得研究的老前辈，首先推他，众望所归；一致表示欣然应邀，认真撰稿。

接任务时想到要约几十个人的稿子，我还诚惶诚恐心里没底，没想到作者们这么给力，这么热心，这源于大家对活动主题创新性和鲜明性的认同，源于大家对周宗岱老师的信服，源于大家对湘潭文化艺术事业的关心。

想起有点兴奋，晚上我便跟周宗岱先生的夫人刘冀湘老师通了电话。在《周宗岱研究》上刘老师可倾注了不少时间和精力，是有功之臣，我们很多研究基础资料均出自她平时的收集和整理。刘老师性情温和，在肯定我的做法的同时，又点了几位她认为与周老师有密切交往或能懂周老师的亦师亦友的艺术家，嘱我逐一记好名字，抓紧对接联系。

这时候周老师应该就在刘老师旁边，他在听到我和刘老师的交谈后，直接抢过刘老师的手机，点了我两句："毛娟画友，这事急不来，你莫太性急了，要顺其自然啊。还有，我就一个犟老头，甚至可以说就是一个不谙世事的犟老头，请你们千万不要太美化了！拜托你，拜托大家啊！"

我的心一下子跳得好快啊，赶紧"嗯"了一声，轻轻地挂了电话。我敬畏周老师，有时到了怕的地步。

2017 年 7 月 28 日，热

湘潭近段一直 40 多度的酷暑，气象部门多次亮起了高温预警的黄牌，潭城白天成了火城。

中午，湘潭大学艺术学院院长黎青打电话，说想来我工作室接周宗岱老师的作品集。黎院长对《周宗岱研究》的事一直很上心，6 月 23 日晚在湘大召开的征稿会就是他安排的。接他电话时，我正在空调房里午睡，赶忙回复："这么个大酷天，中午又是最热的时候，你就别赶在这个火峰上来喽。要不，晚边凉快时我帮你送过来?"

黎青答："我还只有现在这个时候有点时间，再说办周老师的事也不怕热。我已经在来的路上了，不必劳你送啦。"

我只得赶紧起床，刚收拾完毕，黎青就来电话说已经到了我工作室的楼下。他从没来过我工作室，认路这么准，来得这么快，厉害!

我赶紧将周宗岱老师的有关作品集送下楼去。

烈日下，停满汽车的街面侧道上，一个帅小伙，背着双肩背包，戴着个深色旅游帽，站在一辆不知啥品牌却看上去很酷炫的摩托车旁。

我一眼就认出他来，打趣地问："这么火热的天，院长你咋不开车来呢? 骑摩托，想晒非啊?"

黎院长答："摩托车比汽车快，不堵车咯。"

我将书送给黎青，不好意思地自语道："我以为你开车来，没带绳子下来捆书。"

黎青早有准备，老练地从摩托车后箱拿出根专用绳，小心翼翼又手脚麻利地将书绑在了摩托车后座上，并告诉我，他以前读过周宗岱老师的很多文学、美学、美术作品，但这回，他还是想系统、认真、全面地通读好周老师的所有作品。因他 8 月 14 日要带研究生去外省写生，想赶在之前完成好研究周宗岱的论文。

没有多言，我甚至都没来得及邀请他上楼去喝杯凉茶，他一跨摩托车，"嗖"的一声，就消失在热烘烘的双拥路上了……

2017 年 8 月 1 日，酷日

连续几天，为撰稿者送周宗岱老师的作品集。前一天湘潭市文联派人派车，后两天我和工作室人员分头送。

在前些日子的约稿过程中，很多作者反映，尽管平时都很在意和关注周老先

生的艺术和创作，也还是想利用这次撰稿的机会，更系统、全面、认真地学习好周老师的艺术作品。但他们又说不忍心都去打扰周老先生讨书册，问我有什么办法不？

揣着一份兴奋，一份惶恐，一份责任，与周老师联系提出大家请书的要求。周老师满口答应："人家开口要书，那是人家看得起我，我当然得给。只是《美辨》，我家底也就几本了；《周宗岱作品集》谭国斌总共也才给了我200本，早用得所剩无几了。其他作品集应该还有。"

我很理解，大前年春节前，我们蕉荫画友为周老师乔迁新居搬家，周老家最多要搬的就是书。但在茫茫书海中，我们睁开眼寻也才见到几本《美辨》，赵龙威眼尖手快，征得周老师的同意，为他和我这两位韶山老乡各留了一本，还不敢声张，赶紧就把书藏进了赵龙威的车里。这事我和赵龙威一直偷着乐，不敢告诉为周老师搬家的其他画友们。

听到周老师答应有书，我决定马上抓紧去接，但周老师坚决不同意，说我一个女同志，工作忙，路又远，坚持要他儿子周游送过来。

周游送来的书主要有：《当代中国山水画坛10名家・周宗岱作品》《盛世典藏・当代中国画名家精品荟萃第九辑卷二/著名中国画家周宗岱作品集》《周宗岱写意小品》《周宗岱写意花鸟》《画馀信笔》等，周老师真的是把很多家藏都贡献出来了。

我这有周老师书籍的消息不知咋的不胫而走。我的工作室突然变得热闹起来，电话多了，请书的多了，更有性急的，不跟我联系，直接跑过来找工作人员就将书拿走了。

此后周游送书究竟来了几次，我没记录，但我工作室老满足不了大家的渴望和要求。比如说湘潭大学文学与新闻学院比较文学与世界文学博士生导师宋德发教授，他拟写《书画背后是文学》，急需认真拜读周老师的《美辨》。没办法，我只好将盖了我收藏印的《美辨》送给了宋教授。

还有很多搞文学的朋友，这回虽然没有写稿任务，见了周老师的书也是乐不释手，拿起就跑了。

一时间，我工作室周宗岱老师的书荒。

2017年8月2日

陈自烈是湘潭市雨湖区文化馆的老馆长、油画家。他小周宗岱老师很多，却与周宗岱老师亦师亦友的一直相交近40年。得知湘潭正在研究周宗岱，在外地避暑的他便冒40多度的高温赶了回来，一清早就火急火燎地约我和涂道清老师一起去拜访周老师。

见到老朋友，周老师很是高兴，还饶有兴致地翻出了他们20世纪90年代初外出写生时AA制的伙食费账单来。天哪，那个年代的物价真的是低得一塌糊涂，他们这拨青壮年的伙食费一天加起来也才5角到8角。见到这些伙食费单子，3位老艺术家仿佛又回到了当年，一个个生龙活虎，激情高涨，手舞足蹈。周老一高兴，还眉飞色舞地哼起当年流行的几首小曲来。

过了十二点，大家都还在兴头上歇不下来。因中午还约了何雷衡、刘剑桦老师一起相聚，我不得不狠心地催了他们几回。三位艺术家没办法只得动身，一路还相互宽慰：我们吃饭去，边吃边聊边乐。

中餐设在华都大酒店四楼思孝厅。何雷衡、刘剑桦两位老艺术家早已到候。席间叙旧念老侃当年，持杯把酒话旧情，笑声不断，满目风采。中餐吃到两点多，吃到服务员来催了两三次，大家还欲罢不能，还恋恋不舍，还说当年的朋友这次只可惜少来了个李伯佑。

我回忆，2008年周老师开课带班蕉荫画友时就曾约法三章，首条就是蕉荫画友如有开支必须AA制，这是不是就是从他们20世纪90年代初写生时开心快乐的成功实践中总结得来的体会和经验啊。

2017年9月14日

今天刘剑桦老师从外地打电话来告知，他最近一直在外采风，特别地忙，最主要的是担心周爹时间比他还紧要得多，他也不想再去打扰周爹了，因此要重新写稿恐怕不能如期完成任务。剑桦老师在电话里问，他以前曾几次写过周爹的访谈，这次根据对周爹的更深认识和了解，他将原来的访谈进行修改后再邮过来，要得不?

剑桦老师是湘潭著名的诗人、散文家、评论家，他喜欢叫周宗岱老师为周爹。他与周爹在20世纪80年代末因文学而结缘，经常在一起谈文学、论绘画，剑桦老师还常常开口到周爹家蹭饭吃，其实就是想去看周爹画画。剑桦老师曾在湘潭日报社负责编审文学稿子，学力深厚，眼力尖刻，批改无数，杀稿成精，但对周爹他常主动约请写稿，并曾多次专题访谈。

接到剑桦老师电话，我没思想准备。记得他在6月23日《周宗岱研究》的征稿会上，在主持人还没来得及请他发言的情况下，不愿多话的他主动抢先："我剑桦先插话讲两句，编写出版《周宗岱研究》一书是一件好事，更是一件善事，于湘潭文学艺术发展史上也是浓墨重彩的一件大好事。我不怎么服人，也常得罪人，但周爹我服，非常服。所以，我主动请任务，《周宗岱研究》校样出来以后，我一定认认真真校一次稿，并且当自己的作品一样来校。”

后来，周宗岱老师亲自打电话来提醒我：“《周宗岱研究》一书清样出来，你可千万不能叫剑桦校稿啊，叫他校，他毒眼四射，刀笔如神，咔嚓下来《周宗岱研究》就清水无鱼啦。我是一个普通的人，是人，就要吃喝拉撒，就有名利私心，愤慨时，我也会骂人，所以，还是原汁原味点好。”

一个是文学老师，一个是绘画老师，两位我都心存敬畏，那究竟是请剑桦老师校稿好呢还是写稿好？电话那头剑桦老师的电话还未挂，来不及细想，我竟毫不犹豫答复说：“好的。”

挂了电话，突然想起我与王志坚、吴广平两位主席之前的约定：在《周宗岱研究》过程中，遇重大问题或不可预知情况，我们三人是要先通气的。

我这回复，是不是犯错误了？

2017 年 9 月 21 日

涂道清老师是一位神清气爽、备受尊敬的老艺术家。没有谁叫我去约涂老师的稿，但我知道涂老师和宗岱老师一直是挚友，涂老师也是我很尊敬的老师之一，所以早些天我还是忍不住把这项工作和涂老师作了个汇报，并邀他一起参加研究周宗岱老师。

没想到涂老师一听，首先就大加赞赏起我们这项工作和我来。涂老师平常不怎么喜欢讲奉承话，他这么一说应该是真心的、认真的，但我还是很惭愧，并赶紧打断了他老的话。涂老师立马打住并爽快表态：“写文章就留给其他大笔杆子们去搞，我手笨，但我手有力，我就治一枚“周宗岱研究”的印，好不?”

涂老师习印几十年，手上功夫数出一流，印章在市场上也是俏走，且价格不菲，我没想到涂老师一下就主动提出献印。

见我还张着大口发呆，涂老师脸都急红了，接着说：“因为宗岱老师德艺双馨，是我学习的榜样，我雕个书名汉印，传统、厚重，才对得起周老。”

“那就真的辛苦您，谢谢您了。”我赶紧说。

“我一定尽快完成。”

没几天，我就收到了涂道清老师托儿媳刘玲玲发过来的邮件，拍的是涂老师篆刻的“周宗岱研究”的拓片。拓片照得不是很清楚，但印章看起来简略明快、方韵厚实，绝对是一方好印，尽显老道功力和拳拳心意。

不想今天，有个事让我彻底震惊了。

晚上焦荫画友在我工作室雅集，画友之一、也是涂老师唯一的徒弟宋申葵悄悄地将我拉到一边，小声地告诉我一个消息：“你知道不?”

“知道什么?”

“涂老师病了。”

“我早几天还见了他啊，人挺精神，也没见他说起有病。”我有点不明白。

“市中心医院、长沙湘雅医院都已经确诊他得了肺癌。涂老自己也知道，但一直硬扛着，所以别人都还不知道这个事。”我呆若木鸡，心头直紧。

“涂老师是在市一医院治疗期间强撑着完成‘周宗岱研究’这枚印章的篆刻任务的，因为他马上要到北京去动手术了。”

不知为什么，我鼻酸心痛，泪水外涌，忍也忍不住……

2017 年 9 月 25 日

早几天，湖南工程学院教授、油画家胡大虎，不知从哪听到我这有周宗岱老师的书，便发微信给我，希望能帮他弄一套全的。

我将书弄齐，打电话准备给他送去，但他放下电话十几分钟不到就赶到我工作室楼下，径自乐颠颠地接了书去。

没想才过几天，一早就收到他发过来的研写周老师的文章《岁月如流，人生如画》。

我大感意外，电话里他对我说：“我是学油画的，但我特敬佩宗岱老师，他的为人为学为艺为师，都深深感动着我。虽说组委会没约我写稿，我还是主动写了这篇稿子发给你，用不用都没关系。我就是看了周老师的书和画，有体悟、有收获。我是受益颇深、有感而发。”

2017 年 9 月 30 日

前天收到供职二炮的湘潭籍军旅画家陈芳桂的来稿《至今心折周宗岱》。

陈芳桂又名陈猛，是一位从湘潭走出去的、被称为60后翘楚、自辟蹊径、卓然有成的年轻画家。他善于学习，独立思考，在湘潭时就曾在周老师指导下学习创作，借古开今，长足长进。

陈芳桂是我主动跟他约的稿。听湘潭很多艺术家说芳桂都不是以前的芳桂了，现在名气大了，气也高了，一般都不接见湘潭朋友啦。我不太信，之前接触过他多次，感觉忙是真的，念旧念老朋友感恩老师也是真的，常见也常闻他帮周宗岱、曾景祥、刘振涛等老艺术家贴心做事，常请贺仁寰、徐旭等老朋友雅聚并自己买单。我们这些无名小卒初去北京，他也热情接待，款以家宴，蛮重家乡情谊的。

所以，我不管别人怎么说他，一个电话就猛过去。刚响两声，他接了，我简要说明事由和任务。他爽朗答应：“哈哈，你这事，是我一直就想做的。结果你们都想到我前面去了。周老太爷这人，特犟，但我服他，服他！”

没多久，稿件就发到我邮箱。

今天，他又急匆匆地电话唤我，看我在电脑旁不，说他发过来的稿子，发我之后又看了几遍，还要改一个字，吩咐我一定要在电脑里马上改过来。

我正在开车，不在电脑边，便要他电话里告诉我看哪个字要改就行了，他严肃地说：“不行，我怕你开车一心两用记不住是哪段哪个字，还是等你回到工作室再打我电话，我再告诉你哪个字要改。”

见他认真，我只好听从他了。

2017 年 10 月 6 日

今天收到蕉荫画友师兄杜洪建的稿子，这已是他的第四稿了，真的是情真意切，已经很不错了。在蕉荫画友，我们习惯称杜洪建为杜杜，因为他有时特动感情，特乖特逗特幽默。

还是在 9 月 21 日晚蕉荫画友雅集时，杜杜在没有任何准备的情况下，突然主动请命说要写一篇关于周宗岱老师教他绘画的文章。大家鼓掌，但都没有往下细研。第二天清早杜杜打电话给我，说昨晚雅集表态后回家整夜难眠，心里好紧张，不知要怎么写，不知从哪儿写起。

我说：“这又没什么任务指标，也没谁硬要求你写，你有事则写，有情则抒，千万不要有压力，要是太紧张就建议你不要写了。”写文章不是杜杜的强项这大家都知道，他的强项是书法，尤其是章草，可以说是湘潭一绝，放到全省、全国也是一流的。但写文章这事对他实在不能太勉强。

“不行，不行，不能不写，写不好还可以请你修改。因为周老师对我实在太好，太让人感动了。”

“那你就大胆的写出来，捡最能打动你的事来写。”我给他鼓劲，我很能理解他此时的心情。周老关心关爱蕉荫画友的每一员，我都经历感受过，恍如昨日。

“那我就写几个周老师为我开小灶的故事行不？实在太感人了。”

“那最好了。”我答。

周老师为杜洪建开小灶的每一场，我几乎都在场见证，常常被温暖到心灵深处。经杜杜这么一说，周老师对我们蕉荫画友每位学员的关爱，给杜杜开小灶的倾心，一幕幕，就像放电影一样浮现在我的脑海。随即与他的电话交流中，我反复强调，这是一个好题材，有足够的内容写，而且情绪各异，新颖感人。“周老师为你开了那么多小灶，随便捡个两三件事来写就能顺笔成章，就能感动一大片。快动笔，我支持你。”

于是，杜杜老师的《小灶说》，经过前后四易其稿，最终将以《小灶情深》面见读者。

2017 年 10 月 27 日

一早周老师就来电话，说想来我工作室。我赶紧说：“您都 80 多岁了，一定要保重好身体，千万不要亲自过来了。您有什么指示，我赶过来听命就是，或者我过来接您也行。”

电话那头，做事爽快的周老师好像有些不快：“我已经准备动身了，不要你来接。”

我只得赶紧起来收拾昨晚没来得捡场的零乱的工作室。

刚收拾完毕，周老师就到了。

不知 80 多岁的他老人家是坐什么车过来的，一顶鸭舌帽，一件牛仔布的灰外套，一个淡黄色的外出必带的双肩包。

进门没有一句多余的话，正奔主题：“今天来，就是为你们组稿的事和你交流下想法。”

我赶紧找纸笔记录：“这次大家看得起，要研究我，我心存感激。我来，就是觉得你们大家都太辛苦，付出太多了，我深表感激，要请你向大家代为转达我的谢意。同时我个人有几点建议也请一并转达：一是不要硬性要求和规定大家什么时候交稿。写文不是绣花，需要不断打磨，当以质量为先。二是约的稿子，原则上我建议都用。红尘社会，大家都在奔生计、奔前程，能够在乎艺术，在乎我一个固持老头，并且费心费力为我动笔的人，一定是有交情或有故事的朋友，我看不要辜负了大家的一番心意。三是就作者而言，建议以湘潭为主，兼顾省外及其他。”

周老师列了个作品单给我，建议将一部分已发表的名家评论和部分文章，如薛永年、王鲁湘、邵大箴、贾德江等老师的评论，都收在《周宗岱研究》里，供大家分享。

我一一记在笔记本上，不敢有任何含糊，生怕漏记了半点。

临要走了，周老师突然兴致高涨，一把抱过我家狗狗喜洋洋，又站在创作基地牌匾前，叫我给他一起照几张相，并乐呵呵地解释：“我家里养了条狗叫黑白坨，我身上自然有狗味，你家喜洋洋看样子蛮欢迎我呢。来，再照一张。”

老师开心了，我的心一下子放松了很多。一个严肃倔强的老头，竟然如此有爱心和童心，一张张满是老师灿烂笑容和狗狗萌动姿态的照片记录下了这珍贵的一面。

2017 年 12 月 28 日

要过新年了，可我的心情一点也好不起来，一是家事不顺，96 岁的老母亲患病住院，家嫂又罹患癌症，我都得扛着；二是自己身体也是不舒服，胃病、关节炎绞到一起，疼痛难忍，寝食难安；三是《周宗岱研究》一书约稿已近尾声，要做的事情还很多，心理压力很大。

正当气不顺时，湘潭市美协常务副主席姜向东打电话来，问好久不见我有消息，又问《周宗岱研究》进展得怎样？

不问则已，一问，不知为什么，我家里的事、身体的事、组稿的事绞合在一起，苦水变了怨气无法自制，就如同决了堤坝，一股脑发泄了出来。

电话那头的他，静静地听着我的倾诉，默默地受着我的气。

我一口气吐槽完，心里平坦了些，他才回我："你做了很多，也吐了很多，我都理解。我做得很少，我把重点放在美协的日常事务了。其实周老也是我最尊敬的老师，你放心，我再忙，拼命也会支持你！"

"我要你拼什么命，你们理解就行。"

他答："作为美协常务，就得多务常做，你有事尽管随时摇铃子就是。"

"穿衣要穿布的，当官千万不要当常务的，你姜向东就是搞常务的，这事你不常务哪个常来务啊？只是我不该在你面前发你脾气。"我突然破涕为笑。

电话那头传来憨憨的笑声。"姐，你尽管拿我开涮，只要你开心就好，呵呵。"

我飙了一通向东主席，心里才释怀，可又不忍，其实我不是怪他，他也没错在哪里，只不过我烦躁时常常喜欢把他当成最亲最好的老弟，不问来由无所顾忌地对他发气而已。

仔细回想，自己才疏学浅，修为不足，却经常喜欢在最亲的艺术朋友们面前还原一个真实的自己而已。

2018 年 2 月 3 日

湘潭市美协主席、齐白石纪念馆馆长王志坚是《周宗岱研究》的发起人和策划人。因为身兼数职，志坚主席的社会活动及展览活动特别多，有时忙到接电话的时间都紧张，只有信息回：在长沙、在北京、在台湾、在新西兰……

编辑大事志坚主席都安排得井然有序，但我在组稿前期过程中也不时遇到变数或把握不了的情况，想向志坚主席汇报，但他要不不在湘潭，要不电话那头总是一句“不急不急”就匆匆挂了。

去年 10 月 20 日下半晚，睡梦中我被一阵手机铃声吵醒，是志坚主席从国外打来的。我是真的生他气，我找你时你老说不急，你找我时就不顾你白天我半夜。没等他开口，我就一口气将心里的话全倒过去：“王主席，你是《周宗岱研究》的牵头人，你总说不急不急，定稿时间是组委会甚至是你志坚主席拍板定的，现在日子越来越近，我是压力越来越大。再者《周宗岱研究》你还答应写序，现在别人的稿子都交齐了，你又那么忙，看你稿子什么时候出得来?”

志坚主席比我有涵养，他静静地让我把话吐完，然后温和地劝我说：“娟主席你莫太性急喽。之前，我们定的交稿时间确实不太科学、不太理性，时间安排也太紧促了点。今天打电话给你，就是想说写《周宗岱研究》的序，我也感到压力很大，也只想把它写好，这向出差我都把毛稿子带在身上，边悟边改。我一定会要写好才能释怀、才能交。你莫急，莫急啊。”

我不语，心里还是有气。

他又补充一句：“我讲的话，表的态，从不食言。你放心喽。”

直到今天收到志坚主席《气象万千，掷地有声》万余字的序稿，认真读起，才知果然不凡，真正是读懂了周老师，真正是付出了心血在写。

气便全消，真也服他。

2018 年 5 月 29 日

近日收到湘潭人称“绘画国手”的著名艺术家许仁龙老师的稿子，《宝剑锋从磨砺出，梅花香自艺寒来——浅谈周宗岱先生绘画的笔墨功夫》。

许仁龙老师供职于清华大学，研教美术，之所以被湘潭人称为绘画国手，源于他所绘的巨画《长城》，通过层层筛选，悬挂在人民大会堂，并裁图作为习总书记办公室的背景墙。

之前和他约稿，本属冒失，一个电话过去，我自报姓名，说明盛意，许老师那边倒也轻松，很愉快地就答应了。他当时讲了三点：“缘于宗岱老师对艺术的执着追求，缘于宗岱老师对人生观的探求取向，缘于宗岱老师对我和其他晚辈的提携指导，我写，我肯定写。”

约稿以后过了些日子，孤陋寡闻的我才知道，许仁龙老师在我约他之前，就应湘潭市委、市政府之邀，接手了我市关于大美湘潭主题、125 米长 1.83 米高、献礼毛泽东诞辰 125 周年纪念的巨幅山水画的创作任务。这不是一个普通任务，完全是一个艺术创作的大工程，还是一个命题工程，手上任务艰巨，肩上担子很重。

我闻知情况，觉得自己确实如周宗岱老师所批评的“太性急了”，后又了解到许仁龙老师还曾评写过周老，就更觉得自己这回真冒失了，心存很大不安。

我曾把我的这份不安和感动与到我工作室来的画友陶跃明聊起，他当时正好在协助许仁龙老师创作大美湘潭的巨幅作品。没想到隔了几天，许仁龙老师从陶跃明处听到我的惶恐不安时，竟主动给我发来了信息，全文余下：“毛娟主席好，小陶电话告知你在给周老师文集作后记，这是件大好事。周老师一生砥砺前行，对于他挚爱的绘画从未间断且涉猎广泛，学问高，功夫深，这在当今中国的画家中少之又少。他的坚持和成就为湘潭、为全国的画家树立了榜样。长期以来，我从他身上也学到了许多许多。得知市文联、市美协、市评协要为他出研究文集，我由衷喝彩。虽然当前要画‘大美湘潭图’时间紧迫，但周老师的研究文集是大事，是关乎弘扬中华文化的大事，是潜心探求学问正道的战略性大事，故我也积极参与写了一篇研究小文。感谢湘潭市文联、美协、评协的英明举措，感谢大家的共同努力，感谢毛娟主席的有效率的组织协调工作。祝好！许仁龙。”

我的组稿工作虽然辛苦，但有这么多老师的支持和肯定，有这么多已寄来的感人肺腑的稿件，心里又常常总是乐呵呵、暖洋洋的。

《周宗岱研究》作者简介①

（以姓氏笔画排序）

丁井文（1914—2003），男，河南信阳人。生前曾先后担任中央美术学院院办主任、人事处长、国画系主任、美院附中校长，兼任文化部国画创作组副组长等职，曾为毛泽东和刘少奇的家庭美术教师，第三、四届中国美术家协会理事，炎黄艺术馆理事，享受国务院特殊津贴专家。

王友仁（1930—2015），男，湖南湘潭人。曾用名谭声正。生前曾任湖南省社会科学院行政处处长。离休后享受副厅级干部待遇。

王志坚（1959—），男，湖南湘乡人。历任湘潭市齐白石纪念馆副馆长、馆长。国家一级画师。中国工笔画学会理事，中国美术家协会会员，湖南省美术家协会理事，湖南省美术家协会工笔画艺委会主任，湖南省工笔画学会常务副会长，湖南省花鸟画家协会副主席，齐白石画院院长，湘潭市文联兼职副主席，湘潭市美术家协会主席。

王金华（1964—），男，湖南衡山人。湘潭市作家协会会员，湖南省美术家协会会员。2009 年起，从周宗岱先生研习传统山水画。

王鲁湘（1956—），男，湖南涟源人。香港凤凰卫视高级策划兼主持人，兼任中国国家画院美术研究院研究员，李可染艺术基金会秘书长，黄宾虹研究会常务理事，清华大学张仃艺术研究会研究员，中央美术学院城市文化研究所特聘研究员，北京凤凰岭书院院长。曾任清华大学美术学院教授、博士生导师。

毛　娟（1965—），女，湖南韶山人，湘潭市文联调研员，中国作家协会会员，中国作家书画院湘潭创作基地主任、湖南作家书画院副院长，湘潭市惠民艺术创作中心主任。2009 年起，从周宗岱先生研习传统中国画。

文　鸣（1957—），男，湖南湘潭人。湘潭市图书馆副研究馆员，中国图书馆学会会员，湘潭市图书评论研究会理事，湘潭市地方文化研究会常务理事，湘潭市哲学社会科学专家库地方文化研究专家。

尹　红（1968—），女，湖南双峰人，长沙画院和齐白石纪念馆特聘画家，

---

① 《周宗岱研究》全书共有 73 位作者，我们千方百计搜集各位作者的基本情况（包括姓名、生年、籍贯、工作单位及职务与职称、主要兼职等），除了《染楮张雄力，弘艺著妙文》一文的作者雁沙先生的基本情况我们没查询到外，其他作者的我们都查询到了，故这里我们共介绍了全书 72 位作者的基本情况。

中国美术教育研究会会员，湖南省工笔画学会理事，湖南省女画家协会理事，湘潭市美术家协会主席团委员。2009 年起，从周宗岱先生研习传统中国画。

左迎颖（1983—），女，湖南湘潭人。湘潭大学文学硕士，湘潭大学艺术学院讲师。

叶　梦（1950—），女，湖南益阳人。专业作家，文学创作一级，中国作家协会会员，曾任湖南省作家协会第六届副主席，现为湖南省作家协会名誉主席。

史乔依（1994—），女，河北秦皇岛人。湘潭大学比较文学与世界文学专业 2017 级硕士研究生。

皮祖政（1968—），男，湖南常德人。湖南省书法院研究员。历任湖南省书法家协会第四届理事、评论委员会主任，湖南师范大学美术学院书法研究所副所长。

朱起煦（1947—），男，湖南湘潭人。湖南省书法家协会会员，湘潭市作家协会会员，原湘潭市收藏协会常务理事。

刘二刚（1947—），男，江苏镇江人。现为中国美术家协会会员，南京书画院专职画家，国家一级美术师。

刘剑桦（1948—），男，湖南湘潭人。湖南省作家协会会员，湘潭市作家协会名誉主席。

刘冀湘（1952—），女，山东临清人。笔名轻描淡写。湖南工业大学图书馆馆员。周宗岱先生夫人。

刘曦林（1942—），男，山东临邑人。中国美术馆研究馆员，兼任中国美术家协会理论委员会副主任，中国画学会创会常务理事，《美术》编委，中国国家画院研究院副院长，荣宝斋画院刘曦林中国画理论与实践研究工作室导师，中央美术学院特邀研究员，山东艺术学院特邀教授。

许仁龙（1954—），男，湖南湘潭人。中央美术学院教授，湘潭齐白石纪念馆特聘画师，中国辞赋研究院研究员，中国国际交流协会理事。

杜洪建（1958—），男，河北景县人。湖南省书法家协会会员，湘潭市美术家协会会员，湘潭市书法家协会理事。2009 年起，随著名画家周宗岱先生研习中国传统山水画。

李　毅（1965—），男，湖南株洲人。湖南省财政厅公务员。

李　霖（1994—），女，湖南湘乡人。2019 年 6 月，毕业于湖南科技大学人文学院中国古代文学专业，获文学硕士学位。现为中南民族大学中国古代文学博士研究生。

李元洛（1937—），男，河南洛阳人。中国作家协会会员，曾任湖南省作家协会副主席、湖南省文联副主席，湘潭大学、西南师范大学兼职教授，湖南师范大学名誉教授。现为湖南省作家协会名誉主席，研究员。

李立平（1958—），男，湖南衡山人。中国戏剧家协会会员，中国曲艺家协会会员，湘潭市曲艺家协会荣誉主席，湘潭市非物质文化遗产保护中心编剧，湘潭市非物质文化遗产保护评审专家。

李忠初（1941—），男，湖南湘潭人。湖南科技大学人文学院中文系教授，中国逻辑学会会员，中国修辞学会会员（曾任理事），湖南省语言学会会员（曾任副理事长）。

李季琨（1949—），男，湖南湘潭人。曾任《湘潭市志》专职副总纂，先后被聘为湘潭大学艺术学院客座教授、北京画院齐白石研究中心特聘研究员。

严子琪（1935—2013），男，湖南湘潭人。生前为长沙电力学院中文系教授，曾任长沙电力学院党委书记、院长、院书法家协会名誉主席，湖南省直书法家协会、省高校书法家协会顾问。

吴广平（1962—），男，湖南汨罗人。湖南科技大学人文学院中文系教授，硕士生导师，中国屈原学会常务理事兼副秘书长，湖南省屈原学会副会长，湘潭市文联兼职副主席，湘潭市文艺评论家协会主席。

吴同椿（1949—），男，江苏南京人。现为中国美术家协会会员，国家一级美术师，高级科普师，江苏省国画院特聘画家。现任江苏省科普美术家协会副理事长兼秘书长，中国科普作家协会常务理事、科学美术专业委员会副主任。

何瑞钦（1949—），男，湖南湘潭人。湘潭市广告公司经理。

何歌劲（1950—），男，湖南湘潭人。曾任湘潭市文联副主席、调研员。现任湘潭市白石诗词协会副主席、白石诗社副社长、湘潭市楹联艺术家协会副主席。

宋　卉（1993—），女，湖南岳阳人。2018 年 6 月，毕业于湖南科技大学教育学院语文学科教学专业，获教育硕士学位。现为湖南省湘潭市湘潭电机子弟中学语文教师。

宋　扬（1966—），男，湖南湘潭人。湘潭大学艺术学院副教授，硕士生导师。2009 年起，从周宗岱先生研习传统中国山水画。

宋德发（1979—），男，安徽庐江人。湘潭大学文学与新闻学院教授，博士生导师，湘潭市文艺评论家协会副主席，湘潭市作家协会副主席。

张楚务（1952—），男，湖南临澧人。湖南美术家协会理事，湖南省直书画家协会副主席，湖南省名人书画馆馆员。湖南《名人书画报》常务副总编，《湖南书画》总编。

陈少丰（1923—1997），男，河南南召人。生前为广州美术学院终身教授。《中国大百科全书·美术卷》编委。1986 年 11 月，被授予广东省“工艺美术大师”称号。

陈自烈（1947—），男，湖南湘潭人。湖南省美术家协会会员，原湘潭市美术家协会顾问。

陈芳桂（1965—），男，湖南湘潭人。现为国家一级美术师，中国人民解放军火箭军政治部文艺创作室专职画家，中国美术家协会会员，中国画学会理事，中国美术家协会河山画会副秘书长，北京大学艺术学院陈芳桂艺术工作室导师。

邵大箴（1934—），江苏丹徒人。中央美术学院教授、博士生导师，中国美术家协会常务理事、美术家协会理论委员会主任委员。曾任《世界美术》杂志负责人、中国美术家协会书记处书记、《美术》杂志主编。

罗　雄（1972—），湖南湘潭人。湖南省美术家协会会员，湘潭市青年美术家协会副主席，湘潭市水墨艺术委员会秘书长。2009 年起，从周宗岱先生研习中国传统山水画。

周　平（1963—），男，湖南宁乡人。中国书法家协会会员，中华诗词学会会员，湖南科技大学人文学院广告学系主任、教授，湖南科技大学艺术学院书法方向硕士生导师。

周小娅（1956—），女，湖南宁乡人。湖南省作家协会会员，《惠州日报》副刊编辑，曾是《湘潭日报》《惠州日报》《厦门晚报》专栏作家。

周小愚（1944—），男，湖南湘潭人。湘潭大学艺术学院教授，终身名誉院长。中国美术家协会会员，享受国务院政府特殊津贴专家，湖南书画研究院特聘画家。

周宗岱（1937—），男，湖南湘潭人。中国书法家协会会员，中国美术家协会会员。曾任湘潭市文化局副局长，湘潭市文联副主席。

庞美凤（1993—），女，广西贵港人。2019 年 6 月，毕业于湖南科技大学人文学院中国古代文学专业，获文学硕士学位。现在广西壮族自治区南宁市工作。

郑书飞（1929—2011），男，河南汝南人。生前为湖南省书法家协会会员，湖南省美术家协会会员，湘潭市群众艺术馆副研究馆员，曾任湘潭市美术家协会副主席，湘潭市书法家协会顾问。

郑兆安（1936—），女，湖南长沙人。湖南师范大学公共管理学院教授，湖南省普通高校马列主义理论课和思想品德课教学督导，湖南师范大学关心下一代工作委员会副主任。

练肖河（1926—2013），男，河南洛阳人。生前为中国书法家协会会员，湖南省书法家协会第二届名誉理事，长沙市书法家协会顾问。

胡大虎（1968—），男，湖南湘潭人。中国美术家协会会员，湖南省美术家协会油画艺术委员会秘书长，湖南省当代油画院学术委员会副主任，湘潭市设计艺术家协会副主席兼秘书长，湘潭市美术家协会副主席，湖南工程学院设计艺术学院艺术研究中心主任、副教授。

胡宝利（1955—），男，山东莱阳人。中国美术家协会理事，曾任中国美术家协会展览部主任，现为中国国家画院艺术交流中心主任、国家一级美术师，中央国家机关美术家协会副主席，中国少数民族美术促进会副会长，国家民族画院执行院长。

钟增亚（1940—2002），男，湖南衡阳人。生前曾任中国书法家协会理事，中国美术家协会理事，湖南省文联副主席，湖南省书法家协会主席，湖南书画研究院院长。

贺仁寰（1946—），男，湖南宁乡人。湖南省美术家协会会员，湖南省雕塑艺术委员会主任，湘潭大学艺术学院、湖南工程学院艺术设计院客座教授，齐白石纪念馆特聘画家，湘潭市美术家协会顾问。

聂鑫森（1948—），男，湖南湘潭人。中国作家协会会员，湖南省作家协会名誉主席，湖南省文史研究馆馆员。曾任湖南省作家协会副主席、株洲市文联副主席。

贾德江（1947—），男，安徽合肥人。北京工艺美术出版社主编、副社长，汉唐艺林文化公司创办人，北京保昌书画院签约画家。

徐诗丝（1993—），女，湖南桃源人。2018 年 6 月，毕业于湖南科技大学教育学院语文学科教学专业，获教育硕士学位。现为湖南省益阳市赫山区朝阳国际实验学校语文教师。

徐秋良（1957—），男，湖南湘乡人。中国作家协会会员，湘潭市作家协会主席，湘潭市文联兼职副主席。

唐思源（1954—），男，湖南宁远人。湖南省美术家协会理事，湖南省作家协会会员，湖南株洲书画院院长。

萧红亮（1963—），男，湖南湘潭人。湖南省美术家协会会员、湖南省花鸟画家协会理事、长沙画院特聘画家。2009 年起，从周宗岱先生研习中国传统山水画。

萧建明（1968—），男，湖南双峰人。江麓机电集团有限公司宣传部报社编辑，文献研究员。现为中国书法家协会会员、湖南省书法家协会理论创作委员会委员、陈曼生纪念馆理论研究会会长。

黄欧平（1945—），女，湖南湘乡人。笔名乡音。湖南省冶金干部中等专业学校教务科资料室管理员。

龚旭东（1961—），男，湖南长沙人。湖南省作家协会副主席，湖南省文艺评论家协会副主席，湖南日报教科文卫新闻中心执行主任兼《湘江周刊》主编。

韩章淑（1941—），女，河北大名人。笔名蔷老。北京师范大学化学院高级实验师。

彭代英（1980—），女，湖南湘乡人。曾任《湘潭日报》专刊部副主任、《湘潭日报·文化前沿》周刊主编。现为湘潭经济技术开发区文教卫计局局长，兼任湘潭市作家协会副主席。

彭建明（1937—2005），男，湖南湘乡人。生前系湘潭师范学院中文系教授，全国文章学会理事，湖南省写作家协会会副会长，湘潭市作家协会副主席，享受国务院政府特殊津贴专家，湖南省首届荣誉社会科学专家。

焦成根（1954—），男，湖南湘潭人。中国美术家协会会员，中国工艺美术学会民间艺术学会副主任，湖南省美术家协会理事，湖南师范大学工程与设计学院艺术设计系教授，博士研究生导师。

曾景祥（1949—），男，湖南桃江人。湖南科技大学教授，湖南科技大学艺术学院首任院长，硕士研究生导师，中国美术家协会会员，中华诗词协会会员。

解永全（1951—），男，北京人。2009 年 4 月至 2012 年 1 月任中国国家画院副院长。中国美术家协会会员，文化部艺术品评估委员会委员，中华文化信息网美术馆专家委员，中国国家画院书法篆刻院研究员。

蔡德林（1939—），男，湖南湘潭人。湖南师范大学艺术学院美术系教授、书法国画研究生导师。中国美术家协会会员、中国书法家协会会员，曾任湖南省书法家协会常务理事和创作评审委员、湖南省直书法家协会副主席、省直美术家协会副主席。

黎　青（1970—），男，湖南湘潭人。现为湘潭大学艺术学院执行院长，教授，硕士生导师。中国数字艺术设计工程师专业技术资格认证委员会专家、湖南省美术家协会理事、湖南省设计艺术家协会数字媒体艺委会主任、湘潭市设计艺术家协会主席、湘潭市美术家协会副主席。

樊家伦（1941—），男，河北蔚县人。长沙理工大学设计艺术学院教授，湖南省美术家协会会员、湖南工艺美术家协会理事，中国工艺美术家协会会员，中国工艺美术学会书画研究会理事、中国工艺美术学会民间工艺美术委员会委员。

薛永年（1941—），男，北京市人。中央美术学院美术史系教授，博士生导师，院学术委员会常委，系学术委员会主任。兼任中国美术家协会理事，北京美术家协会理事兼理论委员会主任，东方收藏家学会书画鉴定组长，中国艺术研究院鉴定研究室特聘书画鉴定委员。享受国务院特殊津贴专家。

后 记

周宗岱先生是著名的艺术家和美学家，是建设湘潭市齐白石纪念馆的主要倡导者和执行者，是“蕉荫画友”中国画创作团队的创办人和授课导师，是一位在多方面取得突出成就的老艺术家。为了较为系统、全面、深入地总结和探讨周宗岱先生的成就和经验，促进湘潭文学艺术的繁荣发展，湘潭市美协提出编纂《周宗岱研究》的倡议，在湘潭市文联领导的高度重视和精心指导下，湘潭市美协和湘潭市评协牵头组织编纂了这部《周宗岱研究》。

湘潭市文联主席陈志光和副主席毛娟、李运启、何红玲对此研究工程一直十分重视、全力支持。这项研究工程启动后，湘潭市美协、湘潭市评协的许多画家和评论家以及“蕉荫画友”全体成员参与了前期的策划研讨、献计献策，本书收入的毛娟撰写的《〈周宗岱研究〉组稿札记》作了部分记录，此不赘述。特向各位表示深深的感谢，并致以崇高的敬意！

收入本书的文章，有的是已发表在书籍、报刊上的力作，有的是新赐的佳作。衷心感谢全国各地众多专家、学者、书画家、作家、编辑、记者的大力支持！

这项研究工程自始至终由湘潭市美协主席王志坚负责综合协调、总体部署，由“蕉荫画友”成员、湘潭市文联副主席毛娟负责统筹组稿、各方联络，由湘潭市评协主席吴广平负责全书框架设计、文章规范以及校对等诸多具体事务。

湘潭大学出版社领导十分关心与重视此书的编辑出版，责任编辑李志红编校严谨细致，不厌其烦。在此谨一并致谢！

这项研究工程虽已告一段落，但研究工作并未结束。我们希望有更多的专家、学者、艺术家参与到研究周宗岱先生的队伍中来，进一步拓展与加深本课题的研究。由于我们水平有限，编纂此书可能存在谬误与不足，希望各位读者不吝批评指正！谢谢！

王志坚　吴广平